拉片子 1

PERUSAL OF SELECTION

电影电视编剧讲义

SCREENWRITING DISCOURSE

杨健 著

作家出版社

图书在版编目（CIP）数据

拉片子. 1，电影电视编剧讲义/杨健著. －北京：作家出版社，2017.8（2020.3 重印）

ISBN 978－7－5063－9437－6

Ⅰ.①拉… Ⅱ.①杨… Ⅲ.①电影编剧－基本知识②电视剧－编剧－基本知识 Ⅳ.I053.5

中国版本图书馆 CIP 数据核字（2017）第 082834 号

拉片子. 1，电影电视编剧讲义

作　　者：杨　健
责任编辑：钱　英　田小爽
装帧编辑：张　爽
出版发行：作家出版社有限公司
社　　址：北京农展馆南里 10 号　**邮编**：100125
电话传真：86－10－65067186（发行中心及邮购部）
86－10－65004079（总编室）
E－mail：**zuojia@zuojia.net.cn**
http://www.haozuojia.com（作家在线）
印　　刷：北京中科印刷有限公司
成品尺寸：185×260
字　　数：570 千
印　　张：21.5
版　　次：2017 年 8 月第 1 版
印　　次：2020 年 3 月第 4 次印刷
ISBN 978－7－5063－9437－6
定　　价：58.00 元

目录

说明

学习影视编剧的重要方法之一是拉片子。拉片子就是对每一个镜头画面和每一句台词进行细致观摩，全面掌握影片中的情节内容、艺术风格与各种技巧。优秀影视剧作品是学习编剧法的生动教材，它为我们提供了正确的示范和丰富的创作经验。

拉片子可以将具体案例与抽象的理论联系在一起，有助于我们理解各种理论概念并懂得它们的使用方法，潜移默化地领悟到其中的奥妙，并使叙事节奏内化于心。

本讲义采用拉片子的方法，通过十部教学片、两部电视剧，示范拉片子的方法，讲授编剧基础理论和剧本写作基本技巧，介绍戏剧性电影与叙事性电影的不同结构方法。

编剧学的传统结构体系是由两种结构理论——戏剧体和叙事体的结构理论共同构成的，本讲义在理论方面，重点讲解这两种结构体系。同时，介绍一般的基础概念和基本技巧。

讲义各章的教学内容如下：

第一章，介绍影片的基础理论和两种结构形式（戏剧体结构和叙事体结构）。
第二章，内容同上。
第三章，介绍西方史诗影片，继承话剧的戏剧性传统，对史诗结构的创新探索。
第四章，介绍中国史诗影片，继承戏曲的叙事性传统，对史诗结构的创新继承。
第五章，介绍电视剧的单元结构形式，进行电视剧的拉片示范。

本讲义的教学目的概括起来有三个方面：

（1）掌握观片方法，培养观片能力；
（2）介绍影视编剧的基础理论和基本技巧；
（3）介绍编剧法的两种结构体系（戏剧体和叙事体）的结构理论和结构方法。

以上这三项教学同时进行，观片能力的培养贯彻于讲义的始终。下面是各章的具体内容：

第一章：影片的整体构成

教学片目：戏剧性电影《空军一号》、叙事性电影《远山的呼唤》
教学目的：介绍整体结构、基础概念、两种结构形式
理论概念：热开场、冷开场、例证动作、带入、对位开端部、发展部（展开部、递进部）、高潮部、结尾部、结尾情境、情境激化、人物关系的发展
两种结构：戏剧体电影的结构（开端、展开、递进、高潮）从高潮看统一性
叙事体电影的结构（开端、发展、高潮、结尾）从开场看统一性

第二章：戏剧性影片与叙事性影片

教学片目：戏剧性电影《沉默的羔羊》、叙事性电影《四个婚礼和一个葬礼》

教学目的：介绍整体结构、基础概念、两种结构形式

理论概念：戏剧体“三段式”、叙事体“四段式”、主要场面与次要场面、开掘场面、必需场面、悬念、悬念的“三S”原则、情节节点、倒高潮、过场

两种结构：戏剧体结构和叙事体结构的理论、图式，案例说明

第三章：史诗结构的西方电影

教学片目：《拯救大兵瑞恩》《闻香识女人》《安德烈·鲁勃廖夫》

教学目的：介绍西方史诗电影的结构布局，以及戏剧性的实践探索

理论概念：西方戏剧性审美传统，戏剧性电影的结构探索（“从高潮看统一性”）

情节结构：叙事性与戏剧性的统一，运用戏剧性改造史诗电影的成功经验与失败教训

第四章：史诗结构的中国电影

教学片目：《一江春水向东流》《霸王别姬》《城南旧事》

教学目的：介绍中国史诗电影的结构布局，它的纲目结构和写意系统

理论概念：题目正名、寓言、开场、冲场、出脚色、立主脑、分卷、小收煞、大收煞、生旦并行、照映埋伏

情节结构：叙事性与写意性的统一，戏曲结构方法在电影结构上的创新转化

第五章：电视剧的结构布局

教学片目：电视连续剧《兄弟连》（10集）

教学目的：介绍电视剧的单元结构形式和拉片示范

理论概念：单元的概念与应用，叙事单元的组织结构，话剧、戏曲、电影的单元性，电视连续剧和系列剧的单元结构

情节结构：叙事性结构的战争纪实剧

本讲义为中央戏剧学院戏剧文学系编剧创作专业二、三年级教材，讲授编剧基础理论和剧本写作基本技巧。

讲义从影视编剧的基本需要出发，选取了实用、有效的技法和概念，进行理论简化，力求深入浅出，以便于学生掌握和运用。

讲义根据教学需要，分别选择了戏剧性和叙事性（史诗性）电影，从案例入手，分析说明两者的结构形式与结构差异。

讲义选择的教学片目遵循传统编剧法则，技术上比较成熟，结构中规中矩，易于观摩、学习。

本讲义主要从编剧技法方面对影片进行说明和分析，没有对镜头语言和表演内容进行更多的介绍和分析。

讲义引用的一些重要的编剧理论，它们出自编剧学上成就卓著者，如约翰·霍华德·劳逊、乔治·贝克、威廉·阿契尔、马丁·艾思林、李渔和谭霈生等理论家。为了方便查阅，引文在索引中加以注明。

第一章

影片的整体构成

《空军一号》《远山的呼唤》

教学影片是根据编剧法学习的需要，仔细挑选出来的写作范本。罗兰·巴特指出：一部作品诞生之后，文本读解的权利就转让到了读者手中。阅读成为一个在创造中体验的过程，读者无形中成为文本的新“作者”。（《作者之死》1968）在拉片子的过程中，我们对影片的立意、构思和技巧方法的分析，未必尽合编导者的本意，但是，只要遵循编剧法的基本法则，怀着谦恭之心进行观摹和参证，就不能说是对编导者和影片的不敬和冒犯。

拉片子首先要慎重选择片目，要选择思想内容和编剧技艺两方面兼优的影片。对优秀影片要进行反复拉片子，精读既能提高编剧技巧，又能培养剧作鉴赏水平。

拉片子要放弃我执、我见，尊重作家和作品，这就是曹禺先生常说的一句话：“读作品不要想很多，先读进去，读进去后从作品本身说话。”①

拉一部影片，要反复进行多遍，一般要拉片三遍，所谓“观片三遍，其义自见”。第一次拉片，边看边速记，观片的新鲜体验和连贯的内心感受是很重要的。第二次拉片，逐段观看，整理笔记。第三次拉片，选出片中的重点场面进行细致的分析。

拉片子的笔录侧重记录人物的动作和台词，态度要避免主观，要尊重作品本身，最忌讳只做概括性的一般描述。

在整理笔录的过程中，要对影片的情节结构、情境构成进行分析，把一份拉片记录变成一篇系统的分析笔记。“过眼百遍，不如过手一遍”。整理笔录的过程，可以使我们对影片有更加深入、系统的理解。

编剧法的传统结构形式，由两种结构形式构成：西方以古希腊悲剧为代表的戏剧体结构和东方以中国戏曲为代表的叙事体（史诗）结构。学习结构方法须要从这两种基本结构形式入手。由于电影作品往往混用两种结构的技法，不加以细致的区分和厘清，就无法说清影片结构的基本特点以及长短所在。所以，本章对两种结构形式，以及相关概念进行了具体的分析和说明。

本章选择了两部教学影片，戏剧性影片《空军一号》、叙事性影片《远山的呼唤》。通过戏剧性和叙事性的结构实例，说明这两者不同的情节结构方法。

本章介绍影片构成的整体结构形态，同时介绍一般的编剧基础概念和应用技巧。

本章分五个部分介绍影片的整体结构：一、开场，二、开端部，三、发展部（展开部、递进部），四、高潮部、结尾部，五、戏剧性影片与叙事性影片的比较。

---

① 《谭霈生先生访谈录》，《谭霈生戏剧理论学术研讨会论文汇编》（内部资料），2013，第4页。

一、开场

开场要完成的任务是多方面的：要展示剧情发生的环境，给出人物关系的起点，暗示风格体裁，介绍前史或先行事件，等等，它们涉及到总情境的所有内容。戏剧性的开场，通过人物的动作来完成这一任务；叙事性的开场，则通过人物的叙述来完成上述的任务。

狄德罗说："我希望大家要求戏剧作家把开头的几场戏这样安排，使整个剧本的提纲都包括在当中。""正是第一个情节决定了整个作品的色彩。"①

开场分为两种：戏剧体结构中的开场和叙事体结构中的开场。两种结构体系中的开场，具有各不相同的性质，发挥着各不相同的功能。

戏剧性开场的概念来自于西方戏剧。《哈姆雷特》的一幕一场，可以说是戏剧性开场的典范。开场时，老哈姆雷特的幽灵深夜出现在城堡露台上，在恐怖的气氛中，守夜卫兵和霍拉旭谈论起丹麦老王杀死挪威老王的前史以及挪威王子小福丁布拉斯准备进攻丹麦的先行事件，预兆了丹麦王室的危机和不可避免的血腥冲突。莎士比亚以具体的人物动作来展示戏剧情境。

戏剧性的电影借鉴了话剧开场的技巧，在话剧序幕、断音式、连音式开端的基础上，发展成了现在的电影开场形式（独立式开场与融入式开场）。② 在影视剧中，开场逐步发展成为一个相对独立、自足的情节单元。

叙事性开场的概念来自于中国戏曲。戏曲通过文学叙述来介绍全剧的总情境和剧情梗概。例如《牡丹亭》的开场，副末用一曲《蝶恋花》言明本剧宗旨，用一阕《汉宫春》讲述剧情大概，最后用四句诗综括剧情（杜丽娘梦写丹青记，陈教授说下梨花枪。柳秀才偷载回生女，杜平章刁打状元郎）。

叙事性电影借鉴了史诗的文学叙述性、写意性、象征性的手法，通过电影语汇加以创新转化，如通过人物的例证性动作、象征的器物、诗词、歌曲，以及寓言故事等，暗喻影片的情境和情节内容。

戏剧体的戏剧、电影与叙事体的戏剧、电影，在开场方法及功能上，形成了有趣的对比：

戏剧性开场：热开场，动作性，写实性，悬念引导，预示高潮；
叙事性开场：冷开场，叙述性，写意性，概括剧情，统领全剧。

戏剧性开场由于多采用动作性说明情境，所以往往形成热闹的开场；叙事性开场由于多采用文学叙述和象征性的方法暗喻情境，所以往往形成平静的开场。顾仲彝将它们称为：热闹的破题法和平静的破题法。③ 人们约定俗成地称其为：热开场和冷开场。

随着电影形式的广泛探索，戏剧体与叙事体电影的开场，经常相互借鉴，出现了各种手法混合运用的现象，但是，这两种开场的方法，还是比较容易辨识的。

---

① （法）狄德罗：《论戏剧艺术》《文艺理论译丛》，第 183、122 页。

② （英）威廉·阿契尔：《剧作法》，第 105—109 页。

③ 顾仲彝：《顾仲彝戏剧论文集》，第 12 页。

1. 戏剧性的开场——《空军一号》《大白鲨》

戏剧性的开场，一般选择写实的动作性开场。所以，热开场成为戏剧性开场的主要特征。戏剧性开场，也会运用平静的开场，但它是有意营造出的虚假平静，并且具有写实性和动作性。

热开场

戏剧体戏剧、电影通常采用的开场方法。热开场以强烈的外部动作开场，动作在前，动作的目的性和意义的说明在后；用设置小悬念的方式，引出总悬念，在小悬念解开的同时，介绍出全剧的总情境。热开场是一种通过热闹的动作，迅速引领观众了解全剧总情境的有效方法。

热开场分成设置悬念与解开悬念两部分。前者为动作性的，后者为说明性的。两部分之间，有一个小的过渡段。开场完成后，要画一个段落句号。

热开场以小规模的强烈外部动作，引导出全剧主要人物的意志冲突。《罗密欧与朱丽叶》一幕一场，凯普莱特家的青年仆人向蒙太古家的仆人挑衅；提伯尔特随后跟来，双方发生械斗。维洛纳的市民在一旁推波助澜，随后罗密欧与朱丽叶两家的父亲持剑上场，相互指责。全剧一开场，就通过一场械斗，交代出两个家族的世仇，"它使我们生动地领会到了作为这个悲剧的根源的那种家族间的不和"，介绍了造成罗密欧与朱丽叶爱情悲剧的总情境。①

戏剧性的开场，除了热开场外，还有一种平静的开场。阿契尔将它们分为：喜剧的温和开场、雷雨前的平静开场。所谓雷雨前的平静开场，指在虚假的平静后面孕育着巨大的危机，随着乌云的聚集，暴风雨最终降临。看似平静的开场与后面激烈变化的情节，形成鲜明的对比。

阿契尔说："易卜生最为爱写的剧本中，幕启时总是表面上一片宁静，但不久就表明这种宁静只不过是完全可以称为爆发性的事态上面覆盖着一层薄薄的外壳。"② 在戏剧中，易卜生的《玩偶之家》、曹禺的《雷雨》都属于这种类型的开场。在电影中，则有《水中刀》（1962）、《末路狂花》（1991）等相同的开场例子，在看似平静的日常冲突背后，潜伏着巨大的危机。

下面选取影片《空军一号》《大白鲨》的热开场，进行观片分析。

《空军一号》的热开场（9分35秒）

编剧：安德鲁·W·马洛
导演：沃尔夫冈·彼得森
主演：哈里森·福特
片长：124分钟
出品：哥伦比亚影业公司 1997

（1）从天而降

片头字幕。完整、系统的影片音乐。2分58秒。

---

① （英）威廉·阿契尔：《剧作法》，第78页。

② （法）威廉·阿契尔：《剧作法》，第74页：三种开场。第85页：《玩偶之家》的冷开场。第98页："你就眼看着戏像一小片巴掌大的乌云似的，开始在地平线外聚积起来。"

哈萨克斯坦的夜空，寂静的城市，楼顶上的叛军哨兵。俄罗斯主题音乐。伞兵由空中向下俯视，夜视镜中的绿色城市。哨兵颈部被红外线瞄准镜对准，消音器发出的声音，血雾喷溅……

特种兵从天而降。伞具的金属声、伞布的丝绸声、狗叫、直升机马达声。特种兵在楼顶安装炸弹。开场的第一句台词："清点人数。"

(2) 绑架

特种兵从凉台冲向楼梯，伴奏的小鼓声。特种兵拉闸后冲进楼道，红色画面［客观镜头］与绿色画面［主观镜头］交叉推进……

特种兵绑架匪首雷特将军，上到天台，一架直升机来迎接，双方枪战……俄罗斯主题音乐。

叛军向直升机射击，定时炸弹爆炸。本场最后一句台词，特种兵："这是小子，任务完成。"

(3) 克里姆林宫讲演

哈萨克斯坦空镜从右向左摇出红场。俄罗斯音乐。克里姆林宫内，镜头从左向右由贵宾席摇到主席台，俄总统介绍美国总统……

美国总统发表演说，决心向恐怖分子宣战。美国务卿不满的表情，与总统进行目光交流……

(4) 总统赶往机场

美总统轿车驶向机场……美国主题音乐。空军一号在停机坪上……

美总统轿车驶向机场……美国主题音乐。劫匪科舒诺夫通过安检门，登上空军一号……

片头音乐采用了歌剧序曲的表现手法，它适于表达戏剧性的丰富情感，并使观众在影片剧情开始之前就通过叙事性的音乐旋律，领悟到影片蕴含的情感内容和思想主题。

影片开场时，美国与俄罗斯的主题音乐构成尖锐的音乐冲突。在其后的情节发展中，相互冲突的音乐主题在重要场景中轮番出现，成为揭示戏剧冲突和渲染场景气氛的有力手段。

开场的第一句台词是："清点人数，"告知观众参加行动的有六个特种兵；本场的最后一句台词是："这是小子，任务完成。"告知观众这一段落到此结束，相当于写了一个段落句号。

段落的起始镜头要给观众一个明确的提示，表示一个新句段的开始。起始句段的首要任务是交代新情节展开的环境。在整个段落结束时，也要标示出句号，明示本段落到此结束，以便于观众区分不同的段落信息。如果不标明句段，会给观众造成读解上的困难。[①]

当特种兵冲进哈萨克斯坦叛军的楼道，小号、鼓声与脚步声，以及红色画面（客观镜头）与夜视镜中绿色画面（主观镜头），构成了音响与色彩的奏鸣曲。在这组运动镜头中，镜头的外部运动（特种兵主观运动镜头）和镜头内部的运动（人在镜头中的运动）交叉使用，简单的镜头切换，产生出丰富生动的运动场面。

擒获雷特的一组镜头采取了对立的两种叙述立场。特种兵冲进雷特卧室，主观镜头由门口推向雷特的卧床，然后，从雷特的视角摇向特种兵，特种兵迎着镜头冲过来……推镜与摇镜从敌我两个方面对同一事件做出相反立场的叙述，使观众得到相互对立的情感判断。这种多元化的叙事立场，有助于多角度、立体化地反映事件，开掘出事件所包含的思想内涵。

开场的结尾段落，采用了平行蒙太奇的镜头语言，将总统坐在开往机场的轿车上与恐怖分子登机两条线平行推进，构成一动一静、一张一弛的节拍，加上两种音乐主题的交替使用，预示着两条行动线将很快交会，引起观众对剧情发展的猜测。

最后一个镜头，用空军一号与美国主题音乐，作为开场结束的句号。

---

① （乌拉圭）丹尼艾尔·阿里洪：《电影语言的语法》，第605—642页。

《空军一号》开场的叙事特点：通过绑架，迅速构成悬念，然后通过演讲，迅速解开悬念。结尾时，设置总悬念。我们把这个开场段落，分成四个部分。

第一部分：制造悬念

在外部动作中开场——伞兵劫持叛军首领。观众猜测是谁绑架了谁，为什么要绑架？

第二部分：过渡段——空镜头

有技巧剪接：从哈萨克斯坦夜景摇到红场，从大厅摇到主席台。

第三部分：解开悬念

俄国总统在讲演中说明，是谁在行动，行动的目标，为什么行动，行动的意义。主人公出场方式——美国总统向恐怖分子宣战——在动作中“亮相”。例证性动作。

第四部分：引出总悬念

平行叙事：总统乘车奔向机场，恐怖分子正在登机。引出总悬念。

机场，空军一号。画句号。

开场的劫持行动，没有说明是什么人劫持什么人，为什么要这样做。编剧设置一个小的悬念，随后通过解开小悬念，由此介绍出全剧的总情境。

在设置悬念与解开悬念之间，有一个过渡段。在强烈的外部动作结束后，有几秒钟的长镜头（莫斯科夜景和克里姆林宫内景），使观众情绪从动作冲击中平缓下来，然后向说明性的部分转换。

俄国总统在台上讲演，开门见山，回答了观众期待的所有答案：美国特种部队在上周绑架了叛军首领雷特，因为他们手中握有原子弹，威胁到了全人类的安全。这些内容概括性地说明了全剧的总情境——恐怖主义的势力正在威胁着人们的安全。

电影剧本中主要人物的首次出场是非常重要的，相当于京剧中的“亮相”。美国总统一出场，就做了进攻性的发言，这个例证性动作，表明了主人公的性格特点。

在结尾部分，恐怖分子通过安检门，登上空军一号，带出全剧的总悬念。

《大白鲨》的热开场（8分30秒）

根据彼得·本奇利同名小说改编。美国环球影片公司1975年出品。荣获1975年奥斯卡最佳剪辑、最佳音响、最佳原创音乐奖。

编剧：彼得·本奇利、卡尔·戈特利波

导演：史蒂文·斯皮尔伯格

第一部分：制造悬念

（1）海滨营地。男青年与姑娘在海滩上追逐。

（2）姑娘在海中裸泳，人被神秘地拖动，恐怖的惨叫。

第二部分：过渡段

（3）从海面摇到家中，警长布洛迪与狗在瞭望海面。

（4）妻子艾伦醒来与布洛迪谈话，孩子从院中跑进来。

（5）警长接到报警电话，开车前往海滩。

第三部分：加强悬念

（6）海滩。警长询问男青年，发现姑娘尸体。

第四部分：解开悬念

(7) 警察局。警长写死亡调查报告。画句号："鲨鱼袭击。"

第五部分：引出总悬念

(8) 警长要在海滩上设置警示标志，海滨浴场经营者在后面追赶，试图加以阻止。

以下对影片开场的八个段落进行点评：

(1) 海滨营地

用几个简单元素构成海滨夏令营的场景气氛，如篝火、吉他、口琴、涛声。

男女追逐，姑娘裸泳，接下来是鲨鱼的主观镜头，形成与死亡的戏剧性对比。

海滩上的栅栏，暗示着危险"边界"，同时取得最佳的镜头运动效果。

(2) 姑娘裸泳

镜头在水上与水下运动，多次采取了鲨鱼角度的主观镜头。

海面浮标的铃铛声，属于非自然的合成音响。

栅栏、浮标，为人物动作提供条件，姑娘被噬咬时，浮标是海面上的一个表演支点。

醉酒者的喜剧性穿插，造成情感节奏的变化。

(3) 过渡段

在紧张的外部事件结束后，宁静的海面，有长达几秒钟的空镜头，使观众情绪从动作冲击中平缓下来，向说明性部分转换。

汽笛声［声画错位］，镜头从海面摇到警察局长布洛迪家窗前，警察局长的背影。主人公在动作中出场"亮相"。例证性动作：守望。

(4) 警长家中

妻子的第一句台词："为什么太阳光老照进来?"镜头切到警长和蹲在他身后的狗。

夫妻学当地口音，他们才从纽约来，暗示警长类似西部片中的英雄，是外来的拯救者。［参看美国西部片《正午》《原野奇侠》，男主人公的外来拯救者的身份设置。

夫妻对话："看到孩子了吗?""他在秋千那里。"这时，他们的孩子举着被虫子咬破的手指跑进屋。先由询问孩子，引发观众对海上的死者是不是他们的孩子的疑问，然后让孩子的小伤口与前面的海上惨案形成对照。这些细节的设置与故事主干形成一种有趣的对位关系。

对位

对位是电影创作中普遍使用的手法，它是组织情节和细节的原则。影片的一切细节都要与叙述主干建立起一种对位关系，不能够游离于叙述主干，要有机地配合叙述主干的发展。

马丁·艾思林指出："我们试图把那里发生的一切事都安排在一个重要的模式里，并且了解它作为一个模式的意义。所以，任何不必要的或对那个模式没有用处的事物，都显得是一种干扰，一种刺激。""一个戏剧作品的整个结构，决定于众多因素的极微妙的平衡；所有这些因素，都必须对整个格局起作用，同时又完全是互相依存的。"①

收音机在播音，妻子在用自来水，电话铃声传来，两部电话，警长拿错了话筒。这些细节都在暗示着本片风格是"生活流"，与前面恐怖场面形成对比。

生活流，指记录自然、琐碎、表面上无意义的生活流程。本片的"生活流"，是经过提炼、

① (英) 马丁·艾思林：《戏剧剖析》，第46—47页。

安排的，具有象征性和暗示性。①

本片为什么要采取“生活流”的风格？因为大白鲨的故事情节具有传奇性，为了使传奇故事具有真实感，编导故意采取了“生活流”的纪实手法。通过日常的生活细节和缓慢节奏，营造出一种真实氛围，使传奇人物和惊险故事具有真实性。

编剧在题材与叙事风格的选取上，应注意叙事样式与故事内容的辩证关系。故事是否让人感到真实，并不取决于情节的真实，而是取决于细节的真实。亚里士多德在《诗学》（第二十四章）中说：“一桩可信而不可能的事，比一桩可能而不可信的事更为可取。”

（5）警长的院子

警长上车，舞美搭出的门框，突出了车上的警徽和阿米蒂警局字样，提示主人公的警长身份。本片是一部融合了多种类型片因素的灾难片。影片采用了灾难片的事件类型，但是在警长的性格刻画和他与社区之间的冲突方面，吸取了西部片的叙事方法。

妻子陪孩子在院中荡秋千，“对位”于警长与社区的关系，提示警长是这个小镇的保护者。

警长倒车，展示警长寓所的外景。警长驾车上路，海岸边的广告：阿米蒂避暑胜地，说明事件发生的时间与地点。

（6）海边调查

警长询问青年：“你是本地人吗？”又一次提示男主人公来自纽约。

警长与青年停在栅栏前的造型画面，再次提示海湾的禁区。

哨声。警察表情，悸动音乐，镜头摇向爬满虫子的尸体，悬念拖到最后。节奏的处理。

警长抱着死者的衣服，转身凝视大海，再次提出悬念，究竟是谁杀死了姑娘？

（7）警察局

老职员在谈孩子们学拳击、空手道。台词与叙述主干（海滨命案）形成对位。

警长接到海洋专家的电话，在打字机上打出死亡报告：“鲨鱼攻击！”

段落结束，打字机敲击声，结束了悬念，给这一小段画上了句号。

影片通过制造悬念：什么怪物杀死了姑娘？营造出诡秘、恐怖的情境，随后通过解答悬念，说明全剧的总情境，并引出总悬念——噬人鲨将对海滨浴场发动危险的攻击。

（8）街上——摆渡船

警长跑到街上去购买颜料，街道上走过庆祝国庆节的游行队伍。

警长吩咐警员在海滩上设置“关闭海滩”的标志。

警长乘坐摆渡船，市长赶到船上，极力阻止关闭浴场，双方发生争执。

摆渡船是一个象征，暗示开场向开端部的过渡。

2．叙事性的开场——《阿甘正传》《修女也疯狂》《秋天的马拉松》《远山的呼唤》

叙事性的开场，一般选择叙述性和写意性的手法开场，例如中国戏曲《长生殿》的开场，由副末登场讲述主题和剧情；再如史诗电影《阿甘正传》，影片通过主人公的手提箱，介绍人物的经历和影片情节。两者都缺乏人物的外部动作，并具有较为明显的文学性和叙述性。所以，冷开场成为叙事性开场的主要特征。在叙事性的开场中，虽然也会有人物的“动作—情节”（如《远山的呼唤》），但它们往往不是一般性的写实动作，而是具有象征性的例证性动作，或

① 谭霈生：《电影美学基础》，第393—399页。

者具有寓言性质的情节。

在实际运用中，冷开场有狭义和广义两种解释。从狭义上讲，冷开场特指叙述性、写意性的开场；从广义上讲，冷开场又指所有没有激烈冲突和强烈外部动作的平静开场。

冷开场

叙事体的戏剧、电影通常采用的一种开场办法。冷开场运用文学叙述来介绍全剧总情境和情节概要。由于叙事体的电影开场，无法直接采用史诗的文学叙述和戏曲副末开场的方法，便将它转化为各种写意、象征、寓言和例证动作，暗喻或转喻影片的情境和情节。由于这种叙事体的开场，缺少动作性，通常较为平静，所以被人们称为冷开场。

下面选取影片《阿甘正传》《修女也疯狂》《秋天的马拉松》《远山的呼唤》进行冷开场的观片分析。其中包括了戏剧性影片运用冷开场的案例。

《阿甘正传》的冷开场（3 分钟）

根据温斯特·格卢姆同名小说改编。美国派拉蒙公司 1994 年出品，获美国奥斯卡 1994 年最佳影片、最佳导演、最佳男演员、最佳改编剧本、最佳剪辑、最佳视觉效果六项金像奖。

编剧：埃力克·罗斯

导演：罗伯特·泽梅基斯

镜头随着一根羽毛由上而下，从天空、教堂摇向街道……

羽毛飘过中年男人的肩头，又飘过女人的头顶，飘过车窗，钻入车轮，又飘过街道，最后落在一双泥泞的运动鞋上，一只手拾起羽毛，镜头由下往上摇，出现阿甘的脸。

阿甘打开提箱，里面有橄榄球帽、乒乓球拍、毛泽东像章。阿甘将羽毛夹进一本童话《好奇的乔治》中。

一辆街车驶过，车身上的广告标有：1981。街车遮挡住长椅的半边。

街车开走，一个黑人女学生出现在街头，她坐在阿甘身旁，阿甘请她吃糖："妈妈说，人生就像巧克力糖……妈妈说，看一个人的鞋，就知道他走了多少路……"

开场音乐，钢琴、小提琴营造出一种童话般的温馨气氛。

羽毛在空中飘荡，采用半仰视角；平稳的肩扛摄影，有一种呼吸感。羽毛随着气流自然飘浮，暗示着人物莫测的命运和冥冥中的天意。电脑特技处理与情感完全融为一体，毫无炫耀技术的迹象。

诗意的开场，喻示本片风格：寓言，童话，史诗。阿甘的一生是一则人生寓言、一篇平民的童话、一部当代美国的史诗。弱智、残疾的阿甘实现了大多数美国人的"美国梦"。

在影片中，阿甘的身影，出现在不同的历史场景中：小石城事件、反越战游行、水门事件、乒乓外交。阿甘的小行李箱装着美国 20 世纪 60—70 年代的历史风云，集中反映了他多彩的人生，也提示着影片的故事内容。

童话《好奇的乔治》流行于 20 世纪 40 年代，讲述小猴子乔治闯荡人类世界的冒险故事。这部童话就是影片故事的寓言性概括。在童话书的封里绘有走在电线上的小猴子乔治，阿甘将羽毛夹在书中，表明这一童话与羽毛具有同等重要的寓意。

阿甘的出场亮相，最先呈现的是一双泥泞的运动鞋，它暗示着主人公奔跑者的性格。如果说，羽毛、巧克力、童话书的表征是一种虚的意象，那么，鞋的象征是一种实的例证动作。

阿甘的妈妈说：人生就像巧克力糖（不同糖心被包裹着各种外皮，没人知道会吃到什么味道的糖），它与飘浮的羽毛共同传达着一种守拙哲学。影片将阿甘的从容淡定与女友珍妮的狂傲浮躁形成对比，褒奖60—70年代的保守主义，批评风靡一时的左倾激进思潮。

街车上广告的1981，标明了故事开始讲述的时间；一辆辆街车载走了阿甘的听客，又送来了新的听客。街车成为每一段故事的“句号”和下一个故事的“冒号”。

在影片的结尾，阿甘送儿子上校车，将母亲给他读过的童话书《好奇的乔治》放进儿子的书包，羽毛从书中滑落到他的脚下，一阵天风将羽毛从阿甘脚下再次吹向天空，暗示自然生命循环往复。

《修女也疯狂》的冷开场（童年戏1分10秒，摇滚歌唱3分20秒）

美国试金石公司1992年出品。
编剧：乔治·霍华德
导演：比尔·杜克
主演：乌比·戈德堡

在1986年的美国圣安妮教会学校里，修女教师让黑人女孩子艾德丽丝到黑板上写出十二使徒的名字。艾德丽丝将猫王的名字也写在黑板上。修女说她将被魔鬼带走，万劫不复。艾德丽丝却对着老师傻笑。
音乐起。切到夜总会的舞台，成年的艾德丽丝在舞台上演唱一首摇滚歌曲《追随》。

艾德丽丝弄混了歌星与使徒，黑板上的粉笔字“猫王和使徒”是对她的一种命名，她既是使徒又是摇滚歌手。这是一个例证性动作，它不是一个写实动作，而是一种诗化象征。

在影片的开端，艾德丽丝在夜总会演唱了一首摇滚歌曲，在她逃避追杀躲进教堂后，将这首摇滚改编成了一首赞美诗。在影片的结尾，身穿圣袍的艾德丽丝带领修女唱诗班，齐声合唱由摇滚改编的这首赞美诗。同一首歌曲的两种版本，既形成了音乐片的首尾呼应，又体现了主人公“猫王和使徒”的双重性格。编导通过这首歌曲浓缩了全剧总情境。

《秋天的马拉松》的冷开场（4分24秒）

莫斯科电影制片厂1979年摄制。1979年获圣·塞巴斯蒂安国际电影节大奖，1980年获全苏电影节大奖，1981年获俄罗斯联邦共和国国家奖金。
编剧：阿列克山德拉·瓦罗丁
导演：格里高里·达涅里亚

（1）第一开场
窗外灰暗的街道，布兹欧金的画外音：“自然界缺了我们有什么乐趣，如果木筏无人，水波又何必将它摇摆，问号；流星又为谁从天空陨落，问号；如果原野无人，雷声隆隆又是在恐吓谁”，镜头焦距变化，由窗外拉入窗内。
忧郁、疲倦的女打字员阿拉，仰望翻译家布兹欧金，被他吟诵的诗句唤起爱意。
阿拉：“还是问号？多好的诗句……让我们生一个孩子吧！他一定很有天才，像你一样。”

布兹欧金："我不是诗人，这是别人的诗句，我只是一个翻译家！我无法改变自己的生活。"
音乐起。字幕背景：黑暗的地铁隧道，窗外划过串串灯光，翻译家坐在车内。他下车，车站上升的电梯，地铁大厅穹顶……

影片在赞美人的诗篇中开场，暗示主题：人应该是生活的主宰，人应该是爱情的创造者。

翻译家布兹欧金回答女打字员阿拉的话："我不是诗人，我只是一个翻译家，我无法改变生活。"点出男主人公缺少创造生活的能力与勇气。这是对男主角的命名。

男女主人公的对话，揭示出本片的思想主题：爱情根源于创造。没有诗人的想象力和诗意的激情，不可能突破现实生活的困境，创造出美好的爱情生活。

喜剧的本质是表现活泼的生命形态与僵化的机械形态所发生的冲突。地铁内向上的电梯和大厅穹顶，都呈几何图形，这种非生命的机械图形暗示着被外力操控的人生喜剧。

(2) 第二开场

布兹欧金坐在门厅吸烟，门铃响，丹麦教授汉斯走进来，翻译家去卧室向妻子尼娜打招呼……
布兹欧金与汉斯在街上跑步，两人穿过大楼的楼洞，足音在门洞里回响。

主人公吸着烟等待晨练，表明他根本无意于去跑步锻炼身体，揭示了布兹欧金老好人的性格。墙上挂着主人公的肖像漫画，暗示本片是一部具有讽刺风格的轻喜剧。

布兹欧金的妻子尼娜的第一次出场亮相是从被窝中钻出来，神态慵懒、头发蓬乱，一副贪睡的样子。这是尼娜的例证性动作。懒散的尼娜与青春的女打字员阿拉，形成鲜明对比。

男主角穿过楼洞，足音被放大，强调中年人在情人与家庭之间匆匆奔跑的沉重脚步。这是男主角的例证性动作。足音的效果是夸张的，但是音源是真实的，从而达到写实与写意的统一。

例证性动作

例证性动作，指能体现人物个性特征和行为特点的动作。它不是一般意义上的写实动作，而是贯穿全剧的象征性动作，对揭示全剧的主题具有重要意义。

贝克：具有例证性质的动作是戏剧的核心，而这种动作必须仔细选择。从若干可能的动作选择出来的这种动作，它应该迅速得到最大感情上的效果。①

发现和选择例证性动作，需要对现实生活进行哲学概括，并将这种概括转化为具体的人物行动。例证性动作建立在发现性的细节上。没有细节，就没有具体的例证动作；没有发现性的细节，就没有独特的例证性动作。

例证性动作集中体现了"典型环境中的典型性格"。好的例证性动作，来自对现实生活中人物性格和人物关系的独特发现。

《远山的呼唤》的冷开场（11分10秒）

编剧、导演：山田洋次
主演：高仓健、倍赏千惠子
片长：124分钟
获奖：1980年排名日本《电影旬报》最佳影片第五位。蒙特利尔国际电影节特别奖。

---

① （美）乔治·贝克：《戏剧技巧》，第61页："选择具有例证性的细节的问题。"第85页："还必须对人物例证性的言语和行动加以选择。"

沉郁的原野，母与子的呼唤声："武志，快来帮忙！""妈妈！"马嘶、乌鸦叫、隐隐雷声……
地平线。字幕：根川原野，初春。
雷雨前的原野，云雀的叫声，田岛耕作在路上跋涉。
雨夜，农舍内透出温暖的灯光。室内，风雨声，母子用餐。母亲："真糟，今晚母牛要生小牛了！"男孩子："这回准是母的。"
电光中丈夫的遗像。
农妇警惕地倾听，雷鸣电闪，敲窗声，窗上陌生男人的面孔。农妇拉开半扇门，男人："我迷了路，让我在屋檐下过一夜行吗？"
农妇引领陌生人前往放农具的小屋，一阵电闪雷鸣……
农妇回屋，呼唤儿子："武志，把厨房的刀都放进壁橱里去！"

开场迅速交代情境：黑暗原野，雨中小屋，孤儿寡母在吃饭，忽然有陌生男人求宿。

农妇领陌生过客冒雨走向农具屋，镜头是从孩子角度进行拍摄的。镜头表明这段故事是站在孩子的角度进行讲述的。

农具棚，农妇来送毯子，农妇举着灯进棚，看到赤裸着上半身的男人。
男人在马灯上烤手，黑暗中传来马嘶声……［伏笔。照应结尾时与牡马优嘎告别。
男孩送来热酱汤和饭团，男人饥饿地吞食，男孩在一边观看。电闪雷鸣，孩子惊恐地叫喊。

暴风雨夜，举灯农妇，半裸陌生男人，被导演放在一个画面里，形成一种独特的情境张力。人物的戏剧性关系被画面强调出来：他们一个是健壮男人（逃犯），一个是年轻的寡妇。烤火、吃食的景象，都是从孩子窥视的角度叙述的。男人与孩子被放在一个画面中，无父孩子和流浪男人之间的戏剧关系被强调出来。

情境的张力来自人物之间形成的戏剧性空间。这种戏剧性空间，暗示着人物间的冲突和人物关系的发展——母亲与过客，可能发展出一段爱情故事；孩子与过客，可能建立起父子关系。

它们印证了两条编剧原则：独特的戏剧情境，来源于独特的人物关系；独特情境的建立，要落实在具体的冲突性场面上。

深夜，男孩醒来发现妈妈不在了，手中拿着木刀，跑出屋子。
男孩透过牛棚窗子往里看，母亲在和陌生人一起给母牛尼可接生小牛。母亲的画外音："就快好了，尼可再使点劲！对，马上，好了！"

从孩子的视角来看母亲和陌生男人（未来的父亲）的邂逅。孩子的视角可以产生出一种独特诗意。选择一个好角度来叙述故事，可以展示丰富的情境空间。

晨，草原农舍，鸟鸣，民子抚摸着新生的小牛犊，武志和小牛玩耍。抒情音乐。

明媚的清晨与恐慌的风雨之夜，形成戏剧性的对比，可怕的陌生人变成了一个普通过客，形成一种喜剧性的效果。民子因为接生了母牛犊而心生欢喜，农妇的艰辛尽在其中。

家中，耕作在喝茶。武志问母亲："妈，这篇作业怎么做？"
耕作告辞。民子取出钱，让武志送给叔叔。

耕作与民子、武志暂时在同一个屋子中，好像是一个幸福的家庭。温馨的家庭气氛与漂泊的神秘旅人形成对比，画面在暗示着一种可能发展形成的人物关系。

街上，孩子追上耕作，送钱。耕作推辞，武志说："妈妈让我一定给你。"耕作收钱。耕作问："你父亲呢?"武志自己吃力地拉上衣服拉链："他死了!"
铁路线，耕作走向远方。[影片至此10分钟。

本剧的冷开场看似是由写实的、动作性的情节构成的，但是，它与后面的写实情节有本质的不同，它实则是一个具有象征性的寓言故事，蕴含着整部影片的哲理诗情，集中体现了影片的主题情境（北海道牧场的寡妇孤儿与神秘过客的邂逅）。正是围绕着开场的这一核心情境生发出了全片的夏、秋、冬的分题情境和单元情节。

结尾再次强调武志是孤儿，暗示武志和耕作之间可能形成的父子关系。孤儿与陌生过客的戏剧关系，形成了一种故事"悬念"，这一悬念在后来的故事中得到解答。

开场的情节（暴风雨、母牛产仔和让儿子送钱），在结尾时被重复使用，形成前后呼应。出场的母牛尼可、牡马优嘎，后来也成为剧中贯穿始终的"人物"。

本段中使用了三种镜头视角：A. 客观、白描的镜头，采用半俯视、窥视角度。B. 孩子的主观镜头，从孩子的视角进行叙述：我的爸爸妈妈的故事。C. 男女主人公相互观察的镜头。室内与室外，居室和农具棚，二者用冷暖色进行对比，表现男女主人公的不同处境和感受。这几种人物叙事的角度，后来在全片中贯穿运用。

从开场看统一性

叙事体的戏剧、电影采取从开场看统一性的结构原则。如果说戏剧体电影遵循通过高潮实现统一性的组织原则，那么叙事体电影则遵循通过开场实现统一性的组织原则。

叙事体与戏剧体的戏剧、电影具有不同的结构，它们的开场也具有不同的性质。戏剧体的戏剧、电影采用的是以高潮为中心的团块结构，所以，戏剧体的开场主要承担预示高潮的功能。叙事体的戏剧、电影采用的是散点、线性的纲目结构，需要通过开场来预示和引领全剧情节的发展，因此，叙事体的开场成为统领全剧的纲领，以及检验全剧统一性的标尺。

以中国戏曲为代表的叙事体戏剧，通常不是采用人物的写实动作，而是采用文学叙述和写意手法来勾勒全剧情境、预言情节、介绍前史；叙事体电影广泛借鉴了这种方法。

叙事体电影的开场，往往采用寓言来隐喻、概括总情境，勾勒出情境的整体轮廓。例如《远山的呼唤》的开场，根川原野上的寡妇在一个春天的雨夜邂逅了神秘的男过客，得到了他的帮助。这个故事实质上是一篇寓言，它浓缩了全剧的总情境（人物、事件、环境），影片的所有情节都是在这一情境基础上生发出来的。此后的人物命运逐步实现了开场所预示的情节发展走向：男女主人公最终相爱，组成了一个新的家庭。再例如《一江春水向东流》的开场，通过"一江春水向东流"的诗词寓言，浓缩了全剧的总情境，预示了悲欢离合的故事情节以及男女主人公的悲剧性命运。

叙事体电影的开场，经常会呈现一两个体现主题的情境意象，以此来统摄情节发展中的例证性动作。例如《阿甘正传》开场，最先出现的羽毛和鞋子的意象。羽毛是统摄全剧的主题意象，鞋子代表阿甘贯穿全剧的例证性动作。羽毛和鞋子分别体现了虚的主题概括和实的情节展开。再例如《霸王别姬》开场，"戏中戏"的宝剑，它既是主题意象的构成因素，又是一件贯穿性的道具，通过寻剑、赠剑、还剑、烧剑的系列运用，形成贯穿全剧的例证性动作。

叙事体电影的开场，通常要与影片的结尾形成照映埋伏。开场提供了情境、情节、意象、主题等诸方面的预示，结尾则要具体地落实和因应这些预示。通过开场与结尾的前后照映，使观众们看到情节发展的圆满终结，情境内涵的全体呈现，以及主题概念的完整演绎。例如美国电影《阿甘正传》的开场，羽毛从天而降，结尾大风又将羽毛卷上天空。再例如苏联电影《莫斯科不相信眼泪》的开场与结尾，重复演唱主题歌曲："莫斯科不是一天建成的"，"莫斯科不相信眼泪"。叙事体电影的开场与结尾的首尾照映，从情境、情节、主题、意象诸方面，强化和凸现了结构的统一。

下面介绍情境、情境激化的概念。黑格尔指出：情境是戏剧体诗与史诗（叙事体）共同的"实体性"基础，也是两者共有的原则。①

情境

戏剧情境由三种主要因素构成：剧中人物活动的具体时空环境，对人物发生影响的事件，有定性的人物关系。在这三种因素中，最根本的因素是人物关系，因为环境和事件都要通过人物关系产生作用。情境是冲突形成和发展的特殊机制，是促使人物产生动机、动作的先决条件。情境是"情节的基础"，也是情节构成的"实体内容"。

谭霈生："人的命运乃是个性与情境的契合，情境赋予人的命运以实在的形式。""只有把动作置于特定的情境中，才能把握主体的动机，确立'怎么做'。""特定的情境赋予动作的特殊的意义。""情境乃是情节的基础，情境变化构成情节的实体内容及其发展的历程。"②

苏珊·朗格："情境是许多即将来临的动作的合成。"③

狄德罗："考虑到你的人物所要度过的 24 小时是他们一生中最动荡最严酷的时刻，你就可以把他们安置在尽可能大的困境之中。情境要有力地激动人心，并使之与人物的性格发生冲突，同时使人物的利害互相冲突。"④

小仲马："剧作家在设想一个情境时，他应该问自己三个问题：在这个情况下我该做些什么事？别人将会做些什么事？什么事是应该做的？谁不觉得这种分析是必要的，谁就应该放弃戏剧，因为他将永远不会成为一个剧作家。"⑤

情境激化

情境激化，指在外来因素的刺激下，情境由平衡的状态转为戏剧冲突的状态。谭霈生指出："要使潜伏的矛盾迅速爆发为冲突，剧作家需要在情境中提供一种特殊的条件，诸如突发的事件等等。正是这种前提和条件，构成戏剧冲突展开的机缘。"⑥

造成情境激化的方法有很多种：如通过外部事件，造成情境激化。在《姿三四郎》中，矢野击败门马，导致三四郎改投师门；再如《纽约大地震》中，纽约的生活按部就班地在运行，地震突然爆发，改变了人们的人生轨迹。

通过内部事件（心理事件）引发情境激化。如《麦克白》中，女巫预言麦克白将成为君王，唤醒了他内心对权力的渴望，决心暗杀邓肯王；再如《五点到七点的克莱奥》中，女歌手克莱奥得知自己可能患上了癌症，焦虑不安地等待医院的化验结果。它们都是由于某件事的触动，唤醒了人物内心的欲望和恐惧，引发心理危机，造成情境激化，所以，又被称为情境激励。

通过"外来人"的闯入，打破平衡，造成情境激化。例如《小城之春》中，志忱的出现打

① （德）黑格尔：《美学》第三卷（下册），第 244 页。
② 谭霈生：《戏剧本体论》，《谭霈生文集》，第六卷，第 114、144、151 页。
③ （美）苏珊·朗格：《情感与形式》，第 357 页。
④ （法）狄德罗：《狄德罗美学论文选·论戏剧诗》，第 197 页。
⑤ （美）约翰·霍华德·劳逊：《戏剧与电影的剧作理论与技巧》，第 222 页。
⑥ 谭霈生：《戏剧艺术的特性》，第 101 页。

破了玉纹与礼言冷寂的家庭生活，使三人陷入了情与礼的冲突。有时人物的离去也会激化情境，例如《克莱默夫妇》中妻子的离去，引发克莱默与儿子的矛盾冲突，造成了情境激化。

情境激化与人物带入，二者密切相关。情境激化导致主人公被迅速地带入冲突之中。没有情境激化就没有带入，人物被带入是情境被充分激化的体现。

在全剧总情境被激化后，随着情节的发展，各部子系统的情境也会被激化，从而不断地扩大冲突的广度和深度，持续地推动戏剧冲突的发展。

二、开端部

本节将通过分析戏剧性影片《空军一号》、叙事性影片《远山的呼唤》，对开端部与带入，分别进行介绍。

开端部

开端部是一个相对独立的结构单元，有自身的开端、发展、高潮、结尾。开端部的主要任务是介绍全剧的总情境（环境、事件、人物关系）。

劳逊指出：在开端部，剧作者要尽快向观众说明人物、地点、时间和人物关系。但是，不能把它看作是解释性的，否则写出来的戏一定枯燥无味或毫无发展。必须通过动作把说明部分充分戏剧化。①

戏剧性影片开端部的独立性弱，与其他各部特别是高潮部之间具有紧密的联系，叙事性影片开端部的独立性强，与其他各部之间具有松散的联系。

戏剧性影片《空军一号》的开端部与发展部（展开部、递进部），前后紧密地联系在一起，冲突的强度不断提升，各部最终在高潮部实现统一。叙事性影片《远山的呼唤》的开端部与发展部、结尾部之间的关系松散，冲突节奏相对平衡，各部在开场的引领下有序发展。

带入

主人公被带入冲突，人物关系相互纠缠，意味着戏剧冲突的深入发展。带入也就是系结，是总悬念的落实。带入是人物运用主观意志进行抉择的一个行动环节。

带入有卷入、进入两种方式。卷入是人物在情势裹挟下发生的，如《远山的呼唤》中，耕作被迫出面阻止蛇田追求民子，人物的内心活动比较曲折复杂。进入是在人物受主观意志支配下发生的；如《空军一号》中，总统主动放弃逃生舱，留下来拯救妻女，人物的意志更自觉，外部动作更鲜明有力。

在传统戏剧中，强调人物的意志冲突，常采用进入（莎士比亚《理查三世》、席勒《强盗》）；在现代戏剧中，强调人物的性格冲突，常采用卷入（契诃夫《樱桃园》、弗利施《毕德曼和纵火犯》）。

---

① （美）约翰·霍华德·劳逊：《戏剧与电影的剧作理论与技巧》，第293页：“无论怎样巧妙地掩饰，解释终归是解释。”（美）乔治·贝克：《戏剧技巧》，第174页：用哑剧、合唱队和独白来陈述，或是通过碎嘴长舌的管家和女仆大谈他们知道的事情，或是向一个心腹朋友倾吐心事。

劳逊说：开端部分涉及到一个自觉意志的树立，最紧张的一刻应该是下定决心的一刻。① 阿契尔说："没有任何东西比做一次将使抉择者和其他人的性格和命运受到决定性影响的重大抉择更富于戏剧性的了。"②

带入不是一个单一动作，而是一个行动过程。人物进入冲突中心的这一过程，正是展示人物性格和行为动机的重要契机，如《麦克白》中麦克白图谋暗杀邓肯王时的犹豫，《哈姆雷特》中哈姆雷特"生存还是毁灭"的独白，都是将人物抉择的心理过程展示出来。

带入的位置大多处于开端部的位置，主人公在被带入冲突之后，还会在其后的情节中面临新的抉择和带入。最初的带入属于关键性的带入，因为它开启了其后（发展部和高潮部）的一系列带入。

1. 戏剧性影片的开端部——《空军一号》

本片开端部分共 24 分 25 秒。由开端、展开、递进、高潮四个情节段落组成，它们之间的关系紧凑，各段落的动作持续上升，形成一种阶梯性的紧张节奏。

开端部开端：劫匪和总统登机。
开端部展开：劫机枪战。
开端部递进：迫降失败。
开端部高潮：总统到哪里去了？

开端部的开端：劫匪和总统登机
机场，空军一号。美国主题音乐。
机场安检门，匪首科舒诺夫验指纹，屏幕上的照片特写。俄罗斯音乐。［反面一号出场。
路上，总统车队驶向机场。美国主题音乐。［机场和车队的平行蒙太奇。通过音乐强调节奏。
机场，助理新闻官米雪接待"俄记者"："你们可以采访总统 10 分钟，采访官员 20 分钟。"
轿车上，总统杰姆士与国务卿争论反恐政策。［树立总统的个性形象。
机上，米雪领"俄记者"们参观空军一号的保安特勤区。［伏笔。
总统车队，美国主题音乐。［平行蒙太奇，通过音乐强调节奏。
机上，米雪领"俄记者"参观办公室、驾驶舱、通讯中心。［介绍未来战斗场所。
安全官纪布斯特出场，催促众人回位，总统要登机了。［人物例证性动作。
机场，总统登上空军一号，欢送的人群。主题音乐。
总统与机组人员谈话。画外音：半小时后起飞。［介绍空军一号机组驾驶员。倒计时。
总统与助手、官员谈球赛，等待妻女。［介绍总统班底人员。
总统夫人葛瑞丝和女儿爱丽丝登机，爱丽丝向记者们摆姿态。［介绍第一家庭。
机舱内，总统父女谈话。（"男人穿紧身裤有什么好看。" "在 12 岁，原始人已经生孩子了。"）［介绍总统父女之间的情感。
机上，米雪在给恐怖分子发材料。［再次强调悬念。
飞机发动机的音响，广播："准备起飞。"［段落划分，暗示进入小高潮。

① （美）约翰·霍华德·劳逊：《戏剧与电影的剧作理论与技巧》，第 229 页。
② （英）威廉·阿契尔：《剧作法》，第 44 页。

总统父女交谈，姣好的少女姿态。温馨的音乐起。[缓和紧张节奏。
总统与妻子谈女儿（“她等不及长大。”）。夫妇亲吻，秘书来叫开会。[介绍夫妻情感。
夫妻谈当年竞选议员时的理想。温馨的音乐。[介绍总统青年时期富于理想的奋斗史。
空军一号起飞，驾驶员：“谢谢莫斯科友好的接待。”[开端部的开端结束。
空军一号在空中飞行。美国主题音乐。[段落句号。

过渡段：大战前的寂静
总统女儿睡了，夫人为她盖上毛毯，核官员将“足球”锁在手上也睡了，舱内静谧。
空中飞行的空军一号。无音响、无音乐。
会议室内，总统和官员在讨论伊拉克局势。无音乐。[制造松弛，为进入激烈冲突做铺垫。

开端部的展开：劫机枪战
安全官纪布斯特枪杀3名特工，打开武器库，施放烟雾弹……阴郁的俄罗斯音乐。[情境激化。
劫匪取到枪支。枪声，叫声。紧张的俄罗斯音乐。
枪战，死人，混乱。父女相互呼唤（“我的妻女呢？”“爸爸！”）。[必需场面。总统留下不走的心理动机，说明性的伏笔。
机上：“发生劫机，15分钟到达机场”。[倒计时。
地下：副总统凯莎琳乘直升机赶到白宫。[运动镜头，有技巧剪接。引入新因素A：白宫。
机上：枪战，总统的核弹密码箱（“足球”）。[注入尽量多的细节，增加信息量。
地下：机场（呼叫09跑道）。战斗机起飞。[引入新因素B：战机。
机上：枪战，掩护总统逃走。警卫：“逃生舱已发射！”

开端部的递进：迫降失败
地下：营救小组乘直升机出发。[引入新因素C：营救小组。
白宫：副总统指挥营救，询问情况。
空中：援助战机“光环分队”飞往事发航线。
白宫：官员们在开会磋商。
空中：战机“光环分队”为空军一号护航。
机上：空军一号驾驶员准备在德国军用机场降落。
机场：塔台上的调度员，准备迎接迫降的空军一号。[引入新因素D：机场。
机上：劫匪炸开驾驶室舱门，驾驶员坚持迫降，劫匪枪杀驾驶员。
机场：劫匪强行拉起要降落的飞机，险象环生……俄罗斯主题音乐。

开端部的高潮：总统到哪里去了
白宫：争议。国防部长华特对副总统：放松些，我来做主！[白宫内部的权力冲突。
机上：匪首科舒诺夫怒吼：总统逃走了！
空中：空军一号在飞行。
白宫：副总统听说机上有内奸：“机上有人帮他们吗？”“我能相信谁？”
机上：匪首科舒诺夫威逼总统妻女站出来；他与白宫通话：“总统的妻女在我手中！”
空中：营救小组看到救生舱，直升机下降。
丛林：打开救生舱，里面是空的。[主观推镜头。

机上：总统出现在机舱里。[悬念解开，带入部分完成。

开端部小结

开端部作为一个独立的单元，有其自身的开端、发展、高潮。

（1）开端部的开端

在开端部的开端部分，集中笔墨介绍空军一号上的基本情境：事件、环境和人物关系。在事件方面，交叉地介绍了：第一家庭的日常生活，劫匪在空军一号上的侦察活动。在环境方面，详细地介绍了空军一号的空间环境，让观众熟悉机上的设备和机舱位置，这样当劫机事件发生时，观众就不会失去对机上空间位置的判断力。在人物关系方面，有条不紊地介绍了剧中人物：俄罗斯记者（劫匪）、空军一号机组人员、安全官员纪布斯特（双重身份）、总统班底、第一家庭（亲情与爱情）。

影片在介绍人物时，根据人物在片中的重要程度进行笔墨分配。对机组人员只进行了简短介绍，对第一家庭则给了较长篇幅的介绍，总统登机的场面比第一夫人和女儿登机的场面更大，镜头也更多。影片特别强调了总统的平民形象，介绍他早年曾开着破篷车参加竞选，喜爱打橄榄球，以此来博取平民观众对这一人物的认同。

（2）开端部的发展

发展部分，分为两个段落：展开段和递进段。展开段：通过突然发生的劫机事件，激化全剧的总情境，推动冲突迅速地全面展开。空中枪战和白宫救援，天上与地下，交叉讲述，加强了叙述的节奏感。递进段：引入一系列新因素，战斗机护航、直升机迎接救生舱、空军一号在德国空军基地迫降。

空军一号在德国军用机场迫降的一段戏，编导有意提供了劫匪的体验和视角，既有塔台调度员的主观镜头，也有劫匪驾驶员的主观镜头。这种多元的叙述立场以及相互对立的主观镜头，形成了对同一事件的多角度描述，扩展了事件的思想和情感内涵，为观众提供了富有意味的思考空间。西方电影的多元化叙事，是在多元文化环境下形成的。这种多元化视角不仅体现在影片镜头的具体处理上，也体现在整部影片的情境设置和情节安排上（如叛军领袖雷特之死的段落，采用了“最后一分钟的营救”的模式）。

（3）开端部的高潮

开端部有两个高潮段落：次高潮段是劫匪科舒诺夫威逼众人交出总统的妻女，主高潮段是总统放弃逃生舱，决定留下来挽救空军一号。总统在危机时刻的抉择，构成了主高潮段。这一高潮段既是人物动作的阶段性高潮，也是人物性格的阶段性高潮。

本片的带入方式与众不同。特工已将总统护送进救生舱，地面营救小组找到救生舱后，却发现里面是空的，这时，总统忽然出现在空军一号上。总统决定留下的抉择心理过程被省略，由此制造出一种惊奇的效果。

按照一般的叙事规律，在开端部的开端之后，不再扩充和改变总情境。可是本片的发展部分却在开端对基本情境的介绍完成之后，不断引入新人物、新事件、新场景，造成总情境不断发展扩大。新因素像滚雪球一样愈滚愈大，造成情势的不断紧张和复杂化。这种爆炸性的发展态势，比观众预期的事件发展速度更快，冲突方式更多样化。

在发展部分改变由开端部分建立的情境预设，可以制造出令人意外的情节，从而满足观众对情节内容的期待：比他们预期的更曲折、多样，更新奇、刺激；情节的发展既在意料之外，又在情理之中。

（4）段落划分与节奏

开端部的各部分，均采用空军一号在空中飞行的空镜头进行段落划分。

影片大量采取平行蒙太奇的叙事手法，以强化节奏对比。例如总统车队驶向机场，劫匪在空军一号上参观，二者形成动与静的对比。在开端与展开之间，影片有意穿插了一个舒缓的过渡段落（宁静的空军一号机舱），为突然发生的劫机事件进行节奏上的铺垫。

编导者在紧张的悬念中，加入了喜剧元素，如服务员报出橄榄球赛的比分，这些喜剧元素既可以丰富情感层次，也有助于叙事节奏的调节。

2. 叙事性影片的开端部——《远山的呼唤》

本片开端部分共16分30秒。由相对独立的四个情节段落组成，它们之间的关系松散，没有直接的因果联系，各段落的动作相对平衡，形成稳定舒缓的节奏。

开端部开端：闯入者（过渡段：清晨劳作）
开端部发展：耕作劳动（过渡段：民子教耕作开割草机）
开端部高潮：邻居的议论（过渡段：耕作带武志、阿瞳骑马）
开端部结尾：民子送衣

片头字幕：短暂的夏天来临了。
空镜头，野花，蝶，草原，流水声，生机勃勃的音乐。片名。
耕作沿着铁路线返回。[铁路和季节的意象，在影片中贯穿始终。
草场全景，母子在劳作。欢快的音乐。
过渡镜头，帮工的邻家女孩回家，拖拉机横向驶过画面。[暗示本片的开幕。

开端部的开端：“闯入者”——武志的角度
耕作走进农场，武志由棚上往下观察，看见耕作与母亲交谈。
耕作抬头看到武志，武志对耕作憨傻地笑。

耕作出场，黑熊走出森林的音乐。卡通效果。轻喜剧风格。俯视镜头，标示这一段落是从武志的主观角度叙述的。三人共处同一画面，暗示着三个人之间存在的戏剧性关系。

武志在远处牵马观望，民子与耕作谈打工的事情。
草场拉铁丝网，母子对话：“让人不放心，你看住他！”“放心好了，他要干坏事，我揍他！”
武志到农具棚，询问耕作名字，对陌生男人好奇，磨蹭不想走。[渴望交流。
武志兴冲冲进屋。母子对话：“锁上门。”“叔叔说我的名字好！”“妈妈叫你问的名字？忘了吧?!”

本节叙事任务，介绍闯入者与孤儿寡母的关系。

本段落分前后两部分，中间插入过渡句（拉铁丝网），用音乐调整节奏。拉铁丝网，暗示对来客设防。符号化的电影语汇与写实的表演风格之间存在着冲突。

这一段落，通过孩子的眼光来叙述“闯入者”，“叔叔说我的名字好”是本段落的高潮点。

本片采用白描手法，长镜头场景，信息量很大，令人玩味。

母子二人对“闯入者”既好奇又担心。喜剧性产生于此种独特的、有趣的人物关系。

过渡段
晨，民子放牧、挤奶。布谷鸟叫声、牛羊鸣叫声、机器轰鸣声、瓶桶碰击声、倒水声。[插入的过渡段可以使段落衔接得更舒缓、更绵长。本片插入了许多类似的过渡段，由此可以看出编导在这些地方进行散文化处理的结构意识。

开端部的发展：耕作劳动——民子的角度

民子倒牛奶桶，耕作的手入画，镜头上摇，摇出耕作的全身，白T恤衫、长裤、长筒靴。

耕作在牛舍干活。民子观察耕作。（“我来吧！”“这刷子能用吗？”）

厨房，民子往外看，耕作和儿子坐在窗外的桌上一起吃饭。“不肯在屋里吃，真怪！”

牛棚劳动一场，耕作被塑造成敏感、聪明、健壮的绅士形象。编导将耕作安置在明暗切割的黄金分割线中，以突出其强健的体魄。扮演耕作的高仓健是日本妇女的偶像，影片对他的形象进行了细心的包装。

在吃午饭一场，耕作与民子的家庭保持距离，引起了民子的好奇。耕作、武志和民子，三人被框入同一画面，暗示着三人之间的戏剧性关系。

过渡段

民子教耕作开割草机。抒情音乐。

开端部的高潮：邻居的议论——女邻居和邻家女孩的角度

女邻居房子来送货，向民子询问打工男人的身世。（“准干了见不得人的事。”“个头不小。”“小心锁门。”）［女邻居喜剧式的表演。邻居的议论，突出了耕作的神秘。

草原，河边，邻家女孩阿瞳和武志在偷看耕作给牡马优嘎洗浴。（阿瞳：“长得够吓人的！”武志：“我才不怕。”）

耕作阳刚的体魄，对女性构成一种冲击力。牡马是一种性的符号。河边，两个小孩子对话，具有喜剧性。武志显示自己的胆大，女孩子阿瞳带有朦胧的性意识。

编导让民子母子与“闯入者”之间，发生一种喜剧性的碰撞。

过渡段

耕作带武志、阿瞳骑马。（武志招呼：“妈妈，你看！”）民子思虑的表情。

开端部的结尾：民子送衣——民子的角度

农具棚，夜，民子给耕作送来丈夫的衣服和蚊香，二人谈工钱和休假。民子询问耕作的身世，耕作拒绝回答，民子不快地走了。

民子长期疑惑耕作的身份，由于耕作接近她的孩子，她终于忍耐不住去询问对方。耕作的反常行为，也给观众造成一种悬念：他是什么人？他为何来到此地？他有什么不可告人的目的？

开端部小结

（1）戏剧冲突的类型有两种，一种是剧中正反面人物直接发生冲突，一种是人物与总情境发生冲突。前者表现为人物之间的意志冲突，后者表现为人物之间的性格冲突，以及人物与周围环境的冲突。本片为后者。在片中，男女主人公之间并不构成直接尖锐的冲突，而是男主人公的隐秘身份与大环境发生冲突。

（2）在开端部，每一场之间都有一个过渡段，体现出全片的舒缓节奏和散文风格。一种艺术风格的表现必须通过结构上的独特设置，才能得到充分体现。

（3）影片中的不少场景采用了固定的中远景，用长镜头表现演员的连贯表演。画面内部的信息密度较大。这是一种调动观众主动读片的叙事方法。

三、发展部

本节分别介绍戏剧性影片《空军一号》的发展部（展开部、递进部）和叙事性影片《远山的呼唤》的发展部，结合影片对基本概念进行具体说明。

发展部是戏剧性与叙事性影片共有的情节单元，二者在发展冲突的功能上有许多相同之处，但是在组织结构上有本质差异，戏剧性影片的发展部由展开部、递进部组成，所占时间较长（约占全剧2/4）；叙事性影片的发展部，不再分为展开部、递进部，所占时间相对较短（约占全剧1/4）。

发展部

发展部是一个相对独立的情节单元，有自身的开端、发展、高潮和结尾。发展部要发展动作冲突，有节奏地、呈波浪式地推进情节发展。后一场面的冲突效果要超过前一场面，同时为更后面的冲突做好准备。

冲突要在广度上展开，向深层次递进，冲突形式要多样化，切入角度要多侧面。要防止冲突形式的单调、重复。①

在情节发展的进程中，存在着两个发展阶段：人物外部行动的情节阶段和人物内心动作的情节阶段。前者属于“外部情节”，后者属于“心理情节”。前者是情节发展的外部阶段，后者是情节发展的深层阶段。②

发展部在戏剧性电影中，占有的篇幅较长，一般分为展开、递进两部分。在展开部分，情节发展处于外部行动的层面，人物的外部动作占有主要成分。在递进部分，矛盾冲突深入到人物内心的层面，外部动作转化为内心动作，人物的心理动作占有主要成分。发展部通过外部情节的展开，转为内部心理情节的递进，形成阶梯性上升的发展趋势。

发展部在叙事性电影中，占有的篇幅相对较短，内部组织结构较为均衡，一般不再分为展开部、递进部。叙事性电影的发展部与其他各部（开端部、高潮部、结尾部）之间是一种相对平衡的松散关系。

展开部

展开部为戏剧性电影发展部的前一情节单元。展开部的主要任务是：展开冲突。须要确立动作的发展方向，扩大冲突的范围和规模，促使人物投入行动，推进人物关系的迅速发展。

只有充分扩展冲突规模，才能使所有参与冲突的人物不断地被带入；冲突一旦展开，要足以联络不同人物，并导致人物关系的激化和转化。

---

① 谭霈生：《论戏剧性》，第128页。

② 谭霈生：《论戏剧性》，第19页。

递进部

递进部为戏剧性电影发展部的后一情节单元。递进部的主要任务是：深化冲突。须要使冲突情节进入更深刻的层面，并迅速走向高潮。

深化冲突须要将直观可见的外部冲突，递进到人物的心理冲突层面。须要通过心理事件造成人物关系的深层变化，促使人物之间发生尖锐的心灵冲突，产生复杂的思想情感变化。

将外部意志冲突深化为内心情感冲突，可以避免冲突的单薄、肤浅，赋予情节发展一种深厚的精神意味。

冲突在步入高潮之前，需要制造拖延或抑制，为进入高潮预做情绪和节奏上的铺垫。

1. 戏剧性影片的发展部（展开部、递进部）——《空军一号》

本片的发展部，由展开冲突（展开部）和深化冲突（递进部）两部分组成，下面分别对展开部和递进部的结构和场景进行介绍分析。

首先对影片展开部（28 分 17 秒）的结构进行分析。

展开部开端：匪首与白宫谈判。
展开部展开：国防部长要夺权，总统解救人质失败。
展开部递进：匪首枪杀人质，总统寻找手机。
展开部高潮：总统与白宫建立联系。

展开部的开端：匪首与白宫谈判
机上：总统躲避劫匪的搜捕。
机上与白宫：匪首科舒诺夫与副总统凯莎琳谈判，以总统的妻女为人质，要求释放雷特将军，否则每过半小时就处决一名人质。(三十分钟倒计时)。
白宫：国防部长提出总统可能已经丧生。有军官提出，总统是功勋飞行员，参加过越战，有可能还在机上。[展开白宫内部权力冲突的副线，为总统后面的驾机做伏笔。

展开部的展开：国防部长要夺权，总统解救人质失败
机上：总统找到关押人质的会议室，设法进行营救。
白宫：国防部长提出剥夺总统的职权，副总统提出要查询宪法。[副线十九分钟倒计时。权力危机与人质危机同时倒计时。
机上：总统打死看押人质的劫匪，但解救人质失败。劫匪搜查总统，扫射卫生间。
总统进入货舱找通讯工具。美国主题音乐，段落句号。[调整节奏。

展开部的递进：匪首枪杀人质，总统寻找手机
克里姆林宫与白宫：俄总统拒绝释放雷特，美副总统下令武力解救人质。
空中：美国战机包围空军一号。
机上：匪首看到手下死亡，决心除掉藏在机上的对手。
货舱：总统在搜寻手机。
机上：三十分钟到，匪首枪杀安全顾问，押走总统的妻女。[第二个三十分钟倒计时开始。

展开部的高潮：总统与白宫建立联系
货舱：总统搜寻通讯工具和号码簿。
机上：匪首科舒诺夫审问总统的妻女，吻总统女儿。（“我也有三个小孩。”“你为什么杀他?”“为了祖国，我可以背叛上帝。”）俄罗斯音乐。[威胁第一家庭。情感的小高潮。
货舱：总统找到通讯工具，试图与白宫联系，女话务员的调侃。[调节气氛。
机上：总统被劫匪用枪顶住，通过手机暗示向空军一号发射导弹。[发射倒计时。
战机与空军一号：F15 发射导弹，空军一号发出饵弹，飞机倾斜，总统搏斗。
机上：总统与白宫恢复联系。空军一号飞行。段落句号。

展开部小结

展开部的任务，要充分地展开冲突，将不同方面（白宫内部、第一家庭、光环分队）的所有人物都卷入事件，以便于正面展开他们之间的冲突。

展开部的各阶段（开端—展开—递进—高潮）连续地、反复地运用倒计时的手法。

展开部运用了平行蒙太奇的叙述手法，一边是人质被杀，第一家庭受威胁，一边是总统寻找联络白宫的办法，节奏一急一缓，紧拉慢唱。

下面是递进部（19 分 39 秒）的结构大纲和场景分析

递进部开端：枪杀人质
递进部展开：放油成功
递进部递进：营救人质
递进部高潮：跳伞逃生

递进部的开端：枪杀人质
后舱：总统由漏水的饮水机联想到放油：“逼迫飞机下降!”[确立动作目标。
前舱：匪首用杀米雪逼迫总统现身。（“数到十不出来就杀人质!”）
后舱：总统处于两难，米雪被枪杀。[正反面主角的正面冲突。总统的抉择。
前舱：匪首：下一次，我选一个更重要的人物。[系结。新一轮人质危机。

递进部的展开：放油成功
前舱：匪首恐吓总统的妻女。[平行叙述，节奏加快。
机上：总统向白宫提出倾泻燃油计划。
机上会议室：国务卿在人质中反对总统。[引入新因素。
空军基地：专家指挥总统剪断油路电线。[大机库与机上狭窄空间形成对比。
机上：手机电池耗尽，总统剪线（用国旗色赌运气），飞机放油。美国主题音乐。[总统的抉择。总统与劫匪在机舱内枪战，用俄语诱捕看押人质的匪徒。

递进部的递进：营救人质
白宫：副总统与匪首谈判，调来加油机给空军一号加油。
机上：机上会议室：总统救出人质，把枪交给内奸纪布斯特。[总统的抉择。设置新悬念。

机上：总统带黑人职员向白宫发出电传。白宫没有接收。[喜剧处理。设置新悬念。
白宫：国防部长提出："宪法规定，总统因军事情况缺席，就可以接受全权处理。"要进行阁员投票表决。副总统面临抉择。[副线走向高潮。]
电视新闻泄露劫机事件，内阁投票被搁置。[副线在高潮时被中断。

递进部的高潮：跳伞逃生
机尾：五十名人质做空降逃生准备。
新闻发布会：女副总统："我请求全国人民来祈祷！"匪首猜测总统就在机上。
空中：加油机到，空军一号的高度下降。
机尾：总统决定留下拯救妻女，一些人员要求留下。[总统的抉择。
机尾：人质从机尾跳伞。美国主题音乐。
机尾：劫匪炸开了机尾舱门，多名人质被卷到机外，总统也被大风卷下，总统单臂悬吊在机舱外面。
空中：加油机在空中爆炸。音乐。[动作的高潮、视觉的高潮。
机尾：总统被营救上机，被劫匪控制。[递进部结束。

递进部小结

递进部围绕着匪首科舒诺夫枪杀人质与总统拯救人质的冲突展开。

匪首再次枪杀人质，使情势更加紧张。劫匪威胁人质与总统营救人质，两者交替式地平行推进。

总统在递进部的开端、展开、递进和高潮中，连续四次做出生死攸关的抉择：米雪的生死、选择"国旗色"、将枪交给内奸、再一次决定留下来拯救妻女。

国防部长要求进行集体表决，取消总统的指挥权。但是，总统并不知道自己的权力受到威胁，也没有参与白宫内部的权力斗争。副线与主线的冲突是相互独立的，二者之间没有形成有机的联系。上层权力斗争的副线冲突，没有能够辅助和强化主线的冲突。①

跳伞逃生和总统遇险的情节，采取了好莱坞的情节模式"悬崖边的决斗""最后一分钟的拯救"，它们是好莱坞处理高潮的一种情节定式。

递进部的高潮也是整个发展部的高潮。

2. 叙事性影片的发展部——《远山的呼唤》

发展部（51 分钟）

本片的发展部由三个独立的故事和一个结尾组成。开端：虻田求婚（19 分钟），发展：民子不在家的日子（16 分钟），高潮：表弟来访（10 分钟），结尾：骑马（6 分钟）。

发展部的开端：虻田求婚

开端：虻田第一次来（过渡段：民子和武志收牧）

---

① （美）约翰·霍华德·劳逊：《戏剧与电影的剧作理论与技巧》，第 306 页："可以有两条或两条以上的因果线，但它们必须在基础动作中取得结合。"

插入段：民子扫墓（过渡段：耕作清理民子的牛棚）
发展：虻田第二次来
高潮：虻田第三次来
结尾：民子和虻田先后请耕作喝酒

开端：虻田第一次来——民子和耕作的角度
耕作在打桩拉铁丝网。民子在牛棚中劳作。
小型客货车驶来，车身上写着“虻田兄弟商会”，虻田戴太阳镜下车。
虻田嬉皮笑脸，对民子动手动脚：“我一见你，就迷上了！”［喜剧式的表演。
民子用棍子打跑虻田，耕作出现，吓了民子一跳。民子：“为什么不来帮我？”“跟他？我会跟他?！你这个人也太笨了。”生气地用力关门，却拉不上。武志踢门。

耕作从远处看民子打虻田，暗示着这段戏是从耕作的角度叙述。

民子赶走虻田，正在掩衣，镜头由屋内向外，耕作突然出现，叙述角度是民子的。耕作不想卷入民子的生活，民子心生怨艾，表明两人内心里已有默契。

武志踢门显示出儿子年幼不懂事，母子需要成年男人的保护。

过渡段
暮色，牛群，母子收牧。［调整节奏。
农具棚，武志给耕作送饭，还有虻田的生鱼片。

插入段：扫墓——民子的角度
雨中墓地，家属们为民子去世的丈夫京二扫墓。铃声、祈祷声、乌鸦声。
夫兄富足舒适的家中，民子的夫兄、邻居福士夫妻，大家谈起民子的身世。民子的丈夫京二是一个浪漫的人，民子跟随丈夫到北海道创业，丈夫死后，独自维持农场。民子望着窗外。阴郁的音乐。［两个家庭条件的对比，民子不幸的身世和孤苦的处境。
民子带武志参观夫兄家的现代化牛棚。旧牛棚中，耕作在独自干活。［两个农场的对比，强调民子的生活困境。
耕作在修理民子的屋门。［耕作对民子的关心。

过渡段
草原，天高气爽，耕作洗牛舍，武志在玩棒球。［一个平常的日子。调整节奏。

发展：虻田第二次来——耕作的角度
虻田开车来，捧海鲜进屋，民子午睡。拒收、扭打。［耕作的视角。
屋子外景，画外音“来人啊！帮帮我！”
牛棚中，耕作片刻的犹豫。［对是否卷入民子的生活，进行思想斗争。
耕作拦住虻田，泼水、送鞋，虻田开车跑了。车尾盖翘起来。耕作看民子，民子顺利关门。［门的三次运用：踢门、修门、关门。通过修门，表达了耕作对民子的关心和保护。屋门，喻示着家庭的安全，门如果单独出现，它只是一个细节，只有当它重复出现，才构成意象的关联，传达隐含的语义。

高潮：蛇田第三次来——武志的角度

武志正在打棒球，蛇田三兄弟驾车疾驰而来。[没有过渡段，情节发展的节奏加快。

武志赶到牛棚，看到蛇田兄弟三人包围耕作："推粪车的！""我们是蛇田三兄弟！""跪下求我们！"[喜剧式的表演。

耕作看到武志，提出："这里有孩子，我们到别处去打！"他走向武志："别跟你妈妈说！"

牧场上，耕作与蛇田三兄弟打斗。蛇田下跪求和。

耕作与蛇田一同避开武志去打架，显示出耕作担心对武志产生不好的影响。他与武志商定不告诉民子，是一种男人间的约定。耕作在示范武志如何做一个男人。

广阔的地平线衬托出耕作的高大身影，决斗中出现蛇田兄弟飞出去的慢镜头……这一切都是武志眼中看到的，它们是孩子内心情感的外化。

结尾：民子和蛇田先后请耕作喝酒——武志的角度

武志送来民子致谢的青酒，耕作批评武志不遵守约定："男子汉要守信用。"

蛇田领着两个兄弟和女人来到耕作的农具棚子喝酒。[必需场面，蛇田与耕作成为朋友。

武志和民子听到农具棚里传来男男女女的喧嚣声，民子匆忙拉上房门。

单身汉蛇田三次上门追求民子，造成情境激化，耕作被迫卷入冲突。三次上门的情节连续发生，节奏十分鲜明。

编导在带入段落中，安插了民子为丈夫扫墓的情节，此段情节属于情境介绍，应放在开端部，却移到了带入部分。其目的是为了打断带入段的快节奏，保持总体舒缓的节奏风格。剧本的节奏风格要上升到结构的高度来认识。

带入部结束时，耕作终于被卷入了民子的生活，同时也被带入当地的社区生活。

人物关系的发展

情节发展的核心内容是人物关系的变化发展。如果人物关系不发展，即便事件冲突再激烈、情节再曲折变化，也会给人以停滞感。因为缺失了人物关系变化的事件和情节是空洞的、无实际意义的。应该说，人物关系的变化发展是戏剧冲突发展的重要标志和试金石。

人物关系的发展是情节发展的实质内容，因为情节是建立在事件性的人物关系上的，情节发展只是人物关系事件性发展的外部体现。情节的基础形式和具体内容都是源于人物关系和这种关系的变化发展。

谭霈生说："情节就是人物性格及其相互关系形成和发展的历史。""冲突独特的展开方式，内在的、根本的动力在于人物独特的性格，在于独特的人物关系。"人物性格和人物关系的独特性，"赋予各种冲突展开方式的多样性"。①

发展部的发展：民子不在家的日子

开端：民子受伤住院

发展：医院和家中

高潮：医院和家中

① 谭霈生：《论戏剧性》，第 80、128 页。

结尾：民子归来

开端：民子腰扭伤住院——武志和民子的角度

武志在牛棚里看书，听到母亲的呻吟声。[确立本段从武志角度叙事。

武志跑到草场去叫耕作。女邻居房子打电话给丈夫福士，叫他开车送民子去医院。

耕作将民子抱上车。

车上民子望着武志，家在车后远去。[民子视角，表现她对家和儿子的担忧。

医院，房子给民子带来换洗衣服，说幸亏帮工替她打理农场。虻田来探视，送来大篮水果。

牧场，耕作带着武志在装运牧草。中午，二人在树下睡觉，阿瞳来送饭。[劳动中的父子情感。

发展：医院和家中——民子的角度

医院里，夫兄劝民子放弃农场。民子表达了对生活前途的担忧。

牧场，耕作带武志骑马收牧牛群。

医院里，民子给武志打电话，问吃饭情况，代问耕作好。

牧场，虻田三兄弟开着机车来帮耕作收割牧草。[北海道淳朴的民风。

高潮：医院和家中——武志的角度

医院的楼上，房子领武志来看民子，武志见妈妈不好意思。[为下一场父子情做铺垫。

农具棚，夜，狼叫声。武志胆小借宿，耕作讲自己身世，鼓励武志。替武志盖被。音乐。[情感高潮。

结尾：民子归来——民子的角度

民子从车内向外眺望草场。欢快的音乐。[没有过渡段，加快节奏。

民子想跟儿子亲热一下，武志却去追耕作。耕作踢武志，让他走开。民子沉思。[民子发现两人的关系变化。结尾点题。

发展段的情节，分为医院和农场两地，两条线平行叙事，一边是民子对武志的牵挂，一边是耕作对武志的引导教育。

发展段的主要情节是武志与耕作的父子情感的形成。叙事角度以武志为主，但是，民子的旁观视角贯穿始终。

武志到医院来看母亲，却躲得远远的。几天不见，男孩子长大了，他开始调整与母亲的关系。男孩子与母亲，女孩子与父亲，在进入青春期后都会有一个关系的调整。

耕作与武志夜谈，是这段情节的重场戏。耕作第一次讲述了自己的过去，耕作也是从小失去父亲，他与武志有一种同病相怜的情感。（“没有爸爸，够苦的。”）

耕作教育武志要坚强。（“叔叔从小也没有爸爸。”“叔叔你真的没哭?”）两人的关系是一种教化哺育的关系。父子关系是耕作进行垂范的情感基础。

民子住院后，耕作独立承担了农场的全部劳动，并与武志建立了父子般的感情。民子对耕作的信任也增加了。人物关系深化是戏剧冲突发展的重要标志。

造成情境激化的方法，往往是通过“闯入者”带入事件，改变人物关系，例如本片中虻田的闯入造成情境激化；但是，也可以通过减少人物来改变人物关系，例如民子腰扭伤住院，促使耕作与武志的关系发生变化。所以，造成情境激化的方法可以用“加法”（闯入者），也可以用“减法”（主要人物离开）。

整个故事单元建立在母亲受伤住院的一个事故上，这就是所谓的“戏不够事故凑”。利用偶然事件构成某种情境，在特定情境中揭示出性格发展的必然性。“所谓偶然性，只是必然性的补充和表现形式。”①

影片引入民子受伤的偶然事件，是为了推进耕作与武志的父子关系。为什么观众会接受这种偶然性？除了它是从主题情境中发展出来的，有其内在的逻辑，更重要的是，观众期待着这两个人物之间潜在的必然性关系的进展。

下面是发展部的高潮和结尾，只进行简要的介绍分析。

发展部的高潮：表弟来访

开端：小夫妻来访
发展：小夫妻参观农场
高潮：新婚夫妻与孤男寡女
结尾：小夫妻离开

开端：小夫妻来访
城市青年胜男带着新婚妻子佳代子，外出度蜜月，驾车来到北海道。小车上播放着快节奏的音乐，两人梳着性别颠倒的发型。[确立本段从胜男角度叙事。
胜男向表姐民子送上结婚礼物。

发展：小夫妻参观农场
民子和耕作像一对乡下夫妻在干活。
胜男和佳代子穿着情侣衫，跑去看给母牛授精，工人递过授精器，吓跑佳代子。[授精器的性意象，实际上也是这一段落的情境意象。它表面上在调侃小夫妻，暗中影射孤男寡女的相互需要。
胜男和佳代子在原野上表演《音乐之声》《荒野决斗》，用力呼吸空气。

高潮：新婚夫妻与孤男寡女
晚餐，胜男谈到民子年轻时的浪漫爱情。
小夫妻准备睡觉，耕作来到门口，耕作和民子默默相对，楼上，小夫妻亲昵打闹的声音传来，耕作告辞。民子关上门，楼上传来小夫妻的笑声，窗内民子的身影。[耕作的视角。小夫妻蜜月的撒娇亲热，映衬出孤男寡女的寂寞孤独。

结尾：小夫妻离开
胜男向民子告别。民子和武志的身影渐渐远去……胜男流泪：“表姐真可怜！”[由表弟角度点题。

表弟胜男讲述民子的前史：表姐是博多的漂亮女学生，不顾家庭反对，要嫁给到北海道开荒的姐夫，临走时无人送行。这段前史揭示出民子浪漫的性格。

胜男夫妻是一对喜剧角色。编导通过这对城市新婚青年的新婚蜜月，对比民子和耕作在乡

---

① 谭霈生：《电影美学基础》，第 386、390 页。

村的平静、寂寞的生活。

过渡段
原野上的丛林和河流，鱼儿在水中蹦跳。字幕：又到了秋天。[收获的季节，爱情也成熟了。
学校里，武志和同学们跟着老师的钢琴在唱歌。[非戏剧性的日常生活节奏。

发展部的结尾：骑马
武志丢下书包匆匆跑了出去。民子从窗子里看到，武志跑去追赶骑马的耕作。[由民子的视角进入。
耕作教武志如何骑马，武志向民子招手。
耕作扶民子上马，耕作叫武志去打马屁股，民子十分恐慌。
耕作给民子、武志示范骑术，民子爱慕的目光，纵马奔驰的一组慢镜头，夸大的自然声响，造势鼓吹的音乐。[由民子的视角收尾。

骑马只有一个主要场景，情节过于简短，内容不足以构成发展部的结尾段，它更像是发展部的一个结局。所以高潮段的“表弟来访”跳接到结尾“骑马”，就显得情节有些突兀。

第二次使用慢镜头，这组镜头是民子内心情感的外化。男女主人公的关系逐步发展成爱情，一个新的家庭即将产生。

骑马一段，音乐大吹大擂，这是编导在有意反讽。高仓健和倍赏千惠子二人长期合作，在不同影片中扮演夫妻，已经构成影片系列，为了解构这种明星制作模式，打破观众的厌烦情绪，故意制造一种自嘲和反讽。

发展部小结

（1）发展部的开端：虻田求婚——耕作进入民子的生活

虻田连续三次闯入民子的农场，一步步将耕作卷入民子的生活。

（2）发展部的发展：民子不在家的日子——父子情

民子住院的日子，耕作与武志建立起父子般的情感。随着男孩子的生长发育，武志与母亲民子的情感也发生了微妙的变化。

（3）发展部的高潮：表弟来访——城乡爱情对比

从两个城市青年人的眼光，审视民子一家在牧场的宁静生活。通过表弟的新婚旅行，衬托民子与耕作的孤独寂寞。

（4）发展部的结尾：骑马——成熟的爱情和亲情

民子与耕作的爱情走向成熟，一个美满的家庭即将组成。

本片是为日本的当红影星和大众情人高仓健、倍赏千惠子制作的系列电影之一。影片以日本中年女性为主要观众群体，满足她们对淳朴爱情和温馨家庭的心理要求。

高仓健作为一个中年女性的偶像，除了扮演一个好丈夫外，还要扮演一个好父亲。他不仅要体格强健，还要情感丰富，不仅要人品敦厚，还要性情敏感，具有绅士的风度。

本片的发展部不急于发展故事情节，而是不断落实和突出故事情境——陌生男人与寡妇孤儿在北海道牧场过着宁静的生活。

在本片拍摄的上世纪70年代，随着城市化的高度发展，日本人开始渴望回归自然，过一种宁静、质朴的乡村生活。影片中嘲讽表弟只能通过美国西部片理解北海道的牧场，并对城乡两种爱情生活进行了对比。影片传达出工业化后的日本人，对现代生活方式的反思。

四、高潮部、结尾部

本节分别介绍戏剧性电影《空军一号》的高潮部和结尾，以及叙事性电影《远山的呼唤》的高潮部、结尾部和结尾。

高潮部是戏剧性与叙事性影片共有的情节单元，两者的不同在于，在戏剧性电影中，高潮部是全剧的结构中心，各部分围绕着高潮部统一在一起；而在叙事性电影中，高潮部受到开场的制约，它与其他各部分形成一种松散的关系。

戏剧性电影的高潮部和短暂结尾构成的最后段落，约占全剧的1/4时间。叙事性电影的高潮部、结尾部和结尾构成的后半部段落，约占全剧2/4时间。

高潮部

高潮部是全剧情节发展的高潮部分。高潮部是一个相对独立的单元，有自身的开端、发展、高潮和结尾。

在戏剧性的戏剧、电影中，高潮部具有结构中心的地位，承担着凝聚、统一和结束全剧的功能。高潮部应包括：情感的高潮（感情最强烈的时刻、最紧张的时刻）、命运的高潮（主要人物命运的关键）、主题的高潮（点题和完成主题的地方）、性格的高潮（性格集中体现和最后完成的地方）、动作的高潮（动作的顶点，过了这一点，紧张就松弛和消失）、视听的高潮（配合高潮的图景、音乐的冲击力）。高潮部应是这六个方面的统一。① 例如话剧《玩偶之家》的高潮部，娜拉的勇敢出走；例如电影《空军一号》的高潮部，总统与匪首搏斗，均实现了六种高潮的统一。

在叙事性的戏剧、电影中，高潮部不具有统一和结束全剧的功能。六种高潮（情感、命运、主题、性格、动作和视听的高潮）分散出现于高潮部和结尾部。它们虽然会相互重复，但是往往各有侧重。人物的情感、性格、动作的高潮，一般出现在高潮部；人物命运和主题的高潮一般出现在结尾部。例如戏曲《窦娥冤》，人物的情感、性格和动作的高潮，出现在高潮部（“三桩誓愿”）；人物命运和主题的高潮则出现在结尾部（冤情昭雪）。再例如电影《远山的呼唤》，人物的情感、性格和动作的高潮（雨夜告白）出现在高潮部；人物命运和主题的高潮（结伴同行）则出现在结尾部。

从高潮看统一性

戏剧性的戏剧、电影遵循着通过高潮实现统一性的组织原则，执行从高潮检验统一性的标准。劳逊说：高潮是考验结构中每一个元素的效用的试金石。高潮是涉及剧本结构统一性的核心。剧作是一个严密的动作体系，一切因素的配置，要在高潮中得到检验。因为全剧的“每一个细节都是由动作所趋向的‘结尾’决定的”。②

---

① 谭霈生：《论戏剧性》，第326—329页：对高潮的解释。
（美）乔治·贝克：《戏剧技巧》，第223—226页：“高潮是悬念的一个组成部分。”
谭霈生：《电影美学基础》，第113页：“电影更侧重有视觉价值的外部形体动作。”

② （美）约翰·霍华德·劳逊：《戏剧与电影的剧作理论与技巧》，第221—235页。

谭霈生说：从高潮看统一性，意味着动作和主题的结合。“动作的必然性和主题的统一性其实是同一样东西”，如果在动作顶点，不能充分揭示主题，说明结构存在问题。①

1．戏剧性影片的高潮部——《空军一号》

《空军一号》的高潮部和结尾为36分28秒，片尾字幕为5分36秒。

高潮部开端：国防部长动员内阁罢免总统
高潮部展开：总统与匪首搏斗——主高潮
高潮部递进：双方空战——次高潮
高潮部高潮：最后脱险——第二个次高潮
高潮部结尾：自由24号成为空军一号

高潮部的开端
机上：匪首科舒诺夫宣布抓获总统，逼迫白宫撤走战机。
白宫：国防部长动员内阁成员签名，取消总统的指挥权。[副线冲突进入高潮。

高潮部的展开——主高潮
机上：总统一家相见，匪首殴打总统，逼迫他释放雷特将军。匪首用枪对准总统的妻女：“你在其中挑一个。”“放过我的家人，我同意！”[主线冲突进入高潮。
克里姆林宫：俄总统接到美总统要求释放雷特的电话。
白宫：国防部长用内阁签名文件逼副总统签字，副总统拒绝。
监狱：释放叛军首领雷特将军。[狱中广播与机上广播，联系两个空间。
机上：国际歌声，总统在身后割胶带。
监狱：国际歌回荡，雷特穿上将军制服，走出监狱……
机上：总统与匪首搏斗，匪首劫持第一夫人到机尾舱门，总统用降落伞绞杀匪首：“滚下我的飞机！”[“悬崖边的决斗”。
监狱：电话打到监狱，狱警开枪，雷特在直升机边被杀。深沉的俄罗斯主题音乐。[叙事立场转向对方。平行蒙太奇，“最后一分钟的营救”。
机上：第一家庭团聚。

“悬崖边的决斗”和“最后一分钟的营救”是好莱坞影片的高潮模式。我们可以在格里菲斯的《一个国家的诞生》和希区柯克的《西北偏北》等影片中，看到这种情节模式的成功运用。

本片在运用高潮模式时，力求花样翻新，制造出新的效果。编导在“哈萨克强人”叛军首领雷特将军出狱一场，反用“最后一分钟的营救”。通过叙事立场的转换，造出间离效果，深化了事件的思想内涵。俄罗斯主题音乐的运用，在其中发挥了重要的叙事作用。

影片在这一场中达到高潮，故事至此可以结束，所以，我们可以称它为全剧的主高潮。但是编剧利用情境提供的其他因素（战斗机），进行拼接、生发、延展，又构建了影片的次高潮——空战。

---

① 谭霈生：《论戏剧性》，第329页。

高潮部的递进——次高潮

机上：总统驾驶空军一号，敌机正在逼近。内奸纪布斯特从伤员身上取枪。[重起悬念，使气氛再次紧张。

白宫：派战斗机前往哈萨克斯坦为空军一号护航。

机上：敌机射击空军一号，引擎着火，机尾中弹，飞机漏油。

F15 赶到与米格机进行空战，用导弹击落 4 架米格，1 架 F15 为保护空军一号牺牲。

空军一号严重受创，方向舵失灵，燃油殆尽。[制造新悬念。

过渡段：设置新情境，为下一个高潮做准备

飞行员向总统敬礼。艾丽丝鼓励父亲："一切都会好的！"[必需场面。节奏一张一弛。

自由 24 号将在 25 分钟后和空军一号会合。[倒计时。

白宫广场上，人民举行集会。

记者招待会上实况转播。("自由 24 号，他们快没油了！")

高潮部的高潮——第二个次高潮

自由 24 号运输机前来营救，伞兵登机，引擎熄灭一只，总统让妻女和伤员先离机。[倒计时。"最后一分钟的营救"。

引擎又熄灭一只，空军一号将在"两分钟后坠机"，内奸开枪打伤伞兵，打死机组人员，总统与之争夺绳索。["悬崖边的决斗"。

坠海的飞机在海上翻跟头。[视听的高潮。

总统在空中飘浮，白宫在倾听……自由 24 号救总统上机，宣布："自由 24 号，更名为空军一号。"美国主题音乐。

高潮部的结尾

白宫广场，人民举着烛火欢庆。[人民团结。主题的必需场面。

白宫内，副总统含泪撕内阁签名的文件。[白宫团结。副线的必需场面。

自由 24 号上，总统全家拥抱在一起。[主线的必需场面。

继续飞行的空军一号和护航战斗机群。美国主题音乐。[空军一号的例证动作，其象征意义和思想内涵被强调和深化。再次点题。

片尾字幕

5 分半钟。字幕走速的表情性，音乐序曲的叙事性。音乐陪伴观众退场。

主高潮和次高潮及并列高潮

高潮部一般由若干高潮点组成，因为无法通过一个动作的顶点充分地表达情感和主题的全部内容，冲突会寻求途径再次进入高潮，进行反复多次的表述。由于冲突的力量不是一次性地爆发，而是不断地连续释放，所以会形成不同的高潮段落，我们可以将其分为：主高潮、次高潮、并列高潮。

主高潮，具有统一全剧动作和集中体现主题的功能，它是全剧结构的核心段落。次高潮，虽然可以涵盖各种高潮内容，但是在本质上属于主高潮的补充。

在几个高潮段之间，要有过渡段，进行说明、联络、铺垫，特别是调整高潮段落之间的情绪节奏。

本片高潮部共有前后三个高潮，一个主高潮和两个次高潮，在中间有一个过渡段，将主高潮引向次高潮。夺回空军一号为主高潮，空战和最后脱险为次高潮。

高潮部小结

用“从高潮看统一性”的标准来检验本片的高潮部，由于主要人物的动作没有充分进入情境提供的更广阔空间（回避了白宫权力之争、人质配合营救等副线的冲突），所以高潮部的内容小于开端部和发展部预示出的图景。

影片在开端部、发展部，不断引入新人物、新场景、新冲突，使情境要素中的环境与事件不断扩展，这样就产生了一系列问题：（1）环境与事件不断变化，外部动作密度和速度过大，无暇展开新的人物关系；（2）情境表面上不断变化，但人物关系没有发展，人物也没有因为情境的变化，产生更深刻的动作；（3）新情境没有把人物带入更深层、更尖锐的冲突。因此人物与情境在高潮部无法达到更全面的契合。

应该说以上的这些技术失误，是电影编导者为了遵从情节剧的传统，有意做出的价值取舍。影片回避对情境的深入开掘，追求外部动作的冲击力，甚至不惜忽略情节中蕴含的思想性，使故事一直停留在娱乐化的层面上。

在美国总统与匪首展开决斗的高潮场面，影片提供了正反两方面的价值立场，展示了总统的人性弱点和匪首的人性优点，为两方面的行动提供了现实合理性，使高潮场景更加真实可信。

2. 叙事性影片的高潮部、结尾部——《远山的呼唤》

高潮部（37 分钟）

高潮部开端：哥哥突然到来
高潮部发展：“全家”参加赛马大会
高潮部高潮：雨夜告白
高潮部结尾：离别

高潮部的开端：哥哥突然到来
上武佐车站外，哥哥骏一郎在等待，乌鸦叫声，不祥的气氛。耕作匆匆跑来，兄弟相见。
车站内，哥哥讲述耕作逃亡后，丢掉教职，生活落魄。外面路人交谈，耕作紧张地向站外看。
火车站台上，哥哥劝耕作投案自首。[车站象征着人生漂泊的驿站。

哥哥作为一个“闯入者”，揭开了耕作的罪犯身份。情境发生突转，叙述节奏加快。

哥哥因为弟弟犯罪而失业，只好办私塾养家，却无怨无悔，仍送钱和咖啡给弟弟，还询问店员怎么煮咖啡，表现出对弟弟的溺爱，所谓：长兄比父。送咖啡，为下一场喝咖啡伏笔。

带入：耕作请民子喝咖啡
农具棚里，耕作在煮咖啡，民子来送点心：“武志要有一个哥哥就好了，武志一个男孩和我也不能深谈。”耕作请民子喝咖啡：“你真够苦的！”“不苦。到了冬天，风可真厉害，我到牛棚去时，风把我吹倒好几次，说实在的，可真苦！”［喝咖啡的气氛营造，从来不诉苦的民子，不由自主地向耕作倾诉起来。

武志的喊声打断二人谈话：“妈妈洗澡水热了！”民子：“武志想问，你能待多久？”耕作：“你说吧，我到哪儿都一样。”民子喜悦地：“武志听了一定很高兴！”［耕作的重大抉择。此时，耕作与民子的雇佣关系，转变为逃犯与寡妇的危险情感关系。

民子转身要走又返回：“武志说，你要去赛马？”

高潮部的发展：“全家”参加赛马大会

中标津赛马大会，彩旗飘扬，人声鼎沸，赛事热烈紧张。

场外，民子、武志和耕作如同一家人，在草地上用餐。民子给牡马优嘎喂青草。［优嘎也是一个家庭成员。

虻田三兄弟和几个女人也在席地用餐。

场外，民子、武志和耕作准备参加两千米的比赛，两名便衣刑警来到会场。

赛马场上，民子和武志为耕作加油。两名便衣刑警也在观赛。

赛场边上，武志焦急：“要是输了该怎么办？”［成长中的男孩子。

赛场外，赛后，母子在饮马，便衣刑警出现，上前询问耕作。虻田跑来拉走了耕作。

中标津街头，耕作抱武志看游行，民子先看耕作，再看儿子：“瞧你美的。”［民子沉浸在幸福之中。

便衣刑警在街对面观察，耕作不安地想躲避。

小店内，民子匆忙地选购衣服。［民子与耕作的情绪对比。

耕作以家庭成员的身份参加乡村节日，情感温馨之时，刑警突然出现，威胁着民子和耕作的幸福，促使戏剧冲突加速进入高潮。

取消了段落间的过渡段，叙事节奏加快。

过场：试衣

农具棚，民子让耕作试衣，观赏他穿上T恤的样子。“以后就搬里面住吧，农具棚挺冷，反正我不把你当外人。”抒情音乐。［民子在不了解耕作身世的情况下，相信了他，接纳了他。

原野上，耕作望着沉落大地的夕阳，音乐，乌鸦声。［男主人公再次面临抉择。

高潮部的高潮：雨夜告白

民子要留耕作在屋里过夜，耕作却突然表示要辞工离去，在民子反复追问下，耕作说出了自己的真实身份：“我是一个杀了人正在被警察追捕的人。”耕作独自回到农具棚。

半夜传来敲门声，民子开门迎耕作进屋，却得知母牛生病了。她内心受到打击，边穿衣边流泪。悸动的音乐。

兽医醉醺醺地接电话。兽医骑着马在旷野上，“走到哪儿了，磨磨蹭蹭的，这怎么行？”［插入喜剧因素，调整情感节奏。

牛舍，风雨大作。民子：“尼可不能死，它是出奶最多的！”突然抱住耕作：“你不能走，哪儿也别去，我害怕！”兽医在呼唤，耕作推开民子离去。民子支持不住，倚门流泪。［由窗外向室内拍摄，武志的视角。

入夜，民子对耕作说：“楼上为你铺好了被。武志！看他这样，跑了一天躺下就着了。你洗个热水澡吧！”几句台词就介绍出情境，并传达了人物内心的情感。

耕作拒绝民子的暗示，表示要辞工离去，民子只是说了一句话：“要走？去哪儿？去干什么？办完了事，再回来，不行吗？”民子灌水的手在颤抖。简短的台词和动作，将民子内心的波动表露无遗。

当耕作走出门时，民子只问了一句话：“我怎么跟武志说呢？”此时，她想到的不是自己的爱情，而是考虑到耕作离去对武志的伤害。编导准确地捕捉到，民子由情人到母亲的情感转换。

深夜，民子为耕作开门，只说了一句话就把她对耕作的爱情表露出来：“进来，把门锁上！”她没有料到，耕作并不是来欢会，而是来报告坏消息的。不但没有得到男人的爱情，反而听到了宝贵的母牛病了，民子被当头浇了一瓢凉水，对爱情的憧憬破灭了，由梦境回到严酷的现实。

黑格尔说：世界上没有抽象的事物，没有水果，只有樱桃、梨和葡萄。同样，生活中没有抽象的爱情，只有具体的男女情感。民子对耕作的爱情中包含着生活的各种需求：儿子需要父爱，农场需要支柱，自己需要保护，等等。

贝克说：感情如果你给它一条自由的路，它自然会找到适当的表现语言。感情越真实，它的表现就越简洁而含蓄。多数缺乏经验的剧作者都是对话写得太多，而不是太少。①

高潮戏不要过度着力，应点到为止。前面层层铺垫至此，观众自然会产生丰富的想象，此时给他们提供落实想象的若干支点就行了。说多了达不到观众预期的效果，还会破坏他们的想象。

在“雨夜告白”的这场戏中，男女主人公的情感高潮不是通过冲突的持续铺排、推动，最终抬举上去的，而是通过民子对耕作隐秘身份的“发现”，造成情境“突转”，翻转上去的。

发现与突转

发现与突转是使戏剧冲突达到高潮的重要方法和必要环节。全局性的发现与突转，往往被设置在全剧的高潮部分，特别是高潮部的高潮段落。

发现，指从不知到知的转变，使处于顺境或逆境的人物认识到对方原来是自己的亲人或仇敌。突转，指行动的发展从一个方向转向相反的方面，例如《俄狄浦斯王》剧中，信使为了安慰俄狄浦斯而道出他的身世，引出了完全相反的结果。②

亚里士多德说：悲剧所以能使人惊心动魄，主要靠发现与突转。(《诗学》第六章) 发现与突转同时出现，能引起怜悯或恐惧之情。(《诗学》第十一章)③

高潮部的结尾：离别

晨，安静的农场，鸡鸣。悸动的音乐。

兽医摇晃着上马走了。

晨雾，鸡鸣、乌鸦叫。家中，丈夫的遗像，民子将钱放入信封，告诉武志去送耕作，武志急哭了：“你骗我！”[全剧开场情境的重复再现。

农具棚，穿着新衬衫的耕作抚摸牡马优嘎。耕作看到警车驶来，从容地向民子、武志告别。

民子让武志送钱给耕作。耕作蹲下将钱塞回到武志衣服里，站起走向警车。武志追赶警车：“叔叔，你去哪儿啊？”武志的悲伤加重了民子的痛苦。民子泪下，人支撑不住了。音乐。[前后两次送钱形成首尾呼应，强调了人物关系的戏剧性发展。

---

① (美)乔治·贝克：《戏剧技巧》，第399页。

② (英)威廉·阿契尔：《剧作法》，第211—222页：突转。荣广润：《中国大百科全书·戏剧》，第114页：发现与突转条。

③ (古希腊)亚里士多德：《诗学》，罗念生译，第31、43页。

结尾部（6分40秒）

结尾部开端：法庭宣判。
结尾部发展：押解路上，耕作的思念。
结尾部高潮：民子的告白。
结尾部结尾：两人结伴同行。

结尾部的开端：法庭宣判
空镜头：雪野。字幕：接着是冬天。
法庭上，法官讲述案情，愤怒之下失手致人死亡……刑期四年……［必需场面。

结尾部的发展：押解路上，耕作的思念
列车内，结霜的窗子，押解耕作的便衣警员们在谈论太太和孩子。［对位民子和武志。
一个男乘客好奇地看耕作的手铐，警员用毛毯盖住耕作戴铐的手。耕作望着窗外大雪纷飞的原野。
雪野，废弃的民子农舍、牛棚，大雪掩埋的啤酒箱，耕作修过的门也倒塌了。风雪声。悸动的音乐。［耕作的心理视角。这一段落引起观众的悬念，耕作被判刑后，民子一家怎么样了？她和武志到哪里去了？

结尾部的高潮：民子的告白
美幌车站，车上便衣警员在吃盒饭，窗上出现虻田的脸。［耕作的视角。
火车再次开动，民子的背影、喘息声，耕作惊愕地仰视。切入飞驶的火车，汽笛在鸣叫，民子憔悴的面容。两人隔着警员，四目相视。
虻田走进车厢："太太，听说你不养牛了，到中标津镇去做工，你要和儿子等你丈夫回来，要等好几年？"民子："是的！"虻田："生活有困难吗？"民子："有虻田先生照顾。"虻田："那个混蛋。"虻田捂脸。音乐。［"回光返照"这种笔墨，临时是安不进去的，须在前面埋下伏笔。①
耕作泪下，民子送上手绢。［爱情信物。］镇静的民子，哭泣的耕作和虻田，面无表情的警员。耕作向民子低头致意，背身用手绢拭泪。

《远山的呼唤》的结尾部比较短，但它仍然是一个独立的情节单元。结尾部延长了影片的情节线，强化了影片的线性结构，均衡了人物动作发展的节拍。

结尾部

结尾部是叙事性电影中特有的一个情节单元，它有自身的开端、发展、高潮和结尾。

在结尾部，人物的情感、性格、命运、动作和主题，进入最后的完成和终结阶段。结尾部要通过对总悬念的解决，得出发人深省的答案。

由于叙事性影片采用散点、线性的结构，叙述主体多，主题多样化，情节线复杂，所以结尾部的收尾工作也比较繁重。结尾部要呼应开端部，深化发展部，平衡高潮部；要担负起照应开场，汇聚各种冲突，以及收束全剧情节的各项任务。

---

① 焦菊隐：《焦菊隐戏剧论文集》，第293—296页。

范钧宏说："尾"的难度更甚于"头"。"尾"不同于分场局部性的"转"与"合"，而是全局性的"转"产生的大起大落的"合"。① 顾仲彝说：结尾部是对全剧问题的总解答。②

结尾部的结尾：两人结伴同行
雪原上奔驰的列车。轻快的音乐。1分40秒。

影片结尾运用视听语汇，象征性地传达出影片的主题思想。大雪覆盖的原野，象征着生活的辽阔、严酷。从片头寒雨的原野，到结尾风雪中奔驶的火车，都显示着现实生活的冷酷和艰辛。但是，主人公耕作和民子怀着对爱情的憧憬，共同去迎接未来。片尾欢快的音乐，传达了男女主人公内心的欢悦心情。

结尾

戏剧性电影和叙事性电影在结尾的运用上，具有相同的规律：延续影片结束时的情感，利用各种手法进行点题，巧妙地阐发故事的哲思和留下余韵。

结尾要给观众提供一个情感沉浸的场景和一段整理思绪的时间。在影片结束时，往往会有一个富于情感的尾声，这是专为满足观众的情感需要设置的场面，它让观众继续沉浸于剧情中，由此实现心灵的净化。如影片《辛德勒的名单》《拯救大兵瑞恩》的片尾，都有主人公们在墓地悲悼追思的场面，它们是为观众提供情感抒发和主题思考的情节段落。

结尾不仅仅要收束全剧情节，而且要归结和强调主题。影片结尾仅仅是用写实性的"动作—情节"收尾是不够的，需要用具有写意性质的例证动作或是景物来进行点题。例如戏剧性电影《空军一号》的结尾，总统一家团圆，宣布自由24号成为空军一号，这属于写实的"动作—情节"，最后镜头落在战斗机群为自由24号护航，这是一个写意的例证性动作，它升华了影片的思想主题。例如叙事性电影《远山的呼唤》的结尾，民子与耕作结伴同行，这是写实的"动作—情节"，最后镜头落在火车奔驶在冬季的雪原上，这是一个写意的例证动作，也是一个写意的场景，它暗喻着主人公们奔向未来的生活，强化了影片的主题意象。

戏剧性电影强调直观写实的动作，所以结尾多采用例证动作。叙事性电影更强调文学叙述性，结尾不仅会采用例证动作，而且还会采用象征性的景物。戏剧性电影往往止于具体的情境体现，叙事性电影则进一步去追求虚化的意境表现。

戏剧性电影的结尾，根据"从高潮看统一性"的原则，须要延续高潮的情感，强化高潮对全片的统一。它作为高潮部的一部分，往往是情绪饱满、短促有力的，一般会采用例证性动作。例如《黑天鹅》的结尾，尼娜完成精彩演出后，因为自戕而倒在舞台上，她对导演说："我完美了！"例如《沉默的羔羊》的结尾，食人魔汉尼拔给女警员史黛琳打完电话后，去追杀狱医奇顿。它们都是通过例证性动作来强化和补充高潮，并以此凸显影片的主题情境。

叙事性电影的结尾，根据"从开场看统一性"的原则，须要以结尾意象与开场意象遥相呼应，从而实现主题意象对全剧的统一。它作为结尾部的一部分，节奏一般从容悠长，多采用象征景物和写意场景。例如《马路天使》的开场，镜头从十里洋场的银行尖顶，向下摇，穿过地层，进入市井里弄；结尾，众人悲悼死去的妓女小云，镜头往上摇，穿过地下层，升到地面，摇到高耸入云的华懋大厦。例如《阿甘正传》的开场，羽毛从天而降，飘落到阿甘的脚下，被

① 范钧宏：《戏曲编剧技巧浅谈》，第135—138页。
② 顾仲彝：《编剧理论与技巧》，第234页。

夹入童话书；结尾，羽毛从童话书中落到阿甘脚下，又被风卷起，升上云天。它们都是通过意象性的景或物，将具体情境升华到形而上的诗化意境。

戏剧性电影和叙事性电影在结尾上，既有相同之处，也有不同之处。戏剧体电影是通过高潮部来结束情节的，所以高潮部的结尾，既是本部结尾也是全片结尾。叙事体电影是通过结尾部来结束情节的，所以结尾部的结尾，既是本部结尾也是全片结尾。这两类电影的结尾部分的差别在于：一个是戏剧性高潮部的结尾，一个是叙事性结尾部的结尾。

戏剧体：开端部——展开部——递进部——（高潮部←结尾）。
叙事体：开端部——发展部——高潮部——（结尾部←结尾）。

有些叙事体影片还附加了一个相对独立的全剧结尾。如《拯救大兵瑞恩》《辛德勒的名单》的全剧结尾，它们与相对独立的全剧开场，形成首尾呼应。

戏剧性电影的结尾，往往由写实的“动作—情节”，转到包含有写意的例证性动作。如《亡命天涯》的结尾，杰勒德警长将金贝尔医生押上警车是写实的“动作—情节”，在车上为他解下手铐是写意的例证动作，喻示他的冤狱将得到平反。再如《彗星美人》的结尾，新秀艾娃领取戏剧奖是写实的“动作—情节”，跟着遇见一个怀有野心的少女向她表示倾慕，与八个月前她所做的如出一辙，这里已经转为写意的例证性动作。

叙事性电影的结尾，在转为例证动作后，还会继续转到写意的景物上。例如《一江春水向东流》的结尾，素芬投江自尽，忠良在喇叭催促声中徘徊反侧，影片没有止于人物的这一例证动作，而是转向黄浦江东流入海的场景。再如《城南旧事》的结尾，英子与宋妈在台湾义地告别，这一例证动作接着转为燕山红叶的写意景物。

戏剧性电影的结尾是由再现性的写实动作升华为表现性的写意动作。叙事性电影的结尾是由戏剧性的“动作—情节”转换为叙述性的抒情场景。

由于许多影片的叙事结构综合了叙事性与戏剧性两种因素，所以它们的结尾样式变得复杂多样。戏剧性电影有时会采用虚的写意、象征的景物结尾，如在《人证》的结尾，草帽飘落之后，出现了黑儿子乔尼生活的纽约城。叙事性电影有时也会采取实的例证性动作的结尾，如《霸王别姬》的结尾，程蝶衣在排戏中用宝剑自刎。前者结尾阐发了影片内在的史诗意蕴，后者结尾强化了影片具有的戏剧性因素。

五、戏剧性影片与叙事性影片的比较

亚里士多德将希腊悲剧与荷马史诗进行比较，指出两者之间的本质差别，提出了戏剧性审美的理论。由此，西方戏剧确立了戏剧性审美的原则，形成了与东方的叙事性戏剧完全不同的戏剧传统。

亚里士多德在《诗学》中指出：史诗“因为采用叙述体，能描述许多正发生的事，这些事只要联系得上，就可以增加诗的分量”。“由于规模大，各部分都能有相当的长度。”悲剧则完全不同，“悲剧不可能模仿许多正发生的事，只能模仿演员在舞台表演的事”。“也许有人会问，史诗和悲剧这两种模仿形式，哪一种比较高。”“悲剧能在较短时间内达到模仿的目的（比较集中的模仿比被时间冲淡了的模仿更能引起我们的快感，试把索福克勒斯的《俄狄浦斯王》拉到《伊利亚特》那样多行，再看它的效果）。”“显而易见，悲剧比史诗优越，因为它比史诗更容易达到它的目的。”①

黑格尔在《美学》中指出：史诗要完整叙述一个事迹，“它是一个与一个民族和一个时代的本身完整的世界密切相关的意义深远的事迹”。②戏剧则“不宜扩展到史诗所必有的那样广度”。戏剧的任务更为集中，“戏剧只突出它的基本内容所产生的单纯的冲突”。③所以，“充满冲突的情境特别适宜于用作剧艺的对象，剧艺本是可以把美的最完满最深刻的发展表现出来的”。④

德国戏剧理论家、剧作家布莱希特对西方戏剧与东方戏剧（中国戏曲、日本能剧）进行比较，认为前者强调“戏剧性”，后者强调“叙事性”，将西方戏剧命名为“戏剧体戏剧”，将东方戏剧命名为“叙事体戏剧”（又译“叙述体戏剧”）、“史诗戏剧”。

本讲义所谓的“戏剧性影片”“叙事性影片”特指根据“戏剧性”和“叙事性”两种不同审美需求和结构形式创作的影片。这两种电影结构形式是分别建立在东西方戏剧的不同审美传统上的。

在第一章，我们特别强调了戏剧体戏剧和叙事体戏剧的差别性。不过需要说明的是，无论是戏曲的叙事体还是西方的戏剧体，它们都是众体兼备的戏剧体系，戏曲包含了戏剧性，话剧也包含了叙事性，只不过各自体系的主流分别是戏剧性与叙事性的。⑤

1. 戏剧性影片《空军一号》与叙事性影片《远山的呼唤》的结构对比

戏剧性电影《空军一号》和叙事性电影《远山的呼唤》，具有不同的情境构成和情节结构。下面，我们分别对它们进行分析和对比。

《空军一号》由集中统一的情境构成，围绕着冲突的中心高潮点进行情节布局。影片的情节结构由四个段落（开端、展开、递进、高潮）组成，这四个情节段落形成十分紧密的关系。

总开场

开端：特种兵绑架雷特将军
发展：总统克里姆林宫讲演
高潮：总统赶往机场，劫匪提前登机

}

武场系扣：绑架，制造悬念
文场解扣：讲演，解开悬念，引出总情境
劫匪登机：总悬念系扣
空军一号的象征和作为段落划分符号

开端部

开端：总统一家人登机
展开：劫机枪战
递进：机场迫降
高潮：总统到哪里去了？

}

冲突的形成发展：机场迫降，营救小分队
带入冲突：总统的抉择

① （古希腊）亚里士多德：《诗学》，罗念生译，第66、85、98、99页。

② （德）黑格尔：《美学》第三卷（下册），第107页。

③ （德）黑格尔：《美学》第三卷（下册），第253页。

④ （德）黑格尔：《美学》第一卷，第260页。

⑤ 丁扬忠：《论布莱希特戏剧学派及其演剧方法》，《广东艺术》2010年第3期，第6页。

展开部

开端：劫匪与白宫进行人质谈判
展开：国防部长要夺权，总统躲过扫射
递进：枪杀人质，总统找手机
高潮：发射导弹，总统与白宫建立联系

冲突不断展开：白宫内部夺权的副线发展
主副线：枪决人质和罢免总统同时倒计时
连续三次的倒计时

递进部

开端：枪杀人质
展开：放油成功
递进：营救人质
高潮：跳伞脱生

冲突深化发展：匪首枪杀人质与总统拯救人质的矛盾
总统生死攸关的四次抉择

高潮部

开端：国防部长要罢免总统
展开：总统与匪首搏斗
递进：双方空战
高潮：最后脱险

“从高潮看统一性”
一个主高潮和两个次高潮
例证性“动作—情节”收尾

《空军一号》四个单元的情节发展都不是以自身为中心的，而是连续地、不间断地奔向全剧高潮，冲突发展呈阶梯性上升趋势，在达到高潮部之后戛然而止。

《远山的呼唤》在主题的总情境下，分成四个相对独立的分题情境单元和情节单元，构成了：春天的故事、夏天的故事、秋天的故事、冬天的故事。

前后四个情节单元既是相对独立的，又是相互关联的，它们的结构统一是通过纲目结构的多方面手段实现的：全剧开场的寓言故事（原野上的寡妇孤儿与雨夜来客的邂逅）对全剧情境的隐喻，主题情境（中心人物和中心事件）对全剧的统领，以及主题意象（四季、铁路、牧场）的前后照映。还有“远山的呼唤”的片名，传达了“诗与远方”的主题思想，对影片的剧情发展也具有统摄作用。

总开场

开端：雨夜，母子与陌生过客
发展：母子给过客送毯子、食物
高潮：半夜接生牛犊
结尾：晨，告别送钱

春天的原野
寓言故事：寡妇与过客
远山呼唤的主题意象
铁道的意象

开端部

开端：闯入者耕作——过渡段：清晨劳作
发展：耕作劳动——过渡段：民子教耕作开割草机
高潮：邻居的议论——过渡段：耕作教武志骑马
结尾：民子送衣

夏天的牧场
多视角：武志、民子、邻居
过渡段：日常生活节奏
单元意象：牡马、铁丝网

发展部

开端：虻田三次求婚——过渡段：母子收牧 发展：民子不在家的日子——双线并行 高潮：新婚表弟来访 结尾：耕作教武志、民子骑马	秋天的牧场 四个独立的故事 多视角：武志、民子、胜男 单元意象：房门、授精器

高潮部

开端：哥哥突然到来 发展："全家"参加赛马大会 高潮：雨夜告白 结尾：离别	秋天的牧场 母牛尼克、牡马优嘎的首尾意象呼应

结尾部

开端：雪原空镜和法庭宣判 发展：押解路上，耕作的思念 高潮：民子的告白 结尾：结伴同行，火车奔向远方	冬天的牧场 车站和火车的意象

《远山的呼唤》作为一部叙事性影片，大量采用文学叙述的方法和诗意象征，如春、夏、秋、冬四个季节的意象——春天的草原夜雨，夏天的蓝天白云，秋天的牧草和鲤鱼，冬天的风雪车站，分别喻示各段落的诗化意境。

在影片中，四季既是对故事段落的区分，也是对人生旅途的隐喻，当雪原上的列车载着男女主人公奔向远方时，其中蕴含着"冬天来了，春天还会远吗？"的哲理意涵。

《空军一号》和《远山的呼唤》，分别遵循着"戏剧性"和"叙事性"两类不同的结构原则，前者以高潮为结构中心，形成写实性的、紧凑的团块式组织，后者以开场为全剧的纲领，形成写意性的、散漫的点线式结构。如果将两者的结构比拟为人体组织，前者的高潮类似于人的心脏，后者的开场类似于人的头脑，前者通过血管与肢体之间建立紧凑的实的直接关联，后者通过神经与肢体之间形成分散的虚的传导关系。

布莱希特以东方的戏剧体系为参照，提出了"非亚里士多德式戏剧"的理论。他把戏剧分为两大类型：一类是按照亚里士多德在《诗学》中为戏剧体裁所界定的戏剧式戏剧，一类是违反《诗学》戏剧性标准的史诗式戏剧。

布莱希特在《戏剧小工具篇》等文章中，提出了"叙事体戏剧"的整套理论，阐述史诗戏剧的写意理论和演剧方法，并创作了一批代表其戏剧观的"叙事剧"。他的理论体系对于世界戏剧，包括史诗戏剧和史诗电影的创作实践，产生了深远的影响。

布莱希特曾将叙事体戏剧与戏剧体戏剧的结构形式、艺术手法及效果，进行列表对比，以显示这两者之间的差异。[①] 我们运用他的表格，仿照他的方法，将戏剧性电影《空军一号》与叙事性电影《远山的呼唤》进行列表对比：

---

① 方维贵：《布莱希特》，第22页。

戏剧性影片《空军一号》	叙事性影片《远山的呼唤》
戏剧性呈现	叙述性白描
体现事件	叙述事件
把观众卷入故事	使观众成为观察者
观众被动接受	观众主动判断
煽动观众感情	迫使观众思考
将剧中人当作已知对象	把人物当作认知对象
人物是不变的	人是可变的而且正在变
让观众紧张地等待戏的结局	让观众紧张地注视戏的进行
前场戏为下场戏存在	每场戏可单独存在
情节是绵延、紧凑的	情节是松散、跳跃的
表现人物按照道德应该怎样	表现人物按照社会关系必须怎样
强调人物当下的行动本能	强调人物此时的行为动机
人物的思想决定其行动	社会存在决定人物的思想

从上表的对比中，可以看到，戏剧性电影《空军一号》与叙事性电影《远山的呼唤》，两者在情境构成、结构形式和叙事方法上，采取了不同的原则，产生了截然不同的艺术效果。

《远山的呼唤》的生活场景比较广阔，涉及到社会的各色人等，人物性格具有典型性。相比之下，《空军一号》的环境较为单纯，人物关系更加集中，人物的诉求更为单一和鲜明。黑格尔指出：西方的戏剧体“戏剧的旨趣只限于”表现人物主体的“内在目的”，“无须有史诗所要有的那种要向四面八方伸展的广阔的完整的世界观作为先决条件”，可以“集中在主体定下的目的和实现这目的时所处的比较确定的简单环境里”；人物性格也不像史诗那样呈现出“全部民族特性的复合体”，“而是只展现与实现具体目的动作有关的那一部分主体性格”。①

《空军一号》采用戏剧性的方法，它的情节发展是短促的、紧张的，它诱导观众全身心地投入，使观众的情绪随着情节发展不断跌宕起伏，并通过情感的宣泄得到心灵的净化。《远山的呼唤》采用了叙事性的方法，它的情节发展是线性的、舒缓的，它让观众在移情的同时，仍然保持间离，它不向观众灌输结论，而是展示事件发展的前因后果，调动他们去主动观察和思考，由此产生的情感反应自然地带有理性的因素。

2. 戏剧体与叙事体的不同节奏形态

戏剧、电影的叙事节奏是建立在情节单元上的。各单元承担的叙事任务不同，决定了各自节拍的轻重、缓急。开端部要介绍总情境，节奏相对缓慢；发展部要展开冲突和深化冲突，节奏相对鲜明；高潮部要集中统一冲突，节奏相对强烈；结尾部要收束情节和归纳主题，节奏相对深沉有力；它们或者侧重整体统一，或者侧重广度和深度，由此形成丰富的节奏变化。准确把握各情节单元的特定节奏，是把握全剧节奏变化的行之有效的方法。

戏剧体电影和叙事体电影的节奏原理是基本相同的，但是形成了各不相同的结构特点和节奏类型。

---

① （德）黑格尔：《美学》第三卷（下册），第245—246页。

节奏类型

戏剧体与叙事体的戏剧、电影，属于完全不同的节奏类型。这两种节奏类型是通过各自的情节单元的结构功能体现出来的。

戏剧体的戏剧、电影，各情节单元有各自的单元高潮，形成趋向本单元高潮的逐步加快、加重的小节奏；另外，这些单元高潮又共同趋向全剧的中心高潮，形成各单元之间逐级递进的加快、加重的大节奏。整体上形成一波接一波的阶梯式提升发展的节奏，直到中心高潮的巅峰，然后戛然而止，迅速跌落下来。

叙事体的戏剧、电影，情节单元的独立性强，呈线性、散点分布，单元高潮各自为政，形成单元间均衡起伏的节奏。各部之间的大节奏与各部自身的小节奏，构成大小节拍的层级嵌套，呈现出大波涛与小微澜交相叠加的节奏层次。

影片情节发展的节奏，体现在各叙事单元的不同功能之中。叙事单元的功能差别是构成节奏美感的基础。只要全剧的不同单元能够各司其职，自然就会形成既起伏跌宕、又有条不紊的节奏。

黑格尔在《美学》中说："戏剧和史诗在进展的方式上是对立的"，"史诗着重客观世界的原则，一般要求以较慢的速度进行描述，而且还要由于实际阻力而进行更慢"。相反"真正戏剧性的进展是奔向最后结局的不断前进。简单的理由就在冲突形成了突飞猛进的转折点"。①

戏剧性电影的"一切进展都奔赴冲突的爆发"，情节线一般短而紧凑；反之，叙事性电影"描述整个世界情况"，"以较慢的速度进行描述"，情节线一般长而散漫。前者集中表现戏剧性冲突的一个点或一个段落，后者则强调表现时间流程中的一条线和若干点。前者将情节集中在持续上升的戏剧高潮上，后者则讲究情节一波又一波的匀称发展。

以上我们介绍了，戏剧性和叙事性的戏剧、电影在情节性质上的差异（即动作性情节与叙事性情节的差异），两者在情节结构上的差异（"从高潮看统一性"与"从开场看统一性"），以及它们在情节节奏上的差异。因为两者在"动作—情节"上的不同性质，决定了它们不同的结构布局，并因为它们不同的结构布局，形成了两种不同的情节节奏类型。

通过以上的分析，我们可以看到，戏剧体与叙事体的戏剧、电影，有着诸多方面的内在性质和外在形态的差异。我们在区分这两者时，不能仅凭单一指标进行判断，需要多个方面进行综合的分析。这两者之间的差别，包括：（1）情节内容的长度、广度和集中、分散的情况；（2）情节是叙述性的白描，还是戏剧性的动作呈现；（3）情节的时间、空间的跨度和场景转换情况；（4）情节单元之间的关联性，是绵延不断、紧凑无间的，还是散松跳跃、相对独立的；（5）情节结构的方式，是"从高潮看统一性"，还是由开场统摄全剧；（6）叙事主体与角度，是集中于一两个叙事主体和单一叙事角度，还是采取多个叙事主体和频繁转换叙事角度；（7）在情感上，是强调渲泄和净化，还是强调间离、"致中和"；（8）情节的节奏类型，是呈波浪性，还是呈阶梯、巅峰性，等等。只有通过多项指标的分析，才能做出恰当的判断。由于诸多戏剧、电影作品，混合运用了戏剧体和叙事体的手法，所以，不能简单地判断它们完全属于某一体例和形式。

---

①（德）黑格尔：《美学》第三卷（下），第253—255页。

第二章

戏剧性影片与叙事性影片

《沉默的羔羊》
《四个婚礼和一个葬礼》

本章的教学内容和教学目的：继续介绍戏剧体结构和叙事体结构；继续介绍编剧的基础概念；同时，继续通过拉片子，指导观片的方法。

本章选择了两部教学片，戏剧性的影片《沉默的羔羊》和叙事性的影片《四个婚礼和一个葬礼》。

《沉默的羔羊》的结构紧凑，通过高潮实现全剧的统一，属于戏剧性结构的电影。影片显示出人物强烈的心理诉求和鲜明的行动意志，强调人物的内心事件和内心动作，通过外部动作凸显人物行为内在的驱动力。

《四个婚礼和一个葬礼》由四个相对独立的情节单元组成，影片具有线性、散点的结构特点。属于叙事性结构的电影。影片体现了英国轻喜剧的风格，编导有意穿插了一些喜闹剧的片段，调济片子的冷热调子，诙谐的台词中存有隽永的意味。

《四个婚礼和一个葬礼》通过四个不同主题的婚礼和一个葬礼，展现了英国现代社会的爱情和婚姻的风俗画卷，对婚姻中的世俗、金钱、权力，进行了辛辣嘲讽；对查尔斯为代表的恐婚者的自私、薄幸、不愿承担责任的形象进行了生动的刻画。

《沉默的羔羊》属于好莱坞的“黑色侦探片”。这一电影类型产生于上个世纪的40年代。影片描写有良知的侦探和警员，遭遇到黑白两道合流，陷入孤立无援的艰难困境。对他们来说“这两个敌对的社会势力是很难区分的，几乎是不能区分的。透过那孤独的侦探的眼睛，合法的社会和犯罪的地下世界几乎是一样堕落”。①

“黑色侦探片”主要表现“主角的价值系统与败坏的社会环境的价值系统之间的冲突”。表达“硬汉侦探”对社会现实的愤世嫉俗。影片往往是通过侦探主角的“第一人称叙述他的故事”，或者“由一个共享主角视点的全知全能的叙述者来讲叙故事”。影片通过侦探者的眼睛，提供了一种“与众不同的主观视象”，“显示出一种相当悲观的世界观”。

《沉默的羔羊》吸收了惊悚影片的元素，设计了若干血腥场面，渲染恐怖气氛，进行官能性的刺激，迎合一些观众寻求刺激的需要。影片在情节布局上，安排了人物的内心动作与外部动作的双线发展，采用了戏剧单元与叙事单元的复合性结构，使影片既有戏剧性的激烈紧张，也具有线性叙事的曲折绵长。

① （美）托马斯·沙兹：《旧好莱坞和新好莱坞：仪式·艺术与工艺》，第85页。

一、戏剧性影片《沉默的羔羊》

根据托马斯·哈里斯的同名小说改编。
编剧：特德·塔利、托马斯·哈里斯
导演：乔纳森·戴米
主演：朱迪·福斯特、安东尼·霍普金斯
片长：118 分钟
出品：美国奥利安影片公司 1991
获奖：1991 年奥斯卡最佳影片、最佳男演员、最佳女演员、最佳导演、最佳改编剧本奖。

1. 剧情梗概

警校教官高积为了抓住连环杀人犯“野牛比尔”，选派在校学员史黛琳到监狱去访问前精神病博士、食人魔汉尼拔，设法从其口中套取有关“野牛比尔”的线索。汉尼拔对史黛琳产生了兴趣，要求她用私人信息换取情报，二人展开了激烈的心理较量。汉尼拔的质询触动了史黛琳对亡父的怀念。汉尼拔无形中成为史黛琳的心理医生和侦案导师。

在第二次拜访汉尼拔后，史黛琳了解到“野牛比尔”是一个性变态狂。在比尔诱捕了女裁缝后，史黛琳陪同教官高积外出调查，发现教官只是在利用她，中止了对教官的恋父情感。

在参议员的女儿被“野牛比尔”绑架后，史黛琳第三次拜访汉尼拔，要他提供营救线索，交换条件是将他迁移到海岛关押。狱医奇顿窃听了他们的谈话。汉尼拔在机场与女参议员谈判。史黛琳赶去第四次拜访汉尼拔，为了换取情报，她向汉尼拔讲述了童年时拯救羔羊时的失败经历。不久，汉尼拔杀死狱警，成功越狱。

史黛琳根据汉尼拔的提示，发现“野牛比尔”在缝制人皮衣服。史黛琳找到裁缝比尔的家，在黑暗中打死比尔，从地下室的井中救出了人质。毕业晚会上，史黛琳接到汉尼拔的祝贺电话，她向教官高积隐瞒了此事。身处南非的汉尼拔放下电话，去追杀狱医奇顿。

2. 结构大纲

开场（3 分 18 秒）：主人公例证动作
史黛琳在晨雾的丛林中奔跑。

开端部（27 分 53 秒）：介绍总情境
开端：史黛琳见教官高积——介绍高积与史黛琳，介绍“野牛比尔”案件。
　　　史黛琳见监狱的奇顿医生——介绍奇顿。
发展：史黛琳与汉尼拔第一次见面——介绍汉尼拔与史黛琳。
高潮：史黛琳找到汉尼拔的收藏——揭示汉尼拔的内心世界。

结尾：史黛琳与汉尼拔第二次见面——提示比尔性变态的线索。

展开部（27 分 52 秒）：展开冲突
开端：比尔诱捕女裁缝。
　　史黛琳参加尸检与高积发生冲突。
发展：史黛琳调查虫蛹。
　　史黛琳获悉比尔猎取参议员的女儿凯瑟琳。
高潮：史黛琳与汉尼拔第三次见面。用条件换取比尔信息。再次暴露内心隐秘。
结尾：比尔的性变态，井中的人质。

递进部（25 分 38 秒）：深化冲突
开端：奇顿审讯汉尼拔，提供更优厚的条件。
发展：汉尼拔见女参议员，提供假消息。
高潮：史黛琳与汉尼拔第四次见面。急于救人质，史黛琳完全暴露内心隐秘。
结尾：汉尼拔杀警越狱。

高潮部（28 分 34 秒）：动作和情感的高潮
开端：史黛琳和女学员研究汉尼拔提供的线索。
发展：史黛琳在女裁缝家发现比尔的身份。
动作高潮：围捕“野牛比尔”。高积在边界扑空，史黛琳打死比尔，救出人质。
情感高潮：史黛琳毕业。高积的祝贺与汉尼拔的电话同时到来。
结尾：汉尼拔追踪奇顿，消失在非洲城镇中。

《沉默的羔羊》的大结构（开端部、发展部、高潮部），采用的是戏剧体的结构。亚里士多德等人都对戏剧体结构，进行过论述和说明，并形成了所谓“三段式”的结构理论。

亚里士多德在《诗学》中指出：一部戏“由起始、中段和结尾组成”。[①] 虽然这是一个不证自明的公理，但却是不容轻视的重要法则。

黑格尔认为：“每部戏剧分三幕最合适，第一幕揭示冲突的苗头，第二幕生动地展现互相差异的旨趣的互相冲突斗争和纠纷，最后第三幕到矛盾的顶点就必然达到解决。古代戏剧体诗人一般都这样划分。”

戏剧体结构“三段式”

黑格尔指出，戏剧情节发展“要很自然地依据戏剧运动这个概念本身所划分出的主要阶段”。剧情“合式的起点就应该在导致冲突的那一个情境里，这个冲突尽管还没有爆发，但是在进一步的发展中却必然要暴露出来。结尾则要等到冲突纠纷都已解决才能达到。落在头尾之间的中部的则是不同的目的和互相冲突的人物之间的斗争。在戏剧里上述三个不同的部分就是动作情节本身的三个阶段”。[②]

---

① （古希腊）亚里士多德：《诗学》，陈中梅译，第 74 页。
② （德）黑格尔：《美学》第三卷（下册），第 255 页。

开端部：通过动作介绍总情境，人物命运受到危胁，构成总悬念，形成冲突规模。

发展部：展开部——冲突发展的展开。

递进部——冲突发展的深入。

高潮部：动作、性格、情感、命运、主题在冲突中达到高潮。总悬念解开，剧情结束。

在戏剧和电影的创作实践中，西方剧作家普遍遵循亚里士多德和黑格尔的“三段式”。好莱坞根据西方戏剧传统，通常将电影结构分为三幕。

“三段式”和“三幕”设计，只是一个故事的宏观结构，在具体运用中还嫌简略，根据情节发展的基本节律，在实际应用中，一般划分为四个段落：起、承、转、合，中间部分应分为承和转两个段落。如下图：

开始	中段	结尾
第一幕	第二幕	第三幕
开端部——	发展部（展开—递进—）	高潮部——
起	承　转	合

在戏剧性的影视片中，一般采取情节的三大部（开端部、发展部、高潮部），具体分成四个部分（开端部、展开部、递进部、高潮部）。各部分关系密切，围绕着高潮形成团块式的组织结构。罗伯特·麦基说：“一般而言，一个三幕故事要求四个重大场景。”①

劳逊强调人物内心动作在冲突情节发展中的主导作用，他把戏的进程分为四部分：一、主人公的决心；二、主人公面对困难；三、主人公毅力的考验；四、目标实现的高潮。他认为主人公的意志活动是戏剧运动的灵魂，戏剧进程与主人公的主观意志密切相关。②

在第一章，已经介绍了剧本写作的基本概念、结构和情节单元的划分，以及基本概念在冲突发展的各个阶段担当的不同功能。下面用一个戏剧性的结构图式，把这些概念的位置和相互间的结构关系标示出来。

开端部 → 发展部（展开部 → 递进部 →）高潮部 →

开端部	展开部	递进部	高潮部
开场概括情境 人物例证动作 设置悬念 情境激化 人物带入	展开冲突	深化冲突 必需场面	高潮前抑制、拖延 发现与突转 结尾强调主题 情感满足

① （美）罗伯特·麦基：《故事——材质、结构、风格和银幕剧作的原理》，第258页。

② （美）约翰·霍华德·劳逊：《戏剧与电影的剧作理论与技巧》，第306页。

参照上面的结构功能图，与戏剧性电影《沉默的羔羊》的各部分一一进行对比，看看该片在各部分的叙事任务完成得如何。

开场，史黛琳在梦境般的丛林奔跑，提供了她的例证性动作，提示了全剧总情境和叙事风格。

开端部，通过教官高积向史黛琳布置任务，迅速地介绍了“野牛比尔”的案情以及高积和史黛琳的基本情况；跟着是史黛琳与汉尼拔的第一次见面，有力地激化情境，迅速将主人公“带入”到冲突中心。

展开部，冲突全面展开，连环杀手“野牛比尔”先后猎获两个女性（女裁缝和凯瑟琳）；一方面叙述了史黛琳对“野牛比尔”的不懈追踪，另一方面描写了史黛琳与教官高积、食人博士汉尼拔的关系发展，在受到教官打击之后，她的情感和信任进一步转向汉尼拔。在连环杀人案发展的危机背景下，同步推进了女主人公史黛琳的情感危机。

递进部，冲突向心理层面深化发展，深化了史黛琳与汉尼拔的心理交流，特别是史黛琳坦陈拯救羔羊的一段，有力地刻画了史黛琳和汉尼拔的心理活动。

高潮部，史黛琳追寻“野牛比尔”，进入其家中，将其击毙，营救出人质。史黛琳在女裁缝家的“发现与突转”的场面，情节和镜头，具有创造性的发挥。其后，毕业典礼庆祝的过渡场面，有效地松弛观众的紧张情绪。在毕业典礼上，史黛琳先后接到两个“父亲”的祝贺。史黛琳的立场揭示了她内心的隐秘情感。

高潮部的结尾，汉尼拔在非洲追杀奇顿医生，这一例证性动作是深化影片主题地有力一笔。

下面我们将动作轴线图与结构图结合在一起，使用在《沉默的羔羊》的结构上，形成如下的一个示意图：

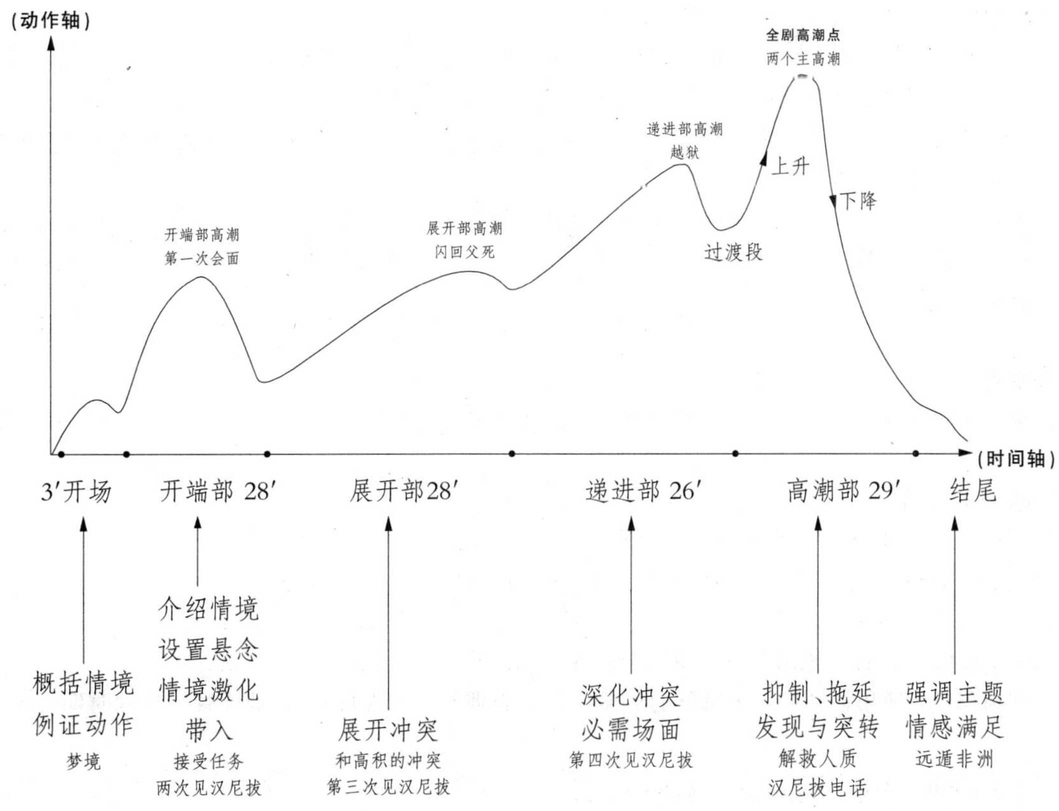

上面设计的动作轴线图，将人物动作力度的上升、下降与情节发展的阶段性关系，放在一个动作与时间的坐标上，表示动作的速度与力度的关系。时间轴可以数字化，而动作轴的度量还无法达到数字化标准。

影片的类型很多，无法采用统一度量标准，只能从影片自身系统出发进行定义。戏剧性影片遵循“从高潮看统一性”的原则，将六个元素：动作、情感、性格、命运、主题、视听，集中在中心高潮点上，所以戏剧性影片的动作轴的度量，要以中心高潮点作为统一标准。

通过上图可以直观地看到随着时间推移，动作呈波峰状态，一波一波地逐步上升，直到抵达高潮的顶点，然后在结尾陡然终止。

影片的开端部分，动作的强度就非常高，在开端部的发展部分（史黛琳与汉尼拔的第一次相见），动作迅速拉起一条陡线。其后，在展开部（史黛琳与汉尼拔第三次见面）外部动作的力度反而下降，在递进部的高潮（汉尼拔越狱）动作明显回升。最后，在高潮部（营救人质和毕业庆典）内心动作与外部动作都迅速地爬升，连续出现两个并列高潮，结尾短促有力。全剧的人物动作具有阶梯性上升的特点，形成层层攀升的曲线。

3. 场景分析

开场

雾中的丛林训练场，紧张的音乐，史黛琳在攀登、奔跑……跟踪窥视的镜头，林中寂静得可以听到脚下的树叶声、虫鸣、鸟扑翅……史黛琳翻过绳墙，阳光照射下来……

教官传唤史黛琳，他头上的FBI符号。树上的牌子：伤害、痛苦、努力、爱。史黛琳跑向校园，靶场的枪声、直升机声，教学大楼……

开场，暗示人在梦境中。影片以梦境开场，表示这是一部心理影片。

史黛琳的例证性动作：奔逃、抵抗。人物性格——抗争的羔羊。

警校被描述成一个军事基地、战争实验室、一支军队。他们要制止人类潜意识驱使的大规模犯罪，要向人类内心的邪恶开战。

影片中的一号人物，应该最先出场。威廉·阿契尔说：“甚至可以认为这是一条原则，就是：当我们要使某一人物具有突出和优越的地位时，如果可能的话，我们应使观众在戏里第一眼看到的就是他。”①

开端部

开端部先后介绍了主要人物：高积、史黛琳、汉尼拔、奇顿医生。

开端部的开端

① 高积召见史黛琳——介绍高积、史黛琳，介绍案情

史黛琳乘电梯。[介绍环境。高大男警员与史黛琳构成对比，暗示着行业中的性歧视。为史黛琳与高积的冲突做铺垫。

办公室墙壁上“野牛比尔”剥人皮、肢解人体的照片。[介绍案情，设立悬念。

教官高积与史黛琳谈话，念史黛琳的档案（犯罪心理学、行为科），作业中曾对胡佛时期的民权

---

① （英）威廉·阿契尔：《剧作法》，第108页。

提出批评。[介绍史黛琳。
高积布置任务，让史黛琳去见犯罪医生莱特·汉尼拔，“野牛比尔”曾是他的心理病人。“看看他的画，试试他能否提供什么？别说私事。”

史黛琳的主观镜头扫过墙上的尸体照片，这时教官高积进入画面，出现在史黛琳的视线之中。这种主观镜头，代表着史黛琳的主观叙事立场。

通过教官介绍史黛琳。她立志要做一个拯救者，具有反官僚体制的性格。史黛琳背上的汗水，标志着她是一个强有力的行动者和斗士。扮演史黛琳的朱迪·福斯特，曾在《出租车司机》中扮一名雏妓，一个名叫亨利的影迷，为了引起她的注意，制造了枪杀里根总统的事件。她为了躲避追杀的危险，开始长期的隐居生活。她本身就是一个“沉默的羔羊”，编导选中她扮演史黛琳是比较恰当的。

高积教官是史黛琳的教师和上司，心理学科权威，史黛琳对他有一种信赖感。

史黛琳是孤儿、女学生，高积不是看中她的才能，而是看中了她的女性魅力，把她当成一个美丽诱饵，去获取汉尼拔的口供。高积对史黛琳的这种态度；是通过奇顿医生的口揭示的。

② 史黛琳见奇顿医生——介绍奇顿医生
巴尔的摩联邦监狱医院，哥特式的城堡。
奇顿医生上下打量史黛琳后说，高积把你派去见莱特·汉尼拔，真是一个好主意。
奇顿要与史黛琳约会被拒绝。[显示奇顿的粗俗和史黛琳的女性魅力。
史黛琳要独自调查汉尼拔。奇顿不快：“早说，我可以节省时间。”史黛琳巧妙回答：“我会错过与你相伴！”[史黛琳的聪明机警。

介绍联邦监狱医院心理医生奇顿，现行秩序的代表，典型官僚，把汉尼拔当成研究对象。

开端部的发展
③ 史黛琳与汉尼拔的第一次见面——介绍汉尼拔和史黛琳
开场：监控室。红色，音响，恐怖气氛。长长的走廊，走廊尽头的椅子。
开端：汉尼拔绅士地接待，史黛琳谦恭地请教。汉尼拔要求她用个人信息交换破案线索。
展开：双方进行心理分析与反分析。史黛琳：“这些画，你画的？”
递进：相互刺激、试探。汉尼拔挑衅，史黛琳反击，汉尼拔发怒。
抑制：汉尼拔驱逐史黛琳：“回学堂去，展翅飞。”史黛琳沮丧地提包离去。
高潮：万斯抛掷秽物，史黛琳尖叫。汉尼拔大声召回史黛琳，告知线索：“找莫小姐。”
高潮二：史黛琳流泪走出，回想起幼年时与父亲在一起。
结尾：训练场上，史黛琳被人从背后射杀。她愤怒地向镜头开枪。[对位高潮部射杀藏在身后的比尔。

这一段落是一个重点场面，构成相对独立的叙事单元，有必要进行深入分析。

地下监狱层层打开的铁门，暗喻打开了人类潜意识的闸门。监狱精神病室中的各类精神病犯人，象征着人类内心的罪恶潜意识。

进入监控室后，史黛琳的主观镜头，旋转360度拍摄：钥匙声、壁上手枪、黑人看守的面孔。主观镜头，沿着走廊推进，镜头中心是一把椅子……这组镜头，有力地揭示出，史黛琳深入地下监狱的内心情感变化。

史黛琳摆出学生求教姿态，巧妙地利用汉尼拔的控制欲望，以驯服态度赢得对方好感。汉尼拔摆出主人待客的姿态，请史黛琳坐下，要求她提供自己的心理信息并以心理医生的姿态对她进行分析。两人形成独特的人物关系：师生、主宾、医患的关系。史黛琳是还没有毕业的准警员，主修心理学和犯罪学，有“心理疾病”。汉尼拔是一个食人恶魔、心理学博士，对人的心理有巨大操控能力。史黛琳与汉尼拔相互展开心理分析与反分析，这是一场心灵的搏斗。

最初，史黛琳对汉尼拔是拒斥的，她不敢接近对方，递身份证时，她的身体不移动，只是把手伸向前去，汉尼拔不断地说：“靠近点，再近点……”汉尼拔已经多年没有见过女人，他贪婪地看着史黛琳，然后才看她的身份证。两人虽然唇枪舌剑，但是心灵却在不断靠近。当史黛琳遭到污辱，汉尼拔心生怜惜召唤她回来，她一直奔到汉尼拔面前，近得与汉尼拔只隔着一层玻璃。史黛琳被汉尼拔震慑，对他产生了一种依恋情绪。她的肢体动作，显露出两人的关系已经在暗中发生了变化。

史黛琳受到震动，神情恍惚地走出监狱，回忆起童年时扑在父亲怀中的情景，暗示她有很深的恋父情结，而这种恋父情结，是在汉尼拔的诱导下暴露出来的。

编导运用了弗洛伊德的心理学说，用电影符号进行心理隐喻，颇似弗洛伊德的梦境解析，如史黛琳的回忆中，在公路上有一个抱着女儿的男人在戏弄路过的黑狗，狗狂叫着……

最使史黛琳震惊的不是地下监狱中的恐惧，而是她竟然对食人魔产生了一种依恋的情感。最后，史黛琳向镜头不断开枪，反映她对汉尼拔的诱惑和控制进行心理抵抗。

主要场面与次要场面

一部影片是由若干主要场面和次要场面组成的。主要场面，是表现主要人物性格、推进人物关系发展、展开意志冲突、揭示思想主题的场面。主要场面中又分重要场面、重点场面。

主要场面的布局有一定的规律性，主要场面往往出现在开端、发展、高潮各部的高潮部分。特别是递进部和高潮部的高潮部分，往往构成全剧的重点场面。对主要场面要深入开掘，把戏写透、写足，不能轻易放过。

次要场面又称穿插性场面，出现在主要场面之间，属于说明性和过渡性的场面。次要场面服务于主要场面，它的任务包括：介绍次要人物和功能人物、介绍剧情、穿插伏笔、烘托气氛、调整节奏等。①

开掘场面

对场面不能平均用力，要善于抓住重点场面，深入开掘重点场面。重点场面的开掘往往决定着一部影片的成败。

谭霈生指出：设置好的情境是开掘场面的前提，正确选择重点场面是开掘场面的良好开端，场面铺垫是开掘场面的重要条件，熟悉人物是开掘场面的基础。②

设置独特的情境是开掘场面的前提。没有独特、尖锐的情境，人物在重要场面中就不会产生丰富、有力的动作。所有动人场面，都离不开独特、尖锐的戏剧情境这一前提。

正确选择重点场面是开掘场面的良好开端。重点场面往往并不是激烈的正面冲突的场面，而是深入独特人物关系和深入人物内心世界的场面。要恰当地选择与取舍，正确区分次要场面和重点场面，避免对所有场面平均用力。不能把重点场面轻易地放过去，也不能对次要场面过分用力。一部影片能否给观众留下深刻印象，往往取决于能否写好片中的几个重点场面。

重点场面与次要场面的关系是铺排与照应的关系。铺排是指次要场面为主要场面服务，进

---

① 《中国大百科全书·戏剧》，第430页。

② 谭霈生：《论戏剧性》，第219—270页。

行情节上的交代，情绪上的烘托，节奏上的调整。照应是指次要场面照应主要场面，承担场面与场面之间的连接与转换功能，避免场面之间出现孤立和碎裂状态。对重点场面的铺排、照应不仅是结构、节奏上的必要，而且是叙事内容上的必要，没有充分的铺垫、伏笔与呼应，就不可能写好重点场面。

场面铺垫是开掘场面的重要条件。一个重点场面的形成是前面很多场面发展而来的，是许多场面铺垫的结果。所以，重点场面往往处于一个段落的高潮部分。

开掘场面的基础是熟悉人物。谭霈生指出："要写好一个场面，必须熟悉自己的人物。真正熟悉剧中人物的性格，是深入开掘场面的基础。"① 对人物要熟悉到这样的程度：安排一个场面，能够清晰地看到你的人物在这个场面中必定会怎样行动，别的人物对他（或她）的行动必定会有怎样的反应。贝克说："剧作者必须把这场的人物加以研究，直到把他们在这一场里的感情全部挖掘出来为止。"②

把重场戏写足，绝不意味着不讲含蓄，不留余味。失去了分寸尺度，也会影响场面开掘的成效。

史黛琳与汉尼拔的第一次见面是开端部的一个重点场面。编导对这一场面进行了充分的铺排、渲染，在台词、布景、镜头各方面都做了精心设计，对人物的心理活动进行了深入开掘，力求把这场戏写透、写足。

辨别重场戏，抓住重场戏，铺垫重场戏，开掘重场戏，是写好一部剧本的重要关键。

开端部的高潮

④ 汉尼拔的车库——再次介绍汉尼拔

史黛琳进入汉尼拔的车库，发现汉尼拔的心理病人莫小姐（洛宾）的人头。

史黛琳根据汉尼拔的字谜（"我的其余"，"我的秘密"），找到车库。汉尼拔实际上成为史黛琳探案的导师。

车库沉重的铁门，暗喻汉尼拔心灵的闸门。史黛琳从门缝钻进去，腿被划伤，暗示着她进入汉尼拔内心世界的危险。

车库中的藏品象征着汉尼拔诡秘的内心世界：鹰、钢琴、自行车、断肢的衣模、包着国旗的汽车（如同一口棺材）。瓶中洛宾的丑恶面孔，暗示着"野牛比尔"的真实面目。

开端部的结尾

⑤ 史黛琳与汉尼拔第二次见面——介绍"野牛比尔"

雨夜，史黛琳再次来到地下监狱。

她坐在地上，汉尼拔隐在黑暗中。史黛琳接受监狱内送出的毛巾。

汉尼拔暗示了有关比尔的线索，比尔是另一个洛宾，也是一个想变性的人。

史黛琳与汉尼拔的关系发生了变化。她坐在地上，暗示她的地位降低了。汉尼拔坐暗处，史黛琳坐在明处，暗示汉尼拔控制着局面。汉尼拔主动送出一条毛巾，表示了对史黛琳的温情。汉尼拔对史黛琳与高积的关系，产生一种猜忌："高积帮助你的事业，你们相互爱慕！他想占有你！"表明了汉尼拔的感情带入。

---

① 谭霈生：《论戏剧性》，第270页。

② （美）乔治・贝克：《戏剧技巧》，第99—101页。

第二次见面，直接切入，叙述节奏加快。结尾部分解开了开端的“悬念”（比尔身份），又强化了新的悬念（汉尼拔与史黛琳的情感发展）。

展开部

展开部的开端

①“野牛比尔”诱捕女裁缝

女裁缝驾车，播放摇滚音乐。[例证性动作，活跃的现代女青年。

“野牛比尔”戴夜视镜出场。[例证性动作。

窗口猫的剪影。[暗喻现场没有证人。

比尔割开女裁缝的衬衣，裸露出女性的雪白皮肤，比尔翻看衣领上的尺码。

上节，汉尼拔提供线索：“他一定正在找寻下一位特别的女人！”什么是特别的女人？下面镜头切到女裁缝出场，她是一个比较胖的女青年，有一个特定的尺码。前一节设置悬念，后一节回答悬念，前后镜头有一种逻辑关系。

“野牛比尔”戴夜视镜出场，暗示他是夜间猛禽。最后他也是戴着夜视镜被击毙的。女裁缝的彩蝶衬衣暗示比尔想变成女人的化蝶心理。雪白的皮肤，暗示比尔要用它制作一件人皮外衣。

这一段情节与前面和后面的情节，有些榫卯不接，显得突兀和跳脱，原因在于由史黛琳的叙事角度突然切换到“野牛比尔”的叙事角度。

② 训练场——过渡段

拳击训练场，史黛琳在抵御攻击。[暗示她是反抗的羔羊。

③ 前往现场的路上——史黛琳与高积关系的发展

飞机上，教官高积带史黛琳前往抛尸地，高积介绍新案情。

换乘汽车，高积隔着车座与史黛琳对话，他压下了史黛琳的分析报告。

在殡仪馆内，高积借口这是一件“色情的案子”，不让史黛琳了解具体案情。

殡仪馆的风琴声，史黛琳回忆父亲去世……

验尸，尸体的皮肤被切割成菱形。史黛琳在女尸喉管中发现一只蛹。

返回的路上，史黛琳对高积的态度转为冷淡、提防。

在前往案发地的路上，高积与史黛琳的谈话涉及两部分内容：介绍抛尸情况，阻止史黛琳介入案件。影片将这段谈话，分别放在飞机和汽车两个场景，以区别谈话的不同内容。

高积扣压了史黛琳的案情分析报告，史黛琳心中沮丧，这时汽车驶入隧道，阴影投在她的脸上。编导为阴影的产生找到了一个现实来源，使电影镜头表述更为自然。

高积不让史黛琳听探长谈案情，当着所有男警察的面，羞辱了史黛琳，对她是更沉重的一次打击。殡仪馆的风琴声引起她对父亲葬礼的回忆，由于高积的轻视、打击，动摇了他在史黛琳心目中的代父形象。史黛琳驱逐男警员并勇敢地面对尸体，显示出不顾高积阻挠，继续深入此案的决心。

在遭受阻挠和打击之后，史黛琳与导师高积的关系发生重大转变。史黛琳开始背着高积独自进行探案，并更加依赖汉尼拔在案件上的指点，两人的关系也变得愈加密切。

展开部的发展

④ 史黛琳调查虫蛹

自然博物馆，史黛琳带着蛹来咨询专家。[馆中的猛兽、巨兽暗示人类丛林中的罪犯。
专家切开蛹，分析“地狱昆虫”的习性：“蜜、黑暗、温暖，有人爱它！”[暗示“野牛比尔”的生活习性。
切入“野牛比尔”的家，黑暗中飞舞的蛾子。[蛾子是比尔的象征。
枯井中传来女人质的呼救声：“救救我！”[引领观众移情进入的推镜头。

⑤ 女参议员的电视讲话——第二个女人被比尔绑架
史黛琳与黑人女学员看电视新闻，女参议员在电视上劝比尔放过自己的女儿：“她温顺，你有力量和控制权，你们可以交谈，会感到爱和情感。”
三张胖女孩的照片特写。[史黛琳的主观镜头。暗示这是三只羔羊，唤起史黛琳的救赎意志。

展开部的高潮
⑥ 史黛琳与汉尼拔第三次见面
史黛琳代表高积向汉尼拔提出条件，如果他提供解救人质的线索，就可以迁移到一个岛上去。
奇顿医生在监听他们的谈话。
汉尼拔要史黛琳继续提供心理资料进行交换。史黛琳讲出早年丧父。“父亲是我的一切。我只有十岁。”[她是一只失去依靠的沉默羔羊。
汉尼拔贪婪地接受信息，他向史黛琳提供新的线索：比尔的性错不是天生的，是因为少儿时受到暴力伤害所致。

展开部的结尾
⑦ 揭示“野牛比尔”
比尔家。半裸体的比尔，女服木模，比尔变态地照镜。
比尔给井中的凯瑟琳送护肤膏，灯光照出血迹斑斑的井壁，凯瑟琳惊恐地尖叫。

展开部的事件围绕着“野牛比尔”的剥皮案件展开，所以展开部的开端，由比尔诱捕人质开始，在展开部的结尾，以比尔的枯井收尾，形成首尾呼应。

结尾的女服木模、护肤膏和枯井，暗示着凯瑟琳被剥皮的命运，她是史黛琳要拯救的一只羔羊，此处是在系扣，营救人质成为下面递进部的主要悬念。

递进部

递进部的开端
① 监狱，奇顿医生审讯汉尼拔
汉尼拔被绑在推车上，头上戴着铁笼头。
奇顿自称已见过马露芙参议员，参议员答应提供更优越的条件，只要他说出“野牛比尔”是谁。
汉尼拔提出，要在田纳西与参议员当面谈判。

递进部的发展
② 孟菲斯机场，汉尼拔见女参议员
奇顿将汉尼拔转交司法部警察，汉尼拔紧盯着他手中的签字笔。
汉尼拔脸上戴着面罩，被绑在推车上，推出来。

汉尼拔提供了一些真假参半的情报（谎称比尔高大魁梧）并调戏了女参议员。

③ 舒尔县法庭——过渡段
新闻记者争相采访奇顿，史黛琳从人群后面走过。
电梯间，史黛琳匆匆修改着要问的问题。男警员问："他是吸血僵尸吗?"史黛琳思忖着："他们还没有给他定性。"

递进部的高潮
④ 史黛琳第四次见汉尼拔
汉尼拔被关押在大厅中央的一个铁笼子里，史黛琳声称来给他送画。
史黛琳急于解救人质，汉尼拔要她继续提供心理分析材料，史黛琳讲述自己的隐秘：孤儿、羔羊、孤儿院……汉尼拔贪婪的目光。
汉尼拔认为史黛琳是奇顿医生和高积派来的，拒绝回答她的提问。
史黛琳借拿材料挣扎奔回，汉尼拔触摸她的手指。

史黛琳以还画的名义见汉尼拔，这一动作的设计比单一地直奔主题，显得更生动、合理。电梯上，史黛琳回避"吸血僵尸"的问话，点明她对汉尼拔的态度是暧昧的。

史黛琳急于营救人质绕着铁笼来回行走，而汉尼拔在笼内坐着不动，二人一动一静，显示出汉尼拔在控制整个局面。

汉尼拔像一个心理医生，引导史黛琳找到内心恐惧的根源，史黛林内心袒露无遗，汉尼拔深感满意地说："谢谢你!"通过第四次交锋，他感到可以驯服、控制史黛琳了。

史黛琳在付出了内心隐秘后，认定汉尼拔会给她一个回馈，这时奇顿医生的出现打断了他们的谈话。她借着回来拿材料，想得到汉尼拔的只言片语，可是她失望了，汉尼拔只是触摸了她的手指，其中带有戏弄的意味，仿佛说，这场角力还是我胜利了！这是他们第一次肢体接触，这既是两人情感的高潮点，也是人物关系发展的一个节点。

情节节点

马丁·艾思林说："如果你在一个刚去到的市镇上，沿着一条笔直的大道步行，到一个一英里两英里之外的地方去，那么这个旅程在第一次显得是无止境的，但是在第二次，当你记住了道路上那些成为次要目标并把旅途接连在一起的路标时，厌烦就会减轻，时间也就过得快多了。因为一件事物，如果没有形式上的、表示其内在联系的标志，它就会显得是无止境的。一旦我们了解到这个距离……那么朝着一个明确的、遥远的目标前进时就没有什么顾虑了。因此，结构的清晰和演出过程中设置明确的'路标'是戏剧结构中极重要的形式上的因素。"

马丁·艾思林所说的"路标"，指的就是戏剧发展进程中存在的一系列情节的节点。在叙事过程中，需要明确标示出情节发展的节点。没有节点就显示不出情节、动作、情感的发展进程，显示不出动作和情感的本质变化和节奏感。关节点就相当于戏剧发展进程中的里程碑和指路牌，它们是带有标志性的动作、台词，或是某种象征和命名。①

阿契尔说："请剧作家别忘记在他引领我们跟着他走的路上，安置必要的指路标吧！当然，我们也不必一定要理解每一个场面、每一个事件的'全部'内在含义，但是，我们必须对它有足够的理解，这不只是为了创造必要的紧张，而且是为了把紧张引向正确方向。"②

---

① （英）马丁·艾思林：《戏剧剖析》，第44页。
② （英）威廉·阿契尔：《剧作法》，第164—182页。

在剧情发展中，存在着大量的情节节点。这些情节节点包括有丰富的内涵，它们既是情节发展的节点，同时也是人物动作发展的关节点，人物性格发展的关节点，人物情感发展的关节点，人物关系发展的关节点。

剧情发展的关节点，多出现在情节段落的转折和结尾部位。在情节的收束和肇端之时，往往会出现抒情写意的场景，如《拯救大兵瑞恩》中，小分队几次上路的场景：战舰云集的诺曼底，法国美丽的田园风光，被炮火照亮的地平线等，它们起到了情节指路标的作用。

人物动作发展的关节点，出现在人物动作贯穿线和人物命运的拐点上。《霸王别姬》中，菊仙在花满楼跳楼、踢红地毯、投伞、穿嫁衣上吊等，都是人物动作发展的关节点。

人物性格发展的关节点，位于人物性格发展的某一阶段，此时需要对人物性格做一个重新的定位。《霸王别姬》中的段小楼，一生扮演了三种身份，成全者小石头、拯救者楚霸王、背叛者段小楼，从一个拯救者蜕变为一个背叛者。每一次变化，都有一次重新的定位和命名。

人物情感发展的关节点，是人物情感发展的阶段性标志。《沉默的羔羊》中史黛琳第一次见汉尼拔，从出示身份证时不愿向前移动身体，到离开时听到呼唤后迅速奔向汉尼拔，面孔贴近得仅隔着一层玻璃。史黛琳第四次见汉尼拔，吐露了她内心最后的隐秘，汉尼拔从铁栏后面触摸了史黛琳的手指。影片通过隔着玻璃、手指接触的细节，对两个人情感发展的阶段性变化，做出了细致、精确的定位。

人物关系发展的关节点，出现在人物冲突发展的某一阶段，编导必须对这一阶段的人物关系做出一个明确的归结，使观众明白此时的人物关系变化。《闻香识女人》中，法兰中校让查理在酒店沙发上睡觉，暗示法兰把查理看成是一条导盲犬；当警察要抓法兰超速，法兰谎称带儿子飙车，意味着二人已经发展成为父子关系。

情节的节点是人物动作、人物性格、人物情感和人物关系发展等多种要素的集中体现。由于情节的核心内容是人物关系的发展，所以，情节节点的选择划分和具体运用是由情境定性所规定的。情节的不同节点是情境在发展过程中，不同阶段定性的具体体现。

⑤ 史黛琳返回——过渡段

空中俯视华盛顿的白宫。[暗示国家、政府。

史黛琳心情沉重地步出机场。[递进部高潮前的节奏抑制。

递进部的结尾

⑥ 汉尼拔越狱

汉尼拔在钢琴音乐中，屠杀警察……

汉尼拔杀人越狱，警察如临大敌。[注意悬吊的警察，上面有一面美国的国旗。

编导有意制造恐怖气氛，张扬汉尼拔恐怖的力量。汉尼拔用笔芯迅速开锁，将警察脸上的血肉装在自己脸上，这些不是生活真实，是影视的真实，不符合生活逻辑，但是符合影视的逻辑。

救护车上的一个细节，心电图跳出“脉搏 84”。在开端部，看守介绍汉尼拔咬女护士时，脉搏跳动 84。

⑦ 汉尼拔越狱消息传来

黑人女学员震惊地接听电话，跑去通知史黛琳。[将前面的情感节奏，延续下来，缓慢收场。

高潮部

双线发展的叙事结构，决定本剧有两个高潮：解救人质的高潮，史黛琳与汉尼拔的情感高潮。

高潮部的开端

① 史黛琳与黑人女学员商讨案情

两人共同分析案情，研究汉尼拔给出的提示和线索。[她们穿着睡衣裤，表示她们是弱者。

高潮部的发展

② 史黛琳寻找野牛的线索——发现与突转

史黛琳到女裁缝家调查，向死者父亲询问，出现活猫，磁猫，照片中的猫。[猫是现场证人。

史黛琳拉开衣橱，发现了裙子剪开的菱形折缝，恍然大悟。

史黛琳给高积打电话：发现比尔在缝制人皮衣服，汉尼拔说的日常的贪欲，是指凶手认识死者，比尔可能是一个裁缝。

这一段落，完全用史黛琳的主观镜头拍摄，展示出她的心理变化，思考与徘徊的心绪。身边的猫、蝴蝶墙纸、死者肥胖的裸体照片……一切细节都在向她提示答案。

这一段落，情节在心理层面上往前推进，镜头运动与内心运动形成合拍，视线通过镜头在探索物品与案情之间的潜在关系……镜头缓慢运动所产生的悬疑和紧张比观众期待的更为深刻有力。

③ 比尔与人质

比尔在制作人皮女服。比尔自语："你想占有我吗?"[受虐狂。

参议员女儿凯瑟琳以伤害小狗相威胁，要比尔放了她。[虐恋与权力等级。

高潮部的高潮

④ 解救人质——全剧动作的高潮

高积在飞机上接听史黛琳的电话，他正带着警察前往墨西哥边界搜捕比尔。[寓意他错得有多远。

高积在机场降落，带领警察前往罪犯住地。

史黛琳在裁缝店向女裁缝调查……

高积带警察来到罪犯住地，按门铃……声画错位。

比尔打开房门，史黛琳走进来，与比尔谈话……

高积带警察闯入空宅……

史黛琳进入比尔家后，扫视室内……

比尔住宅的外景。音乐。[倒叙式地交代外部环境，暗示史黛琳的危险处境。

比尔住宅内景，史黛琳的主观镜头：蛾、线轴、灶上的枪……[几个细节，交代了危机。

史黛琳行动和高积行动的平行叙述，通过蒙太奇的组接，造成读解上的错觉，人为地制造出一种紧张。这是"最后一分钟的营救"模式的一种新花样。这段平行蒙太奇的意义在于，继续推进史黛琳与高积的冲突，把高潮大戏最终落在两人的关系发展上，避免拯救人质的动作，打断两人关系发展的线索。在情节推进到史黛琳与比尔对决的紧张场面的时候，编导依然没有忘记，这场戏只是副线的高潮，真正的主线高潮在史黛琳与高积、汉尼拔之间。

马琦指出："错误的指路标是要小心避免的，只有在极为罕见的情况下，才能认为要使观众方面产生暂时的误解是适当的，不过误解几乎立刻就应当用某种令人适意的方式或者其他有效的方式改正过来。"①

舞美设计的具体呈现，对剧情会产生重要的影响。史黛琳由上向下走入迷宫一样的地下室，整个环境构成一个隐喻：主人公落入魔鬼的陷阱之中。地下迷宫的场景与片头的"恐怖梦境"形成一种对位。

夜视镜打开后，放大的电磁声，放大的打开枪栓的声音。[史黛琳内心听觉的外化。
史黛琳开枪后，屋中立即大亮。[紧张节奏马上松弛，暗示梦境被打破。
比尔戴着夜视镜死去，旋转的蝶扇。[比尔化蝶的梦想，他的渴望与悲哀。
窗口的美国国旗。[嘲弄国家制度。
凯瑟琳抱着比尔的狗走出。史黛琳伶仃地走出，高积上前半拥着她。

高潮部的并列高潮
⑤ 汉尼拔的问候——全剧情感的、主题的高潮
毕业典礼上，史黛琳领取毕业证书。[身份的转换，成长的标志。必需场面。
巨型警徽蛋糕、香槟酒，毕业生与来宾们合影。[制造轻松的气氛。
高积祝贺史黛琳："令尊会为你骄傲!"两人相对无言，握手告别。[提示曾经的代父关系，暗示他们之间信任关系的结束。
史黛琳在电话中听到汉尼拔的声音："史黛琳，那些羔羊停止尖叫了吗?"史黛琳紧张地看着高积离去的背影，"莱特大夫，你在什么地方?"
汉尼拔看到狱医奇顿走下飞机，"我要找一个老朋友吃晚饭。再见!"他挂上了电话。史黛琳不安地呼唤："莱特大夫！莱特大夫！……"镜头渐渐拉远。阴郁的音乐。

在影片的结尾，史黛琳向高积隐瞒了汉尼拔的电话，从而完成了她与高积从信赖到背叛的心理转变过程。史黛琳对汉尼拔的态度一直是暧昧不明的，她对汉尼拔的真实情感是一个令人难解的谜。这个谜底直到高潮时才被揭开——她对食人魔汉尼拔存在着一种恋父情结。

高潮可以采用各种形式。本片在第一高潮（解救人质）采取了强烈的外部动作，在第二高潮（汉尼拔的电话）采取了相反的冷处理，却构成了重大的心理事件，实现了人物心理动作的高潮、情感的高潮、命运抉择的高潮，以及主题思想的高潮。这种独特的高潮处理方法，属于"倒高潮"的形式。

倒高潮

"倒高潮"（anti－climax）是一种独特的高潮形式，特指采取突然降调的反高潮方法，通过轻松、诙谐、反讽等冷处理的办法，达到一种"水静流深"的效果。②

阿契尔说："倒高潮"是一种看似"不加强调"，实际上"经过深思熟虑的"高潮处理方法。它"是紧接着高度紧张的"高潮之后的"牧歌式的、或者哀歌式的、或者富于哲理性的最

① 马琦：《编剧概论》，第172页。
② （美）乔治·贝克：《戏剧技巧》，第229—231页。

后一幕”。“倒高潮”能够打破高潮的常规套路，“产生出色的效果”。①

例如《奥赛罗》中，苔丝德蒙娜和爱米莉霞已死，埃古受到惩处，这时，奥赛罗在诙谐的故事讲述中，突然拔剑自刎，造成了意外的震撼。阿契尔称这是“倒高潮”运用的“一个典型例子”。

高潮部的结尾

⑥奇顿向当地警探询问保安情况。汉尼拔走出咖啡馆，跟随在奇顿的后面。［例证性动作，食人。点题。

汉尼拔消失在非洲街市的人群中，镜头缓缓升起，市井的日常生活场面和歌声……

市井的轻松歌声，打破了影片由始至终的恐怖气氛，将观众带回到了现实宁静的生活。随着片尾字幕的出现，又出现阴森、轻佻的音乐，令人感到人世间是禽兽出没的丛林。

汉尼拔追杀奇顿的情节，构成新的悬念，为下一部影片的故事系结。它反映了本片是汉尼拔系列片的一部分。

必需场面

必需场面是剧作者通过悬念使观众预见和要求的一个场面，如没有这一场面，会引起观众合理的不快。

阿契尔指出，必需场面有五种方式：

(1) 它是主题的逻辑所必需的。

(2) 它是特殊戏剧效果的明显需要所要求的。

(3) 它是戏剧叙事的方法所必需的。

(4) 它是为了证实极其重要的性格发展或意志改变所必需的。

(5) 它是由历史或传说所提供的。

这五种必需场面分别为：主题的必需场面，戏剧性的必需场面，结构性的必需场面，心理性的必需场面，历史性的必需场面。②

按照阿契尔的观点，所有观众预期的各种场面，除了高潮之外，它们都是必需场面。这是对必需场面的一种广义上的理解。

劳逊从“高潮看统一性”的原则来理解必需场面，赋予它一种特殊的意义。他认为，必需场面是在不断趋向高潮点的过程之中，对动作、目标、意志、势力对比、因果发展的不断检验，不断肯定，将观众对高潮的期待逐渐具体化。最重要的必需场面是“面临成败的关键时刻”；它作为一种结构性的关键场面，处于“期望的决战和最后的决战之间”。③ 劳逊讲的必需场面，就是各部分的高潮。他所说的最重要的、结构性的必需场面，就是递进部的高潮场面。

从狭义上讲，关键的必需场面应该是递进部的高潮。《沉默的羔羊》中，史黛琳在机场第四次与汉尼拔见面，应该就是劳逊所说的“面临成败的关键时刻”，在《女人香》中，法兰与查理飙车也属于这种关键性的必需场面。

从广义上讲，必需场面就是“观众预见和要求的”各种大小场面。看一个编剧是否专业，

---

① （英）威廉·阿契尔：《剧作法》，第38—39页。

② （英）威廉·阿契尔：《剧作法》，第183—210页。

③ （美）约翰·霍华德·劳逊：《戏剧与电影的剧作理论与技巧》，第306、327—332页。

不仅要看他的讲故事的能力，而且特别要看他是否会漏戏，如果他能预见到观众的所有要求，丝丝入扣地把所有必需场面都自然地编织进情节，可以说他是一个称职的、成熟的编剧。我们检查一下《沉默的羔羊》这部影片是否遗漏了什么必需场面？“野牛比尔”的那只可爱的小狗被参议员的女儿凯瑟琳抱走了；毕业典礼的场面中，史黛琳的女同学和博物馆的昆虫学家出现了；功能性的奇顿医生也没有丢失，他在影片的结尾出现，续完了他与汉尼拔的恩怨故事。影片的编导滴水不漏地解决了所有问题。

4. 人物分析

黑色侦探片是好莱坞上世纪40年代产生的一种类型影片。托马斯·沙兹说：“黑色侦探片是强盗片的一种必要的、历史和主题方面的类型延伸。”“古典侦探片显然是秩序井然的社会的一部分，偶然发生的问题可以通过（侦探的）推理得到解决。”相比之下，黑色侦探片“则显示了一种相当悲观的世界观”，它“反映了战时及战后美国的疏离、焦虑和道德混乱”。①

“这一类型电影的头胎”《马耳他之鹰》（1941），打破了正邪对立的叙事模式，形成了独特的情境模式和结构类型。它将主人公置于黑白混淆的、暧昧的道德地带。例如黑色侦探片《唐人街》（1974）、《洛城机密》（1997）中的主人公们既不愿意向权贵和资本势力妥协，也不肯与犯罪势力联合，处于孤立无援的境地。在这些“硬汉侦探”的眼中，所谓的合法社会和黑社会一样堕落。

“黑色侦探片的世界，正如其名所表明的，在视觉上是黑暗的；这种视觉的黑暗突出了道德的堕落——它也是黑的。在这一类型片中，最终的社会代表人物就是主人公本人，他目睹当代生活的堕落，并且和观众一起去寻找办法以形成另一种可靠的价值系统，并企望依靠这一系统在那堕落的环境中生存下来。”黑色侦探片告诉观众：“这不是一个芳香的世界，但这是你生活于其中的世界。”②

《沉默的羔羊》采取了黑色侦探片的类型叙事。影片将现实社会描写成一个兽类出没的丛林，它从受虐、施虐两个方面构成了影片的总情境。

史黛琳被统治者和犯罪者挤压在狭窄的道德地带，只能一个人孤立作战。她必须在维护正义的同时，不屈服和偏袒任何一方，以保证自己的良知不受到伤害。史黛琳用愤世嫉俗的眼光看待现实社会，试图走一条符合道德良知的个人路线。

汉尼拔是现存社会秩序的有力挑战者。影片把汉尼拔描写成“盗亦有道”的一位“绅士”，渲染他洞察人心、机警干练的魅力，赞赏他对社会体制的肆无忌惮的挑战。影片的许多段落是从汉尼拔的叙述角度进入的，从而诱导观众从汉尼拔的立场思考问题。

汉尼拔与比尔是大魔与小鬼的关系。汉尼拔曾经当过比尔、洛宾等“性倒错”者的心理医生。比尔是受虐型犯罪人格，汉尼拔是施虐型犯罪人格。汉尼拔将比尔作为手中的筹码，交换史黛琳的个人信息。

汉尼拔与史黛琳是驯服与反抗的关系，在两人之间不断发生心理分析与反分析、控制与反控制的冲突。汉尼拔是一个食人魔，史黛琳本应是他的猎物，可是他却能欣赏她的才干，成为她的心理医生和破案导师。史黛琳在对高积的代父情结幻灭的同时，逐渐对汉尼拔产生了信赖感。

---

① （美）托马斯·沙兹：《好莱坞类型电影》，第130页。

② （美）托马斯·沙兹：《旧好莱坞·新好莱坞：仪式、艺术与工业》，第83—85页。

高积与史黛琳曾经一度是亦师亦父的关系。高积是史黛琳的导师、长官、前辈，本应善待他的学生、下属，可是高积却不顾史黛琳的安全，把她当成破案的诱饵送进虎口，并对她采取轻视、冷漠和歧视的态度。史黛琳与高积从最初的信任、依赖关系，转变为陌路、戒备的关系。

汉尼拔和高积代表着两种权力秩序和两种控制力量。史黛琳一方面抵抗恶魔的控制，一方面又忍受着体制的压迫。史黛琳所代表的价值立场，既不同于高积，又不同于汉尼拔，她在这两个“父亲”之间，左右徘徊。总情境的内在张力，正体现在她的这种两难处境之中。

5. 情节结构

《沉默的羔羊》的叙事特色很多，这里主要分析说明情节内容的编排和情节单元组合的特色。在情节内容编排方面，形成了外部动作情节与内部动作情节的双线发展；在情节单元组合方面，形成了戏剧性与叙事性的复合单元结构。

(1) 情节的双线发展

故事有两条情节线。第一条线，史黛琳追捕“野牛比尔”，营救人质；第二条线，史黛琳与汉尼拔之间产生的亦师亦父的危险情感关系。前者为外部动作的情节线，后者为内部动作（心理动作）的情节线。后者的情节内容更本质、更深刻。

情节主线——女主人公行为的隐秘动机

影片的核心情节并不是追捕“野牛比尔”和拯救人质的外部行动，而是通过案件的曲折发展，深入到女主人公的内心世界，一层层地揭开其行为的隐秘动机，从而了解到人物的行为逻辑和基本人格。

影片一开始，整个故事线索似乎围绕着史黛琳追捕“野牛比尔”的悬念展开，随着情节的推进，真正的叙事主线才显露出来。史黛琳向汉尼拔袒露内心隐秘的情节将观众的好奇心逐步引向女主人公隐秘的心理动机。观众期待着这样一个高潮，当这个场面出现时，史黛琳在汉尼拔面前暴露其内心最隐秘的部分。史黛琳隐秘的行为动机成为贯穿性的悬念。

影片中，汉尼拔以提供“野牛比尔”的信息为筹码，换取史黛琳的心理秘密，通过两人先后四次的会面，逐步揭示出，在童年时代由于一只羔羊被屠宰，史黛琳的心灵受到严重创伤，如今她渴望通过追捕罪犯，拯救人质，达到自我救赎。这种自我救赎是支持女主人公不惜一切拯救人质的心理动机。

情节的主要悬念——危险的情感关系

本片的主要悬念并不是女主人公拯救人质的意志实现，而是她与食人博士之间产生的危险情感关系。

影片一开始，史黛琳被高积教官作为诱饵，派到狱中见汉尼拔，她一下子就陷入被食人魔觊觎的危险处境。史黛琳所面对的不是笼中猛兽，而是一个危险的心理学博士，她随时可能受到对方的心理控制和心灵戕害。

史黛琳与汉尼拔的关系，究竟是猛兽与猎物、敌手与合作伙伴的关系，还是医生与病人、导师与学生的关系？在与教官和博士的两种代父情感上，女主人公如何辨别其中的吉凶，领受不同的指教，如何在正邪之间保持平衡呢？到了影片的高潮，这个悬念才得到最终的解答。史黛琳与汉尼拔之间的危险关系，成为贯穿全剧的总悬念。

在这部影片中，观众所关注的不仅是外部动作的冲突，还有内心动作的冲突；不仅有人物的命运，还有人物在命运面前的性格表现和内心情感活动；人们关注史黛琳与汉尼拔之间危险的心理交流，关注在心灵交锋过程中人物内心的一次比一次深入的揭示。

(2) 戏剧单元与叙事单元的复合结构

《沉默的羔羊》虽然是一部戏剧性的电影，但是，它既有强烈的戏剧性，又不乏丰富的情节叙事。能够达到这样的艺术效果，就在于影片借鉴吸取了叙事性的手法，其一，采用了戏剧性大单元套叙事性小单元的复合结构；其二，采用了多主体、多角度的叙事。

戏剧单元与叙事单元的嵌套

影片的大情节单元是戏剧性的（开端、展开、递进、高潮），影片开场以史黛琳“挣脱梦境”表征出人物的例证动作；开端部，介绍史黛琳所面临的总情境；展开部，全面展开史黛琳与比尔、汉尼拔和高积的冲突；递进部，深化史黛琳与汉尼拔的心理冲突；结尾部，史黛琳与比尔和汉尼拔的冲突达到顶峰。情节大结构遵循“从高潮看统一性”的戏剧性原则。

影片的情节单元内部是叙事性的（开端、发展、高潮、结尾）。以开端部为例，开端部开端，史黛琳奉命去调查“野牛比尔”；发展，史黛琳与汉尼拔第一次交锋；高潮，史黛琳了解汉尼拔的内心世界；结尾，史黛琳了解到比尔性变态的线索。开端部内部的构成是点、线结构的，首与尾是相呼应的。情节小结构借鉴了“从开场看统一性”的叙事性方法。

影片大结构的情节高度地集中紧凑，小结构却包含着分散的场面和较长的情节线。大结构的节奏刻不容缓、力度不断提升，小结构的节拍却按部就班，娓娓道来。因为影片是由两种结构嵌套组合而成的，所以，其中既有戏剧性情节的激烈紧张，也有线性情节的曲折绵长。

多主体、多角度的叙事

影片虽然以史黛琳为中心人物，以她的自我救赎为情节主线；但是在展开部和递进部，却转换为比尔和汉尼拔的叙事角度。展开部以“比尔诱捕女裁缝”引入，并围绕着“比尔”罪案展开情节；递进部以“汉尼拔求见女参议员”切入，并围绕着汉尼拔的命运展开情节。

开端部：史黛琳的角度
展开部：“野牛比尔”的角度和情节内容
递进部：汉尼拔的角度和情节内容
结尾部：史黛琳的角度

展开部、递进部引入的多主体、多视角，提供了不同侧面的生活感受，扩展了叙事的社会广度，丰富了情节的思想情感内涵。但是，由于它们偏离和弱化了中心人物的贯穿主线，造成了情节主线不够紧凑集中、不够统一连贯的不足和缺憾。

由于史黛琳的中心叙事，未能完全控制“野牛比尔”和汉尼拔的支线叙事，所以展开部、递进部的情节，给人以榫卯不接、尾大不掉，以及臃肿、散漫的感觉。

根据上面的两点分析，表明本片在借鉴叙事性手法的尝试中，得失参半，在戏剧性与叙事性的单元嵌套上是成功的，在引入多主体叙事方面则是失败的。

6. 主题思想

18世纪末，英国伦敦红灯区发生连环谋杀案，一个被称为“恶魔杰克”的罪犯连续杀了多名妓女，造成全国震动。警方进行地毯式搜查，只抓到一些嫌疑犯，杰克从此消失了。1966—1969年，美国旧金山发生连环谋杀案，谋杀对象均为青年情侣。罪犯自称“佐治亚杰”，他公然将下一步的杀人计划写成密码寄给警方。警方请军方破译失败后，将密码登在报纸上，最终被一名中学教师破译。

“恶魔杰克”产生于工业化发源地的英国，“佐治亚杰”产生于后工业化的美国。他们的罪行分别具有工业化和后工业化的时代特征。传统社会的犯罪大多集中在生理需求上，属于生存层面的犯罪，如抢劫、强奸。现代社会的犯罪很多是源于精神原因，属于心理层面的犯罪。随着现代化社会的发展，犯罪行为更多地由智能型犯罪转向心理型犯罪。

资本主义制度和后工业化发展，产生的无所不在的软暴力，造成了普遍的虐恋心理，推动了犯罪行为的时代转型。许多现代犯罪行为具有明显的虐恋症倾向，某些人群为了释放压力，把精神痛苦转化为施虐和受虐的心理快感。福柯说：虐恋不仅是一种心理变态，而且是一种文化现象。

在《沉默的羔羊》中，犯罪的心理类型，具有明显的虐恋人格。剧中的食人博士汉尼拔和“野牛比尔”分别具有施虐狂和受虐狂的心理特征。本片的编导认为资本社会和现代国家，是造成这种虐恋狂人出现的社会土壤和致患根源。现代的人们仍然生活在禽兽出没的丛林社会中。影片多次出现美国国旗、国会大厦，点明这些罪行发生的时间、地点和制度背景。

《沉默的羔羊》具有心理惊悚影片的色彩，它将目光投向人性的黑暗深处，深入探索心理型犯罪者的内心世界。它不仅展示了社会丛林的恐怖，还揭示了世道人心的黑暗和荒诞。这种惊悚情景是对资本社会情境的一种独特表征。

好莱坞是造梦工厂，它制造美梦，也制造噩梦。惊悚类型的影片是在现代观众心理需求的推动下形成的，体现了大众中间普遍存在的虐恋心理。大众通过恐怖、惊悚的“过度受虐”，达到对现实的“适度受虐”的心理平衡，从而实现舒缓焦虑症状的目的。

二、叙事性影片《四个婚礼和一个葬礼》

编剧：查德·柯蒂斯

导演：迈克·尼威尔

主演：休·格兰特、安迪·麦克道尔

片长：116分钟

出品：英国1994年

获奖：1995年奥斯卡奖最佳电影、最佳编剧提名，1995年金球奖最佳男演员，1995年英国学院奖最佳电影、最佳男演员、最佳女配角，1995年法国恺撒奖最佳外语片。

1．剧情梗概

第一次婚礼上，查尔斯对美国姑娘凯丽一见钟情，两人共度良宵。恐婚的查尔斯把凯丽提出的订婚，当作开玩笑。第二次婚礼上，查尔斯又见到了凯丽，发现她已经和别人订婚。沮丧的查尔斯在婚宴上又遭到前女友们的控诉和围攻，苦不堪言。他没料到这一夜还能和凯丽再续佳期，幽会之后，两人都动了真情。第三次婚礼是凯丽的婚礼。好朋友葛瑞斯突然猝死在婚礼舞会上。葬礼上，大家发现马修和葛瑞斯居然是恩爱的一对，葬礼成了他们的婚礼。第四次婚礼是查尔斯的婚礼。离婚的凯丽突然出现，查尔斯悔婚被新娘打倒在地。凯丽与查尔斯最终相爱走到了一起。

2．结构大纲

开端部：第一次婚礼，安格斯和劳拉的婚礼。（33 分钟）
开场：查尔斯起晚了，他和朋友们分别出发参加婚礼。
开端：婚礼仪式上，伴郎查尔斯忘记了带戒指，单身小团体集体进行挽救。
发展：查尔斯设法与凯丽搭讪，他的伴郎致辞吸引了凯丽。
高潮：船夫旅馆，查尔斯与凯丽幽会。
结尾：清晨，凯丽向查尔斯告别。
发展部：第二次婚礼，伯纳和莉迪娅的婚礼。（三个月后）（22 分钟）
开场：查尔斯再次起晚了，匆匆赶往教堂。
开端：查尔斯见到凯丽和未婚夫在一起。
发展：查尔斯在宴会上受到前女友们的谴责。
高潮：查尔斯与凯丽第二次幽会。
结尾：清晨，查尔斯与凯丽告别。
高潮部：第三次婚礼，凯丽与哈米什的婚礼。葛瑞斯的葬礼。（一个月后）（35 分钟）
开场：查尔斯接到凯丽的喜柬。
开端：查尔斯与凯丽在礼品店相遇，挑婚纱，喝咖啡，查尔斯表达了爱情。
发展：查尔斯参加凯丽婚礼，听她做新娘致辞，得知欧菲娜爱着自己。葛瑞斯心脏病突发。
高潮：葬礼上，马修致悼词，表达了对葛瑞斯的爱情。凯丽也来了，她与查尔斯话别。
结尾：查尔斯与汤姆讨论了爱情和婚姻。
结尾部：第四次婚礼，查尔斯与海伦娜的婚礼。（十个月后）（23 分钟）
开场：查尔斯以为又睡过了，匆忙赶往教堂，却发现受到朋友们的愚弄。
开端：朋友们为查尔斯结束单身生活向他祝贺。
发展：查尔斯见到凯丽，得知她已经离异。查尔斯心情烦乱，朋友们试图帮助他。
高潮：查尔斯通过哑巴弟弟戴维的手语，表达了悔婚之意，被新娘打倒在地。
结尾：凯丽来找查尔斯，查尔斯请求两人相爱而不结婚，凯丽表示了同意。
尾声：所有人的婚姻和情感归宿的照片，查尔斯与凯丽最终结婚并有了一个孩子。（1 分钟）

《四个婚礼和一个葬礼》的结构大纲表明，影片的大结构（开端—发展—高潮—结尾—）采用的是叙述体结构。如果前面所说的戏剧性的《沉默的羔羊》采用“三段式”结构，那么叙事性的《四个婚礼和一个葬礼》可以划分为“四段式”结构。

亚里士多德在《诗学》中说：“一个完整的事物由起始、中段和结尾组成。起始指不必承继他者，但要接受其他存在或后来者的出于自然之承继的部分。与之相反，结尾指本身自然地承继他者，但不再接受承继的部分，它的承继或是因为出于必须，或是因为符合多数情况。中段指自然承上启下的部分。”① 以上这段“起始、中段和结尾”的“三段式”理论，既是对戏剧结构的概括，也是对一般事物结构的概括。因为它是从哲学高度做出的一般结构的总体判断，所以，它能够包括戏剧体和叙事体两种情节结构，成为不言自明的公理。但是，《诗学》没有对两种结构的差异进行区别说明。

戏剧体的情节结构：开场、开端（“起始”）、展开、递进（“中段”）、高潮（“结尾”）。它扩展了“中段”的发展部分，在高潮部分终止了叙事，实际上删节了“结尾”部分。它根据戏剧性审美的原则，以人物的情感高潮来截取和组织事物的结构，它根据的是人的主观价值判断和选择，而不是客观事物发展的全部过程。所以，戏剧体结构是一种由人的欲望、激情、动机和意志所构成的“动作—情节”结构，它是一种具有戏剧假定性的抒情性结构。

叙事体的情节结构：开场、开端（“起始”）、发展、高潮（“中段”）、结尾（“结尾”）。它是根据“天人合一”的审美原则，以事物发展的客观节奏来组织情节结构，人的情感发展遵从客观事物发展的完整过程。叙事体的起、承、转、合的结构，是一种主客交融的情感节奏，它是一种具有叙事假定性的抒情结构。

由于叙事体与戏剧体在情境形态、情感节奏和审美价值方面的差异，两者在情节的内容性质（写意与写实）、关联形式（各自为政与紧密关联）、段落区分、统一形式（以开场为统领与以高潮为统领）诸方面，均有所不同。叙事体是一种完整自洽的结构体系，明确它的特定概念、组织方法，区别和厘清它与戏剧体的本质差异，对于叙事体的创作是非常重要的。

在叙事体的影片中，结构分为五个段落、四大部：开场、开端部、发展部、高潮部、结尾部。其中开场的功能非常重要，叙事体通过开场的引领，形成一个线性与散点相结合的结构。如果将其划分为“三段式”，则如下图：

起始　　　　中段　　　　结尾

开场—　开端部——　发展部——　高潮部——　结尾部——

纲领　　起　　　承　　　　转　　　　合　收煞

叙事体的起始是全剧的“自我肇端”，具有叙述性和写意性，开场引领、统摄全剧，并与结尾部的“收煞”相呼应，所以，它与开端部的情节是有本质区别的。叙事体的“中段”包含着发展部、高潮部，它们承担着“承前”与“启后”的功能。需要指出的是，高潮部在这里承担着“启后”的功能，这与戏剧体的高潮部是有极大区别的。

叙事体的结尾部，构成全剧的主题高潮，它是冲突情节的结束，其结尾部分是对情境的“收煞”，与开场形成首尾呼应。

戏剧体的发展部，占全剧 1/2 篇幅，延长了冲突情节的发展，增强了达到高潮的动作和情感的力量。叙事体的发展部和结尾部各占 1/4 篇幅，平衡了动作和情感的分布。

---

① （古希腊）亚里士多德：《诗学》，陈中梅译，商务印书馆，1996 年版，第 74 页。

叙事体结构“四段式”

如果说，戏剧体是由：开端部——发展部——高潮部组成的三大部结构，那么叙事体则是：开端部——发展部——高潮部——结尾部，组成的四大部结构：

开端部：冲突的形成。
发展部：冲突的发展。
高潮部：冲突的高潮。
结尾部：冲突的结束。结尾的“收煞”与开场形成呼应。

叙事体的结构图示如下：

开场—　开端部——　发展部——　高潮部——　结尾部——
纲领　　　起　　　　承　　　　　转　　　　　合　收煞

叙事性的戏剧、电影的各情节段落不仅具有相对独立的情节，而且具有相对独立的情境。叙事性影片的开场是情境的“自我肇端”和情节的纲领，结尾与开场相呼应，不仅形成全剧情节的“收”束，而且形成全剧情境的“煞”止，从而实现全剧情节和情境的统一。

为了显示叙事性影片的结构布局，下面将《四个婚礼和一个葬礼》的结构分析，通过动作轴线图显示出来，这里只是一个示意图。

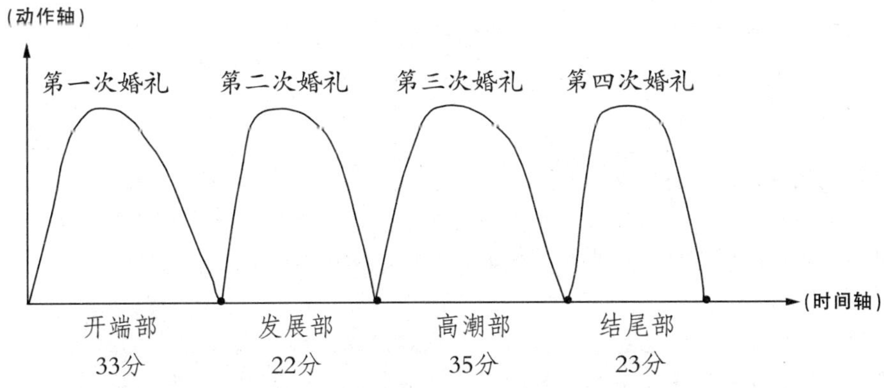

将《沉默的羔羊》与《四个婚礼和一个葬礼》的动作轴线图进行比较，可以清楚地看到，《沉默的羔羊》的结构要比后者的结构紧凑，情节单元之间的动作力度和情绪强度呈梯度性的递升，形成连绵不断的、持续上升的曲线。《四个婚礼和一个葬礼》的情节单元相对独立，四个单元的动作力度较为平均，形成一起一伏的正弦曲线。

《四个婚礼和一个葬礼》的悬念运用，为正确使用悬念提供了成功的范例。该剧的悬念运用包括：未知悬念和未来悬念、大悬念、小悬念、悬念的“三 S 原则”等。

悬念

把悬念理解为一种局部、具体的技巧问题是远远不够的，它不仅存在于影片的开端部分，而且涉及全剧的总体布局。影片是一个充满悬念的动作过程，在达到高潮的过程中，动作本身就是一种悬念。①

观众进入影院所期望的愉悦、享受，不仅是高潮来临时的情感满足，而且包括逐渐步入高潮的紧张、焦虑、期待的全部过程。对观众而言，享受期待本身就是他们进影院的目的之一。②

未知悬念和未来悬念

悬念的指向，一般分为未知悬念（人物、事件的前史）和未来悬念（人物命运与事件发展的最终结局）。未知悬念是指人物未知的前史，它是构成戏剧总情境的重要因素。未知悬念与未来悬念有着因果的关系。

苏珊·朗格说：戏剧是未来时态，它总是通过回顾过去，暗示着未来。所以，未知悬念与未来悬念，像一个摆动于过去与未来之间的钟摆，它通过“未知”的隐秘，指向未来的隐忧。③

《四个婚礼和一个葬礼》的叙事通过一个未知的悬念，引出一系列未来悬念。影片的悬念构成，分为大悬念和小悬念。

大悬念

大悬念又叫总悬念，它是由全局性的事件悬念、命运悬念、主题悬念构成的。大悬念是全剧情节发展的指路标。

剧作家在全剧开端部分，披露某些已知数，留下一些未知数，造成观众对剧情发展的正确期待，提醒观众应该把注意力集中在什么地方，让观众对此做好心理准备。全剧总高潮是对总悬念的解答，所以总悬念的设置与全剧高潮密不可分。④

小悬念

特指每一场、每一段落的小悬念。小悬念往往在每一部分的开端部分出现，在本段的高潮部分得到解答，属于本段落的局部悬念。

各场的小悬念，应该引导和推动总悬念的形成和解答。它们应该是总悬念的组成部分，受到总悬念的统辖。小悬念要推进总悬念，增强总悬念在高潮解答时的总效果。

悬念的结构，应是由一个总悬念，引出一系列悬念，最终导向总悬念的解答。顾仲彝说：全剧有一个总问题，也有一个总解答，这总问题就是全剧的总悬念。常常是第一幕提出这个总问题，而后用全剧的篇幅来一步步解答。⑤

《四个婚礼和一个葬礼》影片在开端部提出了全剧的总问题（查理和单身朋友们，能否永

① 徐闻莺：《中国大百科全书·戏剧》，第440—441页：悬念条。

② 谭霈生：《论戏剧性》，第179—182页：期待，一种艺术的享受。

③ （美）苏珊·朗格：《情感与形式》，第356页。

④ （英）威廉·阿契尔《剧作法》，第144—152页：要预示，不要预述。

⑤ 顾仲彝：《编剧理论与技巧》，第234页。

远单身），在影片结尾得到了一个总解答（查理和朋友们都找到了自己的爱情伴侣）。开端部提出的总问题通过四个情节单元的一步步解答，形成一条贯穿全剧的情节主线。

总悬念一旦形成，就必须通过小悬念来维系和加强它。小悬念应围绕总悬念，时时指向总悬念，最终归结于总悬念。

马丁·艾思林发明了一个图示，直观地展示了小悬念与总悬念之间的结构关系。

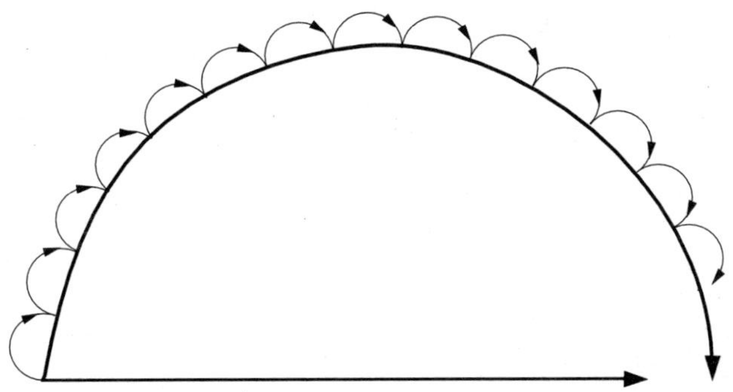

马丁·艾思林说："人的注意力的持续时间是比较短暂的。只有一个主要悬念因素不足以在整个一出戏的过程中始终抓住观众的注意力。在主要弧线上，必须加一些由于唤起种种次要的悬念因素而产生的次要弧线。"①

总悬念的主要弧线为叙事主干，小悬念的次要弧线是由主要弧线生发出来的。次要弧线既附着于主要弧线，又维系、加强主要弧线的发展。

在总悬念的主要弧线上的每一个小悬念的性质以及小悬念互相之间的关系，由它们在主要弧线上的具体位置来确定。例如，处于主要弧线上升曲线（系扣阶段）的小悬念与处于下降曲线（解扣阶段）的小悬念，必然具有不同的性质。

小悬念与小悬念之间要环环相扣，解扣的同时系扣。解开一个小悬念同时意味着进入一个新的小悬念。后一个小悬念要比前一个小悬念更加有力。后一个小悬念不应该重复前一个小悬念。

《四个婚礼和一个葬礼》的四个情节单元形成相对独立的单元悬念，它们由一系列的小悬念支撑和推动。开端部，查尔斯与凯丽一见钟情，由此引发一系列小悬念；发展部，查尔斯遇到已经订婚的凯丽，其间发生令人尴尬的一系列小悬念；高潮部，查尔斯参加凯丽的婚礼，发生朋友突然病故的一系列小悬念；结尾部，查尔斯在婚礼上遇到已经单身的凯丽，由此发生了悔婚的一系列小悬念。当前面一个悬念解开，后面一个更紧张的悬念又接续上去。起伏跌宕的一系列小悬念，服务于贯穿全剧的总悬念。

悬念的"三 S 原则"

悬置（suspense）、惊奇（surprise）、满足（satisfaction），概括了悬念的全部含义。这个公式的三要素，因为字头都有一个 S，所以又称"三 S 原则"。

---

① （英）马丁·艾思林：《戏剧剖析》，第 37—42 页。

“三S原则”与开端、发展、高潮、结尾的叙事格局是相互对应的。在开端部分，应将人物的命运悬置起来；在发展部分，应制造出惊奇的效果，全剧的总结局必须是悬念的满足。①

悬置

故事中主人公的安全（名誉、地位、事业、生命、财产）一受到威胁，悬念就开始了。悬念本身的性质，使它不是迅速奔向结局，而是迟迟不前，一再延宕。因为悬念的最终目标是引起观众对人物命运的强烈牵挂，而不是迅速地终结自身。如果悬念很快得到解决，就等于虚设了这一悬念，所以悬念的效力在于悬置它。

悬念一旦形成后，不要急于加以解答，而是将其悬置起来，可以在此期间穿插其他的情节，或者推进副线的发展，要吊足观众的胃口，这就是所谓的卖关子。悬念可以通过悬置的方法，在无形中增加自身的力量。

在第一次婚礼上，查尔斯与凯丽相遇，观众都期待着两人能够很快接近，编导却总是将其他人物的情节穿插其间，直到婚礼庆典结束，才意外地让两人走到一起。影片将两人的情感悬置起来，反而增加了悬念的力量。

惊奇

对悬念的解答，应该给观众意外的惊奇。李渔说：“戏法无真假，戏文无工拙，只是使人想不到，猜不着，便是好戏法、好戏文。”② 悬念的解答需要惊奇，又不能止于惊奇。

狄德罗：如果说，有时宜于把一项重要的情节在未发生之前瞒住观众，却有更多的时候，戏剧兴趣要求相反的做法。由于保密，诗人为我布置了片时的惊奇；可是由于把内情透露给我，他却引起我长时间的悬念。③

希区柯克：有四个人围坐在桌子旁边谈论棒球，如果你事先让观众知道桌子底下有一颗炸弹，将在五分钟内爆炸，你的预示就会造成有力的悬念，使观众十分关切这个谈论棒球的场面；可是，如果观众事先不知道那颗炸弹，四个人谈了五分钟，突然，炸弹爆炸了，人被炸成碎片，观众只会感到十秒钟的震惊，而对四个人谈论棒球的那五分钟，则会感到非常沉闷。

《四个婚礼和一个葬礼》在一开场，就揭示了葛瑞斯与马修同居的关系，可是查尔斯却一直蒙在鼓中，直到马修在葛瑞斯的葬礼倾诉了心中的爱情。观众站在一个全知的位置上，从始至终对这一切都了如指掌。

满足

悬念的最终结果是悬念的解开，使观众得到应有报偿：一个故事的结局。

创作实践证明，悬念的真正满足不在于故事情节的结果，而在于故事主人公的命运所包含的情感内容和它对人性的深刻揭示。故事的结局只能解答观众的好奇，人物命运的内涵才能满足观众的情感需求。

悬念的满足本身具有多重含意。满足可以指给予答案的短暂满足，也可以指享受期待的满

① 洪深：《洪深文集》，第四卷，第452—453页。

② （清）李渔：《李笠翁曲话》，第48页。

③ （法）狄德罗：《狄德罗美学论文选·论戏剧诗》，第171页。

足。实践证明，能让观众获得最大满足的恰恰不是迅速地告知答案，而是一再地拖延。悬念的终结令人满足，悬念的拖延更能令人满意。

在《四个婚礼和一个葬礼》的结尾，查尔斯请求凯丽与他相爱而不结婚，凯丽表示了同意。虽然，这一场面让希望看到热烈爱情的观众感到意外，但是，它更充分地揭示了查尔斯的性格，深化了影片主题，所以给予了观众更为深刻的满足。

3. 场景分析

开端部：第一次婚礼，安格斯和劳拉的婚礼。

开场：出发
字幕、音乐、具有摇滚风格的片首歌《爱的仪式不为我》。[歌曲点题。
一束带露珠的鲜花，特写推成小全景，片名：《四个婚礼和一次葬礼》。
闹铃声，表针指向九点。查尔斯的手将闹铃按下，继续昏睡。[例证动作。

① 单身小团体成员准备出发
汤姆、菲欧娜、葛瑞斯、马修等人，起床洗漱、梳妆、用餐。
[查尔斯的卧室到处都是书，凌乱、简单、现代。汤姆的居室整洁、讲究、老派。菲欧娜的居室是洛可可式的，有醒目的贵族家徽。葛瑞斯和马修的餐厅，平底锅中有双份火腿和煎蛋。三家看不同的杂志，穿不同款的燕尾服。汤姆穿衣有条不紊。菲欧娜对镜子选衣，低调、刻板、高贵。葛瑞斯穿睡衣端平底锅从厨房出来，马修给他擦脸上的肥皂沫，暗示同志关系。

② 众人集合出发
众人集合，共乘一辆吉普车前往乡下教堂。此时，查尔斯仍在床上大睡。[平行叙事。

③ 查尔斯赶场
查尔斯醒来：×！他摇醒妹妹，斯嘉：×。兄妹二人匆忙更衣。
查尔斯和斯嘉，驾着时速最高40英里的小红车赶往教堂，一路险象环生。

④ 乡村小教堂门口
教堂钟声发出悦耳的奏鸣。片头字幕。查尔斯、斯嘉的红车和新娘的车同时到达。[字幕结束。开场4分半钟。
斯嘉在车旁脱睡衣换裙子，查尔斯帮她拉裙子的后拉链，怎么也拉不上去。[例证动作。
插入喜帖：安格斯和劳拉在某教堂举行婚礼。[用喜帖交待婚礼的地点、时间，何人结婚。

开端：婚礼仪式，戒指事件
① 伴郎查尔斯忘了带新郎的戒指
查尔斯跑进教堂，新郎安格斯和朋友们心中石头落了地。菲欧娜递给查尔斯一支康乃馨：迟到是你的一大优点。查尔斯把花别在衣服上：过奖，这我不用费多大劲儿。新郎：没忘带戒指就行了！查尔斯偷摸衣袋，果真没带戒指。[情境激化。悬念。

② 女主人公凯丽的出场

凯丽迟到了，歉疚地落座。黑色大檐帽，遮住她的眼睛。切换近景，查尔斯：我最恨迟到了。[二号人物在一号人物的关注中出场，迅速形成两人的关系。

风琴奏响《婚礼进行曲》。众人站立起来，迎接新娘。查尔斯焦虑、痛苦的表情。

③ 戒指事件，“最后一分钟的营救”

牧师主持婚礼，查尔斯回头注视清秀的凯丽，一边摸口袋、打手势请求朋友帮助。众人相互找戒指。牧师宣布新人结为夫妇，在倒计时的最后一刻，斯嘉的戒指，送到了查尔斯手中。[单身小团体对查尔斯的一次营救行动，介绍单身小团体的人物关系。

新郎把塑料心形戒指戴在新娘手上，新娘也把一个骷髅铁戒指戴在新郎手上。新郎的台词：用这枚戒指表达我的忠诚和爱情，并把世上最好的东西奉献给我所爱，我所有的财产都是你的嫁妆。[强调婚姻的庄严承诺。

④ 过场戏：金融男和查尔斯暗中接近凯丽

金融家理查德在教堂做演说：如果我嘴里说着天使的语言，但没有爱情，我就成为发声的锣和鼓。[婚礼上的两个致辞者，理查德与查尔斯，都盯上了凯丽。

教堂外，凯丽走过查尔斯的身边，查尔斯赞美凯丽的帽子。

摄影师为新婚夫妇两家人照相。一个小孩藏进新娘裙子里。[暗示新娘未婚先孕。段落句号。

⑤ 查尔斯与凯丽的第一次相识交谈

查尔斯戴着眼镜观察凯丽，问菲欧娜：那个戴黑帽子的女孩是谁？菲欧娜：她是荡妇！曾在美国一家时装杂志任职，她只和那些名人来往，你可不够格。查尔斯向凯丽凑近，金融家理查德抢先了一步，查尔斯嘟囔：杂种。凯丽走了过来，查尔斯假装才看到她，向她打招呼。这时，查尔斯前女友海伦娜的哥哥约翰插了进来。查尔斯不知道约翰已经结婚，失口说出他的妻子在恋爱时脚踏几只船，与多人有染。约翰惊愕，查尔斯尴尬，凯丽说声对不起，躲开了他们。查尔斯沮丧地用头撞柱子，这一切被凯丽看到。

菲欧娜遇见习神父古罗德。他说将来会主持婚礼，“真是一场折磨”。

⑥ 查尔斯与戴维的兄弟情，萨利娜对戴维的爱慕

查尔斯和弟弟戴维用手语交谈。弟弟小时候私开父亲的船，螺旋桨把查尔斯的腿给打折了。[介绍兄弟情感。为后面的戏伏笔。

姑娘萨利娜向马修询问戴维：那个英俊小伙为什么用手语？马修：魅力小子是聋子。萨利娜：天啊！马修煽动萨利娜：沉默却引人入胜。[马修善解人意的性格。

新娘父亲领小男孩满场敲锣，通知大家到帐篷区去，午宴要开始了。[发展部结束的句号。

发展：伴郎查尔斯的演说

① 喜宴上的伴郎演说——单身主义的声明

查尔斯坐在一个老人身边，他有一个已死的名叫查尔斯的弟弟。金融家理查德凑到凯丽的身边。菲欧娜抽着烟坐在葛瑞斯身边。[查尔斯、理查德、凯丽、菲欧娜，四角关系的错位。

查尔斯致辞：我第一次当伴郎时，新郎在几个月后离婚了。新娘已经知道新郎跟她的妹妹睡过，可是他跟岳母睡却真是意外（众笑，凯丽大笑，伴娘莉迪娅放声大笑，老人宾客目瞪口呆。约

翰不安地看了一眼正在笑的妻子)。这是我第二次当伴郎，我相信新郎安格斯没有秘密，我敬佩他的勇气，我想说的是……（查尔斯注视凯丽，二人目光对视。轻柔的音乐起）像新郎安格斯和新娘罗拉一样愿意许下承诺的人们，异常敬佩。我自己办不到（菲欧娜不动声色，凯丽有点惊讶），他们却办到了，实在太好了。凯丽低下头。新郎、新娘幸福的笑脸。[情境激化，建立查尔斯与凯丽的喜剧关系。

众人举杯祝贺新婚夫妇。乐队奏响摇滚。新娘、新郎携手跑进舞场，众人也都跳起舞来。

② 查尔斯对凯丽一见钟情

新娘的父母、欢乐的孩子、笨重的汤姆都在舞蹈。葛瑞斯疯狂地边跳边吼。查尔斯戴上眼镜观看舞池中的凯丽。马修：我第一次看见葛瑞斯跳舞时，还以为会弄出人命（发现查尔斯在看着凯丽）。她很漂亮，一见钟情吗？查尔斯：人们常在婚礼上遇见意中人。有人这样说吗，嗨，我叫查尔斯，你今晚走运了。马修：那他们肯定不是英国人。查尔斯：的确如此，三个星期是最低限度的试探期。

新娘子劳拉撒酒疯，新郎安格斯把她拉走。

③ 伯纳追求伴娘莉迪娅

伴娘莉迪娅神情沮丧地坐在一边，伯纳关心地：你怎么了？莉迪娅：我是伴娘，别人都说我会有艳遇的，推也推不掉，可现在连鬼也没有。伯纳：若你想要，我永远都会……莉迪娅：别说无聊的话了，我才不是那么绝望呢。[为下面的戏剧性反转伏笔。

④ 过渡段：送新人上轿车

新娘抛出鲜花，伴娘莉迪娅接到，高兴跳起。一个塑料裸女玩具被抛到人群中。新郎打开车门。一头黑山羊从车中跑下来。所有人在呼喊：好好享受良辰美景！查尔斯和菲欧娜站在一起，各怀心思地注视着婚车走远。

帐篷区，乐队演奏。莉迪娅在与一个高大男士跳舞，伯纳沮丧地坐在桌前。萨拉娜着迷地看着戴维走过。[两对男女的心思。

过场

过场是在主要场面之间，进行过渡的场面。过场戏是与重场戏相对而言，虽然过场没有重要的人物动作和情节，但是可以为主要场面，提供过渡、穿插、伏笔，进行铺垫、说明和气氛渲染。过场还有一个重要作用，就是调整影片的节奏。如果没有过场，剧情就会显得节奏单一，或是动作直线上升，造成观众的过度紧张和疲倦。

本片中的这个过场，穿插了三对功能性人物：新娘与新郎、莉迪娅与伯纳、萨拉娜与戴维的关系，同时烘托场景气氛，为主要场面：查尔斯和凯丽的戏，提供过渡、铺垫。

⑤ 凯丽向查尔斯发出幽会的暗示

汤姆告诉查尔斯，临时改到他家的城堡去住，那里有 137 间房。[汤姆和菲欧娜家在全英财富排位第七，为片尾菲欧娜可能成为查尔斯王子的情妇做铺垫。

凯丽突然出现在查尔斯面前。查尔斯惊讶：你好！还以为你已经走了。凯丽：我想知道你今晚住在哪？查尔斯：我本来是住在一家叫什么幸运船的旅馆。凯丽纠正：是船夫。[查尔斯的口误，流露出他的喜出望外。] 查尔斯：现在要到朋友家去住。凯丽：真可惜，我也是住船夫旅馆。好，我很高兴，虽然还不算认识你，那篇讲演很不错。我要走了。查尔斯：不！别走。我们可以聊聊，现在还早呢。凯丽微笑：哦，你我都知道那只是自欺欺人。查尔斯看着转身离去的凯丽，恼火地：该死。[两个不相信浪漫爱情的人，并没有准备爱上对方。凯丽此时已经决定接受金融家理查德具有婚姻前景的追求。

⑥ 婚宴的结局

帐篷区，男女歌手还在演唱，众人仍在跳舞。汤姆、马修、斯嘉都醉了，斯嘉醉醺醺地喊：各位，再见了！莉迪娅与伯纳疯狂热吻，二人如醉如痴。[为第二次婚礼伏笔。

⑦ 查尔斯的抉择

林荫道，全体挤在吉普车上，前往城堡。菲欧娜和斯嘉高歌。[小团体的亲密关系。] 查尔斯突然叫道：停车！对不起，我还是想留在旅馆里。大家起哄。菲欧娜：请便。望着远去的车，查尔斯自语：对！古怪的决定。查尔斯转身往回走。[查尔的抉择和情感带入。

高潮：查尔斯与凯丽的幽会

空镜，船夫旅馆，小全景。

① 凯丽的抉择

查尔斯走进旅馆的客厅，发现沙发后有人，原来是凯丽。凯丽对查尔斯的出现有点吃惊。查尔斯解释：房间不够分配。凯丽：你说那是一座城堡。查尔斯：的确是城堡，只不过是很小的城堡。楼上、楼下各有一个房间。服务员走来，查尔斯要了两杯威士忌。两人谈话正要入港，理查德吹着口哨从楼上下来，查尔斯转身发现凯丽不见了。理查德四下寻找“来自美国的美腿女郎”，“可恶，还以为已经得手了”。凯丽藏在沙发后，冲着查尔斯示意：她要躲开这个讨厌的家伙。服务生端来两杯威士忌，查尔斯赶忙将两杯全接下。理查德搂住查尔斯，声称要一同喝到天亮。沙发后的凯丽气恼的神情，她悄悄从地板上爬走。

理查德大谈往事与人生，查尔斯无奈地坐着。这时，服务生来了，他声称，查尔斯的妻子要他马上回到楼上去。“若你忘了的话，是12号房间”。查尔斯祝理查德好运！理查德：我要继续寻找凯丽的芳踪。漂亮的小妞儿。我知道我得手了。

发现与突转。凯丽显然在等待金融家理查德的出现，但是，她临时改变主意，选择了虽然持独身立场却令她心动的查尔斯。

② 查尔斯与凯丽的幽会。

查尔斯停在12号门前，敲门。凯丽从房中出来，倚在门旁。查尔斯：也许我们可以先躲一会儿，然后再下去。凯丽：好主意。你经常都是鬼鬼祟祟的吗？凯丽把查尔斯让进门……

结尾：凯丽向查尔斯告别

① 空镜。晨雾，一群乌鸦在山坡上飞起，船夫旅馆掩映在一片树林中。[舒展的音乐表明两个人度过了美妙的一夜。

② 凯丽的"玩笑"

凯丽拉上皮包的拉链。查尔斯翻身睁开眼睛，发现凯丽要走。她脉脉含情地看着查尔斯，半真半假地：在我离开之前，你想于何时宣布订婚的事？查尔斯：对不起，谁要订婚？凯丽：既然我们已经睡过了，应该结婚。你觉得呢？查尔斯坐起：什么？我，你知道，这种事要考虑清楚。很明显的，我……哦，你在开玩笑。（看到凯丽笑起来）天！还以为这是"致命的吸引力"。凯丽：不是的，然而我们都错过了一段良缘了。[音乐起，诠释了凯丽的心声。

凯丽提起旅行袋向查尔斯说再见，然后离开。查尔斯有些怅然若失地倒在床上。

凯丽料定与查尔斯只能是一夜情。但是，心中有不忍之情，于是对查尔斯开了订婚的玩笑。双方都不相信爱情已经萌生，却下意识地说出了真相：发生了"致命的吸引力"，"错过了一段良缘"。

开端部小结

开端部通过男主人公查尔斯的例证动作，以及小团体成员各自的例证动作，刻画了所有人物的性格；并通过戒指事件介绍了小团体成员之间的密切关系。

小团体成员以快乐单身汉自居，内心却渴望能找到相爱的对象。笨拙的汤姆希望在婚礼上找到自己的另一半，在婚礼上踩了牛粪，又被倒下来的草垛砸了头。斯嘉吻同桌的陌生男人，令对方有些尴尬。菲欧娜暗恋着查尔斯，对婚姻有一种酸葡萄的心情，叼着烟与葛瑞斯一唱一和，对婚礼的一切都冷嘲热讽。失落的汤姆、斯嘉都在婚宴上喝醉了。斯嘉被朋友架走时，还大叫：各位，再见！在他们的欢笑中，夹杂着几丝落寞和酸楚。

男主人公查尔斯向往爱情，又不愿承担婚姻的义务。女主人公凯丽急于出嫁，在婚礼上寻觅婚姻对象。查尔斯与凯丽的性格形成喜剧性的冲突。

影片多采用全景和中景，全景表现婚礼场景和热烈气氛，中景用来展示人物关系。

婚礼上的伴娘莉迪娅和伯纳、见习神父古罗德，成为第二次婚礼的新郎、新娘、神父。

发展部：第二次婚礼，伯纳和莉迪娅的婚礼。三个月后。

开场：出发

铃声。床头柜一角，台灯和查尔斯的眼镜。白色闹钟9:12分，查尔斯的手将闹铃按下。

婚礼请柬特写：伯纳和莉迪娅在伦敦某教堂举行婚礼。旁边的花朵。

第二个九点钟的铃声响。发展部的开场，重复开端部的开场。

① 再次睡过了头

查尔斯骂：×。他跑进斯嘉房间推醒她。斯嘉骂：×。[重复开端部开场的动作。

② 跑步前进

查尔斯和穿纱裙的斯嘉跑出住宅，他们的车被违章注销，又没找到计程车，二人跑步前往教堂。

斯嘉的腰际蝴蝶结掉在路上，她回头看：算了，不会有人注意的。

二人终于跑到教堂，发现新娘的婚车已经到了。[例证动作，再次迟到。

开端：再见凯丽

① 见习牧师的第一次主持

朋友们已经落座，查尔斯解释：我迟到了，堵车。今天谁结婚？[查尔斯例证性动作。
见习牧师古罗德走向讲坛。他紧张地在心中默诵致辞。
伴郎汤姆向查尔斯打招呼，并拿出新郎的戒指让查尔斯看。管风琴声响起，父亲手挽新娘步入教堂。伴娘斯嘉跟在新娘后面，她的假发套滑脱，身后的拉锁没拉上，露出蓝色内裤。
伯纳和莉迪娅都有点紧张。古罗德声音颤抖，不断口误把“神灵”发音成“山羊”。新郎父母非常生气。斯嘉、查尔斯、葛瑞、马修等人窃笑不止。古罗德在新人的不断纠正下，终于尴尬地主持完仪式。葛瑞斯大声赞美：好极了！大家鼓掌祝贺。
新娘莉迪娅亲吻新郎伯纳。古罗德看到幸福的新人，终于有些小小的自豪。[发展部的开端，主要人物出场都再次给出例证性动作，进行介绍。这是发展部情节单元独立、自足的体现。
教堂门口，汤姆笨拙地帮助摄影师给新人全家合影。[过场。对位开端部的结婚合照。

② 葛瑞斯对婚姻的嘲讽
宴会上，亲属、宾客聚集一堂。葛瑞斯大放厥词：两个相爱的人同居，如果相对无言，打破僵局的方法就是求婚，这辈子就有说不完的话题了。大家都称赞葛瑞斯的高见。[关于婚姻的讨论。] 汤姆走过来，吹嘘他的伴郎演讲将会老少咸宜、笑中有泪。

③ 查尔斯再见凯丽
查尔斯见到凯丽，欣喜若狂：见到你实在太高兴了。查尔斯向朋友们告假5小时，跑出大厅，欢悦地来到凯丽面前。这时，凯丽向他介绍自己的未婚夫哈米什。哈米什把凯丽带走了，留下怅然若失的查尔斯。[发展部的情境激化。
大厅里，查尔斯情绪一落千丈，独坐发呆。马修过来：你还好吧？查尔斯：我总是参加别人的婚礼，为什么自己从未想过结婚？马修：你还没碰到意中人。查尔斯：真是这样吗？也许其实我经常都碰到意中人。
红衣侍者向大家宣布宴会开始。[段落句号。下面是系扣。] 马修安慰查尔斯：不要紧，我打赌，你会在晚宴上找到未来的妻子。[暗指海伦娜。] 马修和查尔斯走向宴会厅。

发展：噩梦
① 噩梦开始
查尔斯和马修在宴会厅门口查看喜宴的座席榜，查尔斯惊叫：我的天啊！查尔斯硬着头皮走向自己的座位，它正处于几位前女友中间。很快，同桌的女人们开始回顾查尔斯混乱花哨的情史，以及背地里对她们的恶毒攻击，并发出一阵阵狂笑。查尔斯极度尴尬。

② 插入段：菲欧娜的困境
菲欧娜坐在一位老妇人身旁，老妇人猜测她是一名同性恋。菲欧娜：我念书的时候曾经是同性恋，只当了十五分钟。事实上，我早已有意中人，只是他还没有爱上我。在我不再爱他之前，没有人会有机会。[菲欧娜的困境与查尔斯的困境，对称出现。

③ 伴郎汤姆的失败致辞
汤姆自以为笑中有泪的讲演，逗笑了葛瑞斯和马修，却惹恼了新娘、新郎和新娘的父亲。

④ 噩梦不断

会客厅，新娘父亲追赶汤姆跑进来大声斥责，汤姆狼狈地逃窜。

查尔斯逃出了前女友们的包围，回到朋友中间，听到葛瑞斯在介绍凯丽的未婚夫，听说他很富有，拥有半个苏格兰。查尔斯痛苦不堪：我被困在见鬼的餐桌里，前任女友的阴魂缠绕不散。若再遇上海伦娜，噩梦就完整了。这时传来海伦娜的声音：你好！查尔斯。朋友们听到这一声问候，都吓得不敢作声。查尔斯强颜欢笑：你好吗？海伦娜欲言又止，突然哭起来。海伦娜妈妈突然出现：你干吗就是不肯放过她呢？你还伤得她不够吗？母亲搀扶泣不成声的海伦娜走了。查尔斯对朋友们：失陪了，我还是到别人看不到的地方去吧。

⑤ 插入段：萨利娜追求戴维

萨利娜和戴维打招呼，她已经学了三个月的哑语，可以用简单的手语和戴维交谈了。她用手语自我介绍，戴维用手语鼓励她：非常好！戴维邀请萨利娜跳舞，萨利娜很高兴地接受了。

⑥ 噩运连连

查尔斯上楼，突然一群姑娘跑过来，他赶紧进入左手一间客房。他走到窗前，正看见凯丽和未婚夫上了计程车离去。查尔斯心绪未宁，伯纳和莉迪娅二人相拥热吻着进了房间。他们立即开始做爱，查尔斯只好躲到窗帘之后。二人发出心满意足的怪声。查尔斯想在黑暗中悄悄溜走。新娘却把灯打开了，查尔斯匆忙躲进了洗手池隔断。

⑦ 插入段：斯嘉的苦闷

众人在跳舞。汤姆笨拙地搂着一个女性跳舞。桌子底下，斯嘉和小女孩在玩耍。斯嘉：你有男朋友吗？小姑娘：有。斯嘉：叫什么？小姑娘：木块，擅长打乒乓球。你有吗？斯嘉：没有。小姑娘：为什么？斯嘉：我喜欢的人都觉得我又蠢又傻。汤姆干过我之后就丢下了我。那些喜欢我的人，简直是讨厌鬼，我连干他们的劲儿都没有。[揭开汤姆与斯嘉的隐秘关系。

⑧ 噩梦在继续

房间里伯纳和莉迪娅还在做爱，发出夸张的怪叫。查尔斯蹲在洗手池上，隔门突然开了，查尔斯拉上门。莉迪娅提出还要和伯纳再来一次。查尔斯忍无可忍，从水池上跳下，手中拿着一根铅笔，故作镇定地走出房间。伯纳和莉迪娅都愣在那儿，不知发生了什么。

查尔斯一出房间，就碰见了堵在门口的海伦娜。她悲伤地：你对大家总是那么温柔体贴，虽然你觉得我是笨蛋，还是对我那么好。你不用逼迫自己结婚，但也不能抱着誓死不结婚的态度。查尔斯：我什么都没想，我只是消磨时间而已（这时，伯纳气愤开门要找查尔斯算账，见状只能又关上门）。海伦娜哭诉：你还是用这种眼神瞅着我。我以为你要求婚，其实你在想如何离开我。查尔斯：我没有。海伦娜哭着走开。查尔斯在后面呼唤。这时凯丽走过来：过得愉快吗？查尔斯掩饰：是的，很有娱乐价值，跟我老爸的葬礼不相上下。我还以为你已经离开了。凯丽：哈米什赶火车回爱丁堡。他走了。要送我一程吗？[发现与突转，迅速进入高潮。

高潮：查尔斯与凯丽的第二次幽会

① 凯丽的邀请

夜，查尔斯和凯丽坐在出租车上。凯丽叫司机停车，对查尔斯：要上来喝杯睡前酒吗？查尔斯：你确定？凯丽：对，我们可以冒这个险。我确定自己可以抗拒你，你又不是那么帅。查尔斯：

对不起，好主意。[凯丽的主动、大胆与查尔斯的慵懒、羞涩形成对比。

结尾：查尔斯与凯丽的告别
清晨，空镜，泰晤士河大桥风景。轻柔的音乐。

① 无言的告别
摇镜，一瓶鲜花。音乐。凌乱扔在沙发上的衣服。凯丽脉脉含情地抚摸查尔斯，两人对视良久。查尔斯起床穿衣，他看着微闭双眼的凯丽。凯丽睁开眼睛，目光有些忧伤。查尔斯无言地离去。

第一次幽会是凯丽先离开，因为凯丽了解查尔斯的单身立场；第二次幽会是查尔斯先离开，因为查尔斯确信凯丽即将步入婚姻。查尔斯显得更无牵佳，凯丽却显出难舍之情。

发展部小结

第二次婚礼怪诞、黑色的气氛与第一次婚礼喜庆的气氛，形成截然不同的对比。查尔斯等人仿佛掉入了上天设下的陷阱，灾难接二连三地发生。

查尔斯发现凯丽已经订婚，而且嫁的是一位显要权贵，绝非他这种财富榜上的无名之辈可以比拟。跟着他陷入前女友们的包围，种种劣迹昭然于世，当他逃出包围圈，又落入新郎新娘的性爱封堵，最后又遇到前女友海伦娜的哭诉。

伴郎汤姆模仿查尔斯的致辞方式，却惹恼了新娘父母，受到严厉斥责，搞得灰头土脸。菲欧娜被一个老妇纠缠，不胜其烦。斯嘉只能与小朋友谈心，大吐苦水。葛瑞斯和马修这一对同志，在婚礼上旁若无人，大发厥词。

这场噩梦一般的婚礼，揭示了小团体内部的复杂关系。原来斯嘉曾与汤姆发生过性关系，但是汤姆把她给甩开了。查尔斯与菲欧娜睡过之后，转眼就分手了。菲欧娜在与老妇人的对话时，透露了自己的心声，原来她对查尔斯的情感并非可有可无，而是一往情深。这两对兄妹形成一种对称的悲剧。

主人公查尔斯在婚礼上噩梦连连，他和凯丽的伤感结局，以及单身小团体成员们遭受的重重挫伤，形成了第二次婚礼的苦涩情调。查尔斯的情感主线，成员们的情感副线，集中反映了第二次婚礼的思想主题：单身者们的尴尬境遇。

高潮部：第三次婚礼和一次葬礼。哈米什和凯丽的婚礼，葛瑞斯的葬礼。

开场：一个月后，查尔斯接到凯丽的喜柬。
① 查尔斯还在睡懒觉。斯嘉端来早餐。查尔斯：今天是我这辈子首个不用参加婚礼的周末。查尔斯打开请柬，从中取出一张礼单：是凯丽，记得吧？那个美国女郎。

开端：查尔斯与凯丽的第三次见面
① 礼品店，查尔斯巧遇凯丽
女店员向查尔斯推荐一个昂贵的侏儒战士像。凯丽突然出现，说：你送我一个烟缸就行了。凯丽请查尔斯抽出半小时，帮助她挑选婚纱。

② 婚纱店，查尔斯帮凯丽选婚纱
主题音乐响起。凯丽穿着一件件婚纱，走出来向查尔斯展示：大摆长裙、长裤加蕾丝文胸、古

典白套装、袒露肩背的晚礼服长裙。查尔斯戴着眼镜，坐在沙发上：如果我是你丈夫，肯定会自豪死了。[情境激化。查尔斯被凯丽迷住了。

③ 咖啡馆，关于爱情、婚姻、性、自由心灵的讨论
凯丽和查尔斯喝咖啡，凯丽表示婚后会忠实于丈夫，“反正我也风流够了”。然后，她开始历数了自己的风流史，从 17 岁至今……33 个，第 32 个很美好（指查尔斯），第 33 个就是未婚夫。比玛多娜少，比戴安娜多。查尔斯发出惊叹，自愧不如。查尔斯问，你为什么从不给我打电话？凯丽沉默不语。[凯丽不想再这样下去了，她想过婚姻家庭生活。

④ 电影厅门口，查尔斯带着凯丽来见戴维
戴维赞美凯丽，查尔斯将他的手语翻译给凯丽，当然，按照自己的意思（如胸脯很美，被翻成风景优美，山峦起伏）。[为第四次婚礼上，戴维的手语伏笔。
凯丽请戴维参加自己在苏格兰的婚礼。凯丽离开了，查尔斯犹豫了一下，丢下戴维去追凯丽。

⑤ 查尔斯对凯丽的表白
查尔斯语无伦次地：听着，对不起，这个问题很笨，我是只跟九个人睡过的蠢货。总之，我将戴维的话摘要地说一篇，他在《鹧鸪家族》中写道：我想我爱你，我只是纳闷万一你不想，不，当然不会，我是笨蛋，他不是。好极了，了不起，很高兴再见你，打扰你了，我要走了。查尔斯转身走开，低声咒骂：妈的！音乐起。凯丽叫住查尔斯，“你要说什么？”她亲吻他，“你很可爱”。凯丽注视查尔斯，然后转身离去。[凯丽对查尔斯的心理了若指掌，尽管心中惋惜，但是，要结婚的决心并没有动摇。] 查尔斯注视凯丽的背影，怅然若失地站在原地。

《四个婚礼和一个葬礼》中的这个过场，简明地介绍了查尔斯与凯丽之间的情感状态，以及凯丽的行动意志，为第三次婚礼进行铺垫。

发展：查尔斯参加凯丽的婚礼（一个月后）
苏格兰桌布上的一张喜帖，上写：哈米什和凯丽的婚礼在苏格兰的格兰斯瑞斯特城堡举行。

① 神圣誓言
苏格兰山野，雨，雷声，鸟鸣。查尔斯的轿车行驶在乡野的林荫路上。牧师的画外音：婚姻是为夫妇间终身的爱恋以及人类社会的福祉制定的，只有认真对待婚姻关系，社会才能强大与快乐。[点题：婚姻的必要性与严肃性。] 查尔斯的车停在教堂门口，他打开车门出来，开始换衣服。[例证动作，查尔斯又迟到了。
教堂内烛火通明，座无虚席，马修、葛瑞斯等人站立于墙边。凯丽披着婚纱。牧师：这对新人渴望踏入这个神圣的人生阶段，因此若有人可以提出他们不能结为合法夫妇的原因，请马上提出来。查尔斯的开门声，所有人的目光都投向大门。查尔斯：对不起！[对位第四次婚礼，凯丽出现在新郎查尔斯的婚礼上。] 牧师问哈米什：你愿意娶凯丽为妻吗？你是否愿意在上帝和来宾面前承诺当一个忠诚的丈夫，至死不渝？哈米什：我愿意。牧师问凯丽：你愿意嫁给哈米什吗？你是否愿意在众神和教友面前，承诺当一个忠诚的妻子，至死不渝？凯丽：我愿意。查尔斯躲到柱子后面戴上眼镜，忧伤地看着凯丽的背影。
苏格兰风笛手在前边吹奏。哈米什穿着绿格尼裙，手牵凯丽走出教堂。亲属和宾客走在他们身后，走向城堡参加晚宴。城堡中，查尔斯向新郎、新娘握手致贺。[必需场面。过渡段。

② 觅侣计划

城堡大厅，小团体的朋友们又聚在一起。葛瑞斯给大家倒香槟酒：朋友们，你们知道，我一向都以大家手上没有结婚戒指为荣，随着岁月的流逝，我们开始感到苦恼。我想换个口味，参加各位朋友的婚礼。汤姆：我已经向所有认识的人求婚了。斯嘉：没有向我求过。汤姆：斯嘉，你想嫁给我吗？斯嘉：不，不想，谢了，感激你问我。汤姆：别客气（这时一位高大英俊的美国男人走过，斯嘉注意到他）。葛瑞斯：你们今晚的任务，四出觅侣，找个丈夫或妻子。出发之前，先来祝酒吧。为真爱干杯。无论爱情以何种方式降临，但愿我们在老迈之时，都能自豪地说：从前，也有人倾慕我。众人：为真爱干杯！［为葛瑞斯的猝死铺垫。

③ 汤姆的挫折

汤姆看上一位穿红色礼服的女性，主动打招呼：许多人是在婚礼上邂逅到自己的配偶，真是有趣。女：我也是在婚礼上认识我丈夫的。汤姆将杯中酒一饮而尽：我的酒喝光了，失陪。

④ 斯嘉和贾斯特一见钟情

苏格兰舞曲，斯嘉来到高大英俊的美国男人身边。斯嘉：你好，我叫斯嘉，跟郝思嘉同名，却比她简单得多。你叫什么名字？

⑤ 查尔斯遇到海伦娜

查尔斯站在角落里，海伦娜走来，告诉他找到了很棒的新男友。她的男友在远处举杯向他们示意。查尔斯示好地，也许我们应该结婚。海伦娜表示，她受不了跟在查尔斯身边的菲欧娜。

⑥ 菲欧娜的表白

风笛奏响，新郎、新娘开始跳舞，众人鼓掌喝彩。查尔斯目不转睛地看着凯丽，以致菲欧娜靠在他肩上都毫无知觉。菲欧娜：你喜欢那个女孩吧？查尔斯：终于发生了，感觉很奇怪。而且她已成为人妇。

菲欧娜忧伤地转身走进房间，查尔斯跟进来：你呢，菲菲，你怎么样？找到终生伴侣了吗？菲欧娜：没这个必要，我早已找到了，多年来，我一直爱着一个人。查尔斯：是吗？他是谁？菲欧娜：你，查理（查尔斯呆住了）。一直都是你。已经是很多年前的事了。从第一眼我就知道了。在那间拥挤的房间里，其实是在草地上。我们都无能为力，这就是人生。做朋友，也不错，知道吗？能有朋友做也蛮不错的。菲欧娜抽烟。查尔斯：哦，菲菲。上前怜惜地握住菲欧娜的手。菲欧娜：忘了这件事吧。马修进来，菲欧娜从查尔斯手中抽回手。

⑦ 众人的舞蹈

葛瑞斯邀请上前搭话的女人跳舞。汤姆和一个女人在跳舞。海伦娜和男朋友跳舞。牧师和穿红衣的夫人跳舞。马修被一个明尼苏达州的教徒苦缠不放。欢快的舞曲结束。［过场戏。

⑧ 凯丽的爱情宣言

伴郎请新娘致辞。凯丽：若家父今天在场，他一定会说：婚纱很漂亮，但是你为何要嫁给穿裙子的古董呢（新郎和众人大笑，查尔斯面露微笑）？我的答案是，因为我爱他（凯丽亲吻新郎）。哦，还有一件事，有人跟我说，如若我的婚姻发生问题，他就要介入，谢谢了，如果有问题，我会告诉你的。众笑。新郎亲吻新娘。葛瑞斯大声地：说得好！查尔斯深情地望着凯丽。

伴郎请新郎致辞。哈米什：任何从政超过20年的人，都会习惯被女人抢镜头。我倒没想过在结婚日也会这样。我乐意在余生里，都被这个女人抢镜头……这时葛瑞斯心脏病突发，他挣扎了一会儿倒在地上。[情境发生戏剧性的翻转。

⑨ 葛瑞斯的猝死

酒瓶、酒杯摔在地上打碎。葛瑞斯被查尔斯、戴维、汤姆等人抬进一个安静房间。菲欧娜和斯嘉赶来，惊愕地看到医生站在死去的葛瑞斯边上。

马修在微笑着听哈米什有关幸福婚姻的讲演，他与众人同唱祝福的歌曲。查尔斯在众人中寻找到马修，在他耳边低语，马修脸色大变。

发现与突转的运用

发现与突转，是指通过发现隐秘的人物关系，造成戏剧情势的突转，使冲突迅速向高潮转化。发现与突转的运用，直接关系到高潮的实现。

"最佳的发现与突转同时发生，如《俄狄浦斯王》中的发现"①，通过牧羊人的揭示，俄狄浦斯王发现自己犯下了杀父娶母的罪孽，剧情随之发生突转，母亲上吊自杀，俄狄浦斯刺瞎双眼，自我放逐。

要重视思想情感上的发现与突转。阿契尔指出：因为"精神上的突转——例如某种幻象的突然消失，或者某种欺骗的失败，或者某种空中楼阁的粉碎——是现实生活中同样富于特色的事件，它是更宜于为剧作者所采用的"。②精神上的突转要符合人物性格发展的必然性，要能够揭示人物内心情感的丰富性和复杂性。例如电影《黑天鹅》中，芭蕾舞演员尼娜在化妆间杀死了竞争对手莉莉，但是当莉莉活着出现时，她发现自己杀死的是另一个自我，戏剧情势随之发生突转。

应该让观众感觉到，你运用的发现与突转，既在意料之外，又在情理之中。例如《麦克白》第四幕，女巫唤出幽灵向麦克白做出如下预言：除非勃南森林向邓西嫩移动，除非有不经母亲分娩而降生的人，否则麦克白是不可战胜的。剧情发展到第五幕，麦克白忽然发现幽灵的预言都被颠覆了，敌方士兵扛着勃南森林的树枝向邓西嫩移动，麦克白遇到了没有足月从母亲的腹中剖出来的对手麦克德夫，麦克白的信心受到严重打击，他迅速走向覆灭。

在运用发现与突转时，要选择足以影响人物命运的发现与突转。在叙事性的电影中，强调发现与突转的系列性，例如在《四个婚礼和一个葬礼》中，开端部、发展部、高潮部、结尾部的一系列发现与突转，最终导致男女主人公走到一起。

在戏剧性的电影中，强调发现与突转在高潮部的关键作用。例如在《马丁·凯尔的归来》，贝尔唐的丈夫从前线回后，一改往昔的冷漠，夫妻生活变得很美满。不久一个瘸脚男人出现，声称他才是贝尔唐真正的丈夫，于是假冒其夫的阿尔诺被推上了绞刑架。

在戏剧体的戏剧、电影中，人们所说的发现与突转，一般特指高潮部的发现与突转。例如话剧《玩偶之家》、电影《亡命天涯》。高潮部的发现与突转，服务于全剧的总高潮，其他各部（开端部、展开部、递进部）的发现与突转，服务于各部的小高潮，是局部性的。各部分的局部性的发现与突转，最终导向并统一于高潮部的全局性的发现与突转。

在叙事体的戏剧、电影中，发现与突转是相对独立的、系列性的，有主次之分，但不强调

---

① （古希腊）亚里士多德：《诗学》，陈中梅译，第89页。

② （法）威廉·阿契尔：《剧作法》，第213页。

主从关系。例如戏曲《牡丹亭》、电影《霸王别姬》。相对独立的情节单元各有自身的发现与突转。各部的发展与突转，在开场中得到预示或隐喻，并呈序列地分布在贯穿情节的发展线上。

高潮：葛瑞斯的葬礼
雨天，悲伤的音乐。灵车旁打雨伞的人们。马修接葛瑞斯亲属上车，尾随灵车驶向教堂。

① 马修的悼词
戴维、查尔斯、斯嘉、汤姆穿礼服走进教堂。教堂内，葛瑞斯父母、众邻人、参加多次婚礼的夫妇都坐在下面。凯丽着深色衣服坐在一边，她注意到查尔斯走进来。菲欧娜递给斯嘉和萨利娜纸巾。
马修在灵柩前致辞：葛瑞斯喜欢婚礼多于葬礼，他说出席始终有机会参与的场合，特别容易兴奋（众人会心微笑）。肥胖和无礼是陌生人对他的观感。但是，朋友们一定还记得他的烹饪试验，香蕉鸭的食谱已跟他一起长埋黄土。他最高兴的时候，就是酩酊大醉的时候。他是我们认识的最快乐的同性恋。请原谅我借同性恋者 W. H. 奥登的话说出我的真实感受：在低沉的鼓声中/把棺木抬出来/让盘旋的飞机在头上呜咽/在天空上潦草地写下/他死了……
朋友们悲伤不已，查尔斯流下眼泪，凯丽满眼含泪。[发现与突转，推动下面的高潮场面。

② 凯丽向查尔斯告别
棺柩被抬上灵车，灵车驶往墓地。悲伤的马修站在雨中，默默无语。舒缓的音乐起。众人散去。凯丽走向查尔斯。查尔斯：你真有心，一定是史上最短的蜜月期吧。凯丽：没关系，可以补过。那次你在街上说的事……查尔斯：非常抱歉。凯丽：不，我喜欢。我喜欢你说出来。她亲吻查尔斯，转身离去。查尔斯怅然若失。[凯丽中断蜜月赶来参加葬礼，显然她与丈夫之间发生了不愉快的事情。凯丽对查尔斯的情感流露，表明她已经对草率成婚心生悔意。

结尾：查尔斯思考婚姻
① 查尔斯与汤姆的讨论
汤姆和查尔斯走在雨中。查尔斯：我们一向为单身自豪，没想到我们当中有两个人其实一直是两位一体。葬礼仪式是一种启示，表明世上存在着完美结合。若无法像葛瑞斯和马修一样完美，就只好放弃吧。我们当中有些人会独身到老。汤姆：我从不奢求电闪雷鸣的感觉。我只想认识一个性情和善、外表又好看的女孩。希望我的模样没有叫她倒胃口。我要安定下来，快乐地生活。查尔斯：也许你说得对，什么“等待另一半”，那会让人孤独一生。

高潮部小结

第三次婚礼和葬礼，两者构成了一个对立统一的情节单元。两个事件从不同方面阐述了共同的主题：什么是真正的爱情和婚姻？凯丽在婚礼上发出的婚姻誓言，将婚姻的虚假性推到了极致，而马修在葬礼上违背常俗的悼词，却阐明了婚姻的意义：爱情与财富、权势、契约无关。哈米什和凯丽的婚礼是爱情的葬礼，葛瑞斯与马修的葬礼是爱情的婚礼。

在高潮部，当查尔斯发现自己爱上了凯丽时，凯丽马上要举行婚礼了。查尔斯的懒散性格使他与凯丽失之交臂，查尔斯永远迟到，他总是慢一拍，这就是所谓的性格决定命运。凯丽决心尽快钓到金龟婿，却忽略了自己内心的情感需求。新婚蜜月还没有结束，她已经明白自己错嫁了人，在面对心爱的男人查尔斯时不由怅然若失。失败的婚姻使她清楚地意识到，她的本性中最需要的是什么。但是，她已经很难回头。

谭霈生指出：编剧者不能孤立地理解人物性格和行为动机，只有把人物放在特定情境之中，通过人与情境的契合，才能“凝结成具体的动机”，从而推导出人物：做什么？为什么做？怎么做？①

单身小团体在第三次婚礼和葬礼中，开始分崩离析。戴维有了追求者萨利娜，斯嘉遇到了中意的美国人贾斯特，对婚姻冷嘲热讽的葛瑞斯和马修实际上处于婚姻状态，坚持独身的菲欧娜长期在爱恋着查尔斯，汤姆也希望尽快成家。查尔斯因为犹豫不决痛失所爱，他不由想到自己可能要孤独一生。他的单身立场发生了动摇。

结尾部：第四次婚礼，查尔斯与海伦娜的婚礼。（十个月后）

开场：出发

① 铃声大作。查尔斯翻身将闹铃按下。几乎同时六七个闹钟此起彼伏响彻房间，查尔斯惊叫坐起，睡在他身旁的汤姆也爬起来，“我们要确保你不会迟到，你的婚礼发型好看极了”。

音乐起，一张卡片上写着：查尔斯与某人（新娘的名字被一朵黄玫瑰挡住），在伦敦某教堂举行婚礼。

② 查尔斯匆忙赶往教堂，

查尔斯拥抱伴郎马修。查尔斯：若葛瑞斯在这里，就好了。马修：他也是这么想的。[必需场面。重温前史。] 马修谎称距离仪式开始还有45分钟。查尔斯顿时慌了手脚：×！

教堂，吉普车疾驶而来。查尔斯一边下车一边系领带，狼狈不堪。[查尔斯的例证动作。

开端：庆祝查尔斯的单身生活结束

① 仪式前的便餐

教堂外，查尔斯和朋友们共用便餐。菲欧娜发表感言，提议为查尔斯和鸭脸（海伦娜）干杯。大家一齐举杯。

② 插入段：海伦娜妈妈把一个花环戴在海伦娜的头上：漂亮极了！海伦娜：总算成功了，不是吗？海伦娜一把推开为她整理头发的妹妹。[表现了海伦娜强悍的自觉意志。

教堂外，查尔斯对围坐在周围的朋友们：我想借着这个机会，讲出妻子给你们的讯息。她说若你们敢接近房子，她会放狗咬你们。大伙都笑了：说得真好。

钟声，宾客纷至。马修和约翰站在门口迎接客人们。约翰担心地等待妹妹海伦娜。

③查尔斯与菲欧娜的情感

菲欧娜拿着一打请柬走到查尔斯身边。轻柔的音乐起。菲欧娜：你看我已经放弃了惯常穿的黑色。从现在开始，我会穿上彩虹七色，跟喜欢我的人谈恋爱，改变一下自己。查尔斯感动：亲爱的菲。两人相拥亲吻对方。菲欧娜亲切地擦去刚刚印在查尔斯脸上的唇膏。查尔斯像个孩子一样让菲欧娜擦脸。[必需场面。

① 谭霈生：《论戏剧性》，第118、122页。

发展：查尔斯见到凯丽

空镜，教堂钟楼，时间指向10:40。[婚礼倒记时。

① 查尔斯的焦虑

查尔斯在教堂内等待新娘。客人们越坐越多。查尔斯与朋友握手问候，他神情不安。

② 斯嘉再见贾斯特

第一次婚礼的新郎安格斯和新娘劳拉抱着一对双胞胎来参加婚礼。

门口迎客的斯嘉突然看到美国大个子贾斯特：上帝啊！斯嘉冲过去，贾斯特把斯嘉抱起。斯嘉：还以为你已经回德州了呢。贾斯特：没有你，我永不回去。

马修接待半痴呆的老头（他有一个叫查尔斯的弟弟）。[照应第一次婚礼。

③ 汤姆遇到戴德丽

门口迎客的汤姆看到一位女郎，姑娘也目不转睛地看着汤姆。汤姆：我觉得见过你。女郎：对，大约25年之前。我是你二表兄的女儿戴德丽，你是汤姆。汤姆：老天爷！你我是一家人。汤姆把她领到座位，一直握着她的手不放。汤姆独白：天啊！雷电交加！

查尔斯接待伯纳和莉迪娅。伯纳对查尔斯说：我累坏了！[暗讽性爱的婚姻。

④ 查尔斯见到凯丽

查尔斯转身看见凯丽。凯丽穿着灰色套装，略显沉稳。凯丽：你很帅，我一向喜欢你参加婚礼时的打扮。而且，今天还很准时！查尔斯问哈米什怎么没来，凯丽：我们彼此甩了对方，几个月前吧。（音乐渐起）三月是地狱，四月更可怕。我不会再嫁给比我年纪大三倍的人了。马修在叫查尔斯：查尔斯，要开始了。查尔斯应声：知道了。（对凯丽）你干吗不找我呢？凯丽：我有想过的，我也想，只是当时心情很乱。我不打扰你了，以后再说吧。[情境激化。

查尔斯给凯丽领座。凯丽：时不予我，对吗？查尔斯：真是的。凯丽：实在太糟了。查尔斯：很高兴再见到你。凯丽微笑：祝你好运。蛮简单的。不论问什么，只要说我愿意就行了。[凯丽把她的失落掩盖起来。她最初的痛苦应该发生在接到查尔斯喜帖的时候。她认为一切已经不可挽回。

⑤ 查尔斯的愤懑

牧师房间。查尔斯：神啊，请你饶恕我。在这个神圣的地方说这句话，（咒骂）畜生！牧师从后屋走出：有什么地方可以效劳的吗？查尔斯：没有，谢了，对不起，我在练声，教堂很大。牧师：很好，我也经常这么做，当然不是说那个字。通常都说哈利路亚。（拍拍他肩膀）我不妨碍你了。牧师走了，查尔斯面露痛苦的表情。[悲剧时刻，搞出喜剧效果。

高潮：悔婚

①“最后一分钟的营救”

教堂外。新娘的车终于到了，父亲手挽新娘走到教堂外廊。

教堂内，马修着急地告诉汤姆：新娘来了，可是新郎却失踪了。马修让汤姆去把新娘拖住，自己去找查尔斯。[对位开端部开端的戒指事件，小团体对查尔斯的集体营救。

牧师房间。马修找到查尔斯。查尔斯：你对婚姻有何见解。马修：若你是全心全意爱对方的话，婚姻就是美好的。查尔斯：的确如此。这些年来，我参加过很多婚礼，享用过那些见鬼的鲑鱼和香槟。到了我自己结婚的一天，我仍然犹豫不决。马修：我可以知道你在想什么吗？查尔斯用劲搓着脸：不！你最好不要知道。

教堂门廊。汤姆向新娘和她父亲解释：对不起，要耽搁一会儿，鲜花方面出了问题。海伦娜掀开面纱：鲜花？汤姆：不幸的是许多宾客患上了花粉症，所以要把鲜花移开，不能叫打喷嚏的声音压过歌声。汤姆一边说一边退。新娘、其父一边听一边向前走，眼看到了教堂门口。

牧师房间。查尔斯趴在桌上，马修：查尔斯，时间无多了。戴维进来，猛拍桌子把查尔斯吓了一跳。戴维手语：发生了什么，快告诉我。查尔斯手语：天啊，我见过凯丽，她跟丈夫分开了。戴维手语：查尔斯，今天你要结婚了。

教堂内。菲欧娜感到发生了什么事情。伯纳和莉迪娅也在议论：应该开始了。斯嘉也焦急地站了起来。汤姆进来：暂时我还能骗过他们，被人看成是傻瓜也有好处，不会被人怀疑。

牧师房间。戴维手语：你有两个选择，一，继续结婚；二，跟大家说对不起，婚事告吹了。查尔斯手语：两个主意都不好，还有吗？戴维手语：我想不出第三个了。马修看着他们打手语，觉得很荒唐。敲门声，牧师穿着婚礼仪式的袍子进来：哦，你们在这，准备好面对新娘了吗？查尔斯沉默片刻，微笑：是的，准备好了。

②“最后一分钟的拯救”

教堂。戴维推开大厅的门，查尔斯整了整衣领和伴郎马修走进来。凯丽坐在座位上松了口气。

新郎、伴郎、戴维各就各位。音乐起，父亲挽着新娘子走进来。海伦娜一脸幸福喜悦的微笑。

查尔斯脑子一片空白，新娘已经站在他身旁。切换到俯拍的整个教堂的大全景。牧师：亲爱的各位，我们在上帝和来宾的面前，欢聚一堂，跟两位共订鸳盟的男女在一起。这个光荣的人生阶段（安格斯和劳拉的双胞胎突然哭了起来），于混沌之初已由神所建立，婚姻制度彰显了基督与教会之间的神圣结合：不可以买卖，也不可以用鲁莽、轻率和嬉闹之心来对待（查尔斯纠结的表情）。要恭敬、尊重、敬畏上帝的威严，所以若有人提出为何他们不可结为合法夫妇，请马上提出来，否则便永远保持缄默。万分纠结的查尔斯开始产生幻听。

戴维突然敲响栏木。所有人都回头看着他。牧师：对不起，有人有话要说吗？戴维举手示意要说话。查尔斯对牧师：对不起，请等一下（转向戴维打手语）。怎么了？戴维手语：我想到第三个选择了。你可以替我翻译吗？海伦娜焦急地问查尔斯怎么了。查尔斯转向大厅的所有人：他要我替他翻译。牧师：他想要说什么？查尔斯翻译戴维的手语：我认为新郎有疑问。新娘吃惊地看着查尔斯和戴维。查尔斯继续翻译：我想新郎希望把婚礼延后，我想新郎……查尔斯不敢把这句话完全翻译出来。戴维着急地打着手语：这关乎你的终生幸福。你必须跟你全心爱恋的人结合。还有，你的拉链没拉好。查尔斯低头看了一眼裤裆。牧师：他说什么？查尔斯迟疑地：他说他认为新郎另有所爱。牧师：真的吗？你真的另有所爱吗？新娘、牧师和所有人都瞪大眼睛看着查尔斯。静场几秒。查尔斯：是的，我爱上别人了。海伦娜大吼一声，上前扇了查尔斯一个耳光。查尔斯倒在地上。新娘哥哥约翰向牧师道了一声歉，向查尔斯冲了过去，牧师想拉住他可是没能拉住。镜头向上摇到教堂穹顶。一声响雷。

结尾：查尔斯向凯丽提出相爱不婚的请求

① 查尔斯的痛苦

镜头摇下，窗玻璃被雨打湿。窗外雷声隆隆。朋友们围绕着被打得鼻青脸肿的查尔斯。汤姆：

至少我们不会忘掉这个婚礼。很多婚礼的面目都模糊了，这次绝对是永志难忘。菲欧娜：可怜的女人，虽然我不喜欢她，但是你的所作所为是不可饶恕的。查尔斯：可怜的海伦娜！斯嘉：新娘的婚纱很漂亮，可以穿出去参加派对。
门铃响起，马修、汤姆和菲欧娜起身，查尔斯：不，不，我一人做事一人当，让我来面对。

② 查尔斯对凯丽的请求
门开了，凯丽湿淋淋地站在门外。音乐起。凯丽：不，不要出来，你会被淋湿的。我只想来看看你可好。有没有忙着自杀之类的，既然你没事，那我……我不该到教堂的，对不起。凯丽转身离去。
查尔斯追到雨中：不！不！等等，这都是我的错。我终于搞清楚了，婚姻和我是无法并存的。我还搞清楚了一件事，站在教堂里，我发现这辈子第一次全心全意地爱上了一个人，她不是穿婚纱的那个，而是现在站在雨中的这个人。凯丽：还在下雨吗？我察觉不到了。查尔斯：事实上，我对你一见钟情，你不会再次突然离我而去吧？凯丽：不，我可能会淹死，但我不走了。
查尔斯挽着凯丽往家中走，他突然停下：我要问你，你觉得，在我们干透之后，在我们相处了很久之后，你是否会同意不跟我结婚？你愿意吗？凯丽深情地望着查尔斯：我愿意。两人在雨中深情热吻。音乐起。镜头摇向天空。乌云密布的天空中，一道闪电。

结尾部小结

结尾部的故事情节发展，需要查尔斯做出落跑的外部动作，将第四次婚礼推向冲突的最高潮。但是，这种悔婚行为又不符合查尔斯懦弱、犹豫的喜剧性格，所以编导让哑巴弟弟戴维出来，为查尔斯的行为提供一股推动力量。可以说，戴维这个功能性人物是为了高潮动作而专门设置的。

查尔斯固执地提出相爱而不结婚的请求，将人物的恐婚性格推到了喜剧的高潮，它紧紧扣住了人物的喜剧性格和本片的婚姻主题。凯丽经历了失败的婚姻，认识到自己的自由天性和情感需求，所以当她面对查尔斯的请求时，表示出愿意接受的态度。

尾声：一组照片：所有人的爱情与婚姻生活。

海伦娜与军人结婚的照片。(3 张)
戴维和萨利娜结婚的照片。(3 张)
斯嘉与贾斯特结婚的照片。(4 张)
汤姆与戴德丽结婚的照片。(4 张)
马修与一男人相好的照片。(4 张)
菲欧娜做查尔斯王子情人的照片。(1 张)
查尔斯与凯丽和孩子的照片。(1 张)

演职员字幕。主题歌响起，与片头呼应。

影片以大团圆结局。所有的人都各得其所，称心如意。菲欧娜和同样叫查尔斯的英国王子成为情人。查尔斯与凯丽生子，表明了两人真心相爱，并最终结婚。

4．情境设置

全剧的喜剧情境是由三部分喜剧性的人物关系构成的：世俗婚礼上的喜剧人物关系，单身小团体的喜剧关系，男女主人公的喜剧关系。男女主人公的关系是其中的核心关系。

婚礼上的喜剧人物关系

影片表现了世俗婚礼上的众生态，既有各种类型的新郎新娘，也有宾朋进行择婿和猎艳的活动。各色人等相聚一堂，难免会遭遇种种尴尬，捅破种种不可告人的隐秘。

影片用嘲弄的语气描绘了前后四次婚礼：安格斯和劳拉的世俗婚姻，劳拉未婚先孕，并在喜宴上酒醉失态；伯纳和莉迪娅的性爱婚姻，两人在婚礼上躲进客房去性交；凯丽和哈米什的权势婚姻，夫妻二人发表了虚假的婚姻宣言；查尔斯和海伦娜的世俗婚姻，查尔斯落跑被打；反倒是葛瑞斯的葬礼，更像是一场真实的婚礼。

单身小团体的喜剧人物关系

单身小团体由三个家庭组成：查尔斯一家、汤姆一家、马修和葛瑞斯一家。

查尔斯一家，兄妹的性格形成反差：查尔斯犹豫、懦弱，戴维单纯、勇敢，成为查尔斯逃婚的推动者；查尔斯恐婚，斯嘉却渴望爱情婚姻。

汤姆一家，姐弟的性格截然相反。姐姐菲欧娜精明、尖酸，不失善良，弟弟汤姆笨拙、憨厚，不失明智。他们共同的性格，严谨、认真，对细节一丝不苟。

汤姆兄妹与查尔斯兄妹构成性格的差异化对称。查尔斯是小聪明，汤姆是大笨蛋，汤姆模仿查尔斯的伴郎致辞，结果弄巧成拙。斯嘉天真单纯，菲欧娜刁钻古怪。斯嘉无条件地信赖菲欧娜，菲欧娜肆无忌惮地批评斯嘉。菲欧娜单恋查尔斯，斯嘉单恋汤姆。菲欧娜像守护着猎物一样，不许别的女人染指查尔斯，而斯嘉却自怨自艾，任由汤姆去四处寻找对象。

马修和葛瑞斯是一对隐秘的同性恋人，他们对两性婚姻持嘲讽态度。查尔斯曾向马修征求要不要结婚的答案，显得有点可笑。查尔斯最终从葛瑞斯与马修的同性爱情中得到启示，后来还请马修当了自己的伴郎。

男女主人公的喜剧人物关系

最重要的人物关系是查尔斯与凯丽的喜剧性的性格冲突。

查尔斯是一个逃避婚姻的人，却不断受邀参加朋友的婚礼。查尔斯的薄幸伤害了许多痴情的女孩子，他却显得十分无辜。菲欧娜暗恋了查尔斯多年，但他一无所知，当菲欧娜吐露自己的痛苦时，他顿时茫然不知所措。

凯丽是一个急于进入婚姻的人，她虽然是一个情场老手，但又不失真性情。她既虚荣、自负，又质朴、自然。她把婚礼的社交聚会，看成是婚配场所，却不留神又将它变成了情场。她在这两者之间游走，不时转换身份，有时游刃有余，有时却遭遇尴尬。

查尔斯与凯丽的邂逅相遇，只想发生一夜情的查尔斯与急于想结束单身生活的凯丽，两人之间发生了人生阶段的错位，造成了二人的失之交臂。在两个人的喜剧性冲突中，夹杂着一种淡淡的忧伤和哀怨。

婚礼环境与喜剧性事件

编导根据四次不同性质的婚礼，设计了四个喜剧性的事件，让查尔斯与凯丽的行为与婚礼的环境、气氛，发生了喜剧性的冲突。第一次婚礼（传统的婚礼），乡下教堂和露天帐篷，查尔斯与凯丽发生了一夜情。第二次婚礼（性爱的婚礼），城中教堂和饭店，两人在一夜情后产生了情感。第三次婚礼（权贵的婚礼），苏格兰的教堂和城堡，在权贵的婚礼之后，举行了同性恋的葬礼，两人黯然神伤。第四次婚礼（世俗的婚礼），普通教堂，查尔斯为了凯丽选择了逃婚。四种婚礼与男女主人公的行为发生错位，提供了喜剧性冲突的环境基础。

围绕着婚礼的各种人物关系——世俗社会背景、群体社交圈子、相爱男女——形成了三个相互重叠、交叉的人际网络，构成了全景性的婚庆习俗的喜剧图景。

5. 情节结构

本片由相互独立的四个情节单元构成，它们提供了四种气氛的婚礼场景，四种形态的喜剧冲突，以及四喜一悲的情感节奏。

第一次婚礼（安格斯和劳拉的婚礼）是世俗的传统婚礼；第二次婚礼（伯纳和莉迪娅的婚礼）是因为性结合的婚礼；第三次婚礼（凯丽与哈米什）是由于金钱、权势结合的婚礼；中间插入一次葬礼，实际上是同性恋者的“婚礼”；第四次婚礼（查尔斯与海伦娜）是与世俗妥协的婚礼。四种风格的婚礼与别具反讽意味的葬礼，构成了鲜明的叙事节奏。由于空间环境较为集中，演员的表演和台词具有舞台性，很像是一部四幕话剧。

在男主人公的情节主线之外，设置了多人多事的情节副线。

男女主人公的线性叙事与小团体的多人多事的散点叙事，两者相互结合。实现主线与副线的情节搭配，主题与副主题的思想统一。

查尔斯与凯丽的爱情是贯穿全片的主要悬念、情节主线和中心事件。单身小团体的爱情是全片的次要悬念、情节副线和次要事件。下面是单身小团体在不同情节单元的活动：

情节单元	第一次婚礼	第二次婚礼	第三次婚礼和葬礼	第四次婚礼	结尾
单元主题 / **人　物**	酸葡萄心理	噩梦	分崩离析	喜遇良缘	圆满结局
莉迪娅与伯纳	相爱	结婚		参加祝贺	
海伦娜		怨艾	有了未婚夫	怒打新郎	与军人结婚
菲欧娜	嫉妒	嫉妒	倾诉真情	和解	同名新情人
马修与葛瑞斯	冷嘲热讽	冷嘲热讽	猝死、致辞	当伴郎	漂亮新男友
汤姆	寻找对象	出丑	寻找对象	一见钟情	结婚
斯嘉	冒失盲目	苦闷	遇到贾斯特	再遇贾斯特	结婚
萨莉娜与戴维	一见钟情	手语、跳舞	参加葬礼	阻止婚礼	结婚

从上面的表格中可以看到，成员们的情感线索是松散、断续的，但是在情节单元内部，共同表现同一副主题。群体行动的副主题是为了衬托主人公的行动主题：

主题 \ 情节	第一次婚礼	第二次婚礼	第三次婚礼和葬礼	第四次婚礼	结　尾
小团体的副主题	酸葡萄心理	噩梦	分崩离析	喜遇良缘	圆满结局
男女主人公主题	一见钟情	失之交臂	各自反省	命运眷顾	相爱结婚

小团体的行为副主题与男女主人公的行为主题，构成了复调关系。第一次婚礼上，小团体对婚姻的酸葡萄心理，配合着男女主人公的幽会；第二次婚礼上，多名成员的噩梦式遭遇，配合着男女主人公的无奈分手；第三次婚礼上，小团体内部隐秘关系的被揭开，配合着男女主人公对婚姻的感悟反省；第四次婚礼上，小团体成员的各遇良缘，配合着男女主人公最终走到一起。主题与副主题在中心思想上的统一，奠定了主线与副线之间相互联系的基础。

男女主人公与小团体的群体行为，构成了主与从、陪衬与突出的关系：群体形象与个性形象的关系，次要情节与主要情节的关系，行为副题与行为主题的关系。

四次婚礼之间，构成连环的关系。

第一次婚礼的伴郎查尔斯和伴娘莉迪娅，先后成为第二次和四次婚礼的新娘和新郎。第一、二次婚礼的宾客凯丽成为第三次婚礼的新娘。而例次婚礼的宾客，也几乎成为所有婚礼的宾客。四次婚礼的内在关联，使得前后婚礼没有突兀感，也省去了介绍新婚夫妇的笔墨。

四次婚礼与一次葬礼，构成四喜一悲的节奏。

婚礼场景充满了英式喜剧特有的幽默，既含蓄、婉转，又不失辛辣、尖刻，既有令人回味的冷幽默，又有让人喷饭的闹剧片段。葛瑞斯的葬礼是高潮部的高潮，它起到了调整节奏的作用；使喜剧具有了黑色意味，加强了主题严肃性。四次婚礼与一次葬礼的悲喜相间的节奏，保持了英式轻喜剧的冷热平衡，总体偏冷的风格。

6. 主题思想

影片展示了英国现代婚姻情感生活的风俗画卷。在丰富的物质保障和相对宽松的社会环境下，英国社会上层和中产阶级的爱情婚姻生活出现了各种不同的形态。影片中有六次关于婚姻和爱情的讨论，揭示了当代英国人看待婚姻的态度。

影片嘲讽了世俗婚姻中的金钱、权力。凯丽和哈米什的婚礼是她与查尔斯爱情的葬礼，而葛瑞斯的葬礼是他与马修的婚礼。在葛瑞斯的葬礼上，马修的悼词表明：他们的爱没有他求，唯有两情相悦。影片表达了当代人们对婚姻的要求：为了爱而结合。

主人公查尔斯是一个单身主义的典型。查尔斯永远是一副睡不醒的样子，三次婚礼次次迟到。查尔斯慢半拍的例证性动作，反映出他的慵懒和自我放任的性格。在两性交往中，他坚持三不主义（不追求，不拒绝，不负责）的态度。当查尔斯遇到前女友的控诉时，脸上露出孩子般的纯真、无辜的表情；当他听到了菲欧娜的爱情吐露，十分诧异，却又无所适从。他不是冷漠麻木的人，但是又显得如此漫不经心。

查尔斯对凯丽萌生了爱情，却不相信自己的感受。他认为世上根本不存在爱情，直到发现身边的葛瑞斯和马修是一对情侣，才意识到原来爱情就发生在他的身边。在影片的结尾，在上天的眷顾下，凯丽又回到他的身边。查尔斯知道凯丽深爱着自己，于是孩子气的他，又任性地要求凯丽答应和他不婚同居。

凯丽在一出场就急于结婚，在婚礼上寻找合适的结婚对象，她的行为动机与恐婚的查尔斯构成了冲突。凯丽从放纵自己到转为寻找稳定的婚姻，寻求安全、稳定的家庭生活。但是，失败的婚姻教训了她，使她看清了自己的本性。在她的内心中依旧渴望美好的男女情感。当她看到查尔斯为了自己从婚礼上落跑，深受感动。凯丽从急于寻求稳定的婚姻生活，转变为接受查尔斯的不婚同居要求，完成了思想情感和价值立场上的翻转。

后工业化时代的婚姻变得越来越脆弱，离婚率还在持续攀升，人们对婚姻产生了各种各样的质疑，但是没有人愿意放弃对爱情的追求和对婚姻的期许，也许这就是查尔斯和凯丽的爱情故事所体现的现实意义。他们的爱情虽然带有忧伤，甚至有点黑色，但是仍然不失浪漫和温馨，并最终达成圆满的婚姻。

第三章

史诗结构的西方影片

《拯救大兵瑞恩》《闻香识女人》《安德烈·鲁勃廖夫》

本章介绍史诗结构的西方电影。介绍西方史诗电影的一般面貌，指出其中包含的戏剧性追求；说明影片中的叙事性与戏剧性如何相互结合，最终形成了别具特色的西方史诗电影。

本章所谓的“史诗电影”，即是第一章所介绍的叙事性电影，为了强调长篇叙事性，以及所选片目的内容特点，改用“史诗电影”的称谓。

本章的第一节，介绍西方历史悠久的戏剧性戏剧传统，在面临电影叙事危机时，如何形成了戏剧性的电影理论（“从高潮看统一性”）；介绍西方史诗电影在戏剧性方面的各种探索。

第二、三、四节，选取了西方的三部史诗性电影，它们是好莱坞的《拯救大兵瑞恩》《闻香识女人》，苏联的《安德烈·鲁勃廖夫》。通过拉片子的方法，结合影片案例，介绍史诗电影的线性、散点结构和寓言性、写意性的史诗编剧方法，以及西方编导如何从戏剧性审美的立场，对史诗结构进行戏剧性的改造。由于篇幅限制，选片只能是以点带面。

《拯救大兵瑞恩》一方面保持了史诗叙事的线性、散点的结构特点，一方面又维护了戏剧性高潮对全剧的影响力，实现了叙事情节线与戏剧高潮点的成功结合，为叙事性与戏剧性两种结构方法的相互融合，提供了十分宝贵的经验。

《闻香识女人》是一部徘徊在叙事性与戏剧性两类结构之间的作品，一方面，“道路”的时空形态以及线性、散点的情节段落，使之具有较为鲜明的叙事体风格和史诗特色；另一方面，编导又试图通过感恩节倒计时、压缩副线、删节结尾部情节等方法，将情节纳入戏剧体的结构之中，造成了结构布局的失当。

《安德烈·鲁勃廖夫》展现了 15 世纪古俄罗斯的历史画卷。影片由不同人物的故事组成，分成相互独立的七个情节单元，以画家安德烈为中心人物，以他的信仰重建为中心事件，以壁画诞生的过程为贯穿情节，将散点情节穿成一线，实现了叙事性与戏剧性的完美结合。

一、戏剧性传统影响下的西方史诗电影

电影的编剧技巧与剧作理论是在戏剧编剧的基础上发展起来的。劳逊指出：“艺术电影基本上是采用戏剧的形式。制片者之所以转向舞台是因为戏剧能提供一种结构形式。”① 谭霈生也指出：“从总体性实质来说，电影结构的原则更接近于戏剧。”② 电影的编剧方法长时期以来一直

① （美）约翰·霍华德·劳逊：《戏剧与电影的剧作理论与技巧》，第 395 页。

② 谭霈生：《电影美学基础》，第 319 页。

受到东西方两大戏剧体系的影响，一种是戏剧体戏剧，一种是叙事体戏剧，正是在这两种戏剧体系的基础上，形成了不同的电影叙事风格：戏剧性电影和史诗性电影。

西方的戏剧体戏剧和东方的叙事体戏剧，对各自的电影叙事产生了深刻影响。西方电影是在戏剧性传统的基础上形成的，戏剧性戏剧对于西方史诗电影的形成和发展，产生了极其深刻的影响。

1. 从戏剧性戏剧到戏剧性电影

（1）戏剧性戏剧的形成——古希腊悲剧的戏剧性叙事

古希腊戏剧在奠基时代深受史诗的影响，带有较多的叙事性因素，埃斯库罗斯的三联剧是这一时期的代表。古希腊戏剧进入成熟期后，叙事因素逐渐递减，戏剧性逐步增加，索福克勒斯的单本剧是这一时期的代表。亚里士多德把索福克勒斯的剧作视为戏剧的典范。

索福克勒斯的代表作品《俄狄浦斯王》通过对人物之间血缘关系的“发现”，造成戏剧情势的“突转”，导致悲剧性的结局：母亲上吊自杀，俄狄浦斯刺瞎双眼、自我放逐。这种回顾式的编剧技法，反映了古希腊悲剧成熟期形成的戏剧性审美。

亚里士多德提出：悲剧“优于史诗”，因为“它具有史诗所有的一切”，而且悲剧更集中和强烈，“集中的表现比费时的、‘冲淡’了的表现更能给人快感”。悲剧比史诗“更好地取得”“艺术的功效”，“显然优于史诗”。① 亚里士多德的戏剧理论，成为西方戏剧理论发展的基石，可以说欧洲戏剧的主要编剧技法源出于古希腊悲剧开创的戏剧体戏剧。

16 世纪文艺复兴时期的意大利戏剧理论家从戏剧性审美出发，由《诗学》引申出，剧情时间为一天、一个单一地点、一个主要情节线的“三一律”。该理论强化了古希腊戏剧开创的戏剧传统，进一步确立了戏剧性的审美原则。17 世纪法国路易十四的宫廷艺术，强制贯彻执行“三一律”，法兰西学院将它尊为不可违反的戏剧律条。这一时期的法国古典主义戏剧家高乃依（1606—1648）、拉辛（1639—1699）、莫里哀（1622—1673）都遵照“三一律”进行创作。“三一律”统治欧洲剧坛长达百余年，产生了一批有价值的剧作家和剧作，同时也给欧洲戏剧的创作造成了沉重的桎梏。②

（2）戏剧性戏剧的历史沿革——“意志冲突”论与“激变”说

隔着一条海峡的英国戏剧与欧洲戏剧有所不同，16 世纪的英国戏剧广泛采用时空间开放的、具有更多叙事因素的创作方法。以莎士比亚为例，他不接受古典主义清规戒律的束缚，如《裘力斯·凯撒》《亨利五世》等史诗性剧作，有着很长的情节线索，时间跨度很大，地点经常发生变换；《罗密欧与朱丽叶》等著名悲剧，也具有明显的叙事性。莎士比亚的戏剧在一百多年里没有引起欧洲大陆的重视，其间法兰西剧院的古典主义长盛不衰。恩格斯说：“伏尔泰竟把莎士比亚称为喝醉酒的野蛮人，”那时的“法国还根本没有准备向英国学习呢”。③

进入 19 世纪，在法国大革命和启蒙主义思想的影响下，浪漫主义与现实主义戏剧先后在欧

---

① （古希腊）亚里士多德：《诗学》，陈中梅译，1996，第 191 页。

② （古希腊）亚里士多德：《诗学》，罗念生译，第 29 页注释：以太阳的一周为限。《中国大百科全书·戏剧》第 327 页：三一律条。

③ 廖可兑：《欧洲戏剧史》，第 135、176 页。

洲兴起，出现了一批浪漫主义剧作家，如法国的大仲马（1802—1870），德国的克莱斯特（1777—1811），英国的雪莱（1792—1822）；其后又出现了现实主义剧作家，如挪威的易卜生（1828—1906），法国的小仲马（1824—1895），英国的萧伯纳（1856—1950）等，他们先后打破古典主义的束缚，创作出具有丰富情节性的剧作。如何看待戏剧的叙事性与戏剧性，什么是戏剧的本质属性，这些问题引起了人们的关注。

法国戏剧理论家布伦退尔 1894 年在《戏剧的规律》中提出，舞台就是人的自觉意志得到公开展示的场所，“意志冲突”是戏剧的本质，“相信宿命论更有利于小说的发展，相信自由意志则更有利于戏剧的发展”。①

“意志冲突”论提出十八年后，英国戏剧理论家阿契尔在《剧作法》（1912）中提出戏剧的本质不是“意志冲突”而是“激变”。他以“回顾式”的《俄狄浦斯王》《群鬼》为例，认为在其中找不到“意志冲突”。阿契尔说：“一个剧本，在或多或少的程度上总是命运或环境的一次急遽发展的激变。……我们可以称戏剧是一个激变的艺术，就像小说是一种渐变的艺术一样。”剧作者要“把观众放在跑道终点的位置”，这样无需使他们沉闷地等待人物从起点出发跑完全程，“只需看他如何在离终点不远时，直向着你冲来就行了”。阿契尔认为，即使中国戏剧可以演出长篇小说《安娜·卡列尼娜》，欧洲剧作家也“一定会为了锻炼集中和激变的艺术，而自愿放弃这种无限制冗长的特许”。②

在 19 世纪，现实主义戏剧日渐兴盛，以易卜生剧作为代表的“第四堵墙”的舞台演出观念风行一时。写实主义的风尚决定了这一时期的戏剧情节集中在同一时间、地点发生，最终形成了以易卜生剧作为代表的在紧凑的空间中展开冲突的戏剧形式。阿契尔的“激变说”为易卜生的戏剧做了有力的论证。

从“三一律”到“意志冲突”论，再到“激变”说，这场学术争论长达几百年，论争涉及的理论十分广泛。“激变”说产生的背景是：以法国“佳构剧”为代表的欧洲戏剧情节量的不断增大，对传统的戏剧体戏剧理论提出了质疑。这一时期的理论家们不约而同地关注着一个重要的课题，如何在不背离戏剧性的原则下，扩大戏剧的叙事功能以满足情节扩展的需要。

理论家们的这三种理论（“三一律”和“意志冲突”论、“激变”说），是在欧洲戏剧发展的不同历史阶段，根据创作实践的需要提出的理论学说。这三种理论尽管有所不同，但是它们的审美立场都是建立在《诗学》的戏剧理论基础上的，它们之间的争论属于戏剧性审美范畴下的内部争论。

(3) 由戏剧舞台到电影银幕——戏剧性的电影理论：“从高潮看统一性”

在 20 世纪的 20—30 年代，电影进入飞速发展时期，影片的故事内容迅速扩展，情节线不断延长，劳逊惊叹，“电影中的高潮常常能具有一种舞台上永远达不到的外延、规模和形体运动的多样性”。传统的编剧理论难以处理庞杂的情节线索，面对这种现实困境，劳逊在思考：如何“使影片具有完整性，并能把不连贯的、显然是无限多的事件结成一个不可分割的有机动作的统一原则是什么呢？”③ 站在西方戏剧性审美的传统立场上，他在《戏剧与电影的剧作理论与技巧》中，提出了“从高潮看统一性”的理论。

① 罗晓风选编：《编剧艺术》，第 6 页。

② （英）阿契尔：《剧作法》，第 33、90 页。

③ （美）约翰·霍华德·劳逊：《戏剧与电影的剧作理论与技巧》，第 382、475 页。

劳逊试图厘清布伦退尔的“自由意志”说与古希腊戏剧“命运”说的历史争议。他说：“电影比戏剧更清楚地证明了，没有环境的人物根本就不是人物。”“剧作家并不是处理那些没有环境的个人，或没有个人的环境，因为二者就戏剧的角度来说都是不可理解的”，“一个动作必须同时体现自觉意志和社会必然性”。①

“自由意志”与“命运”说的理论分歧，在劳逊的“从高潮看统一性”上得到了社会学意义上的统一。劳逊所说的统一全剧的高潮，既不是希腊悲剧的命运，也不是浪漫主义的意志，而是人的自觉意志与环境冲突的最终结果，它体现了剧作家的“社会必然性观念”，它是社会现实与人的自觉意志互动的产物。②

劳逊指出：追溯式补叙之所以逐渐被顺序式叙述的方式取代，在于伊丽莎白时代以来的人们对原因的探求比较自由，在对命运的探寻和挑战中，推翻了补叙的回顾方式，形成了顺序叙述的开放方式。他指出，“从高潮看统一性”，“并不是寻求一种因果的连锁，而是在寻求导向一个果的各种因”。他把通过追溯先行事件以达到对命运的印证，变成了通过时间顺序交代事件发展以达到对社会必然性的证实。③

劳逊的一个重要功绩是采用更为“广泛的动作体系”，将戏剧性模式和技法，整合到“从高潮看统一性”的电影情节结构上，强调以戏剧性高潮组织情节、组织冲突和组织主题表述。这一编剧法则增加了控制叙事的能力，最大限度地丰富和延长了故事情节线，又使情节内容不至于脱离戏剧性结构，从而延续和巩固了戏剧性审美的传统。

劳逊在戏剧性戏剧的理论基础上，建立起一套戏剧性电影编剧理论。“从高潮看统一性”的理论，成为当今影视创作最有效的工具，也成为编剧体系形成以来，最为著名的编剧法则之一。

自从“从高潮看统一性”的戏剧性电影编剧理论诞生以来，西方创造了大批戏剧性结构的电影，除本讲义分析的《空军一号》《沉默的羔羊》外，还有诸如美国电影《桃色公寓》、法国电影《游戏的规则》、英国电影《相见恨晚》等大量的优秀戏剧性电影。

2. 从戏剧性戏剧到史诗性电影

劳逊在上世纪40年代指出，只有五十年历史的电影是在戏剧的基础上发展起来的，它“依据的正是比它的历史长五十倍的讲故事的技巧、传统和对人民以及他们的冲突和情感的信念”④。西方戏剧长期形成的戏剧性传统，对西方电影叙事产生了深刻影响。

（1）戏剧性戏剧对史诗电影的影响

在西方史诗电影中，西方编导者们借鉴戏剧性戏剧的经验，将笔墨集中在塑造具有丰富内心生活的人物形象上。他们在展示广阔社会场景和历史事件的同时，总是不会忘记围绕着人物内心冲突去编织故事情节。

西方出品了大量优秀的史诗电影，例如英国电影《阿拉伯的劳伦斯》（1961）、意大利电影《末代皇帝》（1988）、德国电影《玛丽亚·布劳恩的婚姻》（1979）、法国电影《圣女贞德》（1999）、美国电影《辛德勒的名单》（1993）等。这些史诗电影既有曲折的情节线，又有独特

① （美）约翰·霍华德·劳逊：《戏剧与电影的剧作理论与技巧》，第528、242—243页。

② （美）约翰·霍华德·劳逊：《戏剧与电影的剧作理论与技巧》，第528、230页。

③ （美）约翰·霍华德·劳逊：《戏剧与电影的剧作理论与技巧》，第241页。

④ （美）约翰·霍华德·劳逊：《戏剧与电影的剧作理论与技巧》，第6页。

的人物性格刻画；既能展示广阔的客观外部世界，又能揭示深邃的内心情感世界，达到了史诗性与戏剧性的自然融合，实现了私人叙事与宏大叙事的有机统一。

（2）史诗电影的戏剧性改造

西方各国的观众与编剧者，对于情节性的偏好有着很大的差异。乔治·贝克说："一个剧本需要多少故事呢？这是个难解决的问题，不过首先让我们了解清楚，就情节结构而论，在观众方面存在着很大的差别，有些时代比别的时代需要更多的情节结构。……显而易见，我们美国人比起我们的英国兄弟们来，在戏剧方面是更爱好精心结构的故事的。实际上，对于所需情节的数量，各民族各有其爱好。美国人和英国人同多数欧洲大陆各国的人相比，是更多地喜欢情节。"①

以英美观众为代表的大批西方观众，虽然喜欢情节性，但是他们仍然强调叙事性与戏剧性的有机统一，不愿意因为情节性而丧失必要的戏剧性。在西方电影节上获奖的史诗影片，大多实现了叙事性与戏剧性的结合。西方编导对史诗叙事结构进行了大量戏剧性的改造，就本人的目力所及，改造手法大致分为两大类：嵌套组合改造和线性组合改造。

所谓的嵌套组合改造，就是将两种情节单元（叙事性单元与戏剧性单元），相互嵌套组合在一起，它们是叙事性线性结构与戏剧性中心结构的统一。组合方式有两大类：叙事性大单元套戏剧性小单元，或是戏剧性大单元套叙事性小单元。

例如《沉默的羔羊》用戏剧性大单元套叙事性小单元。影片的大情节单元采取戏剧性的高潮中心结构，情节单元内部却是叙事性的线性结构。该片既有戏剧性高潮的统一，又有曲折的情节发展线。

例如《全金属外壳》用叙事性大单元套戏剧性小单元。如帕里斯岛训练营，岘港基地，寻找陆战排，巡逻遇伏，单元故事完整，相互独立，属于典型的叙事性散点结构；同时，各情节单元的内部，如肥仔枪杀教官哈德曼，小丑枪杀女狙击手，采取中心高潮的戏剧性结构。影片既有散漫的情节"线"，又有戏剧性的情节"点"。

所谓的线性组合改造，就是对叙事体的点线结构进行改造。例如《拯救大兵瑞恩》，加长了开场（奥马哈登陆战）的情节篇幅，影片中心高潮从高潮部（攻打雷达站）后移到结尾部（守桥），将叙事性的情节线与戏剧性的高潮点，进行了有机的结合，既维系了史诗性的叙事结构，又坚持了戏剧性的审美传统。

戏剧性与叙事性技法的结合是西方史诗电影创作的普遍趋势，大量的戏剧性中心结构与叙事性点线结构的结合试验，提供了丰富的正反两方面的经验，很值得我们细心地分析和梳理，以作为今后创作的宝贵借鉴。

（3）史诗电影的写意手法

西方史诗电影的叙事方法是独立发展起来的，没有资料显示，东方的史诗戏剧对西方史诗电影叙事的形成产生过重要影响。布莱希特的叙事剧和史诗剧理论，对西方电影叙事的影响也是有限的。在中国史诗戏剧中普遍采用的写意方法，在西方史诗电影中是以自发的方式逐步发展起来的。

---

① （美）乔治·贝克：《戏剧技巧》，第119页。

写意手法不仅是一种诗意的表现方法，而且是一种重要的结构方法。意象在“动作—情节”结构的系统之外，提供了文学性的诗意系统。例如，意象在主题象征上的运用（《阿甘正传》中的羽毛）；意象在情节单元之间的形而上的联系（《阿甘正传》中的运动鞋）等，都具有结构性的意义，所以，写意方法被拥有绵延的情节线的史诗电影所广泛采用。

在西方戏剧性影片中，虽然也会用到写意手法，部分影片甚至用得十分出色（如《沉默的羔羊》），但是一般运用得不多，且零星、散碎，没有章法。但是，在西方叙事性影片中，比较广泛地运用写意方法，并具有一定的系统性。例如本章分析的《拯救大兵瑞恩》，在写意方面的系统运用。

西方史诗影片广泛地运用写意手法，是出于史诗叙事在结构组织上的内在需要。在情节线长而散漫的情况下，写意手法可以起到串联和凝聚情节的功能作用。反之，长而散漫的情节线，也为写意的诗性想象提供了广阔的空间。写意手法在史诗电影中的广泛运用，有其内在的必然性。

二、史诗电影《拯救大兵瑞恩》

编剧：罗伯特·罗戴特
导演、制片：史蒂文·斯皮尔伯格
主演：汤姆·汉克斯
片长：162 分钟
出品：美国派拉蒙和梦工厂 1998 年联合出品
获奖：第 71 届奥斯卡最佳导演、最佳摄影、最佳剪辑、最佳音响、最佳音效编辑金像奖。第 56 届金球奖最佳影片、最佳导演奖。第 52 届英国电影学院奖最佳音效、最佳视觉效果奖。

1. 剧情梗概

惨烈的诺曼底登陆战后，参谋部的工作人员发现姓瑞恩的四个兄弟已有三个在四十八小时内相继阵亡，他们的母亲将在同一时间里接到三张阵亡通知书，而唯一幸存的儿子、空降兵詹姆斯·瑞恩仍在诺曼底战区作战。陆军参谋长马歇尔将军下令：派一支小分队将瑞恩家唯一的希望找到，送他回到母亲身边。米勒中尉率领一支七人的小分队深入敌后去寻找瑞恩，队员们对行动心存质疑，仍然英勇地投入战斗，先后倒在拯救瑞恩的路上……

2. 结构大纲

全剧开场（3 分 13 秒）
阳光下飘扬的美国国旗。法国诺曼底墓地，老瑞恩来到米勒墓前，陷入回忆。

开端部（37 分 12 秒，其中奥马哈海滩登陆战共用 24 分）
开场：1944 年，奥马哈海滩，地狱般的战场。米勒上尉带七人抢滩成功。

开端：三份阵亡通知书，工作人员报告总参谋长马歇尔。
插入：农场，母亲接到阵亡通知书。
发展：马歇尔念林肯信，指示拯救母亲唯一的儿子瑞恩。
高潮：米勒接到任务，召集七个士兵组成小分队。
结尾：小分队上路。

发展部（23 分 42 秒）
开端：厄本与每个人打招呼。队员行军中讨论八个人去拯救一个人的问题。
发展：小分队在纽维尔镇遇到战斗，卡帕佐中弹，队员们诅咒瑞恩。
高潮：小分队与德军不期而遇，得到空降兵解围。小分队找到瑞恩，原来是同名者。
结尾：扭伤脚的伞兵指出新的寻找方向。

高潮部（41 分 17 秒）
开端：小分队在教堂借宿。韦伊云谈母亲，厄本拿米勒身份打赌。
发展：坠毁的运输机，因为一个将军死掉了二十二个士兵。伞兵指出新的寻找方向。
高潮：攻打雷达站，韦伊云阵亡，因释放德俘争吵，米勒说出自己的身份。
结尾：小分队与空降兵协同打坦克，巧遇瑞恩。

结尾部（52 分 13 秒）
开端：瑞恩不肯离去，小分队决定留下守桥。
发展：布置阵地，米勒与瑞恩谈心。
高潮：守桥战斗。德俘杀梅利西、米勒。厄本杀德俘。米勒让瑞恩好好活下去。
结尾：马歇尔的画外音，致瑞恩母亲的信。

全剧结尾（3 分 46 秒）：
瑞恩在米勒墓前反省自己的一生。号角，阳光下血色的美国国旗。

3．场景分析

开场

美国国旗，透过阳光带着血色。音乐。法国诺曼底战场墓地，成排的十字架，老瑞恩带着七个家人走到牺牲的战友墓前。号角、鸟鸣、管弦乐。老瑞恩的目光，推特写，瞳孔，切奥马哈海滩。[叙述立场和视角，瑞恩的回忆。

开端部

开端部开场
法国诺曼底的海浪拍击着拒马。字幕：1944 年 6 月 6 日，奥马哈海滩，绿 D 战区。
多艘登陆艇在风浪中疾驶，一只颤抖的手打开水壶，镜头摇到米勒上尉的脸。[例证动作：颤抖的手。
中士米高在吃巧克力，有人在呕吐。驾驶员：“三十秒后开舱门，主与你们同在！”米勒指示要攻占敌炮台，米高提醒要分散行动。镜头扫过士兵们的神情严峻的脸，有人在划十字，杰克森吻十字。

哨声，舱门打开，弹雨袭来，士兵成群倒下。[米勒的主观镜头。

米勒命令从侧舷下水。士兵们跳水，镜头进入水下，子弹在水中穿行，士兵在挣扎，沉浮的尸体，镜头浮到水面上。[镜头紧贴水面，做主观的低视角运动。

米勒拖着一个不会泅水的士兵上了岸，他才说了声："谢谢!"就被子弹打中了。[例证动作，米勒是一个拯救者。

子弹在呼啸，打得拒马叮叮作响，人被炸得腾空而起。从地堡往下拍摄，重机枪扫射下的美军士兵纷纷中弹……

米勒耳朵被炮弹震聋，他看到地狱般的场面：火焰喷射兵的油桶被击中，人被火焰吞没；一个士兵在海滩上寻找他的断肢，登陆艇上士兵们带着火跳入海中……海滩上血浪汹涌，米勒将灌入血水的头盔戴在头上，有士兵冲着他叫喊："长官，现在怎么办?"[米勒的主观镜头：中近、小全、中近。

中士米高也在冲米勒叫喊。米勒下令攻上滩头。在他指挥下，部队开始往前运动。

部队被打乱了，群龙无首，滩头已经变成屠场，一个肠子流出来的士兵在哀号："妈妈！妈妈!"到处是伤兵们呼叫卫生员的声音。

米勒拖着一名受伤的士兵去找卫生员，一颗炸弹爆炸，伤员的下半身被炸飞，米勒第二次短暂失聪。

米勒和米高率领士兵向海堤前进。[摄影机肩扛跟拍。

第四次切入德军向下射击的场景，美军士兵纷纷倒下。[敌方主观镜头。

军医韦伊云在为伤员止血，伤员被飞来的子弹打死，他愤怒地扔掉纱布。[人物例证动作。

堤坝下，剧中的几个主要人物向米勒报名归建制。米勒下令搜集武器弹药。[分别介绍：米高、梅利西、拉宾、杰克森、卡帕佐、韦伊云。肩扛拍摄，主观镜头。

米勒指挥连接爆破筒，下令炸坝。小分队穿过炸开的通道，冲向 D1 高地。

米勒从梅利西嘴中掏出口香糖，将小镜子粘在刺刀上向外观察，他组织火力，指挥士兵进攻。

米勒让狙击手杰克森去消灭敌机枪手。米勒跳出吸引敌方的火力，杰克森跃进到射击位置。杰克森瞄准射击，口中念叨着："别远离我，天主。"[人物例证动作。

随军神父在引领重伤不治的士兵做临终祈祷，一个吓坏的士兵趴在地上持念珠在祈祷。

部队攻上 D1 阵地，向地堡和战壕中的德军开火。两个美国兵枪杀了举手投降的两名德国兵。[中景，小全。火焰冒出碉堡，象征德军防线崩溃。

米高让大家停火，米勒用步话机报告 D1 缺口已经打开。

梅利西获得了一把纳粹青年团的刺刀，当他意识到自己还活着，忽然开始哭泣起来。[例证动作，后来他死于这把刀下。

米高将奥马哈海滩的土装进铁盒里，他的背囊中有标着意大利、北非的铁盒。

枪声稀稀拉拉，一只颤抖的手打开水壶，镜头摇到米勒的脸，推到眼睛的特写。[段落句号，与登陆前的镜头首尾呼应。

奥马哈海滩，血浪拍岸，尸体堆积……镜头推向瑞恩兄弟的尸体。音乐。[背包上的名字，点题。

奥马哈登陆战的段落，以米勒颤抖的手打开水壶开始，以他用颤抖的手再次打开水壶结束。登陆战的中心人物是米勒，他的行动构成了这一段落的叙事主线。米勒和部下的行动贯穿了涉水上岸、登上滩头、滩头屠杀、前进到海堤、炸坝、攻克地堡、打开 D1 缺口、扫荡德军等一系列战斗场面。在战斗进程中，编导穿插介绍了本片的六个主要人物：米高、韦伊云、杰克森、拉宾、梅利西、卡帕佐。

影片针对不同战争段落，使用了各种镜头语言。涉水上岸，镜头剪切得比较快，多用中、近景，视界控制在米勒主观视野范围。登上滩头，多用小全和全景，镜头运动放缓，以一种理性的、客观的视角来展示海滩。镜头节奏由紧到松，以适应观众的承受力和叙事需要。滩头大屠杀，则通过米勒的主观镜头反映。米勒率队进攻，采用肩扛拍摄的主观运动镜头。米勒指挥炸坝和打地堡，均采用主观镜头讲述，中、近景为主，结合远景。中、近景展示士兵的行动和心理活动，远景表示士兵观察到的战场情况。战斗进入扫荡德军阶段，采用大全景和远景拍摄，客观展示战争进程。战斗结束后的场景，多用中、近景，以展示士兵松弛下来的心理状态。

影片镜头分为两类：中近景与小全景。通过中近景，进行个人主观的叙事，通过小全景，进行战场客观的叙事。镜头在主观感受与客观间离之间穿梭转换，生动而又准确地表达了战争进程与个人的情感体验。

海滩登陆战与全剧事件发展关系不大，但是长达二十四分钟的残酷战争图景，突出了生命的主题，对于介绍全剧总情境有着重要的意义。删节了这一段落，全片就失去深厚的情感基础。

该片逼真再现了D日战争场面，许多二战老兵对此给予极高评价，称它是“最真实反映二战的影片”。影片色调古雅，音响丰富，美工富于想象力，显示出好莱坞的工业生产水平。

开端部开端

中年妇人的脸、老年女人的脸、姑娘的脸，打字声。[仰拍，女性的目光。

美国本土，参谋总部，女打字员们在打阵亡通知书，一片击键声如同枪弹声，画外音，对阵亡士兵的赞扬之辞。舒缓的音乐。[节奏变化。

女打字员发现三份阵亡通知书后，参谋和副官向总参谋长马歇尔报告。抒情音乐。百叶窗，窥视镜头。“他们的母亲将在同一天接到通知。”[长镜头拉、摇。悬念和强调。

插入

农场麦田，道路，一辆汽车驶向远处的农舍。

门前挂着代表四个儿子的四星旗，鸟鸣、狗吠，母亲走出门。军方的车中走下军官和牧师，母亲瘫软地坐在门前台阶上。门内桌上是四个儿子的合影照片。

开端部发展

参谋向马歇尔说明，如果派人穿过战区去寻找空降兵瑞恩，可能会导致更大的伤亡，再说，瑞恩可能已经阵亡了。马歇尔从《圣经》中取出一页纸，“这里有一封信，是很久以前，写给波士敦比克斯比太太的，让我读给你们听”。马歇尔开始念林肯在南北战争中致一位失去了五个儿子的母亲的信：“他们是为了拯救国家而死，愿天主安抚你的丧子之痛……神圣荣耀归于你们，因为你们为自由，付出了重大代价。林肯敬上。”音乐。马歇尔下达拯救瑞恩的命令。[马歇尔念到最后，开始背诵信件，显示他对这一问题早有思考。马歇尔的墙上挂着华盛顿的照片，暗示着美国的国家精神。林肯书信是一个寓言，隐喻着整部影片的主题情境和价值理念。

开端部高潮

运输的军车和开进的士兵们。字幕：奥马哈海滩，登陆后第三日。

米勒到团部汇报，他向团长报告战斗情况及百多人的阵亡数字。团长让米勒接受上面直接交办的任务。

米勒向米高中士传达去纽维尔寻找瑞恩的任务，上级将伤亡惨重的C连并入B连，只允许他选几个人组成小分队。米勒点了五个人的名字：拉宾、杰克森、韦伊云、卡帕佐、梅利西。米高中士向士兵们传达任务。[再次强调米高的助手身份。

米勒找到会法语和德语的下士厄本，他自称只会绘图，新兵训练后从未开过枪。他问："能带打字机吗?"米勒举起一个铅笔头。米勒扔掉了厄本的打字机盒，让他戴上头盔。[人物例证动作。

开端部结尾

各路部队向法国内陆开进。奥马哈海滩全景，防空气球、军舰、战车。音乐。[段落句号。

发展部

发展部开端

小分队走在法国的田野上，他们前往纽维尔去找瑞恩。阴云低垂，原野上游动的羊群。

厄本与每个人打招呼："我听说，战斗中可以建立手足之情。"梅利西："不要向上尉敬礼。"[这段台词与结尾厄本杀死德俘为战友报仇对位。强调厄本的观察视角。

队员在行走中，谈论八条生命与一条生命的问题。韦伊云："想想这位可怜的母亲吧!"拉宾："我有母亲，中士有母亲，我想上尉也有母亲，也许他没有，反正我们都有母亲。"卡帕佐："我们都该死去吗？数学算不清，八个人去拯救一个人。"厄本："这算是个苦差事吗?"杰克森："神把我造成完美的作战机器，这是在浪费作战资源。"拉宾："上尉，你没有抱怨吗？如果我是上校，你会怎么说?"米勒："我说很好，为了这位母亲，我愿意赔上大家的性命，尤其是你拉宾。"[小分队对任务的讨论，本片关于生命问题讨论的开题。

发展部发展

雨声和枪声，靴子在泥水中踏起的水花。[段落起始符——水滴的特写镜头。

小分队进入纽维尔镇。德军的两个团拦腰切断小镇，德军在广播："自由神完蛋了!"卡帕佐捡起地上的苹果，咬了一口。这时一个传令兵被狙击手打中。[卡帕佐为发展部的中心人物。

米勒带小分队到小镇另一侧去找瑞恩。厄本向队员询问米勒来自哪里，没有人知道，赌注已经涨到三百块了。[伏笔。

坍塌的大楼下，小分队遇到一个法国家庭。米勒让厄本用法语询问敌情，法国父亲要求美国人把女儿带到安全的地方。卡帕佐不顾米勒的阻止，上前去抱小女孩："她让我想起外甥女。"几秒钟后，卡帕佐被钟楼上的狙击手射中了。

米勒阻止军医韦伊云过去救卡帕佐。德军狙击手的主观镜头，躺在地上的卡帕佐在流血。卡帕佐手中举着家信，请求抄下来寄给家人。雨声。

杰克森先敌开火，射中狙击手左眼。众人搜索四周，受惊的小女孩打父亲，米勒取下卡帕佐脖子上的号牌，韦伊云收起带血的信。拉宾咒骂："去你的瑞恩!"

发展部高潮

雨巷，小分队与敌遭遇，双方枪口相对，拼力叫喊，突然一阵子弹扫倒德军，原来是101空降师的上尉汉米尔带人来解围。[过渡段。黑色幽默，有惊无险，调整情绪节奏。

雨后晴天，汉米尔上尉叫人找来瑞恩。米勒心情沉重地告诉他，他的兄弟阵亡了。可是，瑞恩说，他的弟弟们还在上中学。原来，这不是他们要找的艾奥瓦州的瑞恩。“假瑞恩”哭诉着：“我要回家。我要马上回家。”［高潮以喜剧收场。

发展部结尾
米勒找到一位摔断腿的伞兵，他与瑞恩同属 101 师 506 团，伞兵在地图上指出维尔维里的空降地。
米勒决定休息三小时，等天黑以后上路。汉米尔上尉祝米勒好运。

高潮部

高潮部开端
夜，教堂。烛光下，颤抖的手。米勒试图控制不停颤抖的手：“在朴茨茅斯上船，就是这样了。”边上，军医韦伊云在手电光下抄写卡帕佐染血的家书。
米勒含泪和米高笑谈阵亡战友维切奥的逸事。米勒：“维切奥，还有卡帕佐，当你的部下阵亡，你会自圆其说，这是为了救更多的人，也许几十，上百。我的手下有多少人阵亡了，九十四个。这些生命能救多少人？”米高：“这次任务正是去救一个人。”“这个人最好值得我们去救，他回家后能行医救人，也许他会发明长明灯泡。现在我不愿用十个瑞恩去换一个卡帕佐。（看着自己抖动的手），看，它又来了。”［继续生命的讨论。
韦伊云向拉宾、梅利西、厄本，含泪讲述童年时与妈妈的故事，母亲提前下班回来，他却装作睡着了。［为高潮段他的阵亡伏笔。韦伊云为高潮部的中心人物。
翻译厄本与米勒谈论，战争可以磨炼意志，并询问上尉来自哪里，战前是做什么的？米勒与他约好，等涨到五百块，就把身份讲出去，对分奖金。厄本问：“为什么不是一千块？”米勒：“我可能活不了这么久。睡吧，下士。”［强调米勒的身份，制造悬念和伏笔。
米勒倾听着远方的炮声，迭化，夜，炮火在天边闪耀，小分队走在原野上。［本节句号。

高潮部发展
维尔维里空降地。白日，鸟鸣，小分队穿过树林，他们看到坠机残骸。空场上临时用降落伞搭起急救帐篷，到处躺着伤员。有人在喊：“谁有黄胺……血浆！”“卫生兵，我的兄弟流血了，需要止血带！”米勒叫韦伊云去看看伤员的情况。
德温德中尉告诉米勒：为了“保护”上将，副官们悄悄在飞机下焊了钢板，结果造成二十二个士兵的阵亡。看到这种惨况，大家纷纷说：“苦差！”“苦差！”［论题：军官生命与士兵生命的比较。
米勒叫厄本去询问瑞恩的下落，德温德中尉拿出一口袋身份牌，让他们在其中找找看。
拉宾、杰克森、梅利西围坐下来，赌十块钱看谁先找到。拉宾看一个有弹孔的身份牌，“你看这个可怜的家伙，不能防弹”。一队伞兵走过注意到成堆的身份牌，韦伊云过来制止：“这不是扑克牌。”
米勒看着伞兵队伍中一张张年轻的面孔，他大声喊叫起来：“瑞恩！”一个认识 C 连瑞恩的伞兵竟然被找来了，只是他的耳朵被炸聋了。米勒让厄本用笔写出瑞恩的名字，伞兵说：“他被派到兰姆勒去了，到那里去守一座桥。”音乐渐起。
米勒摊开地图，他决定向梅尔德雷河进发，所有的人注意到他拿指南针的手在颤抖，米勒尴尬地看着大家。［手第四次抖动。
原野，小分队重新上路，前往兰姆勒。音乐。

高潮部高潮

小分队在树林中发现美军伞兵的尸体，米勒用望远镜观察远处的德军雷达站。拉宾提出，绕开这里的德军。杰克森和梅利西也认为："这不是我们的任务！"上尉决心打掉这里的敌人，以避免其他美军在此中伏。拉宾说："我有种不祥的预感。"米勒生气地："你何时有过好的预感?"[连续描写拉宾对这次任务的质疑和不满，为后面的冲突伏笔。

米勒率部进攻。厄本趴在奶牛尸体后面用瞄准镜观察战斗。瞄准镜中出现来回投掷的手榴弹。枪声停了，厄本听到在呼唤他带药品过去。[厄本是战争的观察者、局外人。略写战斗，简繁得当。

厄本跑上去，他看到韦伊云的腹部中弹，血流不止。韦伊云指挥大家检查他的伤口，"天啊，这是我的肝脏！我不想死……妈妈，我要回家！"米勒从韦伊云的衣袋中取出他抄写的卡帕佐的家信。

拉宾狂揍德国俘虏。队员们愤怒地冲上去，拔枪对着俘虏。米勒下令让俘虏给韦伊云和阵亡的伞兵们挖尸坑。在没有人的地方，米勒溜到弹坑里，压低声音哭泣，他的手又颤抖起来。[第五次手发抖。

厄本与挖坑的德俘谈话，还给他点烟。德俘为求生奋力挖坑，唱美国歌曲，骂希特勒。米勒用黑布蒙住德俘的眼睛，让他去找盟军投降。[生命主题的延伸。

拉宾、杰克森反对米勒上尉释放德俘。拉宾指责米勒逞能害死了韦伊云，为了一个瑞恩，已经死了两个弟兄，"她的儿子比我们的命值钱！"梅利西提出应该放弃行动："瑞恩已经死了！"拉宾表示就是受军法坐牢，也要退出行动，米高中士追上去阻拦，掏枪对准他，拉宾怒："你要为了瑞恩杀我?"[凸显八条生命去换一条生命的悖论。

厄本求上尉去阻止他们。米勒突然说："赌金累积到多少了？三百块？我是英语教师，在宾夕法尼亚州一个叫艾德里的小镇，在那里任教十一年，在春季我是棒球队的教练。"音乐。众人停止了争执，米勒："我对瑞恩一无所知，那只是个名字，到兰姆勒带他回家，能让我回到妻子身边，我会接受这个任务。我知道多杀一个人，我就离我的家远一步。"

米勒走开去拖尸体掩埋，队员们默默地跟上去。暮色中，小分队掩埋韦伊云和伞兵的尸体。

米勒身份的公开，意味着他与队员们的关系变得密切了，推进了人物关系的发展。米勒提出，我们的目的是打胜仗，不是为了一个瑞恩，而是为了无数的生命。这场冲突推进了生命问题的讨论。

高潮部的中心人物是军医韦伊云，从高潮部的开端，他在教堂怀念母亲，到高潮部的高潮，呼唤着母亲死去，形成一条贯穿高潮部的情节主线。

高潮部的叙述角度是翻译厄本，在教堂与米勒打赌，用瞄准镜观看战斗，以及韦伊云生命逝去的过程，都是从他的视角进行讲述的。

高潮部结尾

小分队在原野上行进，梅利西哼着忧郁的歌曲，队员们阴郁的面容。远处传来坦克的隆隆声，小分队迅速隐藏在草丛中。

一辆德军装甲车驶来，忽然有人先行开火，装甲车被打着火，两面火力夹击，迅速消灭了德军。101 空降师的三个人从草丛中走出来。一个扛火箭筒的青年二等兵报上姓名瑞恩，米勒上尉立即说出了他的全名，这一次他们终于找对了。[瑞恩在战斗中出场，例证动作，表明他是一名合格的战士。巧遇，喜剧色彩，调整情绪节奏。

与高潮部高潮、雨巷空降兵解围、找到假瑞恩，形成对比。

结尾部

结尾部开端

已成废墟的兰姆勒小镇，101 师 E 连的汉德森下士带着一个班的伞兵，在这里守卫桥梁。

米勒告知瑞恩，你的兄弟全部阵亡了，我们奉命要带你回家。瑞恩落泪了，但他拒绝跟米勒走。

拉宾生气地："我们已有两个兄弟为你阵亡了。"瑞恩表示要和兄弟们在一起，他跳过营垒，站到 E 连的兄弟们中间。[人物行动比语言更鲜明有力。瑞恩是结尾部的中心人物。

米勒陷入沉思。他与副手米高商议后，决定小分队留下来参加守桥战斗，同时保护瑞恩。[结尾部的带入。

以下的高潮情节，将故事引向守桥，米勒和队员们的行动意志都牵系在守桥上，情节悬念偏离了小分队与瑞恩命运的情节主线。

结尾部发展

战前军事准备。米勒上尉布置阵地，制造炸弹，组织火力点，他计划将敌人引入街道进行攻击。如果失利就退回桥头，炸桥阻止敌人前进。

米勒叫瑞恩不能离开他两英尺。梅利西要厄本负责运送弹药。[过渡场面。

战前的休整。留声机中的法国歌曲在街道上回荡（"生命中只有你，梦着你拥我入怀"），厄本将唱词内容翻译给米高、梅利西和拉宾。拉宾给大家讲，丰乳的瑞雪太太到店里买裙子的故事。远处留声机的歌曲传来，米勒的手还在颤抖。瑞恩问他的手怎么了。米勒说，他是在打拍子。瑞恩与上尉谈他的兄弟们破坏大哥幽会的故事。米勒上尉谈战前妻子戴旧手套修剪玫瑰。[必需场面。拖延、松弛，调整节奏。

编导多次调动喜剧手法使战场的紧张气氛松弛下来，例如：小巷遇敌、找到假瑞恩等。利用荒诞的喜剧效果来制造节奏的变化。

顾仲彝说："要掌握戏剧悬念的技巧首先要懂得'抑制'或'拖延'的艺术手法。"①

马琦说："紧张中的停顿，总攻前的沉寂，不是紧张的中断和消失，而是更紧张情节出现的准备，更强烈的期待。"②

杰克森在高塔上看到了敌人，传来德军坦克的恐怖音响声。[利用音响调整节奏。

结尾部高潮

小分队和伞兵们用自制炸药和燃烧瓶打坦克和装甲车。战斗中，杰克森在塔楼上牺牲。

米勒阻止瑞恩冲出去打装甲车，拉宾把瑞恩压在地上。

梅利西呼唤厄本送子弹，厄本胆怯不前。德俘在楼上射杀伞兵汉德森，用刺刀杀死梅利西，在楼梯上放过了恐惧的厄本。

米勒和瑞恩用迫击炮弹当手雷，掷向敌人。米勒上尉下令撤退，米高用火箭筒攻击坦克，他在桥边中弹，瑞恩架着他退往桥的另一边。

米勒的耳朵被炮弹震聋，他看到地狱般的情景：双方在桥头搏杀，瑞恩蜷缩成一团，米高瞪着

---

① 顾仲彝：《编剧理论与技巧》，第 260—261 页。

② 马琦：《编剧概论》，第 79 页。

双眼死去……［对位开端部开场奥马哈海滩的耳聋。
米勒摇晃着去拿炸桥的点火器，躲在弹坑中的厄本看到德俘在桥边射中米勒。
躺倒的米勒用手枪对着驶来的坦克射击，一枪又一枪，突然坦克爆炸起火，一架美式战机从空中掠过，美国增援部队到达兰姆勒，德军纷纷败逃。

结尾部结尾
厄本跳出弹坑，俘获了多名德兵，他开枪击毙了再次投降的德俘。
桥头，拉宾为米勒止血，大声呼叫卫生员。米勒在瑞恩的耳边说："詹姆斯，不要辜负！"拉宾看到米勒上尉安静下来的手。［影片以米勒的手开场，又以他的手收尾。
拉宾从米勒的衣袋中取出卡帕佐的家信。参谋长马歇尔的画外音："亲爱的瑞恩太太，我很荣幸地通知您，您的儿子詹姆斯·瑞恩正从欧洲战场回家……"
拉宾拿着带血的信，流泪揣在自己怀里。厄本拿着枪，呆愣愣地走过桥来。瑞恩站在米勒的遗体边。马歇尔的画外音在继续："我想与你一齐分享曾经在悲痛绝望中支持我的话，它是这样一番话，'愿天主安抚你的丧子之痛，让你永远怀念远去的挚爱，神圣的荣耀都归于你们，因你们为自由付出了重大代价，林肯敬上。'深表敬意。参谋长马歇尔上将。"［马歇尔的信、林肯的信与米勒怀中带血的信，在这里重叠在一起。
瑞恩含泪望着米勒。迭化出老年瑞恩的面孔。

全剧结尾
瑞恩站在米勒的墓前："今天我的一家人也来了……我每天都在想着，你在桥边对我说的话，我尽力活好一生，不辜负你们为我做的一切。"［因生命被拯救，他的后代生生不息。
瑞恩向米勒的十字架敬礼，十字架上的铭文：米勒，宾州第二突击队，卒于1944年6月13日。
号角，阳光下血色的美国国旗。［片尾字幕6分23秒。

4．主题思想

影片在一开始就提出了一个有关生命的悖论，用八个人的生命去换一个人的生命，是否值得？这个哲学命题把观众带入了难以解答的道德困境，从而赋予这部战争影片以独特的叙事角度和思考深度。

拯救一个普通士兵瑞恩的"荒谬命令"是由总参谋长马歇尔下达的，而这个命令的出处来源于夹在《圣经》中的一封信，林肯的这封信奠定了这一拯救行动的合理性和神圣性。瑞恩的母亲将四个儿子送上了战场，在马歇尔看来，她是美国母亲的代表和共名，送她唯一的孩子回家，具有一种象征意义，这是一种国家的责任、军队的责任，也是活着的士兵们的责任。当这个命令下达到前线，以米勒上尉为首的八名战士虽然心存疑惑，还是怀着一种做儿子的理解和同情心去执行了命令。

影片在许多场景中提到了士兵与母亲的联系。瑞恩家门前挂着的四星旗，伤兵们在海滩上呼唤母亲，拉宾和梅利西在攻击地堡时谈到母亲，医生韦伊云呼唤着母亲死去……母亲是他们灵魂的依托，也是和平生活的象征。最终，小分队的六个人将他们的生命赠予了瑞恩，为了满足母亲对他的企盼。

在影片的开端部，马歇尔总参谋长引用林肯致南北战争中失去五个儿子的一位母亲的书信，颂扬在欧洲战场上美国母亲为了正义事业而做的牺牲。影片结束时，马歇尔致瑞恩母亲的信，重复了悲悯母亲的主题。小分队所有的人，都是母亲的儿子，他们都是母亲的奉献。

影片表现了深入诺曼底登陆战场的八个美国士兵面对死亡的不同表现。影片的编导者将生命理解为具体个人的生命，从私人叙事的角度，阐述了生命、母亲、国家等宏大的词语。

小分队的八个成员在执行这个有点荒谬的任务时，经历了疑惑、怨恨、争执和分裂，一直没有得到统一的答案。但是，他们用自己的战斗行为，用自己的鲜血和生命，表达了他们各自对生命的不同思考。这部影片最初提出的一个看似无解的悖论，就这样得到了发人深省的解答。

5. 人物分析

影片为小分队的八个成员分别设计了特色鲜明的外部动作。不同人物性格的相互映衬，构成了小分队的群体形象。

米勒：上尉。小分队队长。战前是宾夕法尼亚州汤马逊镇的一名教师。

在执行命令的路上，米勒一直在进行思考。他清楚地记得手下阵亡士兵的数目，他因为自己下令进攻雷达站而牺牲了韦伊云，心情非常沉重。米勒相信，为了正义的事业，为了和平，牺牲宝贵的生命是值得的。他不仅拯救了瑞恩的生命，还启示了他活着的意义。

米高：中士。小分队成员。米勒的忠实副手。

他最理解米勒。他收集了意大利、北非和诺曼底的土壤，表明他已经身经百战。他倒在桥边最后的防线，他说："我被风吹倒了。"他总是跟在米勒的身后，是一个勇敢的老兵。

杰克森：小分队成员，出色的狙击手。

在与德国狙击手对射中，显示出冷静、无畏的性格。他念着经文去射击，以上帝的名义去进行杀戮。

韦伊云：小分队成员，军医。

他在奥马哈海滩的枪林弹雨中，勇敢地救护伤员。他回忆与母亲相处的时光，带着淡淡的忧伤和深深的依恋。他在受伤找弹孔时，表现出对人体组织的了解。他面对死亡的无奈表现，与卡帕佐死前的挣扎形成对比。

卡帕佐：小分队成员，意大利裔的纽约人。

他取下自己的护身符给法国小女孩儿戴上，被德国狙击手打中后，他躺在雨中掏出家信，还在担心自己的血染到家书。他是一个心地善良的士兵。

梅利西：小分队成员，犹太裔。

他在德国战俘面前举起身份牌，宣称自己是犹太人。他在海滩上得到的德国刺刀暗示着他的命运。因为韦伊云的死，他要杀死德俘，最后死在德俘手中。

拉宾：小分队成员，纽约人。

思想活跃，谈话风趣。对执行这次任务十分反感。他容易感情用事，因为韦伊云的死而冲动地要离队，最终被上尉留下来。他是小分队中活下来的队员。

厄本：小分队成员。翻译。

他在雷达站的战斗中，通过瞄准镜去观察战斗。在守桥战斗中，他只是弹药运送者，他一直是战争的观察者，一个战争的局外人，最后他开枪射杀了德国俘虏，成为了一个参战者。影片对他进行了冷峻的审视。他是第二个幸存的队员。

6. 情节结构

《拯救大兵瑞恩》在情节结构的编排上，为我们提供了许多富于启示性的成功经验。影片一方面保持了叙事性与戏剧性的结构特征，另一方面又找到两者相互结合的辩证统一形式。为了兼顾叙事性与戏剧性，影片编导在结构布局上进行了一系列的创新。我们将其归结为以下三点：（1）在叙事性方面——强化开场的纲领作用，强化单元的点线结构，（2）在戏剧性方面——强化戏剧性高潮的统一作用，（3）通过写意手法（寓言和例证动作）强化情节之间的内在联系。

强化开场对于全剧的情境介绍和情节引领作用

编导设置了首尾呼应的全剧开场（3分13秒）和结尾（3分46秒）。老年瑞恩重访诺曼底的开场，本身构成了一个寓言，勾勒出全剧故事的大致轮廓，向观众预示了故事的主题思想和基本风格。诺曼底墓地的开场，具有统领全剧的结构性意义。诺曼底墓地的首尾呼应，强化了主题对散点情节的统一。另外，瑞恩的回忆增加了故事的视角，他是因为国家的意志而保全生命的人，他的回忆强化了歌颂国家的主题。

奥马哈海滩战斗的开场（27分30秒），虽然与后来拯救瑞恩的故事情节、人物关系、矛盾冲突都没有直接的关联，但是对于介绍战争情境、深化主题思想、确立中心人物，起到了至关重要的作用，为“拯救大兵瑞恩”的故事奠定了情境基础。奥马哈海滩作为一个经典桥段，证明了营造基本情境对于一部影片的重要性。

强化叙事性的散点和线性结构：扩大情节叙事的广度和内涵

编导注意到史诗影片的散点、线性的结构特征，有意识地保留各情节单元之间的相对分离性。编导以不同的人物命运为中心，组成了四个相对独立的故事单元——开端部：米勒的故事，发展部：卡帕佐的故事，高潮部：韦伊云的故事，结尾部：瑞恩的故事；以米勒上尉为贯穿人物，以翻译厄本为切入视角，将四个情节单元串联起来，由此形成了具有鲜明史诗性品格的线性、散点的情节结构。

开端部：上尉米勒的故事———叙事视角米勒——贯穿人物米勒——意象：原野寻路
发展部：纽约人卡帕佐的故事—叙事视角厄本——贯穿人物米勒——意象：原野寻路
高潮部：军医韦伊云的故事——叙事视角厄本——贯穿人物米勒——意象：原野寻路
结尾部：士兵瑞恩的故事———叙事视角厄本——贯穿人物米勒——意象：原野寻路

影片中“道路”和“行走”的意象：奥马哈海滩——纽维尔镇——维尔维里降落场——兰姆勒镇，为史诗叙事奠定了空间基础。法国原野和寻路意象的重复出现，它们将不同人物的故事串联在一起。

法国的原野和混乱交错的战线，不仅为小分队寻找瑞恩制造了难题，导致小分队不断迷失方向和发生遭遇战，同时也影射着队员们对问题（拯救瑞恩的行动是否合理和具有价值）的探索。

强化戏剧性对于情节的统一作用：在结尾部的高潮实现统一性

劳逊提出的“从高潮看统一性”的戏剧性结构原则，实际上是“从高潮部的高潮点看统一性”的结构原则。本片是一部叙事性电影，为了强化影片的戏剧性，编导将“从高潮部的高潮点看统一性”，转变为“从结尾部的高潮点看统一性”。也就是说，全片诸多要素（性格、情感、动作、命运、主题和视觉）要统一在结尾部的高潮上。换言之，把高潮部的高潮移到了结尾部的高潮，用戏剧性的结尾部高潮来统一全剧。

编导在高潮部（攻打雷达站）的高潮场面上，对人物外部冲突进行冷处理，集中笔墨去刻画人物的内心冲突，将其处理为富于思想性的主题高潮。在结尾部（坚守大桥）的高潮场面中，编导突出了人物外部动作，进行热处理，如强化外部冲突和视觉冲击力，同时，强化了人物命运和主题的终结性表达，在动作性和情感的高潮上形成对全剧统一。

影片对戏剧性的探索证明，在全剧中可以同时存在若干分散的高潮点，但是不应存在（或并列存在）一个以上的高潮中心，并且这个高潮中心要处于结尾部上，以它来统摄和终结全片，从而实现戏剧性高潮对全剧的统一。

通过写意性加强情节的统一：寓言和例证动作的运用

由于叙事性电影具有情节线长、结构散漫的特点，为了使相对漫长、分散的情节，得到有效组织联系，影片在写实风格的情形下，大量采用了写意性的象征手法，强化情节的连贯性和凝聚力。

编导通过米勒中尉的例证动作：颤抖的手，表现人物持续不断的焦虑、恐惧。这只“颤抖的手”也是整个小分队的象征，表露了队员们紧绷的神经。

影片多次运用子弹的音响，从奥马哈海滩的枪林弹雨，到美国本土总部的阵亡通知书的打字机敲击声，再到法国小镇击打在树叶和水洼的雨滴声，这些令人草木皆兵、胆战心惊的声音，传达出无处不在的死亡威胁。

影片的开端，总参谋长马歇尔朗读林肯的书信，并以此为依据，下达了拯救大兵瑞恩的命令。林肯的信是夹在一本圣经之中，暗示着它的神圣性。在马歇尔的眼中，瑞恩已经不是一个普通士兵、一个儿子和一个家庭，而是所有平民的象征。整个小分队的行动具有象征性，它们是国家意志的象征。在影片结尾，当瑞恩被带离前线送回美国，马歇尔发出致瑞恩母亲的信，再次表明，这是代表国家崇高理想的一个行为。从林肯到马歇尔，先后两封致士兵母亲的家书，涵盖了影片的主题。

林肯的信是一则寓言，它隐喻着影片主题和故事情境。它为影片中士兵们的思考、争辩和牺牲，预设了哲理高度，又揭示了影片故事中悲悯的、崇高的人物关系，统帅与士兵母亲、士兵与母亲，以及士兵与国家的关系。

影片中还有第三封书信——卡帕佐牺牲前托付给战友的家信，这封带血的家书经过韦伊云、米勒、拉宾的手，一次次地传递下去。卡帕佐的家信成为林肯和马歇尔书信的一个重要的补充，使影片的主题得到充分的开掘。

影片的另一个重要的意象是：美国国旗。在全剧开场和全剧结尾，前后照应地出现了蓝天上的美国国旗和血色阳光中的美国国旗。在影片的开端，参谋长运用国家意志派一个小分队冒险去拯救一名普通士兵，由此提出了一个难以解开的、有关战争与生命的悖论，但是到了影片结尾，这一问题深化为：为了拯救欧洲（包括那个法国小女孩的家庭），国家站在人道主义的立场，怀着悲天悯人的情怀，弥合了战争与生命的鸿沟。影片首与尾的美国国旗，传达出这样的主题思想：国家意志代表了人民的福祉和上帝的正义与慈悲。

下面将影片的主要写意因素：国旗、颤抖的手、林肯的信、阵亡士兵的家信、马歇尔的信，标注在它们出现的结构位置上：

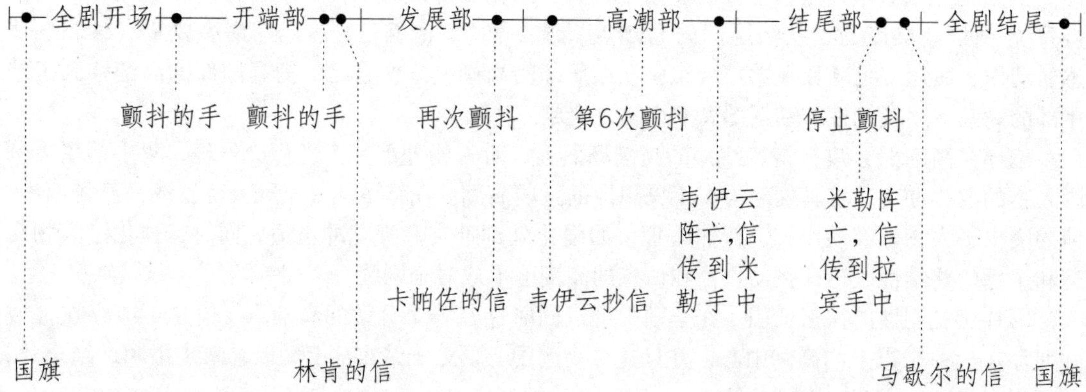

在西方叙事性的史诗影片中，写意手法的运用远远多于戏剧性影片，其原因就在于写意性手法，对于漫长而又散漫的史诗叙事，有着巨大的凝聚功能，同时，史诗叙事的广阔天地，也能够让写意的诗性想象不受羁绊地自由驰骋。

西方史诗电影与中国史诗电影的写意手法运用，虽然各具特色，但是在本质上是相同的，都是通过意象来串联情节、塑造人物、表征主题，可以说它们两者是殊途同归、不谋而合的。

我们将《拯救大兵瑞恩》的结构创新，具体归纳为三条：开场的引领，高潮点后移，写意手法的运用。开场的引领，可以有效地控制散点结构；高潮点后移，可以用结尾部高潮总收全剧情节，强化了影片的戏剧性风格；写意手法（书信寓言和传信动作），可以强化情节的统一。

《拯救大兵瑞恩》的结构改造，既保证了叙事情节的长度和广度，也维护了戏剧性高潮对全剧的影响力，达到了叙事情节线与戏剧性高潮点的完美结合。既具有史诗性的情节，又具有戏剧性的审美，取得了两者兼得的综合成果。

三、史诗电影《闻香识女人》

改编自乔瓦尼·阿尔皮诺的小说《黑暗和蜜蜂》以及意大利1974年同名影片。

编剧、监制：乔瓦尼·阿尔皮诺、罗戈尔·马克里

导演：马丁·布莱斯特

主要演员：克里斯·奥唐纳尔、阿尔·帕西诺

片长：154分钟

出品：美国环球影业公司1992

获奖：第 65 届奥斯卡最佳男主角奖、第 50 届金球奖最佳影片奖、最佳编剧奖。

1. 剧情梗概

感恩节要到了，私立名校的平民子弟查理外出打工，看护退役盲人中校法兰克。几个权贵子弟嘲弄了校长，校长逼迫查理供出他们，否则就开除他，并利诱他可以拿奖学金直升哈佛。忧心忡忡的查理被绝望的法兰克带到纽约度假。法兰克计划到纽约看望哥哥和享受女人后，就开枪自杀，查理只是他选中的导盲犬。法兰克带着查理住豪华酒店，跳探戈，开飞车，一步步走向死亡；此时，查理也获悉，校园事件已没有解脱之法。两个人都面临着抉择：生存还是毁灭，诚实还是告密。查理阻止了中校的自杀，相互间产生形同父子的感情。节后，法兰克在学校听证会上为查理进行了精彩辩护，使得查理免于处罚。

2. 结构大纲

开场（1 分 40 秒）
波士顿百年名校博德中学。一组校园空镜头。

开端部（33 分 27 秒）
开端：查理看感恩节假期招工广告。哈瑞、乔治等权贵子弟讥讽校长的轿车。
发展：查理到罗丝太太家应聘，盲人退役中校法兰克辱骂查理。
高潮：哈瑞等人羞辱校长，校长找乔治、查理谈话，威胁利诱查理告密。
结尾：罗丝太太将法兰克托给查理，法兰克将查理骗上飞往纽约的航班。

发展部（42 分 35 秒）
开场：感恩节第一天。飞机上，法兰克与查理谈人生，闻香说出空姐的名字。
开端：酒店，法兰克谈感恩节计划：拜访哥哥，与美人做爱，然后自杀。
发展：第二天。法兰克在哥哥雷普家闹事。查理得到乔治的安慰电话。
高潮：第三天。法兰克准备自杀，查理进行阻拦。
结尾：法兰克劝说查理供出闹事者，拿奖学金上哈佛。

高潮部（50 分 40 秒）
开端：法兰克与妙龄女郎共舞。
发展：晚，法兰克与应召女郎约会。查理已经无法与乔治通电话。
高潮：第四天。法兰克带查理飙车。
结尾：查理阻止法兰克自杀。

结尾部（25 分 03 秒）
开场：法兰克与查理在校园分手，情同父子。
开端：（缺）
发展：（缺）
高潮：学校听证会上，法兰克出场为查理辩护。

结尾：法兰克迷住了女教师。查理送法兰克回家，法兰克与家人和解。

3. 场景分析

开场

波士顿博德中学校园。一组校园空镜头。

百年名校，古典建筑，1871 年毕业班碑文。古钢琴音乐。[小全景、中景，静止的画面，体现本片叙事风格。

暗示影片情境。片头的校园场景与结尾的听证会场景，首尾呼应，强化了影片的主题。

开端部

开端：假期计划

教学楼空荡荡的走廊，摆着知名校友的胸像，铃声，学生们拥出教室，挤满走廊。

查理在看感恩节假期的招工小广告。[贵族学校中的平民子弟。例证动作。

哈瑞、乔治等四名权贵子弟看到校长特拉斯克驾着校董事会奖励的美洲豹轿车进校，嘲笑讥讽。

哈瑞上前赞美校长的轿车。[激化事件，冲突由象征权势的轿车引起。

哈瑞、乔治四人谈论感恩节到佛蒙特州滑雪，圣诞节还要到瑞士去。哈瑞请查理到滑雪胜地过感恩节，他父亲可以打八折，查理说他没有这笔钱。[强调双方的阶层差异。

发展：查理应聘

查理骑着自行车到罗丝太太家应聘。罗丝太太一家要外出度假，请查理在感恩节期间照看她的舅舅、伤残军官法兰克。

罗丝太太把查理领到小屋前，叮嘱他不要叫"长官"，别问太多，不要去扶他。你一定能行。

查理进入屋中，坐在阴影中的法兰克，骂查理是白痴，显示自己曾参与越战，当过总统约翰逊的幕僚。查理注意到他在摸索酒杯，意识到他是个盲人。外孙女敲窗戏弄法兰克，法兰克扔过去一个靠枕"打苍蝇"。[介绍法兰克暴戾的性格，困顿的生活状态。

法兰克用长官的口气，询问查理的家庭情况。查理告知，自己的父母在俄勒冈开一家便利店，自己靠奖学金上的名校。法兰克训斥查理：乡下人对汽车一无所知。博德中学拖着鼻涕的小鬼，个个想当乔治·布什。查理反驳：布什不是毕业于博德。法兰克暴怒：挑我的毛病，罚你俯卧撑四十下，把你的头按进油槽里。法兰克打开录音机，"还没走吗，哭穷鬼？便利店卖辣酱的农民。去吧，解散"。[介绍查理与法兰克的性格冲突。长官与士兵的关系。

法兰克告诉罗丝太太，他把应试搞砸了。罗丝太太劝说查理接下这份工："他睡觉很多，你可以看电视、打电话，这三百元很容易挣。""我不认为这是个轻松活。""你可以扮大英雄与之交朋友。我们需要这次度假，帮帮忙吧！"

法兰克此时只是一个服务于查理的功能人物，没有显示出内心动机，人物没有形成命运悬念。

至此，影片的主要人物全部出场。

高潮：校园事件

夜，学校图书馆，勤工俭学的查理在当图书管理员，乔治要借一本不能出馆的考试教材，查理违反规定借给乔治用一个晚上。[铺垫人物关系。
校园内，乔治和查理看到哈瑞等人在往灯柱上挂气球，校长秘书杭赛克太太也恰巧路过，乔治设法引开她的注意。
晨，校园，哈瑞等人通过广播嘲弄校长（“他何德何能，迷惑校董事会送他美洲豹轿车?”），哈瑞等人引爆气球，弄污校长和他的轿车。
校长办公室，校长找乔治、查理谈话，要他们说出闹事者的名字。两个人都表示了拒绝。校长说，节后要召开全校师生大会，对此事做出裁决，如不能解决这个问题，他们两人都要被开除。
校长单独留下查理，告诉他，学校有一个拿奖学金到哈佛上学的名额，希望查理说出捣乱者的名字。查理仍然说无可奉告。校长说，等下个周末，想清楚再回答我吧。
校园，乔治告诉查理：校长试图分化我们，他是不是哄骗你了？看起来，你被他吓坏了。我会想出对策的。放假期间，你可以打电话到滑雪场的糖枫酒店，我一直在那儿。[查理、乔治卷入冲突。建立查理命运的悬念。感恩节四天倒计时开始。

结尾：中校突然的行动
罗丝太太的家。罗丝太太临行对查理交代：“别让他喝太多的酒，在酒中掺水你会吗？你每天要带他出去透透气。”外孙女模仿中校歪着身子走路。
法兰克的小屋，查理走进来，法兰克正在电话中与一个女人调情。他让查理取出蓝制服和肩章。“你要去哪儿，上校?”“这关你什么事，别耸肩，小子，快整理我的衣服。”
罗丝太太来道别，法兰克将她拦在门口。罗丝太太再次叮嘱查理：“别让他喝太多。别让他打色情专线，他喜欢讲肮话。”罗丝太太一家开车走了。
屋内，法兰克催查理收拾行装。查理询问他要去哪里？“去纽约。”这时，屋外传来去机场的出租车喇叭声。法兰克出门前抱起猫，“威利记着，有疑惑，就去做爱。”
机场，查理惊讶地发现，法兰克为他买了去纽约的头等机票。查理被迫陪同法兰克前往纽约。
[查理又被卷入新的冲突，面临新的危机。

开端部以查理的视角进行叙事，以查理的校园事件为主线、明线，查理的命运构成了主要悬念。虽然中校法兰克与查理构成了独特人物关系，但由于他缺少行为动机，并没有引起观众对其命运的关心，也未能形成一条连贯的动作线。此时的法兰克还只是查理故事中的一个配角。开端部结尾时，法兰克中校突然要前往纽约，这对于查理，包括观众，是一个意外的消息。原则上讲，编导不应该向观众隐瞒任何重要的情节走向。

发展部

开场：第一天——疯狂之旅
飞机上，空姐送饮料，法兰克闻香叫出空姐的名字。[人物例证动作。
法兰克拒绝说明为什么到纽约去。他对查理谈人生：“秀发，香唇，乳房，还有两腿之间通往天堂的护照……你是否在听，这是人生智慧的结晶。”查理：“你很喜欢女人?”法兰克：“胜过一切。排在第一的是女人，第二是法拉利跑车。”他握住查理的手：“这是你人生教育的开始。”

在开端部和发展部之间，没有划出单元的结束符和起始符，由机场直接切到飞机上。我们揣测编导这样做的用意：减少情节单元的区隔，使各单元的联系更加紧凑，从而达到戏剧性的整体统一。

发展部开场，情节悬念转到法兰克方面，以法兰克的命运悬念作为情节发展主线，而查理的命运悬念转为情节的辅线。这种人物关系的调整和情节走向的转换，造成开端部与发展部的情节发生断裂错位。

开端：纽约，华尔杜夫酒店

客房内，法兰克打电话在橡树餐厅订座位，要服务员换客房的酒，并订了轿车。查理要求回波士顿，中校留他吃了晚饭再走，“波士顿的飞机十点才起飞”。

夜，纽约车河中。法兰克要司机帮他找一流的应召女郎。他发现查理心情沉重，查理承认，学校里出了点事，并解释了他与权贵子弟乔治等人的关系。

橡树餐厅，法兰克让查理念菜单。“汉堡加薯条，二十四美元?”查理感到困惑，“坐头等舱，住华尔杜夫，吃二十四美元的汉堡，你到底有多少钱?”法兰克告诉查理，他被骗了，此时回波士顿的飞机已经起飞了。“我需要一只导盲犬帮我执行计划，小小的快乐之旅，一流饭店，美食，饮一杯好酒，看看我大哥，亲情最伟大，然后和一个妙女郎做爱，再然后……我要躺在华尔杜夫豪华的大床上，把我的脑袋射烂。”查理呆住了。

发展：第二天——探望哥哥

晨，查理在沙发上醒来，发现女裁缝正在为法兰克量体裁衣。法兰克让裁缝也为查理做一件制服。[查理睡沙发，暗示他是一只导盲犬。制新衣，暗示法兰克要让查理扮演新角色。

查理给乔治打电话，询问他想好对策没有。乔治让他放心，轻松过节。

法兰克告诉查理，老乔治一定会插手此事，如果他不想在便利店里说一辈子“谢谢光临”，唯一的选择是，供出肇事者，去哈佛上学。[法兰克危机的主线与查理危机的副线，二者平行发展。

查理要乘飞机赶回学校，法兰克邀请他陪自己去拜访大哥。“你总要过感恩节吧，吃点，玩点，我正好缺个伴。”

纽约州的白原镇，法兰克大哥雷普的家中。法兰克在感恩节晚餐上，讲令众人尴尬的黄段子，还羞辱侄媳妇。侄子向查理揭了叔叔的老底，法兰克曾任约翰逊总统的军事幕僚，由于上层权力斗争，多次未升成将军，在军训时，醉酒拉开了引信，炸瞎了眼睛。“他以前是个王八蛋，现在是一个瞎了眼的王八蛋。”法兰克跳起来，掐住侄子的喉管。查理劝中校离开这里。法兰克临行前沮丧地：“再见，大哥，我是烂人，从来都是。”

[法兰克想在死去之前，最后看望一下哥哥，可是却在感恩节的餐桌上与侄子打起来，毁掉了哥哥家的节日。这场闹剧，反映了法兰克中校的孤独、悲伤和绝望。

这场戏全面揭示了法兰克的身世，暗示“带路狗计划”是一场灾难，侄子嘲讽地对查理讲：“上次的带路狗更糟。”与此同时，法兰克对查理产生了信赖感，两人的关系变得密切起来。

高潮：第三天——准备自杀

清晨，查理再次从沙发上醒来，他听到卧室内传来枪械的装卸声。音乐。查理进屋，看到法兰克在装卸手枪。法兰克让查理为他计时。

查理要求法兰克把枪交给他，遭到拒绝。查理要打电话给罗丝太太。法兰克抢过电话号码塞进嘴里嚼烂。查理生气地要独自回波士顿，法兰克恳求他留下来：“查理，给朋友一天算得了什么?”[人物关系发展：朋友。

法兰克被迫交出了弹夹，他讥讽查理：“良知已死，快长大吧!”最后，他退出藏在枪腔中的子弹，嘲笑查理，又一次耍弄了他。

结尾：劝说查理放弃原则

理发店，理发师为法兰克剃须，擦鞋匠为他擦鞋，查理陪在一旁。法兰克："我服役二十六年了，二十六年后，你会和你的博德老友在一起打高尔夫吗？"查理："我根本不喜欢他们。""你当然不喜欢，他们是王八蛋。供出他们好了。""我不是告密的小人。"法兰克从理发座椅上下来："我有预感了，查理，这事儿还没完呢。"

法兰克是"疯狂之旅"的主角，随着法兰克困境的逐步揭示，法兰克的生死成为故事的主要悬念。查理是"疯狂之旅"的配角，他的前途荣誉成为故事的次要悬念。法兰克的危机是生命死亡，查理的危机是精神死亡，前者构成情节主线和明线，后者构成情节的副线和暗线。

高潮部

开端：与女郎共舞

纽约街头，法兰克劝查理接受校长的条件，"搭便车进哈佛"。查理："我不出卖任何人。"法兰克："在这个世上你可要吃苦头了，为了轻松一下，我请你喝一杯。"

餐厅，法兰克为查理点了一杯鸡尾酒，侍者要看查理的证件。法兰克："我是这儿的常客，这是我的儿子快二十三岁了。"[人物关系的发展：从朋友，到父子。

在发展部与高潮部之间，没有划出结束符和起始符。在发展部进入高潮部的地方，编导让法兰克与查理从理发店到街头进行着同一场对话，从而将两个大单元直接联系在一起。我们揣测编导者这样做的目的，想要取消发展部与高潮部之间的区隔，使其无缝地连接在一起。这样做可以强化情节段落之间的联系，从而实现以戏剧高潮点为中心的团块式结构。

这样做的结果是破坏了史诗叙事的线性散点的结构，使观众难以对感恩节"疯狂之旅"的系列故事，进行段落区分和总结归纳，既干扰了观众对系列故事的理解欣赏，又打乱了史诗叙事的波浪式节奏。

法兰克忽然嗅到了女人的气味，"谁在和我们一同饮酒？上好香皂和水的清香。她一个人吗？好戏开场了。来吧，儿子，大步走！"探戈舞曲声。

法兰克在查理陪伴下来到姑娘的餐桌前，"介不介意，我们陪你一起等人？空气中有香味，别告诉我是什么牌子。是奥加姊妹香皂。"姑娘瞪大眼睛："真不可思议。香皂是祖母送我的圣诞节礼物。""我对你祖母着迷了。她一定喜欢查理。"法兰克邀请唐娜跳舞。查理向他描述了舞池的大小和周围的环境。

法兰克来到舞池中，他带着唐娜翩翩起舞……查理微笑观看，一曲舞罢，周围的人们为他们鼓掌。唐娜的男友麦克来了，他带走了唐娜。法兰克显出失落的神情。[影片的重点场面。

在感恩节之旅的三天中，法兰克与查理的关系，由"带路狗""副官""朋友"到"儿子"，不断深入发展。

发展：酒店幽会

纽约夜景，凯迪拉克轿车停在酒店外，出租车司机为法兰克约好了应召女郎，"17E 在等着您。她是最红的。德国副议长找过她。"

轿车内，法兰克问查理，自己的头发和领结怎么样，他神情紧张地下了车。查理放下车窗，看着他持盲杖走进酒店。[酒店内的情节做暗场处理。

查理使用车载电话，联系糖枫酒店，得知乔治被父亲召回波士顿，哈瑞等人正要送乔治去机场。

乔治在电话里说："祝我好运吧，校长特拉斯克疯了，一定要有人出来和他谈谈。我的父亲是1959年那届的，又是学校的主要捐款人，别紧张，我爸会解决这件事的。周一见。"查理失落地放下电话。忧郁的音乐。

法兰克从酒店出来，查理迎他上车。忧郁的音乐，法兰克低语："好漂亮的女人！"

两人的危机平行发展，法兰克中校陷入绝望，放浪形骸，与此同时，查理也陷入了绝境。

高潮：第四天——飙车

华尔杜夫酒店，客房内，白天，电视在播放黑白片闹剧。查理看看手表，他关上电视，去敲卧室的门。

卧室，查理对躺在床上的法兰克："已经是下午了，要不要出去逛逛？你让我很紧张。"中校："钱夹在抽屉里，拿走你的机票和四百元钱。""中校，不必急，我可以多待一会儿。""查理，你已经给了我一天，就为这一天，我永远感激。现在我另有计划。"音乐起。"什么计划？""去死。儿子！""中校，今天可不准去死。你看太阳这么好，我们出去活动一下，兜兜风。"主题音乐起。

汽车行。经理在看驾照，"信得过的顾客可以试驾。但是，你只有十七岁，同伴又失明，这我们无能为力。"法兰克："我会和他一起试车，我是他的父亲。别担心这孩子，他开得稳，可以在引擎上煮鸡蛋。"他将两千块塞在经理手中。

车子行驶在街上。查理在驾车，法兰克指点他换挡。

布鲁克林大桥下，空荡荡的街道。法兰克驾车缓缓前行，查理手扶在方向盘上，指引法兰克开车直行。"直开就没有意思了，要开猛一点才够劲！"法兰克开始踩油门，法拉利在街道上飞驰起来。法兰克兴奋地大叫，查理指引他在路口急转、漂移。查理惊恐万分："天啊，耶稣基督！"探戈舞曲。后面传来警车声。

布鲁克林桥下的旧码头，法拉利跑车停了下来，年轻警察过来要他们出示驾照。法兰克以父亲的身份与警察周旋。警员决定放他们一马，"查理，你老爸气色不错，就是喜欢开快车，劝他开慢点。"警车开走了。

查理禁止法兰克再驾车，法兰克下车："扶我一把，路不平。"忧伤的音乐起。[两人关系的发展：生死与共。因为查理怀有绝望的情绪，所以他才会和法兰克一起做这样危险的飙车游戏。飙车是高潮部的高潮，影片的重点场面。

街道路口，查理要法兰克等红灯，中校突然不耐烦地横穿车流，传来一阵阵急刹车声。

法兰克撞倒路口的垃圾桶，查理上去扶他，中校说："我要小便。"他说着就动手解裤子。查理慌了："你不能在大街上解手。"法兰克人歪倒在路边草丛里。悲伤的音乐。法兰克："我好累，查理！让我拉着你的手臂。带我回旅馆，儿子。"

华尔杜夫酒店，客房内，查理关切地："你还好吗？"法兰克："嗯！我很好。"紧张的音乐，渐转宁静。[舒缓和放松节奏。

结尾：阻止自杀

酒店客房内，查理给乔治家打电话，对方表示，乔治现在不能跟任何朋友讲话了。[乔治父亲中断了儿子与朋友的联系，查理丧失了最后的希望。

查理感到法兰克在看着自己："你瞪着我干什么？"法兰克绝望地摇头："我是瞎子，查理。"[表示对查理的事，他也无能为力。

法兰克表示要睡一会儿，他让查理下楼去买阿司匹林，再去街上买根特号的雪茄。

饭店楼下，查理走到大堂，感到事情蹊跷，转身返回。

客房内，查理看到中校已经换上了军服，梳妆台上放着手枪。查理要中校交出他的枪，法兰克让他走开，否则就杀了他。法兰克举枪对准自己的头，查理上前夺枪，两人扭打，相持不下。中校对着查理喊出："活？我没有生命！我们都完了！"查理说："我们都放弃吧！开枪，我准备好了！"这个时候，法兰克反而犹豫了："给我活下去的一个理由！"法兰克感伤地回忆起，参加约翰逊的就职典礼的美好时光。中校终于交出了枪，他要查理给他倒一杯酒。

女招待突然进来，她使气氛发生了变化，女人的声音唤起了中校活下去的欲望。法兰克："好美丽的声音，我梦想有一天，早上从女人双臂的拥抱中醒来，我睁开眼睛，而她还在，她的味道甜腻而温暖！"查理鼓励法兰克：你人又帅，又风趣，敏感，富有同情心，对女人很有吸引力。

中校准备自杀时，对抛下的同伴查理有一种关切之情："没有我，你日子怎么过？""我不知道是该打死你，还是该收养你。"紧急关头，是中校对查理的怜悯之心，软化了他的自杀意志。两人相互的仁慈之心，拯救了双方。

电话铃声，查理发现他们误机了。法兰克说："我给自己订的是单程机票。"［暗示，中校得到拯救。查理由"带路狗"变成了一个拯救者。查理对法兰克的拯救，是一个绝望者对另一个绝望者的拯救。

华尔杜夫酒店外，法兰克叫凯迪拉克司机开车将他们送到波士顿。

夜，凯迪拉克在路上行驶，查理告诉法兰克，回去后将面临听证会的裁决。法兰克问："你的父亲呢？"查理："我有一个继父。他是个王八蛋！"［暗示法兰克与查理的代父关系。

高潮部由四个高潮段落构成：与女郎共舞，与应召女"幽会"，飙车，自杀。各高潮之间，通过查理的副线情节进行穿插和过渡，造成节奏的动与静、张与弛、急与缓的变化。

法兰克命运的悬念和解决比较连贯，查理命运的副线没有展开，查理的心理活动也缺乏具体的刻画。

结尾部

开场：告别

凯迪拉克驶进博德校园。查理拿着中校为他裁制的制服，向他道别。学校的钟声响起。查理对法兰克："这是预备要开课。刚好够我洗漱。"［与开场放学铃声对位。感恩节结束了，判决查理的时刻来到了。

法兰克："我差点忘了，我还欠你工钱。"他拿出三百块钱："你顺利完工了。需要写推荐信，就来找我。再见，查理！"法兰克伸手去摸索查理的脸。音乐。法兰克叫司机开车。查理拿着工钱和制服，望着远去的车。［这一场是由高潮部向结尾部过渡的场面。它既是高潮部的结尾系扣，又是结尾部的开场。

开端：缺。

结尾部开端，应展开：查理返校后与校长的正面冲突；或展开：法兰克回家后与罗丝太太和外孙女的冲突。

发展：缺。

结尾部发展，应展开：查理与权贵子弟的冲突，或展开：查理再次拒绝法兰克劝说的冲突；应表现查理在校长进一步的利诱下，精神上的绝望与动摇。

结尾部的开端和发展可以适当压缩，但不应该完全忽略。

高潮：听证会
校园，学生们从四面走向礼堂去参加听证会。古钢琴声。
礼堂四周挂着本校的名人画像，主席台正面是一幅古圣贤图画，下面有一行金字写着："人们相聚在一起寻求上帝指引的地方，被称为圣地。"学校教师委员会的八名成员坐在台上。
查理走上台，坐到被告席上，他看到对面坐着的乔治和他的父亲。权贵子弟哈瑞在台下呼唤乔治，乔治看看父亲，没有回应哈瑞。
校长特拉斯克对全校学生讲话："上周二发生的事件与博德立校的精神严重冲突。博德学生中有两位入主白宫，有的人掌管州政府、投资局，有的兴建百货商场，指导足球队，在印度僧舍和约旦皇宫中都有博德学生，我们被视为国家领袖的摇篮。今天我们齐聚一堂，要保卫博德的传统。"这时，法兰克来到会场，法兰克说明他是受查理父母之托出席听证会的。
校长要求乔治供出肇事者，乔治托词他没有戴隐形眼镜，天黑，看不清楚。在父亲催促下，乔治终于说出："可能是哈瑞、波特和吉米，只是猜测而已。"校长又转而逼问查理，查理表示："我是看到一些人，但不能讲是谁。……恕难奉告。"［权贵父子与平民父子对比。
校长表示因为没有足够的证据，所以无法处罚哈瑞、波特和吉米，他对乔治的合作进行表彰，建议委员会开除查理。因为他隐瞒真相，又撒谎。
法兰克响亮的声音突然响起："但不出卖朋友。你们的座右铭是什么？孩子们，出卖朋友求自保。（对校长）你奖励乔治，摧折查理。你在这儿培养的是老鼠大队，一堆卖友求荣客，你在扼杀这座学府的精神。"校长猛击木槌："你太过分了。"法兰克用盲杖猛击桌案回击："我太老了，又累，又瞎，如果是五年前，我会带喷火枪到这儿来！我见过很多年轻男孩，胳膊、腿被炸断，那些都不及丑陋灵魂的可怕。'领袖摇篮'已经垮了。查理不出卖别人，以求前程，这种正直和勇气才是成为领袖的品质。我知道哪条路是对的，但我从不走，因为太苦了，而查理坚持原则。让他继续他的行程吧，各位，他的人生掌握在您的手中。"礼堂里响起热烈掌声。

法兰克在查理最危急的时刻出场，重复了好莱坞的模式："最后一分钟的营救"，"悬崖边的决斗"。这次是法兰克来拯救查理。法兰克反省自己的错误，认为查理不仅是他生命的拯救者，还是他灵魂的拯救者。

乔治父子尴尬的表情。教师委员会在台上紧急磋商。会场上，学生们掌声不断，校长连击木槌。杭塞克秘书上前宣布："委员会已达成决议，哈瑞、波特、吉米因涉嫌不当行为，留校查看，建议不对乔治的合作进行表扬或处分，查理也不需为此事负责。"
全场学生起立，长时间地鼓掌欢呼。乔治沮丧的神情，校长无奈的表情。激昂的音乐。在学生们的欢呼和掌声中，查理引领法兰克走出礼堂。

结尾：法兰克的未来
博德中学的女教员唐伊追出来，向法兰克自我介绍。查理向女教师介绍："中校曾经是总统约翰逊的幕僚。"查理嗅到了唐伊身上的香水味："小溪之花。"唐伊被中校迷住了。法兰克："唐伊小姐，有空我们应该聊聊政治。"
校园路上，法兰克向查理描述他心目中的唐伊："她有五尺七，赤褐色头发，美丽的棕色大眼睛"。［暗示未来的约会。女人的香味，是生活的香味。
凯迪拉克车停在法兰克的家门前。法兰克邀请查理圣诞节再来。
法兰克提着包走向家庭的后院，外孙女正在骑车。法兰克："我能搭你的便车吗？"外孙女：

"不要!""拜托，重归于好嘛，你不想同我和好?""不想。""为什么，你的法兰克外公过了一个艰难的感恩节。来，乖，帮我来拿提袋，你可以请我吃棉花糖和巧克力。"［法兰克对外孙女的态度转变，暗示未来和谐的家庭关系。

查理站在轿车前，欣慰地看着这一幕。查理乘车离去。优美欢欣的音乐。

结尾部的结尾，由两个段落组成：校园，闻香识女人；回家，家庭和谐，展示了法兰克充满希望的未来。查理乘坐的高级轿车，暗示着未来的光辉前程。

结尾部删节了开端、发展，直接进入高潮段落，使得听证会的高潮，成为自杀事件的并列高潮。这一改造的本质是删除整个结尾部，以求达到以戏剧性高潮统一全剧的审美要求。

4. 主题思想

影片讲的是感恩节的故事，校园事件是感恩节的前史，当两个主人公踏上感恩节的旅途，故事才进入正题。两个主人公的疯狂旅行，是一场在悬崖边的生死徘徊，上帝把他们赐给了对方，让他们相互拯救。这部影片的名字，可以叫"感恩节的疯狂之旅"。

影片描述了这样一个思想主题，在生活艰辛和人情冷漠的社会中，孤独的人们需要以仁爱之心去相互温暖和相互扶助。影片中，查理和法兰克都陷入了人生的困境，面临着生存还是毁灭、诚实还是告密的抉择。在感恩节假期的四天中，上帝把他们赐予对方，让他们双方相互拯救。

中校因为上层权贵的阻碍，无法晋升，不幸炸瞎双眼；查理则因为权势者之间的冲突而不幸成为牺牲品，两个小人物对权贵的压迫有着相同感受。经过疯狂的感恩节旅行，查理与中校的关系不断发展，从雇佣关系，到伙伴、朋友，以至父子关系。法兰克将"带路狗"变成了儿子，而查理通过打工找到了父亲。

本片的主题思想并没有到此为止，编导还从道德主题，延伸出一个平民政治的主题。博德中学是一所贵族私立学校、政治精英的摇篮。这种长春藤学校的教育成长环境与美国未来的政治发展息息相关。影片中，权贵子弟哈瑞等人耍弄校长，挑战权威，暗示将来他们从政也不会遵守政治规则。四个权势子弟破坏校园秩序，校长却要拿平民子弟查理做校园政治的牺牲品，逼迫他供出肇事者。查理坚持不告密的原则。在全校听证会上，法兰克为查理进行了有力的辩护，得到了博德中学师生们的热烈掌声，查理权利得到维护。一对平民父子挽救了长春藤学校的荣誉与传统。

5. 艺术特色

本片创造了适于电影艺术表现的、独特感人的情境和情节：人物关系——盲人军官与平民学生，表演元素和视觉元素——盲人跳舞和飙车，音乐——探戈舞曲；充分体现了电影语言的表现功能，特别是盲人法兰克这一角色，为演员的二度创造提供了宝贵的创造空间。

影片始终采取一种客观的、间离的叙事立场。全片采用中景拍摄，极少用主观镜头和运动镜头。在激烈冲突的场面（如查理与法兰克争夺手枪的场面），导演仍然保持中景拍摄，很少使用近景和特写。这种理性的叙述风格，有利于深入开掘场面，展示人物细微的心理活动，可以调动观众进行冷静观察与理性思考。

影片采用了许多意象化的手法。在电影中，"女人的香味"代表着法兰克的生活欲望，对人生残存的希望。编导以"闻香识女人"为中心意象，将电影中的各种因素凝聚在一起。

“闻香识女人”是法兰克的例证动作，影片中，女色是按照权力和财富进行分配的，片中出现了六个女人：空姐、女招待、女裁缝、女学生、应召女郎（未出场）、女政治教员，她们都是权力攫取和支配的对象。法兰克对闻香识女人的识别和迷恋，暗含他对曾经拥有的权力的依恋。

片中前后出现了三部轿车：美洲豹、法拉利、凯迪拉克，它们是社会地位的象征。校董事会送给校长的美洲豹，代表着博德中学的优秀水准，而片尾查理所乘的凯迪拉克，则暗示着他的远大前程。

6. 情节结构

《闻香识女人》的情境设置（少年与盲者在旅行中的相互拯救）、情节内容（“感恩节的疯狂之旅”）、结构安排（双线并行）都决定了，这是一部具有公路片特点的线性、散点的史诗性影片。影片编导执着于戏剧性审美，不顾情境构成和情节发展的客观规律，片面追求戏剧性的效果，对情节结构进行了硬性的压缩和改造。

编导采取的改造手法包括：利用感恩节倒计时使叙事情节更加紧凑；尽力弥合各情节单元的间隔，消除情节单元的独立性；删节和压缩副线的情节内容；甚至不惜删除结尾部的主要内容。这些结构性的改造，都是为了实现“从高潮看统一性”的目的，即以一个戏剧性高潮为中心，统摄和凝聚所有的情节内容。下面，我们对这种结构改造的利弊得失，进行分析说明。

《闻香识女人》有两条相互独立的人物命运线：查理和法兰克的前途命运线，它们从两个方面平行展开，构成双线并行的情节结构。编导为了强化影片的戏剧性冲突，采取了突出单一主线的情节模式，在开端部，只突出了查理的主线，压缩了法兰克的副线；在发展部和高潮部，只突出了法兰克的主线，压缩了查理情节的副线；在结尾部，跳过了查理的危机发展，直接进入了法兰克辩护的高潮场面。

开端部的副线被删节、压缩和弱化，损害了法兰克的形象；发展部、高潮部的副线被删节、压缩和弱化，则损害了查理的形象塑造；两个人物的“动作—情节”线，缺少完整性和连贯性，造成两人的行为动机揭示不足，命运危机未能得到充分展示。

在结尾部，查理由纽约回到校园后，应该与校长和贵族子弟之间展开正面冲突，但是，查理的这一段戏被全部删节，查理与校长特拉斯克的冲突，变得有头无尾，前后不相呼应，还使得听证会高潮的到来，缺少必要的铺垫。

由于删节了查理与校长在听证会前的正面冲突，直接跨到听证会，使得校园听证会与纽约酒店自杀，变成了前后连续发生的事件。两个高潮（高潮部高潮和结尾部高潮）的连续出现，虽然有助于强化戏剧性高潮对全局的统一，但是因为前后衔接得过于紧密，给人以节奏仓促之感。

笔者根据主题和情境发展的需要，对副线内容进行了补充，形成了下面的情节内容，其中阴影部分为笔者的补充。

开端部

查　理：清贫学子，外出务工挣学费。感恩节前，陷入了学校丑闻事件，前景难料。

法兰克：伤残军官，生活潦倒绝望。感恩节前，他设计了一个“带路狗”计划。

发展部

法兰克：感恩节之旅，飞往纽约，与哥哥一家闹翻，想自杀，与少女跳舞。

查　理：打电话询问乔治，对方表示他的父亲可以帮忙。查理与乔治发生冲突。

高潮部
法兰克：法兰克与应召女郎约会，带着查理去飙车，最终实施自杀行动。
查　理：乔治被父亲带去见校长。法兰克在电话中骂乔治父亲，劝查理告密。

结尾部
查　理：查理面对校长的威胁利诱，面对法兰克的劝说，陷入绝望动摇，仍固执己见。
法兰克：法兰克突然出现在听证会场，以查理亲属的名义，为查理做无罪辩护。

从上面改写可以看到，由于贯彻双线并行，既避免了副线内容的缺失和空洞，又推动了查理和法兰克两条动作线的相互推动。情节的设计未必巧妙，但是它的方针是正确的。叙事情节的增加，不仅没有削弱戏剧性，反而进一步加强了戏剧性。

本片的编导既想利用叙事体的线性、散点结构表现丰富的情节内容，又想保持戏剧体的中心点结构以追求戏剧性效果，最终造成了首鼠两端、顾此失彼。《闻香识女人》的教训提示我们，片面追求戏剧性效果的方法是不可取的。在进行两种结构的融合改造时，必须小心谨慎，任何鲁莽的行为都会导致重大失误。

四、史诗电影《安德烈·鲁勃廖夫》

编剧：安德烈·康恰洛夫斯基、安德烈·塔尔科夫斯基
导演：安德烈·塔尔科夫斯基
出品：苏联莫斯科制片厂 1967
片长：205 分钟。
获奖：1969 年获第 22 届戛纳电影节评委会特别大奖，第 27 届威尼斯电影节最佳影片金狮奖。

塔尔科夫斯基在上世纪 50 年代末，就读于苏联国立电影学院导演系。在这一时期，苏联发生了古俄罗斯统一立国和“前文艺复兴”的文化启蒙运动，提出要重新认识自己民族的历史。电影界对《伊凡雷帝》（爱森斯坦 1958）为代表的“伟人传记”，片面美化俄罗斯历史，产生了许多批评意见。在这种文化思潮的影响下，塔尔科夫斯基试图通过自己的作品，表达不同的历史观，真实地再现民族历史。同年，他与电影学院同学安德烈·康恰洛夫斯基开始创作剧本《安德烈·鲁勃廖夫》。剧本的创作，前后用了两年时间。塔尔科夫斯基于 1962 年，接受了拍摄《伊凡的童年》的工作，该片放映后获得广泛赞誉，并在威尼斯电影节上荣获金狮奖。这一切都为塔尔科夫斯基拍摄《安德烈·鲁勃廖夫》提供了有利条件。

《安德烈·鲁勃廖夫》于 1965 年开始拍摄，1966 年摄制完成。该片没有通过审查，未能获准发行。审查部门认为，影片中的画家身处残酷环境，信仰发生动摇，停止作画，是在借古讽今。影片没有反映 1830 年俄罗斯人与鞑靼人在库里科沃平原上的会战，也成为影片被禁的原因之一。实际上，塔尔科夫斯基曾准备拍摄这场会战，并作为影片的序幕，只是因为经费问题

（拍摄这一历史场面需要二十万卢布）而被迫取消。

1968年威尼斯电影节坚持要上映《安德烈·鲁勃廖夫》，否则拒绝任何苏联影片，造成了所谓的“鲁勃廖夫事件”。1969年影片被偷偷拿到戛纳电影节上放映，受到苏联政府的抗议。影片1971年经过剪辑后，在苏联获准公映，并于1973年允许向西方国家发行。此时，距离影片拍摄完成已有五年，距离完成文学剧本，送交拍摄报告，已达十年之久。塔尔科夫斯基剪出的样片，长度为5642米，试映后根据圈内人意见剪成5250米（剪去400米），几年后又剪去174米，发行拷贝为5064米，约减少了1/8的长度。

1. 剧情梗概

15世纪的俄罗斯，人民遭受深重的苦难。宗教思想的禁锢，鞑靼人的屠杀，饥荒以及大公的残酷统治，这一切使圣像画家鲁勃廖夫陷入绝望而无法继续作画。少年铸钟人鲍里斯卡带领工匠们进行的创造性活动给鲁勃廖夫以启示和激励，他恢复了对上帝的信仰、对人民的信念，最终创造出不朽的壁画《三位一体》。

2. 结构大纲

本片分九个故事单元，由以安德烈为首的三画师的流浪来贯穿，时间跨度二十五年。

第一个故事：古代————————梦想：农民飞行家的故事
第二个故事：1400年———————禁锢：流浪艺人贾达斯的故事
第三个故事：1405—1406年———审判：画家基里尔的故事
第四个故事：1408年———————狂欢：村姑的故事
第五个故事：1408年春—————幻灭：安德烈的故事
第六个故事：1408年———————浩劫：大公兄弟的故事
第七个故事：1412年———————沉默：哑女的故事
第八个故事：1424年———————奇迹：鲍里斯卡的故事
第九个故事：现代————————莫斯科大教堂《三位一体》圣像壁画

影片分成上、下部，共分八场戏。

全剧开场：古代飞行家。（5分42秒）
俄罗斯农夫不顾阻挠，乘热气球飞行。

上部——失语（长1小时36分）

第一场：1400年夏季：民间艺人与民间日常生活。（13分23秒）
安德罗尼克教堂的三画师（安德烈、乔内尔、基里尔）前往莫斯科。
路上，他们看到民间艺人贾达斯演唱，随后他被官差抓走。
第二场：1405—1406年：希腊人费奥凡。画匠间的嫉妒。（45分27秒）
基里尔与费奥凡的对话——嫉妒与堕落。

安德烈与乔内尔的对话——嫉妒与忏悔。安德烈请乔内尔同往莫斯科。
基里尔离开修道院去过世俗生活——基里尔丢弃信仰。
安德烈与助手法玛的对话——绘画不是一种职业，而是一种信仰。
安德烈与费奥凡的对话——人民是否值得信赖。俄罗斯的上帝上十字架。
第三场：1408 年春：人民与宗教。（15 分 33 秒）
春天，农民在过自己的邪教节日，纵欲狂欢。安德烈面对裸体村姑的眼睛。
人民渴望世俗生活，反抗宗教禁欲和思想禁锢，显示出生活创造力。
第四场：1408 年秋：最后的审判。艺术的毁灭。（24 分 08 秒）
安德烈因为丧失信念停止工作，法玛离去。乔内尔劝安德烈开工：我们在浪费时光。
大公为了阻止画匠前往弟弟处去作画，派人刺瞎画匠们的眼睛。
安德烈放弃作画，哑女为白墙被污染而哭泣。

下部——重获语言能力（长 1 小时 49 分）

第五场：1408 年秋：鞑靼侵略和屠杀，安德烈的绝望。（37 分 18 秒）
大公的弟弟引鞑靼人屠维尔迪城。闪回兄弟相仇。法玛被鞑靼人射杀。
安德烈为救哑女而杀了一个俄罗斯人。安德烈与费奥凡对话："我们的祖国忍受痛苦要多久？"
第六场：1412 年冬：人民的屈服，三画师在战乱中的命运。（18 分钟）
疯女为了衣食随鞑靼人而去。占领者在俄罗斯大地上横行。
画师乔内尔失踪，基里尔重新回到教堂。
第七场：1423—1424 年，冬至春：人民创造奇迹，安德烈的感悟。（45 分钟）
铸钟人的儿子鲍里斯卡率众铸钟。大公和贵族对人民、工匠的鄙视。
民间小丑贾达斯认为是安德烈出卖了他，他被割舌，关了十多年。
基里尔向安德烈忏悔，是他出卖了贾达斯，并劝安德烈不要荒废才华。
大钟铸成，安德烈从鲍里斯卡的成功，看到了人民的创造力，重振信心。
第八场：现代，三位一体圣像。唱诗。（8 分 14 秒）
莫斯科圣母大教堂，残缺的三位一体圣像壁画……
壁画令我们想起影片中出现的人物：下地狱的人，被踩在脚下的人——大公的弟弟和基里尔。
三女神在杯中取食——三个画师……雷声。
片尾：（20 秒）
田野的雨，水畔的马……

3．场景分析

片头字幕（2 分 35 秒）

全剧开场：飞行——走时 8 分 17 秒（本节 5 分 42 秒）

① 塔楼
羊皮缝制的热气球悬在空中。农民阿兹普什卡拿着飞天座椅坐在小船上，后面是划船追赶的农民们。

塔楼下，马绕塔环行。阿兹普什卡上塔，塔下刀光和火把，双方在争夺气球。音乐声起。
阿兹普什卡乘热气球飞起，塔下一个妇人惊呼："天啊!"上升镜头，塔上的浮雕。

② 天上
农民阿兹普什卡发出笑声和哭泣，"我在飞!"俯拍大地，水沼中的天光云影，马群。

③ 地下
气球漏气声，镜头滑过大地，扑向地面。一匹马在地上打滚，气球在水中冒泡，阿兹普什卡仰卧在地上。

最初的剧本，鲁勃廖夫帮助农夫飞行，后来埋葬了他，并对他的死保守秘密。

农夫飞行的故事，隐喻着：人民的想象力和创造力，俄罗斯的大地与天空，世俗生活与宗教精神的关系。飞行的传奇，实则是一篇寓言，它涵盖了影片的思想主题：古俄罗斯人民如何挣脱历史困境，创造性地开辟了自身的文明。

全剧开场的飞天寓言，暗喻和统摄着全剧的七个故事，它与结尾安德烈创作的彩色壁画，形成主题上的首尾呼应。

上部

字幕：1400 年夏季——走时 8 分 17 秒（本节 13 分 23 秒）

① 安德罗尼可教堂外
三画师（安德烈、乔内尔、基里尔）离开斯文特萨，前往莫斯科。他们分别学了十年（乔内尔）、九年（安德烈）和七年（基里尔）的画。他们在雨中的田野行走。

② 农民草棚
流浪的卖艺小丑贾达斯在演出，农民给他土豆、洋葱和酒。三画师进棚避雨。
农民们在休憩，长镜头摇，小丑、马匹、孩子的眼睛，传来鸡叫，农民们在闲聊黄色的笑话。
基里尔低声诅咒："上帝创造神父，魔鬼创造小丑!"背景音乐（女声吟唱）。
小丑到屋外雨中冲澡，倒吊在门上；农民在泥泞上打架。［此处剪掉了基里尔跑出去告密的镜头。
官差骑马来，带走小丑贾达斯，摔断他的琴。出卖者基里尔进屋。
三个画师上路，远远的军人驮着艺人。天边的雷声，大雨又下起来。

导演试图通过长镜头，反映中世纪俄罗斯农民的世俗生活场景，为全剧提供了一个总的情境氛围。

字幕：1405—1406 年，希腊人费奥凡——走时 21 分 40 秒（本节 35 分 27 秒）

③ 费奥凡的画室
广场上，教会正在对异教徒用刑，异教徒叫喊："我是清白的!"
基里尔进入画室。躺在长凳上的希腊老画师费奥凡。［故事从基里尔角度讲述。费奥凡以沉睡出场，例证动作：历史人物。三画师以“出卖者”基里尔先出场，表现了编导对知识分子群体的审视。

基里尔：“安德烈像我的兄弟一样，他的画没有灵魂和信仰！太华丽，缺少淳朴，自然才是神圣的艺术。智慧会带来悲伤。在许多智慧中酝酿着悲惨。”广场上对异教徒的审判在同时进行，喧哗声传进来。

费奥凡：“留下来帮我画壁画，春季，我要画好莫斯科联合纪念教堂。这是为你洗罪。我要死了，夜里梦见天使在召唤我。你要什么，钱？我会把钱给你一半！”［背景白色的墙，暗喻创造的空白。

基里尔：“我只有一个请求，在安德罗尼克修道院、在社区的兄弟们面前，在安德烈面前，你发出这种请求，我将会为你效劳，忠心耿耿直到死！”老画师走出门，面对广场：“你已不再有信仰，拷问还要多久？你是无信仰的异教徒。他已经七次为你们赎罪，你不再可靠，忏罪吧！神不与你在一起。”［这时出现基督像，暗示审判。费奥凡的话也是对基里尔说的。

④ 冬天，住所

基里尔在看画。外面传来狗叫，有人来了，他收起画。基里尔内心独白：“青年人喜欢尽情欢乐，一切让神来判断。时光消逝，我从未享受，传教者都是空虚的。”助手进来：“他偷走了我的手套，你为什么白天点蜡烛？”

⑤ 冬，修道院的院中

格兰德大公的使者来邀请安德烈，请他到莫斯科为纪念教堂作画，是费奥凡向大公推荐了他。安德烈请乔内尔同行，乔内尔表示拒绝：“又没有邀请我。没有我，你也行。费奥凡就会指手画脚。”

安德烈邀助手法玛、阿勒克西、彼特同行。

⑥ 晚，住所内

安德烈向乔内尔告别。安德烈忏悔：“魔鬼在我们中间制造仇恨。我必须忏悔。我用你的眼睛看这个世界，用你的心感受这个世界。”乔内尔含泪：“魔鬼叫我嫉妒你，去莫斯科吧，我为你骄傲。”安德烈吻乔内尔的手。钟声。

基里尔进来，目睹这一切。［安德烈与基里尔的对比。

⑦ 冬，修道院的院中

钟声继续，基里尔脱下僧袍，穿着便服离开教堂，帕利尔神父训斥他背叛教会。基里尔：“我要过世俗的生活，修道院是杂货场，铸造所有的神像买卖。”“什么天才，只不过是肖像画家，神没有给我才华，而我却要赞美他！”

基里尔打狗，狗死。基里尔走在雪中。

⑧ 夏，林中

安德烈与学徒法玛。法玛被蜂咬，在脸上涂泥。“我为乔内尔洗了几年的笔。他总说谎。”水中的蛇。“你得了病，一个男人无法阻止说谎的病。”“画画不能饱着肚子。”“祈祷者的灵魂才能超越肉体。”

费奥凡忽然出现，他身上爬着蚂蚁。［安德烈的想象。

林中鸟叫，法玛发现一只死鹤。

空中飞行镜头，俯视大地，河流上的天光云影。[在初稿中，有猎杀天鹅一场。导演认为矫揉造作而取消，使得镜头不够连贯。从死鹤直接过渡到飞行镜头，略显突兀。

⑨ 水畔，两画师对话

费奥凡：“人民无知，最后的审判快要到了！”安德烈：“你怎么能用这种思想画画？”费奥凡：“我为上帝画，不为人类。他们会忘记你、我的一切，一切有价值的化为灰烬。人类的愚蠢周而复始，耶稣回到地球上，他们还会处死他。人类不喜欢看到神！”安德烈：“他们不喜欢神是因为邪恶在，但并非全部。”费奥凡：“他们为什么杀死耶稣，出卖他？”“不过，他们后悔了！”“但是已经晚了！”“忏悔就不晚！”[安德烈想象中的对话。

⑩ 穿插镜头

俄罗斯的冬天，穿麻布衣衫的俄罗斯农民为俄罗斯的基督送行，大公的卫队，罪人背着十字架上山……一头小牛迎面走来……把基督（安德烈饰）钉上十字架，也把罪名钉在上面，俄罗斯的圣母扑倒在十字架上……

安德烈与费奥凡对话：“犹大出卖耶稣，谁收买他，人民！为了证明他有罪，找到叛徒，是两个，不是一个，利用人们的无知。有人会为了三十两银子出卖你。俄罗斯三次灾难，灾难总落在无知者身上，上帝不会宽恕无知。在无情的人群中遇到冷漠的眼睛……（唱诗的歌声起）他以死唤醒人们……”[安德烈想象中的对话。

⑪ 穿插镜头

俄罗斯的圣母抱着基督的腿，一个孩子在笑，路边十字架立起……

在河流中洗笔，水中的草叶……[由宗教精神转向大自然和艺术创造，诗的叙述逻辑。

本段揭示了艺术家群体内部的相互嫉恨，描写了基里尔和安德烈的思想焦虑。前面讲述了基里尔放弃宗教的思想过程，后面讲述了安德烈对人民的思考，具有强烈的思辨色彩。

字幕：1408 年春，狂欢——走时 57 分 7 秒（本节 15 分 33 秒）

⑫ 河边，5 月

水上，船驶过。助手的面孔。安德烈、乔内尔、法玛、瑟姬谈论建造中的阿森堡教堂。

远远传来异样的人声、鼓声、烟火。瑟姬的眼睛。安德烈上岸去探察。

⑬ 林中

人们在裸奔，林中有人偶的巨大身影在闪动……

河边，火烧草人的棺船仪式，赤裸的人们举着火把……

安德烈在林中看到欢会的男女，他扑灭燃烧到袍子上的火星。

⑭ 棚中

安德烈被人们绑起来，众人质问他：“爱也有罪吗？”

赤裸的村姑出现，她凝视安德烈：“你为什么用天火威胁我们？”安德烈：“裸跑，随心所欲是一种罪恶。”“今天是爱情之夜，在恐惧中也要生存！”村姑吻安德烈，并释放了他。林中狂欢节，村姑的眼睛在闪烁。
清晨，鸡鸣，成双入眠的农民们。

⑮ 河边
安德烈归来，脸上有荆棘的划痕。众问："你去哪儿了？"
船行在河中央。岸上大公卫队在捉拿异教徒。熄灭的棺船撞到大船上。人们低声议论："他们想要另一种生活方式。"
岸上卫兵捉住一个男人，老妇捂住瑟姬的眼睛。裸体的村姑游过船边，船上所有的人都沉默不语，村姑奋力向对岸游去。

宗教强迫人们信仰上帝和实行禁欲，而人民的反抗比僵化的"信仰"更具有创造力和精神力量。正是这种创造力对安德烈造成了强大的冲击。

本段以瑟姬的眼睛开端，以被老妇捂眼结束。眼睛的意象重复出现，裸女凝视安德烈的眼睛，传达出与中世纪宗教精神对立的民间精神力量。

字幕：1408 年秋，最后的审判——走时 1 小时 12 分 40 秒（本节 24 分 08 秒）

⑯ 教堂内
雪白的四壁，工作还没有开始。安德烈责备瑟姬只知道吃和睡。执事神父来找安德烈，主教生气了，秋天前就应该完工的壁画《最后的审判》，至今一笔也没有画。

⑰ 田野，路边
乔内尔问安德烈："大公要我们去，为什么拒绝？我们在浪费时光。画在我身体里蠕动，我想出一个鼻子里冒烟的魔鬼。"安德烈："我无法下笔！我不知如何画'最后的审判'。"
一骑飞快地驰过。[暗喻时间在飞逝。

⑱ 教堂，春天
法玛向安德烈道别："我要走了，有人要我去帕弗教堂画壁画。"他拿着画笔走了。
教堂外，秋天的柳絮，焦柱下生出的青枝，大公女儿向安德烈喷牛奶，二人嬉戏。安德烈画圣像草图，大公女儿在注视他。安德烈的画外音："信仰、希望、仁慈，最重要的是仁慈。慈悲不会错。"
弗拉基米尔大公不满意壁画，要求安德烈等人再画，"做你想做的，我会向农民抽税，让我受到赞美"。画匠走来告知大公："你的弟弟，在圭尼格来德要建最好的大厦，让我们去作画。"大公嫉恨的表情。
工匠和画匠们在吃饭，他们议论大公兄弟间的矛盾。

⑲ 林中
石匠和画匠们前往圭尼格来德，为大公弟弟服务。他们在路上谈论："我们要去再建一座大厦。"
林中冲出大公的卫队，刺瞎众人的眼睛。失明的众人在林中摸索，不时撞到树上。一卫兵寻找丢失的马鞭。工匠的颜料罐倾倒在溪水中。

⑳ 教堂内

准备要画《最后的审判》的白色墙壁，被安德烈愤怒地用泥抹黑。

助手沙耶格念《圣经》："每个人都是属于基督的。男人不属于女人，女人却属于男人，女人是天使……你们二人在一起不是最好，是最糟……"雨中，疯傻的哑女抱着麦草走进来，袍子淌水在地上，她看到被安德烈弄污的墙，开始哭泣。安德烈："他们不是罪人，即使她不披巾。她不是罪人。"

闪回镜头：田野道路，雨中的树下，安德烈与基里尔，基里尔抱着一只乌鸦。

安德烈走出教堂，走进雨中。

本节为上部的高潮。上部有四个叙事单元：希腊画师与三画师，民间的反宗教活动，民间画匠的命运，安德烈精神饱受折磨，在失去信念后逐步失语。

故事主线：安德烈拖延创作大壁画的时间，画师之间产生冲突。辅线：大公兄弟之间的权力冲突，殃及到石匠、画匠。主辅线有内在的关联。

哑女将稻草和污水（尿）带进教堂，她是人民的象征。哑巴是对人民的命名。人民是哑巴和纯洁的傻子，他们没有话语权和话语能力。

上部通过俄罗斯中世纪苦难的生活，揭示了安德烈为什么"失语"，下部将介绍他如何恢复了"语言"的能力。

下部

字幕：1408 年秋，浩劫——走时 1 小时 36 分 48 秒（本节 37 分 18 秒）

① 城外水畔

鞑靼人在水边扎营，鞑靼首领与大公的双胞胎弟弟会面。[确立大公弟弟的叙述角度。

鞑靼首领："这就是你说的浅滩吗？"大公弟弟："下雨了，我带你过渡。大公在里斯安尼亚，维尔迪已是空城。"他抛绳索将一鞑靼人从河中拉出。[例证动作：引领外敌入侵。

② 大公弟弟内心闪回

鞑靼人骑马吹口哨奔向维尔迪城，这是一座白色的美丽城市，骑兵进入城门……

画外音：上个冬天，大主教召集我们，要我吻十字架，相互和解……

闪回：冬天，大公弟弟下马站在教堂门外……

③ 维尔迪城内

鞑靼人冲入，在城中杀戮，强奸。法玛受伤。

大公的弟弟，纵马砍杀一个俄罗斯青年，用白手巾擦拭马刀。

着火的牛，从墙头跌下来的马。

④大公弟弟的内心闪回

鞑靼人用攻城槌撞击教堂的大门。大公弟弟站在教堂外。

闪回：大公将弟弟摔在地上，踩在他的脖子上，弟弟的妻女在哀求……

闪回：大公与弟弟相见，并肩进入教堂……

⑤ 城中
教堂外，鞑靼人在屠杀。大火。
一些俄罗斯人随同鞑靼人洗劫本族人。杀男人，强奸妇女。
鞑靼人剪掉俄罗斯妇女与少女的头发。

⑥ 教堂内
祈求上帝保佑的人们，攻城槌的撞击声，唱诗声。鞑靼人骑马冲入教堂，众混乱。
哑女被一个俄罗斯人强拉上楼，安德烈拿起一把斧头追上去，俄罗斯人从梯子上滚下来。

⑦ 教堂内
鞑靼首领与大公弟弟并骑进入教堂。首领："你为主教难过吗？（指壁画上的圣母）那个女人是谁？"大公弟弟："她不是女人，她是处女。"首领："处女也会生孩子？俄国的事真怪。"
鞑靼人拷打执事神父，索要金子。烧十字架进行烙刑。受刑的执事神父对鞑靼人：上帝看看魔鬼如何拷问俄国信徒。（对大公弟弟）你出卖了俄国，我认得你。
大公弟弟内心闪回：主教让大公兄弟二人亲吻，大公的脚用力踩在弟弟的脚上……
执事神父对鞑靼人：你们会离去，而我们将重建。
执事神父的头被缠上纱布，灌入热油，用马拖出。

⑧ 教堂外
屠杀、焚烧。音乐，俄国女人的惨叫声。
大公弟弟痛苦的表情……
教堂顶上，鞑靼人在追逐妇女。他们将教堂顶上的金箔剥走。

⑨ 城外
法玛逃到林边被射死，血在溪中像颜料一样流淌。没有音乐和音响。

⑩教堂内
安德烈在翻阅烧焦的《圣经》，哑女在为死女人梳辫子。钟声。
安德烈与想象中的费奥凡对话："梦中，你倒吊在窗上，鞑靼人来了，我躺在十字架下，鞑靼人拧我的头。你死了，但我更惨，我大半生失明，日夜工作……""你说得对，即使没有他们，我们也会自相残杀。""我不画了！你知道有多少画被烧了吗？我杀了一个人，是俄罗斯人。邪恶占据了人类的心灵，驱赶邪恶等于驱赶人类。我们的祖国忍受痛苦还要多久？""可能永远。"
钟声，落雪。[对位前面柳絮飘进教堂。
有鞍的马跑入教堂，雪花从露天的教堂顶上飘下来，疯女安然入睡，马嘶声。

统治者因为兄弟相争，引外敌屠城，画匠也被杀死。人民遭受灾难，安德烈的内心崩溃。整个故事从大公弟弟的视角进入。

字幕：1412 年冬，沉默——走时 2 小时 14 分 06 秒（本节 18 分 04 秒）

⑪ 教堂院子
哑女在雪中觅食，安德烈让她吐出石碴儿。

⑫ 教堂内

画匠们在削烂苹果。人们议论："纯洁的傻瓜，哑女人，他带着她，为了记住自己的罪行。"众人沉默不语。

成为乞丐的基里尔走进来："所有的人走了，三年没有收成，只能吃老鼠。狼追赶我，我逃到湖中成了泥人。乔内尔还活着吗?""乔内尔下落不明，有人说他去了北方，有人说他死了。"有人认出他就是基里尔。主教帕利尔走进来，基里尔拜倒在他脚下："你的浪子基里尔回来了，我见到了多少邪恶，原谅我吧。"神父："你不喜欢那个世界了？走，从哪儿来回哪儿去!""我永远不能原谅自己!""你要抄《圣经》十一遍。"

交代三画师在战乱中的不同命运。

⑬ 教堂院子

院中。鞑靼人骑马来，用肉逗狗，狗相互撕咬。安德烈把烧洗澡水的火石放在雪中。

哑女偷肉，鞑靼人把头盔给她玩，她喜爱鞑靼人的衣服。鞑靼人让哑女做他的第七个老婆。安德烈阻拦哑女，哑女唾弃安德烈，追随鞑靼人乘马而去。

⑭ 教堂院子

安德烈一人在院中。基里尔走来："你不认识我了?"安德烈铁钳下火红的石头。

⑮ 田野

鞑靼人带着哑女，在大地上驰骋，狂笑。

质朴呆傻的哑女沦为妻妾，鞑靼人驮着她在俄罗斯大地上驰骋，这一图景象征着鞑靼对俄罗斯的统治时代。

字幕：1423—1424 年，冬至春——走时 2 小时 32 分 10 秒（本节 44 分 56 秒）

⑯ 田野，草舍

溪流中的血冰。鸡啼。官差来找铸钟师，瘟疫和浩劫过去了，要重新建立教堂。铸钟人的儿子鲍里斯卡自告奋勇：我的父亲临终前告诉了我铸钟的秘诀。官差带他去见大公。[新一代俄罗斯人。鸡啼，意喻生机。

⑰ 维尔迪城外，小山。鞑靼人入侵时的地点。

鲍里斯卡带铸钟人法奥多、西曼大叔等人，在城外小山上选择工地。挖铸钟的大坑，挖到树根，仰拍大树。城中的钟声。[寓意人民生生不息。

⑱ 维尔迪城外

鲍里斯卡带人找黏土，都不中意。众人：不要找了！八月快完了，我们还在找。

大雨中，鲍里斯卡找到泥，惊喜地呼唤马车上的安德烈。[强调安德烈的叙事角度。

⑲ 工地

铸钟匠让鲍里斯卡下令点火。鲍里斯卡让大家继续加固，他叫监工惩罚反对他的小伙伴。[在挖铸造坑、找泥土的过程中，小伙伴一直跟随着他，可是他无情地下令殴打小伙伴。鲍里斯卡是继上部哑女之后，人民的另一个具体的典型。他具有强烈的权力意志。
鲍里斯卡的焦虑表情，他问安德烈："你为什么盯着我？"［重复强调安德烈的叙事地位。
鲍里斯卡说了一声："主啊！"困倦地入睡。人们议论："大公为什么要信任他？"

⑳ 安德烈的回忆
安德烈远望，歌声起，闪回：雪雨中的道路。［安德烈的内心意象，道路象征苦难的精神历程。

㉑ 工地
炉子点火，鲍里斯卡被唤醒。大公让手下称量熔入大钟的银器，鲍里斯卡要求大公再募集十八磅银子。大公注视鲍里斯卡，鲍里斯卡胆怯的眼神。［他并不知道要多少银子，偏要戏弄大公，让大公多破费，自己在暗中窃喜。

㉒ 工地
民众燃起火堆，欢聚庆祝，小丑贾达斯也来了，唱歌跳舞。小丑贾达斯看到安德烈，认为是他揭发了自己，使自己坐了十几年牢，割了舌。贾达斯拿斧头追赶安德烈，基里尔跪下劝阻他。贾达斯喝酒被人偷解开裤子，众笑。小丑贾达斯："还有比这更丑的事呢！"［民间艺人贾达斯又回来了，人民再次发出欢笑声，暗示民族的复兴。

㉓ 工地
几个炉子同时鼓风炼铜。安德烈注视着鲍里斯卡，看到他已与小同伴和好。［整个铸钟事件的观察者。
鲍里斯卡下令开始浇铸，他祈求道："上帝帮帮我！"风火声。鲍里斯卡伏地听。
白天。工匠们敲去外壳。露出钟上的骑士浮雕。工匠："明天是安息日，要好好休息！"
鲍里斯卡倚钟而眠，他梦到雪地上的血痕。［暗喻人民是"造物主"。

㉔ 教堂院中
安德烈在焚烧落叶。基里尔走过来对安德烈忏悔："我妒忌你，它如同毒药在体内发作，我受不了才离开。我知道你放弃了画画，才感到轻松了。神父要我抄《圣经》，我没有时间完成了。尼康已三次派人来召你去画画，你不去。你比我更有罪，上帝给你天赋，你做了什么？我的一生要结束了，我要忏悔，你到莫斯科联合教堂去作画吧，尼康看你的生命微不足道，他要你的才华加强他的力量和赞美他。费奥凡活着该怎么说？为了面包皮去完成你的使命吧！不要荒废你的天赋。是我揭发了小丑，骂我吧！"
安德烈离去，钟声，火堆焚烧树叶。［暗喻最后的审判。

㉕ 工地
众人推绞车，吊起大钟，镜头S路线运动。长镜头摇到坑中，鲍里斯卡下令起吊。
大钟被吊起，唱诗音乐，主教环行洒圣水，"我们用圣水为这钟祝福、祈祷！"工匠群跪，贵族训斥鲍里斯卡："闪开，笨蛋！"
法国人在议论："我敢打赌，它不会响。大公会杀这些工匠的头。""不要小看了他们。""大公有一个出卖祖国的双胞胎兄弟。"
法国人注意到两个俄罗斯少女："看神奇的女孩子，上帝啊，不过十三岁……"短发女奴穿着破衣走在前面，贵族少女一身雪白牵马走在后面，贵族少女微笑的目光。
匠人跳入坑中拉动钟槌……钟声响起，众欢呼，镜头升、拉，S 运动，大全景。俯拍山下，大小钟齐鸣，大公骑马入城，民众跪于道路两旁。

㉖ 工地
鲍里斯卡倒地哭泣，“父亲没有给我留下秘诀！”安德烈抱着鲍里斯卡：“我们去莫斯科，你铸钟，我去联合教堂画像！我们走吧！”［铸钟喻示着人民的创造力。安德烈看到了铸钟的全部过程，从中受到了启示和鼓舞。塔尔科夫斯基说：“真正的精神上的英雄是鲍里斯卡，影片意在表现黑暗时代如何激发出有感染力的狂热能量。”
远处田野上，女奴牵马随贵族少女走过。［歌德：“永恒女性带领我们上升。”艺术之神，美的象征。
鲍里斯卡破烂的裤子，没有熄灭的火堆，迭化。［象征着俄罗斯民族从毁灭中复兴。

㉗ 彩色胶片。三位一体圣像。唱诗，交响。——走时 3 小时 17 分 06 秒（本节 8 分 14 秒）
圣父、圣子、圣灵的“三位一体”壁画。戏剧性的音乐，壁画绚丽的色彩，展示出中世纪俄国人的理想与激情。
残缺的彩画局部，镜头掠过画面，令人回想起影片中的场景：塔——维尔迪的塔和马；贵族——大公的贵族马队；圣像——安德烈的圣像草稿；圣母与马槽、羔羊——鞑靼人的话，“处女能生孩子？”以及被屠杀的民众；坠入地狱的人，被踩在脚下的人——大公的弟弟和基里尔；三信徒在杯中取食——三个画师；蓝色和诸色——法玛：“我最喜欢蓝色！”
雷声，圣父像，残壁与雨水迭化——历史时光的冲刷。

绚丽的色彩，寓意着安德烈心中的强烈激情和美好理想。在黑暗的中世纪受到鞑靼人压迫的俄罗斯能够产生这么灿烂的色彩，本身就是一个奇迹。心灵的奇迹，文明的奇迹。

全剧开场与全剧结尾，形成写意与写实、古代与现代、黑白与彩色的对比。

壁画是编导创作的契机和缘起。它成为全片主题的总归结。

片尾——走时 3 小时 25 分 20 秒（本节 20 秒）

㉘ 彩色胶片
叠印：田野。雷声，雨，水畔的马……在雨中结束。
片尾字幕。

4. 主题思想

《安德烈·鲁勃廖夫》全方位地展示了 1400—1424 年俄罗斯的社会面貌，诠释了人民、大地、自然、宗教和民族等一系列重要的社会概念。片中涉及到农民、流浪艺人、僧侣、工匠、大公等社会各阶层的人物，细致地展现了农民小憩、民间狂欢、宗教审判、鞑靼屠城等历史场景。影片编导者的意图十分宏大，要通过对俄罗斯最黑暗时期的历史生活再现，解答俄罗斯人民如何在鞑靼人的入侵和统治下，最终形成了自己的民族国家以及建立起自己的文明传统。

影片探讨了人民与宗教、艺术，人民与异族统治，人民与贵族等重大课题。影片既批判了人民在日常生活中的鄙俗（民间说唱）、为了衣食臣服于占领者（哑女），又歌颂了人民中蕴藏的创造力（铸钟）。鲍里斯卡作为一个俄国工匠的后代，身上集中了俄罗斯人民的复杂性格：自尊、坚韧、怯懦、狡黠和想象力。他一方面戏弄贵族，一方面又敬畏贵族的权势。人民与贵族有一种共生的关系。编导对民粹主义思想既有批评，也有所保留。

影片着重探讨了知识分子与人民的关系。画家安德烈在绝望中，被人民的创造力所打动，重新恢复了对人间的希望。人民创造的奇迹，使他相信了人类的未来，从而也相信了上帝的意志。安德烈亲眼目睹少年鲍里斯卡铸钟的创造力，从而恢复了艺术创造力。这个过程生动地刻画了俄罗斯的知识分子是如何在最黑暗的历史年代发现美与希望的，从而揭示出俄罗斯民族性格形成的文化内因。

影片肯定了贵族在促进民族形成上的历史作用，如结尾大公骑马进城、人民伏在路边的宏伟画面，采取的是一种歌颂的态度。导演还用两个美丽的俄罗斯少女来做象征，一个是贵族少女，一个是农奴少女，她们出自两个阶级，却共同体现了俄罗斯民族。在编导看来，正是统治者与人民共同创造了俄罗斯的文明。

电影通过三个画师，描绘出俄罗斯艺术家群体的内部冲突。影片描述了叛逃者基里尔，嫉妒同行的乔内尔，只为稻粱谋的助手法玛，还有因为怀疑上帝和人民，一度丧失了创作力的安德烈。

影片通过中世纪画家安德烈·鲁勃廖夫个人灵魂的精神史，揭示出古俄罗斯文化发展的轨迹。影片的编导塔尔科夫斯基说：“我要探索一个伟大俄罗斯画家的诗情禀赋。我要以鲁勃廖夫为例，来探索艺术创作的心路历程，并且分析一个艺术家在创作出具有永恒意义的精神珍宝时的精神状态和人民的觉醒……这部影片的目的在于呈现：处于人与人相互残杀、鞑靼人大举入侵的时代，人民对于同胞的爱的渴望如何激发了鲁勃廖夫的旷世之作《三位一体》的诞生，它是友爱、情爱以及沉潜的天父之爱等理想的缩影，这才是该部剧本的艺术和哲学的基础。”

5. 寓言、象征

《安德烈·鲁勃廖夫》大量运用象征性和写意性手法，它们对散漫的情节，起到了强有力的凝聚作用。

影片从民族史诗的角度，安排了多组社会人物群像。人民的群像（雨中休息的农民、民间节日的裸女、疯癫的哑女、被刺瞎双眼的画匠们，还有被割了一半舌头的流浪艺人贾达斯，铸钟匠之子鲍里斯卡），艺术家的群像（画师安德烈、基里尔、乔内尔，希腊老画师费奥凡、画师助手法玛），统治者的群像（大公双胞胎兄弟、主教神父，法国贵族，贵族女孩），它们构成了古俄罗斯 15 世纪的历史社会形态。

影片中的事件，也是经过提炼和典型化处理的。例如，大公双胞胎兄弟间的争权夺利，刺瞎工匠的眼睛，割掉艺人的舌头，大公下令重新铸钟，等等，这些符号化的意象与纪实性的历史场面有机地融为一体。

影片开场，农夫飞行是一个寓言，暗喻着人民的创造力，集中反映了影片的主题思想，对于全剧情节有着提纲挈领的作用。

影片结尾，用八分钟时间展示瑰丽的“三位一体”壁画残片，上面凝聚了画家安德烈生命的激情和信仰，在这里艺术家的心灵生活与历史精神融为一体。安德烈的壁画创作和最终呈现，成为贯穿全剧的动作—情节。

全剧开场的飞天寓言与全剧结尾的彩色壁画，形成首尾呼应，构成了文明创造的主题语义。

6. 情节结构

影片的剧情分成上下两个部分。影片上部的开场，通过飞行的寓言，综括全剧主题，暗示了全剧情节走向，它蕴含和统照了全剧的七个分题故事：民间艺人贾达斯的故事、三画师的故事、村姑的故事、工匠的故事、大公兄弟的故事、哑女的故事、鲍里斯卡的故事。

影片的七个故事，每一个故事由不同的主人公讲述，形成不同的切入点。每一个段落，突出一个主题，形成复调的主题。这种主题多义性，体现出史诗结构的优点。正是这种散射性，开拓了不同生活场景，打开了广阔的历史画面。

在影片七个故事的背后，有一条由中心人物和中心事件构成的情节贯穿线，这就是安德烈信仰的重建，以及《三位一体》壁画的诞生过程。影片上部集中反映了安德烈的绝望和放弃绘画，下部集中反映了安德烈在人民的激励下，重新振作起绘画的信念。

上部：
全剧开场：农民飞天——————————————安德烈的民族精神源泉。
开端：民间艺人贾达斯被抓走———————————安德烈所处的文化禁锢环境。
发展：画师间矛盾，乔内尔的嫉妒和基里尔的出走——安德烈所处的艺术群体。
高潮：村姑、村民对宗教禁欲的反抗———————安德烈的信仰动摇。（倒高潮）
结尾：大公刺瞎工匠眼睛。安德烈放弃作画—————安德烈失语。（内心独白和虚拟对话）
下部：
开端：大公双胞胎弟弟引鞑靼人屠城———————安德烈所处的外族入侵的战争环境。
发展：哑女沦为鞑靼人的妻妾—————————安德烈所处的外族统治的社会环境。
高潮：鲍里斯卡铸钟。安德烈恢复创作的勇气————安德烈信仰的恢复。（倒高潮）
结尾：《三位一体》彩色壁画—————————安德烈内心情感的表达。

安德烈并不是始终处于影片的中心位置，在多数事件中他只是一个目击者，但他是影片的灵魂人物。影片以安德烈的心路历程作为情节主线，用人物心理逻辑来贯穿、组织历史事件，通过安德烈的思想变迁，折射出俄罗斯文明形成的过程。15世纪俄罗斯民族的历史精神渗透在安德烈的思想历程之中，并最终在他的《三位一体》壁画中，集中体现出来。

谭霈生指出：我们不能将戏剧的“动作—情节”片面地理解为纯粹外部的东西。黑格尔说过，戏剧的主要对象不是实际行动，而是内心情欲的表现。弗莱塔克认为：“所谓戏剧性，就是那些强烈的、凝结成意志和行动的内心活动。”具体动机是“动作—情节”的内驱力，它是构成戏剧性的核心内容。它有别于外部可见的“动作—情节”，后者是构成叙事性的主要内容。①《安德烈·鲁勃廖夫》的巨大贡献就在于，它将内在动机的“动作—情节”所体现的戏剧性与外在直观的“动作—情节”所体现的叙事性，这两者有机地结合在了一起。

安德烈创作壁画的内心事件、内心动作和内心历程的情节性，构成强烈的内在戏剧性冲突，支配着剧中的一系列事件，串联着散漫的情节单元，由此构成了内在戏剧性与外在叙事性的完美结合。

影片编导注意到单元之间的文武、冷热的搭配，在每一段重场戏之后会穿插一个过渡场景，

① 谭霈生：《戏剧本体论》，第117—118页。

有效地调整了叙事节奏。在上下部之间插入了鞑靼人入侵的历史事件，有力地调整了影片叙事的节奏。

7. 长镜头的运用

上世纪60年代，巴赞长镜头理论产生了广泛的影响。巴赞认为，电影的本质是记录现实，电影镜头要还原生活，展示生活本身的丰富性。受到巴赞理论的影响，塔尔科夫斯基先后在《伊凡的童年》和《安德烈·鲁勃廖夫》中，采用了长镜头的拍摄手法。

塔尔科夫斯基在阐述本片时说，“我要用长镜头拍摄，要再现生活本身的节奏”。爱森斯坦的《冰湖大战》用蒙太奇手法把动作性强的镜头组接在一起，“违反了所拍场景的内在节奏。这就好比把水从尼亚加拉大瀑布之上一杯一杯倒下来，那么尼亚加拉则被歪曲成了小水洼了”。“我力求银幕上的一切达到最大限度的真实，事件的表述要像照相般的精确，最大限度地接近生活。”“我要达到直接观察般的真实，甚至可以说是‘生理上’直接体验的那种真实。”

影片选择了黑白胶片拍摄，塔尔科夫斯基对此做出了说明，他说：“我没有看过一部很好运用色彩的影片。彩色影片的影像分散了观众对事物的感知。在日常生活中，我们很少特意关注色彩。在观察事件和行为时，我们不会注意色彩。看黑白电影时我们立刻会将注意力集中在主要东西上。”“彩色电影遵循的是绘画和彩色摄影的美学原则。我们一旦给镜头加上彩色影像，它马上就变成了活动的绘画。一切过于艳丽，与生活相差太远。”

在影片的结尾部，塔尔科夫斯基充分利用了黑白与彩色的强烈对比，构成全剧的情感高潮。影片最后八分钟用彩色胶片展示《三位一体》圣画，对看了三个小时黑白影片的观众是一个强烈的色彩刺激，形成全片的视觉高潮。彩色画面既体现了俄罗斯文明的光辉创造是如何产生的这一主题思想，又加强了结尾部对全剧情节的统一。

第四章

史诗结构的中国影片

《一江春水向东流》《霸王别姬》《城南旧事》

本章介绍史诗结构的中国电影。介绍中国史诗电影的一般性面貌，以及它特有的系统写意；介绍它是如何继承戏曲文学体制，加以吸收和转化，实现了叙事性与写意性的有机结合，由此熔铸成了民族电影的史诗结构。

中国史诗电影固然大量接受和吸取了西方戏剧、电影的宝贵艺术知识，它的写实主义风格、电影语言形式等，但是，它自身从未脱离传统文化的土壤和戏曲艺术的滋养。

本章在第一节，介绍中国戏曲的史诗叙事传统、戏曲文学体制的形成过程、戏曲的纲目结构和写意系统，以及传统戏剧审美对中国史诗电影的深刻影响。

本章在第二、三、四节，选择了三部中国史诗电影作为拉片教材："生旦并行"的《一江春水向东流》，单一主线结构的《霸王别姬》，散点结构的《城南旧事》。通过拉片子介绍中国史诗电影的线性、散点的结构形式和基础概念。由于篇幅限制，选片只能是以点带面。

《一江春水向东流》全面借鉴了戏曲文学体制，它秉承了伦理教化的戏剧宗旨，传承了明清政治史剧的创作传统，采用了"生旦并行"的传奇叙事结构，娴熟地运用了系统写意的手法。影片从一个普通上海家庭的升沉，反映出抗战前后十年间的国家危亡、社会变迁。这是一部使传统形式焕发新光彩的史诗巨制。

《霸王别姬》采用主线结构，由一条"姬别霸王"的情节主线贯穿，其间各种意象形成前后的照映埋伏。影片将叙事体与戏剧体两种结构结合在一起，使史诗叙事有一种戏剧性的紧张。人物命运的结局，显示出不同于戏曲悲情的悲剧审美格调。影片反映了京剧人与京剧艺术半个世纪的沧桑历史，传达了20世纪90年代，文化人对于传统文化的历史反思。

《城南旧事》采用散点结构，该片由四个独立的故事组成，通过"立主脑"的主题情境和贯穿情节进行草蛇灰线式的串联。影片通过一个孩子的眼光，展示了旧北平城南的不幸人生，既有淡淡的人生哀愁，也有沉沉的家国之思。散文化的史诗结构，为电影镜头的诗化处理，奠定了坚实的结构基础。

一、传统戏曲影响下的中国史诗电影

当西方电影移植到中国之后，早期的中国电影便开始从本土的文化艺术中汲取营养，特别是对戏曲艺术的借鉴和依傍。有理论者指出："中国民族电影的形成有两个文化源头：可操作的技术性源头——文明戏，民族风格的美学源头——戏曲。"电影在本土化的早期，"曾孤独地走自己探索的路，这就是利用电影的载体形式，向戏曲学习，向戏曲的灵魂学习"。"戏曲决定了中国电影启蒙期的文化取向并带来了艺术灵感。"①

中国电影大量借鉴传统戏曲，继承了它的高台教化的道德伦理内容、叙事性和写意性的审美形式，由此为电影本土化奠定了基础。要理解电影民族化的发展，有必要了解戏曲的文学体制，以及它对本土电影的持久影响。

1. 戏曲的叙事性与写意性传统

从 11 世纪后半叶，宋代汴京的瓦舍戏剧演出和“书会先生”的出现，到民国初 1913 年王国维著《宋元戏曲考》，前后经历了八百多年，戏曲形成了一套成熟完备的文学体制。这里所说的文学体制是指戏曲文学的样式、规范和制度，它与音乐结构、表演程式和舞台美术，相互配套，构成完整的演剧形式。

戏曲的形成发展与庙会娱神、百戏、瓦舍伎艺，以及“变文”、话本小说有着直接的关系。其中，讲唱艺术的代言性和叙述性因素，对戏曲文学的史诗叙事、写意传统的形成有着不可忽视的影响。戏曲的唱与念的分工，强调韵白的音乐性、节奏性，语言与音乐的兼美，当是吸收和保留了讲唱、吟诵的特点。②

在戏曲形成之初，宋杂剧采用了讲唱艺术与滑稽表演相结合的演出形式。进入元杂剧繁盛的时代，形成以诸宫调的曲体结构为基础的杂剧文学体制。经过南戏的综合发展，明清两代在曲体结构上发展出长篇传奇，至此戏曲的文学体制臻于完备而凝固下来。

清嘉庆年间，在“花雅之争”中，曲牌联套体的昆剧黯然退场，以作家文本为中心的传奇文学体制走向衰落，板腔体的地方戏逐渐占据上风，以舞台表演为中心的名角主创体制开始普遍流行，并一直延续至今。

(1) 戏曲文学的发展和体制的形成

戏曲在发展过程中，曾经有过两个前身，或者说两种发展路径：由散曲发展而成的“元杂剧”，以及由“变文”发展而成的“吟诵体杂剧”。③

散曲以个人抒情叙事为主，曲体多为“倚声填词”，后来形成诸宫调的套曲。宫调曲牌为杂剧所用，一变而为代言体的“剧曲”，成为有元一代的“元曲”。关汉卿、白仁甫等鸿儒硕学与瓦肆的乐伎倡优合作，“倚声填词”，成就了元杂剧的文学与音乐、表演的综合。

“变文”是一种“有声调不入曲［转读］”的唱经方法，即按一定调门自由徒歌，文体为散文与韵文相间，有白无唱或唱白相间，无管弦伴奏，其后扩展为讲唱民俗故事。受此影响形成的晋南“锣鼓杂剧”等剧种，击梆徒歌，无歌唱旋律，称“吟”“云”或“吟唱”，统称北方“吟诵体”戏剧。④

“吟诵体”戏剧以叙事为主要诉求，强调宣叙性和语言性；“元杂剧”以抒情性为主要诉求，强调歌舞、表演的综合。前者吟诵占有了优势，“歌从于言”；后者曲体占了优势，“言从于

---

① 高小健：《中国戏曲电影史》，第 24—27 页。

② 武俊达：《戏曲音乐概论》，第 29 页。

③ 寒声：《北方“吟诵体”戏剧是宋杂剧遗响中国代言体戏剧的第一梯队》，《寒声文集》，第一卷，第 94 页；《中国梆子声腔源流考论》，《寒声文集》，第二卷（上），第 1—4 页。武俊达：《戏曲音乐概论》，第 29 页。

④ 寒声：《北方“吟诵体”戏剧是宋杂剧遗响中国代言体戏剧的第一梯队》，《寒声文集》，第一卷，第 72 页。

歌”。宫调曲牌体的元杂剧后来居上，取代了原始性的“吟诵体”戏剧。

寒声认为，中国戏剧做出如此“历史选择”，在于先民的审美观念以“乐”为主体，古代祭祀的“乐”涵盖了诗歌、声乐歌唱、舞蹈与器乐演奏，是一种综合审美意念。如《乐记》所言：“诗，言其志也；歌，咏其声也；舞，动其容也。三者本平心，然后乐气（器）从之。是故情深而文明……”① 所以，中国戏剧没有走上“诗剧”的道路，而是形成了综合性的“戏曲”形式。

元杂剧的文学体制

元杂剧的剧本结构是一种曲体结构。所谓曲体结构，就是诸宫调的套曲结构。剧本的情节依附在套曲的音乐结构上面，将套曲作为戏剧叙事的框架。北杂剧演唱的曲子一般分为四大套，一折戏演一套曲子，每套曲子用一个宫调，由一人主唱。所谓一折戏文，就是与一套曲子相适应的一个剧情段落。元杂剧的文学叙事依托于套曲结构，并与之有机地融为一体。

套曲的结构一般为三个部分：引子、正曲、尾曲。其节奏的排列顺序为：散板、三眼板、一眼板、流水板、散板。曲调节奏变化由平静而趋于强烈，恰与戏剧情节发展的层次相联系。这种曲体结构把抒情性与叙事性融合在一起，成为一种戏剧性的音乐。②

杂剧唱腔的旋律节奏比语言节奏更深刻、感情色彩更浓郁，但是，音乐的情感内容是语言赋予的，剧诗音节的强弱是唱腔节奏的依据。③ 所以，唱腔旋律节奏表现的是剧诗的情感节奏。

古代曲家将散曲结构、曲体结构和戏剧结构，三者视为一体，甚至将曲结构放在最重要的位置。乔梦符对散曲结构，提出“凤头、猪肚、豹尾”的主张，即“起要美丽，中要浩荡，结构响亮，尤贵首尾贯串，意思清新”（《缀耕录》）。这既是对一支曲、一套曲的结构主张，也是对全剧的曲体结构和戏剧结构的主张。

不管是杂剧、南戏还是传奇，一部曲牌联套体的剧本从创作到演出，至少要经过三个阶段：作家依曲调文律填词下字，曲师按照曲调音律制谱订腔，演员遵照曲调谱式习声歌唱。统一的曲谱是根据戏曲填词订腔的需要，为了解决曲牌联套带给剧作家、曲师、演员的操作困难应运而生的。

杂剧作者在构思戏的情节布局时，要首先考虑如何与音乐结构相适应，选择哪几套曲牌去完成剧情的叙唱和人物的刻画。王骥德在《曲律》中说：“作曲者必先分段数，以何意起，何意接，何意作中段敷衍，何意作后段收煞，整整在目，而后可施结撰。”④ 指的就是戏剧结构要与音乐结构相结合。音乐结构奠定了戏曲的抒情体基础和剧诗特质。

明清传奇的文学体制

元代末叶，北杂剧衰落，南戏全面勃兴。南戏音乐采取南曲与北曲合套，打破了元杂剧“四折一楔子”和一人主唱的局限，并运用独唱、对唱、合唱的演出形式。南戏关目可以根据剧情变化加长或缩短，逐步形成长篇戏曲剧本。传奇戏曲剧本结构的定型完成于明嘉靖中后期（1546—1566）至万历中期（1600 年左右），形成了剧本结构规范化、音乐体制格律化和艺术趣味文人化的传奇戏曲剧本体制。⑤

---

① 寒声：《北方“吟诵体”戏剧是宋杂剧遗响中国代言体戏剧的第一梯队》，《寒声文集》，第一卷，第 94 页。

② 张庚、郭汉城主编：《中国戏曲通史》，第 1088 页。

③ 武俊达：《戏曲音乐概论》，第 159—160 页。

④ （明）王骥德：《曲律》，《中国古典戏曲论著集成》，第四册，第 123 页。

⑤ 郭英德：《明清传奇戏曲文体研究》，第 71 页。

南北杂剧是短篇文体，传奇戏曲是长篇文体。明清传奇由杂剧的通例四出，扩展到通例二十出至五十出，并开始分卷和标目。传奇剧的篇幅浩大，线索复杂，囊括了众多人物和事件，弥补了杂剧篇幅短小的不足。明代戏曲家吕天成说："杂剧折惟四，唱惟一人；传奇折数多，唱必匀派。但披一事颠末，其境促；传奇备述一人始终，其味长。"①

在这一时期，产生的四大南戏（《荆》、《白》、《拜》、《杀》）以至《琵琶记》，均采用了"生旦离合"的双线结构，双线结构逐步定型为长篇戏曲最基本的结构形态。

明清传奇虽然情节内容的篇幅有所增加，但仍按套曲分出，所谓一出，就是音乐结构上的一个完整单位，这表明传奇文学仍然没有脱离曲体结构，在结构过程中，寻宫数调和选声布韵依然是主要工程。传奇结构实际上是一个戏剧结构与音乐结构的矛盾统一体。②

传奇戏曲多以男女婚姻爱情和家庭伦理故事为题材，由此形成生旦双线并行的结构惯例。传奇的文学结构大体是固定不变的，第一出是"副末开场"，第二、三出是"生旦家门"，结尾是"大收煞"。关目的表现形式大致为：游春、庆寿、家宴、别亲、试学、闺思、议计等固定套子；情节内容大多是：赴任、考试、寄柬、离别、惊变、相思、旅叹、佳期、报捷，结尾大多是夫妻团圆，一门荣荫，或表忠除奸，或升仙入道，形成了相对固定的情节套路。传奇体制为创作提供了成熟的结构形式和完备的填词技法，极大地便利了传奇创作；其弊端是日趋僵化，束缚创作，造成陈陈相因、千篇一律的创作现象。③

在文人曲家的推动下，传奇的语言风格趋向典雅化，随着文词派的兴起，典雅绮丽成为传奇剧本的主导风格。文人曲家创作的传奇，与其说是戏剧样式，不如说是文学体裁。传奇剧不仅成为"台上之曲"，而且成为"案头之书"。④

时至明中后期，随着叙事兴趣不断增长，开始与抒情趣味一争高下，文人曲家开始强调"戏曲"与"时曲"的区分，提出："时曲者，无是事，有是情"，"戏曲者，有是情，且有是事"，"事合"才能"情到"，"了其事"方能"尽其情"。⑤ 这一切表明，戏剧性与抒情性之间的权重关系发生了变化。

随着叙事情节的增强和传奇篇幅的加大，戏剧结构开始受到重视。明代王骥德在《曲律》中，第一次涉及到曲文结构。他提出："以全帙为大间架，以每折为折落，以曲白为粉垩，为丹雘。"⑥ 但是，他仍将作曲的章法结构放在剧情结构的前面，认为曲词音韵和曲体结构重于戏剧结构。

清代李渔的戏曲编剧理论

清初的李渔对宋元明以来的戏曲理论进行了系统的总结概括，全面论述了戏曲文学、音乐、表演、教学诸方面的内容。李渔针对戏曲创作只重音律、忽视情节性的倾向，强调指出"有奇事，方有奇文"，并提出"结构第一"的观点。他将戏剧结构作为曲体结构的基础，置于选声布韵之先。李渔根据自身的创作实践经验，综合了前人和同时代人的成果，形成了一套系统的传奇结构理论。⑦

---

① （明）吕天成：《曲品》，《中国古典戏曲论著集成》，第六册，第209页。

② 傅谨：《中国戏剧艺术论》，第94—95页。

③ 张庚、郭汉城主编：《中国戏曲通史》，第532页。

④ 郭英德：《明清传奇戏曲文体研究》，第35页。

⑤ 郭英德：《明清传奇戏曲文体研究》，第38页。

⑥ （明）王骥德：《曲律》，《中国古典戏曲论著集成》，第四册，第137页。

⑦ 谭源材：《古代戏曲结构学综论》，《戏曲研究》第42辑。

李渔在《闲情偶寄》中，总结归纳出一系列重要概念：家门、冲场、出脚色、小收煞、大收煞等；并且提出“立主脑”（“一人一事”）的重要创作方法，即以核心情境（中心人物、中心事件）统领全剧的纲目结构法则。李渔编剧理论的中心思想是实施结构控制，例如家门、冲场是总括全局，出脚色是分叙生旦两线，小收煞是将情节分成上下两大单元，等等。这些技法的核心是通过“立主脑”引领情节编排，形成纲目结构，从而解决人物众多、线索杂乱的问题。李渔的编剧理论对清代中后期的传奇创作产生了重要影响。①

传奇文学体制的衰落

到了清代中后期，随着大量文人参与传奇创作，体制化的弊端开始显现出来。文人曲家将戏曲等同于诗文，视“填词为文字之一体”，不讲戏剧性和舞台性，造成情节冗沓、头绪散漫。许多剧本无法搬上舞台，沦为纯粹的案头文学本。② 传奇戏曲的幽雅文词、悠长节奏，以及字少腔多的音乐，日益远离了大众欣赏趣味。与此同时，清廷颁布禁止官员拥有家庭戏班的禁令，割裂了文人和士绅阶层与昆曲的密切联系，破坏了昆曲的主要社会基础。这些都为传奇戏曲的衰落埋下了伏笔。

在清康熙末叶至道光末年，清代民间地方戏开始兴起，梆子、皮黄创造了以基本曲调进行板式变化的“乱弹”形式，这种单纯、鲜明的戏剧性音乐，受到各地民众的广泛欢迎。戏曲开始由曲牌音乐进入板式音乐的时期。

板式音乐以节奏变化取代曲调变化作为基本表现手法，以板腔体的句式结构（整齐的七字句和加虚字的十字句）代替传奇的长短句。这种板式音乐使戏剧结构不再紧密地依托于曲体结构，反而使曲体结构转而依托戏剧叙事结构。音乐根据剧情的需要，可多可少，可用可不用，不再采用由曲体分出的结构形式，而是根据戏剧情节的需要进行分场。③

清代地方戏强调戏剧情节性，曲白通俗易懂，唱腔字多腔少，节奏明快，载歌载舞。如果说曲牌体以诗歌为主要的抒情载体，那么板腔体则以歌舞表演为主要的抒情载体，诗词叙唱故事的形态转变为歌舞表演故事的形态。传奇戏曲由此开始走向衰落。

传奇戏曲采用非生活的诗化语言，它的基础是文言与口语的分立。典雅的唱词带来隔阂，也带来写意形式美。戏曲须要保持其书写特性，维持它和口语的距离。案头阅读与舞台观演二者相互依存，不可偏废。

文人作家逐步退出戏曲创作后，地方戏演出多为改编旧戏，剧本只供艺人场上演出之用。随着案头阅读价值的丧失，剧本也不再刊刻流布。文人主导的“词统”转为演员主导的“戏统”，以文学剧本为中心的“编剧主将制”被以舞台表演为中心的“名角制”所取代。

清末民初，随着商业性戏园的发展，形成以“京班”为代表的、以名角为中心的、等级森严的“名角制”戏班，各地纷纷仿效。京班的“新戏”多为旧本改编，由名角本人参与主持，文人为之执笔服务。新戏在情节和人物两方面都以名角所扮人物为中心进行重构，其他人物或抑或扬，以求众星托月。“名角制”不仅改变了戏曲的戏剧叙事，也改变了戏曲的叙事形态。④戏曲行当的综合表演体系的日益完善，并没有带来剧本创作的繁荣发展，戏曲文学创作日渐式微。

① 清代杨恩寿的《续词余话丛话》、民国初吴梅的《顾曲尘谈》，大量袭用《闲情偶寄》的原话。见杜书瀛：《论李渔的戏剧美学》，第 2 页。

② 郭英德：《明清传奇戏曲文体研究》，第 337 页。

③ 张庚、郭汉城主编：《中国戏曲通史》，第 954—957、965 页。

④ 何萃：《京班名角制下的戏剧叙事》，《戏剧艺术》2016 年第 4 期。

(2) 诗、词、曲影响下的戏曲写意

明王骥德说："后《三百篇》而有楚骚也，后骚而有汉之五言也，后五言而有唐之律也，后律而有宋之词也，后词而有元之曲也。"(《古杂剧序》) 古人们认为："曲之意，诗之遗也。"(明闵光瑜：《邯郸梦记·小引》)"曲为诗之流派"（清黄周星《制曲枝语》)，曲是声诗，其"诗为声也，不为文也"(南宋郑樵：《乐略第一》)。"诗变而词，词变而曲，其源本一。"(明臧懋循：《元曲选序二》) 今人郭英德指出：戏曲之曲是有声之诗，本质上是一种歌诗。声、音是诗、词、曲共有的本源，共通的内质。[①] 由此构成了戏曲文学的抒情性和写意性兼备的美学特质。

戏曲不同于诗词的地方，在于它的抒情性与叙事性的有机融合。明王骥德在《曲律》中说："诗词不得以谐语方言入"，又限于格律，"不尽于意"，"未畅人情"。所以"诗不如词，词不如曲，故是渐近人情"。明孟称舜说：传奇意在借叙事以言情，"顾其所为情与景者，不过烟云花鸟之变态，悲喜愤乐之异致而已"。[②]

戏曲继承了诗词"观物取象""立象尽意"的表意方法，在戏剧中根据表意需要，进行"取象""立象"，如人物造型、典型动作、道具象征、环境选择等，通过"欲表现之意"，选取"表意之象"，实现"立象尽意"。[③]

在诗、词的影响下，散曲或套曲善于"因事以造形，随物而赋象"，同时，也非常重视意象的谋篇布局。曲子的意象布局的手法，对戏曲写意系统的形成，产生了深刻的影响。

以马致远的散曲《天净沙·秋思》的意象布局为例："枯藤老树昏鸦，小桥流水人家，古道西风瘦马。夕阳西下，断肠人在天涯。"曲中有十二种物象，分别组成了四个意象群。"枯藤""老树""昏鸦"组成第一组意象群，"小桥""流水""人家"组成第二组意象群，"古道""西风""瘦马"组成第三组意象群，这三个意象群又被归纳和统摄到整体的中心意象群，即最后一句："夕阳西下，断肠人在天涯"，瞬间把此前的三组意象与"断肠人"的中心意象融合在了一起。

<table>
<tr><td>分题情境意象组合："枯藤老树昏鸦"</td><td rowspan="3">主题情境意象统摄：
"夕阳西下，
断肠人在天涯"</td></tr>
<tr><td>分题情境意象组合："小桥流水人家"</td></tr>
<tr><td>分题情境意象组合："古道西风瘦马"</td></tr>
</table>

"断肠人在天涯"为主题情境意象，此前的三组意象为分题情境意象，分题意象统一于主题意象。总情境就是由一个中心抒情与多个子意象构成的意象系统，正是在这一系统中，物象转化为意象，物境转化为情境，多个分题情境融合为一个总的主题情境。我们从一首散曲分析中，可以看到曲的诗化意象系统与曲体结构、戏剧结构的意象系统的内在关联性。

戏曲在套曲结构层面上，同样重视意象的布局，可以视为散曲意象布局的同构扩大。如《窦娥冤》第三折有十支曲，其中三桩誓愿的三支曲，【耍孩儿】("我不要半星热血红尘洒，都只在八尺旗枪素练悬")、【二煞】("定要感得六出冰花滚似锦")、【一煞】("三年不见甘霖降")，这三支曲的不同意象，集中表达了"感天动地"的主题意象，曲情与词意相得益彰，达

---

① 郭英德：《明清传奇戏曲文体研究》，第169—171页。

② （明）孟称舜：《古今名剧合选》序，《古本戏曲丛刊》四集之八。

③ 贯涌主编：《戏曲剧作法教程》，第289页。

到音乐抒情与文学意象的统一。

《窦娥冤》的四折一楔子，楔子（一支曲）、第一折（九支曲）、第二折（十一支曲）、第三折（十支曲）、第四折（十支曲），共计四个曲牌联套，合计四十一支曲。在曲体结构上，不同曲调和曲词的相互搭配，形成唱腔的不同情感色彩，在各折之间造成戏剧性的对比。既实现了音乐与剧情的结构统一，同时，也实现了曲体结构与戏剧结构在意象布局上的统一。

戏曲文学结构的基础是曲体结构，排曲布韵是结构布局的重要组成部分。戏曲叙事必然要受到曲体结构的制约和影响。戏曲作为写意性戏剧，普遍采用了以曲体的主题意象统摄分题意象的布局章法。

由于戏曲是"有声之诗"（"歌诗"），诗、词、曲既在本源上相通，又在结构上同体，所以，戏曲写意系统的本质是剧诗，它的意象系统是抒情诗的系统。

（3）戏曲的情节结构、情感节奏、情境观念

中国戏曲采用了戏剧诗与抒情诗、史诗三者综合的戏剧形式，它在时空观念、情节结构、情感节奏、情境观念等方面，形成了自己特有的史诗戏剧形态。中国戏曲的诸方面与西方戏剧相比，显示出了特有的审美意趣。

黑格尔在《美学》中概括西方戏剧的特质，指出：西方的"戏剧体诗"综合了"史诗的客观原则和抒情诗的主体原则"，"这就是说，戏剧把一种本身完整的动作情节表现为实在的，直接摆在眼前的，而这种动作既起源于发出动作的人物性格的内心生活，又取决于有关的各种目的，个别人物和冲突"即情境的"实体性"。① 这里所谓的"史诗的客观原则"，指"动作情节表现为实在的"直观体现；所谓的"抒情诗的主体原则"，指"人物性格的内心生活"在"动作情节"中的显露。黑格尔所说的西方戏剧体的"史诗与抒情诗的统一"，就是指在戏剧情境的"实体性"中，人物的"内心生活"在"动作情节"中以内驱力的形态呈现。

中国戏曲则有所不同，王国维在《戏曲考原》中说："戏曲者，谓以歌舞演故事也。""必合言语、动作、歌唱以演一个故事，而后戏剧之意义始全。"中国戏曲发源于百戏和话本小说、诸宫调说唱，具有很强的叙事性、写意性，最大程度地实现了史诗和抒情诗的融合。

叙事体戏剧：戏剧性的曲体叙事，写意的表演与抒情的统一。
戏剧体戏剧：戏剧性的动作情节，写实的动作与动机的统一。

西方戏剧通过写实的动作情节来实现"史诗的客观原则"和"抒情诗的主体原则"；而中国戏曲则通过假定性表演来实现上述的原则。在这里，显示出中国的叙事体戏剧与西方的戏剧体戏剧的重要差别，一个是虚拟表现的写意戏剧，一个是直观再现的写实戏剧。

戏曲的情节结构

戏曲采用线、点组合的情节结构布局，强调情节主线要"一线到底"，"如孤桐劲竹，直上无枝"，根据情节线的发展，安排情节的点，把故事情节叙述得有头有尾、脉络分明。在情节主线的连贯下，情节点的分布可以十分松散，并可增可减。

西方戏剧采取以高潮为中心的结构布局，情节结构十分紧凑，亚里士多德说：悲剧"就只

① （德）黑格尔：《美学》第三卷（下册），第241页。

限于一个完整的行动，里面的事件要有紧密的组织，任何部分一经挪动或删削，就会使整体松动脱节”。①

西方戏剧强调一个中心点，中国戏曲则强调一条线上的多个点。这两种不同的结构方式，类似于东西方的不同绘画理念，例如达·芬奇的《最后的晚餐》（1495—1498）、拉斐尔的《雅典学院》（1509），通过精心构图，营造出一个几何透视中心，构成一个实体的空间图景；而顾闳中的《韩熙载夜宴图》（五代）、张择端的《清明上河图》（北宋）则采用了视点平移的方法，营造出多个视觉中心，构成卷轴式的图画长卷。前者用餐桌和建筑的透视关系强化了空间与时间的统一，后者用屏风和街道强调了时间对空间的分割。这说明西方绘画侧重空间关系，强调整体的不可分割性，中国绘画侧重时间关系，强调整体的可分割性。正是基于各自不同的时空审美形式，西方戏剧强调写实场面的戏剧性空间开拓，戏曲强调写意场面的叙事性时间流动，前者侧重空间形式美，后者侧重时间形式美。布莱希特也曾指出：叙事体戏剧的情节可以用剪刀分割成小块，仍能完全保持其生命力，戏剧体戏剧却不能做这样的分割。②

戏曲把舞台作为无限空间来使用。戏曲的每一折是一个点，多折的连缀是一条线。点主要表现固定的场面，线通常表现流动的场景。麻国钧指出：戏曲的点与线的联接，是通过“行”与“停”实现的。每折戏都有必不可少的“走圆场”“跑龙套”。戏曲情节中存在大量乘坐车、船、轿、马的流动场景，如《钟馗嫁妹》《单刀会》等，“行”既是转换时空，又是叙述情节。戏曲离不开固定的场面（点），也离不开流动的场面（线），所以，盖叫天说：“戏曲是走的艺术。”③

戏曲的线点结构是一种线的贯穿性与点的灵活性的统一。《西厢记》的赖婚、酬简、拷红、长亭；《将相和》的渑池会、完璧归赵、负荆请罪等，这些段落既是全剧整体的有机部分，又各自独立、自成段落。范钧宏指出：话剧结构是面与面的连接，是面上的横的集中，戏曲是一条线上的点与点的连接，是线上的纵的集中。④ 马也指出：话剧善于把戏剧冲突做“板块式”的空间合并，戏曲善于把戏剧冲突做“项链式”的时间串联。如果说西方话剧像一座高耸的哥特式教堂，戏曲则像一座平铺的中国园林，教堂抽掉一条拱梁就可能倾覆，而园林分割出去一部分，则不致有这样的忧虑。⑤

戏曲的每一场戏都是一个相对完整的故事，这种可分可合的结构特性，使其分开来时，自成格局；合起来后，能够浑然一体。戏曲结构的可分可合的单元结构特性，与中国传统哲学将部分视为整体、“一即一切，一切即一”的全息思维相关。戏曲的整本戏是由若干关目合成的，每一个关目既是整体的部分，又是部分的整体，所以能够自由分合。

戏曲的情感节奏

中西方戏剧在情节布局上的差异，体现了两种不同的情感节奏。西方话剧围绕着高潮点组织冲突，在高潮单元展示人生的巅峰时刻，这种倾斜式的戏剧结构，决定了戏剧性的情感节奏：激烈、奇崛、惊涛骇浪、戛然而止。中国戏曲围绕着情节线组织冲突，使得全剧节奏在变化中保持相对平衡，占四分之一的结尾部均衡了全剧的冲突节奏，同时也平衡了全剧的情感节奏。

---

① （古希腊）亚里士多德：《诗学》，罗念生译，第 37 页。

② 丁扬忠编译：《布莱希特论戏剧》，第 69、106 页。

③ 麻国钧：《“行”与“停”的辩证——中国古典戏剧流变及形态论》，第 251—257 页：“走圆场”与“跑龙套”。第 284—305 页：“行”的戏剧场面构成。第 306—309 页：点与线：古剧结构。

④ 范钧宏：《戏曲结构纵横谈》，《戏曲艺术》1980 年第二期。

⑤ 马也：《中国传统戏曲结构特征三题——兼谈话剧与戏曲结构的区别》，《戏曲研究》第十辑，第 111、131—133 页。

这种追求均衡的叙事体结构，决定了史诗性的情感节奏：平稳、舒展、波澜壮阔、从容不迫。

话剧的发展部较长，占全剧1/2的篇幅，它延长了冲突情节的发展，增强了达到高潮的动作和情感的力量。戏曲的发展部较短，只占有1/4篇幅，并有一个占1/4篇幅的结尾部。结尾部均衡了全剧的冲突节奏，同时也平衡了全剧的情感节奏。例如《窦娥冤》的结尾部，窦天章为女儿平反，在情节线上占有很重要的地位，它有效地调节了高潮部产生的悲愤情绪。

话剧的节奏是由它的戏剧性决定的。话剧所呈现的幻觉是“未来式”的。苏珊·朗格指出：戏剧“不像叙事性作品那样，意在现在”，而是“朝向某些更远的阶段”，“未来仿佛是一种已然的实体，一种立足于现在的实体。这就是命运”。“过去和未来之间的紧张，即是戏剧的‘现在时刻’。”未来主导着将来，从而赋予现在的生活以一种持续的紧张。①

戏曲的节奏是由它的叙事性决定的。戏曲叙事虽然是“过去式”的，但是虚拟的时空间是现在进行时态的，它着眼于现在，给予生活过程以重要的位置。它虽然强调戏剧冲突，但也以日常生活和人之常情为描写对象，在日常环境中发现审美的情趣。古人提出“观剧须从闲处着眼”（冯梦龙），“闲闲渐写”，“寸寸节节而作”（金圣叹），“闲淡中写出关目”，“闲中写出人情”，以“常人常事常情”，为表现对象（吴仪一）。传奇剧十分重视表现生活的广阔性，常常展示没有戏剧冲突的生活场景，如《牡丹亭》中的“劝农”、《长生殿》中的“闻笛”、《桃花扇》中的“栖真”等关目。

戏曲的情境观念

东西方戏剧对戏剧情境的认识有本质的不同。在西方戏剧中，人与情境处于尖锐的冲突之中。古希腊悲剧表现了在命运受支配的情境下，人如何保持自身的尊严（索福克勒斯：《俄狄浦斯王》），存在主义戏剧表现了在极端情境下，人如何使用自由选择的权利（萨特：《死无葬身之地》），契诃夫戏剧表现了在日常情境下，人丧失了自由意志的状态（契诃夫：《樱桃园》）。在中国戏曲中，人与情境处于既冲突又协调的关系中。戏曲表现了人与情境的互动（《窦娥冤》）、通感（《牡丹亭》）、容受和默契（《桃花扇·余韵》）的关系。

东西方戏剧在情境认知上的差异，决定了各自不同的叙事方式和情感表现形式。西方话剧通过巅峰体验揭示现实人生，再现自己所处的戏剧性情境；东方戏曲通过生活过程传达人生体验，表现自己所处的抒情性情境。西方戏剧体戏剧以事件高潮为中心组织情节，形成尖锋式情感波形；东方叙事体戏剧以事件过程为线索组织情节，形成波浪式的情感波形。

中国戏曲受到礼乐文化的深刻影响。《乐记·乐论篇》：“乐者，天地之和也；礼者，天地之序也。和，故百物皆化；序，故群物皆别。”受礼乐文化影响，戏曲审美强调“致中和”（“喜怒哀乐之未发谓中，发而皆中节谓之和。中也者，天下之大本也；和也者，天下之达道也。”[《中庸》]），倡导“哀而不伤，乐而不淫”，所谓“温柔敦厚，《诗》教也”（《论语·礼器》）。

中国戏曲形成了有别于西方戏剧的时空观念、情节结构、情感节奏和情境观念，体现了独特的审美取向和情感节奏。正因为中国戏曲具有以上诸方面的特点，西方理论家们称中国戏剧为“叙事体戏剧”，又因其叙事特点类似西方的史诗，称中国戏剧为“史诗性戏剧”。

（4）戏曲的纲目结构

下面，我们来介绍戏曲的纲目结构形式。李渔提出“立主脑”的戏曲创作理论。②“主脑”

---

① （美）苏珊·朗格：《情感与形式》，第355—360页。

② （清）李渔：《李笠翁曲话》，第7页。

即是主题，“立主脑”就是确立主题情境，也就是实现主题的情境化。李渔说明“立主脑”就是确立“一人一事”，也就是构成主题情境的中心人物和中心事件。主题情境（“一人一事”）是纲，受其支配的分题情境、分题意象、单元情节则是目。“立主脑”的原则，就是以主题为纲，以纲带目。纲目关系如下：

纲：	**主题概念**（主脑）→	**主题情境**（立主脑）→	**主题意象** →	**贯穿情节**
	↓	↓	↓	↓
目：	**分题概念**	**分题情境**	**分题意象**	**单元情节**
	开端部概念	开端部情境	开端部意象	开端部情节
	发展部概念	发展部情境	发展部意象	发展部情节
	高潮部概念	高潮部情境	高潮部意象	高潮部情节
	结尾部概念	结尾部情境	结尾部意象	结尾部情节

“立主脑”的方式方法，就是纲目分化，以纲带目。通过主题大纲的层层分化（概念分化、情境分化、意象分化和情节分化），达到主题大纲对各层分目（概念分目、情境分目、意象分目、情节分目）的层层带领。具体地说，就是：以主题概念主导分题概念，以主题情境支配分题情境，以主题意象统摄分题意象，以主题的贯穿情节统领分题的单元情节。

李渔通过“立主脑”辩证地处理主题与内容、整体与部分的关系，我们将之概括为纲目关系：以主题为纲，以分题为目；以主题情境为纲，以分题情境为目；以主题意象为纲，以分题意象为目；以贯穿情节为纲，以单元情节为目。这就是我们所讲的戏曲纲目结构。

（5）戏曲文学体制与明清八股文

戏曲文学体制的发展与明清科举的八股文有着千丝万缕的关系。许多理论家指出，宋代科举的“经义之文”最初并无固定的格式，后来吸收了南宋以后的散文和元曲、杂剧的成分，到明成化（明宪宗 1465—1487）后形成严格的八股文体。清代学者焦循说：“八股文口气代其人说话，实为本于曲剧。”（《易余龠录》卷 17）清朝末科探花商衍鎏先生指出，八股的破题开讲等于曲之引子，提比、中比等于曲之套数，领题、出题段落等于曲之宾白。①

八股文用孔孟的口气说话，属于“代言体”，文章有固定的格式：由破题（揭示题旨）、承题（申明题义）、起讲（开始议论）、入题、起股、中股、后股、束股八部分组成，入题后的四个部分，每篇的起股到束股要相互排比对偶（出比与对比），四副对子要平仄对仗，合起来共八股。顾炎武说：“股者，对偶之名也。”每四股之中，一反一正，一虚一实，一浅一深，相互对比，又称“八比文”。文字的反复对仗体现出文章的思维逻辑的整体性。

杂剧在体例上是一本四折，音乐和剧情结构形成起承转合，八股文的套路与此相同。清代学者刘熙载说：八股文的套路是“起、承、转、合四字，起者，起下也，连合亦起在内；合者，合上也，连起亦合在内。中间用承用转，皆兼顾起合也”（《艺概》卷 6《经义概》）。② 八股文采用起承转合的结构，与杂剧有着相同的抑扬顿挫的节奏。

戏曲十分重视题目对于全体的统领作用，例如体制中的“题目正名”。八股文也有强烈的

---

① 商衍鎏：《清代科举考试述录》。

② 许慈晖：《浅谈宫音串孔商律谱孟——论元代杂剧对八股文的影响》，《扬州大学学报》，2003 年 7 月。

"尊题"意识，例如前四股（破题、承题、起讲、入题）都是在强调围绕题目写作，要将文章中的所有内容都与题目搭上关系。刘熙载说：时文写作有"原、反、正、推"四法，"原以引题端（点明题旨），反以作题势（反面立论），正以还题位（回到题目），推以阐题蕴（展开论述）"，围绕一个主脑做往复回绕的论说。"将题说得极有关系，乃见文非苟作。"要"一线到底，百变不离其宗"，遇到枯窘题要生发，颠倒敷陈。这是所谓的"时文之意根于题"，"文莫贵于尊题"。(《艺概》卷6《经义概》)

清代传奇作家张雍敬说："予谓（八股）作文之法，其妙悉寓于传奇。"传奇与八股皆"埋伏有根，照应有法，线索必贯，收拾必完"。① 这里所说的"有根""有法"和"必贯""必完"指的就是以主题为"根""法"，根据主题来生发文章、组织文章；针对戏文来说，就是"立主脑"，由"主脑"出发确立主题情境与分题情境，确立主题意象与分题意象，确立贯穿情节与单元情节。

杂剧和传奇的严整格式和缜密形式，对于八股文的形成产生了影响。随着科举考试在文人中的持续影响力，八股文反过来又对文人的传奇戏曲创作，产生广泛而持久的影响。

2. 从史诗戏剧到史诗电影——中国电影的本土化与传统美学追求

电影是西方工业文明的产物，它是在上世纪初直接植入中国的。本土电影前后经历了模仿、复制、嫁接和融合的不同历史时期，经过不断地整合和扬弃，逐步形成了中国电影的民族风貌。回顾中国电影本土化的发展历程，我们可以清楚地看到，传统的戏剧观念和审美追求对本土电影的形成发挥着深刻、持久的影响。

电影剧作家、理论家、左翼电影运动的开拓者和领导者之一的夏衍说："实现电影本体与中国本土的完美结合，是中国电影发展的必由之路。"② 许多理论家都指出，中国人的审美情趣、道德观念和价值取向，仅仅通过模仿和复制欧美电影是没有办法实现的，需要通过自身的民族艺术形式去完成。③ 以郑正秋、蔡楚生、费穆和谢晋等人为代表的一批中国电影人，正是以这种"文化自觉精神"推动着电影民族化的发展。

(1) 中国电影的本土化发展

西方电影刚进入中国时，影片放映常与戏曲、说唱以及文明戏演出穿插在一起。人们称电影为"西洋影戏""电光影戏""美国影戏"等。"影戏"成为中国人早年对电影的通用名称，这也反映了中国人将电影艺术视为一种光影的"戏剧"。

在中国电影业的发展中，极少有外国人在中国拍片而取得成功的例子。中国观众认为，洋影戏中的"亲嘴""踢屁股那点玩意儿"，属于"非礼"的行为，对洋影戏多采取不屑和排斥的态度。外国人在华投资制片业都失败了，中国电影正是利用他们的失败而获得的机器设备发展起来的。④

20世纪20年代，张石川初创的明星公司，模仿美国滑稽短片的风格，连拍《滑稽大王游华记》等四部怪诞滑稽的影片，观众不感兴趣，公司濒临倒闭。张石川听取郑正秋的建议，拍摄

① （清）张雍敬《醉高歌》自序。
② 宫林：《中国电影美术论》，第176—177页。
③ 于丹、王朿编著：《中国电影的起源》，第53—54页。
④ 高小健：《中国戏曲电影史》，第5、46页。

了由郑正秋编剧的家庭伦理片《孤儿救祖记》（1923），该片讲述血缘亲情和“善恶到头终有报”的故事，影片大获成功，挽救了明星公司。《孤儿救祖记》开创了传统戏剧套路的中国式“影戏”，它成为电影民族化的开端。受到《孤儿救祖记》成功的鼓励，中国电影迎来了第一个大飙升时期，史称“国产电影运动”。①

20世纪30年代，出现了电影史学家们所说的“新兴电影运动”或“左翼电影运动”。在现实主义创作的大背景下，电影编导者一方面学习好莱坞影片和苏联蒙太奇语言，一方面又服膺“影戏”观念，从传统戏曲、古典诗词、绘画和园林、建筑等方面，汲取文化营养，形成日益鲜明的民族化风格。继郑正秋、张石川之后，出现了郑君里、蔡楚生、费穆、吴永刚、孙瑜、袁牧之等一批杰出的电影导演，产生了一批经典影片，如《桃李劫》（编导：应卫云、袁牧之1934）、《风云儿女》（编剧：田汉、夏衍，导演：许幸之1935）等。

战后40年代，中国电影进入新的发展时期，“影戏”在吸收融汇了西方电影语言后，叙事技法日渐娴熟，其主流电影的地位更加不可动摇。② 在这一时期，产生了一批具有鲜明“影戏”风格的史诗电影，如《一江春水向东流》（编导：蔡楚生、郑君里1947）、《万家灯火》（编导：沈浮、阳翰笙等1948）等。

共和国成立后的中国当代电影坚持了现实主义的创作道路，虽然在电影语言、风格手法和体裁等方面有着广泛的探索，但是“影戏”叙事传统仍然发挥着主导性的影响，由此形成了电影民族化的基本特征。在新中国成立前十七年，产生了“生旦并行”的《翠岗红旗》（编剧：杜谈，导演：张骏祥1951），具有诗词意蕴的《林家铺子》（改编：夏衍，导演：水华1959），以及乡土史诗《红旗谱》（改编：胡苏、凌子风、海默、吴坚，导演：凌子风1960）等。在“文革”后二十年中，产生了传奇风格的《天云山传奇》（编剧：鲁彦周，导演：谢晋1981）、《霸王别姬》（编剧：李碧华、芦苇，导演：陈凯歌1993）等一大批本土化的史诗影片。

许多理论家论述了中国电影民族化的特征。周星认为“影戏观”强调情节内容的因果伦理性，人物命运的传奇性，情节叙述的顺序性和完整性，在此基础上形成中国电影传统的主要特征。③ 陈犀禾说：“作为一个美学概念，‘影戏’则超越了中国早期电影这一特定的历史范畴，而成为概括整个中国传统电影观念的基本概念，涵盖了八十年来整个中国电影的历史。”④

在当代中国电影创作中，谢晋具有一定的代表性，他导演的《女篮五号》（1957）、《红色娘子军》（1960）和《天云山传奇》（1981）、《牧马人》（1982）、《芙蓉镇》（1986）等影片，受到观众的普遍欢迎。马军骧指出：谢晋电影创作的“深层结构和叙事原则都还是以伦理喻示为主轴、为最大核心和最终的逻辑规范”。⑤

从郑正秋到蔡楚生、费穆，再到谢晋，中国近现代电影有着一个长久不变的、潜在的基本主题，这就是家庭伦理。许多电影都描述了家庭在战争和社会动乱中的破碎，传统美德的价值被践踏，以及伦理秩序的修补和道德良俗的重建。中国观众的审美是与道德的善结合在一起的，它是由稳固的传统“文化—心理”结构所决定的。

---

① 李少白主编：《中国电影史》，第23页。

② 钟大丰、舒晓鸣：《中国电影史》，第70—71页。

③ 周星：《跨世纪中国电影艺术传统史评》，第1、46页。

④ 陈犀禾：《中国电影美学的再认识——评〈影戏剧本作法〉》（1986），《百年中国电影理论文选》，下册，第291—292页。

⑤ 马军骧：《谢晋电影的叙事结构和文化构型》，《北京电影学院学报》，1988年2期。

(2) 史诗电影对戏曲文学体制的创新继承

夏衍1958年在北京电影学院讲课时说："电影是外来的，五十年前中国还没有电影，因此编剧与导演在影片的处理上、在叙事方法上就特别要注意到民族形式和中国人民对艺术的欣赏习惯。中国的诗歌、小说、戏剧都具有一个共同的特点，就是有头有尾、叙述清楚、层次分明。这是中国文学艺术的优良传统之一。京剧、昆曲、地方戏曲，都有这个特点。"①

中国史诗电影对戏曲有全面的创新继承，以史诗影片《一江春水向东流》为例，不仅强调情节发展的有头有尾、人物命运的因果联系，还注重诗化意象的照映埋伏。它对戏曲的学习借鉴是全面的、体制化的。

开端部
- 副末开场的叙述性说明——字幕和歌唱："一江春水向东流"
- 题目正名的文学概括——片名《一江春水向东流》
- 寓言的主题暗喻——"君住长江头，我住长江尾"
- 中心人物和中心事件——忠良与素芬月下盟誓

发展部
高潮部
- 贯穿情节和单元情节——双线并行，分上下部
- 主题意象的整体统摄——嘉陵江和黄浦江
- 分题意象的各部贯穿——战时的月亮与战后的月亮
- 各部的收煞——江水、月亮的对比，忠良与素芬命运的对比

结尾部
- 大收煞：全剧结尾与全剧开场的呼应——嘉陵江东流与黄浦江入海的呼应
- 题目正名：首尾的呼应——"一江春水向东流"在片头片尾的重复

中国史诗电影全面学习和借鉴戏曲的文学体制，从概念、情境、意象、情节四个层面，辩证地处理主题与分题、写实性与写意性、戏剧性与抒情性，以及主干与分支等多方面的关系。

(3) 纲目结构的情境设置、情节布局和写意系统

电影民族化的创新探索主要集中体现在纲目结构的情境设置、情节布局和写意系统上。

戏曲体制的纲目结构对中国史诗电影的创作，产生了广泛而深刻的影响。例如本章选择的《一江春水向东流》等三部史诗电影，在情境设置、情节布局和写意系统上，均采取了戏曲的纲目结构方法。

电影《霸王别姬》以"霸王别姬"的主题情境为纲，以姬妾之争、真姬假姬之争、真霸假霸之辨的分题情境为目；以"姬别霸王"的贯穿情节为纲，以结义、恩怨、背叛的分题情节为目；以《霸王别姬》的主题寓言为纲，以《闹天宫》《思凡》《贵妃醉酒》等分题寓言为目。纲目之间照映埋伏，构成全剧在情节和意象上的统一。

《一江春水向东流》以素芬守信与忠良背叛的主题情境为纲，以忠良再娶"战时夫人""接

---

① 夏衍：《写电影剧本的几个问题》，第11—12页。

收夫人”，导致家破人亡的分题情境为目；以素芬与忠良的贯穿情节为纲，以前后集的夫妻离合的单元情节为目；以“一江春水向东流”的主题寓言为纲，以“天涯共此时”的分题寓言为目；并采用“生旦并行”的双线结构，“借离合之情，写兴亡之感”。

《城南旧事》以英子丧父的主题情境为纲，以骨肉离散的分题情境为目；以英子与父亲的贯穿情节为纲，以秀贞、厚嘴唇、宋妈的单元情节为目；以《骊歌》的主题寓言为纲，以《麻雀与小孩》《槐树槐》等分题寓言为目；并运用了戏曲“草蛇灰线”“照映埋伏”的手法，进行串珠式的贯穿。

中国史诗电影在高度写实的影像媒介的基础上，创新地继承了戏曲写意性，经过实践探索，构成了写实与写意、再现与表现、“实境”与“虚境”，两者相辅相成的对立统一体系。

值得注意的是，史诗电影的写意系统同样遵从纲目结构的原则。例如电影《一江春水向东流》通过诗词“一江春水向东流”的寓言性和象征性，形成主题情境意象（江水）与分题情境意象（月亮），分题意象（上海和重庆的月亮，战前和战后的月亮）成为主题意象（江头的嘉陵江与江尾的黄浦江）的延伸和丰富。主题意象为纲，分题意象为目，两者构成一个纲目并举的意象系统。

中国史诗影片广泛运用写意手法作为辅助动作的表现手段。如在全剧开场时，运用诗词、歌曲、寓言等叙述技巧进行剧情介绍和主旨阐释，并在情节段落中采用类似“上下场诗”的写意手法，辅助观众理解主要场面发生的故事及意义。例如《城南旧事》的第二个故事，开端的《麻雀与小孩》，预示了英子与厚嘴唇的危险关系，结尾的《骊歌》，回顾了英子与厚嘴唇的朋友关系。

我们在对《一江春水向东流》等史诗电影进行解读时，不难发现戏曲写意审美的根深蒂固的影响力。电影民族化的探索，就是将戏曲精神和表现形式运用于电影中，尝试将写意与写实相结合，在电影写实的“形”中注入传统写意的“神”，实现以形写神、形神兼备的审美追求。

二、史诗电影《一江春水向东流》

编剧：蔡楚生、郑君里

导演：蔡楚生、郑君里

演员：白杨（饰李素芬）、陶金（饰张忠良）、上官云珠（饰何文艳）、舒绣文（饰王丽珍）、吴茵（饰婆婆）、周伯勋（饰庞浩公）、高正（饰张忠民）

片长：192 分钟

色彩：黑白

出品：中国昆仑影业公司 1947

1. 剧情梗概

前集：八年离乱

上海纱厂女工李素芬与夜校教师张忠良相爱结婚，在“七七事变”战争爆发的同天，素芬诞下一子，忠良为其取名抗生。忠良参加救护队支援前线，素芬和婆婆、孩子到乡下避难。忠良在南京险遭敌人枪杀，宜昌失守又被敌人俘虏，冒死逃生。在沦陷的家乡，小叔张忠民被逼上山参加游击队，公公被日军吊死，素芬同婆婆、孩子逃回上海。

上海，素芬洗衣为生，侍奉婆婆，抚养儿子，苦盼丈夫归来。重庆，忠良沦为难民，找到交际花王丽珍求助，逐步走向堕落，最终投入王丽珍的怀抱。

后集：天亮前后

重庆，忠良与王丽珍结婚，成为庞浩公的秘书，撕掉妻子来信，混迹于商人官倒之中。上海，素芬在难民收容所为难童服务，一家人到乡下贩米被日军发现驱入严冬的水塘。

抗战胜利后，忠良作为接收大员飞到上海捞金，与王丽珍表姐何文艳勾搭成奸。素芬为养家糊口到何家做女佣。在宴会上，素芬认出丈夫，忠良面对原配夫人、抗战夫人和接收夫人，万分尴尬。母亲带媳妇、孙子去找忠良，忠良迫于王丽珍的淫威，不敢认素芬母子。素芬在绝望中投黄浦江自杀。

2. 结构大纲

前集：八年离乱（100 分钟）

前集开场：嘉陵江，字幕和歌唱："问君能有几多愁？恰似一江春水向东流。"

开端部：恋爱、结婚、生子。（19 分钟）

开端：素芬纱厂做工，忠良夜校讲课。

发展：双十国庆，忠良和素芬组织工厂演出，丽珍跳舞，忠良讲演募捐。

　　　王丽珍的表姐何文艳送花篮，温经理反对张忠良宣传募捐。

高潮：张忠良请素芬到家中用餐，忠良月下给素芬戴上戒指。

结尾：素芬缝婴儿衣，忠良和婆婆欢喜，全家迎来孩子诞生。

发展部：战争爆发，夫妻离散。（22 分钟）

开端：夫妻一同制衣支前，忠良为儿子取名抗生。

　　　忠良向何文艳收取支前毛衣，王丽珍撤退汉口与忠良握别。

发展：母亲临行缝衣，夫妻月下诉愿。

高潮：忠良在南京假死逃生，素芬和婆婆到乡下避难。

结尾：小叔子忠民被鬼子逼上梁山，忠良与丽珍汉口邂逅。

高潮部：乡下父亲惨死，前线忠良逃生。（21 分钟）

开端：日兵村中抢牛放犬咬人，闯入张家牵走耕牛。

发展：妇孺病弱被逼下田，忠良被俘夜半逃脱。

高潮：日军逼农民交粮，公公求告被吊死村头。

结尾：忠民下山报仇雪恨，婆媳离乡避难上海。

结尾部：忠良重庆堕落，素芬上海苦盼。（38 分钟）

开端：忠良投靠丽珍寻求栖身，丽珍拜求干爹安插忠良。

发展：忠良江头望月思乡，素芬江尾望月思夫。

高潮：忠良在公司英雄变狗熊，素芬进难民所照顾难童。

结尾：忠良与丽珍饮酒上床，素芬与家人风雨企盼。

前集结尾：黄浦江与嘉陵江，字幕和歌唱："问君能有几多愁？恰似一江春水向东流。"

后集：天亮前后（92 分钟）

后集开场：黄浦江烟波浩渺。

开端部：重庆奢靡，上海苦难。（20 分钟）

开场：嘉陵江日出，忠良在王丽珍床上，回忆与素芬相爱、乱离和堕落。

开端：忠良拜在干爹门下，混迹于官员巨贾之中。

发展：忠良在重庆帮干爹做生意，素芬在上海为难民服务。

高潮：一家人郊区贩粮被扣，忠良宴会上撕掉家信。

结尾：忠良与丽珍夜宴共舞，素芬与婆婆、儿子寒夜浸塘。

发展部：忠良回上海“劫收”，素芬一家人断粮。（22 分钟）

开端：重庆忠良欲飞上海，上海家人企盼忠良。

发展：忠良与何文艳勾搭成奸，素芬抱抗儿月下思夫。

高潮：文艳探监与丈夫闹崩，忠良助文艳夺取家产。

结尾：物价飞涨家信难邮，素芬到何家做女佣。

高潮部：为夫刷鞋，厨房讨饭，舞会认夫。（30 分钟）

开端：忠良文艳迎接丽珍，抗儿卖报被车撞伤。文艳因丽珍吃醋，素芬为丽珍刷鞋。

发展：忠良祝酒引丽珍吃醋，素芬求剩饭送给抗儿。

高潮：双十国庆，张王共舞，素芬认夫。

结尾：素芬江畔流泪追忆，忠良跪床赌咒离婚。

结尾部：训子，争夫，投江。（20 分钟）

开端：素芬为婆婆念小叔子来信，婆带媳妇孙子上何家论理。

发展：何宅母子对质，丽珍污辱素芬。

高潮：抗儿依依伴母，素芬遗书投江。

结尾：婆母江边训子，王何鸣笛催夫。

全剧结尾：黄浦江与嘉陵江，字幕和歌唱：“问君能有几多愁？恰似一江春水向东流。”

3. 场景分析

前集：八年离乱

开场

嘉陵江上，片头字幕：一江春水向东流　前集　八年离乱

嘉陵江水，女声领唱，众伴唱，歌词字幕：“问君能有几多愁？恰似一江春水向东流。”

片头吟唱的“问君能有几多愁？恰似一江春水向东流”，取自南唐后主李煜的《虞美人》。嘉陵江水东流的画面，源于宋代李之仪《卜算子》的诗句：“我住长江头，君住长江尾。日日思君不见君，共饮长江水。此水几时休，此恨何时已。只愿君心似我心，定不负相思意。”前者包含着一则家国之思的寓言，后者包含着一则爱情寓言。

影片将《虞美人》和《卜算子》的寓言转化为现代传奇故事：男主人公张忠良在长江头，女主人公素芬在长江尾（“君在长江头，我在长江尾”）。嘉陵江水东流的片头与黄浦江水入海的片尾，遥相呼应，寓意着“共饮长江水”的爱情寓言故事。

影片继承了“立象以尽意”的戏曲美学原则，以“一江春水向东流”的主题意象，表现了影片的贯穿主题：“问君能有几多愁?”影片先后表现了“国破山河在”的家国之愁，离乱的思乡之愁，夫妻的相思之愁，咫尺天涯的贫富悬殊之愁，这些分题思想通过“一江春水向东流”的中心意象得到集中统一。

《虞美人》和《卜算子》的传奇寓言，提供了影片的情节主线和“生旦并行”的叙事框架：长江的一头连着嘉陵江，一头连着黄浦江，抗战八年，夫妻二人，一个在江头重庆骄奢淫逸，一个在江尾上海苦苦期盼。战后丈夫有了“抗战夫人”“接收夫人”，原配妻子绝望地投江自尽。

“君住长江头，我住长江尾”是主题情境的意象化体现，贯穿和渗透于情节发展的过程之中，并分化出一系列相应的情境意象：江头意象（重庆奢靡），江尾意象（上海苦难），共饮长江水的意象（夫妻在江头江尾望月），此恨何时已的意象（素芬投江，江水东流入海），等等，形成既能统摄、又能发散的意象系统。

寓言

寓言是图解观念的最直接方式。歌德说：“寓言是把现象转化为某一概念，又把这个概念转化成为某一意象，但这个概念始终为意象所控制，也为意象所表述。”（《格言与感想》）寓言通过图解的方式，直接地传达某种哲理和价值观念。

寓言以道德立场，改编神话、传说、野史、谣曲等题材故事，采用隐喻、象征的形式表述道德箴言。戏曲广泛采用寓言，如改编自“东海孝妇”传说的元杂剧《窦娥冤》（关汉卿），改编自话本《杜丽娘慕色还魂》的明传奇《牡丹亭》（汤显祖），改编自唐代孟棨《本事诗》的明传奇《桃花人面》（孟称舜），等等。明代徐复祚说：“传奇皆是寓言，未有无所为者。”清代李渔说：“传奇无实，大半皆寓言耳。”戏曲理论家郭英德指出：明代文人将传奇作为主体精神的寄托，“寓义于事”，“借事明义”，情为本体，事为假借，所谓“备他时世曲，寓我圣贤言”（丘濬：《伍伦全备》）。由此，“寓言性使成为传奇戏曲叙事的本体特性”。[①]

中国史诗电影在审美特质和结构组织两个层面上继承了传奇戏曲的寓言传统。首先在传统叙事上，“寓义于事”，“借事明义”；其次在结构组织上，通过象征性寓言提供全剧的情境模式和情节模板，以求达到隐喻情境和勾勒剧情的功能。

史诗电影通过寓言情节转喻全剧情节，通过寓言结构表征全剧结构，将寓言情境作为引导和统摄影片情境的纲领。寓言中的例证行动、器物还能够作为主题意象，运用到剧情发展之中，达到“虚而用实”的功效。

史诗电影在开场部分提出的象征性寓言，成为提挈全剧总情境、情节整体结构和主题意象的中心环节。寓言构成的方法很多，例如本章所举的教学影片中，《一江春水向东流》的诗词寓言，《霸王别姬》的“戏中戏”寓言，《城南旧事》的歌曲寓言。《一江春水向东流》以“君住长江头，我住长江尾”的寓言情境蕴含了全剧总情境：男女主人公的爱情关系、悲欢离合的事件、长江连贯的沦陷区与大后方的环境；并以江水（“共饮一江水”）为主题意象，以月亮（“天涯共此时”）为分题意象，贯穿于全剧的始终。再如《霸王别姬》以“戏中戏”“霸王别姬”的传统寓言，影射“姬别霸王”的当代寓言，并从传统寓言中提取出宝剑的意象，作为该剧的主题意象，贯穿剧情的始终。在《城南旧事》中，则通过《骊歌》的寓言，明喻了影片的告别亲友、告别童年的主题，暗喻了家庭亲情、家园友情以至故国乡情的总情境。

① 郭英德：《明清传奇戏曲文体研究》，第232、243页。

开端部

开端

字幕："九一八"后，上海。

上海顺和纱厂的厂房外景，机房内部巨大的发电机。[定场。聚拢观众注意力，为进入正戏做垫场。如果没有这一组空镜，关键信息易被观众忽略。

纺织车间，女工李素芬在看守织机。["出脚色"，主要角色先出，确立素芬为第一主人公。

汽笛鸣叫，顺和纱厂的女工们走出工厂大门。

顺和纱厂妇女补习学校，素芬打开识字本，夜校教员张忠良穿着中山装，站在黑板前给女工们讲课，介绍被日军占据的东北情况，他的胸前沾着粉笔末，素芬仰慕的目光。[出脚色，确立忠良为第二主人公。素芬和忠良的例证动作，介绍素芬是追求知识的新女性，忠良是爱国青年。

发展

纱厂举办"双十国庆节职工同乐会"，组织演出的干事忠良和素芬在台上展示演出节目表。

张忠良报幕，王丽珍上台表演西班牙舞，忠良和素芬在幕侧观看。舞台上摆着纱厂温经理夫人何文艳送给表妹王丽珍的花篮。["出脚色"，介绍表姐妹王丽珍和何文艳。何文艳以送花篮的方式出场。王丽珍是实出，何文艳是虚出。至此，张忠良和他的三任夫人（结发夫人、抗战夫人、接收夫人）全部出场。

人物出场有实出虚出，实出是人物当即登场，虚出是人未登场先闻其名，介绍背景，点染性格，为其出场做铺垫。主要人物如果后出场，需要适当的铺垫，应使其先虚出之。①

开端部"双十庆祝会"，张忠良和素芬两人看王丽珍跳舞；高潮部"双十庆祝会"，张忠良与王丽珍共舞被素芬认出，前后十年的两个"双十庆祝会"，形成照映埋伏。

影片以"双十国庆"开端，以"双十国庆"收尾，标示着十年间的国家的兴亡、家庭沧桑。十年前，素芬与忠良相聚相爱，十年后，夫妻终于相见，素芬绝望投江。王骥德说，戏文要如"常山之蛇，首尾相应"。②

根据戏曲体制，开端部分包括：定场、出脚色和家门、冲场。它们在史诗性电影中，仍然具有广泛的指导意义。此处先介绍定场和出脚色。

定场

戏曲吸引观众观剧的垫场环节。开场部分是重要信息最集中的地方，戏剧开演时，观众精力尚未集中投入，往往会忽视这些重要信息，所以，演员先要念几句短小精悍不切本题的定场诗，达到定住场子的效果，促使观众迅速转入观演状态。

例如关汉卿《窦娥冤》楔子，蔡婆婆上场念："花有重开日，人无再少年；不须长富贵，安乐是神仙。"郑光祖《倩女离魂》楔子，倩女母亲上场念："花有重开日，人无再少年。休道黄金贵，安乐最值钱。"这些都属于不切本题的定场诗。

电影观众在观影时也需要一个由生活形态转入观片状态的过程，所以电影均有一段片头字

---

① 夏衍：《写电影剧本的几个问题》，第31—32页。

② （明）王骥德：《曲律》，《中国古典戏曲论著集成》第四册，第137页。

幕，时间约在两分钟左右，同样起到了定场的作用。

出脚色

李渔认为：脚色有主宾之分，正陪之别。分脚色即是分宾主，所谓“用人如请客，有正客，有陪客”。主角“为一部之主，余皆客也”。主人中又细区分“正中之正，正中之陪”。

出脚色又称“生旦家门”或“自报家门”，男女脚色做自我介绍，表述心事，引出情节。“生旦家门”之后，才是“关目上来”展开剧情。“有名脚色不宜出之太迟”，“太迟则先有他脚色上场，观者反认为主，及见后来人，势必反认为客矣”。另外，次要脚色也应尽早出场，因为观众一般只记得前面几出的脚色姓名，“十出以后皆是枝外生枝，节中长节，如遇行路之人，非止不问姓名，并形体面目皆可不必认矣”。①

需要说明的是，这里的“脚色”不同于“角色”，“脚色”在戏曲中指饰演人物的演员行当，而“角色”特指具体的人物形象，有名有姓的人物。所以，在话剧和影片中我们也可以将“出脚色”称为“出角色”。在电影中，角色一般采取动作方式出场，通过例证动作来展示自身的性格，通过动作来说明角色的情况，表征人物的行为特点。

后台，王丽珍娇宠地要忠良扶她下台，京剧丑角模仿她的腔调要忠良拉他上台。[强调张忠良与王丽珍的关系。

张忠良冒风险上台讲演，号召工人们捐款支持东北义勇军。[张忠良的例证动作。

素芬感动得流下热泪，工人们踊跃地往台上扔铜板，王丽珍也兴奋地扔钱，胖工头不快地退席。

忠良和素芬等人在后台数钱，胖工头走来叫他去见温经理。

经理办公室，温经理训斥张忠良，说他的募款会得罪日本人，影响工厂生意。张忠良说，坐牢、枪毙，他一个人承当。[温经理的例证动作，没有民族气节的生意人。再次介绍张忠良的爱国精神和英雄气概。至此，影片的主要角色，全部介绍完毕。

高潮

经理办公室外，张忠良和几个进步工人表示要坚持抗日活动。忠良请素芬到家中吃饭。

张家，张母亲热地给素芬夹菜。饭后，忠良和素芬一同洗碗筷，张母看到两人情意缠绵，借故走开了。忠良欢悦地看着素芬，素芬羞涩地低下头。音乐。

晒台上，忠良与素芬陶醉在皎洁的月光中。忠良：“你看到月亮旁边的那颗卫星了吗？我就是那卫星，你就是月亮。”他取出戒指给素芬戴上，“但愿我们能永远在一起，同甘苦共患难，生生世世都这么好，生生世世都这样幸福！”素芬幸福地依偎在忠良怀中。[月亮的象征。这里的月亮蕴含着两个寓言：“但愿人长久，千里共婵娟”和“海上生明月，天涯共此时”。月亮的意象，形成前后的照映埋伏。

结尾

素芬与忠良的新婚合影照片，床上成对的鸳鸯绣花枕头，床下夫妻并排的两双鞋。

桃花枝头绽放，迭化，枝头果实累累；迭化，绣着小宝宝字样的婴儿棉袄。

家中，素芬欢喜地看着婴儿棉袄，忠良拿着报纸进来：“素芬，华北的情形很紧张，看来要打仗了。”忠良发现小袄，素芬面露娇羞。张母欢喜地去给菩萨上香还愿。忠良感慨：“我们要做爸

① （清）李渔：《李笠翁曲话》，第48页。

爸妈妈了，为了下一代的小宝宝，我们这一代是牺牲定了！”［婚姻和美，夫妻恩爱。素芬的手表和忠良的西装，表明家庭生活殷实。

医院产房外，张母和张忠良在焦急地等待消息。婴儿顺利降生，张忠良奔到妻子床前：“素芬，这一个钟头里，把我急坏了。”素芬把脸贴在丈夫手上。婆婆抱着婴儿进来，“你看，跟你小时候长得一模一样”。素芬露出欣慰的笑容。襁褓中的婴儿放声啼哭。［开端部的收煞。张母弄孙为开端部情节的结尾，属于“收”；婴声转炮声，具有点题意味，属于“煞”。

炮弹爆炸声，大炮在发射，号角声声，士兵冲锋……推出字幕：“七七”卢沟桥，抗战爆发！

纪录片镜头：上海外滩……推出字幕：“三一八”上海我军，继起抗战！

战时纪录片：日军猖狂进攻，国军浴血作战……仓皇逃难的市民，支前的市民……

发展部

开端

纱厂，素芬、忠良和工人们在缝制支前棉衣。忠良看着摇篮中的婴儿：“儿子生日正好是七七抗战，就叫他抗生好不好？就是唯有抗战才能生存。”素芬表示同意。

温宅，温经理的太太何文艳送表妹王丽珍撤往汉口。温经理发愁，纱厂上千部机器无法搬走，他舍不得丢下工厂。温经理给汉口大兴贸易公司庞董事长写了一封信，拜托他照顾妻妹王丽珍。［介绍何文艳与王丽珍的表姐妹关系。

忠良和工人来到温宅，询问何文艳的劳军毛衣打好没有，何文艳取出一件雪白的毛衣，说她打的是最新式样，“送给抗战将士的东西，应该讲究一点”。［何文艳的例证动作。伏笔忠良与何文艳的关系。

王丽珍告诉忠良她要到汉口去，忠良说，看局势的发展，他将来也可能要去汉口。王丽珍与忠良握别：“希望能在内地见到你！”［伏笔忠良与王丽珍的关系。

以上分别介绍忠良与三个夫人（结发夫人、抗战夫人、接收夫人）的关系。

发展

纪录片镜头：浓烟弥漫的上海，难民们拖儿带女，推车挑担，形成滚滚的洪流……家中，婆媳二人不安地等待着张忠良。

忠良佩戴着红十字袖章回到家中，他告诉母亲：“南市和闸北的国军已经撤退，救护队接到命令撤出上海，明天一早就出发。”［倒计时］忠良看到桌上父亲和二弟的照片，他要母亲和素芬，暂时住在上海，如果待不住了，就去老家乡下，跟爸爸、二弟一起过活。

夜，母亲为忠良缝制丝绵背心。灯下，素芬拿出夜校的写字本。忠良念：“慈母手中线，游子身上衣，临行密密缝，意恐迟迟归。谁言寸草心，报得三春晖。”素芬：“真不晓得什么时候再能见着你。”忠良：“要不是因为抗战，我怎么舍得离开你？素芬，以后照顾妈和孩子的责任，都交在你身上。”素芬抱起襁褓中的孩子：“你放心好了，我一定用我的全心全力，来担起这个责任，直到你胜利回来！”她痛哭失声。忠良抱住素芬：“等我们打胜仗回来，做一个一等国的国民，那不比现在还幸福？”

一轮月亮穿过薄云，月光如水照在床上，夫妻二人望着窗外的月亮。忠良：“今天晚上，又是这样好的月亮，可是我们就要分别了。（遥远的钟声传来）现在是九点钟了，以后每当月圆的晚上，在这个时候，我一定会在想念你们。你会记得吗？”“记得，我会永远记住你的话。”素芬抽泣着伏在丈夫怀中。音乐。［钟声的伏笔，照映后集结尾部，宵禁中无法归家的素芬，在上海滩听到钟声。埋伏与照映之间，有一种因应关系，表达了主题的语义陈述。

夫妻离别的“月下盟誓”是影片的重要事件，它与“重婚王府”的基础事件（中心事件），共同构成了影片的核心情境。由此奠定了影片的一系列事件：素芬苦盼，忠良背信，素芬到何家作佣，以及最后的悲愤投江。

立主脑

李渔说：“古人作文一篇，定有一篇之主脑。主脑非他，即作者立言之本意也，传奇亦然。一本戏中，有无数人名，究竟俱属陪宾，原其初心止为一人而设；即此一人之身，自始至终，离合悲欢，中具无限情由，无穷关目，究竟俱属衍文，原其初心又止为一事而设；此一人一事，即作传奇之主脑也。”例如一部《琵琶记》止为蔡伯喈一人和重婚牛府一事而设，其余的系列事件，以及全剧情节（二亲遭凶，五娘尽孝，拐儿骗财匿书，张大公疏财仗义等）皆由此“一人一事”而生；《西厢记》止为张君瑞一人和白马解围一事而设，其余的系列事件，以及全剧情节（夫人许婚、张生望配，红娘作合，莺莺酬简，郑恒争配等）皆由此“一人一事”展开。如果不能抓住“一人一事”，就会造成剧情如“断线之珠，无梁之屋”，令“作者茫然无绪，观者寂然无声”。①

“主脑”是一部剧作的主题，“立主脑”就是主题的情境化。实现主题情境化的方法，就是确立“一人一事”的核心情境，“此一人一事，即作传奇之主脑”。

“立主脑”之“一人”是指构成人物关系的中心人物，“一事”指建立构成人物关系的中心事件，所谓“一人一事”指剧中的中心人物和中心事件。“立主脑”的方法就是以中心人物和中心事件统领陪宾人物、枝节事件，由此构成统一的总情境，进而生发出一条贯穿全剧的情节主线。按照“立主脑”的原则，电影《一江春水向东流》止为素芬一人和夫妻盟誓一事而设，其余情节（望月思夫、何家做佣、遗书投江等）围绕着此“一人一事”展开。再例如本讲义分析的电影《霸王别姬》，只为程蝶衣一人和学戏改口一事而设，其余的情节（段小楼与菊仙“喝定亲酒”，袁四爷“宝剑酬知己”，以至段小楼烧剑、姬别霸王等）皆围绕着此“一人一事”展开。

“立主脑”实际上是要建立一个提纲挈领的纲目结构：以主题统领情境，以情境统领情节，以“一人一事”统领多人多事，以贯穿情节统领单元情节。

李渔在情境设置上，强调要“立主脑”，“减头绪”，要“一人一事”，“始终二事，贯穿只一人”。在情节布局上，他强调要从“一人一事”出发，确立情节主线，“一线到底”，“如孤桐劲竹，直上无枝”。“立主脑”的理论，对于电影剧本的创作实践，具有重要的指导意义。确立“一人一事”，可以避免人物关系纠缠不清，事件繁杂琐碎，以及情节发展枝蔓横生的弊端。

高潮

纪录片镜头：刺耳的爆炸声，硝烟和瓦砾腾空而起……

影片镜头：忠良站在救护车后门，向母亲、妻子挥手告别。

纪录片镜头：轰炸机在空中飞行，下面是上海的楼宇……

影片镜头：素芬抱着幼儿和婆婆仰望天空，空中传来隆隆的轰鸣，恐怖的音乐声……

纪录片镜头：轰炸机在空中往下投弹，一栋栋屋宇坍塌，烈焰喷射，浓烟遮天蔽日……

影片镜头：素芬和婆母随着恐慌的人流奔逃，难民潮水般涌过街道、桥梁……

---

① （清）李渔：《李笠翁曲话》，第6—7页。

纪录片镜头与电影拍摄镜头，交叉剪辑在一起。

纪录片镜头：德式装备的国军在列队行进。推出字幕：民国二十六年（1937 年）
国军在南京城头作战，街道上一片瓦砾，到处是尸体，日军跨过残垣断壁……
战地救护队员和南京市民在逃跑，日军在后面开枪扫射。忠民等人躲到救护车后。一名队员不顾忠良的阻拦，跑出去挥舞红十字旗，被日本兵射杀。
成群的日本兵冲了过来，忠良抓起地上的血水抹在脸上，倒地装死。忠良发现救护队的人都死了，他独自一人逃走。[日军巷战的纪录片镜头与故事片镜头剪辑在一起。

纪录片镜头：国军在长城上行进。推出字幕：民国二十七年（1938 年）
火车驶进江苏的丹阳车站，日军在车站上站岗。出站口，公公和小叔子忠民迎接回乡的母亲和素芬。素芬和婆婆告诉他们，忠良已到汉口，他来信说，弟弟如果在乡下学校无法教书了，就到汉口去找他。忠民说，因为交通不便，路费又贵，只能再看看情形了。[介绍忠良。
公公要抱抱孙子，抗儿尿了爷爷一身。婆婆笑道："乖孩子，你怎么一见面就赏爷爷一泡尿啊？"全家人笑了起来。[难得的欢乐场景，必要的情绪调节。

忠良在南京死里逃生，素芬一家人避难丹阳乡下，两条情节线平行发展。

结尾
夜，一家人围在火盆周围。公公和婆婆叹息："从东洋鬼子来了之后，咱们的日子越来越难过了。""到处是兵荒马乱的，不知什么时候能过上太平日子。"婆婆担心忠民还不回来。外面传来犬吠声。[公公喂牛，伏笔，照应后面的日军抢牛。
国民小学校，忠民跑来敲门，女教师婉华打开门。屋内，三个学校同事焦急地询问情况。忠民告诉大家，从乡公所得到消息，日本人要来抓我们了，说我们是思想犯。大家商议到山上参加老校长组织的游击队。
家中，忠民收拾衣服，母亲啜泣，父亲将一件皮袄披到忠民身上。门外传来犬吠声，是三个同事来了。母亲叮嘱婉华："你跟忠民，从小就跟亲兄妹一样，今后大家要相互照应。"父亲拿来一篓鸡蛋、一包烟丝，让他们带给老校长。[伏笔忠民和婉华的关系。
汉奸带着日本人赶来，在外面猛烈敲门，忠民和婉华等人匆忙从后门逃走。

武汉大撤退，忠良在战地医院向后方运送伤员。纪录片镜头：难民们拖着板车，挑着担子，成群结队地逃难。[电影拍摄镜头与纪录片镜头，交叉剪辑在一起。
忠良运伤员的卡车与庞董事长、王丽珍的小轿车，在路上相遇。王丽珍将忠良介绍给庞董事长，此时她已经认庞董事长为干爹。王丽珍要随干爹到重庆去，她给张忠良留下一张名片。两辆车分头驶离汉口。[再次埋伏忠良与王丽珍的关系。

忠民与婉华上山，忠良与王丽珍邂逅，形成双线对比，双线埋伏；
张忠良与王丽珍，由上海到汉口，由汉口再到重庆，连续铺垫埋伏两人的关系。

高潮部

开端
南昌火车站。字幕：民国二十八年（1939 年）

车站上，躺满了伤员，张忠良在照护伤员。

村子。日本兵进村抢牛，农妇扯着牛绳哀求，日本兵放狼犬撕咬，农妇发出声声惨叫。
小三子匆忙跑到张家通风报信。公公胆战心惊地在家中守着耕牛，日本兵端着刺刀闯进来，牵走了耕牛。公公追到门外，老泪纵横："这头牛养了十六年了，就像我们家的人一样，可怜就这样……"

发展
沿着铁道线逃难的成千上万的民众。字幕：民国二十九年（1940 年）
日本人站在田边，监视着农民在水田里耕作。
家中，素芬给公公端来汤药，公公不停咳着。日本军曹闯进张家，逼着一家老小下田。
日本人在田头监工。公公、婆婆和媳妇三口人吃力地拉犁，小三子在后面扶犁，幼小的抗儿在田头啼哭。

湖北宜昌，日军押着民夫挑担赶路，不断地用鞭子抽打他们。衣衫褴褛、长着胡子的忠良走在队伍中，他和民夫们跑到路边喝渠中的脏水，日本兵用枪托打忠良，并鸣枪恐吓民夫们。
夜，日本兵把民夫用绳子捆起来，在露天过夜。天空一轮明月穿过云层，忠良仰望月亮，眼前浮现出：烈火和难民，妻与父母和二弟在逃难，素芬抱着抗儿用哀伤的眼睛望着他……［月亮意象的运用。
忠良磨断绳子逃离，日本哨兵追到河边，忠良藏身在芦苇遮蔽的水中，在黑暗中逃走。
［生旦并行：素芬在乡下受苦受难，忠良在湖北再次逃生。从"问君能有几多愁"的主题，生发出夫妻生死乱离之愁。

高潮
村口，乡民们围观日军贴出的交粮告示，众人恳求公公去向日本人求情。
日军检问所，公公向日本人诉苦，日本军官说，张老伯暗通游击队，反对皇军。
村口，公公被吊死在大树上。婆婆哀痛不已，素芬昏倒在地上。日军开枪驱散村民。
夜，素芬流泪给忠良写信，躺在床上的婆婆让她告诉忠良："要他给爹报仇！"

结尾
夜，小三子带着忠民等游击队员回村，干掉了日本哨兵，炸掉了村里的日军检问所。
大树下，忠民放下父亲尸体，抚尸痛哭。老校长让人将张老伯的尸体抬到山上埋葬。
村民们担心鬼子来报复，扶老携幼跟着游击队离开了村子。老校长来到张家，劝素芬和婆婆去上海避难。
江边，忠民和婉华来送行。忠民让嫂子转告哥哥：我们一定会顽强地与敌人战斗下去，决不辜负他的期望。素芬带着抗儿和婆婆乘着小船离开村庄。小船渐渐远去。［全家离开乡下回上海，结束情节，属于"收"；河面小船远去的空镜，归结情境，属于"煞"。

"生旦并行"，两条情节线平行推进。高潮部，以素芬在丹阳农村受苦的情节为主线，忠良在宜昌逃生的情节为副线；在下面的结尾部，转为以忠良在重庆堕落的情节为主线，以素芬在上海受苦的情节为副线。

结尾部

开端

浩浩荡荡的难民队伍，字幕：民国三十年（1941年），山城重庆全景，字幕：重庆。

纪录片镜头中的：重庆街景。影片镜头：张忠良须发蓬乱，衣衫不整地走在重庆街上。[纪录片镜头与影片镜头交叉剪辑。

招聘处排着长队，招工站人群拥挤，忠良找不到工作。忠良在泥泞的路上蹒跚。忠良正在稻草堆中歇息，忽然看到旧报纸上印着王丽珍的名字。

王丽珍寓所，忠良按响门铃，女仆阿金把他引进门，舒适的客厅里摆满了鲜花。王丽珍半天才认出忠良来，惊呼："我们的抗战英雄，你怎么变成这个样子了？"忠良悲伤地讲述自己的经历：弟弟被鬼子逼上山，父亲死得很惨，母亲她们不知去向。千辛万苦到重庆来报到，却因为丢了证件被官员们不理不睬。现在是找不到工作，身无分文。[倒叙发展部、高潮部发生的情节。

王丽珍安排忠良住下，为他去找换洗衣服。忠良发现地上有撕碎的照片，好奇地将它们拼在一起，原来是王丽珍与一个奶油小生的合影。忠良忙将照片丢到地下。诙谐的音乐。[伏笔张忠良与王丽珍的关系发展。

发展

理发馆，忠良让理发员把头发梳平，不要梳成飞机头。诙谐的音乐。

家中，王丽珍打电话给干爹庞董事长，撒娇地要他给张忠良安排一个职位。

公司，王丽珍带着忠良见龚科长，将张忠良拜托给他照顾。龚科长说，您的吩咐我一定照办。

嘉陵江上，升起一轮太阳。闹钟响起，表针指在七点。忠良起床洗漱。阿金告诉他，丽珍小姐刚从庞公馆回来。[暗示王丽珍与干爹的情人关系。

忠良兴冲冲地赶到公司办公室，职员还睡在办公桌上。职员们9、10点钟陆续到来，全在签到簿上签8点半。上班的时候，有溜号的、看画报的、玩扑克的，还有人聚在一起下棋、拉胡琴。下班后，公司同事们聚餐喝酒，忠良不会喝酒，龚科长一再劝酒，忠良忽然看到报纸上的新闻标题：《前方吃紧，后方紧吃》。同事们带忠良来到舞厅，忠良没有进去，向众人告辞。[普通的公司，不会养吃闲饭的人。在电影中庞浩公应是一个官僚资本家，或者有政府背景。公司里挂职不干活的人，都是政府官员的亲眷，养在公司里是为了利益输送，或者官商勾结。由于国民党的审片制度，所以，庞浩公的身份被有意模糊了。①

王丽珍寓所。忧伤的主题音乐起。忠良烦闷地打开收音机，传出《何日君再来》的歌声："好花不常开，好景不常在"，他心烦地关上收音机。忠良推开窗子，一阵江风吹来，嘉陵江上一叶扁舟，月色皎洁，波光潋滟，他的眼中涌出了泪光，哀伤的主题音乐再次响起。

"一江春水"题旨的生发，再现《春江花月夜》的诗境："谁家今夜扁舟子？何处相思明月楼？可怜楼上月徘徊，应照离人妆镜台。"嘉陵江上的明月，唤起忠良思念妻子和家乡的愁绪。忠良追随政府一路抗战：上海—汉口—宜昌—重庆，从长江尾走到了长江头。家乡万里，音书不通。"问君能有几多愁？"此时的愁是思乡之愁，是夫妻乱离之愁。

---

① 梓甫等：《滚滚江流起怒涛》，《郑君里全集》第四卷，上海文化出版社，2016，第417页。

王丽珍归来，她看到神情落寞的忠良，询问他上班的情况，忠良抱怨重庆没有抗战的空气。王丽珍嘲笑他说傻话，将大把的钱塞进他的衣袋，劝他去听戏、看电影，多消遣消遣。忠良想拒绝王丽珍，王丽珍佯装生气地：“怎么，你还把我当外人看待吗？”

上海，婆媳二人在晒台上晾衣服，她们靠着帮人洗衣过活，勉强度日。婆婆思念忠良，问素芬：“重庆到底在什么地方？”素芬指着远处的黄浦江：“喏，从这条黄浦江拐进长江，就在长江那一头。离开我们这儿，有几千里哪。”“有几千里路，唉！”

影片分别表现忠良和素芬在嘉陵江和黄浦江，两地相思的情景，完整地体现了古诗意境：“我住长江头，君住长江尾君。日日思君不见君，共饮长江水。此水几时休，此恨何时已。只愿君心似我心，定不负相思意。”

在影片的结尾部，编导通过生旦并行的情节叙述，诗意地呈现了“日日思君不见君，共饮长江水”的主题情境。

婆婆为日子过不下去发愁，素芬提出到难民收容所去做事，抗儿说他也要去，素芬让他在家里陪奶奶。[情节段落结束后的再起头绪，重新系扣。

高潮

重庆，大兴商贸公司，忠良叼着烟卷进来，签到 8 点半，墙上表针已指着 10 点半。他在纸上无聊地画了一只狗熊，写道：“英雄早晚变狗熊。”在另一张纸上，画了一只女人的眼睛，写道：“毫无勇气，干个屁！她的眼睛太神秘。”“哈，我变成废料了！呜呼！寂寞，寂寞！”他苦闷地把纸揉成一团。[用文字说明忠良的内心思想活动。“她的眼睛”指的是王丽珍。

忠良主动邀请龚科长去喝酒。

重庆，酒铺里，忠良已经酩酊大醉，龚科长劝忠良不要再喝了。忠良哀伤地：“家庭，父母，兄弟，妻子……什么希望，前途，奋斗，一切的一切，全都付诸东流啦！”他失声痛哭：“我早已经是一个活死人了，我总觉得有个东西要来征服我，要把我踩在脚下，比鬼子还厉害，我有点抵抗不住了。也许有一天，我会变得不认识自己了！”他放声狂笑。[结尾部高潮的主要场面。编导通过忠良走向堕落的过程，对国府在大后方腐败蜕变的情况，做出了具体说明。

上海，第五难民收容所第二宿舍，孩子们在识字，黑板上写着：“我是中国人，我爱中国！”

素芬烧热水去给孩子们洗澡。孩子们亲切地管她叫张妈妈。[表现素芬人穷志不穷，在困境中没有放弃服务社会的信念。

前集“生旦并行”的双线情节发展，在结尾部达到了高潮。编导把忠良与素芬进行对比，忠良经受住了生死考验，却没能顶住金钱和女色的诱惑；素芬虽然身处贫贱却依然不改初衷。影片促使观众思考，什么样的人能够富贵不淫、威武不屈、贫贱不移？

编导者从“国家的前途在哪里”的主题出发，通过忠良和素芬，还有忠民和婉华的形象塑造，明确地指出，在国家多事之秋，承担起天下兴亡的，是那些有道德和理想追求的人们。曾子曰：“士不可以不弘毅，任重而道远。仁以为己任，不亦重乎？死而后已，不亦远乎？”（《论语·泰伯章》）孟子曰：“居天下之广居，立天下之正位，行天下之大道；得志与民由之，不得志独行其道；富贵不能淫，威武不能屈，贫贱不能移。此之谓大丈夫。”（《孟子·滕文公下》）编导者认为，唯有这样的大丈夫，才能担负起天下兴亡的重任。

结尾

重庆，王丽珍寓所。夜，忠良躺在床上吸烟，眼前浮现出王丽珍神秘的眼睛。外面大门响了，王丽珍回来了，忠良看到王丽珍上楼的小腿。

上海，晒台上的简易房内，素芬在给婆婆喂药。婆婆咳嗽着："我们现在杂粮也吃不起了，忠良为什么还没有信？"素芬："恐怕他还不晓得我们回到了上海。"婆婆："你整天在难民收容所做事，回来还要伺候我，太苦了你。""这算得了什么，现在大家都在吃苦。"素芬照料婆婆睡下。

重庆，王丽珍寓所。王丽珍请忠良到她住的楼上去坐坐。楼上，忠良打开窗子，天边的一轮月光映照在嘉陵江上，一阵忧伤涌上他的心头。王丽珍："你在想家吗？"忠良："我早已经是一个无家可归的人。""为什么说得这么可怜呢，这儿不也是你的家吗？"王丽珍为忠良斟了一杯酒，两人一饮而尽。迭化，王丽珍和忠良在床上搂抱、亲吻。暗场。[重婚王府是基础事件，它是在情境建构中，起着基础性作用的事件。

上海，晒台的简易房内，素芬轻拍着抗儿，望着天上的明月，月光中，她回忆起临别夜晚的情景，闪回：忠良对素芬说，"以后每当月圆的晚上，在这个时候，我一定会在想念你们"。闪回结束，天上开始乌云翻滚，月亮消失了，狂风骤起。[乌云遮月，"立象以尽意"。

外面大雨倾盆，棚子里到处漏水，一家挤在一张床上。婆婆叹息："什么时候才能天亮啊？等到什么时候忠良才能回家？"电闪雷鸣，一阵大风把窗子刮掉，婆媳和孩子搂抱在一起。天空道道闪电，素芬跑出去修理窗子，倾盆大雨浇在素芬的头上。

黄浦江在狂风暴雨中迅猛涨潮，江水在汹涌奔腾。[江水和月亮，纲目意象的同时变化。

张忠良在重庆背叛了妻子和家庭，素芬和一家老小在沦陷区苦苦企盼。至此，情节发展到了一个节点，情境也具有了新的定性。

前集结尾

嘉陵江上，字幕，女声领唱，男声伴唱："问君能有几多愁？恰似一江春水向东流。"

前集故事情节，生旦并行，对称叙事，妻子素芬在沦陷区照料公婆、孩子；丈夫忠良颠沛流离，逃到重庆。在前集的结尾，忠良在江头重庆堕落，素芬在江尾上海企盼，初步完成了"君住长江头，我住长江尾"的寓言，初步显示全剧的题旨："此水几时休，此恨何时已。"

影片在全剧开场和结尾，采用了"题目正名"和上下场诗的戏曲文学体制。片头与片尾重复吟唱："问君能有几多愁？恰似一江春水向东流。""问君能有几多愁？"是题目，"恰似一江春水向东流"是正名，前者是破题，后者是承题。从前集片头到前集片尾，由提问到应答，完成了整个"题目正名"的初步叙述和阐释。

影片从"君住长江头，我住长江尾"的寓言，生发出"生旦并行"的双线对称叙事。"题目正名"由江水的主题意象，分化出月亮的分题意象。影片以贯穿始终的江水意象，统摄了前后集中各情节单元的月亮意象。

影片创新地将"题目正名"转化为寓言、意象和诗歌，以寓言寓意主旨，以诗歌概括剧情，以意象表意情感。影片以诗歌标题为纲，以故事内容为目，达到提纲挈领、纲举目张。

题目正名

"题目正名"又称"题目"，它是戏曲文学体制的一个组成部分。"题目正名"广泛用于元杂剧、南戏和明早期的传奇剧，它是一种用诗句标明题旨、介绍情境、概括剧情的手法。戏文一开头必有韵语四句，用来总括剧情大意，叫作“题目正名”。这种形式为宋元南戏和明传奇所取法，明代以后亦成为剧场惯例。在刊刻的杂剧剧本中，“题目正名”往往用在全剧结尾，由脚色（大多是副末）在台上念出，作为收场语。宋元戏曲的“招子”（演出海报）上也运用“题目”，因为它可以概括剧情，说明出演的脚色行当。

“题目正名”通常采取诗歌和对子的形式，最后一句包含该剧的剧名。譬如：白朴《梧桐雨》杂剧的“题目正名”：〔题目〕安禄山反叛兵戈举，陈玄礼拆散鸳鸯侣。〔正名〕杨贵妃晓日荔枝香，唐明皇秋夜梧桐雨。末句：《唐明皇秋夜梧桐雨》是该剧的全称，《梧桐雨》是其简称。[①]“题目正名”用四句（概要）、一句（全称）以至数字（简称）拿住全剧。

“题目”即题识，显示主题情境构成的戏剧情势。“正名”，即题辨，详实情节之命意。“题目”与“正名”，形成表里关系；在一般情况下，前者强调构成戏剧情境的环境、事件，后者侧重说明剧情的主要内容：人物关系的发展。

戏曲体制强调题目集中，唯有题目集中才能保证主题明确，不生歧义。清人刘熙载说“凡作一篇文，其用意俱可以一言蔽之。”“题目正名”是保证题目集中的体制规定。

“题目正名”强调题目对于内容的统辖作用。通过“题目正名”可以“制名以指实”，“约名以相期”，避免“用名以乱实”或“用实以乱名”，达到循名责实，“名定而实辨”的目的。[②]“题目正名”体现了戏曲作家的尊题意识。

“题目正名”是情境的诗化浓缩，如同剧情的“一句话”梗概。例如元杂剧《窦娥冤》的“题目正名”：“秉鉴持衡廉访法，感天动地窦娥冤。”前者点出主题事件，表明这是一出平冤狱的公案戏，后者点出中心人物的动作情节。“秉鉴持衡”与“感天动地”相对，“廉访法”与“窦娥冤”相对，题目与正名互为表里。

到了明中期，传奇开始分出标目，题目提挈内容的作用被弱化，传奇剧本不再首标题目，“题目正名”演变为首出的副末下场诗。例如《桃花扇》第一出，副末老赞礼用一曲《满庭芳》总括全剧梗概，即将下场时，幕内有人发问：“妙，妙，只是曲调铿锵，一时不能领会，还求总括数句。（答）待我说来：奸马阮中外伏长剑，巧柳苏往来牵密线；侯公子断除花月缘，张道士归结兴亡案。”再例如《长生殿》第一出，副末上场用【南吕引子·满江红】介绍创作主旨，用【中吕慢词·沁园春】介绍全剧梗概，下场念“题目正名”：“唐明皇欢好霓裳宴，杨贵妃魂断渔阳变。鸿都客引会广寒宫，织女星盟证长生殿。”

“题目正名”作为提挈和归结剧情的重要手段，在当代中国的戏剧、电影创作中，还在发挥着重要作用。当代话剧《天下第一楼》（何冀平 1987），剧中主要人物卢孟实在全剧结尾时，送来一副对联：“好一座危楼，谁是主人谁是客；只三间老屋，时宜明月时宜风。”上联是题目，属于主题情境的破题，下联是正名，属于主题情境的承题，概括和阐明了全剧的情境和题旨；卢孟实送对联是全剧情节的收，对联的内容是对全剧主题情境的煞。再如影片《一江春水向东流》，在全剧开场和结尾收场，用“问君能有几多愁，恰似一江春水向东流”的诗句作为“题目正名”，很好地完成了全剧在情节和情境上的收煞。这些剧目都是创造性地运用了“题目正名”的手法。“题目正名”实际上就是全剧的“一句话梗概”。

“题目正名”的撰写，一般要求“题目”能够概括剧目的主题情境，所以内容大致落实在

---

① 赵锡淮：《“题目正名”之我见》，《四川戏剧》，2012 年第 1 期。据考证，陆贻典抄本《琵琶记》的题目在前，在其他明代改编本中，该题目一句不易地移作了下场诗。

② 《荀子》卷第十六，正名篇第二十二，《二十二子》，第 342—343 页。

情境三要素（人物关系、事件、环境）方面，如体现人物关系的《秋胡戏妻》《姊妹易嫁》，体现事件的《李逵负荆》《张生煮海》，体现环境的《西厢记》《长生殿》，以及集中体现情境三要素的器物《琵琶记》《桃花扇》，等等。“题目正名”示范了如何编撰剧名的方法。

上下场诗

上下场诗，指脚色上下场时要念诵的两句或四句韵语。上下场诗有别于用正文语体，用诗歌对本场剧情做预示、说明或是小结、回顾。

清传奇《桃花扇》的每折均有上下场诗。孔尚任在《桃花扇》“凡例”中说：“上下场诗，乃一出之始终条理，……起则有端，收则有绪。著往饰归之义，仿佛可追也。”用诗歌开场和收场，既可以使情节“始终条理”，又丰富了叙事的诗化意绪。

在具有诗化追求的中国电影中，上下场诗转化为诗化的开场和收场，分布在各个情节单元的起讫场面中。如电影《城南旧事》以燕山、长城开场，以燕山的山道和满山枫叶收尾，以《骊歌》音乐相始终。影片首尾景物的前后因应，成为主题的诗意点题，使得剧情有“始终条理”。

诗化意象不仅出现在全剧的首尾，而且出现在剧中每一个情节单元或重要场面的首尾。例如《城南旧事》中第一个故事，通过冬天、春天和夏天井窝子，区隔不同的情节单元，或引入场景，或收束场景；井窝子即是每一个情节单元的“上下场诗”。在更小的情节段落也是如此，例如，该片发展部的高潮段落，镜头从惠安会馆的月亮门进入跨院，情节结束时，镜头又静止在月亮门的远景画面上。月亮门就是这一场戏的“上下场诗”。这些首尾的诗化意象，使得剧情“起则有端，收则有绪”。

写实的情节内容与“上下场诗”的意象之间，存在着由写实到写意的升华过程。例如《城南旧事》的结尾，英子在台湾义地与宋妈分别，英子乘马车离去时回顾山道，只见到满山的红叶。影片从写实情节转为写意场景，由客观叙事转为主观抒情，达到了“著往饰归”“仿佛可追”的效果。

中国电影在情节单元的起讫之处，往往会通过景物来传达言外之意、象外之旨，这是对心物融合、人情物理一体的传统观念的自然承袭。情境的诗化，作为一种文化基因或历代心传，存在于中国导演的有意识或无意识之中。

在西方拍摄的史诗电影中，开场与收尾的场面也广泛运用诗化写意手法。如《安德烈·鲁勃廖夫》中，影片开场的农民飞天，结尾的水畔马匹；如《拯救大兵瑞恩》中，片头与片尾的墓地悼念和美国国旗。这些场景都不是一般的写实场景，而是具有象征和寓意的诗化场景。

明清传奇由于篇幅很长，形成了长篇戏曲分卷体例，各卷的收尾被称为“小收煞”，全剧收尾称为“大收煞”。《一江春水向东流》将影片分成前集、后集，以“小收煞”结束前集，并以文学的形式，将分集标示在银幕上。这种上下部的结构区分，明显是沿袭了明清传奇的剧本体制。

分卷与小收煞

分卷是明清传奇戏曲剧本特有的结构体制。明清传奇一般分成上下两卷，如明传奇《琵琶记》《宝剑记》，均分为上下两卷。传奇剧也有分成三、四卷的。分卷是解决传奇剧情节过长而进行的宏观结构划分。

传奇戏曲《桃花扇》分为上下两卷，闰二十出《闲话》为上卷的小收煞。该出通过张薇等人逃难中的闲话，交代“帝后殉国，流贼破城终末”，忽然有阴兵借道，“崇祯先帝同着周皇后乘舆东行，引导的文武官员，都是殉难忠臣”，以及阵亡厉鬼随行其后，张薇等跪迎道旁。此出既“收”拾了明亡情节，又“煞”止了上卷的情境和题旨。小收煞，既是上卷的情节节点，又是上卷的情境定性，区分了上下卷的情境定性变化。

传奇分卷体制影响到中国电影的叙事结构，如《一江春水向东流》分为上下两卷（前集：八年乱离，后集：天亮前后），《霸王别姬》分为上中下三卷（第一部：结义，第二部：恩怨，第三部：背叛）。

李渔将传奇剧的上卷结尾（上半部之末出）叫“小收煞”，下卷结尾（全剧最末一出）叫“大收煞”。大小收煞是指上下部二分法，小收煞收束、归结上半部分，大收煞则收煞下半部分和全剧。

李渔说：“上半部之末出，暂摄锣鼓，名为小收煞。宜紧忌宽，宜热忌冷，宜作郑五歇后，令人揣摩下文，不知此事如何结果。”① 小收煞，既要收束上部情节、归结上部情境和题旨，又要为下半部的情境和情节发展留有余地。

上下卷的情境、情节既要有分割，也要有过接；分割要分割得清，过接要过接得上。上下卷的区分和过接，主要是通过人物命运的悬念进行串通、勾连，所以，小收煞在为情节发展做出节点的同时，也要为人物命运的发展留下悬念，以便于下卷的情节接续与冲突重起。

《一江春水向东流》沿用了明清传奇的分卷体制，将影片分为前后集。影片前集小收煞时，忠良在重庆腐败堕落，素芬在上海坚贞苦守，剧情戛然而止，为后集的故事情节发展，留下了强烈的悬念，这就是所谓“暂摄锣鼓”的小收煞。

叙事体的戏曲和史诗电影的“收煞”不同于戏剧体戏剧、电影的结尾，它既包括了情节的“收”，也包括了情境的“煞”。后者偏重写实，强调以形传神，往往只“收”不“煞”。前者偏重写意，强调虚实并重、形神兼备，既要有写实的“收”，还要有写意的“煞”。

后集：天亮前后

后集开场

滔滔东流的江水。字幕：一江春水向东流。摇，上海黄浦江上，万船停泊，波光粼粼。

暗转，晴空云开，字幕：后集　天亮前后。[以黄浦江开场，前后勾连黄浦江与嘉陵江。

开端部

开场

嘉陵江上，日出。字幕：抗日战争后期　重庆。

晨，王丽珍寓所楼上，阳光照进来，鸟鸣声，一只猫跳进窗子，从桌子跳到地板上，摇，床下的两双鞋子相互叠压在一起。[王丽珍床下乱扔的两双鞋子（凉鞋与皮鞋）与忠良新婚时床下并排摆放的两双鞋（绣鞋与拖鞋），形成重复对比。通过前后两双鞋子的照映埋伏，交代了张忠良抛弃结发夫人素芬，与抗战夫人王丽珍开始了夫妻生活。

---

① （清）李渔：《李笠翁曲话》，第48页。“宜郑五歇后”，唐人郑綮作诗善于用歇后语，指“小收煞”应为后面的情境和情节发展进行铺垫和伏笔。

阳光照在床上，王丽珍还在熟睡，忠良已经醒了，他心绪纷乱，陷入沉思和回忆，闪回：皎洁的月光下，他向素芬表白爱情；“三一八”上海遭到轰炸，他向母亲、妻儿挥手告别；逃亡到重庆，他衣衫褴褛地向王丽珍哭诉；花前月下，他饮下了王丽珍送上的美酒。[回顾前集“八年乱离”的情节内容，启动后集“天亮前后”的故事讲述。

后集的开端部开场，继承了戏曲经常采用的“自我肇端”的开场手法。戏曲的各折，为了实行各自独立，对于前事往往采取倒叙的方法进行交代，与前一折进行分割区别，以便自成一个完整单元。

门外，女佣阿金在听门缝，脸上露出不屑的表情。[穿插，将开场与开端分开。

开端

电话铃声，王丽珍被吵醒了，是干爹庞浩公打来的电话，要她过去吃饭。王丽珍说，要带干儿子去看他。忠良听到要拜庞浩公当干爹，心中不快，王丽珍告诉他：“你要在这儿混，就得走他的门路。你马上就要高升做他的私人秘书了。”

庞浩公寓所门前，王丽珍带着忠良登门拜访：“干爹，这是你的干儿子!”庞氏苦笑摇头：“我的干儿子？恐怕是我的干女婿吧!”王丽珍摇着庞氏的手，扭着身子撒娇：“干爹，你就是这样一个不知烦恼的人。”庞氏自嘲地：“我要知道烦恼，早就憋闷死了。”[王丽珍与干爹的暧昧关系，以及三个人的不伦关系。

庞寓的客厅，座上的宾客全是富商和官员，庞浩公向众人介绍新任命的私人秘书和干女婿张忠良，众人哄笑拍手，有人窃窃私语。庞浩公将各位老板介绍给张忠良，有运输界的巨头，有经营百货化妆品的老板，有米界大王，有棉纱大王，有局长官员……[庞浩公发国难财离不开“官商勾结”，但是，影片为了通过审查，对官商勾结只是点到为止。

龚科长送来一大盘用飞机从加尔各答运来的龙虾和上海最出名的阳澄湖大闸蟹，庞浩公拿起螃蟹：“这螃蟹可真肥啊，上海人有句俗话，大闸蟹乘飞机，凌空八只脚。”众人开怀大笑，“看来，抗战还得多抗几年哟!”[揭露战时重庆的腐败。

发展

一系列镜头：百货仓库里，张忠良在听白老板介绍货物，用笔在本子上记着；汽车站，张忠良在与崔经理看一张运输单；庞寓，张忠良拿着几张单子向庞浩公汇报情况，他掏出火柴给庞浩公点烟。

理发店，张忠良对理发员：“高一点，高一点，看一个大花嘛!”[与初到重庆时，第一次理发时要求“低一点”，形成前后照映。

舞厅里，张忠良与王丽珍共舞，《何日君再来》的歌声：“好花不常开，好景不常在……”[与到重庆后，第一次听这首歌的反感，形成前后照映。

新寓所门前，留着小胡子的张忠良与王丽珍坐进轿车。[忠良居住环境和外貌造型的改变。

办公室，张忠良在打电话，助手送来财务表和货单，张忠良心烦地挥手让他走开。[通过一系列的过渡场面，迅速交代出张忠良的身份、职业、举止、外貌和性情，由内到外的全方面蜕变。

新寓所客厅，张忠良与八九个掮客在谈生意，他不肯降价，还责怪掮客们不肯帮忙。有一位掮客既埋怨又感慨地说："真没看见过，做生意有你张先生这么门槛精的。"崔经理和王丽珍在一旁听了都笑起来。
王丽珍走到凉台上，崔经理跟了出来。崔经理："忠良这么会做生意，都靠你教育有方啊，是不是啊？"王丽珍露出得意的表情。崔经理打情骂俏地："我这一辈子没希望了？完了，非要等下一辈子了。"王丽珍对崔经理又打又掐。[介绍功能人物崔经理。
上海，第五难民收容所第二宿舍，素芬和婆婆在为难民洗衣服、晾晒衣服。孩子们的歌声传来。难民宿舍内，穿着补丁衣服的老教师在教孩子们唱歌，"大家一齐来，来唱歌，来唱歌。一个人唱歌多寂寞，多寂寞。一群人唱歌多快活，多快活。……唱歌使我们勇敢向前进，唱歌使我们年轻又活泼。"抗儿坐在大家的中间，随着大家快乐地唱歌。[上海难民们唱的《大家一齐来唱歌》与重庆舞厅里的《何日君再来》形成对比。
难民宿舍内，素芬在帮一个难民写家信，老妇人流着泪在讲述："你还要告诉他，自从他抽中了壮丁走后，家乡就沦陷了，他的女人也给炸死了，连尸首都不全，家里什么都没有，棺材也买不起，只好用席子裹着把她埋掉了。"素芳含着泪在书写。

两卡车的日本兵闯入难民收容所，汉奸特务宣布："皇军司令部要用这个地方，难民必须搬走。"日本军官挥舞着指挥刀，砍断了挂衣服的绳子，素芳和婆婆晾晒的衣服掉落在地上。素芳和婆婆、抗儿随着难民离开收容所。

高潮
上海，乡下集市，素芬一家人买了些米，要背到城里的黑市上去卖。素芬将灌了米的棉背心穿在婆婆身上，抗儿抢着要背米袋子。
上海市郊，日军哨所，日本兵收走了几十个市民的通行证，将他们扣押下来。一个日本兵看到了抗儿背的米袋子，一刺刀捅破米袋，大米流淌在地上。
天黑下来了，众人被扣押在哨所外的荒地上，素芬和抗儿偷偷将撒在地上的大米收起来，日本兵上来用棍子殴打素芬。

花篮，条幅上写着：忠良、丽珍贤伉俪，乔迁之喜！庞浩公敬贺。张忠良和王丽珍在新居门前恭迎前来贺喜的客人。宴席上，宾客云集，众声喧哗，忠良与丽珍向庞浩公敬酒。

上海市郊，冬夜，哨所外，素芬和婆婆、抗儿在寒风中瑟瑟发抖，有人钻过铁丝网溜走了，日本哨兵向黑暗中开枪。愤怒的日本兵将几十个百姓赶进一个水塘，老幼妇孺们一片哀哭声。素芬抱着抗儿和婆婆痛苦地站在寒冷的水中。

重庆，成百人的宴席，张忠良在向宾客劝酒，龚科长将他拉到窗边，交给他从救护队转来的两封家信。这两封信在路上走了三年多。张忠良警惕地四下张望："丽珍是个非常嫉妒的女人，假如给她知道了，一定会闹大乱子。"忠良匆匆读信，只见信末写着："母亲托，素芬、抗儿泣笔。"
王丽珍走过来。"谁的信？我看看！"忠良掩饰地："没什么，还不是乡下人来要钱。"丽珍坚持要看信，忠良慌张地将信撕碎，扔到窗外，碎纸片在水中漂走。王丽珍疑惑地："你在捣什么鬼？"龚科长劝解："张太太，你别误会，这确确实实是人家管他借钱的信。"王丽珍怒目圆睁："你要是欺骗我，哼！"忠良讨好地："我要是欺骗你，我是王八蛋。"

素芬含泪写信与忠良无情撕信，形成前后照映。“烽火连三月，家书抵万金。”忠良与家庭已断了三年的联系，却狠心撕碎家信，表明他已经下决心抛弃母亲和妻儿，这是人物性格发展的新节点。

结尾

酒宴上，张忠良和王丽珍与干爹干妈坐在一起。崔经理：“我提议，忠良兄与丽珍小姐表演探戈舞！”众人鼓掌，忠良谦逊地：“我跳得不好！”探戈音乐起，两人翩翩起舞。[探戈舞的重复运用，既照映前面的双十国庆，又埋伏后面的双十国庆。

上海郊区，冬夜，哨所，日本兵在巡逻。水塘中，同行的老妇呻吟着：“我熬不住了，要冻死了，我要出去。”素芬拉住她：“老太太，他们看到要开枪的。”老妇：“我们的性命连猪狗都不如，我死了有什么可惜的。我的腿已经不能动了，要是这样下去，反正要被冻死的，我为什么不拼一拼呢！”她挣扎着爬出水塘，日本哨兵大声喊叫起来，素芬一家人惊恐地看着举枪的日本兵，两声枪响，老妇人滚下土坡。[老妇人被枪杀是浸泡寒塘的煞。

平行蒙太奇镜头与生旦并行的双线叙事，二者结合在一起，相得益彰。田汉说：“旧戏（注：戏曲）是不用背景而获得自由的，电影却是在性质上可以自由地运用任何背景，这一点，电影对于旧戏有绝大的补充。”①

影片将同时异地的两条叙事线和两个场景对比性地剪辑在一起：一方面是忠良和抗战夫人的乔迁酒宴，一方面是被遗弃的结发妻子和母亲、儿子被扣押在冬夜水塘之中，生与旦的处境，形成强烈的对比。

在开端部的结尾，情节发展到了一个节点，忠良与素芬的关系形成了新的定性。

生旦并行

男女主角的离合悲欢是传统戏曲的重要情节内容，形成了“生旦并行”的情节结构类型。元末南戏大多数采用了一生一旦、生旦并重、双线展开的结构。②《琵琶记》《白兔记》等戏文，确立了生旦离合的情境模式和双线对称发展的结构类型。譬如《琵琶记》蔡伯喈入赘牛府，锦衣玉食，赵五娘卖发葬父、上京寻夫，生旦双线并进，两两对应。明清传奇将“生旦并行”的结构类型进一步发扬光大。譬如《牡丹亭》，柳梦梅与杜丽娘，言怀与惊梦，冥判与回生，闹宴与闻喜，形成两两对应。

《一江春水向东流》继承了生旦并行的结构形式，通过素芬的一条线，描述沦陷区人民的悲惨生活；通过忠良的一条线，讲述大后方重庆荒淫无耻的生活；最后两线相交，素芬面对负心的丈夫，绝望地投江自尽。忠良与素芬的双线对称叙事，生动地表现了悲欢离合、起伏跌宕的人物命运。

发展部

开端

纪录片镜头：重庆群众庆祝游行，人潮汹涌，欢声雷动。推出字幕：一九四五年八月，日本向

---

① 高小健：《中国戏曲电影史》，第 107 页。

② 郭英德：《明清传奇戏曲文体研究》，第 294 页。

盟国投降。
王丽珍和张忠良的寓所，外面鞭炮声不断，崔经理站在桌子上跳舞，众人在拍手叫好。这时，庞浩公进来告诉众人：上海光复了，我要尽快飞到上海去。张忠良提出与干爹一同走，好为公司大捞一笔。
王丽珍一时走不成，与张忠良大吵起来。忠良哄劝道："让我先去捞他一票，你来享清福，这还不好呀？"王丽珍担心张忠良到上海乱搞女人，忠良发誓赌咒："我要是到上海胡来的话，上有天，下有地，让我从飞机上头摔下来。""讨厌！到了上海，要给我买几件大衣，料子要好的。""我张某人做事，还会有错？我张某人从来就是太太的忠实信徒。"

上海，晒台的简易房内，婆婆躺在床上，素芬带着抗儿兴冲冲地跑进来："外面大家都在说，日本鬼子投降了，要和平了。有人偷听到无线电播音。"婆婆："谢天谢地，要是能够和平就好喽！"

上海，温经理和何文艳的寓所。温经理在火盆里销毁与日本人株式会社的合同文件，以及日军首脑赠送的照片。保镖跑来辞行，他要逃到乡下躲一躲。何文艳告诉丈夫，用人们都在私下议论。这时，温经理忽然接到电报，忠良要陪庞浩公从重庆飞到上海。夫妻二人面露喜色。这时一队便衣进来，将温经理戴上手铐押走，何文艳哭泣起来。

上海，晒台上的简易房，传来阵阵鞭炮声和市民欢呼声，婆婆颤抖着走到门外，素芬和抗儿跑来告诉婆婆："鬼子投降了！"婆婆喜极而泣："想不到我们真能够活到这一天。"一家三口拥抱在一起。
婆婆担心忠良回到上海会找不到家人。素芬安慰她："回头我到从前住的地方，在门口贴个条子，只要他一回来就能找到我们。"抗儿穿着忠良的外套，戴着礼帽，摇摇摆摆地走过来，"我是爸爸，刚刚坐飞机回来，你们好吗？"素芬和婆婆大笑起来。素芬将抗儿搂到怀里："好孩子，等爸爸回来了，我们就不再受苦了。"

发展
上海机场，飞机在跑道上降落。人们拥到机舱门边，迎接从重庆来的人。张忠良看到了捧着鲜花的何文艳，"我是张忠良，你已经不认识我了吧？"何文艳兴奋地握着他的手："妹夫！自从接到你们的信和电报，我已经到这里欢迎你们三次了。""以后，我应该就叫你表姐了！""可不是嘛，我们早已经是亲戚了。"

上海闹市街道，汽车行驶在繁华的大街上。迭，舞会，张忠良与何文艳共舞。迭，酒吧，何文艳陪伴张忠良饮酒。音乐。
夜，何文艳的寓所。何文艳："妹夫，你醉了吧？"穿睡衣的张忠良："没有，没有，表姐，你还记得八年以前吗？我到你这里来拿过抗战的毛背心，哈哈，想不到今天，我住到了府上。表姐，我真喝醉了。"他将手放在她的肩膀上，何文艳推开他的手，张忠良笑着："人生难得几回醉哟，哈哈！"他仰倒在床上，何文艳又主动来到他的床前。[与八年前形成照映埋伏。失势的何文艳无奈地将张忠良当成救命稻草。

月亮在云朵中穿行。月光照在素芬和抗儿的床头，素芬抚摸着孩子，眼前浮现出十年前的情景，闪回：皎洁的月光下，忠良给她戴上戒指，她依偎在忠良的怀中。迭，素芬流下眼泪，她望着窗外的月亮，眼中流露出期盼的目光。[生旦并行，对称叙事。月亮意象的贯穿和前后照映。

高潮

何文艳的寓所外，何文艳领着庞浩公、张忠良观看她的轿车，三人上了轿车。[必需场面，介绍何文艳巴结庞浩公和张忠良。

上海某监狱，探监的地方，内外隔着铁栅，一个年轻女人在向温老板哭诉："你不晓得我有多难过啊！"何文艳走进来正撞见这一幕，气愤地："这个不要脸的女人是谁啊？她是谁呀，你说！"温经理焦虑地："我现在已死到临头了，你还跟我吃这种短命醋。庞浩老和张忠良对你是怎么说的？律师给我请好没有？"何文艳伤心流泪："我为你东奔西走，想尽办法，吃尽苦头，你瞒着我和女人勾勾搭搭，怪我没眼睛，一辈子受你的欺骗。"温经理勃然大怒："他妈的，你也不讲讲老子当年在你身上花多少钱哪？"何文艳切齿冷笑："你就等着枪毙吧！要不然，就在这儿住上一辈子。"

何文艳的寓所，卧室。忠良从皮包里取出文件："庞浩老还是有办法，你看只要他一句话，就把老温存款户头的名字通通改过了。"何文艳接过存折，欣喜地："好啦，现在我放心了！什么东西都是我们的了。"张忠良搂抱何文艳亲吻。何文艳把存折放进首饰箱里，张忠良提出交给他保管更安全，何文艳犹豫了一下，无奈地同意了。张忠良锁上匣子，又将钥匙放进自己的衣袋。何文艳惶恐的目光。

张忠良愁眉苦脸地问："丽珍要到上海来了，怎么办呢？她手段这么毒辣，还有一个老而不死的庞浩公。"何文艳温柔地攀着他的肩膀："我当然不能让你为难的。她是你的抗战夫人，那……我就做你的秘密夫人好了！"张忠良开心地大笑，搂住何文艳。[张忠良添了一位"接收夫人"，还"劫收"了温经理的钱财。

结尾

晒台上的简易房内，素芬望着桌子上的信发愁，邮费涨了九倍，要寄还差一半的钱。婆婆悲伤地："想不到，我们连封信都寄不起了。"房东来向素芬催房租："你们已经两个月没有付过租钱。"

素芬将米汤分到两个碗里，端给婆婆和抗儿。抗儿："妈，你怎么不吃啊？"婆婆："是啊，你也吃一点吧！"素芬："不，我在外边吃过一点东西了。我想来想去，还是去帮人吧。"婆婆："要是让外人知道，我们张家的媳妇去帮人了，将来忠良回来了有什么脸见人？"素芬："我想过了，我不说姓张。"婆婆拭泪。素芬拿着一个小包袱走出家门。

上海大街，人来人往。职介所内，一个男仆来招帮工，素芬挤到前面："我去好吗？"男仆打量她："你就是太瘦了！"职介所的人凑过来："公馆里有的是吃剩的饭，要长胖还不容易。我看她倒是挺合适的。"男仆："好了，就是你！"

何文艳的寓所。素芬跟着男仆走进寓所，她被带到楼上去见何太太。卧室，张忠良和何文艳睡在床上。外面传来男仆的声音："太太，娘姨来了，你看看！"何文艳下床，走出卧室。

卧室外，何文艳叼着烟卷上下打量着素芬："你是哪儿人啊？""我是本地人。""你的丈夫哪？"

“在乡下！”“你婆家姓什么？”素芬迟疑了一下：“姓刘！”何文艳吩咐男仆：“就让她住在厨房边上吧！”卧室内，张忠良还在睡觉。
卧室里，张忠良醒了，他的睡衣领口有一个明显的唇印，何文艳帮张忠良脱下睡衣，换上衬衫：“那些用人总在后面嘀嘀咕咕的。”张忠良：“谁让你自己不规矩呢？”何文艳：“哎哟，假正经，你这样算是规矩呀？”
夜，厨房后门，素芬在洗衣服，女仆将张忠良的衣服丢给素芬，素芬看到领子上的口红印。[夫妻错位为主仆关系，为夫妻相见的高潮戏进行铺垫。女佣素芬为雇主丈夫洗衣，在情节上属于“收”；领子上的口红，归结了忠良与两个夫人的关系，点明主题情境，属于“煞”。

后集的发展部，抗战胜利后，忠良作为“接收大员”回上海搞“劫收”，有了“接收夫人”，还吞没了温经理的家财；与此同时，素芬苦盼忠良，因家中断粮被迫到何家做女佣；生旦并行，对称叙事，形成了一个相对独立的、由自我肇端和自我收煞的情节单元。

中国戏曲的结构特点是它的单元性。明王骥德说：戏曲不仅有一个总的“大头脑”（全剧主题），而且各部分也有“头脑”（单元主题）。“每套只是一个头脑。”① 范钧宏说：戏曲是由大故事包含的小故事构成的，每一场戏都是一个相对完整的故事，都有一个属于自身的“起承转合”。《十五贯》第一场“鼠祸”，本非重点场子，但仍是个完整的故事，有其起承转合。② 焦菊隐说戏曲结构是一个“九连环”，《群英会》，蒋干过江、盗书、打盖、借箭、借风、挡曹等故事，连环相牵，节节生发，同时，每一个环节又是相对独立的故事段落。③ 一个情节段落要成为独立的情节单元，就必然要自我肇端，建立自己独立的分题情境和单元情节，并且自行收煞这一分题情境和情节。

自我肇端与收煞

自我肇端是戏曲的结构法则，指一个情节单元须要自我肇端，并由此形成一个独立、完整的情节单元。自我肇端，首先要有自身的“主脑”，由此建立本单元情境（人物关系、事件和环境），并由此生发出单元情节。肇端首先是情境的肇端，其次才是情节的肇端。自我肇端也意味着自我收煞，即：自收本单元的情节，自煞本单元的情境。所以，肇端与收煞是一对相辅相成的概念。

所谓肇端，不仅是情节的发端，而且是情境的另立。例如戏曲《桃花扇》第一出《听稗》，以侯方域开场，述其与东林社友去冶城道院看梅花，却被魏府徐公子（明开国元勋徐达嫡孙）霸占了道院，于是众人去听柳敬亭说书。第二出《传歌》，以鸨妓李丽贞开场，思虑养女香君尚未上头，请来苏昆生教她学唱昆曲《牡丹亭》，杨龙友赞其必成名妓，提出将侯公子说与香君，李丽贞“求杨老爷极力帮衬”。

第一出从侯方域肇端的情境是东林党人的情境（“大事已不可问，我辈且看春光”）；第二出从李丽贞肇端的情境是媚香楼的情境（“牡丹虽好，他春归怎占得先”）。侯方域与李香君的故事情节发展是连贯的，可是前后情境却是由不同主体肇端的，这些情境是各自独立的，又是可以连接的。第一、二出的收煞，分别以本出的肇端人物侯方域和李丽贞进行收煞。

如果本单元情境和情节发展，需要前史的支持，即在本文进行前事补述，这样即使抽离了

① 王骥德：《曲律》，《中国古典戏曲论著集成》，第四册，137 页。
② 范钧宏：《戏曲结构纵横谈》，《戏曲编剧论集》。
③ 焦菊隐：《中国戏曲艺术特征的探索》，《焦菊隐论导演艺术》（下编）。

前一单元，本文仍然能够自我成立。自我肇端，强调不把本文看作前事的延续，不依随前事，反令前事为本单元所用。

这种自我肇端与收煞的结构方式，不仅用在每一出的首尾，而且运用在全剧的首尾。《桃花扇》第一、二出是全剧肇端，最后两出是大收煞。第四十出《入道》，张道士撕扇，侯方域与李香君双双入道（“怎知道姻缘簿久已勾销”）；续四十出《余韵》，徐公子成了清廷的衙役，到山中访拿隐逸，老赞礼和苏、柳逃走（“开国元勋留狗尾，换朝逸老缩龟头”）。全剧的情境、情节的肇端与全剧情境、情节的收煞，形成照映与埋伏的关系。从而实现全剧“始终条理，有始有卒，气足神完”。(《桃花扇》凡例)

中国史诗电影继承了戏曲自我肇端和收煞的原则，例如电影《一江春水向东流》后集，开端部的开场，忠良在王丽珍的床上，回忆前集发生的情节：与素芬月下盟誓，战乱与妻儿、母亲分离，逃到重庆投到王丽珍门下；同时，自然说明了后集的情境：他与两个夫人的关系、人格的蜕变，他的现实处境与行为动机。由此，构成了后集的自我肇端。后集结尾，忠良来到素芬投江处，王丽珍用喇叭催促，此处的情节收和情境煞，与后集的情境、情节的肇端，形成照映埋伏。

收煞是戏曲特有的概念，指收束剧情，归结题旨，定性情境之意，每个关目的结束即是一收煞。收煞具有两层意思，“收”，指人物一段命运的悬念解扣和一段情节的完成；“煞”，指一段主旨与文情的结题与情境重温；二者合称收煞。

“收”与“煞”的方法有所不同。情节层面的“收”法，延续代言体，采用写实情境下的人物动作，收拢情节；情境层面的“煞”法，改用诗歌或写意，采用寓意性的例证动作，归结主题情境。

收法：情节上的收，收束写实性动作和情节，达到情节的节点。

煞法：情境上的煞，煞住写意性动作和情节，归结情境的定性。

情节单元的“收”束和情境分题的“煞”止，一方面使情节单元叙事达到完整闭合，同时也使情境分题阐述完满终结。如果只有情节的写实性收拢，而缺乏情境的意象性归结，场面上往往是收不住的，必须既收且煞才能结束这一段情节。

史诗性的当代话剧《茶馆》，在全剧结尾，国民党接收大员沈处长霸占了王家经营了六十年的老裕泰，老掌柜王利发上吊自杀，沈处长连叫“高，高!”该剧在舞台演出时，导演焦菊隐改为由王利发等人为自己出殡撒纸钱收尾。前者仅是情节的收，而后者则是情境的煞，撒纸钱具有象征性，可以形成对全剧主题的意象统摄。

史诗电影《一江春水向东流》的情节单元结尾，往往是情节收和主题煞并用。如后集开端部结尾，素芬一家人浸泡寒塘和老妇人被枪杀，点明了素芬一家的悲惨处境，实现了收煞并用。后集发展部结束，素芬为雇主洗衣和看到领口的口红，强调了忠良与两个夫人的关系，同样实现了情节节点的收和情境定性的煞。

中国史诗电影强调情节分散，既收且煞，串而不必联；西方的戏剧性电影正相反，强调情节集中，收而不煞，联而不必串。西方的戏剧性电影，情节衔接紧凑，避免用“煞”法来分隔情节段落。例如戏剧性电影《空军一号》的情节段落结束时，往往有收无煞（如总统解救人质、寻找通讯工具的段落）。而西方的叙事性电影则有所不同，例如叙事性电影《拯救大兵瑞恩》，在情节发展的大小环节，均能收煞并重（如各情节单元的肇端和结尾）。

戏剧性电影不重视“煞”法，也与影片主题的单一、集中和情节的直接、写实有关，由于主题单一和情节写实，可以通过戏剧性高潮对主题进行集中阐释，不需要通过写意对情节单元进行分段阐释和归纳。

高潮部

开端

上海机场，飞机降落，张忠良和何文艳在舱门口迎接王丽珍。王丽珍：“忠良，你看表姐是不是比八年前更漂亮了?”忠良：“是啊，是比八年前更漂亮了。”何文艳：“妹夫是不好意思说，我已经是一个老太婆了。其实我哪有表妹漂亮啊!”［例证动作，介绍张忠良与“抗战夫人”“接收夫人”的关系。

崔经理走出机舱，向张忠良打招呼，二人拥抱。崔经理：“忠良，我听说你出入都坐汽车，光洋房就有好几座。”“乱说!”“金条捞了不少，大概‘五子登科’了吧！现在我是比不了你啦。”“哪里，哪里，现在还来得及!”

张忠良介绍崔经理与何文艳认识。

抗战胜利后，国民党的接收大员在上海没收“敌产”。“五子登科”是条子（金条）、房子、女子、车子、料子，张忠良这“五子”都占了。

上海闹市街道。轿车上，何文艳用手绢拭泪，王丽珍安慰她：“这也不是姐夫一个人的事情，慢慢想办法，别难过。”［必需场面］张忠良：“上午的金价和美钞不知道怎么样了?”

车子停下来等红灯，街道边传来卖报声，张忠良对着车外召唤：“买报，买报!”正在路边卖报的抗儿跑过来，他被别的报贩推到一边。这时轿车开走了。［父子相见的悬念。为高潮戏铺垫。

抗儿被一辆脚踏车撞倒，一瘸一拐地走到路边坐下来。他流着泪继续卖报。

何文艳的寓所，楼上卧室。张忠良对王丽珍：“你看，表姐把房子都布置好了，一切多么舒适整齐啊。”王丽珍兴奋地：“我们幸亏有一位好姐姐！要不然，我们就得住马路上了。”何文艳：“哪里呀，大家还不都是自己人吗？只要你们不嫌弃、不讨厌我这个做姐姐的，这里所有的都当成是你的一样。”何文艳告诉王丽珍，明天是双十节，上海要举行大庆祝，要准备开鸡尾酒会。［倒计时。

何文艳借口要去准备点心，走了出去。王丽珍急不可耐地扑向张忠良，卧室外，何文艳看到两人拥抱亲吻的影子，伤心无奈，隐忍克制，拭泪离去。

卧室内，衣柜前，王丽珍比试一件花裙子，张忠良跪下来，帮她拉着裙子下摆：“这是现在上海最时髦的样子。尺寸都是按照你寄来的，怎么样?”王丽珍将张忠良拉到床边：“你要老实告诉我，到上海来了之后，没有胡搞吧?”“哎呀，真是天晓得，每天忙得我焦头烂额。我可以发誓啊!”王丽珍冷笑：“谁信你这一套!”她要忠良去给她刷鞋。

张忠良拿着脏鞋子走出来，何文艳赌气地扭头走开，张忠良上前搂着她亲吻，被女仆撞见，何文艳生气地：“你鬼头鬼脑看什么?”张忠良丢下鞋子，叫女仆拿去刷洗。

寓所，厨房后门，女仆将王丽珍的鞋子交给素芬，让她刷洗干净。素芬听到仆人们在议论：“哎呀肉麻死了，现在他重庆的老婆来了，看他们该怎么办?”“看来要打破醋罐子了。”“老实说，他们都是妖孽!”［强调忠良与三位夫人的关系，为高潮戏铺垫。

卖报的抗儿瘸着腿找来了，素芬给儿子包扎伤口：“不要哭，等爸爸回来了，就不用再去卖报了。”抗儿哽咽地：“爸爸回来就好了！”

发展

何文艳寓所门口，张灯结彩，人群熙攘，张忠良、王丽珍夫妻和何文艳在门口迎接宾客。何文艳等人陪着庞浩公走进公寓，众人纷纷向庞董事长鞠躬致意。

冷餐会上，庞浩公起身致辞：“诸位，今天是双十节，是我们的国庆日，我现在提议，为了最后的胜利干一杯！”众人热烈鼓掌，站立举杯。［开端部的双十国庆与高潮部的双十国庆，前后照映。

张忠良提议为庞董事长干杯，接着又提议：“为既漂亮又好客的女主人何文艳小姐干一杯！”王丽珍醋意大发，不悦地扭转头。何文艳赶紧站起身：“我也有一个提议，请大家为我的表妹和表妹夫他们这样的恩爱干一杯。”崔经理带头叫好，众人齐声喝彩，王丽珍难看的脸色转变过来。［描写两个夫人的争风吃醋，着眼于忠良的伦理批判。

厨房，师傅正要往垃圾桶里倒剩饭，素芬上前：“大师傅，我婆婆和孩子都没有饭吃，这点冷饭送给我好吗？”师傅把饭铲到报纸上，还给她了两块骨头。素芬感激地拿着纸包，跑出了厨房。

厨房后门，素芬呼唤着“抗儿！”她唤醒睡在石板上的抗儿，让他把凉饭和骨头带给奶奶。远处有歌声传来：“月儿弯弯照九州，几家欢乐几家愁……”拉琴的盲人和卖唱的孩子，在灯火辉煌的公馆外走过。［插入盲人卖唱，引出月亮的意象。

一弯明月挂在天上，婆婆在晾台上看着远处灯火通明的高楼华厦，歌声传来：“几家高楼饮美酒，几家流落在外头。”拉琴的盲人和卖唱的孩子，在楼下走过。抗儿跑来，兴奋地向着楼上喊：“奶奶！奶奶！”［公馆的月亮与亭子间的月亮，构成语义：“几家欢乐几家愁。”

简易房内，奶奶打开纸包：“这么多白米饭，还有肉骨头。我们有好久没有吃过肉了。”她拿起骨头闻一闻，又送到抗儿面前，“真香啊，你闻闻？”抗儿：“真香啊！”他打了个喷嚏。“抗儿，你受凉了吧，饿了吧？奶奶给你煮碗热饭汤。今天就煮这块小骨头，这两块大的，明天到菜市场捡点菜叶子回来，放在一块熬，就可以吃好几天了。”［生旦并行，一边是忠良和两位夫人享用酒宴，一边是素芬讨来冷饭骨头奉养婆婆和儿子。

高潮

餐桌上，王丽珍：“我吃得都快撑死了。”张忠良：“上海毕竟是上海呀！”王丽珍：“怪不得，你有点乐不思蜀哟！跟谁跳过舞没有，说呀！”餐桌下面，王丽珍用脚踩着张忠良的脚。“没有啊！”“真的没跟谁跳过舞？这么好人？”“我的话你不相信，你问表姐好了！”何文艳：“他简直像个乡巴佬，比谁都老实。”她用脚踢了一下张忠良，“妹妹，你放心好了！”［描述张忠良与两个夫人的情感纠葛，意在暴露他的堕落和丑恶。

素芬端着一盘水果出现在门口，男仆示意她摆在张忠良的桌子上。素芬端着水果走过去，张忠良恰好转身去给王丽珍点烟。［铺垫。

音乐声起，灯光昏暗，宾客们成双成对跳舞。崔经理提出要张忠良和王丽珍给大家跳“探戈舞”，忠良还想推辞，庞浩公站起身：“请张忠良老弟和夫人王丽珍小姐给我们表演探戈舞。”素芬端着饮料正走到场子中央，听到了张忠良的名字，一下呆住了。素芬认出久别的张忠良，张忠良也看到了端着茶盘的素芬，素芬泪流满面，眼前一阵眩晕，人歪倒下来，装满饮料的水杯摔了一地。宾客们都呆住了。

何文艳和王丽珍质问女仆与张忠良是什么关系，素芬望着忠良，鼓足勇气：“他，他是我的丈夫！”王丽珍恼怒地号叫，命人把素芬拖出去！何文艳厌恶地看着张忠良。

庞浩公怀疑素芬想敲诈钱财，素芬说：“我不诬赖人，忠良是我的丈夫！我们结婚已经十年了。我们的孩子也已经九岁了。”王丽珍哭喊着跑上楼，庞浩公等人追上楼。张忠良跑上楼梯，又转身下楼来到素芬面前：“素芬，你到底要我怎么办？我以为你们早已经死了。”素芬痛苦不堪：“死了，死了倒好了！”她捂着脸，跌跌撞撞地跑出公寓。

张忠良要追出去，被何文艳在后面拉住，“忠良，你不要走啊！我害怕啊！”崔经理从楼上跑下来，大叫：“忠良，快上去吧，丽珍哭昏过去了！”忠良还在犹豫，庞浩公从楼上走下来，呵斥：“忠良，你怎么还不上去？”[张忠良的再一次抉择。

楼上，卧室，众人围在王丽珍的床前，庞浩公：“丽珍，丽珍，醒一醒！”王丽珍忽然放声大哭，“干爹，我后悔没有听你的话，我要你替我做主，替我出这口气。”庞浩公说：“好，我答应你！”王丽珍大叫：“我王丽珍不是好惹的，我要杀人！”

时间要到十二点了，为了赶在戒严之前回家，众人都走了。崔经理与何文艳眉来眼去，临出门时，他悄声约何文艳明晚去吃饭。[何文艳寻找新靠山。

这一段是全剧的重点场面，编导进行了大力铺陈，着力渲染。王骥德说：“传中紧要处，须重著精神，极力发挥使透。”“本传大头脑，如何草草放过。若无紧要处，只管敷演，又多惹人厌烦。皆不审轻重之故也。”①

结尾

上海滩，海关钟楼的表针指在12点10分。街上实行宵禁，警察阻止素芬回家。

座钟的表针指在1点，卧室里，王丽珍要吃安眠药自杀，张忠良哀求：“丽珍，我不是人，我是畜生，我是狗，你饶了我吧！”

上海滩，海关钟楼表针指在4点半，黄浦江边，月光中的素芬陷入悲痛之中，耳边响起忠良十年前对她说的话：“素芬，但愿我们永远同甘苦，共患难，生生世世都是这样的好，生生世世都是这样的幸福。”素芬惨痛的神情。

黄浦江畔的钟声再次响起，却已经物是人非。这一场景集中体现了“问君能有几多愁”的戏剧情境，可以说是影片中的一个戏眼。

戏眼

戏眼指能够集中体现主题意境的场景，它们是题旨精神闪耀之处，也是令人过目难忘的精彩场面。

戏眼是能够反映该剧的独特情境的场面，如《白兔记》的“出猎”（李三娘给咬脐郎下拜），《琵琶记》的“中秋赏月”（蔡伯喈与牛氏在府中赏月），将人物关系、事件和环境三者有机地融为一体，集中体现在一个场面中，从而将独特的人物性格和人物关系揭示出来。

戏眼往往不是冲突最激烈的场景，而是某些抒情性的场景。戏之有眼，如棋之有眼，贵在空灵，留有余地。如越剧《梁山伯与祝英台》中的《十八相送》，以及昆曲《宝剑记》中的《夜奔》等。戏眼往往是那种给观众留有遐想空间的场景，它使情境的诗意得到充分抒发。

戏眼乃“一篇之精神所团聚处，或为一篇之精神所发源处”。“立片言而居要，乃一篇之警策。虽众辞之有条，必待兹而效绩。”② 如果一出戏能有一两个或若干个戏眼，点亮了这些戏

① （明）王骥德：《曲律》，《中国古典戏曲论著集成》，第四册，137页。

② （魏晋）陆机：《文赋》，《中国历代文论选》，上册，第74、139页。

眼，则整部戏和影片就有了生机和神采。①

家庭座钟，表针指在5点10分，卧室里，张忠良跪在王丽珍的床前："你要什么我统统答应你。"王丽珍："那个小箱子，你给不给我?"张忠良将钥匙交出来。王丽珍："还有，你跟那个下流坯的女人到底离不离婚?""这还用说吗?""你舍得吗?你马上跟她离婚吗?""当然，马上。""你给我赌咒发誓!""我要是不跟她马上离，我不得好死。"[钟楼与座钟的对比，忠良与素芬，生旦并行，两相对比。

黄浦江上的一弯明月，江心粼粼波光……[用明月的意象做后集高潮部的收煞。

结尾部

天空的明月迭化成一轮太阳，阳光照耀在黄浦江上。[影片出现过三次太阳，第一次是嘉陵江上升起太阳，忠良怀着理想，头一天到公司去上班；第二次是嘉陵江的日出，忠良醒来，在王丽珍的床上，回忆起当年的月下盟誓；第三次是黄浦江上升起的太阳，素芬的期盼彻底破灭了。太阳与月亮的语义形成对比，太阳寓意着残酷的生活现实，打碎了美好的幻梦。

晾台上的简易房，抗儿兴奋地跑进来："叔叔有信来啦!"奶奶拆开信，里面有忠民与婉华穿军装的合影照片。

素芬走回家，人站在门外，听到婆婆在给抗儿讲忠民叔叔与婉华的故事：他们两人自小青梅竹马，在小学校一同教书，又被日本鬼子逼着一同上山去打游击。抗儿的声音，"叔叔笑嘻嘻，阿姨也笑嘻嘻，他们一定是结婚啦!"

素芬梳整头发后走进房，婆婆急忙让素芬读忠民的来信。素芬捧信念道："亲爱的妈妈，还有嫂嫂、抗儿，我们在离开家乡四周年的那一天，正式结婚了。我们没有辜负哥哥和大家的希望，为着国家民族的利益，我们始终在最艰苦困难的情形之下和敌人作战，我们牺牲了许多同乡，老校长也不幸阵亡了（背景出现硝烟弥漫的战场，忠民英勇作战，老校长不幸中弹，婉华上前抱起他……）。我们听见胜利的消息，都高兴得哭了。妈，我们已经苦了八年了，我们希望就能团聚，一起过着太平安乐的日子（画面出现忠民在领着乡亲们唱歌，婉华在弹琴伴奏）。我们现在还在教书，学生男的女的老的少的都有。我们空下来就自己耕地、种菜……（背景画面，忠民在种田）哥哥不晓得回到上海了没有，像哥哥那样的孝顺妈妈和那样的爱嫂子和抗儿，抗战一结束，想必已经回到上海。"[家信传达了战后人们对和平生活的期望，暗示了解放区的新生活，解答了"国家向何处去"的历史之问。

素芬再也念不下去了，扑倒在床上，号啕大哭。婆婆叹息道："忠良要是早点回到上海，我们就用不着这样吃苦了。"素芬痛苦地摇头："不，妈，他早已经到上海了。他根本不想找我们，他已经把我们忘了!"她泣诉昨晚发生的一切，婆婆震惊地："不，不会的，忠良是我亲生的孩子，是我一手抚养他长大的，我的孩子从小就是那么的忠厚善良，绝不会是这样的人哪！他到底在什么地方，走，你带我去找他。"抗儿牵着素芬的衣襟："妈，我也去!"

何文艳的寓所，张忠良的卧室，仆人悄声唤醒忠良，在他耳边低语："我让他们在下面等着。"王丽珍闭目装睡，张忠良悄悄下楼。

楼下客厅，张忠良下楼来看到母亲、素芬和儿子。婆婆对抗儿："孩子，这就是你天天想念的爸

① 范钧宏：《"戏胆"、"戏眼"、"蹲底戏"——简谈〈野猪林〉第四场》，《戏曲编剧论集》，第187页。

爸。”张忠良：“孩子已经这么大了？”他伸手去拉抗生，抗生躲到素芬的身后。
二楼的楼梯口，王丽珍和何文艳在探头偷听。
客厅里，张忠良对母亲：“怪只怪这几年来消息不通，从乡下到内地来的人都说爸爸已经去世，你们也都已经……我心里真是难过极了。”婆婆抹着眼泪：“素芬是贤惠媳妇，在这八年里头，全靠她养活我和孩子，受尽了千辛万苦，没有一句怨言，她哪一点对不起你，可是，你却要丢掉她。抗儿常常饿着肚子，顶风冒雨去卖报，这样可怜的孩子，你也忍心丢了他？”素芬和抗儿抱在一起流泪，张忠良也不禁泪水盈眶。［叙述兼抒情，类似戏曲的叙唱。
二楼上，王丽珍和何文艳听不下去了，匆匆跑下楼来。王丽珍指着忠良：“混账，你忘了早上说的话了，决心要跟她离婚的。你现在为什么不说呀？”张忠良：“我有难处！我不能立即就……”王丽珍举手打了张忠良一个耳光：“你以为自己是个什么英雄，你只是一个穷鬼，我问你，你的财富是从什么地方来的？你这个忘恩负义的东西。”她左右开弓连续扇张忠良的耳光。何文艳心惊胆战：“妹妹不要打了！”抗儿胆怯地扑到素芬怀里。仆人们都跑出来围观。［王丽珍对张忠良的人格进行了彻底否定。
王丽珍冲着张忠良叫道：“除非你有本事杀了我，这辈子休想接近这种不要脸的贱骨头的女用人！”素芬流下屈辱的泪水。婆婆生气责备王丽珍不把用人当人看，王丽珍看到张忠良护着自己的母亲，顿时疯狂起来：“你跟他们一块来欺负我，你既然看我不顺心（用力跺脚），我就死给你看！”张忠良和何文艳赶紧拉住她，王丽珍哭天抢地拼力挣扎。素芬实在受不了，扭身跑了出去，抗儿在后面追赶：“妈，你到哪儿去？”

街道上，素芬含泪疾走，抗儿紧紧追在后面，素芬一口气跑到了黄浦江边。
黄浦江边，素芬悲伤地望着江水。抗儿：“妈，你到这儿来干什么？我们回去。”素芬流泪：“妈不要再看见什么，也不要再听到什么了。”她疼爱地搂住孩子：“抗儿，你要学乖，要听奶奶的话，将来不要学你的爸爸，要学你的叔叔，知道吗？”素芬要抗儿去买个大饼来，她见抗儿要走，恋恋不舍地拉住孩子。“妈，你怎么了？”“抗儿，去吧！”抗儿走了，素芬流泪亲吻着抗儿的帽子，她在忠民寄来的照片后面写下了什么。
抗儿在街边的饼摊买烧饼，听到江边传来喊叫声。断腿的工人在江边呼叫：“不得了啦，有人跳江了！快救人啊！”众人拥向江边。抗儿跑回来找不到母亲，大叫：“妈妈！”他忽然看到母亲留下的叔叔照片。

何文艳的寓所，众人正在议论素芬到哪里去了，抗儿跑来大哭：“妈跳了江啦！”他拿出母亲留下的照片，仆人念着照片后面的绝笔：“抗儿长大了，要他学叔叔的为人处世。素芬绝笔。”男仆：“唉，造孽，闹出人命案子来了。”何文艳：“这可怎么办，我害怕死了。”婆婆慌忙问抗儿：“你妈在什么地方跳下去的，快带我去看看！”

黄浦江边，奶奶和抗儿跪在江边哭泣。婆婆：“可怜她是太贤惠了，现在剩下我们老的老、小的小，可怎么办啊！”众人围在四周，低声议论着：“太可怜了！”“这年头好人不长寿，坏人活万年。”汽车喇叭声，一辆轿车驶到江边，张忠良匆匆跳下车。
张忠良穿过人群来到素芬跳江的地方，只见江面波涛起伏，素芬尸骸无影。母亲泣不成声：“我们指望着你能回来，一家人能过上太平安逸的日子，想不到现在，变成了一场梦！你爸爸让鬼子在树上给吊死了，死的时候多么惨啊，一村子的人全哭了，现在素芬又被你们逼死了……”张忠良万般无奈的神情。［回顾一家人抗战八年和战后生活的种种苦难，既有宣叙，也有咏叹，类似戏曲的叙唱。

轿车上，何文艳惊慌地："人命关天，这可怎么办？"王丽珍："她自己找死，我们又没有碰她一根汗毛。"何文艳："我怕忠良从此要变心！"王丽珍一瞪眼睛："他敢？哼，只要干爹一句话，立即就要他的狗命！"王丽珍对何文艳："快按喇叭，叫他回来！"何文艳按响汽车喇叭。

江边，母亲拉扯着张忠良的衣服："可怜我们没有死，我们还活着，活着在受无穷无尽的罪。"她仰望苍天："天啊，这到底是怎么回事，这到底是怎么回事啊？"［影片的最后一句台词。张母呼号是对昭昭天理的呼唤，喊出了大众的心声。

张忠良跪下去扶母亲，码头上，轿车喇叭还在催促着。迭化，黄浦江的浩瀚江水，摇，江水滔滔东流入海。

主题歌声起，字幕："问君能有几多愁，恰似一江春水向东流！"暗转，再次出现了片头的嘉陵江水。歌声还在继续。剧终。

前集，始于长江尾，终于长江头。国府节节败退，由黄浦江退至嘉陵江，民族危亡和个人苦难都达到了顶点。片头破题，提出："问君能有几多愁？"各部所叙的"愁"是民族之愁、家庭之愁、乡土之愁和夫妻乱离之愁。片尾承题：此愁"恰似一江春水向东流"。

后集，始于长江头，终于长江尾。国府顺流而下，由嘉陵江直奔黄浦江，在国家民族的胜利之日，社会、家庭和民众却陷入生活和信仰的重重危机。后集片头再次破题："问君能有几多愁？"后集的"愁"扩展为国家前途之愁，社会贫富悬殊之愁，家庭伦理崩毁之愁。片尾再次承题：此愁"恰似一江春水向东流"。

全剧片头，嘉陵江水浩荡东去，全剧片尾，黄浦江水奔流入海，又切回嘉陵江水滔滔向东——令观众回顾八年抗战的国仇家恨。"问君能有几多愁？"此问已经成为家国之问，这个"愁"已经转为对家国前途的无尽忧虑。

大收煞

"大收煞"是戏曲全剧收尾的方法。此种方法被中国史诗电影广泛沿用。

李渔总结："全本收场，名为大收煞。此折之难，在无包括之痕，而有团圆之趣。"所谓"无包括之痕"，指"会合之故，须要自然而然，水到渠成，非由车戽"。避免"无因而至，突如其来，与勉强生情，拉成一处"。所谓"有团圆之趣"，指"骨肉团聚，不过欢笑一场，以此收锣罢鼓，有何趣味？水穷山尽之处，偏宜起波澜，或先惊而后喜，或始疑而终信，或喜极而又致惊疑。务使一折之中，七情俱备，始为到底不懈之笔，愈远愈大之才，所谓有团圆之趣者也"。①

"大收煞"的难点和要点，归结起来为两个方面："水到渠成"使之"无包括之痕"，"不懈之笔"使之"有团圆之趣"。

《一江春水向东流》的"大收煞"，抗战夫人和接收夫人在轿车内用喇叭催促，张忠良面对母亲和儿子，一时不知如何抉择，何去何从？此处的笔墨正是"水穷山尽之处，偏宜起波澜"，"到底不懈之笔"。

4. 剧本创作和影片拍摄

著名导演蔡楚生于1927年进入电影行业，在同乡前辈郑正秋的帮助下，于1929年加入明

---

① （清）李渔：《李笠翁曲话》，第49页。

星公司，给郑正秋当过六部影片的助理导演和副导演。在这一过程中，他不仅对影片的拍摄过程有了非常具体的了解，而且从“影戏”开创者郑正秋那里学习了很多“影戏”的创作经验。

蔡楚生十分熟悉中国观众的“影戏”欣赏习惯，他将好莱坞的电影拍摄手法与群众喜闻乐见的“影戏”观赏习惯有机地结合起来。蔡楚生导演的《渔光曲》，既有“影戏”的情节线索和强烈的戏剧冲突，又不乏精彩的电影语言的运用。蔡楚生、郑君里联合导演的《一江春水向东流》，以其高度的思想和艺术成就，成为中国电影走向成熟的一个里程碑。①

蔡楚生在1934年执导《渔光曲》，荣获1935年莫斯科国际电影展览会“荣誉奖”。抗战爆发后，他拍摄了反映上海租界爱国青年和汉奸特务殊死斗争的电影《孤岛天堂》，遭到日本在华势力的迫害。1941年太平洋战争爆发，不久香港沦陷，蛰居香港的蔡楚生为了躲避日军搜捕，辗转于桂林、柳州等地。他贫病交加，患上了肺结核病，差点命丧于桂林的一间潮湿破屋里。蔡楚生说：“我天天在难民生活的铁流里滚，受到血的教育，比我在上海十里洋场受到的教育不知道深刻多少倍！”蔡楚生1944年到达陪都重庆后，看到达官贵人们不顾国家危亡，大肆搜刮民脂民膏，过着纸醉金迷的生活。他开始思考如何通过电影来反映这场抗战。抗战胜利后，蔡楚生回到上海，开始四处寻访，搜集素材。

蔡楚生于1946年夏天，创作完成《一江春水向东流》的文学剧本，于1947年正式拍摄。蔡楚生的肺结核十分严重，离不开床榻，他在家中安排分镜头，将现场拍摄工作交给执行导演郑君里去完成。

彼时抗战刚结束，物资和设备十分窘迫。摄影棚为多家片厂共用，摄影棚隔音效果差，只能白天布景，晚上拍摄。影片常常因经费缺乏搭不出布景而停拍。据该片摄影师朱今明回忆：“拍摄这部影片时，只有一架‘独眼龙’式的照相机，几十盏灯和一个破旧不堪的录音机，摄影棚也是四面透风，用的电影胶片不仅是过期好几年的，而且还是三本五本地从商人手里买来的。摄制工作也常常处于等米下锅的境地，工作人员的生活更是没有保障，几个月发不出薪水……”

尽管困难重重，蔡楚生、郑君里及摄制组全体人员并没有丝毫的气馁，大家以奉献国家、社会和追求艺术的精神，忘我地工作着，即使是没有对白的小配角，演员也不敢有丝毫的马虎。

国府的电影管理局常派人到现场进行监控，一些镜头的拍摄不得不躲躲藏藏。制片人一路贿赂国民党官员，才使影片拍摄得以进行下去。由于拍摄条件限制，摄制组创造了“沙盘排阵”的方法，先在沙盘上进行演员走位和机位移动的讨论和排练，再进棚实地拍摄。

由于资金不足，联华演艺社在拍完前集《八年离乱》之后，已经没有资金再支持拍摄，后集《天亮前后》改由昆仑公司接管。昆仑公司为拍片借了一大笔美元高利贷，为偿还债务，公司把片子卖到美国哥伦比亚电影公司，根据美国公司的要求，蔡楚生被迫把结局修改为“大团圆”。那时一般影片两个月左右即可完工，而《一江春水向东流》拍拍停停，拍摄时间长达一年之久。

影片在送审过程中遭到政府检查官百般刁难。情急之中，制片夏云瑚根据郑君里的建议给检查官送去了一束花，不久影片就通过审查了。原来，那束花中放了几只金表。当摄制组得到审片通过的消息，众人不禁喜极而泣。②

1947年10月下旬，影片在上海公映，引起巨大轰动，连映三个多月，首轮观众的人数是

---

① 钟大丰、舒晓鸣：《中国电影史》，第36—37、70—71页。

② 《重温经典〈一江春水向东流〉》（本报独家专访电影大师蔡楚生之子蔡明），本报记者刘芬，《深圳晚报》2005年5月11日。

712874 人，等于上海平均每七个人中就有一人看过此片，创造了最高卖座的纪录，并荣登 1947 年由上海文化运动委员会评选出的“国产十部最佳影片”之首。不久，香港平安电影院独家上映此片，轰动景象不亚于上海。

5．主题思想和人物分析

持续八年的艰苦抗战，使人民普遍意识到民族振兴与每一个普通国民的命运息息相关。1945 年抗战胜利，国民党的威望达到了历史的顶峰，人民对未来的新生活充满强烈的向往。但是，随着国民党官员由重庆飞到各地进行“劫收”，不到一年时间，党国就由万民拥戴变为千夫所指。

1947 年公映的《一江春水向东流》，反映了抗战前后十年的苦难，传达了人们愤懑的情绪，提出了“国家的前途在哪里”的疑问，引起了广大观众的强烈共鸣。在全剧结尾时，张母在江边的血泪控诉，传达了人们普遍的疑问：抗战胜利了，可是咱们的希望在哪里？政府变得如此腐败，这到底是怎么回事？

影片通过一个忠良之士在重庆沦落为贪腐小人的过程，揭示国民政府在抗战过程中，如何与沦陷区人民离心离德，为战后的全面腐败种下祸根。该片最早名叫《抗战三夫人》，影片中张忠良与三个夫人（“原配夫人”“抗战夫人”“接收夫人”）的关系描述，具有高度社会概括性和现实批判意义。①

张忠良：“接收大员”。他原本是一个爱国青年，参加战场救护队出生入死，在重庆沦为乞民，不得已投奔交际花王丽珍，由一个正人君子，蜕变成“五子登科”的“接收大员”、玩弄和利用女人的“拆白党”。当妻子投江和母亲哭诉之时，两个夫人的汽车喇叭又不断催叫的一刹那，这个人物的悲剧才最终完成，这里有沉沦后的无法回头，以及救赎已永无可能的绝望。

素芬：原配夫人。她是妇女美德的代表，对爱情坚贞不渝，含辛茹苦支撑家庭。编导赋予素芬一些新女性的性格，如热爱文化、爱国、自尊等，但是，当她面对负心的丈夫时，仍然表现得十分被动和软弱。可以说，素芬与忠良的关系是现代版的秦香莲与陈世美的关系。

王丽珍：“抗战夫人”。她是攀附权贵的交际花，在干爹面前千娇百媚，在贫弱者面前恶俗、霸道。王丽珍对忠良的英雄气概和活力朝气，不乏欣赏，认为可以将他培养成自己需要的男人。王丽珍觉得自己是忠良的主宰者，有强烈的控制欲。

何文艳：“接收夫人”。她与王丽珍的性格形成对比，她更善于掩藏自己内心的情感，心思更缜密。当丈夫温经理锒铛入狱后，她便转而投靠张忠良，当起了“秘密夫人”。当她知道张忠良的结发之妻就是女佣素芬时，对忠良抱有既蔑视不屑又依赖不舍的矛盾态度。

影片的人物性格与关系设置，受到戏曲《琵琶记》《红鬃烈马》等剧目的影响，在素芬的身上集中了赵五娘、王宝钏等贤孝妇的形象。在张忠良身上则集中了秦世美、秋胡等“负心汉”的形象。编导者批判了传统戏曲中“发迹变泰”的思想，将“衣锦荣归”的“大团圆”情节，变为“接收大员”“五子登科”的批判性的悲剧情节。

---

① 《现代妇女》杂志（1947 年第 8 卷第 4 期）的一篇报道《“抗战夫人”与“沦陷夫人”》称：“在此八年抗战期间在重庆的官员已经别娶抗战夫人者不下二三万人。”

6. 电影民族化的探索

20 世纪 30—40 年代的左翼电影全面继承了“影戏”的叙事传统，同时大力借鉴欧美电影的拍摄手法。这一时期的左翼电影，如《渔光曲》（1934）、《马路天使》（1937）、《塞上风云》（1940）等，显现出民族电影的初步成熟。战后又有一批史诗影片问世，如史东山编导的《八千里路云和月》（1947）、沈浮编导的《希望在人间》（1949）、金山编导的《松花江上》（1947）等，蔡楚生的《一江春水向东流》（1947）是其中的佼佼者。

《一江春水向东流》既继承了郑正秋开创的“影戏”叙事传统，又吸收了左翼电影的现实主义风格，将戏曲写意性与电影纪实的本体性统一在一起，达到了真实与典型、纪录与虚构、写实与写意的统一，创造了为广大观众喜闻乐见的民族电影风格。

（1）明清政治史剧的影响

明清传奇戏曲有着深厚的政治史剧传统，在明末清初，出现了一批古典现实主义的传奇政治史剧，它们为电影《一江春水向东流》的创作，提供了可资借鉴的创作经验。

明代中叶以后，传奇创作中的时事戏大量涌现。《鸣凤记》《冰山记》《清忠谱》《万民安》等作品，以反权臣、反阉宦为主题，形成一股创作潮流。在严嵩之子严世藩伏诛不久，这场震动朝野的政治事件就被搬上了舞台。反映政治时事的《鸣凤记》（无名氏），迅速上演，歌颂反对严嵩的“双忠八义”是“朝阳丹凤一齐鸣”。另一出政治剧《清忠谱》（李玉），反映了明代天启年间，东林党人周顺昌及苏州市民与魏忠贤阉党展开斗争，是一部“事俱按实”的政治史戏。这些政治时事剧，在观众中引起热烈反响。

明末清初的政治史剧《桃花扇》，以一柄扇子为主题意象，以画扇、溅扇、送扇、撕扇，串联河防、南京两地，跨越明清两朝，“借离合之情，写兴亡之感；实事实人，有凭有据”（《桃花扇·先声》），为电影《一江春水向东流》的史诗剧创作提供了可资借鉴的宝贵经验。

《一江春水向东流》以长江为主题意象，长江头与长江尾，喻示着大后方与沦陷区人民的联系。一条扬子江与家国兴亡、人生命运、家庭沧桑紧密相联。八年中，政府、党国步步败退，溯江而上，退到内地重庆，八年后，当国府回到长江的出海口上海，戏剧性地变成了“劫收”政府。一条长江成为衡量国家兴亡的地理坐标。影片通过一条长江的意象，将抗战前后十年的史实串联起来，“借离合之情，写兴亡之感”，及时反馈了时代问题，提出了历史之问，引起了全社会的强烈共鸣。

（2）伦理化的政治批判

中国戏曲受传统文化尤其是儒家诗教的影响，强调戏文要“高台劝化”、敦本淳俗、崇本扬善。传统戏曲一贯秉持“明鉴戒，助人伦，成教化”的戏剧宗旨。一些带有强烈伦理意味的剧目，如《杀狗记》《秦香莲》等，深受历代群众的喜爱和欢迎。

《一江春水向东流》继承了戏曲的褒贬忠奸、劝惩教化的传统，将伦理道德与政治批判有机地融合在一起，在广大观众中产生了强烈的情感共鸣。影片通过大量蒙太奇的对比叙事，对善恶、忠奸、贫富等现象，进行两两对比，例如：忠良花前月下另觅新欢，素芬夜雨屋漏苦盼丈夫；忠良在公馆里享用酒宴，素芬婆媳食不果腹等，无情地鞭挞了忠良和干爹庞浩公等官僚买办的假、恶、丑，讴歌以素芬为代表的普通百姓的真、善、美。

有一些评论者，认为影片将政治与伦理捆绑在一起，是一种泛道德化，影响了政治批判的深刻性。例如，田汉批评编导将悲剧缘由归结为张忠良个人的道德操守，影响了对社会批判的深度。田汉说："我们很遗憾地还不能从它看到真正中国民族抗战的悲壮的史诗。毋宁又看到一个以抗战为背景或'配角'的古老的《琵琶记》型的人情戏。张忠良和蔡伯喈一样，本性也是善良的、'诚朴的'，他甚至干过许多抗战工作，但他到了陪都重庆以后，'好像到了另一个世界'，他完全变了。""显然丽珍、文艳是牛氏之类，而素芬便是牺牲的赵五娘。最后那位骂子的老母实际是张广才的化身吧。因为张忠良等于穿了现代服装的蔡伯喈，所以你很难从他身上看出一个神圣抗战中的知识分子的真实的影子。"①

蔡楚生认为左翼电影的政治逻辑必须要通过"影戏"的伦理逻辑方能获得中国观众的普遍认同。《一江春水向东流》能够在观众中造成广泛而热烈的反响，正是由于影片的现实主义命题背后，有着一个与之对应的伦理叙事结构。伦理道德对于像中国这样的世俗社会，具有类似西方宗教的政治功能，它是整个社会制度运行的基础。善政与恶政的重要判断标准是看它能否维系伦理道德秩序。战后普遍存在的"中国的前途在哪里"的忧虑，在很大程度上反映了民众对道德秩序崩毁的恐惧。影片将人物的政治人格转化为伦理人格，将阶级冲突转化为家庭伦理冲突，恰恰反映了民众的伦理价值诉求。影片并不是将政治问题庸俗化，而是将政治问题引向社会的道德基础。影片以忠民夫妻在解放区的合乎道德理想的新生活作为一种启示和答案。

在蔡楚生看来，政权的法统合法性必须与伦理的道统合理性相匹配，未来的新社会应该是一个扶正人伦秩序的、具有道德感召力的社会，它应该是受到道德礼赞而不是道德诅咒的社会。

(3) 影片的纲目结构

古代戏曲理论家提出了大小"头脑"和"立主脑"的纲目结构原则，通过以纲带目，实现纲举目张。所谓"善张网者引其纲，不一一摄万目而后得"。

王骥德说：全剧各套有一个"大头脑"，"每套只是一个头脑"；他还说"以全帙为大间架，以每折为折落"。② 所谓的"大头脑"是全剧的主题，"头脑"是各部的分题，"大头脑"与"头脑"的关系，就是主题与分题的纲目关系；所谓的"大间架"是全剧结构，"折落"是单元结构，"大间架"与"折落"的关系，就是情节的整体与部分的纲目关系。

李渔确立了"立主脑"（确立主题情境）的"一人一事"的原则，以"一人"（中心人物）统领宾配人物，以"一事"（中心事件）统领系列事件，"一线到底"以贯穿情节统领单元情节。

我们将纲目系统，分为四个方面的纲目：概念纲目，情境纲目、意象纲目、情节纲目。

概念纲目：主题概念与分题概念
情境纲目：主题情境与分题情境
意象纲目：主题意象与分题意象
情节纲目：贯穿情节与单元情节

---

① 田汉：《初评〈一江春水向东流〉》，上海《大公报》1947年10月25日。《田汉文集》第15卷，第594页。

② （明）王骥德《曲律》，《中国古典戏曲论著集成》第四册，第137、133页。

《一江春水向东流》继承了戏曲叙事的纲目结构，下面是《一江春水向东流》的纲目系统：

概念纲目： **主题概念**——抗战前后十年，党国为何腐败，国家向何处去？
分题概念——前集：爱情誓言，英雄蜕变，“前方吃紧，后方紧吃”；
后集：抛妻弃子，“五子登科”，阶级对立。

情境纲目： **主题情境**——忠良与素芬的盟誓与背信；
分题情境——前集：战乱，夫妻离散，忠良再娶战时夫人；
后集：战后，素芬苦守，忠良再纳接收夫人，家破人亡。

意象纲目： **主题意象**——“君住长江头，我住长江尾”，嘉陵江水与黄浦江水；
分题意象——前集：大后方月亮与沦陷区月亮；
后集：公馆的月亮与亭子间的月亮。

情节纲目： **贯穿情节**——素芬与张忠良及一家人的命运；
单元情节——前集：夫妻分离，生旦并行，一方背叛，一方坚守；
后集：夫妻重逢，生旦重聚，妻离子散，家破人亡。

注：上图为简图，只分到前后集，没有分到情节单元（开端、发展、高潮、结尾）。

《一江春水向东流》遵循了传统戏曲“立主脑”的结构原则，强调“一人一事”，以女主人公素芬的命运为主干，在“生旦并行”的双线对称叙事中，坚持了以旦为主、以生为副的叙事原则。虽然忠良与“抗战夫人”和“接收夫人”的情节线，占有相当大的篇幅，但是，编导始终用忠良的情节线，衬托素芬的情节线，使得整部影片的叙事有条不紊。

(4) 影片的意象系统

《一江春水向东流》以主题情境意象为纲，以分题情境意象为目。通过情境意象的首尾因应，情节意象的相互交织，造成“首尾圆合，条贯统序”的意象系统。

主题情境意象系统着眼于总情境对单元情境的统摄，分题情境意象着眼于单元情境内的情节的贯穿和照映。前者构造全剧的虚境，后者营造各情节单元的实境。

影片的主题情境意象是属于寓言性的，处于全剧的开场与收尾，提供全剧整体情境的意象；分题情境意象是象征性的，主要体现在人物例证动作和器物象征上，分布于各情节单元中的开端、发展、高潮、结尾的部位，系列性地贯穿运用，形成前后的照映埋伏，一方面加强单元内部的关联，另一方面串通单元之间的关系。

在史诗电影《一江春水向东流》中，江水属于主题情境意象，统摄分题情境单元；月亮属于分题情境意象，贯穿于各情节单元之中。江水和月亮的意象运用与分布的情况，罗列如下：

前集：　八年离乱
全剧的开场：嘉陵江水向东流。
开端部高潮：上海，月下定情。
发展部发展：上海，床前明月，夫妻离别愁绪。
高潮部发展：宜昌，月亮，忠良挂念亲人。
丹阳，江河，婆媳一家乘小船离乡回沪。

结尾：重庆，嘉陵江边，忠良望江月思乡。
上海，黄浦江边，婆媳望江上大船。
结尾部结尾：重庆，嘉陵江月，忠良饮酒上床。
上海，乌云蔽月，家中漏雨，黄浦江涨潮。
前集的结尾：黄浦江东流入海，嘉陵江水向东流。

后集：胜利前后

后集的开场：黄浦江上。
开端部开场：嘉陵江上。
开端：黑夜，有月，重庆忠良夜宴；
无月，上海全家浸塘。
发展部发展：公馆，月下，忠良与何文艳勾搭。
晒台，素芬望月回忆忠良的定情誓言。
高潮部发展：公馆，月夜，双十宴会，素芬给抗儿送剩饭。
晒台，月夜，张母听盲人唱“月儿弯弯照九州”。
结尾：上海滩，江上明月，素芬忆月下盟誓。
结尾部开端：黄浦江，日出江上，江上烟波浩渺。
全剧的结尾：黄浦江水东流入海，嘉陵江水向东流。

江水作为主题情境意象（“共饮一江水”）出现在全剧开场和结尾，以及前集和后集的首尾。另在前集高潮部结尾，出现过一次，描述忠良与妻子、母亲在长江的头与尾相互思念。

月亮作为分题情境意象（“千里共婵娟”）贯穿各情节单元，除后集开端部没有月亮的意象外，其余各单元均有使用。可以看到，江水起到整体统摄的作用，月亮起到各单元的贯穿作用。

月亮在片中出现了七次。第一次，素芬和忠良定情之夕，对月盟誓，永远忠贞相爱；第二次，忠良离开上海前夕，在窗前明月下，夫妻诉说离情别绪；第三次，忠良被日军俘虏，望月想起素芬和家人；第四次，嘉陵江的月下，忠良投入丽珍怀抱，黄浦江的月下，素芬思念远方的丈夫，跟着乌云吞没月亮，风雨滂沱而至；第五次，抗战胜利后，忠良与何文艳勾搭，素芬在月下盼着丈夫归来；第六次，明月下，张母望着灯火辉煌的高楼大厦，小巷中传来卖唱的歌声：“月儿弯弯照九州，几家欢乐几家愁”；第七次，上海滩宵禁，无法归家的素芬望着江上的明月，回忆起十年前忠良在月下的海誓山盟。

在前集与后集中，月亮构成了截然不同的情境意象。

前集的月亮，夫妻同心同德，身处两地，观看同一轮月亮。
后集的月亮，夫妻离心离德，同处一地，看到不同的月亮。

在后集中，通过一首歌曲“月儿弯弯照九州，几家欢乐几家愁”，串联起忠良的公馆酒宴之月与素芬的贫民愁惨之月。

扬子江作为主题情境的中心意象，设置于全片首尾和前后集的首尾，寓言性地概括了影片的主题思想。月亮的意象作为分题情境的贯穿意象，寓意性地表现了分题情境的发展变化。江水的寓言性意象是整体的，月亮的情节性意象是系列的，江水作为主题情境的寓言意象，统辖分题情境的月亮意象，形成纲举目张的意象系统。

下面是前后集各部分的主题情境和分题情境的列表：

前集：八年离乱

前集片头
主题情境
- 总情境意象：嘉陵江东流
- 主题寓言："君住长江头，我住长江尾。"
- 破题意象："问君能有几多愁？"

开端部
分题情境
- 起讲意象：素芬听忠良讲解，支援东北义勇军
- 情境意象：和平的月亮
- 分题寓言：双十国庆，三女出场，月下定情。
- 一人一事：素芬和忠良月下盟誓。
- 收煞：收，孩子降生；煞，啼声转爆炸声。

发展部
分题情境
- 情境意象：战争的月亮
- 分题寓言：离乱之夜，夫妻月下诉情。
- 收煞：收，忠民与婉华上山，忠良与丽珍邂逅；煞：无。

高潮部
分题情境
- 情境意象：宜昌的月亮
- 分题寓言：乡下，素芬家破人亡；宜昌，忠良死里逃生。
- 收煞：收，素芬带全家回上海；煞，小船远去。

结尾部
分题情境
小收煞
- 情境意象：重庆的月亮——上海的月亮
- 分题寓言：忠良江头望月思亲，素芬江尾望月思夫。
- 收：重庆，忠良上了丽珍的床；上海，素芬抱儿望月思夫。
- 煞：上海，乌云遮月，大雨滂沱，家人屋内打伞，素芬雨中修窗。

前集片尾
主题情境
- 情境意象：黄浦江潮水汹涌——嘉陵江缓缓东流
- 主题寓言："君住长江头，我住长江尾。"
- 承题意象："恰似一江春水向东流。"

后集：天亮前后

后集片头
主题情境
- 总情境意象：黄浦江——嘉陵江
- 主题寓言："君住长江头，我住长江尾。"
- 破题意象："问君能有几多愁？"

开端部
分题情境
- 起讲意象：忠良在丽珍床上回忆：相爱、离乱、堕落（介绍前集剧情）
- 情境意象：黑夜无月
- 分题寓言："天涯共此时"，大后方与沦陷区。
  素芬与婆婆寒夜浸塘，忠良与丽珍夜宴共舞。
- 一人一事：素芬与婆婆寒夜浸塘，忠良撕碎家书。
- 收煞：收，寒夜浸塘；煞，老归人被打死。

发展部
分题情境
- 情境意象：上海的月亮
- 分题寓言："天涯共此时"，同在上海，咫尺天涯。
  公馆，忠良有了接收夫人；棚屋，素芬抱儿月下思夫。
- 收煞：收，素芬为忠良洗衬衣；煞：衬衣上的口红。

高潮部
分题情境
- 情境意象：月亮，黄浦江
- 分题寓言：双十国庆，三个夫人，一江春水。
- 收煞：收，忠良跪床头；煞，素芬江边月下回忆。

结尾部
分题情境
大收煞

- 情境意象：黄浦江东流入海
- 分题寓言：忠良背信，素芬投江。
- 收：素芬投江，母亲仰天哭诉，张忠良叫二位夫人下车。
- 煞：忠良望江水，二位夫人的喇叭在催。

后集片尾
主题情境

- 情境意象：黄浦江入海——嘉陵江东去
- 主题寓言："君住长江头，我住长江尾。"
- 承题意象："恰似一江春水向东流。"

在上面的列表中：(1) 各部的分题寓言，特指主题寓言在各部的分题发展。(2) 在开端部列出的"一人一事"，指"立主脑"的"中心人物，中心事件"。此处的人物动作具有重要的象征性和意象性。(3) 在每个情节单元的结尾都标出了收煞，它们属于本单元情节的收和分题情境的煞。(4) 在前后集结尾的小收煞和大收煞，列出了收和煞的内容，以判明两者的差别。(5) 前集与后集的片头与片尾的主题情境、主题寓言是重复的，意象的破题和承题是问答式的。

《一江春水向东流》中的意象分布具有一定的普遍性，我们将影片意象在情节结构中的布局，制成表格如下：

情节单元	情境	寓言	意象	题目
前集开场：	主题情境	主题寓言	破题意象	题目正名
开 端 部：	分题情境	分题寓言	起讲意象	照映埋伏
发 展 部：	分题情境	分题寓言	分题意象	照映埋伏
高 潮 部：	分题情境	分题寓言	分题意象	照映埋伏
结 尾 部：	分题情境	分题寓言	分题意象	照映埋伏
前集收煞：	主题情境	主题寓言	承题意象	题目正名
后集开场：	主题情境	主题寓言	破题意象	题目正名
开 端 部：	分题情境	分题寓言	起讲意象	照映埋伏
发 展 部：	分题情境	分题寓言	分题意象	照映埋伏
高 潮 部：	分题情境	分题寓言	分题意象	照映埋伏
结 尾 部：	分题情境	分题寓言	分题意象	照映埋伏
后集收煞：	主题情境	主题寓言	承题意象	题目正名

在以上表格中：(1) 列出各情节单元的情境分类、寓言分类，以及意象运用方法和收煞方法。(2) 在起讫部分标出阴影。(3) 值得注意的是，前后集的开场与收煞的体例是相同的。(4) 各情节单元：开端部—发展部—高潮部—结尾部的体例是相同的。(5) 前集与后集的整体体例是相同的。

在史诗电影的创作中，要确立情境与意象的体用关系，要从情境中生发意象，围绕着情境排布意象，根据情境的需要熔裁意象。所谓熔裁，"规范本体谓之熔，剪裁浮词谓之裁。裁则芜秽不生，熔则纲领昭畅"。由此实现"情理设位，文采行乎其中"。①

① 刘勰：《文心雕龙》，卷七，第542—543页。

三、史诗电影《霸王别姬》

根据香港作家李碧华同名小说改编。
编剧：李碧华、芦苇
导演：陈凯歌
演员：张国荣、巩俐、张丰毅
片长：171 分钟
出品：香港汤臣公司 1993
获奖：1993 年法国康城影展“金棕榈”奖，1994 年美国全美记者协会最佳外语片金球奖。

1. 剧情梗概

九岁的小豆子被母亲切掉畸指，送进喜福成科班学戏。同班孩子歧视这个妓女的儿子，只有师兄小石头对他关心照顾。小豆子跟随小癞子出走，但是看到名角演《霸王别姬》，决定“自己成全自己”，返回科班。关师父让小豆子学坤角，遭到他本能抗拒，但在小石头的“帮助”下，他最终接受了“女娇娥”的脚色。小豆子对师兄的友情逐步发展为同性之爱，他决心要和师兄演一辈子《霸王别姬》。

在关师父严酷训导下，十余年后，师兄弟合演《霸王别姬》，誉满北平。段小楼娶妓女菊仙为妻，程蝶衣在失落中投身于袁四爷，在师兄的婚宴上赠剑断情。北平沦陷，程蝶衣为救师兄给日酋唱堂会，遭到段小楼唾弃。国军收复北平，程蝶衣被当作汉奸关押，段小楼为救师弟去求袁四爷，菊仙从中挑拨，导致二人再度分手。

新中国成立后的戏改运动中，段小楼被迫中止与蝶衣同台演出，蝶衣绝望地烧戏服罢演。“文革”爆发，在造反派的威逼下，师兄弟相互揭发“罪行”，菊仙承受不了段小楼的背叛，上吊自尽。打倒“四人帮”后，师兄弟二人再次合演《霸王别姬》，程蝶衣用他送给段小楼的宝剑自刎。

2. 结构大纲

全片开场（2 分半钟）
剧场。打倒“四人帮”后，段小楼与程蝶衣再一次排《霸王别姬》。

第一部：结义（40 分钟，开端部）

开端：入班
开场：1924 年北洋政府时代。妓女艳红抱儿子看《闹天宫》。小癞子逃跑，小石头拍砖护场。
开端：艳红斩断小豆子的畸指，将其送进喜福成科班。
展开：小癞子说小豆子的袍子是窑子里的，小豆子烧掉母亲的袍子，拒绝进小石头的被窝。

递进：学艺，小豆子开腿，小石头帮助，被罚顶水盆。
高潮：小豆子感动，与小石头睡一个被窝。
结尾：由冬到夏，众人学唱《霸王别姬》。
发展：立志
开场：众列队齐念祖训。
开端：小豆子念“我本是男儿郎”，被师父打烂手。小石头帮他洗澡，小豆子不想学戏。
展开：小癞子领小豆子逃跑，小石头放走小豆子。
递进：小癞子、小豆子进戏园看名角儿唱《霸王别姬》，小豆子感动，带小癞子回戏班。
高潮：小豆子主动让关师父打板子，小癞子吓得自杀。
结尾：小石头、小豆子送走小癞子的棺材。
高潮：化蝶
开端：关师父给小豆子讲《霸王别姬》，让他自个儿成全自个儿。小豆子自己掌嘴。
展开：那坤到喜福成科班订戏，小豆子念错词，小石头用烟袋锅捅嘴，小豆子改口“女娇娥”。
递进：张宅，小石头与小豆子同台演《霸王别姬》，同观宝剑。
高潮：张公公强暴小豆子。
结尾：小豆子收养被遗弃的婴儿小四。

第二部：恩怨（80 分钟，发展部）

开端：赠剑
开场：1937 年七七事变前夕。段小楼、程蝶衣已成名角儿，那经理迎二人进戏园子。蝶衣寻剑。
开端：段小楼和菊仙喝“定亲酒”，程蝶衣要与段小楼“从一而终”。
展开：袁四爷赠程蝶衣玉蝴蝶。
递进：袁四爷送蝶衣条幅。菊仙自赎，投奔段小楼，蝶衣阻拦段小楼定亲。
高潮：袁四爷“宝剑酬知己”，程蝶衣失身袁四爷。
结尾：日军入城。程蝶衣赴段小楼定亲宴，赠剑断情。
发展：救霸
开端：青木到戏园子观剧，抗日分子撒传单，日军闯后台，段小楼打汉奸警察被抓。
展开：菊仙求程蝶衣救段小楼，并允诺离开段小楼。
递进：程蝶衣给日军唱堂会。段小楼出狱打程蝶衣耳光。
高潮：菊仙与段小楼成亲。袁四爷为程蝶衣设“姬别霸王”宴。
结尾：洞房。菊仙不让段小楼唱戏，在家好好过日子。
高潮：救姬
开端：戏园子冷落，程蝶衣抽大烟，段小楼玩蛐蛐。
展开：关爷训诫程、段二人再度合作。关爷教《夜奔》而死，喜福成散班，程蝶衣收留小四。
递进：1945 年，日本投降。国民党伤兵砸场子，菊仙流产，程蝶衣被抓。菊仙用宝剑激袁四爷救程蝶衣，并带段小楼绝交信入狱。程蝶衣心灰意冷，在狱中抽大烟。
高潮：段小楼、那坤、袁四爷出庭做证、辩护，程蝶衣却称青木为知音。国军司令释放程蝶衣，叫他去军部唱戏。
结尾：程蝶衣还剑段小楼，二人和好。

第三部：背叛（27 分钟，高潮部）

开端：希望
开场：1949 年，解放军开进北平城。
开端：程蝶衣给解放军唱戏，嗓子劈了，军队鼓掌并唱军歌。小四在幕边露出微笑。
发展：段小楼、菊仙、那坤、小四参加公判大会，“戏霸”袁世卿被枪决。
高潮：段小楼、菊仙帮程蝶衣戒烟，小四参加政治运动，不关心师父被菊仙打耳光。
结尾：那坤带众人来看程蝶衣，大家对京剧未来满怀希望。
发展：绝望
开端：剧团开会，程蝶衣批评现代戏，遭小四、那坤等人反对。菊仙暗示段小楼不要反对。
展开：程蝶衣让小四顶水盆，小四摔盆出走，并向师父挑战。
递进：段小楼迫于组织压力与小四演《霸王别姬》。
高潮：段小楼劝程蝶衣向组织服软，程蝶衣拒绝。
结尾：程蝶衣烧戏装，独自离开北京。
高潮：幻灭
开场：1966 年“文革”前夕，程蝶衣回到北京，广播里传来发动“文革”的通知。
开端：程蝶衣夜访段小楼，从窗外看到夫妻烧戏服，饮酒做爱。程蝶衣在大雨中离去。
展开：小四审讯段小楼，逼他揭发程蝶衣和菊仙。
递进：批斗会上，段小楼揭发程蝶衣，把剑扔进火中。程蝶衣揭发菊仙是妓女。段小楼表示要与菊仙划清界限。会后，菊仙把抢出的宝剑还给程蝶衣。
高潮：菊仙穿嫁衣上吊。
结尾：小四在玩赏玉蝴蝶，被红卫兵揪出批斗。

全片结尾：（3 分半钟）
十一年后，段、程同排《霸王别姬》。二人对词：“我本是男儿郎，又不是女娇娥！”程蝶衣拔剑自刎，段小楼叫：“蝶衣！小豆子！”
字幕：一九九〇年，在北京举行了“纪念徽班进京二百周年”的庆祝演出活动。

3. 场景分析

全剧开场

远处传来《歌唱祖国》的歌声。程蝶衣与段小楼彩装从剧场门进入，长长的甬道，幽暗灯光下，二人拖长的身影。黑暗中有人在问：“干什么的？”段小楼：“京剧院来走台的。”声音：“哎哟，是您二位啊？我是您二位的戏迷。您二位有二十多年没有一块唱了吧？”段小楼：“二十一年了。”程蝶衣：“二十二年了。”段小楼：“对，二十二年了。我们哥俩也有十年没有见面了。”程蝶衣：“是十一年。”段小楼：“是，十一年。”声音：“都是‘四人帮’闹的，明白。现在好啦！您二位在这儿等会儿，我给您开灯去啊！”
灯光打开，投射在二人身上，京剧锣鼓板起，悲凉的京胡。片名字幕，霸王别姬，水墨字画作衬底。右侧文字介绍“四面楚歌”，左侧文字介绍“霸王别姬”。

台词“可不，都是‘四人帮’闹的，现在好了”，是电影局审片后要求加入的。

影片开场采取了传统的“内问”手法。传奇副末开场，常与幕侧相互问答，借此说明剧情和本剧宗旨。如《琵琶记》第一出，副末（问内科）且问梨园子弟，今日敷演谁家故事？哪本传奇？（内应科）三不从《琵琶记》。（副云）原来是这本传奇。待小子略道几句家门，便见戏文大意。再如《桃花扇》试一出，（内问）请问这本好戏，是何人著作？（答）列位不知，后来填词名家，不著姓氏。但看他有褒有贬，作春秋必赖祖传，可咏可叹，正雅颂岂无庭训！（内）这等说来，一定是云亭山人了。“内问”（或问内）属于戏曲开场的惯用手法。

影片以《霸王别姬》的寓言，涵盖影片题旨。全剧开场以《霸王别姬》破题，全剧结尾以“姬别霸王”承题。开场与结尾的“戏中戏”，首尾形成照映埋伏。

全剧开场的《霸王别姬》是全剧总寓言，在它下面还有各情节单元的分题寓言：《闹天宫》（反叛戏班的寓言）、《夜奔》（关师父“英雄末路”的寓言）和《牡丹亭·惊梦》（艺术与政治的寓言）、《红灯记》（革命样板戏对传统京剧批判的寓言），等等。这些分题寓言形成总寓言（《霸王别姬》）的反题，最终发展成为姬别霸王的当代寓言结局。

根据戏曲的剧本体制，开端部分应包括：定场、出脚色、开场、冲场。本章第二节，已经介绍定场、出脚色。下面分别介绍开场和冲场。

开场

戏曲的开场，又叫“传概”“家门”。开场采取叙述性的方法，由副末（扮演次要脚色的中老年男子）首先登场念“定场诗”，然后言明“本传中立言大意（题旨），包括成文（情节概要）”，其后介绍人物“家门”。前后内容“相为表里，前是暗说，后是明说，暗说似破题，明说似承题。如此立格，始为有根有据之文”。① 例如《桃花扇》开场的“传概”，用一曲《满庭芳》“把传奇始末，预先铺叙一番”。“补叙纲领，简而详，质而韵。”②

中国的史诗电影，借鉴戏曲“副末开场”的叙述性方法，加以创新、转化，由此产生了许多电影化的开场方法：如画外音、寓言、歌曲、诗词、“戏中戏”、例证动作、单元故事等。

有的影片采用画外音，以寥寥数语说明题旨，介绍情境。如《小城之春》《城南旧事》，通过主人公的画外音和画面，直接切入主题，介绍时代背景、人物关系和环境；再如《少林寺》《新龙门客栈》采用第三者的画外音和一系列画面，介绍故事发生的历史背景，以及相关的人物、事件和环境。

有的影片运用诗词开场，如《一江春水向东流》以诗词“一江春水”开场，既是“题目正名”，又包含了“共饮一江水”的寓言故事；有的采用“戏中戏”开场，如影片《霸王别姬》以“戏中戏”《霸王别姬》开场，并以“霸王别姬”的寓言，隐喻主题、情境和情节内容；有的采用音乐、歌曲开场，如《城南旧事》在片头出现长城外、古道、山外山的画面，配以《骊歌》音乐，暗喻了影片的情境和情节内容。

李渔指出：“开场数语谓之家门，虽云为字不多，然非结构已完，胸有成竹者，不能措手”，如果“势有阻挠”，“姑缺首篇以俟终场补入，犹塑佛者不即开光，画龙者点睛有待，……非可预为计也”。③

① （清）李渔：《李笠翁曲话》，第46页。
② （清）孔尚任：《云亭山人评点桃花扇》，卷一，试一出。
③ （清）李渔：《李笠翁曲话》，第46页。

第一部：结义

开端：入班

开场（黄灰色画面）
字幕：1924·北京·北洋政府时代。
天坛庙会，妓女艳红领着一个戴帽、遮脸、戴绣花手笼的小豆子，嫖客过来纠缠艳红。艳红抱着孩子，挤入人群看戏。[通过嫖客揭示艳红的身份。
关师父领着喜福成戏班的徒弟们在演《闹天宫》。小石头扮演的孙猴子亮相挤眼。遮脸的小豆子与小石头对视。
小癞子掀翻压在上面的人，从人缝中逃跑。无赖跳出来砸场子，踢掉了关师父手中的锣，场上大乱。演孙猴的小石头大叫一声："我×你大爷，真钱买真货，我小石头叫你们开眼。"他把砖拍在头上，顿时鲜血直流。观众鼓掌扔钱。

艳红带小豆子最先出场，明确全片的叙事角度是小豆子。小豆子遮脸和手，强调他隐秘的性身份。

《闹天宫》一场，从人头顶（抱着孩子的高度）拍摄，是从小豆子的视角进行叙事。

小石头亮相，他是猴王。例证性动作：护场。流氓无产者做派。小癞子是另一只猴子。例证性动作：出逃，代表逃离舞台的另一种人生方向。两个男孩子，两只猴子，一个逃场，一个护场。一个不要演戏，一个要坚持演戏。

冲场开宗明义地点出小豆子所处的规定情境。小豆子要判识小癞子和小石头，哪一个是真霸王？他要做出抉择，是逃离戏班，还是留下学戏？

第一部开场，小豆子看到小癞子逃场，伏笔照映第一部结尾，小豆子为小癞子送葬。

冲场

开端部的开场，戏曲称为冲场。"冲场者，人未上而我先上也。"冲场要展示开端部的具体情境，故事发生的时间、地点和事件。由男女主角登场，"生为一家，旦为一家，生之父母随生而出，旦之父母随旦而出，以其为一部之主，余皆客也"。

开场是叙述性概括，冲场是动作性呈现。冲场要通过人物动作显示其性格和行为动机，指明情节走向。冲场"务以寥寥数语，道尽本人一腔心事，又且酝酿全部精神"。"一本戏文之节目全于此处埋根，而作此一本戏文之好歹，亦即于此时定价。"戏剧由此正式进入剧情，如同文章的起讲。

戏曲的起始，一般分为开场和冲场。开场和冲场前后一脉相承，但是分属于两个层次，一个涵盖全剧主旨，一个概括开端部主旨，前者不直接关联剧情，显得超脱、诗化，后者则要落实剧情，趋于具体写实，使全剧主旨落在实处。前者是叙述性的，后者是动作性的。李渔概括说："开场数语，包括通篇；冲场一出，酝酿全部。"

开场：全剧的开场，破题，涵盖全剧的主旨，叙述的，超脱、诗化。
冲场：开端部开场，起讲，概括开端部主旨，动作的，落地、写实。

全剧的开场，通过破题揭示题旨；开端部的冲场，着手作题称为起讲。开场的破题是全剧题旨和主题情境的诗化概括，冲场的起讲则是对总题旨和总情境的具体切入。“破题”是寓言性的、不落实地的，“起讲”则是人物正式登场，将虚构转为实情的呈现。所以，李渔说，冲场与开场相比“犹难措手”。

以影片《霸王别姬》为例，开场的“戏中戏”《霸王别姬》是对人物关系的诗化暗喻；冲场的“戏中戏”《闹天宫》则是对人物关系的具体呈现，刻画出：要逃场、要护场和要入场的三个人物的不同性格、相互关系和各自的“一腔心事”。《霸王别姬》的主题情境、主题寓言，通过《闹天宫》的分题情境、分题寓言，得到了具体的落实。

如果说，开场的《霸王别姬》隐喻着“霸王别姬”的正题寓言，冲场的《闹天宫》则隐喻着“姬别霸王”的反题寓言。《闹天宫》埋伏着全剧的大收煞，暗中伏笔“姬别霸王”的悲剧缘由。

李渔说：冲场乃是“开手”的“笔机”所在，如果冲场写得墨势淋漓，有自得之妙，“则把握在手，破竹之势已成，不忧此后不成完璧。如此时此际，文情艰涩，勉强支吾，则朝气昏昏，到晚终无晴色，不如不作之为愈也”。可以暂“避烦苦之势，自寻乐境，养动生机。俟襟怀略展之后，仍复拈毫，有兴即填，否则又置。如是者数四，未有不忽撞天机者”。[①]

开端

关师父因为小石头拍砖护场用刀坯子打他。孩子们陪着逃跑的小癞子挨打。台上挂着“同光十三绝”京剧名角像。磨剪子抢菜刀的吆喝声。

艳红带领着遮脸、扎头绳的小豆子来到喜福成科班，小豆子与趴在板凳上的小石头对视。

关师父检查小豆子的手，发现他的右手有六指，不肯收留他。艳红泣诉：“不是养活不起，是大了留不住，（抛媚眼）您要不嫌弃，怎么都成。”她说着跪在关师父面前。关师父：“是祖师爷不赏饭。”

艳红拉孩子奔出院子，来到门外的磨剪子挑前，用围脖蒙住孩子的脸，小豆子：“娘，手冷，水都冻冰了。”艳红用刀切下孩子的六指。院内孩子正在练功，外面一阵惨叫，艳红抱着孩子跑进院，鸽哨声。断指的小豆子钻到桌案下，艳红满手是血地捉孩子。小豆子又蹿到院中，学戏的孩子满院围捉。板胡声起。孩子血手印盖在生死契上，向梨园行祖师爷（唐明皇）神位叩头，艳红脱下棉袍披在孩子身上，走出。小豆子叫“娘”，再看门外，只有大雪纷纷。

关爷反对小石头拍砖护场，例证性动作，他是京剧艺术的传承者和守护者。

妓院里养不住男孩子，艳红只好送儿子进戏班谋一口饭吃。磨剪子吆喝声，多次切入，为切指烘托气氛。鸽哨声，过年的鞭炮声，天上飘下雪花，这些是蝶衣的主观叙事。

断指，即阉割，程蝶衣的例证性动作。艳红的血手暗示母亲惨痛的心。

展开

男孩子们赤身躺在炕上，戴霸王面具的小癞子说小豆子是窑子里来的，用脚挑下他母亲的袍子，说是“窑子里的东西”。小豆子点着了母亲留下的袍子。[小豆子的例证性动作。

小石头进屋，护着小豆子，让他跟自己睡。小豆子不肯，小石头挤眼怪笑：“外面冷极了，小爷撒的尿在牛牛眼上，可就结成冰溜子了，差点没顶我一跟头！”

小石头把自己被子给小豆子。小癞子在炕上倒立。

---

① （清）李渔：《李笠翁曲话》，第47—48页。

满炕光屁股男孩子，对比扎头绳的小豆子，性角色暗示。

霸王面具，暗示癞子是另一个霸王。

小石头让小豆子跟他睡，对位夫妻关系。

介绍小豆子与两个霸王的关系。

递进

关师父带孩子们练功，二师父给小豆子开腿，小豆子痛得喊叫。二师父："要想人前显贵，就得背后受罪，今天是破题，文章还在后头呢！"小癞子在一边倒立，向小豆子炫耀："朕都耗了一炷香了。"小石头踢开小豆子脚边的一块砖，关师父发现，让小石头取来刀坯子，打屁股。小石头被打得乱叫，还向小豆子挤眼。小豆子流泪。

高潮

师父让小石头顶水盆，"在班结党者罚"，他一边往小石头顶的盆中倒水，一边冲着孩子们大叫："自从有了京剧，哪朝哪代也没有如今这么红过，你们算是赶上了！"

夜，小豆子望着院中在雪里顶水盆的小石头。浑身是雪的小石头进屋，自称"小爷我练的是九转金炉里的火丹功"，小豆子用被子包住小石头。两男孩子抱睡，小豆子头上还扎着辫子。

第一个镜头，二师父拎着小豆子走进练功的大棚子，暗示本节是从小豆子的叙事角度进入。

关师父喊："是人，就得听戏，不听戏的就不是人。不听戏的是猪狗。有戏就有咱梨园行。"表明了小豆子入科班时，京剧正处于鼎盛时期。

剧本多处展示了小石头和小癞子的"霸王气概"。小石头顶水盆的板子是枷板，暗示学员是囚徒。小石头是小豆子的保护者，二人同床暗示着夫妻关系。

结尾

大雪，河边，孩子们在唱《霸王别姬》："力拔山兮气盖世……"转夏天，河边，赤膊的少年们在唱戏："时不利兮骓不逝……"锣鼓声，音乐起。

小豆子还戴着绣花手笼，表明他的性角色还没有确定。

场景和情绪的节奏变化，暗示开端部结束。

发展：立志

开场

众穿棉衣，列队齐念祖训："传于我辈门人，诸生须当敬听。自古人生于世，需有一技之能，我辈既务斯业，便当专心用功，以后名扬四海，根据即在年轻……"

开端

二师父让小癞子念《夜奔》，"回首望天朝，顾不得……"忘词被打；让小石头念《别姬》，"想俺项羽乎，力拔山兮气盖世"，念对还是打："打你是让你记着，下回还得这么背。"

二师父让小豆子念《思凡》，"小尼姑年方二八，正青春被师父削去头发，我本是男儿郎"，二师父打手板："你本是女娇娥，你真入化境，连雌雄都不分了。"小豆子被二师父带进屋里打，仍然念"我本是男儿郎"。二师父不断地打，小石头在屋外焦急万分。

小豆子和小石头在一个大桶里洗澡，小豆子说：师哥，我要是被打死了，枕席底下三个大子儿，就给你了。小石头担心小豆子被打烂的手沾水残了唱不了戏，小豆子偏要往水里泡。晚上，小石头给小豆子包扎手，劝他：想自己是个女的，可别再背错了。

小癞子、小石头、小豆子分饰三个脚色，暗喻着三人的人生角色。小癞子念《夜奔》“回首望天朝，顾不得忠和孝”，暗示他的叛逃。

小豆子被打成血手，外面传来磨剪子的吆喝声，暗示让他学旦角戏，是在受阉割。

小豆子与小石头洗澡暗示着二人的性关系。小豆子熬不下去了，想到了死，他宁愿手烂掉也不愿唱戏，为后面逃离戏班作伏笔。

展开

孩子们在院中休息，传来“卖冰糖葫芦”的吆喝声。小癞子认为，天下最好吃的是冰糖葫芦，成了角儿，天天得拿冰糖葫芦当饭吃。

小癞子借看风筝打开大门，带着小豆子逃跑。小石头追赶在后，小豆子对小石头交代，枕席下那三个大子儿留给他了。音乐。小石头将衣服扔给小豆子，他望着小豆子跑远。

镜头由小豆子出神的特写开始，确定小豆子的叙事角度。

鸽哨声、冰糖葫芦、彩色风筝，都暗示外面世界的自由和美丽。

小豆子跟随小癞子出逃，照映开场的《闹天宫》。

递进

街上，小癞子吃着冰糖葫芦，原来他偷拿了小豆子的三个大子儿。戏园子门口，人山人海，经理那坤迎名角儿下车。观众涌进戏园子，小豆子和小癞子跟进去，锣鼓声起。

舞台上挂着匾：盛世元音。霸王出场，一段武打，掌声如潮，小癞子哭起来：“他们怎么成的角儿，得挨多少打啊，我什么时候才能成角儿啊?”

楼上，小癞子顶着小豆子钻出人群，霸王起舞……小豆子泪下。音乐起。小癞子摸脖子：“你怎么尿我一脸。”

小豆子拉着小癞子跑出戏园子，往科班走。“我就知道你离不开小石头。吃了糖葫芦我就成了角儿了，我不怕刀坯子，你不行。”二师父打开门，捉两个人。

主人公价值理念的转变。这是一种深刻、强烈的思想情感变化。

高潮

关师父打得小石头满院跑，小豆子拦住师父：“师父，是我自个儿跑的，不关师哥的事！您打我!”小豆子自己脱裤趴下，关师父狠打：“我打死你!”众跪地乞求。小癞子在一边傻了，一个劲儿往嘴里塞糖葫芦。

小石头叫小豆子讨饶，小豆子不肯开口，关师爷狠打，小石头哭叫：“你把小豆子打死了!”抄起木刀，扑向关师父：“我和你拼了!”二师父跑来报信，小癞子上吊了。戏台上景片倒下。

[小癞子上吊是情节写实的收，台上景片倒下是主题意象的煞。

结尾

小石头把一条新被子盖在棺材上，小豆子放上一束迎春花枝。小癞子棺木上放着一个霸王面具。小石头伏在棺上，摸着霸王面具。在“冰糖葫芦……”的吆喝声中，驴车拉着棺材远去。

孤儿小豆子找到了安身立命之所和一生所求，以死的决心来投奔京剧艺术。

冰糖葫芦是小癞子临死前的享受。他上吊后，舞台景片倒下，暗示传统艺术完了。

小癞子的霸王面具，暗示他也是霸王。真假两个霸王，小豆子认定了小石头是真霸王。

高潮：化蝶

开端

关师父给小豆子讲《霸王别姬》，小豆子坐在祖师爷画像下面，（击磬声）“……人再强也抵不过天命，老天爷不成全他，……只剩下一个女人一匹马，虞姬最后一次为霸王斟酒，最后一回为霸王舞剑，而后拔剑自刎，从一而终。这出戏里有一个唱戏和做人的道理。人得自个儿成全自个儿。”小豆子呆了片刻，自己打脸，满脸是血。音画错位：“力拔山兮气盖世……”

小豆子听师父讲戏，含泪看墙上挂着的《霸王别姬》图。小豆子决心自己成全自己，“从一而终”跟着师哥唱一辈子戏。

过渡段

夏季，河边，众徒赤背唱：“时不利兮骓不逝……”

展开

戏班彩排，锣鼓响成一片。关师爷送那经理出屋，请他让喜福成科班给张公公庆寿唱堂会。那坤看到小豆子，让他来段《思凡》。小豆子念：“我本是男儿郎，又不是女娇娥……”那经理掉头就往外走，关师父一路道歉。小石头急了，上前一把扯过小豆子推到椅上，拿过关师傅的烟袋锅往小豆子嘴里猛捅：“错！让你错！”小豆子泪下。那经理和关师父等人看呆了。小石头一扔烟袋，“来！”率众走场。小豆子嘴角流血，泪下：“我本是……我本是女娇娥，又不是……”打板的师父示意锣鼓停，“又不是……”小豆子念不下去，打板的一下一下打，引他往下说。小豆子从座椅上下来，完整地念完了《思凡》，“我本是女娇娥，又不是男儿郎”，众笑逐颜开。音乐起。

小豆子站在井沿上念戏，意味人处在危险边缘。小石头用关师父的烟袋锅捅小豆子嘴，暗示性强暴。小豆子转变性角色的根源，在于他接受了小石头对他的性角色的要求，所以后来程蝶衣会说：师哥，是你成全的我。小豆子改口是全剧中心事件，此后的一系列事件皆由此而生发。此所谓李渔所说的“一人一事”之“一事”。

递进

张宅寿庆。小石头、小豆子在台上演出《霸王别姬》。张公公坐正中，笑指台上：“小小子儿！”

宅内。账房先生送上一盘银元：“这是老公公特地赏给两位小角儿的，谢赏去吧！”

屋内，小石头在看张公公的一把宝剑，对小豆子：“霸王要有这把剑，早杀了刘邦，让你当上正宫娘娘了！”小豆子：“师哥，我准送你这把剑！”

高潮

那经理领两个孩子欢喜地进宅子。关师父：让他俩一起进去吧！账房先生：按老规矩办！（切：小豆子给小石头舔眉毛。）那经理：你说虞姬她怎么演，她都有一死不是？老太监把一件黄袍披在小豆子身上，背起他往宅里面跑。小豆子喊：“师父！”小石头喊：“小豆子！”隐隐传来喜庆锣鼓。

张公公内宅，鬼一样的张公公抱着一个年轻姑娘。张公公问小豆子：“今年是什么年？”“民国二十一年。”“不对，是大清宣统二十四年！”小豆子叫：“我要找我师哥！……我想撒尿！”张公公捧出一个水晶缸：“就往这里头撒，不算糟蹋东西！”尿入水晶缸，张公公的表情。喜庆的锣鼓声起。张公公扑上去，把小豆子按在床上。（磬声）镜头推向墙上的春宫画。

老太监背小豆子的喘息声，带有性暗示。张公公的宅子布置得像皇宫，反映了封建奴才的精神追求。张公公看小豆子撒尿，表示出对性器官的崇拜。

结尾

张宅外，小豆子木然走出。小石头上前给他披衣：“你说话呀，哑巴了！”小豆子木讷前行，传来弃婴的啼哭声。（磬声）小豆子抱起婴儿，关师爷：“小豆子，一个人有一个人的命，你还是把他放回去吧！”

小豆子抱着婴儿，师徒三人走在皇城下。恓惶的音乐。

油灯下，一群小戏子围着一个婴儿。婴儿啼声，念祖训的声音，磬声。小豆子含泪呆坐。

喜福成科班甲班毕业典礼，徒弟们列队在“同光十三绝”画像下合影。关师父坐在第一排的正中。

小豆子抱养弃婴，由被抛弃者转为拯救者，由曾经的“弃婴”转为如今的“母亲”。弃婴与小豆子断指时路边席筒中饿毙的尸体，形成前后照映。

喜福成戏班合影是第一部结束的标记。

第二部：恩怨

开端：赠剑

开场

镁光灯闪耀。段小楼、程蝶衣二人穿西装在日本人开的照相馆里合影。一块石头砸碎了玻璃窗，外面的学生们在喊口号：“反对日本增兵华北。”字幕：一九三七年·“七七”事变前夕。

段小楼、程蝶衣从楼上下来，学生们围上来斥责。那坤喊：“中国人不打中国人！都是一个老祖宗！”群众跟着喊。三人乘机溜走。

段小楼、程蝶衣乘洋车，那坤在车下跑着。［介绍段小楼、程蝶衣、那坤三人的身份和相互关系。］段小楼：“日本人就在城外，打去啊！”程蝶衣：“领着喊的那个，唱武生倒不错！”三人谈起张公公的府邸，那坤说那里是二位的发迹之地，现在已经成了棺材铺。程蝶衣要去找张公公的那把剑，那坤说：“早不知卖哪儿去了。”［为袁四爷赠剑伏笔。

唢呐锣鼓，观众夹道，欢声雷动，两辆洋车把段小楼、程蝶衣拉到戏楼前（当年小豆子看戏的地方）。众呼：“程蝶衣！程蝶衣！”程蝶衣向众人微微一笑。一声“冰糖葫芦……”吆喝传来，程蝶衣回首，若有所思。

段小楼、程蝶衣合影，是第二部开端的标志。“冰糖葫芦”令程蝶衣回顾往事，点出人物身份的转变。重提当年在张公公府上演出，重现戏园子门前的景象，这是在倒叙前史，属于戏曲“自我肇端”的开场手法。它是史诗戏剧各情节单元相互独立、自我区隔的惯用方法。

开端

戏院锣鼓，袁四爷在楼上落座。后台，程蝶衣在给段小楼化妆，段小楼冲前台喊了一嗓子，台下一片叫好。程蝶衣扮虞姬出场，楼座上，那坤对袁四爷：“到没到人戏不分、雌雄同在的境界?”

后台卸装，程蝶衣说：袁四爷来捧场了！段小楼说：今天故意盖着唢呐唱，让他袁四爷知道，不用他袁四爷捧场，在北平咱们照唱照红。程蝶衣搂住段小楼的腰，问他在哪儿提气，二人对镜，二人搂在一起的镜像。

那坤引袁四爷进后台，袁四爷送给程蝶衣一副玉蝴蝶头饰。那坤：“慈禧老佛爷看戏，也没有这么大的手面。”袁四爷夸赞：程老板的虞姬快入纯青之境，（转身看着镜中的蝶衣）有那么一二刻，袁某也恍惚起来，疑为虞姬转世再现。

段小楼故意在一边拍打裤腿。袁四爷批评他演的霸王，从回营到与虞姬相见，比老规矩少走两步，威而不重，成了江湖上的黄天霸。段小楼冷嘲热讽：“您是四爷，您哪儿会错！”袁四爷请段、程到宅中饮酒，段小楼声称要去妓院，程蝶衣则不语，那坤低声冷笑，袁四爷只好告辞。程蝶衣目送段小楼离去。[袁四爷说段是黄天霸，讥刺他有江湖气。

“照镜”有力概括了程蝶衣梦幻般的“从一而终”的情感。程蝶衣唱：“随大王东征西战，受风霜与劳碌年复年年……”暗指，他随段小楼一同唱戏，受风霜与劳碌年复年年。这些都是在介绍第二部的基本情境。

展开

花满楼。镜头中一片红色。众妓迎段小楼，段小楼点名要会菊仙姑娘。老鸨托词菊仙外出，为他点了彩凤。段小楼向彩凤询问菊仙下落。段小楼主观镜头，楼上包间，众男人在起哄，菊仙从包间跑出，被几个男人围住。菊仙急得要跳楼，段小楼在下面用手绢招呼她，她纵身跳楼，段小楼在下面接住了她。[菊仙例证性动作，对段小楼的信赖，敢作敢当的性格。

菊仙向段小楼诉苦，骂楼上嫖客。六七个嫖客下楼围住段小楼，要拉菊仙上楼。段小楼笑称，今天是与菊仙定亲的喜日子，二人共饮一杯酒。众嫖客不信，段小楼在脑袋上拍碎茶壶。

花满楼一段，通过段小楼的视角叙述。段小楼在花满楼拍壶与演出护场拍砖，形成照映。

程蝶衣、段小楼背对背化装。程蝶衣问段小楼在八大胡同打架的事。段小楼：“不过是救人解难，玩玩呗，不必当真。蝶衣，什么时候一起逛逛，就知道了。”程蝶衣掀椅怒起，走到屏风后。段小楼道歉，直打自己的脸。

程蝶衣：“你忘了，咱们是怎么红的了？还不就凭师父一句话。”“什么话?”“从一而终!”音乐起，程蝶衣从屏风后走出：“师哥，我要你跟我，不对，就让我跟你好好唱一辈子戏，不行吗?”“这不小半辈子都唱过来了。”程蝶衣喊叫：“不行，说的是一辈子，差一点儿也不行，差一年、一个月、一天、一个时辰，都不算一辈子!”段小楼有点呆了：“蝶衣，你可真是‘不疯魔不成活’呀！唱戏得疯魔，不假，可要是活着也疯魔，在这人世上，在这凡人堆里，咱们可怎么活哟！来，给师哥勾脸!”

“不疯魔不成活”是一句行话，特指演员要进入情境，深入角色，处于疯狂、痴迷的状态，才能将饰演的角色演活，体现出完美的表演技艺。

段小楼是程蝶衣改换旦角儿后的情感依靠，他要求“从一而终”，戏里戏外都做“夫妻”。影片在这场戏中，多次通过纱、镜和多重镜子互射，营造一种梦境，程蝶衣对着隔纱的镜子，看着镜中化了霸王装的段小楼，暗示程蝶衣生活在镜花水月的梦境之中。

程蝶衣在训斥段小楼时，段拿起程蝶衣化妆台上的绣花手笼，暗示着程蝶衣的性角色。

递进

段小楼在台上演戏，菊仙在下面看戏吃瓜子。程蝶衣出场与段小楼同演《霸王别姬》，菊仙起身走出戏园子，身后一声凄凉的锣音。

妓院，菊仙把一桌银元推给老鸨，还摘下身上的首饰，脱下绣鞋。老鸨："还真想当太太奶奶了，做你娘的玻璃梦去吧！你以为出了这个门，把脸一抹，就成了良人了？你以为这世上狼呀虎呀的就都不认得你啦？我告诉你，窑姐永远是窑姐。你记住我这话，这就是你的命。"

程蝶衣走上台，女戏迷拥到台边拭泪、狂喊。一声吆喝："袁四爷送条幅，风华绝代！"音乐起，两边条幅从天而降："人戏难分，出神入化。"欢声雷动，群呼"程蝶衣，程老板"，红色镜头中的程蝶衣姿态……楼上，袁四爷起立鼓掌。

后台，菊仙抱着包裹赤足来找段小楼，泪水涟涟地："赶出来了，花满楼不留许过婚的人！"程蝶衣走来，看到菊仙呆住了，两人对视。段小楼给两人介绍，程蝶衣进屋用力关门。那爷在一边冷笑。

菊仙说，段小楼不留她，她就再跳一次楼。段小楼取自己的披风披在菊仙身上，四周人叫好。边上一丑角低声："这妞可够厉害的。"那爷："服，我服，这他妈就是一本大戏呀！什么时候洞房花烛夜啊？"菊仙提出：先给我办定亲礼，我得堂堂正正进你段家的门。段小楼说：今儿晚上就办定亲礼！请各位赏光！

程蝶衣用力打开大门，一身白衣走出，把一双绣鞋扔在地上："菊仙小姐，你在哪儿学的戏？没学过呀，那就别洒狗血了！"段小楼怒容，又转笑脸："蝶衣，叫声嫂子吧，不叫不成了。还有晚上证婚人这活，你得给我接着。"程蝶衣："黄天霸和妓女的戏，不会演，师父没教过。"菊仙挽着段小楼的胳膊要走，程蝶衣拦："别走！你上哪儿去？"段小楼："我上哪儿去，你管得着吗？""师哥，师哥你别走，袁四爷今儿晚上请咱们过去，要栽培咱们。""姓袁的管得着姓段的吗？我是假霸王，你是真虞姬，让他栽培你一个人去吧！"段小楼转身带菊仙走。

程蝶衣披发在化妆台前，一对翎子从镜中伸出，袁四爷拿着翎子出现在镜中。两人背对，两面镜子互射。"这对翎子难得，是从活雉鸡的尾巴上生生收取的。这才柔软，够伶俐，够漂亮。"镜中，程蝶衣的特写。凄冷音乐。

程蝶衣给睡着的小四盖被子，看到小四和另一个孩子抱在一起熟睡的样子，脸上露出微笑。他一人独自离去，灯暗。雷声。

菊仙在台下看戏吃瓜子，点出她对京剧的轻慢态度。

程蝶衣在台上念"依孤看来，今日是你我分别之日"，暗示段小楼要与菊仙结婚，离开程蝶衣。段小楼一手托两个女人，都是将性命托给他的，他都得接着。

老鸨说："窑姐永远是窑姐。你记住我这话，这就是你的命。"这话成了菊仙心中永远的隐忧，为菊仙后来的护家行为伏笔。

程蝶衣把一双绣鞋扔在地上，暗示菊仙是破鞋，要菊仙穿上鞋赶紧离开。

翎子表示调戏。活雉鸡翎，暗示段小楼与程蝶衣被人分开了，才有袁四爷的情感位置。

程蝶衣看到小四与小伙伴同被窝，令他回想起小豆子与小石头的往事。

高潮

雷电声。袁四爷带程蝶衣看观世音像。袁四爷："尘世中，男子阳污，女子阴秽，独观世音集两者之精于一身，欢喜无量啊！"程蝶衣忽然发现宝剑，袁四爷："剑是大太监张公公的旧物，张家破败时费周折弄到手的。如此看来，此物是你的旧相识了。"（雷声隐隐）程蝶衣拔剑，袁四爷握他的手，程躲避，袁四爷："自古宝剑酬知己，程老板可愿做我的红尘知己？"

院中，二人起舞，程蝶衣唱："汉兵已略地，四面楚歌声，君王意气尽，贱妾何聊生。"袁四爷装成霸王手持剑，打拍子，程蝶衣拔出宝剑横在颈上。袁四爷惊呼："别动，这是真家伙！"程蝶衣手中的剑落地，泪下，袁四爷的剑鞘也落地，二人对立，袁四爷："一笑万古春，一啼万古愁，此境非你莫属，此貌非你莫有。"吻程蝶衣。雷声。

袁四爷说，剑是你的旧相识，意指你与张太监是旧相识。袁四爷化装成霸王，是假霸王。

程蝶衣与袁四爷在院中共舞，唱"汉兵已略地，四面楚歌声，君王意气尽，贱妾何聊生。"暗指日军入城之时，段小楼与程蝶衣的关系决裂。

城楼下，一辆洋车送程蝶衣，日军马队奔来，洋车夫弃车逃走，日军骑兵围着洋车，京戏音乐，日本国旗飘扬，揭开洋车轿帘，程蝶衣脸上化戏装，污秽不堪地躺在车里……［过渡场面。人物关系发展的情节节点和相应的情境定性。

结尾

程蝶衣捧着宝剑，走进段家的定亲宴席，走向醉躺在床榻上的段小楼。段小楼笑："好你个蝶衣，这个面子你总算给我了，要不然……"程蝶衣把剑丢到段小楼怀里："你认认！"段小楼拔剑叫好："好剑！又不上台，要剑干什么？"凄清的笛声，程蝶衣看墙上师兄弟二人的黑白合影照片，恍如一梦。

菊仙："师弟，你来晚了，该罚你一杯！"举杯送到程嘴边。程蝶衣："多谢菊仙小姐！"转身出屋，众想拦，程蝶衣一摆手："小楼，从今往后，你唱你的，我唱我的！"走出。那坤急了："别呀，这可不成！程老板！"追出。屋中众人焦急，议论戏迷们该怎么说。外面有人喊："了不得了，日本人进城了！"

天上轰鸣的雷声，军靴声，林立的刺刀。段小楼站在门口唤："蝶衣！"菊仙把他推进屋，关上门。

日军马队包围程蝶衣所乘的洋车，暗示程蝶衣将被日军"劫持"。

程蝶衣在订婚宴上赠剑，表达了他对段小楼的一片痴情。

发展：救霸

开端

剧院上演《贵妃醉酒》，楼上挂着日本旗和"大东亚共荣"的条幅，日本军官青木手握军刀在楼座看戏。程蝶衣扮杨贵妃，"高力士你敬的什么酒？""奴卑敬的乃是通宵酒。""呀呀啐，哪个与你们通宵？"楼座另一侧，日本旗边坐着袁四爷。

台上忽然撒下抗日传单，全场大乱，满台的红绿传单，剧场突然停电，程蝶衣还在忘情唱戏。楼座上袁四爷站起来鼓掌，台上程蝶衣旋舞不止，青木放下军刀，脱下手套，也站起来鼓掌。

日军冲入后台，汉奸警察把霸王戏袍穿在日军身上，段小楼让日本兵脱下戏服，警察仗势欺人："不要说穿你的戏衣，就是你姥姥的寿衣，你也得乖乖地给扒下来。听明白了吗，戏子？"段小楼把茶壶扣在伪警察脑袋上。

高力士捧酒、通宵酒，都暗示做奴才汉奸。撒传单这场戏，刻画了程蝶衣只知唱戏不问国难的"戏痴"形象。

台上程蝶衣痴迷演戏，台后段小楼打汉奸警察，采取平行叙事。

展开

程蝶衣为救段小楼，决定去给日本人唱堂会。菊仙忽然闯进来，催蝶衣起程，程蝶衣反而置气不走了。菊仙许愿，只要能把段小楼救出，愿意重回花满楼。程蝶衣这才起身，让菊仙把披风披在他身上。[与后面菊仙带着绝交信到狱中看程蝶衣的情节，形成埋伏照映。

递进

日军驻地，程蝶衣给日军唱《牡丹亭》："原来姹紫嫣红开遍，似这般都付与断井颓垣……"

城墙下，程蝶衣和菊仙接出段小楼，段小楼因为程蝶衣给日本人唱堂会，给了他一耳光。菊仙用手绢给程蝶衣擦脸。

日本军歌声，日军、探照灯、犬吠，程蝶衣看到日本兵屠杀中国人。

戏曲唱词与影片内容对位。

用程蝶衣的主观镜头，描述日军屠杀中国人，是对他为艺术而艺术的批判。

高潮

菊仙身穿红嫁衣，她推开伴娘，揭下红盖头，踢开红地毯，独自大步走向喜堂。

晚上，身穿红嫁衣的菊仙与段小楼饮酒。段小楼背菊仙入洞房。

袁四爷府上像张公公府上一样金碧辉煌。袁四爷宴请程蝶衣，用一只鹞子咬一只龟的头，然后割颈放血……袁四爷："依我看你们的戏演到这个份儿上，是'姬别霸王'，没霸王什么看头了。"袁四爷亲自盛汤，送到程蝶衣面前："喝了它，您定能纤音入云，柔情胜水。"

烛光纱幕下，程蝶衣给袁四爷画脸，看着袁四爷的霸王脸，程蝶衣神情恍惚。

结尾

新婚洞房。钟表声，菊仙看着镜中的红嫁衣："不唱戏了！往后啊，我跟你太太平平地过日子，再生个大胖小子。我一下得俩够了，不唱戏了。"暗隐。

菊仙自己入洞房，描写了她敢于主宰自己命运的大胆性格。照映第三部的结尾，菊仙穿嫁衣悬梁自尽。

袁四爷的"姬别霸王"宴，有阉割意味。程蝶衣给袁四爷勾霸王脸，暗示袁四爷是假霸王。

整个递进部主要是从程蝶衣的角度进行叙述的。

高潮：救姬

开端

程蝶衣吸大烟。

门庭冷落的戏园子，日军摩托车驶过。程蝶衣叼着烟卷走下台阶，远远传来一声吆喝"冰糖葫芦"，他陷入沉思。[第三次"冰糖葫芦"吆喝，照映第一二次吆喝，用当年的演出盛况，映衬如今的凋敝。

段家门口，菊仙把逗蛐蛐的人赶出家门，把段小楼送朋友的钱也要了回去。段小楼在屋里摔茶碗，叫骂："玩蛐蛐，大爷乐意！"菊仙进屋，挂钟响，段小楼赤膊，茶壶茶碗摔了一地，"正经营生？我姓段的就会唱戏，戏不让我唱了，我不玩蛐蛐，干什么去啊？我抬棺材、淘大粪去？""科班的关老爷子，叫你去呢！""不去，没脸见师父！"段小楼拔出宝剑要，菊仙笑。

展开

关师父院子里晾晒着成排戏装，关爷满头白发，老态龙钟地坐在堂屋门口。段小楼、程蝶衣从戏衣下面钻过来。[喻示戏比角儿大。

关爷从座上起来："哎哟，可了不得了，两位角儿来啦！受老朽一拜！"程蝶衣、段小楼慌忙跪下。"程蝶衣，当初是你师哥把你成全出来的，现在你师哥不唱戏了，你该拉他一把吧！"关爷把烟袋扔在地上，程蝶衣不动，段小楼拾起烟袋递给程蝶衣。"给我动手啊！"关爷蹲下，拍打二人脸，"小豆子，小石头，你们俩起小那点故事，话说来长了，现在成角儿了，谱大了，就什么都忘了？"段小楼哭，程蝶衣黯然。"到了这个时候就不忍心了？"关爷抄起刀坯子打，"我叫你们糟蹋戏！"段小楼起身，搬过凳子自己趴下，"师父，我没出息，你打我！"

关爷举刀坯子要打段小楼，赶来的菊仙上前拦住："老爷子，现而今，小楼也是我的人了，你打他也成，您得先告诉我一声呀！"关爷："哟，您是花满楼的姑娘不是？您可是一位贵客，您可得坐好，喝好，看好，再去！"仆人送上茶水。关爷用刀坯子挑起段小楼的裤子，边打边叫："我叫你吃喝嫖赌，我叫你玩蛐蛐，我叫你当行头，我叫你糟蹋戏！"段小楼叫："打得好！打得好！"

菊仙在一边冷冷地："慢着，这当师哥的糟蹋戏，您活该打他，可当师弟的，这个（伸小指），您说算什么？"段小楼叫："闭嘴！老爷们儿的事，没你说话的份儿！"上前给菊仙一耳光，菊仙手中的茶杯掉地，呆住了，"段小楼，你可真知道疼人啊！"段小楼抄凳子，"你再胡吣，我打死你！""好啊，今儿你打死我，算我赚了一个，让你老段家断子绝孙去吧！"菊仙说后走出。

关爷气消了："小石头，听见了没有，你也是个快当爹的人了！这么瞎混下去，丢了玩意儿，以后拿什么请我喝满月酒？（用刀打）跪近点。再靠紧着点。"二人跪近，音乐起，关爷把两个人的头碰到一起。

程蝶衣抽大烟，段小楼玩蛐蛐、当行头，关爷骂他们"糟蹋戏"。关爷的恼怒也与京剧萧条有关。日伪时期，京戏不景气，原因不在京剧演员。日本占领军实行法西斯统治，民生艰难，是造成戏园子生意萧条的主要原因。

喜福成科班。满头白发的关爷抽打练功的学生。音乐起。关爷对一个学生："你演的是《夜奔》，是林冲，你演的是八十万禁军教头，不是小蟊贼。都瞧我的，看看什么是盖世英雄，'丈夫有泪不轻弹，只因未到伤心处！'"说罢，倒地而死。"同光十三绝"画在飘动。

灵堂，段小楼、程蝶衣穿孝服，率众徒弟叩头。众徒弟背着铺盖卷走出喜福成大院，段、程二人关上大门，二人往回走，胡琴声起。二人见一个孩子跪在台上顶水盆。段小楼要拿下他的水盆，孩子："别动，师父罚我顶七天水盆，还没到日子呢！师父说了，要想成角儿就得自个儿成全自个儿。"程蝶衣上前："没告诉是谁捡的你？"孩子："没告诉，说怕我知道了是谁犯狂，不用功。"程蝶衣："想唱戏吗？"孩子："唱，要饭也唱，要成角儿。"程蝶衣："你叫什么？"孩子："小四。"

段、程一辈人不争气，京剧日渐衰落，关爷伤心而绝。顶水盆的小四，成为京剧接班人。

鞭炮声。师徒三人走在街上，小四捧关爷牌位。市民奔走街头，到处是一片欢腾。音乐起。字幕：1945 年 · 日本投降

递进

菊仙怀孕，大着肚子靠在床上，段小楼戴起菊仙缝的虎帽。

程蝶衣在台上演戏，国民党伤兵在台下用手电乱照："过来，亲一口！"段小楼在后台几次想出去，被那老板拦住。程蝶衣停唱，众兵爬上台，动手动脚。段小楼忙到前台："各位老总，这戏

园子里没有用手电晃人的规矩，连日本人也没有这么闹的。”他向伤兵们鞠躬。伤兵喊：“给日本人唱戏，砸!”冲上来砸台。双方打成一团，菊仙上台救段小楼，被伤兵伤了胎气。
警察进剧院抓程蝶衣。段小楼喊：“你们凭什么抓人?”警察：“他犯的是汉奸罪。”有人跑来叫喊，“段老板，孩子怕是保不住了!”
段小楼赶过来，只见菊仙满头是汗，“小楼，我真对不住你!”满脸血污的段小楼呆住了。

国民党伤兵砸戏园子，表明北平的秩序比日伪统治时期还要混乱。由于缺乏像民国初年那样的稳定环境，京剧很难再现当年的演出盛况。

流产后的菊仙躺在床上，劝段小楼离开程蝶衣，“这回你把他救出来，咱们可不再欠他的了，往后你别跟他唱了。答应我，你得给我立字据”。
段小楼、那坤去求袁四爷。那坤把钱匣子放桌上。段小楼：“只要能救出蝶衣，我们哥俩三年的包银全归您。”袁四爷：“没你们的包银，你当我就喂不了几只鸟啊?你不是霸王吗，得你救虞姬呀!”那坤：“那不是戏吗?可着全北平，谁不知道袁四爷才是梨园行的真霸王?”段小楼连忙点头称是。袁四爷：“说到戏，我倒要请教段老板，霸王回营亮过相见虞姬，到底该走几步?走我瞧瞧?”
菊仙捧剑闯进来：程蝶衣临走时，说这把剑的主人能救他（拉开剑），这剑找到主，我也就放心了。可这人也有指望错的时候。

袁四爷不忘与段小楼在霸王回营走几步上的过节，这是袁四爷的霸道，也是一个票友的自尊与痴迷。

此前，菊仙为救段小楼，曾求过程蝶衣，这一场她又求袁四爷救程蝶衣，形成前后照映。菊仙反客为主，显示出机智和泼辣。

狱中，菊仙见程蝶衣，告诉他：明天上法庭，说是日本人拿枪逼着唱的堂会，在兵营里还动了刑，旁的袁四爷都替你安排妥当了。
菊仙送上段小楼写的字据，上面表示不再与蝶衣同台演戏。菊仙：“蝶衣，你别怨我，小楼的孩子死了，这就是你们在一起唱戏的报应。”程蝶衣戴手铐看信，菊仙在一旁说：“出去以后，你走你的阳关道去吧!”巨大的关门声，信从程蝶衣的手中飘下。
程蝶衣在狱中抽大烟。

上部，菊仙救段小楼，程蝶衣逼她离开段小楼，这回是一报还一报。程蝶衣看到段小楼的绝交字据后，心灰意冷，有了求死的心。

高潮

法庭，台下坐着菊仙、小四。检察官提出：程蝶衣与日寇驻北平警备旅团之敌酋青木三郎，狼狈为奸，以淫词艳曲为日寇做堂会演出。青木三郎已被我军击毙，二人有往来罪行相片，铁证如山。
法庭传袁世卿、段小楼、那坤出庭作证。袁四爷证明：“程蝶衣确实是被日本人用手铐铐走的，还用手枪顶其项背威胁。”段小楼证明：“日本人打了我师弟!”
袁四爷批驳检察官的“淫词艳曲”之说，“程蝶衣当晚所唱的是昆曲《牡丹亭》一折，此折乃国剧文化中之最精粹，如此糟践我戏剧国粹，到底是谁专门辱我民族精神，灭我国家尊严。”法庭中的听众一片叫好声。
法官命程蝶衣做自我陈述。程蝶衣：“堂会我去了，我也恨日本人，可是他们没有打我。”会场大乱。法官启发程蝶衣：“仔细回忆，再做一次陈述。”程蝶衣：“青木要是活着，京剧就传到日本国去了。你们杀了我吧！”转身怒视段小楼。法庭里发生混乱。
袁世卿起身出庭。菊仙唾弃程蝶衣。段小楼、那坤追出：“四爷！”袁四爷：“程蝶衣死定了！”他上车走了。
宪兵进入法庭，把一份文件送给法官。法官宣布暂停审理，交保释放。段小楼的画外音：“程蝶衣，你他妈要我！”
国军司令部，司令在掌声中进场，程蝶衣上台演《牡丹亭》：“不到园里怎知春色如许……”

程蝶衣在法庭上的表现，显出戏痴本色，对京剧艺术的爱超越了国家、政治。段小楼的绝交使程蝶衣万念俱灰，想一死了之。

透过金鱼绣屏和鱼缸拍摄，那坤念信：“娘，上封信你收到了吗？儿在这儿一切都好，您不用挂念，我师哥小楼，对我处处照应体贴，我们白天练功，晚上同台演出，跟往常一模一样，外面世道虽不大好，不过我们只求平安，把戏唱完拿回包银，太太平平就是了。”程蝶衣躺在床上吸大烟，那坤烧信。[过场戏。

结尾
戏园子门口。小四对程蝶衣说：“段师父他收下了。”摆瓜摊的段小楼观看小四送来的宝剑。几辆军车驶过，百姓拥上去抢车上的面粉。枪声不断。
字幕：1948 年・国民党离开大陆之前
那坤：“我们旗人好歹还坐了三百年天下，这民国才几年呀，说话人家就兵临城下了，共产党来了也得听戏不是？新君临朝，江山易主，庆典能少得了您二位吗？咱们就等着点新票子吧！怎么着，还敢打人家伤兵不敢哪？”段小楼：“他们别瞎闹，闹急了照打。”那坤：“人家袁四爷，甭管哪朝哪代，人家永远是爷，咱们不行！”
段小楼和程蝶衣走到一个卖烟的老头面前。程蝶衣蹲下：“还认得我吗？张公公？”卖烟老头：“抽一根！”段、程蹲在张公公两边，烟雾升起。远处传来欢迎解放军进城的锣鼓。

那坤等人根据他们的生活经验来判断新政权。解放军进城后，一切都将史无前例。

段小楼、程蝶衣与张公公在一起，暗示他们也将同张公公一样，成为历史的过眼烟云。这一画面成为第三部开始的系扣。

第三部：背叛

开端：希望

开场
群众打腰鼓欢迎解放军进北平，军队抬机枪，步伐整齐进城。
字幕：1949 年・人民解放军进入北平

开端
程、段同台给军人演出，舞台上挂着毛泽东、朱德画像。程蝶衣：“如此，妃子献丑了！”因为抽大烟他突然声劈了。
那坤在楼上对小四：“要什么给人家什么，千万别动手。”
段小楼向台下鞠躬：“各位老总，实在是对不住，我们这位角儿，今儿个……”台下开始鼓掌。

军人开始唱歌："向前，向前，向前，我们的队伍向太阳，脚踏着祖国的大地，背负着民族的希望，我们是一支不可战胜的力量！"小四在幕边露出微笑。[出脚色，伏笔，照映第三部结尾，小四夺取玉蝴蝶。剧场观众的变化，暗喻着新中国剧场的变化。

发展

透过金鱼缸拍摄，程蝶衣在戒烟。那坤："要是忍不住就再来一口。"隐隐传来口号声："打倒反革命分子袁世卿！"

剧场举行公判大会。袁四爷被绑在主席台上。大会主持人宣布："反革命分子袁世卿一贯反共反人民，危害四方，罪恶滔天（厉声），不杀不足以平民愤！"群众高呼口号，段小楼、菊仙、那坤在下面手拿着旗子，跟着群众呼口号。忽然上面喊出："枪毙戏霸袁世卿！"段小楼、菊仙有点呆了。

背上插着牌子的袁世卿，迈着台步，被押下台。群众拥上狂呼口号。段小楼惊叹："不杀不足以平民愤？毙啦，就这么把袁四爷毙啦？"[戏园子变成了群众斗争会场。

街上，市民欢迎解放军，歌声"解放区的天是明朗的天，解放区的人民好喜欢！民主政府爱人民啊，共产党的恩情说不完……"小四欢天喜地走在人群中。[小四的例证性动作。

高潮

透过金鱼缸，程蝶衣的脸，血溅在段程二人的合影照片上。程蝶衣痛苦砸东西，段小楼抱住他："再忍忍就过去了，听见没有？"程蝶衣："我×你大爷！"菊仙扒着窗子往里看。段小楼把程蝶衣捆起来。

段小楼走出屋对菊仙说："我去买点药，要把大烟戒掉得脱几层皮呢，这才是开头。你看着点。"菊仙在屋门外犹豫着，她听到蝶衣在屋里自言自语："娘，天好冷，水都冻冰了，我冷！"菊仙推门进屋，她把程蝶衣抱在怀中，流下了同情的眼泪。

小四哼着"解放区的天是明朗的天，解放区的人民好喜欢"进屋。菊仙："你到哪儿去了？"小四："开会去了！"菊仙给了他一耳光。[菊仙生气小四对师父的死活毫不关心。

结尾

鸽哨，那坤和众人穿着一色的蓝制服走进来。段小楼坐在程蝶衣的床上。那坤："起来吧，北京人都等着您出场呢，什么叫'盛世元音'？这他妈就是！"

新中国出现的新气象，给京剧艺人带来了无限的希望。程蝶衣受到时代氛围的感染，也努力戒烟，要面貌一新地重新登上京剧舞台。

发展：绝望

开端

红色投影幕前，剧团在开会。程蝶衣发言："现代戏有意思，可现代戏的服装有点怪，没有行头好看，布景也太实了，京剧讲究的是个情境，唱、念、做、打，都是在这个情境里面（取出一张现代戏剧照），穿上这身行头往布景前一站，玩意儿再好也不对头了。"

小四站起："我就是不明白，为什么古时候的英雄美人上了台，就是京戏（布景切换天安门前红旗如海），现在劳动人民上了台就不是京戏了。"程蝶衣："这说的是两码事，放肆！"女青年站起来："你什么态度？"

有人提议请段师父说说，菊仙马上在楼上呼唤："小楼！外面下雨了，给你伞。"菊仙把伞从楼上扔下，段小楼会意："知道了，家去吧！"段小楼回来端起大茶缸，"一提这论理的事，我头就大，依我看，只要是唱这西皮二黄，它就是京戏，是不是?"他把一只手按在程蝶衣的手上。那坤："自打把这戏院交给咱们国家，咱们就都是新人了，程同志，他不对，现代戏它是个新事，咱们应当拥护，应当支持啊！"年轻人鼓掌，布景上出现三面红旗。

布景一明一暗不断变换，暗示着政治运动的变化。剧场工人在修理舞台，暗示舞台革命。菊仙阻止段小楼发言时，电铃声不断，暗示警报不断。埋伏照应后面争角时的催场铃声。

菊仙从楼上扔伞，段小楼在楼下接伞，可与上部菊仙跳楼，段小楼在下面接人对看。拯救者的身份发生对换，由段小楼拯救菊仙，变为菊仙拯救段小楼。

情节的前后因应，造成意象的埋伏照映。明代传奇作家丁耀亢说："前后线索，冷语带挑，水影相涵，方为妙手。"①

展开

院内，小四跪搓衣板顶水盆，程蝶衣往盆里倒水，"功夫不练，嗓也不练，耍贫顶嘴你倒是学成了，唱戏的不靠这个，凭的是功夫，本事，玩意儿！没你的近道可走"。"罚我跪，你犯法！""不罚？不罚你永远是下三滥。还想成角儿，做梦！"

小四把水盆一扔，"你领我来，哪是想让我成角儿？你是想找个小力笨儿，小催巴儿，小跟包，小腿子，小龙套。""放肆！你大胆，我叫你胡说八道！"程蝶衣举棍，"还不给我跪下！"小四："师父，永没那日子啦！"院外歌声："五星红旗迎风飘扬，胜利歌声多么响亮。英雄的人民站起来了，我们团结友爱坚强如钢。"

小四提着行李从屋中冲出。程蝶衣唤："四儿！（见小四头也不回地走出）滚吧，一辈子跑你的龙套去吧！"小四从影壁前面转回来："程老板，您这话要搁在旧社会说，我信！要在新社会说，(喊）我不信！我要是再跑龙套，对不起您的栽培。"

程蝶衣让小四顶水盆，是继承关爷的办法。小四从叫师父改口叫程老板，表明师徒关系的结束。院外的革命歌声，暗示革命浪潮正在逼近。

递进

锣鼓，后台，程蝶衣在化装，他从镜中看到小四装成虞姬和段小楼走来。程蝶衣与小四对视。程蝶衣对段小楼："这么说，你知道?""我这也是刚刚知道！"小四插话："不对吧，段师父！昨儿开会，你可在场的。""你说的，由你去通知蝶衣换角儿嘛，啊?!""可是后来，我觉得，这话您说最合适。您同意了嘛！这话您都不说，还有谁能说呀?"段小楼怒："我他妈不唱了，谁愿唱谁唱去！"菊仙上前："小楼，你不能走！"催场铃声。菊仙与程蝶衣对视。小四："段小楼同志，而今台下坐的可都是劳动人民，唱不唱您自个儿掂量着。"台上开锣，小四在前台唱起来，剧务跑来，"小楼，虞姬都上了，你该盯场了。小楼……段老板！"前台小四唱："自从我随大王东奔西战，受风霜与劳碌年复年年。"菊仙、程蝶衣一左一右，段小楼在中间犹豫。

一个演员拿过段小楼的头饰，众人一个个传过来，最后传到菊仙手中，菊仙犹豫，程蝶衣取过头饰亲自戴在段小楼头上。程蝶衣独自往回走，只听台上段小楼一声"来也！"程蝶衣不由止步，菊仙仰天长出一口气。台前传来小四的一句："大王！"菊仙关心地上前给程蝶衣披上披风，程蝶衣："多谢菊仙小姐！"他抖落披风走了。

---

①（明）丁耀亢：《丁耀亢戏曲评点理论发微》，《中华戏曲》第40辑。

台上的唱词都在暗示后台的人物行动，如：“此一番连累你，多受惊慌！”

高潮

程蝶衣的家门外，段小楼拍门：“师哥给你赔不是，还不成吗？”程蝶衣不开门。段小楼：“那条小蛇，可是你把他焐活的。而今人家已经修炼成龙了，不顺着他能行吗？这戏总得唱吧，你也不出来看看，这世上的戏都唱到哪一出了。小豆子，你就听师哥一句，服个软，那还不是我的霸王，你的虞姬呀！”程蝶衣在屋里问：“虞姬为什么要死？”“蝶衣，你可能真是‘不疯魔不成活’呀，可那是戏。”段小楼走了。室内，蝶衣独自一人。[音乐起。

段小楼私下找程蝶衣，表明了环境的压力。程蝶衣性格是虞姬性格，宁折不弯。

结尾

院中晾着成排的戏服，程蝶衣走进院子，划火点着戏服。[音乐起。

湖畔，程蝶衣独自眺望。

程蝶衣告别舞台，说明了他对京剧舞台的绝望。程蝶衣远离北京，去了外地。

高潮：幻灭

开场

字幕：1966年·北京·“文革”前夕

程蝶衣戴眼镜，提着旅行包沿长廊走来。电台广播：“中央人民广播电台，现在播送中共中央关于无产阶级文化大革命的决定，……当前开展的文化大革命，是一场触及人们灵魂的大革命……”

程蝶衣从外地回到北京。长廊象征古典的环境，暗示程蝶衣仍然沉迷在梦境中。程蝶衣穿着凉鞋和雪白袜子，绕着地上的泥地走，暗示他洁身自好的品性。

高潮段落，以程蝶衣开场，表示从他的角度进行叙事。

开端

雨夜，程蝶衣打着伞来到段小楼的房门外。菊仙和段小楼在屋里烧东西……电台广播：“敢想，敢说，敢做，敢革命，一句话敢造反，这是无产阶级革命家的最基本的品质，是革命家最基本的原则，……我们既然要造反，就由不得你们了，我们就是要把火药味搞得浓浓的，炸药包、火药桶一起投过去，来一场大搏斗，大革命……”

程蝶衣往窗子里看，菊仙把嫁衣从火上拦下来，对镜穿上红嫁衣。雷声，夫妻二人在火堆边喝酒，二人碰杯、摔杯。挂钟声，两人相互对视，菊仙走向段小楼，二人亲吻。菊仙：“我怕，我梦见我站在一个大高楼上，四外都是白云，我想往下跳。”“你跳啊，我在那儿！”“你不在那儿，小楼，你不会不要我了吧？”段小楼抱起菊仙，两人到床上做爱。

窗外程蝶衣在看。暴雨狂泻，程蝶衣打伞走开。[从蝶衣的视角叙事。

展开

剧场后台。段小楼膝上放着剑。小四：“剑是哪来的？”“程蝶衣送的。”“你说过要对共产党怎么样没有？”“绝对没有。要有，杀了我也不冤。”脸上有伤的那坤站起来，段小楼：“那坤，你血口喷人，你是反动戏园子老板，你只管保你自己！”那坤把一块砖放在段小楼脚下。小四：“你不是从小就拍砖吗，拍呀！”段小楼拿起砖拍在脑袋上，砖没碎，血淌下来。

小四："段小楼你是霸王吗？"段小楼："不是，那是戏，不是真的。""旧社会你去过妓院吗？你娶菊仙的时候，她是什么身份？""是妓女。""你要好好揭发程蝶衣，不然，袁世卿的下场你是亲眼看见的，你自己决定吧！"菊仙从悬空的吊灯门走进来，俯视这个场面。

递进

剧院。群众呼口号："打倒一切牛鬼蛇神！敌人不投降就叫他灭亡！"黑帮们都在给自己画丑妆。程蝶衣给段小楼勾脸，画出一副阴阳鬼脸。

人山人海，红卫兵押着黑帮游街，歌声《大海航行靠舵手》《造反有理》。段小楼、程蝶衣挂牌子走在前面，菊仙从路边跑上来，想去拉段小楼。

国子监。段、程等人被押到焚烧的火堆旁。群众呼口号："段小楼、程蝶衣是黑线人物！"红卫兵头头逼问，段小楼抬头看到小四，小四摸着下巴。段小楼恐惧的表情。[只要小四说一句，段小楼骂过共产党，他就会被红卫兵打死，或是被逮捕、坐牢。整个场面，都是隔着火焰拍摄，意味着程、段二人，在地狱之火中烧烤。

段小楼："程蝶衣是个戏痴、戏迷、戏疯子，只管唱戏，他不管台下坐的是什么阶级。"红卫兵打他耳光，斥责他避重就轻，喊口号："段小楼不投降就叫他灭亡！"

段小楼迫于压力："他给日本侵略者唱堂会，他当了汉奸。他给国民党伤兵唱戏，给国民党行辕当官的唱戏（说着笑起来，声音开始提高，有腔有调），给资本家唱，给地主老财唱，给太太小姐唱，给地痞流氓唱，他给大戏霸袁世卿唱！他抽大烟，抽起大烟没命！不知抽光了多少劳动人民的血和汗。"群众呼口号"打倒程蝶衣！"音乐起。菊仙惊讶的表情。

火中段、程的面孔。段小楼："他为了讨好大戏霸袁世卿，他……你有没有？他给袁世卿，他当了……"菊仙叫喊："小楼！"段小楼逼问程蝶衣："你有没有？"程蝶衣泪眼看段小楼，站在一边的小四舒坦了心中的一口怨气，脸露微笑。群众高呼："横扫一切牛鬼蛇神！"

段小楼把戏服、发套扔入火中，大叫："才子佳人，帝王将相……"最后，他把宝剑扔进火堆，菊仙跑上去从火中抢出宝剑，红卫兵上前抓住她。

程蝶衣自语："你们都骗我，都骗我！（站起来喊叫）我也揭发！揭发姹紫嫣红，揭发断壁颓垣。段小楼你天良丧尽，狼心狗肺，空剩一张人皮了，自打你贴上这个女人，我就知道完了，什么都完了，你当今儿个是小人作乱，祸从天降！不是，不对，是咱们自个儿一步步，一步步走到这步田地来的，报应！我早就不是东西了，连楚霸王也跪下来求饶了！那它京戏能不亡吗？（狂笑）报应，报应！（红卫兵呼喊着拥上来抓住疯狂的程蝶衣）我还要揭发，就是她！她是什么人？我来告诉你们她是什么人！臭婊子，淫妇，她是花满楼的头牌妓女潘金莲！（菊仙的中景）斗她！去斗她！去斗死她！[段、菊的中景。

红卫兵："段小楼，她是不是妓女？是不是？"段小楼："是！""你爱她吗？嗯？"段小楼："不爱她。不爱，我跟她划清界限（欢笑、轻松地），我跟她划清界限啦！"音乐，菊仙的主观镜头，仰拍燃烧的戏服。

国子监，批斗会散场后，院中一片狼藉。菊仙拿着宝剑走过来，扔在跪地的程蝶衣面前，她走下台阶，回头看蝶衣，二人对视，她想说什么，但没有说，走了。

整场戏，都是透过火焰拍的。火声轰鸣，仰拍烧戏服，这些镜头都是菊仙的主观镜头。

程蝶衣两次赠剑，一片痴情。程蝶衣看到段小楼烧剑，才产生"都骗我"的幻灭感。程蝶衣在火堆边站出来，批判《牡丹亭》，表现出他对传统戏曲的幻灭。可与袁四爷在法庭上为《牡丹亭》的辩护对看。

菊仙救剑，还剑，是对程蝶衣的宽恕，她了解这把剑在程蝶衣心中的位置，这是一种临死前的宽恕和悲悯。批斗会段落是从菊仙角度拍摄的，所以最后戏落在菊仙身上。

高潮

程蝶衣走到段小楼的院中，大字报铺成的白色甬道通向屋内，段小楼的惨叫声传出："菊仙!"段小楼奔出惨痛地蹦跳，程蝶衣上前阻拦他。[大字报甬道照应菊仙结婚时的红地毯。

屋中，菊仙穿红嫁衣悬在梁上。广播里传出钢琴伴唱《红灯记》，"听奶奶讲革命，英勇悲壮，却原来我是风里生来雨里长，奶奶啊，十七年的教养恩深如海洋……"特写，红烛、红鞋，菊仙与段小楼的合影照片，烛影投在照片上，闹钟声。

革命样板戏《红灯记》是对传统京剧的否定，也是对程蝶衣、段小楼的政治批判。

菊仙穿红嫁衣自杀，表明了她一生都在捍卫自己最珍贵的婚姻，维护自己做人的尊严。穿嫁衣悬梁是情节的收，照片烛影是情境的煞。

结尾

奁盒打开，叮叮作响的玉蝴蝶，戴红袖章的小四，头戴虞姬的头饰，对镜唱："汉兵已略地，四面楚歌声!"他从镜中看到，排练室的门开了，一群红卫兵进来，向他逼近……

小四的梦想是成为像程蝶衣一样的名角儿，他批判师父的目的是为了取而代之。镜子的运用，暗喻着他成角儿的梦想也是镜花水月，归于幻灭。

《霸王别姬》的情境意象和情节意象，分别集中在全剧的开场与结尾，以及各情节单元的开场与收尾；如全剧首尾的《霸王别姬》和姬别霸王，第一部首尾的入班与毕业，第二部首尾的寻剑与赠剑，第三部首尾的小四幕边观察与夺取玉蝴蝶；形成诗化意象的层层首尾呼应，处处照映埋伏。这种首尾呼应的意象布局法则，就是人们所说的"凤头，猪肚，豹尾"的六字诀。

"凤头，猪肚，豹尾"

"凤头，猪肚，豹尾"一说出自元代杂剧家、散曲作家乔吉的散曲结构理论。元末明初陶宗仪解说此"六字"，"大概起要美丽，中要浩荡，结要响亮，尤贵在首尾贯穿，意思清新。"① 所谓"猪肚"指的是有别于首尾的中间内容，也就是元代周清德在《中原音韵·作词十法》中所说的："长篇要腰腹饱满，首尾相救。"明代李开先说："世称'诗头曲尾'，又称'豹尾'，必须急併响亮，含有余不尽之意。"②"六字诀"本来指的是散曲的选声布韵，但是被广泛运用到剧本结构方面。

李渔特别重视"开卷之初"与"终篇之际"，他重点阐述的"家门""冲场"和"小收煞""大收煞"，实际上就是"凤头""豹尾"的体现。李渔说："开卷之初，当以奇句夺目，使之一见而惊，不敢弃去，此一法也。终篇之际，当以媚语摄魂，使之执卷留连，若难遽别，此一法也。"③ 这里所说的与"凤头，猪肚，豹尾"是同一个意思。开卷"奇句"和终篇"媚语"，超拔于情境和情节，着眼于诗化意象，它们是主题意象的首尾照映。

当代的话剧、电影广泛学习借鉴戏曲的情节布局，十分重视"凤头，猪肚，豹尾"之说，

① （明）陶宗仪：《南村辍耕录》卷八，《作今乐府法》。

② （明）李开先：《词谑》，《中国古典戏曲论著集成》第三册，第356页。

③ （清）李渔：《李笠翁曲话》，第46页。

著名话剧导演焦菊隐、著名戏曲编剧和理论家范钧宏等人，都对此“六字”诀进行过阐释。① 电影《一江春水向东流》《霸王别姬》等影片的创作，实际上也体现了这“六字”的精神。

“凤头，猪肚，豹尾”说，包括情节结构和情境意象两方面内容。从情节结构来讲，“凤头”与“豹尾”的首尾呼应是情节发展的戏剧性的相反相成；从情境意象来讲，它们分别是情境破题与承题的圆满完成。其间的“猪肚”则强调了中间与两端的功能差别，中间部分更强调写实内容的饱满，而反衬首尾的写意性。

需要指出的是，“凤头，猪肚，豹尾”不仅是全剧首尾之呼应，而且是每个情节单元首尾之呼应，即每一个情节单元都有其自身的“凤头，猪肚，豹尾”。全剧之首尾统辖着各单元首尾，前者与后者形成不同层级的嵌套。

“凤头，猪肚，豹尾”之说，区别了首尾与中间的意象差别，强调了中间部分的写实性。但是，对中间部分的意象连贯功能也不应该忽视。首尾呼应只是显示了意象整体架构，还需要关目之间的内部连贯，以及单元内部写意细节的补充。例如《一江春水向东流》首尾的江水东流的主题意象，还需要中间单元首尾的分题意象月亮等细节的补充；《城南旧事》首尾的燕山红叶和骊歌的主题意象，还需要中间单元首尾的分题意象如井窝子、葡萄架等细节的补充，也就是说，情节单元也有其自身的“凤头”和“豹尾”。

从情境意象的系统方面来讲，全剧“凤头”和“豹尾”的首尾呼应，更偏于抽象，单元的“凤头”和“豹尾”，更偏于写实，它既有别首尾两端，又连贯着前后二者，由此形成虚实相映、巨细兼备的意象系统。

全片结尾

字幕：十一年后。锣鼓声。舞台上，段小楼和程蝶衣排《霸王别姬》。
段小楼气喘：“不灵了，不跟趟了，老了！”他摘下髯口，二人目光对视，隐隐笛声。
段小楼：“小尼姑年方二八……”程蝶衣：“正青春削去了头发。”段小楼下套儿：“我本是男儿郎。”程蝶衣：“又不是女娇娥！”段小楼讽刺地笑：“错了！又错了！”程蝶衣自语：“我本是男儿郎，又不是女娇娥！来，我们再来！”
虞姬：“大王，快将宝剑赐与妾身！”霸王：“妃子，不，不……不可寻此短见哪！”虞姬：“大王，汉兵，他，他杀进来了！”霸王：“在哪里？”程蝶衣中近景，拉出宝剑的特写，剑出鞘声，人倒地和剑坠落声。段小楼回头大叫：“蝶衣！……小豆子！”
隐隐歌声：“五星红旗迎风飘扬，胜利歌声多么响亮，歌唱我们亲爱的祖国，从今走向繁荣富强……”［两类时间：叙事时间（170 分钟）、故事时间（现实一首歌，回忆 53 年）。

开场的“霸王别姬”与全剧结尾时的“姬别霸王”形成照映，前者是暗说破题，点明题义；后者是明说承题，申明题义。

字幕：一九九〇年，在北京举行了“纪念徽班进京二百周年”的庆祝演出活动……
锣鼓声，“霸王别姬”水墨画，音乐起。演职员表。

---

① 焦菊隐：《豹头·熊腰·凤尾》，《焦菊隐论导演艺术》（下编）。
范钧宏：《戏曲编剧技巧浅谈》第 126—131 页：豹头、熊腰、凤尾之间的起承转合关系。

4. 影片分析

下面的影片分析，共有七个方面的内容：叙事结构、人物分析、人物比较、写意手法（重复与对称、器物的象征、性意识的表述、符号化的霸王形象）、意象系统、意象系统的比法、主题思想（京剧与时代、艺术与人格、京剧与传统）。

(1) 叙事结构

影片想通过当代历史变迁与京剧兴衰的密切关系，揭示京剧衰落的深层原因。影片将一系列历史事件作为故事发生的大背景，故事发生的主要历史场景有：

1924 年，北洋政府时代。
1937 年，卢沟桥事变，日军占领北平。
1945 年，日本投降，国民党收复北平。
1949 年，解放军和平解放北平，新中国成立。
1966 年，“文革”开始，破“四旧”。
1976 年，“文革”结束，新时期开始。

影片将历史动荡对京剧艺术的冲击，具体落实到剧中人物的尖锐冲突上。不同历史时期的代表人物：关师父、太监张公公、袁世卿、青木、法官和伤兵、小四和红卫兵，他们代表了不同时代的政治、军事和文化势力。

全剧以程蝶衣与段小楼的情感冲突为故事主线，采取三卷体制，分成三个部分：结义、恩怨、背叛。每一部分都引入具有历史色彩的新人物，营造出新的历史情境，从而深化人物之间的矛盾，造成戏剧动作的持续发展，将冲突推向一个又一个高潮。

第一部分，引入太监张公公，推动程蝶衣的命运转换。

第二部分，引入妓女菊仙，造成程蝶衣与段小楼之间产生情感冲突；引入袁四爷，使程蝶衣离开段小楼；引入青木，使程蝶衣为救段小楼而为日军唱堂会，被段小楼唾弃。三个人物的引入，一步步造成程蝶衣与段小楼关系的破裂。

第三部分：引入小四，造成师徒分裂，师兄弟不再同台演出；最后，在小四操控的批斗会上，段小楼背叛了程蝶衣和菊仙。

全片开场：程蝶衣与段小楼同台排演《霸王别姬》
第一部：结义：引入张公公————————开端（40 分钟）
第二部：恩怨：引入菊仙、袁四爷、青木——发展（80 分钟）
第三部：背叛：引入小四————————高潮（50 分钟）
全片结尾：程蝶衣拔剑自刎

作为一种史诗性结构，剧情有不断引入的人物，也有不断退出的人物。其中包括：第一部退出的小癞子，第二部退出的关爷、张公公，第三部退出的袁四爷、菊仙，他们都是以死亡终结。有意思的是，在第一部结束时，蝶衣收养弃婴小四是一处伏笔，“草蛇灰线，伏脉千里”，到第三部，小四成为主要反面人物。

影片时间跨过了整整半个世纪，涉及了三代京剧人。剧中人物生生死死，几起几落，叙事线索却有条不紊。编剧紧紧抓住了结构的关键："立主脑"之"一人一事"。一人即以程蝶衣为中心人物，一事即程蝶衣"从兄所愿"转换性别身份的中心事件。

本片的中心人物是程蝶衣。程蝶衣的人物命运和思想情感发展，是贯穿故事的情节主线。影片一开始，即从程蝶衣的视角进入：入班、出逃、谢赏、赠剑、救霸……沿着他与师哥的情感线索进行叙事。程蝶衣与段小楼的情感冲突，在"文革"批斗会上达到高潮，最后发展到拔剑自刎"姬别霸王"。由于影片坚持"一人一事"的原则，得以"思路不分，文心专一"，避免了枝蔓横生。

本片的结构具有明显的叙事体戏剧的散点与线性的特点。各情节单元相互独立，布局十分匀称，形成层层嵌套、节奏工整的格局。

影片由三个大故事（内含九个小故事）组成。

第一部：结义，由三个小故事（入班、立志、化蝶），合成一个结义的大故事。

第二部：恩怨，由三个小故事（赠剑、救霸、救姬），合成一个恩怨的大故事。

第三部：背叛，由三个小故事（希望、绝望、幻灭），合成一个背叛的大故事。

总共九个小故事，合成三个大故事，三个大故事形成一部影片。

本片的结构特点在于，每一个情节单元形成一个独立故事，单元与单元之间进行组合，可以组合成一个大的单元故事，而大故事之间相互组合，就可以构成一部影片。

影片的大部情节——小部情节——段落情节，构成三级情节单元。三大部情节和部中的三小部情节，均由三个部分（开端—发展—高潮）构成；小部中的段落单元，主要由五个部分（开端—展开—递进—高潮—结尾）构成。

开端部：	开端：	开场—开端—展开—递进—高潮—结尾。
	发展：	开场—开端—展开—递进—高潮—结尾。
	高潮：	开端—展开—递进—高潮—结尾。
发展部：	开端：	开场—开端—展开—递进—高潮—结尾。
	发展：	开端—展开—递进—高潮—结尾。
	高潮：	开端—展开—递进—高潮—结尾。
高潮部：	开端：	开场—开端—展开—无—高潮—结尾。
	发展：	开端—展开—递进—高潮—结尾。
	高潮：	开端—展开—递进—高潮—结尾。

三大部和三小部，它们的组织关系采取了叙事体的原则，大小情节单元都是自身完满的、相对独立的，通过主题意象和贯穿人物加以勾连。但是，在单元结构上，则采取了戏剧性的结构，只有开端、发展、高潮，没有结尾单元，显得情节线短促，叙事节奏快了一拍，可以算是叙事体结构的短缺样式。

在三小部中的段落单元，采取了戏剧体结构，开端—展开—递进—高潮—结尾，五个单元联系密切，围绕着高潮组织在一起。由于结尾（除第二部中的程蝶衣赠剑断情较长外）均比戏剧体的结尾略长，使得情节线延长，叙事节奏慢了一拍，可以算是戏剧体结构的延长样式。

影片外部采用叙事体的短缺结构（三大部情节嵌套九小部情节），内部采用戏剧体延长结构（添加开场和结尾），这种独特的层级情节单元组合，造成了叙事情节线长而短促，戏剧冲突场景紧密而绵长。

影片三大部之间的时间跨度大（从1924年北洋时代到1966年“文革”时代），情节发展线很长，但是由于三大部和九小部的情节没有结尾部，使得情节线虽长而不显拖沓；由于更基础的段落单元，有一个结尾的延长，又使节奏得到了必要的松弛。

《霸王别姬》通过叙事体结构与戏剧体结构的内外部嵌套，达到了叙事性情节与戏剧性场面的有机统一。这种情节结构形式使得这部情节线很长的影片变得节奏紧张，富于戏剧性。

明清传奇戏曲属于典型的史诗结构，文人曲家在构置传奇戏曲的叙事结构时，“长篇体裁的开放叙事与戏剧艺术的内敛叙事之间的关系”，被认为是一个难以解决的“核心问题”。[①] 在这部影片中，史诗的叙事性与戏剧性、整与散的诸多结构性矛盾，都得到了较好的解决。

影片的不足之处是，三大部和九小部均没有结尾部，使得叙事节奏一直持续紧绷，缺少必要的松弛，令人难以从容地欣赏连续的戏剧性场景，无暇深入思考剧情背后的思想内含。由于史诗电影的情节线很长，持续的戏剧性冲突，容易造成观众的精神疲劳和精力松懈，进行张弛有致的节奏调整是十分必要的。

（2）人物分析

《霸王别姬》一片，讲述了真虞姬与假霸王的悲剧故事，塑造了具有典型意义的悲剧人物程蝶衣。影片的思想内容已经超越了传统的悲情审美格局，达到了真正意义上的悲剧审美境界。影片中的每个人物，无论是程蝶衣、段小楼，还是菊仙和小四，他们都具有明确的行动目标、鲜明的性格特质和完整的动作线，这就使得电影中的意志冲突非常强烈。

段小楼

段小楼走的是一条从英雄到叛徒之路。从英雄到凡夫，从凡夫到狗。他从一个拯救者蜕变为一个背叛者，从成就他人发展到抛弃他人，背叛戏剧理想，背叛师弟，背叛爱情。段小楼的性格成长分成三段：小石头（童心），楚霸王（在舞台上和生活中扮演英雄），段小楼（恐惧与背叛）。这三个相对独立的性格形象，组成相对独立的三个“折子”故事。

小石头的故事——成全者

他成全小豆子。小豆子一进班，他就护着小豆子；小豆子出逃，他放走了小豆子；小豆子回来被打，他又为保护师弟要同师父拼命。他愿意“成全自己”，也愿意成全兄弟。他逼师弟演旦角，也是为了成全师弟。他为戏班勇于站出来拍砖护场，这种侠气和团伙意识背后，隐伏着流氓性和草根意识。这些都与他生存的文化、经济背景有关。

楚霸王的故事——拯救者

他拯救菊仙。他演霸王出名后，拒绝戏霸袁世卿的扶持。他在花满楼仗义解救菊仙，又假戏真做地娶了菊仙。他扮演着英雄救美的角色。

他拒绝程蝶衣的拯救。日本宪兵骚扰后台，他由于反抗被抓进牢房。程蝶衣给日本人唱堂会解救他出狱，他反而唾弃程蝶衣。因为他是英雄，不能当汉奸。

他解救程蝶衣。国民党兵闹戏园，段小楼上台解救程蝶衣，程蝶衣入狱，他忍辱负重向袁

① 郭英德：《明清传奇戏曲文体研究》，第345—346页。

四爷求情。解放军进城后，他帮助程蝶衣戒大烟。

段小楼的霸王气中夹杂着江湖气，有点像江湖上的黄天霸。

段小楼的故事——背叛与出卖

他背叛程蝶衣。“现代戏运动”中，小四与蝶衣争演虞姬，他服从组织安排，背叛程蝶衣去与小四演出。

他出卖程蝶衣和菊仙。“文革”开始后，小四诬陷他反对共产党，在红卫兵批斗会上，他当众背叛和出卖程蝶衣和菊仙，受到程蝶衣的唾弃，导致菊仙的自杀，最后成为一个孤家寡人。

在日本人、国民党占领北平时期，他拒绝巴结袁四爷，他坐过日本人的大牢，反抗过国民党伤兵，甚至卖过西瓜，霸王的架子一直不倒。解放军进北京后，枪毙袁四爷，搞政治运动，段小楼怕了，从此种下了背叛程蝶衣、菊仙的根由。当“文革”“四面楚歌”的绝境真的来了，段小楼的霸王架子也就倒了。

程蝶衣

程蝶衣是一个有着鲜明价值取向和很强信念感的人物，他经过三次艰难的人生抉择，性格的成长有三个阶段：

小豆子：确立人生信念。从绝境中找到戏剧理想和人生位置。

程蝶衣：唯美主义的人生观。人生如戏，戏如人生。

虞姬：反抗现实社会，拒绝现实人生。从戏剧人生中惊醒后，毅然在戏剧中结束自己的人生。

小豆子的故事——建立人生信念：自己成全自己

小豆子第一次出场，戴着绣花手笼，进了戏班后头上还扎着女孩子的头绳，暗示着这个孩子的性角色倒错。小豆子出身于妓院，被迫男扮女装。母亲说：不是养不起，是养不大。母亲剁指，具有性阉割的暗示。

他在戏班里看不到人生的出路，当他外逃后，在剧场看到名角儿演出，找到现实出路和一种理想的人生。在剧场中看戏的一段，影片使用的是小豆子的主观镜头，整个剧场沉浸在一片金黄色之中，反映了小豆子的内心激情。

从“我本是男儿郎，又不是女娇娥”到“谢赏”，小豆子完成了性角色的转换，也完成了现实人生到戏剧人生的转换。由于小豆子的女性身份是被硬性指定的，属于后天强制形成的，其间经历了一段人格遭受践踏的经历，所以他在性角色上一直带有强烈的反抗倾向。

小豆子的命运代表了当时许多京剧旦角的共同遭遇，是当时梨园行内并不罕见的一种现象。师父命令他扮演旦角，师兄小石头用烟袋捅嘴（象征强奸），逼迫他转换性别身份。只有通过这种转换，他才可以在舞台上和生活中找到自己的位置。

在小豆子的心中，他可以得到的感情资源只有师父与师兄，他只能在认同女性角色的前提之下，营造自己的伦理（追随师兄）、价值观念（为艺术献身）。于是有了一份“虞姬情结”，要与师兄唱一辈子，相守一辈子，从一而终。这就是他营造的“自个儿成全自个儿”的人生幻境。

程蝶衣的故事——情感的丧失：堕落

段小楼娶妓女菊仙后，小豆子设计的人生理想不再圆满，剩下的只有对戏剧的痴迷。没有了霸王，为了排解心中郁闷，他转而依靠“知音”袁四爷。

段小楼因为程蝶衣给日军唱堂会而唾弃他，程蝶衣受到情感打击后，开始抽大烟。日本军官青木懂京剧，他就认为是觅到了知音（“如果青木还活着，京剧就传到日本去了。”）。他变成一个“戏痴”有多种原因，其中不乏情感的寄托。

战后审判，他以汉奸罪被关押，后又被国民党的戏迷官员释放。因戏获罪，因戏获救，成也是戏，败也是戏。从表面上看他是因“戏痴”获罪，实际上是因“情痴”获罪，他是为了解救段小楼，才导致当“汉奸”的下场。

虞姬的故事——戏剧人生的幻灭：拒绝命运

程蝶衣不与段小楼同台唱戏后，情志日益萎靡，开始抽大烟，导致唱戏倒嗓。北平解放，革命士兵“救场”的事情，让他一下子看到了舞台演出的新盛世，又令其重振艺术理想，戒了大烟，重振精神登台演戏。

这时的京剧，已经从市井艺术变成了官方艺术。有史以来的最大戏剧运动发生了，这个“只知秦汉，不论魏晋”的“戏痴”在“现代戏讨论会”上对“现代戏”发表不同意见，受到小四批评，组织限制他演出，他从此失去与师兄同台演出的机会，由于对京剧前途绝望，他彻底放弃了京剧。这是他戏剧人生幻灭的开始。

“文革”山雨欲来，惶恐不安、孤独无援的程蝶衣雨夜去找段小楼，却看到段小楼与菊仙相互间的性爱。程蝶衣终于明白“霸王与虞姬”的梦是自己虚构的，他意识到一生没有找到真正的感情。这为他与段小楼的分裂奠定了情感基础。

“文革”批斗会上，程蝶衣一生敬重、爱恋的霸王跪下了、倒台了，把师弟、妻子出卖了。英雄变成了小丑，人变成了狗。程蝶衣对霸王失望了，对戏剧绝望了，他站了起来，发泄心中的怨恨，他批判《牡丹亭》，批判师兄。在他心中，戏与人生是不分的，师兄弟的情谊与戏剧艺术是不分的。程蝶衣将怨愤转向情敌菊仙，将政治斗争与私人恩怨混淆在一起。他把戏服扔进大火烧掉，在他看来戏剧已经毁灭。

程蝶衣在批斗会火堆边，喊出了心中的一句话：“你们都骗我！”程蝶衣是在师兄“强暴”下被成全为虞姬，完成了性角色转换的。师兄不仅背叛了他，现在还要出卖他，所以他对段小楼的怨恨，不是一时之气，而是积压了几十年的怨恨！程蝶衣与段小楼之间的相互背叛与出卖，不是始于“文革”，而是始于民国。这场悲剧不仅是“文革”的悲剧、名角儿之间的悲剧，而且是旧传统的悲剧，是在童年就铸成的大错。封建社会的罪恶与“文革”的罪恶纠缠在一起，其间的是是非非已经难以分清了。

影片的结尾是“姬别霸王”。程蝶衣自杀前，再次恢复了几十年前的旧台词：“我本是男儿郎，又不是女娇娥！”段小楼说：“错了！错了！”这是程蝶衣对一生的反悔，对选择性别身份的反悔。他意识到，自己错了身份，恍惚了一世，痴迷了一世，耽误了一世。程蝶衣一生在舞台上：戏如人生；在人生的终局，最终还是：人生如戏。于是自己决定在戏里完结自己。

小豆子在夹缝中求生存，一生惨淡经营，到处抓稻草，最终丧失了立身为人的根本，一无是处。他拒绝这样的人生，于是毅然与霸王分手，自决了。在这时，另一个假霸王——小癞子的重要性就突现出来了。几十年前，当程蝶衣还是小豆子的时候，他没有选择追随小癞子出走、逃亡、自由，而是选择了追随小石头、段小楼，选择了信赖关师父的戏剧人生观，选择了成角儿的道路，但是最终当这一切都幻灭后，他最终还是做出了与小癞子同样的选择。程蝶衣拒绝“宿命”的这一行动，令人想起俄狄浦斯刺目和自我放逐的自惩。这一结局，已经超出传统戏曲的悲情精神，升华为一种古希腊的悲剧精神。

菊仙

菊仙在一生中先后扮演过四种角色：妓女、妻子、母亲、新娘。

妓女——跳出火坑

菊仙是花满楼的头牌妓女，沦落风尘却努力保持做人的自尊。她一出场，头一个动作就是拒绝流氓嫖客的群伙蹂躏，勇敢地从楼上跳下去。她赤足跑到后台，使尽手段要嫁给段小楼。她的理想就是像一个普通人那样，过正常人的生活。

妻子——维系家庭

菊仙深知平常夫妻的不易得，又知道戏子生活的放荡，她不满意梨园中雌雄兄弟的暧昧关系，她试图控制丈夫，甚至不让他去演戏。在她看来演戏不过是为了养家，挣够了就该在家过安宁日子。

菊仙与程蝶衣二人，最初是一姬一妓，后来发展成为妻与妾的关系。出于妻妾的大义，她促使袁四爷救程蝶衣，帮程蝶衣戒大烟；出于妻妾嫉妒，她逼段小楼给程蝶衣写绝交信。

母亲——同情蝶衣

程蝶衣童年生长在青楼，后又被当妓女的生母艳红送进戏班，他对妓院怀有鄙视，对母亲的情感错综复杂。进戏班后，他烧掉了母亲留下的披风，后来又拒绝了菊仙的披风。他强烈反对段小楼娶菊仙，因为他心中的霸王怎么能够娶妓女？他始终没有叫过菊仙嫂子，而是叫她菊仙小姐。菊仙的努力没有能化解程蝶衣的怨恨。菊仙怀孕使程蝶衣产生了非常复杂的感情，因为自己就是被妓女母亲抛弃的。程蝶衣对母亲的怨恨，被移情到菊仙的身上。

菊仙十分厌恶段与程之间在世俗看来不伦的关系，为了保卫自己的家庭，极力拆散两人的关系。她在救段小楼时，谎称要离开段小楼，重回花满楼。当程蝶衣入狱时，她又逼程蝶衣离开段小楼。但是，她对程蝶衣的情感是复杂的，作为一个女人，她比段小楼更能体味蝶衣的情愫。在段小楼认为程蝶衣是汉奸，打了他耳光时，她用手绢给蝶衣擦脸；当程蝶衣戒烟，呼唤母亲时，她怀着母爱将程蝶衣抱入怀中。当程蝶衣被小四夺去角色时，她送上一件披风。国子监批斗会上，菊仙在火中抢出段小楼投入火中的宝剑，并把宝剑还给蝶衣。程蝶衣在大庭广众之下剥夺了她视为生命的名誉，她却在临终前表达了对程蝶衣的宽恕。

新娘——捍卫尊严

“文革”运动来临，批斗会前夕，段小楼欲烧掉菊仙的嫁衣，菊仙穿上嫁衣与段小楼重温新婚旧梦。批斗会上，段小楼宣布要与她划清界限，还说她是妓女，使她颜面尽失。菊仙挣扎一生还是妓女，她感到人生破灭了，于是穿着嫁衣上吊自杀。这是对“妓女”命名的反抗，对干净身份的捍卫。她执着地追求自己的人生理想：做一个有尊严的普通女人。

剧中的主要人物，段小楼与程蝶衣、袁世卿与那坤、程蝶衣与小四，在性格上形成戏剧性的对比。

段小楼与程蝶衣

段小楼是“人戏两清”，演戏与人生分开，台上演霸王，台下做凡夫。他批评程蝶衣：“演戏得疯魔，没错。但如果活着也疯魔，在凡人堆里怎么活？”他打伪警察坐牢，他在花满楼救菊仙，后来弄假成真娶了菊仙，不失英雄气概。但是总起来讲，段小楼的这些行为多少有一点作秀的味道。如果说，程蝶衣是“以戏做人”，他则是“以人做戏”。

程蝶衣是“人戏不分”，他把舞台上的英雄美人的关系，搬到生活之中，把舞台当成人生归宿，重视舞台胜于生活。片中多次出现镜子、鱼缸，暗示他的情爱是水中月、镜中花。如果说程蝶衣是人戏不分，段小楼则是人戏两清。程蝶衣与段小楼，两个人唱了一辈子《霸王别姬》，最后演了一场“姬别霸王”。

袁世卿与那坤

袁世卿是北平城里的豪强势要，历经几朝不倒。他沉迷于京剧，在梨园行有很大的势力。他是戏霸，更是戏痴。袁四爷是玩票的，可是他比唱戏的还认真、还有专业精神。他认为段小楼演的霸王缺少贵族气，只是演了一个江湖草莽。他在生活中也有一点人戏不分的味道，与程蝶衣发展同志关系时，还扮演一把霸王与虞姬，入戏时似真似幻、非古非今。他在国民党的法庭上，慷慨陈词为程蝶衣唱《牡丹亭》辩护，在共产党的宣判大会上，临刑还不忘走台步。

袁四爷出入梨园，不仅捧角儿出手阔绰，而且能为梨园行调停纠纷、排难解忧。作为一个戏霸，他是有霸气的。人被枪决了也要在梨园行的人面前，摆出一副霸王架子。

那坤是旗人，官宦子弟，家道败落后，由玩儿票变成了戏院老板。民国时期，他当掮客，牵线搭桥，还帮着袁世卿敲边鼓。解放后他交出戏院，成了一名文艺工作者，积极拥护党对京剧的改造。京剧如何改造对他无可无不可，京剧对他来讲，只是一个饭碗。那坤是吃戏饭的，可是他从来不入戏，作为一个旁观者，时常点评戏剧与人生，发几声冷笑。

那坤混迹梨园，从来没有是非标准，当小豆子被张公公叫去“谢赏”时，那坤说了一句话“虞姬怎么演也是死”，成为程蝶衣一生的谶语。当遇到小四的威胁压迫，他很轻易地就出卖了段小楼。

程蝶衣与小四

这两个人有许多相似之处，他们都出身不幸，自小在戏班子里长大。他们先后都成了名角儿，一个是民国的名伶，一个是共和国的头牌坤角。程蝶衣外刚内柔，外表孤傲，内心单纯善良，小四外柔内刚，表面温顺，内心阴险狠毒。

程蝶衣对小四有活命之恩、再造之功，但是当程蝶衣为了重新唱戏，戒烟戒得死去活来时，小四却跑出去参加政治活动，对师父的痛苦漠不关心。程蝶衣对母亲和关师父的“成全”，由最初的怨恨转为理解和感恩；小四对程蝶衣的“成全”，却由最初的服从转为怨恨和报复。

程蝶衣是被母亲艳红在妓院中养大的，从小被打扮成女孩子混养着，直到再也养不住了，才被母亲狠心送进了喜福成科班。程蝶衣在绝境中求生存，最终挣扎着成长为民国的一代名伶。程蝶衣在小四的身上看到了自己，希望小四能够复制自己的成功。程蝶衣用母亲和关师父对自己的关爱方式，去教导培养小四，却得到了完全相反的结果。

小四是程蝶衣从皇城根抱回来的弃婴，他自幼在喜福成戏班中长大，顶着上头有人的虚名，一心想要成为一个名角儿。小四最初跟随着程蝶衣学戏，当小龙套，跑腿当小力笨儿，从无怨言。可是新社会来了，新风气、新规则开始排斥梨园行的老规矩，小四不再愿意跟包学艺，他要摆脱对师父程蝶衣的人身依附关系，迅速从小龙套成为一个角儿。最初，他的性格中还有单纯的一面，对新社会、新事物充满了向往，随着政治运动的发展，他的私欲迅速膨胀，开始利用政治运动批判程蝶衣，最后取而代之。到了“文革”运动，他不惜铲除义父，整垮师父，以实现其成角儿的野心。段小楼称他为“焐活的小蛇”。影片中他捧着关爷的牌位，暗示他是第四代京剧人，代表着京剧艺术的未来。小四的堕落意味着京剧艺术在当代逐步走向衰败。

(3) 写意手法

《霸王别姬》的艺术表现手法，大量借鉴了传统戏曲的表现技法和写意理念，体现出鲜明的戏曲审美倾向。影片中人物形象的符号化与戏曲人物的脸谱化，在审美理念上是完全相同的，在表现手法上有异曲同工之妙。影片中道具的象征意义、动作的重复与对称使用，都与戏曲的独特表述方法相契合。影片镜头语言的符号化程度比较高，许多场景和人物行为都具有符号性，例如围绕着性倒错主题展开的一系列人物行为的符号化处理，这些都与戏曲表演程式化和戏曲叙事写意性的审美取向相同。

重复与对称

披风：剧中多次使用。第一次，母亲把披风披在小豆子的身上离去，小豆子在孩子们的嘲笑下烧了母亲的披风。接下来，小石头把自己的被子披在他的身上，暗示着小豆子由母爱转向兄弟之爱。第二次，菊仙求程蝶衣救段小楼，为他送上披风被拒绝，直到菊仙允诺离开段小楼，他才接受菊仙为他披上披风。第三次，小四与程蝶衣争演虞姬，段小楼为程蝶衣披上披风。第四次，菊仙为程蝶衣披上披风，被程蝶衣丢在地上。

楼上楼下：第一次，妓院中，菊仙从楼上跳下来，段小楼是她的拯救者。第二次，剧院现代戏讨论会上，菊仙从楼上扔下一把雨伞，菊仙是段小楼的拯救者。

器物的象征

宝剑：它是程蝶衣送给段小楼的爱情信物。它象征着程蝶衣的性格，同时也暗示着他的命运。剑每次出现都带来悲剧性的结果。剑首次在张公公家出现，小豆子遭到了强奸。第二次，剑出现在袁世卿家，程蝶衣失身于袁世卿。第三次，菊仙还剑，段小楼与程蝶衣决裂。第四次，程蝶衣让小四还剑，两人重新和好，同台唱戏。第五次，“文革”批斗会上段小楼烧剑，菊仙火中救剑，还剑程蝶衣后，菊仙自杀。第六次，程蝶衣在演出中用剑自杀。

糖葫芦：第一次，街上传来糖葫芦的叫卖声。小癞子说，天下最好吃的就是糖葫芦，成了名角儿把糖葫芦当饭吃。临死时还忙着把糖葫芦塞进嘴里大嚼。第二次，程蝶衣、段小楼成了名角儿后，二人来到戏楼门前，卖糖葫芦的吆喝声，使程蝶衣回想起前尘往事。这一次，完全重复了十年前观众夹道欢迎的场面。通过重复，显示出，当初孩子的梦想成为现实。这个细节，点出学徒与角儿之间的差别，更深层，是小癞子与程蝶衣之间的差异。第三次，日伪时期，程蝶衣听到叫卖糖葫芦，剧院已经门庭冷落，他抽上了大烟，不再和师兄同台演戏。

嫁衣：第一次，菊仙穿嫁衣照镜，体会到做新娘的喜悦，表示不让段小楼再唱戏，要夫妻二人过安宁的日子。第二次，“文革”中，菊仙舍不得烧嫁衣，再次穿上嫁衣与段小楼同房，表示她对夫妻情感的执着。第三次，在批斗之后，菊仙穿上嫁衣上吊自杀。戏中，菊仙的贯穿动作是对妓女卑贱身份的拒绝，对做人尊严的追求。她像程蝶衣一样，拒绝命运，反抗命运，最终被命运毁灭。

性意识的表述

关于性器官的贵与贱。第一次，小豆子入张府，吓得说要尿尿，张公公取出一个水晶缸，暗示在太监的眼中，男性器官是多么珍贵。第二次，袁世卿请程蝶衣吃“姬别霸王”宴，从龟颈取血，暗示阉割性器官，在袁世卿眼中，男性器官应该割舍。两个玩弄程蝶衣的权贵有着完全相反的性趣味，前者珍视男根，后者鄙视男根，形成鲜明对比。

关于性强暴，导致性倒错。第一次，母亲为送小豆子进班学戏，斩掉他的六指，暗示着阉割。第二次，那坤叫小豆子唱《思凡》，小豆子总是念“我本是男儿郎”，小石头用关师父的烟袋锅捅他的嘴，暗示着性强暴。段小楼不再唱戏，关师父又让段小楼成全程蝶衣，又递过烟锅，提醒和暗示观众，程蝶衣性倒错的原因。关师父把师兄成全师弟转变性角色，成为“旦角”，当成一件光彩的事。性扭曲，先来自母亲，后来自师父、师兄，造成程蝶衣的性倒错的压迫和诱因，来自一种伦理纲常下的“爱”。

符号化的霸王形象

戏中有三个霸王——小癞子、小石头、袁世卿，他们代表了程蝶衣可能选择的三种人生道路。

第一个霸王是小癞子，小癞子与小豆子见面时戴着霸王面具，开口闭口，朕如何如何。小癞子在开场时的第一个动作就是逃跑，第二次逃跑后，又随着小豆子回戏班，怕师父打板子，吓得上吊自杀了。他的贯穿行为是拒绝、逃脱。小豆子最终没有选择跟随小癞子逃离的道路。

第二个霸王是小石头。小石头与小豆子相见的第一句台词是：睡在我的被窝里吧！暗示着两个人的“夫妻”关系。小豆子被师父打板子时，小石头敢于出来保护小豆子；后来还强迫小豆子转成旦角。最后，程蝶衣认定了段小楼，决心“从一而终”。最终，他还是对段小楼绝望，演出了“姬别霸王”。

第三个霸王是袁世卿，他是一个经历几朝几代都不曾倒台的权贵。他给程蝶衣送条幅：“绝代风华”，又送了玉蝴蝶，暗示着他把程蝶衣看成女人，他是一个采花的浪子。程蝶衣因为段小楼娶菊仙，情感失落转而依附于袁世卿，并为袁勾霸王脸，暗示着他渴望依靠一个真的霸王。程蝶衣与袁世卿两人在月下唱戏，程蝶衣在恍惚中将袁世卿看成了师兄段小楼。当程蝶衣抽出宝剑，袁世卿惊叫：不要动，它是真家伙！点出袁世卿在情感上不玩真的，是假霸王。程蝶衣并不是袁世卿所谓的红尘知己，只是他的玩物，是不能信赖和依靠的人。

(4) 意象系统

全剧主题情境的中心意象与分题情境的单元意象，从两个层面构成了意象的纲目。一方面是全剧主题意象《霸王别姬》对各单元意象的纲领性统摄，另一方面是各情节单元从自身情境出发，形成相对独立的分题意象。

意象的纲目

全剧主题意象《霸王别姬》以“戏中戏”的方式贯穿全剧，强化了主题情境的中心意象对不同情节段落的渗透和统摄。

全剧开场：程蝶衣与段小楼十一年后重排《霸王别姬》。

第一部： 小豆子出逃看到名角演《霸王别姬》，
小豆子听关师父说《霸王别姬》。

第二部： 程蝶衣与段小楼演《霸王别姬》，

程蝶衣与袁四爷演《霸王别姬》。
第三部： 程蝶衣与小四争演《霸王别姬》，
程蝶衣与段小楼扮《霸王别姬》挨批斗。
全剧结尾：程蝶衣与段小楼重排《霸王别姬》，拔剑自刎。

在《霸王别姬》的主题情境、寓言、意象的统领下，延伸出三个情节单元的分题情境、分题寓言、分题意象。分题意象不是孤立存在的，它是分题的情境、情节、寓言在意象上的体现。

下面列出《霸王别姬》的分题情境、分题情节、分题寓言和分题意象：

全剧开场 主题情境、主题寓言、主题意象——《霸王别姬》
第一部：结义。
分题情境 不同人生角色的选择：逃戏（小癞子）、护戏（小石头）、观戏（小豆子）。
分题情节 围绕着小豆子的人生抉择和身份转换，展开一系列的情节。
分题寓言 《闹天宫》《思凡》《夜奔》
分题意象 母亲的菜刀、太监的宝剑、小癞子的霸王面具、勾脸
第二部：恩怨。
分题情境 姬（蝶衣）妾（菊仙）之争，真霸（段小楼）假霸（袁四爷）之辨。
分题情节 围绕着程蝶衣与段小楼的恩怨，展开一系列的情节。
分题寓言 《贵妃醉酒》《牡丹亭·游园惊梦》《夜奔》
分题意象 寻剑、赠剑、还剑，玉蝴蝶、勾脸、关爷的牌位
第三部：背叛。
分题情境 真姬（蝶衣）假姬（小四）之争，真霸假霸之辨。
分题情节 围绕着段小楼的背叛与程蝶衣的幻灭，展开一系列的情节。
分题寓言 革命歌曲《歌唱祖国》《大海航行靠舵手》、革命样板戏《红灯记》
分题意象 勾鬼脸、烧戏服、烧宝剑、夺玉蝴蝶
全剧结尾 主题情境、主题寓言、主题意象——姬别霸王

主题情境意象构成全剧意象的总纲，分题情境意象则构成了意象的目，目是纲的延伸和发散。以纲治目，以纲引目。纲举目张，纲目交相辉映。

意象的比法

中国史诗电影继承了戏曲的诗化写意传统，大量采用意象的照映埋伏和诗词对仗的手法，形成情节单元之间的诗化意象关联。

剧中的意象分布，一般位于情节单元的开场与结尾处。开场意象，重在肇端情境；结尾意象，重在收煞情境，两者形成前后因应和两两对比。意象的比法，既可以揭示情节的丰富题旨，又可以加强情节内容的内在联系。

在开场和收煞处的写意性的动作情节，区别于正文的写实性的动作情节，具有象征性和寓意性。开场与收煞之笔墨非正文之笔墨，乃是主题情境的寻象造境的诗化变文。

开场与收煞遥相呼应，形成诗化语义的对偶形式。此种对偶形式可以分成三个层级：小比、中比和大比。情节单元的首与尾的对偶形式，称为小比；四大部（开端部、发展部、高潮部、结尾部）的首尾对偶，称为中比，全剧首尾（开场与大收煞）的对偶，称为大比。

例如《一江春水向东流》前集的开场与小收煞，用嘉陵江与黄浦江，形成大比的关系；在前集高潮部中，嘉陵江上的月亮与黄浦江上的月亮，形成小比的关系。两地月亮的小比与两处江水的大比，构成大小比的关系。

再如《霸王别姬》全剧开场与大收煞的“戏中戏”，“霸王别姬”与“姬别霸王”，形成大比的关系；而第一部开场与小收煞的《闹天宫》与《霸王别姬》形成中比的关系，其间开端—发展—高潮，三个情节单元的开场与收煞的袍与被、改口与出逃、烟袋锅与收养弃婴等意象的运用，形成小比的关系。

大比、中比、小比，三个层级的意象对比，构成影片意象系统的严密组织关系。下面列出全片的意象对比关系：

全剧开场：破题出比《霸王别姬》正题：大比

第一部（开端部）

本部开场：起讲—入手：出比：观看《闹天宫》

开端：出比：挑袍烧袍
正文：学艺开腿
对比：一被同眠
} **小比：入班**

发展：出比：学《夜奔》《思凡》
正文：出逃看戏
对比：为假霸王送葬
} **小比：立志**

高潮：出比：烟锅捅嘴
正文：入府唱戏
对比：收养弃婴
} **小比：化蝶**

本部结尾（小收煞）：对比：喜福成科班合影

} **中比：结义**

第二部（发展部）

本部开场：起讲—入手：出比：寻剑

开端：出比：赠玉蝴蝶
正文：摆定亲酒
对比：赠剑断情
} **小比：赠剑**

发展：出比：蝶衣演《贵妃醉酒》
正文：菊仙许愿回花满楼
对比：蝶衣赴姬别霸王宴
} **小比：救霸**

高潮：出比：训徒与《夜奔》
正文：菊仙狱中送信
对比：庭审与《牡丹亭》
} **小比：救姬**

本部结尾（小收煞）：对比：还剑

} **中比：恩缘**

第三部（高潮部）

本部开场：起讲—入手：出比：小四侧幕观看			中比：背叛
开端：出比：蝶衣哑嗓 正文：宣判袁四爷 对比：蝶衣戒烟	小比：希望		
发展：出比：现代戏讨论 正文：临场换角 对比：蝶衣烧戏服	小比：绝望		
高潮：出比：穿嫁衣、做爱 正文：相互揭发批判 对比：还剑、嫁衣上吊	小比：幻灭		
本部结尾（小收煞）：对比：小四夺取玉蝴蝶			

全剧结尾（大收煞）：承题对比：姬别霸王　反题：大比

开场和收煞的意象对偶比法，密切了单元首尾的因应关系，既强化了情节单元的统一性，又突出了情节单元的差异。首尾意象的大比、中比和小比的连贯系统，同时也是一个主题与分题的诗化演绎系统。主题的意象呼应和写意对比，可以标示出情境定性的发展，强化主题陈述的逻辑力量。我们将《霸王别姬》的比法运用，简化为一个模型，如下：

全剧开场：		破题出比	正题大比	主题意象大比
第一部（高潮部）				
本部开场：起讲—入手		出比	分题意象中比	
开端：出比—正文—对比 发展：出比—正文—对比 高潮：出比—正文—对比	分题意象小比			
木部结尾（小收煞）		对比		
第二部（发展部）			正比	
本部开场：起讲—入手		出比	分题意象中比	
开端：出比—正文—对比 发展：出比—正文—对比 高潮：出比—正文—对比	分题意象小比			
本部结尾（小收煞）		对比		
第三部（高潮部）			反比	
本部开场：起讲—入手		出比	分题意象中比	
开端：出比—正文—对比 发展：出比—正文—对比 高潮：出比—正文—对比	分题意象小比			
本部结尾（小收煞）		对比		
全剧结尾（大收煞）：		承题对比	反题大比	

从上图可以看到，全剧第一、二、三部的意象比法，在结构布局上是完全相同的，构成了比法的结构重演、过程重演和周期性重演。

意象的对偶与曲词的对偶，在文法上是相同的。“有偶对处，得对方见整齐，方见富丽。……当对不对，谓之草率；不当对而对，谓之矫强。”①

中国传统文法讲究对比的变化。《文心雕龙·丽辞》篇说：“事对为末，意对为先。反对为优，正对为劣。”《霸王别姬》的意象对比也是富于变化的，在大比、中比与小比之间，形成不同层次的正反比变化。

在大比中，全剧开场“霸王别姬”与结尾“姬别霸王”，二者形成反比。在中比的三部中，第一部小豆子与小石头结成“霸王与虞姬”与第二部程蝶衣与段小楼重新搭档演出《霸王别姬》，前后形成正比的关系；第三部，程蝶衣与段小楼相互揭发批判，与第二部之间形成反比的关系。在小比中，以第二部为例，围绕恩怨的主题通过寻剑、赠剑、还剑的系列运用，形成各种比法，有正比，有反比。全剧的大比、中比、小比的对偶变化，造成了意料之外、又在情理之中的效果。影片的大中小比的运用，对仗形式工整，手法自然写实，虽经雕饰却宛若天成。我们将全剧的正反比关系，列图如下：

全剧开场——————正题　**大比**

开端部：3 小比—中比

　　　　　　　　　　正比

发展部：3 小比—中比　　　　合比　　反比

　　　　　　　　　　反比

高潮部：3 小比—中比

全剧结尾——————反题　**大比**

我们可以在影片中看到，第一部（开端部）的结义与第二部（发展部）的恩怨，形成正比的关系。第二部（发展部）的恩怨与第三部（高潮部）背叛，形成反比的关系。全剧开场的“霸王别姬”与全剧结尾的“姬别霸王”形成正反题的反比关系。

（5）主题思想

《霸王别姬》的创作拍摄与20世纪80—90年代的传统文化思潮有着密切的联系。有些人站在文化保守主义的立场，颂扬传统文化的博大、精深，另有一些人采取文化虚无主义，对传统文化进行全面否定。如何评价传统文化，在社会上发生了广泛讨论。人们普遍认识到，反思文化传统是发展现代化的重要课题。《霸王别姬》正是在这样的时代背景下产生的。

京剧与时代

在徽班进京的一百多年中，京剧曾有过辉煌的历史，它的衰败与近现代的国家命运、社会变迁息息相关。日本的对华侵略，国民党统治时期的民不聊生都对京剧造成了极大破坏，新中国成立后几次禁演“旧戏”，到了“文革”时期，传统京剧被视为“帝王将相才子佳人”，遭到

① （明）王骥德：《曲律》，《中国古典戏曲论著集成》第四册，第126页。

了灭顶之灾。

京剧艺术是在直接暴力冲击下全面衰退的。影片中有三次军队进城，战争机器直接冲击着京剧舞台。第一次，日军进城，侵略者到后台侮辱演员人格，抓演员坐牢，逼迫给日本军人唱堂会。第二次，国军进城，伤兵大闹舞台，司法腐败，逼迫给军官唱堂会。第三次，解放军进城，革命军队尊重演员，令程蝶衣激动不已，戒了大烟重登舞台，但是“肃反”枪毙“戏霸”，禁演“反动剧目”，对京剧界造成了深刻内伤。“戏改运动”一场，舞台背景是变幻不定的天安门、红色工矿和乡村田野，暗示持续不停的政治运动，直到“文化大革命”烧毁戏服，完全否定传统京剧艺术。

日军进城一场，马队围绕着程蝶衣的洋车，日本旗招展；跟着是日军大队人马声势浩大地开进古城。战马、军旗和洋车、旦装，都在暗示日军对程蝶衣的强暴。后来，程蝶衣被迫去给日本军人唱堂会，随后是枪杀中国人的场面，这些令人不忍目睹的场景，既是在批判程蝶衣失节，又是在展示京剧艺术面临的残酷环境。

段小楼在日本人和国民党兵的两次冲击中，都显示出了霸王的气概，他从日本人的牢里面出来还是不肯屈服，不原谅为了他而“屈身变节”的师弟，他还敢于同国民党伤兵出手对打。但是当“文革”政治运动来了，霸王却顶不住了，背叛和出卖了自己的妻子、师弟。影片揭示出，政治运动对京剧的冲击和破坏，比前两次更强大、更深刻。

艺术与人格

影片通过“姬别霸王”的故事，揭示了艺术与人生、演员与角色、角色与生活的关系，揭示了京剧艺术家的人格与京剧艺术盛衰的关系。

电影讲述了两位戏子与一个妓女的故事。编剧李碧华说：世人认为“婊子合该在床上有情，戏子只能在台上有义”，我偏要写“婊子有情，戏子重义”。这里所谓的“婊子有情，戏子重义”，说的是菊仙有情，蝶衣重义。段小楼是假丈夫，菊仙是真妻子。段小楼是假霸王，程蝶衣却是真虞姬。段小楼只学到了霸王的皮毛，程蝶衣却得到了虞姬的精髓。

影片描写了一代名伶成长、发展、颓唐、幻灭的过程。程蝶衣看到名角儿唱戏，意识到通过舞台艺术，能获得生命的价值，得到人生的尊严，从而唤醒了他投身戏剧舞台的觉悟。程蝶衣是一心演戏的“戏痴”，却一步步沦为“面首”、汉奸、烟鬼，沦落为揭发嫂子菊仙的罪人，最终以自刎告别霸王。段小楼惧怕像袁四爷那样被镇压，背叛了至亲至爱的人，“一姬一妓”都抛弃了他，最后剩下孤家寡人。虞姬不像虞姬，霸王不像霸王；人不像人，鬼不像鬼，戏不成戏。先有心死，才有人死，然后才有艺术的死。

在国子监的火堆边，程蝶衣沉痛地说：“你当今儿个是小人作乱，祸从天降！不是，不对，是咱们自个儿一步步走到这步田地来的，报应！我早就不是东西了，连楚霸王也跪下来求饶了！那它京戏能不亡吗?”程蝶衣、段小楼的悲惨命运，具有一定的时代典型性。

影片通过段小楼与程蝶衣的故事，展示出京剧衰亡的原因，它根源于现实环境对艺术家生命的摧残，对艺术家人格的严重扭曲。

京剧与传统

戏曲中“霸王别姬”的故事，长期在民间流传，它的出处是司马迁的《史记》“项羽本纪”。

汉武帝阉割了替李陵辩护的司马迁，又把他召进宫，留在身边当文书。司马迁为了继承父志完成《史记》而忍辱偷生。司马迁敬重失败的英雄，《史记》入传的第一人就是伯夷，他对周朝胜利者坚持“不合作”，不食周粟而死。司马迁知道，胜利者好做，失败者难当。司马迁在“项羽本纪”中，将刘邦写成流氓式的胜利者，将项羽写成失败的英雄，司马迁在这个末路者的身上，看到了英雄气概。同样，愿意追随失败者的女子（虞姬）是真女子。

段小楼在喜福成科班学艺的时候，扮演的就是楚霸王。历经几次战乱、囹圄，都没能摧毁他身上的那种霸气，可是到了新中国成立后的政治运动“四面楚歌”的时候，他却怯懦求生，成了一个背叛者。这个人物具有时代的典型性。霸王倒架子的故事，是一篇京剧艺人的血泪史，也是一部当代京剧的衰败史。

在戏班教戏的时候，关师父给弟子们前后讲了两个有关末路英雄的故事，第一次讲的是《霸王别姬》，他要程蝶衣理解角色，进入角色。程蝶衣由此领悟到自己的人生角色，找到自己在社会上的位置。他哭着打自己的嘴巴，决心要“从一而终”成全自己。程蝶衣从传统戏剧中学习人生，实践人生，将戏剧与人生联系在一起。程蝶衣“人生如戏”的思想是与关师父的教导分不开的。第二次，关师父讲的故事是《夜奔》，当他说到林冲被逼上梁山时，念了一句“英雄有泪不轻弹，只因未到伤心处”，便倒地而亡。关师父临终时有一种英雄末路的悲情。

关师父传授的曲文讲的都是忠孝节义，培养的角儿演的都是帝王将相，采用的教育方式是高压体罚，甚至逼死人命。他将徒弟送给权贵玩弄，弟子受到蹂躏还被视为“成才”和理所当然。这样的人才教育能培养出具有健康人格和深厚文化底蕴的京剧艺术家吗？关师父在喜福成科班培养了两代弟子，可谓呕心沥血，但是却没有一个弟子能够阻挡京剧的颓势，这难道是偶然的吗？关师父悲凉地死在教戏中，这一情节暗示着传统戏曲无可挽回地在走向衰败。

显然京剧文化所宣扬的儒家文化人格，不足以支撑京剧艺术家在现当代的历史劫难中屹立不倒，更谈不上开拓、发展京剧艺术了。京剧的衰败与京剧文化自身的局限性（戏曲内容中的某些文化糟粕，师徒间的人身依附关系，行业中的某些不良习惯）息息相关。戏剧理论家祝肇年指出：“戏曲致疾的基因早已深深地埋在封建社会历史之中了。人，从来就没有作为人的地位存在过，作为具有独立人格和尊严性的人存在过。”在戏曲中“任何人在他所依附的主人面前都不成其为人。主人被神化了，自身被奴化了。”“人们在它的花团锦簇的形式外观后面看到的是精神的贫困和隐藏着的时代失落感。”“它的历史疲倦了，因为它没有标上人的价值。”传统戏曲的衰落有其内在的历史必然性。①

进入20世纪90年代之后，人们重新进行历史反思。导演陈凯歌在《我们经历的日子》中说：“无论什么社会灾难过后，总有太多原来跪着的人站起来说：我控诉！太少跪下去说：我忏悔！当灾难重来时，总有太多的人跪下去说：我忏悔！而太少站起来的人说：我抗议！——‘文革’以后，也正是这样。”正是以这样一种救赎的精神，编剧、导演勇敢地面对当代京剧历史上的污秽，进行了不留情面的批判和剖析，从而引起观众的思考。

影片通过《霸王别姬》的故事，揭示出京剧衰败的原因是封建传统的反人道，对人权的剥夺，对人的尊严的践踏，对人格的扭曲。影片编导的价值立场是人道主义的，对传统阴暗面的剖析是深刻切实的。影片向我们指出，借鉴和学习西方现代文明是重新认识民族文化的重要前提，站在人道主义立场上继承和革新民族传统文化，才是使传统生生不息的根本途径。

---

① 祝肇年：《祝肇年戏曲论文选》，第242—256页。

四、史诗电影《城南旧事》

根据林海音的同名自传体小说改编。

编剧：伊明

导演：吴贻弓、吴永刚

演员：沈洁（饰英子）、郑振瑶（饰宋妈）、张闽（饰疯女）、张丰毅（饰厚嘴唇）

片长：88分钟

出品：上海电影制片厂1982

获奖：第三届中国电影金鸡奖最佳导演、最佳女配角、最佳音乐等多项大奖，第二届马尼拉国际电影节最佳故事片奖，南斯拉夫第十四届贝尔格莱德国际儿童电影节最佳影片思想奖。

1．剧情梗概

“我”六岁的时候住在北京城南的椿树胡同，在那里结识了“疯女人”秀贞和学唱戏的妞儿。秀贞曾与一个北大学生思康相爱，思康被警察抓走了，秀贞生下的女儿小桂子被父母丢到齐化门生死不明。“我”发现妞儿的身世很像小桂子，带她与秀贞相认。秀贞带妞儿去找寻思康叔，却一同死在火车轮下。

“我”跟随父母迁居到新帘子胡同，在厂甸小学上学。“我”在废弃的园子里认识了一个厚嘴唇的年轻人，他为了供弟弟上学而去偷东西。“我”觉得他很善良，分不清他是好人还是坏人。“我”在荒园中捡到的小铜佛被暗探拿走了，警察抓走了厚嘴唇。

“我”上小学二年级的时候，看到宋妈的丈夫冯大明又来要钱了，这回宋妈哭得很伤心，原来她的小栓子淹死了，丫头子也被丈夫卖给了别人。宋妈要求留下来，继续照料我和弟弟。

爸爸患肺病去世了，宋妈也被丈夫用小毛驴接走了，“我”和全家人乘上远行的马车。“我”带着种种疑惑和悲伤告别了童年。

2．结构大纲

全剧开场：（3分5秒）

片头，燕山、长城、卢沟桥、城楼，驼队。画外音：“不思量，自难忘……”主题曲《骊歌》。

第一个故事：秀贞的故事（开端部37分45秒）

开场：胡同的井窝子。父亲与英子对话，宋妈想栓子，秀贞盼女儿。

开端：英子跟宋妈看出红差，英子保护妞儿，与“疯女人”秀贞初识，听秀贞讲小桂子。

发展：英子听秀贞讲思康叔的故事，秀贞求英子寻找小桂子。

高潮：英子与妞儿的友情，领她与秀贞相认。母女二人死于火车轮下。

结尾：英子在医院醒来，乘马车随父母前往新居。

第二个故事：厚嘴唇的故事（发展部26分10秒）
开场：学校操场，放学的铃铛声。
开端：英子给父母念课文《我们看海去》。听说胡同里闹贼。英子在废园子遇到厚嘴唇。
发展：英子听厚嘴唇讲他的弟弟和家世。
高潮：看出红差，看到父亲给学生钱，将铜佛交给收货的，在典礼上看到厚嘴唇与弟弟。
结尾：英子看到厚嘴唇被警察抓走。

第三个故事：宋妈的故事（高潮部14分47秒）
开场：学校二年级，放学的铃铛声。
开端：宋妈托话给丈夫要见小栓子。父亲生病了。英子代宋妈写家信。
发展：宋妈盼着见小栓子，弟弟出疹子了，宋妈疼爱弟弟。英子发现宋妈哭了。
高潮：宋妈得知栓子死了，丫头子被丈夫卖了。她决定留下照顾林家的儿女。
结尾：英子同情宋妈。

第四个故事：父亲的故事（结尾部6分13秒）
高潮：英子到医院去看父亲，英子与父亲最后的谈话。
结尾：深秋，燕山台湾义地，英子与宋妈告别，全家乘马车离去。

3. 场景分析

全剧开场（3分5秒）

燕山山脉，蜿蜒的长城，秋风萧萧，乌鸦鸣叫。卢沟桥上，骆驼队走过，在驼背上打盹的老汉，驼铃阵阵。[卢沟桥是明清时期的驿站，送别之处。
林海音的画外音："不思量，自难忘，半个多世纪过去了，我是多么想念住在北京城南的那些景色和人物啊，而今或已物异人非了，我所经历的大事也不算少了，可都被时间磨蚀了，然而这些童年的琐事，无论是酸的、甜的、苦的、辣的，却永久永久地刻印在我的心头。每个人的童年不都是这样的余霭而神圣吗？"
蓝天白云，檐下的风铃，《骊歌》的主题音乐起。巍峨的前门箭楼。片名字幕。编创人员字幕。

开场采取第一人称叙述的方式，介绍剧情和题旨，类似于戏曲的副末开场和家门、传概。

第一人称的主观叙述，笼罩着追思情绪，由怀念故园，引入童年往事。童年与家国，岁月与山河，水乳交融在一起。"此情可待成追忆，只是当时已惘然。"

开场的景物：长城外、古道边、山外山和《骊歌》是主题的破题，全剧结尾的燕山秋色是主题的承题。《骊歌》是民国学堂歌曲，虽然歌词未出现，但是情意已显现。《骊歌》蕴含着一个离别的故事寓言，暗喻着全剧的主题情境。

片头用巍峨的长城、衰败的前门城楼和厚重刚猛的魏碑体片名，暗示着影片的苍凉、雄浑的格调。

第一个故事：秀贞的故事（开端部37分45秒）

开端部

开场

悦耳的驼铃声，驼队走进椿树胡同。胡同口的井窝子在出水，辘轳在转动，吱吱哟哟的独轮水车一辆接一辆来到井边，摇上来的井水被倒进石槽，槽边结着厚厚的冰柱子。

民国时期的胡同没有自来水，居民吃水要靠井水，穷人家自己担水，有钱人家买水车运的水。井窝子成为平民生活的中心，成为胡同社区的象征。石槽流水的特写，暗喻着胡同居民的日常生活。

片头骑骆驼的老人走进胡同，由片头写意转为影片的写实，实现了写意与写实的过渡与融合。

开端

惠安馆门口，大辫子姑娘秀贞倚门而立。[开端部的重要人物，虚出，例证动作。

林家门口，宋妈指挥着拉骆驼的老汉将整麻袋的煤抬进院门。[全剧贯穿人物宋妈，虚出，例证动作。片头骑骆驼的老汉由象征人物，转为具体写实人物。

六岁的林英子好奇地观察骆驼，学着骆驼嚼草。[全剧中心人物英子，实出，例证动作。

院子里，英子父亲将钱付给拉骆驼的老汉。英子跑进来："爸爸，骆驼为什么挂个铃铛?""赶狼呗!""不，骆驼走远道儿，闷得慌，挂个铃铛，又好听又热闹。"父亲笑了："唔，兴许你的想法更美些。"[全剧贯穿人物父亲，实出，例证动作。介绍父亲与女儿的教化关系。

林家院子门外，宋妈对丈夫冯大明："他爹，叫栓子放牛的时候，小心着点儿。别净顾着玩。"冯大明："你放心，回吧。"冯大明牵着驴子走了。[宋妈的例证动作：带着林家的孩子，心里挂念自家的孩子。毛驴对冯大明的暗喻。冯大明和他的驴子贯穿始终，在各情节单元开场部分出现。

影片由四个故事组成。第一个故事（秀贞的故事）作为全剧的开端部，承担着介绍和引出全剧总情境的叙事任务，所以，第一个故事的开端部，要将介绍全剧总情境放在第一位，将介绍本部情境放在第二位。

开端部的出角色，首先出的是关联全剧的角色，他们是：英子和父亲、宋妈和冯大明。英子与父亲的关系是贯穿全剧的中心关系。父女关系有一个不断揭示、深入的过程，父亲作为全剧情节的背景人物，以日常生活的形态，点点滴滴地介绍出来，到了影片结尾才呈现出其潜在的情感内涵和主题意义。

宋妈和冯大明的关系是贯穿全剧的次要关系。宋妈从一出场就惦记家中的小栓子，可是却迫于生计一直在照顾林家的子女。

英子和父亲、宋妈和冯大明，这两组人物关系，在影片的前半部分，一直作为故事的背景，处于草蛇灰线的埋伏状态。在影片后半部分，这些人物的故事才呈现出来，前后照映，成为贯穿和支撑全剧的重要情节。它们作为笼罩全剧的情境氛围和意象，初始于轻描淡写，终现于深沉热烈。

胡同口，放话匣子的人正在放《洋人大笑》的唱片，围了不少孩子。惠安馆门口，大辫子姑娘看着过往的人。英子感兴趣地看着大辫子姑娘，两人对视。姑娘向英子伸出双手："小桂子！我的小桂子！"英子向她靠近，宋妈跑来："英子！走，回家！"宋妈拉着英子往家走："你不知道她是疯子，跟她搭咕？"姑娘失落地望着远去的英子。[介绍英子与"疯女人"秀贞的关系。秀贞寻女的例证动作。全剧的贯穿人物（英子、父亲、宋妈、冯大明）出场之后，第一个故事的中心人物秀贞出场。

林家院里，宋妈挎着竹篮子要出门买菜，英子妈妈披着大披巾，捧着铜手炉暖手："宋妈，看有没有鳜鱼，买两条回家。"英子："妈，宋妈买菜，我也去。"宋妈："你不怕惠安馆的疯子？"英子："她每回见了我都冲我笑，要不是您拉着我，我说不定过去跟她搭上话了。"宋妈："这孩子，胆儿真大！"英子跟着宋妈往外走去。[介绍英子和母亲。母亲的例证动作。介绍林家的小康生活环境。

发展

大街两边挤满了人，英子好奇地往前挤，宋妈拉扯英子避到路边。"出红差"的人马开了过来，监斩官骑着高头大马，囚车上站着两个蓬头散发的汉子，背脊上插着打了红钩的法条。汉子："诸位老少爷们儿，给咱们来个好儿！"人群中爆发出掌声和喊声："好啊！"一个伙计端着一碗酒从人堆里挤出来："酒，敬一碗酒！"英子紧攥着宋妈的手，囚车从她们面前驶过。["出红差"被杀头的应该是大学生思康，这样就能将秀贞、思康和妞儿一家人联系在一起，强化第一个故事的戏剧性。片中第二次"出红差"的应该是土匪，这样就喻示了厚嘴唇的命运，深化了第二个故事的悲剧主题。

我们大胆地揣测，编导者为了避免对位过于明显，将第一个故事和第二个故事的两次"出红差"做了调换，这样减弱了情境构成的戏剧性，保证了影片叙事的散文风格。开端部的"出红差"预示着剧中人物的萧杀、悲凉的结局。影片中发生了一系列的死亡，由思康的死、秀贞和妞儿的死，到小栓子的死，最后到父亲的死，死亡的阴影一直笼罩着全剧。

油盐店里，妞儿在打黄酱，伙计扣住酱碗："妞儿，唱一段《汾河湾》吧！"妞儿板着脸，不吭声。[介绍妞子的学戏身份，人物的例证动作。

英子和宋妈进了店。伙计："快唱啊，唱一段才许你走。"英子生气地上前拿过碗，瞪了伙计一眼："哼，凭什么？"英子把碗递给妞儿，妞儿与英子脸对着脸，眼睛里流露出笑意。伙计笑着揪英子的线帽："嘿，这妞儿好厉害。"[英子与妞儿关系的例证动作。

胡同口，井窝子旁，妞儿在拉水。宋妈和英子买菜回来，英子把手里提的鳜鱼交给宋妈，"我找妞儿说说话。"宋妈："别玩的时间忒长了，早点回家。"英子跑向妞儿，笑眯眯地看着她。妞儿："你就住在那条胡同里？第几个门？"英子："一、二、三、四，第四个门，到我家去玩玩。"妞儿摇头："你们胡同里有疯子，妈不叫我去。"英子看看惠安会馆的门："怕什么，她又不吃人。"妞儿："不价，一会儿我爹要找我吊嗓子了，赶明儿见。"妞儿向英子招招手，拉着小水车走了。[通过英子将妞儿和秀贞联系起来，故事的系扣。

高潮

英子心情落寞地走在墙根底下，远处传来叫卖声："落花生，落花生！""蜂窝煤，蜂窝煤！"英子看到"疯女人"秀贞从会馆门里走出来，笑着招手叫她过去。英子凑上前去，她一把拉住英子："小桂子，我的小桂子。"英子挣开她的手："不，我叫英子，林英子！""疯女人"失望地：

"啊，她不是我的小桂子。""小桂子，她是谁?""疯女人"笑着招呼她："你来!"
秀贞家，跨院南屋。秀贞领英子进来，她指着贴在墙上的胖娃娃年画："看我们的小桂子多胖，那阵儿才八个月，骑着大金鱼，满屋里转。就这么淘……"她放开声笑起来。
惠安馆的门房、秀贞的父亲老王，进屋来添煤："行了行了！说这么多，不害臊。"秀贞不理会父亲："饭不吃，衣服也不穿，就往外跑，急着找她爸去。我说话她不听，我说等我缝上几件衣裳，让她穿上再出去……"她拿起缝好的红棉袄，朝小英子身上左比右比："哟，瞧，我怎么说来着，正合适……"她忽然有点醒过神来了："真叫人纳闷儿，到底是怎么档子事儿……"她目光呆滞起来，脸上露出恍惚的神情。[照应高潮部给妞儿穿红袄。

结尾
林家院，正屋门外，宋妈和换洋火的老婆子在说话。屋里，英子透过窗子往外瞧。宋妈："后来呢，那学生一丁点消息也没有了?"老婆子："是死是活，谁知道哇? 那学生被抓去的时候，秀贞她妈还不知道姑娘有了，等到显形了，才赶紧回到海淀乡下生的。"宋妈："那生下来的孩子呢?"老婆子："一落地就包裹包裹，赶着天没亮，送到齐化门城根底下，反正不是给野狗吃了，就让人捡去了!"宋妈："姑娘打这儿就疯了?"老婆子："可不。可怜她爹妈，这辈子就这么一个闺女，咳!"英子从屋里出来："我知道你们说谁。"宋妈："说谁?"英子："小桂子她妈。"宋妈哈哈大笑："小桂子她妈? 哎哟，敢情，你也疯了。"英子："哼，反正，我知道。"[开端部开端的结尾点题："小桂子她妈。"

开端部的开端，平行介绍了两个家庭，一个是贯穿全剧的英子一家：英子与父母和用人宋妈，这个家庭只是第一个故事的背景；另一个是本故事的秀贞一家：秀贞与父母，秀贞丢失的女儿小桂子，以及妞儿和教戏的养父。秀贞与妞儿之间潜藏着母女关系，"出红差"暗喻着妞儿的父亲思康叔的死亡。

发展部

开场
胡同口，春天，一辆吱吱哟哟的水车推到井窝子下，辘轳转着向上提水，一桶水顺着石槽流淌下去。送水的人将水舀进水车。远处，咿咿呀呀地传来唱戏拉胡琴的声音。[春天的井窝子。段落划分符号。

开端
井窝子，妞儿提着一个铁皮桶，将一个铜子交给摇辘轳的。这时，一辆洋车顺着胡同跑过来，英子和父亲坐在车上，英子手中举着一个彩色的风车，她快活地叫："妞儿，妞儿，看!"妞儿望着跑过去的洋车，笑着和英子招手。[拉水车和坐洋车，形成两个女孩子的对比。风车寓意着父亲对英子的疼爱。发展段落的人物例证性动作。
父亲叫车夫停在惠安会馆门口。父亲对英子："离家没几步路了。我有事，你先回去吧!"父亲进了会馆。英子看到父亲走进院子，三个学生迎上前行礼："林先生好!""上次，我们议论的那事，大伙都想听听您的高见。""先生，您里边请!"学生们引着父亲走向后院。[穿插伏笔。父亲与学生的戏，草蛇灰线贯穿到结尾台湾义地的追思告别。
英子忽然听到秀贞的声音："小桂子，你怎么就不要妈了呢，啊?"英子看到跨院的月亮门里，秀贞在一棵树下哭泣："我的小桂子。路这么远，我不带你，你怎么认得道? 远着呢。"英子走进跨院，扯扯秀贞的衣服。秀贞满脸泪水地看着英子。英子："我喜欢你！"秀贞："我也喜欢你，你就跟我的小桂子一样。对了，你要是见了我的小桂子，赶紧叫她回家，我不打她，也不骂她。"英子："嗯，那她爸爸呢，小桂子的爸爸。"秀贞示意她小声："嘘，轻点！"
南房，秀贞拉着英子的手走进来，桌案上积着尘土，书本纸张扔了一地，炕上放着一口皮箱。秀贞："人走了，有个数月了。"她打开皮箱，拿出一件大棉袍，贴在胸前。英子："这是小桂子爸爸的大衣吧？""你怎么知道这衣服是小桂子她爹的？"英子歪着脑袋傻笑。秀贞合上皮箱，"来，帮我抬出去，该晒晒了。"
跨院，秀贞和英子把箱子抬出来，秀贞拿出衣服来晾晒。英子听到院门口，父亲在与秀贞的母亲打招呼："这一阵子，您女儿好些了吗？""林先生，这些日子又闹了，哭一阵、笑一阵的。"英子看到父亲要回家了，匆忙向秀贞告别。
林家，正屋门口，母亲用布掸子给父亲掸灰，看到英子回来："又到井窝子玩了不是？"用掸子抽了她一下："看不把你掉到井里去。"母亲倒水给英子喝，对父亲："打听打听，南城哪所小学好。也该进学堂了。听说，厂甸那个师大附小就不错。"父亲坐下来看报纸："早着呢，急什么呀！"母亲："嗨呀，不送学堂啊，她满街跑。我可管不住她。"母亲将毛巾帕递给父亲，父亲放下报纸，用毛巾擦脸："哼哼，不听话，就打！"英子冲父亲做鬼脸。

发展部发展的开端段落由父亲引入，再由父亲收尾。英子一直在父亲的呵护之下，驼铃、风车、"不听话就打！"，形成一条在父亲教化下成长的线索。父亲关爱英子的暗线，衬托着秀贞与妞儿母女离散的明线。

藤箱中一群嘤嘤鸣叫的小油鸡。林家西厢房里，英子和妞儿每人手中捧着一只毛茸茸的小鸡雏，笑眯眯地端详着。妞儿和英子在屋里打秋千，发出欢乐的笑声。堆杂物的炕上，放着废弃的木马。这里是英子的"儿童乐园"。[明朗、妩媚的英子与朴实、聪慧的妞儿，形成鲜明的性格对比。
夜，煤油灯下，爸爸攥着英子的手在描红，爸爸看着她独自把下面的笔画描完。挂钟发出报时声。
父亲叼着烟管，坐下看报纸。母亲手中织着毛活："外面风声紧，你还老到惠安馆去看那些学生。""没事，你怕什么呀！""这几天到处在抓人，抓的都是些学生。""抓的都是些了不起的新青年。"母亲："哎，听说惠安馆那个疯子的男人……"父母看了英子一眼，两人没有再说下去。英子停下手中的笔，夜很静，煤油灯芯摇曳着，挂表嘀嗒声，远方隐约传来火车的鸣叫。[父亲看报纸的动作被重复使用，交代出父亲对时事的关心。火车鸣叫声，照映后面高潮戏的火车。英子沉思是实的情节收，转到油灯和火车声为虚的情境煞。

父亲对于学生的关心、担当，以一种日常形态表现出来，这种师生之谊与父女之情，形成了对比。

惠安馆跨院，秀贞一边给煤炉生火，一边向英子讲述："那天夜里都后半夜了，来了好些人，带走了好几个学生，把你思康叔也带走了。"英子好奇地："干吗带走他？"秀贞："谁知道？只听我爹说，外头风声很紧，北大已经抓走了不少人，等着过堂呢。"英子："什么叫过堂？"秀贞忽然想起什么："英子，我跟你说的事都记住没有？"英子："什么事儿？你跟我说的事可多了。"秀贞急了："顶顶重要的。"英子忽然想起来："看到小桂子，就领她回来，你不打她，也不骂她。"秀贞："可你怎么能认出她就是小桂子？"英子："你不是说过，她脖子后头有一块指甲盖大的青记吗？"秀贞："对了，是阎王爷一生气，用手指头给戳到世上来的，懂吗？"英子乐了，秀贞高兴地将英子抱在怀里。[回溯的过去时推动着现在进行时。第一个故事具有戏剧性的原因，很大程度上缘于其回溯式结构。

发展

井窝子的辘轳还在转动着，井水倒进水槽，一辆接一辆的水车推到了水槽边。胡同口的洋匣没有人来听了，管喇叭的人在打盹，吱吱哟哟的水车在胡同里运水，磨刀的掮着短凳走过英子家院门口。[夏天的井窝子。段落符号。

西厢房门口，宋妈逮到一只乱跑的小油鸡。屋里，英子坐在秋千上喂鸡雏。宋妈进屋："行了。别逮着空儿就喂，看撑坏了小鸡肚子。"宋妈走了，英子闭上双目，耳边响起妞儿的笑声，画外音："原来你们不住在北京啊？""嗯，我爸爸说我们是从很远很远的一个叫台湾的岛上搬来的。"妞儿："我们住在齐化门儿那边。""齐化门儿，我知道。""你怎么知道呢？""我梦见过那地方。有一个城墙，有一天，有个女的抱着个包袱，大清早的偷偷往城根底下走。""你是在讲故事吧！"

胡同口，井窝子，推水车的、担水的络绎不绝，英子走过来，坐在石槽边等着妞儿。秀贞的父亲老王挑着水担子过来："英子，你在那儿发什么傻？"小英子没有吱声。

妞儿在胡同里出现了，她穿着红色的长褂，梳着辫子。一个瘦男人穿蓝布大褂，手提胡琴口袋，跟在妞儿后面。英子唤着："妞儿，妞儿！"跑了过去，妞儿皱眉使眼色让她走开。瘦男人走过来瞪了英子一眼，推搡了一把妞儿，妞儿趔趄了一下，慌张地走了。原来，那个男人就是妞儿的爹。英子在后面望着妞儿远去的背影。

高潮

惠安会馆，英子来找秀贞。秀贞的母亲："英子，你怎么总爱听她那颠三倒四的废话，真怪，小孩儿都怕她，就你不怕。"秀贞出来："英子，你有好些日子不来了，怪想的。"英子发现了秀贞的红指甲，秀贞："来，我给你染红指甲玩！"

跨院，秀贞将指甲花放进瓷盆捣碎。英子："这是吃的吗，还加冰糖？"秀贞："傻丫头，你就知道吃，这是白矾。"秀贞从头上取下发卡，挑起指甲花堆在英子指甲上，"等它干了，指甲就变红了，瞧，跟我的一样。"秀贞伸出手给英子看，"思康他就喜欢我染红指甲。""思康是谁？""就是你三叔啊，他这会儿睡着了。"秀贞望着南房，"那年就这时候他来的，一卷铺盖，一口皮箱；他穿一件灰大褂，大襟上别着一支笔，我正在屋里擦窗户玻璃（镜头摇，破旧的窗扇），擦着擦着就听我爹说，正院的屋子都住满了，您就在这跨院里将就住吧（空镜，镜头拉进月亮门的跨院……）。说着，就进来人了。我爹问他，在哪家学堂？他说在北大。我爹说，这道不近哪，沙滩儿去了，可是个好学堂。他笑了，那一笑真甜啊。（镜头摇向窗子）我就站在窗户那儿看着，他过来了正巧走到窗户跟前儿，他突然这么一抬头……（镜头切回到秀贞）缘分哪，你明白吗，缘分！"[主观情感与景物的交融。情触景而生，借景而存，情景宛在，历久弥新。

远景，跨院月亮门，院子树下的秀贞和英子。[月亮门是秀贞与思康美好爱情的象征。月亮门的镜头长达十秒，构成发展单元的收煞。

在情节段落收煞之时，影片往往进行"心/物""情/景"之间的转化，由动作情节的情境，转为环境景物的意境。从"收"的实境到"煞"的虚境，构成了由戏剧情境到诗化意境的跨越。

结尾

林家院门口。英子匆匆跑向家门，忽听妞儿在后面叫她。英子看到穿着红褂的妞儿躲在胡同拐角后面，妞儿拉着英子的手："我等你好半天了，我明儿来找你啊!"她匆匆跑走了。[穿插。发展单元结束后的再系扣。

高潮部

开端

夜，林家，宋妈和母亲正在往餐桌摆菜，英子跑进来，拿起筷子就去夹菜。母亲："跑哪儿去了，连饭都不想吃？去洗手！哟，这是谁给染的？"父亲："小妖精，小孩子染什么指甲呀!"母亲给英子洗手："问你呢，谁染的？"英子迟疑了一下，狡猾地："嗯，是思康婶儿!"母亲："跑到外面去认什么叔啊婶的。再过一个月就要考小学了，也不知道在家认认字，老在外面野。"[桌上的四菜一汤，表现英子家的小康生活。

西厢房，藤箱中的小油鸡在鸣叫，妞儿伏在秋千上哭泣，袖口露出紫青的伤痕，英子抚摸了一下，妞儿疼痛地缩回手。妞儿问英子："你爸打你吗？""打的，不过打起来不疼。就像给我掸土。"妞儿撸起自己的袖口裤脚，露出一条条鞭打的青痕："看，我爸打的。""你爸干吗打你？使什么抽的？""用掸子。我爸还有我妈，他们……不说了，下回再跟你说吧。""你说嘛!""那你不许告诉别人，也不许告诉你妈!""我不会的，咱们小声说。"妞儿凑到英子耳边："我不是我妈生的，我爸也不是亲的。"英子瞪大了眼睛，妞儿脸上挂着泪珠。远景，两个孩子对坐着，藤箱中的雏鸡在嘤嘤鸣叫。[这个镜头长达十秒。雏鸡的意象，是对妞儿失去父母的象征。月亮门与雏鸡，两个意象形成两个语词之间的语义关联，暗喻着一个美满婚姻的毁灭与母女相失的苦难。

夜，母亲正在收拾衣物，宋妈在纳鞋底。英子："妈，我问您件事？"妈妈："什么事儿？"

英子："妈，我是不是您生的？"妈妈："怎么想起问这话？"英子扯着母亲袖子，撒娇地："你就说是不是嘛!"宋妈："傻丫头，你怎么会不是你妈生的？"母亲："不是亲生的，我能这么疼你？"英子："那你怎么生的我？"母亲乐了："哟，怎么生的你？"她把胳膊抬起来，指指胳肢窝："从这儿掉出来的呗!"母亲和宋妈都笑了起来，英子也跟着傻笑。[英子与妞儿，两人命运的对比。英子对生活的观察和思考。

发展

井窝子，夏日的正午，胡同口静无一人，辘轳停了，吊桶歇了，石槽干涸了，守井人在打盹，蝉声在单调地鸣叫着。门边的狗吐着舌头喘息。卖杨梅汤的打着盏，孤独地走在胡同里。英子进了惠安会馆的门儿。[夏日三伏天的井窝子。段落符号。

跨院门口，秀贞的爹躺在竹椅上打盹，英子悄悄地走进跨院，扒着窗子往里瞅，秀贞正在收拾思康叔的衣箱，里面都是她给小桂子做的衣服和鞋子。

屋里，秀贞看到英子走进来，把一双小鞋递给她："看，都预备齐了。你要看到小桂子，就叫她赶紧回来。思康这一去，有个数月了。（一怔）有六年多了，还有一个月就回来了……（忽然叫起来）小桂子来了!"英子推开房门，跑到跨院里四处张望，秀贞站在屋门口乐了："英子看什么呢？"英子："小桂子在哪儿？"秀贞指着自己的肚子："在这儿，还没生呢!"英子生气了，噘着嘴坐在一边："哼!"秀贞走过来："英子，别人都说我得了疯病。你说我是不是疯子？人家疯子都满地找东西吃，还乱打人，我，我怎么会是疯子呢？你说我疯不疯？"英子眼睛里溢出泪花："不!"秀贞拉住英子将脸贴在她的小手上。英子悲悯地抚摸着秀贞的头。[英子与"疯女人"秀贞交往的独特关系。英子抚摸秀贞的头，带着悲悯与负疚之情。这其中既有小英子悲天悯人的天然禀赋，也渗透着中年作者的悲情注入。

高潮

夜，林家的西厢房，雨水打在窗子上。哗哗的雨声，英子坐在屋门口。

夜，胡同口，倾盆大雨，妞儿在井窝子前面跑过，天上雷声滚滚。

林家院子，妞儿抱着一个小包袱跑进院子，英子跑到院门口："妞儿，下这么大雨，你怎么还出来！"宋妈的声音："英子，英子，你怎么站在雨里？"英子拉着妞儿跑进了西厢房。

西厢房内，淋了雨的英子打了个喷嚏。妞儿："我从家跑出来了，我，我死也不回去了。我是来跟你说一声，我要找我的亲爹妈去。""下这么大雨，你到哪儿去找？""反正，到齐化门儿慢慢找。""齐化门儿在哪儿？"妞儿摇头："我就知道，他们是在那儿把我捡来的。"

窗外倾盆大雨，天上雷声隆隆。窗前两个孩子的面孔。英子耳边响起换洋火老婆子的声音："打天没亮，就裹巴裹巴，送到齐化门儿墙根底下……"英子冲着妞儿，叫了一声："小桂子！"妞儿："你怎么啦？"摸摸英子额头："好烫啊！"英子迫不及待地："妞儿，不，小桂子！你让我看看你脖子后头，你妈说你脖子后头有块青记。"妞儿胆怯地向后退："你怎么啦？是不是病了？"英子："不，你让我找找！"她扒开妞儿的领口，在头发根里看到一块不大的青记。英子惊喜地："是你，是你，你就是小桂子。"妞儿："什么小桂子，你是在说胡话吧？""不，我没糊涂，我不胡说。我知道你亲妈在哪，她就在不远，走，我带你找你亲妈去。"妞儿挣脱了英子的手："你别瞎说！我怕你。"英子："我不是瞎说，你妈给你做了好些衣服，她天天都在盼你，走。"妞儿犹豫了一下，跟着英子跑了出去。妞儿的小包袱被遗落在秋千上，秋千晃荡着。雷声。[收煞。妞儿和英子跑走是收，留下的小包袱是煞。秋千和包袱的意象组合，产生一去不归的语义。

夜，雨，惠安会馆的牌匾。英子拉着妞儿跑进会馆，跑进跨院的月亮门。南房里亮着灯，两人扒着窗子往里瞧。一盏油灯下，秀贞在对着皮箱中的婴儿衣服发怔。

屋里。英子和妞儿推门进来，秀贞头也没回："妈，你不用催我，我这就睡，我得先把思康的衣服收拾好呀。"秀贞回转身看见英子和妞儿。英子："我把小桂子给您带来了。"秀贞注视着妞儿，妞儿胆怯地咬着手指，秀贞又哭又笑地："小桂子?!"她把妞儿拉到怀里亲吻着："小桂子，是我苦命的小桂子！"妞儿在秀贞的怀里流下了泪水。小英子在旁边也哭了，感冒发烧的她疲惫地倚在桌子边。

秀贞拿起缝制的红袄，匆忙地给妞儿穿上："快，快，换衣服，咱们连夜赶路。我知道八点五十有一趟车去天津。天津有大轮船，咱们坐大轮船找你爹去。"她拿起思康叔的皮箱，拉着妞儿要走，忽然想起来："你还没叫我呢，叫我一声妈，叫呀！"妞儿靠在秀贞怀里，眼里闪着泪花："妈！"秀贞激动地："小桂子。"远方传来悠长的火车汽笛声。秀贞提起皮箱，拉着妞儿匆匆跑了出去。英子在后面唤着："妞儿，妞儿！秀贞！"哗哗的雨声，英子追出去，屋里的灯芯在摇曳着，天空传来隆隆的雷声。

结尾

夜，胡同口，井窝子，大雨倾盆，秀贞拉着妞儿从惠安会馆跑出来，从胡同口的井窝子前面，飞快地跑过，消失在黑暗中。[第一个故事中，井窝子构成一系列的意象：四季的意象、秀贞父亲挑水的意象、英子井边等妞儿的意象，等等，在这一刻由于戏剧情感的注入使井窝子的意象达到了高潮。

胡同里，英子在雨中吃力地追赶，脚下蹚着水，手扶着墙叫着："妞儿，妞儿！秀贞！"

胡同深处，秀贞拉着妞儿跑远，远处一辆洋车过来了，车旁暗黄的小灯照着秀贞和妞儿。
吼叫的火车汽笛，白烟升腾，蒸汽列车奔驶而过。小英子全身透湿地靠在胡同墙上，母亲和宋妈的呼唤声："英子!""英子!"火车的呼啸声，铿锵的轮声，英子倒了下去。
黑暗。遥遥传来"卖报嘞，卖报瞧嘞！小姐母女俩让火车轧死的消息……"

结尾部

洁白的病房，英子睡在病床上。画外音："卖报瞧嘞，小姐母女俩让火车轧死的消息……"英子睁开了眼，她看到雪白的天花板和吊灯，然后，看到了慈爱的爸爸、妈妈。英子笑了，爸爸妈妈也笑了。"妈，外面还下雨吗?""哪儿来的雨啊，是个大晴天啊!"宋妈将饭盒放在床头柜上，"还认得我吗?"英子叫："宋妈!"母亲："你已经昏迷好几天了，等你好了，我们就到新家去。"英子："新的家?"母亲："是啊，新的家。我们的新家在新帘子胡同，记着，将来老师考你说，你的家在哪儿啊，你就说新帘子胡同。"英子："那……"母亲："好了，好了，什么也不要想了，再睡一会儿。"英子合上眼睛。
蓝天白云，马蹄声，马车铃铛声。爸爸妈妈和英子坐在马车上。远去的胡同街道和店家的招牌幌子。英子迷惘的神情。爸爸妈妈对视了一下，爸爸抚摸着英子的头："英子，想什么呢?"英子捂住脸。妈妈："我们英子在想将来的事呢!"英子："什么是将来的事?"爸爸："将来的事，就是新的家啊，新的朋友啊，新的学校啊。"英子："那过去的事呢?"爸爸："过去的事都过去了，慢慢地都会忘记了。"《骊歌》的主题音乐起。英子的眼前浮现出：西厢房里妞儿捧着小油鸡——秀贞在向她诉说小桂子——雨夜中奔跑的秀贞和妞儿——妞儿和她在荡秋千，笑啊，笑啊……一声清脆的鞭响，马车拉着英子一家人，沿着天坛的红墙，穿过集市向新家驶去。音乐。
[第一个故事的收煞。英子一家人离开是情节的"收"，英子挥之不去的回忆情景则是情境的"煞"。

第一个故事的小结

井窝子是第一个故事的主题意象。井窝子是胡同日常生活的象征。胡同口的井窝子既是胡同居民取用水的地点，也是英子与妞儿相识、相约的地方。井窝子的意象贯穿第一个故事的始末，先后共出现七次：

开端

开场：冬天的井窝子。胡同居民在打水、运水。

发展：冬天的井窝子。英子与打水的妞儿搭上话。

发展

开场：春天的井窝子。胡同居民在打水、运水。

开端：妞儿井边买水，遇到乘车回家的英子。

发展：夏天的井窝子。英子在井边等妞儿。

高潮

开场：夏日三伏天的井窝子。英子去会馆找秀贞。

高潮：夏日雨夜的井窝子。秀贞带着妞儿冒雨去乘火车。

第一个故事中还有其他的子意象，如：月亮门、小油鸡、秋千和火车。跨院的月亮门暗喻着一个美满家庭的破碎，小油鸡暗喻着英子与妞儿，秋千象征着英子与妞儿的友情，火车象征着黑夜和死亡。故事的中心意象是井窝子，井窝子是纲，月亮门、小油鸡、秋天和火车是目，两者形成纲目关系。

故事有两条情节线：英子成长与秀贞寻女。前者是副线、暗线，后者是主线、明线；前者是细节的、散文性的，后者是情节的、戏剧性的；前者是贯穿性的全剧主题，后者是段落性的单元分题。

故事采取了回顾式的结构，通过秀贞不断回顾前史，推动当前事件的发展。当英子突然发现妞儿就是秀贞丢失的女儿，这一“发现与突转”使剧情迅速达到戏剧性的高潮。

故事是由英子的主观视角引入的，在结尾部，转入英子告别故人的主题，英子成长的暗线浮现出来，用以收煞秀贞故事的分题单元。这样，就实现了主题叙事性对分题戏剧性的统一，主观抒情性对客观写实性的统摄。

故事结尾时，秀贞和妞儿的死，以及英子的突然昏倒，令人感到“无因而至，突如其来，与勉强生情，拉成一处，令观者识其有心如此”，犯了“有包括之痕”的毛病。①

第二个故事：厚嘴唇的故事（发展部26分10秒）

开端部

开场

厂甸小学空荡荡的操场，学校放学的摇铃声，小学生们奔出教室，拥进操场，人群中英子向老师行礼告别。［介绍英子的新身份和新环境。

影片的每一个故事都是相对独立的情节单元，每一个故事都是自我肇端，重新开头，有自身的开场和出脚色。

开端

新帘子胡同，英子胸前戴着校徽，挎着书包，哼着《麻雀与小孩》的歌往家走，两个男同学在踢球，球滚到英子面前，她踢了一脚。［由英子进入故事，强调故事由英子的角度叙事。

英子看到冯大明和他的毛驴，宋妈抱着两岁多的小弟弟站在门口。冯大明：“钱呢?”宋妈将钱交给丈夫：“省着点，丫头子那儿，常去看看。下次来把栓子带着，我有四五年不见他了，怪想得慌。”冯大明只顾埋头数钱，“哎，我走啦!”他乐呵呵地揣上钱，牵着驴离开。他迎面看到英子：“大小姐，下学啦?”英子没理睬他，走向宋妈：“他又把你的钱都拿走啦?”［冯大明与毛驴的意象再次重复。补叙宋妈还有一个女儿，寄养在别人家里。宋妈这一段与本情节单元无关，是宋妈故事的又一次伏线。

林家院里，英子进院，爸妈正在修理葡萄架。爸爸：“今天在学校好吗?”英子：“今天上课，我一句话也没说。”母亲：“吃红枣百合汤吗?”“吃!”“去吃吧!”［葡萄架，家庭的意象，暗伏英子与丫头子的对比。

① （清）李渔：《李笠翁曲话》，第49页。

发展

屋内，英子打开课本，欢喜地朝着院子里：“爸爸，我们今天学的课文有意思极了。我给你念念好吗？”爸爸：“好啊！”英子捧着课本走到院子里，高声朗读：“‘我们看海去，我们看海去，蓝色的大海上，扬着白色的帆；金红色的太阳，从海上升起来，照到海，照到船头；我们看海去，我们看海去。’爸爸，您说好不好？”爸爸：“好。”英子：“妈妈，您说呢？”妈妈：“我也说好。”英子：“我喜欢这篇课文，比上学期的‘人、手、足、刀、尺、狗、牛、羊’有意思多了。”爸爸：“可是你还没见过海呢。”英子：“谁说的，我们从老远老远的海上来，不是要坐船过大海吗？”母亲笑了：“那时你才多大，你怎么会记得呢？”英子：“反正我知道。我喜欢这篇课文。我念着课文就好像躺在船上，那海啊，就像是，就像是……”爸爸：“像什么啊？”英子：“反正我知道！”爸爸：“小脑瓜不错，将来长大了可以当个小说家。”英子：“什么叫小说家？”爸爸：“就是会写出故事来的人啊。”英子：“那好，我将来就写海的故事。”门口外面传来吵闹声。[念课文是与主题相关的例证性动作。《我们看海去》作为影片的分题寓言，寓意着第二个故事的情境：英子与生活的“大海”，以及“看海去”的事件，暗示着第二个故事的主旨是英子如何去认知世界。

高潮

林家院门外，几个男生在踢球，英子开门出来，皮球差点踢到她头上。英子一叉腰：“我妈说，不准在我们家门口踢球！要踢到别处踢去。”一个男生跑到对面荒废园子的门口，扒着门缝往里瞅：“这里头没有人，咱们在这儿踢！”另一个男生：“我听说这房子里常闹鬼。”胖男生：“白天怕什么？踢！”他抬腿一脚，球飞进了荒草丛生的园子。英子幸灾乐祸地拍手：“哦，好好好，掉进去咯！”男生隔着断垣残壁往里看，院里草长得比人还高，男生们相互推让着，谁也不敢进去捡球。英子跑过来：“胆小鬼，羞，羞！”胖男生：“你敢吗？”英子：“有什么不敢？哼！”她推开胖子，爬过断墙。

荒废的园子里很安静，只有蟋蟀的叫声，四处是比英子还高的蒿草，高大的古树，断了头的石狮子，忽然一只野猫蹿了出来，吓了英子一跳。英子在草丛中看到一个铜盘，揭开铜盘，下面是一个精致的小自鸣钟。外面传来男生的呼唤：“林英子，还没找到吗？”“没有！”“没有就算啦！你出来吧！”“哎！”英子慌忙地走出废园子。[闹鬼的园子烘托了故事的紧张气氛，预兆了不祥的结局，那只自鸣钟牵出了故事的悬念。如果说《我们看海去》是故事的起讲，那么荒草园子捡球就是入题。

结尾

晚餐后，宋妈在收拾碗盘。英子打开书包，准备做功课。宋妈：“太太，斜对门张家闹贼了。”妈妈在给两岁的小弟弟洗手：“哦，白天还是晚上？”宋妈：“不知道。听说偷了个铜茶盘，还有小自鸣钟什么的。”妈妈对躺椅上的爸爸：“咱们也得加点小心，大门上的锁已经坏了个把月了。”爸爸：“现在物价这么高，世风日下，加把锁有什么用啊！”英子：“爸爸，贼干吗要偷人家的东西？”爸爸：“他要吃饭，可是又没有钱。”英子：“他为什么没有钱？”爸爸：“呃，你还小，说了你也不懂。”英子：“贼是什么样子的？”爸爸：“一个鼻子，两个眼睛，和咱们一样呗。好了，好了，你别跟我缠了，快做功课吧！”[英子对贼的好奇和悬想，强化悬念。段落情节结束后的系扣。

发展部

开场

学校操场，体育课，大家围成一圈，往站在圈里的人扔球，英子抱住了球，人跌倒在地上，所有的同学都蹦起来拍手，英子躺在地上笑。[情节段落的起始。

开端

林家院子，宋妈晾洗衣服，英子哼着歌走进院子。宋妈："哎哟，瞧滚得这一身的脏土。你跟那俩野小子踢球，踢成这样？"父亲要出门，母亲抱着弟弟跟出来："带把锁回来！这阵子贼闹得厉害，连新华街上还闹贼呢。"父亲："新华街离咱们这儿远着呢，怕什么呀！是不是啊，英子？"父亲出门了。英子陷入沉思。[英子进荒废园子的心理动机。

荒废的园子，英子在荒草中走着，忽然撞见草丛中蹲着一个人，厚厚的嘴唇，年约二十多岁，穿一件圆领布褂。两人都显出惊慌的神情。英子扭头要走，厚嘴唇唤住她，"小姑娘，你等一等。你上这儿干吗来了？"英子心中一惊，跟着灵机一动："我，我来找球。"厚嘴唇从身后拿出皮球交给英子："你几岁啦，念书了没有？"英子："七岁，在厂甸小学念一年级。""我弟弟也在那儿念书。今年高小就毕业了。"英子："你一个人在这儿干吗？""呃，你说呢？""你是来拉屎的吧？真不讲卫生。"厚嘴唇笑了："我们这号人，讲不了卫生。"厚嘴唇掏出几个玻璃球递给英子："来，把这个拿去。"英子不肯拿，玻璃球滚到地上，"我爸爸说，人家的东西不能随便拿。"厚嘴唇："这孩子，你们家知道你上这儿来吗？"英子摇摇头。"那好，千万别跟人说看见了我。"英子点头："嗯！"天上传来乌鸦的叫声，厚嘴唇："回去吧，天要黑了。"英子走了几步，回过头："那你呢？""你先走！"他笑着向她挤挤眼睛。英子走了。厚嘴唇沉默无语，手里玩着弹球。[收在英子身上，煞在贼的人物性格上。

英子去看贼隐藏的赃物，却撞见了贼。她先是与贼小心周旋，跟着被和善的贼所迷惑，对他产生了信任感，放松了警惕性，以为他只是一个拉野屎的人。贼拿出玻璃球哄英子，实质上是一种"贿赂"，英子拒绝拿"人家东西"，双方完成了又一次交锋。对方一句"千万别说看见了我"，暴露了他的真实面目。平静中再起波澜。英子答应不告诉外人，与贼建立起一种"同盟"关系。

发展

早晨，英子在脸盆里洗皮球，听到宋妈在里屋说话，"先生，太太，还是界边儿张家，昨天夜里又闹贼了，丢了有三十多件，也许是天好晒衣裳，让贼给瞄上了。"宋妈出来，看到脸盆里的水，"这是你的脸，多干净啊！"英子："人家丢了东西，你还说热闹。"[过场戏。

胡同里，英子背着书包去上学，她看到警察在张家门口做调查，主人一家在诉说："我们家三十多件衣裳，还有大铜盘又没了。""还有一个银座钟是祖传的。""还有银簪子。"[过场戏。

教室里，英子和同学念课文："我们看海去，我们看海去，蓝色的大海上，扬着白色的帆……"[过场戏。

高潮

胡同里，下课放学的英子走到家门口，她坐在门槛上，瞅着对面的荒草园子，胡同里传来吆喝声："打竹帘子嘞！"英子大着胆子爬进了园子。[悠闲的环境气氛，暗示英子进荒废园子的心理动机。

荒废的园子，厚嘴唇在石狮子后面闪出来，“是你啊！放学啦，怎么不回家啊？”英子：“我猜你在这儿。”厚嘴唇：“上次忘了，你叫什么名字？”“英子，林英子。”“名字好听，功课好吗，在学堂考第几呀？”“第十二名。”“嘿，才十二啊，应该考第一，准是贪玩，是不是啊？我小的时候，就是贪玩，书没念好。我弟弟是个好学生，年年考第一，有志气，人家说啦，长大了还要漂洋过海去念书呢，可就凭我这没出息的哥哥，什么能耐都没有，哪儿供得起呀，奔窝头，我们家还常常吃了上顿没下顿。你们家吃窝头吗？”英子摇摇头。“你们家不吃窝头，那掺野菜的窝头你连见都没见过。我走到这一步，也是没法子。你明白吗？我妈不知道我干这一路。我弟弟也不知道，拿我当个好哥哥。我供弟弟念书，一心想让他成为像样儿的人。英子你说说，我是好人，还是坏人？我是好人？”英子摇头，“我是坏人？”英子还摇头。厚嘴唇痛苦地捂着脑袋。英子：“我，你，我不懂。人太多了，我分不清。你分得清海跟天吗，你见过海吗？我们有一课书，叫我们看海去。可我没见过海，我分不清海跟天，也分不清好人和坏人。”厚嘴唇：“对，海跟天，好人和坏人。小妹妹，总有一天你会分得清。”英子望着他，眼睛里盈出了泪花。[厚嘴唇的痛苦只能对一个孩子倾诉，英子无法回答他的问题，只有困惑与同情。

重点场面，揭示厚嘴唇偷东西的原因和动机，英子直觉地相信这个贼是好人，好奇大胆地接近厚嘴唇，两人缔结了“知交”的关系。厚嘴唇的生活，使英子看到了一个陌生的世界。

结尾

课堂上，老师弹奏风琴，英子和同学们在唱《麻雀与小孩》：“小麻雀呀，小麻雀呀，你的母亲，哪里去了？我的母亲，打食去了。还不回头，饿得真难受。你是我的小朋友，我是你的好朋友……”[第二个故事发展的结尾，用《麻雀与小孩》的寓言，暗示英子所处的危险处境。

《麻雀与小孩》是黎锦晖创作的著名儿童歌舞短剧，剧情讲述，老麻雀告诫小麻雀，要小心外面的坏人。小孩用小肉虫诱捕了天真的小麻雀，但是，当小孩看到老麻雀十分悲伤，便将小麻雀放走，让她回到母亲的怀抱。这个故事表达了母亲对女儿的爱，也表现了孩子的善良。这首歌曲暗喻着厚嘴唇对弟弟的爱，以及英子与厚嘴唇的“危险友谊”。

高潮部

开场

萧杀的鸣锣声，铿锵的铁镣声，荷枪实弹的士兵押着几个大学生模样的人走过来，他们衣衫褴褛，脸上带着血痕。路边站满了人群，英子从人丛中钻出来观看。一个穿着长衫的面貌英朗的人，戴着镣缓缓走过，他含着笑意看着英子，英子咬住了嘴唇。[大学生注视的目光，照映本故事结尾时厚嘴唇看英子的目光。厚嘴唇所代表的普通民众的苦难，为大学生的“造反”提供了缘由和说明。偷盗的厚嘴唇和“造反”的大学生共同构成了城南生活的时代环境。

开端

夜，母亲给英子盖上薄被，放下纱帐。英子：“妈，好好的人干吗要枪毙？”母亲：“怎么问起这个？”英子：“今天，我看见出红差的啦！都是学生。”母亲：“准是犯了罪呗。”英子：“犯什么罪？”母亲：“老是问啊问，老是问个没完，你还睡不睡啊？”

外间，三个学生的身影，父亲进到里间，在木匣子里取钱，母亲悄声地：“今儿个又在枪毙学生了，你还老招他们，怪吓人的。左邻右舍的眼杂，家里的孩子、用人看见了也不好。”父亲：

“你们女人家懂什么呀！”父亲走到外间，对学生：“如果事情定了，还是早一些走的好！”父亲将钱交给一个学生：“这些你带去用！”
英子爬起身，隔着帘子往外瞧。外间，母亲送上夜宵：“请用一点！”父亲低声地：“还有什么要准备的？”学生：“这边的事，就拜托你了。又给林先生添麻烦了。”［厚嘴唇帮助上学的弟弟，父亲保护受通缉的学生，兄弟之情与师生之谊，形成一种对比关系。

“出红差”的大学生、北大的思康叔、父亲保护的学生，三者有内在的关联。“出红差”的大学生与妞儿的父亲思康，构成失去父爱的语义；“出红差”的大学生与英子父亲庇护的学生，构成失去师长之爱的语义；父爱与师长之爱，转喻长幼之爱、尊卑之亲的语义，前后串联，构成主题陈述的关于家庭之痛、家园之恋、家国之思的语义。

发展
荒废的园子。英子唱着《麻雀与小孩》的歌：“我家有许多小肉虫，我家有许多小青豆……”她没有找到厚嘴唇，看到了草丛里有一个小铜佛，就拿在了手里。她又看到大石头下压着的一个布包袱。英子喊着：“喂！喂！”可是没有人回应。
胡同里，英子跑出荒废的园子，正碰上一个头上戴着草帽、摇着拨浪鼓的人，他看到了英子手中的小铜佛，“小姑娘，你拿的是什么啊？给我看看行吗？”英子把铜佛递给他，“哪来的呀？是你们家的吗？”英子指着园子：“从那里捡来的。”他要把小铜佛还给英子，英子跑走了，“我不要了，给你吧。”“谢谢你啦，小姑娘！”他向荒废的园子里张望。［英子幼稚无知，无意中“出卖”了厚嘴唇。系扣，悬念。

高潮
学校礼堂，台上挂着“毕业典礼游乐会”的横幅，礼堂悬挂着万国旗和纸链彩条。台下，准备演出《麻雀与小孩》的英子戴着小麻雀的纸冠，爸爸和妈妈坐在她的两边。学生们唱起学堂乐歌：“长亭外，古道边，芳草碧连天，晚风拂柳笛声残，夕阳山外山。天之涯，海之角，知交半零落。一瓢浊酒尽余欢，今宵别梦寒……”一个穿长衫的学生上台领毕业证书，英子看到厚嘴唇在台下迎接他，弟弟将毕业证书拿给哥哥看，兄弟两人欢喜地走了。歌声在礼堂中回荡：“问君此去几时来，来时莫徘徊。……人生难得是欢聚，唯有别离多。”英子注视兄弟俩离去。

《麻雀与小孩》和《骊歌》，包含着两个故事寓言，《麻雀与小孩》通过诱捕、释放的事件，表现了老麻雀对小麻雀的母爱，以及孩子与小麻雀的友谊；《骊歌》通过离别的事件，表现了知交惜别的情景。这两个寓言象征性地概括第二个故事的戏剧情境。

《骊歌》不仅是第二个故事的寓言，而且是全剧的寓言，因为它蕴含着告别童年的主题，表征着英子在四个故事结尾时，一次次告别的贯穿动作。

结尾
厂甸，熙熙攘攘的人群，宋妈领着英子在逛厂甸，英子手中拿着宋妈给弟弟买的拨浪鼓。宋妈在地摊上给小栓子选中了一个挂在脖子上的金锁。英子忽然看到厚嘴唇在带着弟弟玩套圈，他们赢了一个瓷人，欢喜地走了。［宋妈的例证动作，继续铺垫宋妈与栓子、英子弟弟的双重母子关系。宋妈给小栓子买的金锁与厚嘴唇送给弟弟的瓷人形成对比，对第三个故事（宋妈的故事）进行埋伏照映。
英子看到厚嘴唇带着弟弟在街边喝面茶。［通过英子的眼睛去看厚嘴唇对弟弟的亲情，传达英子对厚嘴唇的理解同情。

厚嘴唇命运的悬念，没有马上揭晓，此处采用“悬置”的方法，通过延宕加强观众对人物命运的关切。

结尾部

开端

荒废的园子，草丛中。厚嘴唇在检查布包里的衣服，“英子，这包袱你没有动过吧？”英子摇摇头。“我想也不是你，要是你倒好了。”英子委屈地：“不是我。”厚嘴唇：“我没怨你。这地方我不能久待了，你明白吗？往后你不要再到这儿来找我了。”英子：“你今天好像特别不高兴，可是昨天……”“小妹妹，我忘不了你，又聪明，又厚道，回去吧，这两天别再来了。”英子走出园子，她回转头看着草丛中的厚嘴唇，他向她挤挤眼睛。拉镜头，渐渐拉远，厚嘴唇逐渐隐没在荒草中。乌鸦的叫声，悠悠的笛声。[英子回头是情节的收，拉镜是情境的煞。

发展

英子从荒废的园子出来，往家里走，迎面碰见了戴草帽摇拨浪鼓的人，后面跟了两个警察，他们直奔荒草园子去了。英子听到街坊邻居们的议论声：“看捉贼！”“大婶、二大爷，快看那边！”“快过去瞧瞧！”顿时，胡同里跑来不少看热闹的人。英子跑到家门口，宋妈抱着弟弟和母亲站在门口。英子：“宋妈，发生什么事了？”宋妈：“捉贼，说是抓着贼了。”英子向荒草园子望过去，人们在议论：“用绳子捆上了。”“是那个戴草帽的便衣发现的。”“怪不得，他在这里猫了好多天。”

高潮

在人群簇拥下，两个警察押着厚嘴唇走过来了，英子胆怯地藏到宋妈身后。厚嘴唇停住脚步，笑着向英子挤挤眼睛，英子咬住嘴唇，警察在后面搡了他一把，将他带走了。英子望着厚嘴唇远去的方向，泪水在眼眶里打转。童声合唱的《骊歌》响起。[厚嘴唇先后四次向英子挤眼，他的目光让英子感到愧疚和恐惧。厚嘴唇的目光与“出红差”大学生的目光形成对比。

结尾

课堂上，教师在弹奏风琴，学生们齐声唱着：“长亭外，古道边，芳草碧连天，晚风拂柳笛声残，夕阳山外山。天之涯，海之角，知交半零落……”林英子咬着嘴唇，眼里含着泪水。歌声淡出，交响音乐起。[发展部的收煞。林英听同学们唱《骊歌》为情节的收，器乐演奏《骊歌》为情境的煞。当声乐转为器乐之时，造成观众对具体情境的间离，由“有我之境”向“无我之境”升华。

第二个故事小结

我们将第二个故事的情节内容，归纳整理如下：

开端

开场：夏天的学校操场，学校放学。

开端：家中庭院，父母收拾葡萄架。

发展：英子给爸妈念《我们看海去》。
高潮：荒草园。英子发现铜茶盘。
结尾：家中，英子问父亲贼长什么样子。

发展

开场：学校操场的体育课。
开端：荒草园，英子初识厚嘴唇。
发展：街道，英子看到警察在调查。课堂上，念《我们看海去》。
高潮：荒草园，与厚嘴唇再次交谈。
结尾：课堂，同学合唱《麻雀与小孩》。

高潮

开场：出红差，英子看到大学生的目光。
开端：夜，英子看到父亲送学生离京避难。
发展：荒草园，英子将小铜佛送给便衣。
高潮：毕业典礼，学生合唱《骊歌》，英子见到厚嘴唇与弟弟。
结尾：厂甸，英子邂逅厚嘴唇与弟弟。

结尾

开端：荒草园，英子与厚嘴唇告别。
发展：英子听街坊议论，看到便衣和警察。
高潮：厚嘴唇被抓走，厚嘴唇向英子挤眼睛。
结尾：课堂，教师领同学们唱《骊歌》。

第二个故事，一方面描述了英子愉快的校园生活和温馨的家庭生活，另一方面描述了英子看到的、令她困惑和恐惧的外面世界。外面世界的故事（厚嘴唇的故事）是主线，校园和家庭生活是故事背景。

第二个故事，运用了一篇课文《我们看海去》和两首歌曲《麻雀和小孩》《骊歌》，它们实际上构成了三个寓言。《我们看海去》的抒情散文，结合英子与同学做游戏、玩球，构成了一系列的温暖意象，明喻着一个浪漫美好的童年世界；《麻雀与小孩》的剧情，暗喻着一个充满危险的世界，结合闹鬼的荒草园子、小偷和他偷东西的道理，以及出红差的大学生、父亲保护的学生、母亲的担惊受怕，构成了一个凄凉、黑暗的未知世界。《我们看海去》和《麻雀和小孩》构成两幅不同色彩的世界图景，反映了英子对外部世界认知的矛盾和内心情感的冲突。故事结束时，"蓝色的大海"不复存在，善良的厚嘴唇、笑眯眯的便衣警察、出红差的大学生，在英子的眼中构成了变幻莫测的黑暗人生的"大海"。

《骊歌》的寓言，不仅喻示着厚嘴唇的兄弟之爱、英子与厚嘴唇的"知交"关系，还涵盖了全剧的"告别"主题，形成了全片主题情境对第二个故事的分题情境的统摄。

第三个故事：宋妈的故事（高潮部21分钟）

开场

初小二年级甲班的牌子，下课的摇铃声，英子随着同学们走出教室。学校操场上充满了学生们的喧闹声。［时间一年以后，英子已升到二年级。人物的新身份。由英子开场，表明第三个故事，从英子的角度叙事。

开端部

开场

胡同里，英子与同行男生说再见。英子看到一头毛驴系在家门口，探头看看院里，对着毛驴："呸，又来了！"［毛驴的第三次重复，暗喻冯大明是一个畜生。

开端

英子进院，宋妈在洗衣服，侄子蹲在一边喝水。宋妈："柱子，你进城的时候，看到我们小栓子了吧？"柱子支支吾吾的："没……没看见。我是打刘村，我舅那儿来的。""那我的丫头给刘村金子他妈带着，孩子结实不？"柱子："没，没听说。二婶，要不你回去看看也好，都三四年没回去了。"柱子放下水碗，拿起草帽和褡裢，"我该走了！"宋妈："等等！……得，你走吧！给你爹妈带个好。"宋妈送侄子出门。［迅速由柱子带入悬念，系扣。

宋妈是第三个故事的中心人物，宋妈对两个孩子的思念，构成第三个故事的悬念。

发展

宋妈在给两三岁的弟弟洗脚。宋妈疼爱地："小脚丫哟，臭丫丫哟！"洗脸的英子："你家小栓子多大啦？"宋妈："比你大四岁，十二岁了。"英子："那他该小学毕业了。"宋妈："乡下人有你这好命啊？他成年价给人看牛哪。"英子："那你家丫头子呢？"宋妈："丫头子啊，花钱给人家带着呢。"英子："将来还归不归你？"宋妈笑了："我的姑娘不归我，那你归不归你妈？"英子："那你为什么不自己带，为什么到我们家当老妈子？为什么你挣的钱，又给别人去？"宋妈："为的是？咳，我说了你也不懂，俺们乡下人命苦！今年个可得回家看看，打一开春这心里就老不顺气。"［侄子的到来是故事的起讲，英子与宋妈的问答是入题。

英子与宋妈的对话，点出了第三个故事的主题，林家的儿女不归宋妈，宋妈却将无处寄托的母爱转移到林家儿女身上。

院子，父亲从外面进院，英子上前接过父亲的皮包。弟弟叫："爸爸抱。"父亲从宋妈怀里接过弟弟，咳嗽着进屋。

正屋，母亲迎出来："回来啦！小弟，快不要让爸爸抱，爸爸身体不好。"她接过孩子："去过医院了吗？""去过了。""医生怎么说？""医生让我住一个时期的医院。"英子拿着父亲的拖鞋出来："爸爸，你病了，我怎么不知道？"父亲对她摆摆手："没什么，自个儿玩吧！"英子走开，父亲又咳嗽起来。［为父亲的病逝作伏笔。

高潮

夜，正屋外，屋里传来父亲的咳嗽声，英子坐在屋门外独自发呆。宋妈走出来："替我写封信，行不？"英子："给谁？是写顺义县牛栏山冯村，妥交冯大明吾夫平安家信吗？"隔着竹帘子，传出父亲的咳嗽声。宋妈悄声让英子到厨房去写。推镜，帘子后面父亲想喝一口水，突然一阵剧烈的咳嗽，他只得放下水杯。

厨房，挂着电灯，英子面前铺着一张纸，她拿起笔："写什么？"宋妈纳着鞋底："你就写，家里大小可平安？小栓子到野地里放牛要小心，别下水里去玩。丫头子那儿，别忘了到时候送钱去，多给人家道道乏。拿回去的钱，前后快二百块了，后坡的二分地该赎就赎回来，省得老种人家的地。还有，少喝点酒，我这儿倒是平安，就是惦记着孩子，赶下个月把小栓子带来，我瞅瞅也安心，还有……”英子听着，笔停了，愣愣地望着宋妈。由窗外向内拍摄，灯下的宋妈与英子。[收煞。收在宋妈对栓子的牵挂，煞在英子对宋妈的同情。

第三个故事开端的高潮，明写宋妈对小栓子的牵挂，暗写英子对父亲的担忧。英子感受到生活的深不可测，一种令人不安的未来在渐渐临近她。

发展部

开场

小学校，操场，下课的铃铛声。学生们从教室里奔跑出来，顿时操场上喧哗起来。英子和同学向老师告别。[操场，下课铃声，段落起始符号。

开端

林家门口，母亲正在用旧报纸换杂货。换绿盆的敲着盆：“您听听，您听听这声儿，赛江西瓷的，哪儿找这绿盆去。您就再添点吧！”英子跑过来：“妈，我要换小板凳！”[由英子引入，强调英子的主观视角。

宋妈提着破铁锅和几双旧皮鞋出来。换绿盆的：“添吧，您哪，您就再添点吧！”母亲：“我们不换了！”英子撒娇地：“换嘛！”换绿盆的：“得得，换啦，换啦！唉，谁让我今儿没开张呢？”他拿过一个小板凳，英子要挑另一个。小弟弟叫起来：“我也要小板凳！”宋妈：“好，也给你挑一个。”英子拿了两个小板凳，宋妈对弟弟：“瞧，我们的新板凳！”

发展

院子里，宋妈和英子、小弟弟坐在葡萄架下。宋妈：“等栓子来了，给不给栓子坐新板凳啊？”弟弟：“给。”英子：“我也给。”宋妈：“等栓子来了，别笑话他呀，他是乡下人，可土着呢。”英子：“我不会。”宋妈：“他呀，比你大四岁！长得可高了，该有？”英子一伸胳膊指着葡萄架：“该有这么高！”宋妈乐了，将弟弟抱到膝盖上颠呀颠的，口中念道：“鸡蛋鸡蛋壳壳儿，里面坐个哥哥儿，哥哥出来买菜，里头坐个奶奶，奶奶出来烧香，里头坐个姑娘，姑娘出来点灯，烧着鼻子眼睛。”英子跟着一齐念，宋妈捏捏弟弟的鼻子，疼爱地把弟弟抱在自己怀里。[两个板凳的意象，暗喻宋妈的心中除了林家的儿女，还有自己的儿女。

童谣《鸡蛋鸡蛋壳壳》蕴含着母爱、亲情和童年欢乐，构成了第三个故事的寓言，暗喻着第三个故事的情境。

高潮

夜，宋妈给弟弟盖毛巾被，她看到弟弟的脸通红，将头贴在孩子额头上，“哟，好烫啊，别是出疹子了吧？”母亲走近观察：“嗯，像，还没发出来呢。”宋妈：“要小心，别遭风，熬点芦根汤，睡一宿，明儿个发出来就好了。”宋妈出去熬药，母亲守在弟弟床边。

屋外，宋妈将熬好的药汤倒在碗里。宋妈：“英子，来，会不会把这药渣倒到街上去？可不能把药罐打了。”英子：“才不会呢。”她端着药罐往门外走。[穿插英子，强调英子的主观视角。

屋内，英子拿着药罐子进屋，听到弟弟在叫唤：“苦，不喝嘛！”母亲：“不听话？我让宋妈回去啦！（对宋妈）回去吧，宋妈，把小板凳、新衣裳，都送给小栓子、小丫头子去。”宋妈把药碗放在母亲手中，转身要走的样子，“走喽，回家找俺的小栓子、小丫头子去喽！”弟弟忙招呼：“宋妈不走，宋妈不走！”母亲：“那好，宋妈不走了，快喝吧！”弟弟皱着眉头，乖乖地喝药。

宋妈反身回来："不走，我不会走！"弟弟搂住宋妈的脖子："宋妈！""哎！"宋妈答应着，把脸贴在孩子脸上，轻摇着："我还是要俺弟弟，不要小栓子，不要丫头子，就要俺弟弟。"弟弟委屈地嘟囔着："宋妈，不走！"宋妈喃喃地："我不回家，不要小栓子。"英子抬头看宋妈，宋妈悄悄地揩去眼角的泪花。[宋妈的代母心理，一方面是母爱的失落，另一方面是从弟弟身上得到了母爱的补偿。

结尾

餐桌上，父亲在看报纸，他忽然咳嗽起来，用手绢捂住嘴。母亲："你还是听医生的话，去住院吧！"她拿来一瓶咳嗽药水，"你整夜地咳，咳得我胸口都疼了。"父亲："喝完这瓶药再说吧！"他喝下一勺药，揉着胸口。[为父亲的病重住院作伏笔。

英子："妈，我昨晚上看到宋妈哭了。"母亲："为什么？"英子："哄弟弟呗。我看她一边掉眼泪，一面说着我不要小栓子。"父亲："她惦念自己的孩子了。"母亲："她跟我提过想回趟乡下的。"英子："宋妈回去了，早晨谁给我梳头？弟弟拉了屎，谁给他擦屁股？"父亲乐了，又止不住咳起来，母亲不安地给他捶背。[在文学剧本中，此处交代英子是喝宋妈的奶长大的。

高潮部

开场

林家院门口，宋妈抱着弟弟在等待栓子的到来，口中念着歌谣："槐树槐，槐树槐，槐树底下搭戏台，人家的姑娘回来了，就差我的姑娘还没来。"弟弟手中摇着宋妈在厂甸买的拨浪鼓，英子在树下手搭凉棚，望着胡同里来往的行人。宋妈还在念："说着说着就来了，骑着驴，打着伞，光着屁股挽着纂儿……"英子忽然看到冯大明牵着毛驴，打胡同里走过来，"看，真的来了。"[强调英子的主观视角，英子对宋妈念子之心的感同身受，伏笔，照应结尾对于宋妈失去儿女的内疚。

开端

冯大明站到宋妈面前，胆怯地呵呵笑，他取下头上的毛巾掸身上的土，英子捂着嘴跑到宋妈身后。宋妈绷着脸，一双眼睛瞪着他："孩子哪？"冯大明支吾着："上，上他大妈家去了。"宋妈抱起弟弟，扭身就进了林家的大门，英子拿起小板凳跟在后面，冯大明忙从驴背上捧出一把红枣："大小姐，给！"

林家院子里拴着的毛驴，撒了一地的草料。

发展

黄昏，林家大门口，英子脖子上挂着穿成串的红枣，嘴里哼着："槐树底下搭戏台，人家的姑娘回来了……"她蹦蹦跳跳地跑到林家门口，忽然，她止住了脚步，院门里，木板照壁前面，冯大明叼着烟袋蹲在地上，宋妈捂着嘴在低声呜咽着。[照壁的位置，既不在林家门外，又不在林家门内，这正反映了宋妈的尴尬处境。

正屋，母亲在给弟弟喂饭，父亲在一边沉默不语。英子进屋："妈，宋妈哭呢！"母亲叹气："宋妈的小栓子已经死了。丫头子说是让人带着，其实也早让她男人给了人了，到现在才说出来。怪不得宋妈这阵子，总说心里不安。上一次，她侄子来就是话里有话的。"父亲沉吟了一刻："英子，去把宋妈叫来！"

高潮

院门里，木照壁前，宋妈还在哽咽哭泣。英子小心抚摸着宋妈的膝盖，悄声地："宋妈，我爸叫你！"宋妈忙用围裙擦拭眼泪，起身进院去了。英子生气地瞪着冯大明："恨死你了！"

屋里，宋妈哭诉着："丫头子给了人啦，栓子死了，俩孩子都没了。我还回去干吗？不回去了，死也不回去了。"她拿过母亲手中的饭碗，蹲下来给弟弟喂饭。

父亲："你的丫头子到底给了谁了？能找回来吗？"宋妈泪水涟涟："好狠心啊，那年抱回去，敢情还没出哈德门，他就把孩子给了人了，他说没要人家钱，我就不信。"母亲："给了谁啦？有名有姓，就有地方找哇。"宋妈："说是给了一个赶马车的，赶马车的北平满世界转，我上哪儿找去？"她捂着脸哭泣。英子依偎在父亲身边，父亲抚摸着英子的头。[将戏落到英子身上。

在前三个故事的开场或开端，总是会有冯大明牵着毛驴来到林家的场景，重复插叙宋妈将工钱交给丈夫，以及惦念栓子和丫头子的情节。宋妈在前两个故事中，是以穿插、过场和陪衬方式出现的，直到第三个故事，她才作为主要人物出场。由于影片上部进行了"润物细无声"的铺垫，在此处产生了强烈的心理冲突和戏剧性效果，但是又显得具有散文性的自然、舒展。宋妈的故事包含了母爱的被剥夺和失落，以及她将母爱代偿性地给予了主人家的儿女，可以说是对前两个故事（秀贞和厚嘴唇故事）爱的主题的深化。

"草蛇灰线"

"草蛇灰线"是照映埋伏的具体运用方法。传统小说和戏曲经常采用这一结构技巧。所谓"草蛇"，指蛇从草丛中穿过，虽然不会留下脚印，却仍会留下痕迹；所谓"灰线"，指丝线在炉灰中拖过，虽然线特别轻微，仍然会留下依稀的印迹。"草蛇灰线"比喻事物留下隐约可寻的线索和迹象。剧作者进行前后细节的草蛇灰线般的照映埋伏，勾联起前后情节潜在的联系，最终造成出人意料又令人回味无穷的效果。

李渔说："所谓无断续之痕者，非止一出接一出，一人顶一人。务使承上启下，血脉相连，即于情事截然绝不相关处，亦有连环细笋伏于其中，看到后方知其妙，如藕于未切之时，先长暗丝以待，丝于络成之后，才知作茧之精，此言机之不少也。"①

结尾

夜，厨房。灶台的火光照着宋妈憔悴的脸。冯大明垂头蹲在墙角。门开了，英子站在门口，宋妈抬头哀伤地看着英子，英子眼中含着泪水。笛声的《骊歌》旋律。英子走到灶台边，她扑进宋妈的怀里。[宋妈的故事由英子的角度进入，由英子的角度收尾。

宋妈搂着英子，失神地望着灶台下的火光。[宋妈的长镜头，宋妈失去儿女的悲伤情感和万千思绪，在这个镜头中得到展示。

林家的儿女不属于宋妈，宋妈却将无处寄托的母爱转移到林家儿女身上。英子对宋妈抱有一种悲悯和怜惜，还有难以说清的负疚心理。

第三个故事的小结

第三个故事是宋妈的故事。宋妈在影片一开场就登场了，冯大明和毛驴作为照映埋伏，穿

① （清）李渔：《李笠翁曲话》，第16页。

插在前两个故事之间，形成意象的回环照映。宋妈的故事与前两个故事相比，更加散文化。我们将故事的情境、寓言、意象列表如下：

故事的情节内容：宋妈失去了自家的儿女，将无处寄托的母爱转移到林家儿女身上。
故事的情境寓言：宋妈念诵的两首表现亲情的儿歌，《鸡蛋鸡蛋壳壳》《槐树槐》。
故事的情境意象：冯大明的毛驴、两个小板凳、《骊歌》音乐。

第三个故事的背景中，穿插了英子父亲生病的细节（两次咳嗽、一次吃药并谈到住院），以及英子隐隐的不安，它们断断续续，没有构成连贯的情节。这种草蛇灰线般的铺垫，使得剧情进入第四个故事时，情节发展在逻辑上虽然是断裂的，但是，在主人公英子的心理和情感逻辑上是连贯的。

第四个故事：父亲的故事（结尾部 2 分 13 秒）

开场
冬季的校园操场，屋顶覆盖着积雪，操场上堆着雪人，下课的铃铛声，学生从教室奔出，操场一片喧哗。[操场和下课铃声，段落符号。虽然作为第四个故事的开场，实际上是发展与高潮之间的过场。

开端（无）

发展（无）

高潮
医院大楼外，灌木上盖着薄雪，戴着毛线帽、背着书包的英子，走进医院大楼。安静的走廊，英子问护士："十二号病房在哪儿?"
病房，英子推门进来。躺在病床上的父亲："你怎么一个人来了?"英子："妈妈不肯带我来，说这病，小孩子要传染。""妈妈说得对，下回不要来了!""可我想爸爸呀!""我也想你呀!"英子从书包里取出成绩单。父亲看成绩单："嚯，真不简单啊，考得不错啊！这学期迟到过吗?""这上面不是写着吗，一次也没有。自从一年级那天下雨，我想逃学，不起床，挨了你的打以后，我再也没有迟到过。"父亲："那次打你，你还记得?""打得好疼啊，想忘也忘不了。"父亲眼睛里流露出依恋和忧伤的神情："你恨父亲吗?"英子："不恨!"父女二人对视，两人的眼眶都潮湿了。父亲抚摸着英子的头："不恨就好！你已经长大了，是不是?"特写，英子眼睛湿漉漉地看着父亲。《骊歌》音乐。[全片故事以父女关于驼铃的对话开端，以父女在医院的对话收尾。

医院对话这场戏，让观众意识到还有第四个故事：父亲的故事，或者说它是所有故事的缘起，它才是最重要的、最基础的，先于所有故事的故事。

影片是林海音用过去时态讲述的，父亲之死不仅是影片的中心事件，而且是叙述前三个故事的情感基础。父亲的形象一直作为背景穿插在前三个故事之中，直到全剧结尾，他才作为事件人物登场，以死亡迅速地"收"拢了全剧的剧情，"煞"止了全剧的情境。

英子与父亲的关系，在前三个故事中如草蛇灰线，若隐若现。在全剧的冲场，最先介绍了父亲与英子关于驼铃的对话，确立了父亲对英子的教化关系。在第一个故事中，父亲到惠安会馆去见学生，引出英子见到秀贞，并以父亲收尾。在第二个故事中，英子给父亲念课文，父亲夸赞她“将来长大了，可以当个小说家!”在第三个故事中，父亲关心丫头子的下落，等等。英子和父亲的戏看似平淡、散漫，却形成了英子叙述故事的情感基调，以照映埋伏的方式，成为故事叙述的贯穿主线。

清代文学评论家毛声山说：“予尝闻善弈者之言矣。其言曰：凡下第一着时，先算到三着四着，未足为善弈也。……人若不能算到全局，而但看此十数着，则无一着不是闲着；若能算到全局，而后看此十数着，则无一着是闲着。……淡淡数笔，由前而观，似乎极冷、极缓、极没要紧，乃由后而观，竟为全部收局之极紧、极要，极不可少之处。”(《第七才子书〈琵琶记〉》)

结尾
满山红叶，迭化，再迭化……悲凄的《骊歌》音乐。[红叶连续迭化六次。
台湾义地，红叶飘坠，鸦声鸣叫，荒冢垒垒。英子父亲的新墓碑，臂缠黑纱的母亲、英子、弟弟站在墓前，宋妈站在一边。
全家人走出台湾义地，母亲带着弟弟上了马车，英子与宋妈告别。
义地里，三个青年学生来到林先生的墓前，献上一束红叶，低头肃立。[必需场面。
山道上，宋妈神情落寞地挎着小包袱坐在驴背上，冯大明牵着驴走了。英子趴在马车上回首，毛驴驮着宋妈渐渐走远，身影消失在山路上。
马车也载着英子驶远了，最终她的身影也消失在山坳中。
山风吹拂着燕山的栌树林，鲜艳的红叶在飘动。竹笙吹奏的《骊歌》音乐。演员字幕。剧终。

台湾义地一场既是第四个故事的结尾，也是全剧的结尾，它统一和归结了前面的四个故事，构成了全剧的情感高潮、命运高潮、内心动作高潮、主题高潮、情节高潮、视听高潮。

全剧的情节“收”在英子全家人向父亲告别，以及英子与宋妈告别的动作上。全剧的情境“煞”在山道上的毛驴、远去的马车和满山红叶的意象上。

最后的镜头，机位架在宋妈与英子之间，它代表着观众站立的位置，一边是驴背上的宋妈走远了，另一边是马车拉着英子走远了，只留下观众伫立于原地，永久地停留在此时此刻。此时，情与景相互交融，由“有我之境”升华到“不知何者为我，何者为物”的“无我之境”。

第四个“故事”的小结

第四个“故事”接续在第三个故事后面，只有高潮和结尾部分。这里的“故事”是加引号的，因为影片由始至终都穿插着父亲的形象，却没有一条连贯的父亲故事的情节线。所以，“父亲”不是作为一个情节线贯穿全剧的，而是作为一个中心意象贯穿全剧的，或者说是以一种主题意象统摄和凝聚全剧的。

第一个故事：秀贞故事中的父亲
开端部开场：父女关于驼铃的对话。
发展部开端：父亲给英子买风车，带她乘车回家；
英子看到父亲去惠安会馆看学生，讨论时事。
发展：父亲训英子，“不听话，就打!”见她染指甲，说她是“小妖精”。

高潮：英子告诉妞儿，爸爸“打起来不疼，就像给我掸土”。

结尾部：父亲带病愈的英子乘马车离开，告诉她：“会有新的家，新的朋友，新的学校。”

第二个故事：厚嘴唇故事中的父亲

开端部开端：父亲和母亲一同修理院中的葡萄架。

发展：英子给父亲念课文，父亲夸赞她，“将来长大了，可以当个小说家！”

结尾：英子问父亲：“贼长什么样子？”

发展部开端：父亲告诉英子，贼离得远着呢，不要怕。

高潮部开端：英子看到父亲把受通缉的学生叫到家中，送路费给学生。

高潮：父亲和母亲参加英子学校的典礼。

第三个故事：宋妈故事中的父亲

开端部发展：父亲生病咳嗽，英子关心询问。

高潮：父亲在屋内咳嗽，英子屋外不安地发呆。

发展部结尾：父亲整夜咳嗽，英子听到母亲劝他住院，看到父亲喝药。

高潮部高潮：英子看到父母关心丫头子的下落，将宋妈留在家中。

第四个故事：父亲的故事

高潮：父亲与英子在病房对话：“你已经长大了，是不是？”

全剧的结尾：台湾义地，全家为父亲送葬，学生们来献上一束红叶。

前三个故事造成危机的逐步递增，灾难一步步逼近英子，由邻居家——→同学家——→自家女佣——→自己的父亲，最后沉重的一击，父亲离英子而去，剧情最终达到人物命运的高潮、主题的高潮。

在前三个故事中，父亲是作为背景、陪衬、过场和穿插出现的，但是到了全剧结尾，以医院父女对话为高潮戏，将此前这些细节串联起来，形成了父爱的连贯“情节”，构成了全剧的第四个“故事”，最终在燕山下的台湾义地对全剧进行收煞。在戏曲结构中，这种内部串联的、若有若无的结构方法，被称为“照映埋伏”。

照映埋伏

戏曲具有线性和散点的结构特点，所以十分注意关目之间的统一性和关联性，照映埋伏是实现单元结构之间关联性的重要方法。一方面，它是情节之间的“照映”，另一方面，它是意象之间的“照映”。

李渔说：“每编一折，必须前顾数折，后顾数折。顾前者欲其照映，顾后者便于埋伏。”“不止照映一人，埋伏一事。凡是此剧中有名之人，关涉之事，与前此后此所说之话，节节俱要想到。宁使想到而不用，勿使有用而忽之。”①

照映埋伏经常出现在史诗影片的首尾之间，例如电影《一江春水向东流》，首尾两次双十国庆，前后相隔十年，国家兴亡，家庭变迁，形成前后的照映埋伏。

照映埋伏经常通过器物来体现，如电影《霸王别姬》中宝剑的系列运用：寻剑、赠剑、还剑、烧剑，层层埋伏，勾连起段小楼与程蝶衣的种种恩怨，揭示了“姬别霸王”的前因后果。

照映埋伏之所以重要，在于它不只是情节之间的写实关联，而且是意象之间的相互照映。如电影《一江春水向东流》中，战前与战后的月亮，公馆与亭子间的月亮，形成了意象的相互

① （清）李渔：《李笠翁曲话》，第8、16页。

照映。意象的照映埋伏，要遵照纲目结构进行有序分布，避免造成零散的“碎金散玉”，从而实现“水影相涵”“无断续之痕”的效果。

4. 小说创作和剧本改编

林海音（1918—2001），原名林含英，原籍台湾苗栗县头份镇，五岁随父母迁往北平，就读城南厂甸小学、春明女子中学、北京新闻专科学校。十三岁时丧父，家道中落。在《世界日报》当实习记者期间与编辑、作家夏承楹相识，两人于1939年结婚，1948年举家迁往台湾。林海音在台湾创办和主编文学杂志，后经营文学出版社，提携了一批台湾文学青年。林海音创作了一批长篇小说、短篇小说和散文，《城南旧事》（1960）为其代表作。1998年荣获台湾颁发的文学“终身成就奖”。

林海音十三岁时失去了父亲，作为家中的长女，她未成年就开始帮助母亲照顾六个年幼的弟妹，品尝到了生活的种种艰辛。在散文《窥书记》中，她讲到了由于买不起书，而到书店去蹭书读，遭人白眼的经历。父亲的早逝在林海音的心中留下了一生难以抹去的阴影，早年丧父的情结成为《城南旧事》创作的缘起，书中弥漫着哀婉、恐惧的情绪，潜伏着渴望保护的心理诉求。童年丧父的心理创伤，奠定了有关城南生活回忆的情感基调。

《城南旧事》是林海音以七到十三岁的童年生活为背景的一部自传体短篇小说集，英子童年居住的城南地区，居民大多是一些贫苦市民、艺人和打短工的农民。书中描写的“疯女人”、小偷和老妈子，他们因为贫困、愚昧而造成家庭破碎，给予了英子以“大海”般的人生启示。

《城南旧事》包括五部短篇：《惠安馆》《我们看海去》《兰姨娘》《驴打滚儿》《爸爸的花落了，我也不再是小孩子》。由于内战造成两岸隔绝，童年回忆被笼罩上了“淡淡的哀愁，沉沉的相思”。

编剧伊明在进行电影文学剧本改编时，将具有戏剧性的秀贞、厚嘴唇、宋妈的故事，改编为三个独立的故事；将散文化的父亲的故事，改编为全剧故事的贯穿线。兰姨娘的故事因为偏离亲情的主题而被删节了，只取了其中“出红差”和“北大学生”的部分材料。

《惠安馆》秀贞和妞儿的故事————————开端部：第一个故事
《我们看海去》厚嘴唇的故事————————发展部：第二个故事
《驴打滚儿》宋妈的故事——————————高潮部：第三个故事
《爸爸的花落了》爸爸和我的故事——————结尾部：第四个故事
《兰姨娘》台湾进步学生与姨太太的故事———取部分材料：出红差、北大学生

剧本在改编中，弱化了原作的戏剧性因素和传奇色彩，如英子偷了妈妈的金镯子送给秀贞当路费等情节，进一步强化了原著的散文性和抒情性，并将父亲的形象作为统摄全剧情境的中心意象。

5. 影片分析

《城南旧事》被人们称为串珠结构，它只是概括了影片的情节结构。情节结构仅是影片结构组织的一部分，而不是其全部。影片的结构是由情境、情节、意象三个方面构成的。情境是潜在的结构形式，情节是外在的表现内容，意象是虚拟的诗化形态。它们共同构成了影片的形式

结构、内容结构和诗意系统。在影片中这三者是融为一体的。

我们将情境、情节、意象三者的关系，称为纲目关系。其中包括：情境的纲目关系（主题情境与分题情境），情节的纲目关系（贯穿情节与单元情节），意象的纲目系统（主题意象与分题意象）。

下面我们从三个方面来介绍影片的纲目结构：

情境结构：由中心人物和中心事件发展出次要人物、次要事件；
　　　　　由主题情境造成分题的情境结构重演和情节过程重演；
情节结构：中心人物的主观叙事，草蛇灰线的贯穿情节线；
意象系统：意象系统的构成、影片的意象布局

我们首先介绍影片的情节结构，然后再介绍情境结构，最后介绍意象系统。

(1) 情节结构——贯穿情节与单元情节

《城南旧事》是由三个独立的故事（秀贞与妞儿的故事、厚嘴唇与弟弟的故事、宋妈与儿女的故事）和一个散文化的贯穿故事（英子与父亲的故事）构成的。前三个故事如同三个珠子，第四个故事如同一条线，将三个珠子串联起来。这样一种结构，人们习惯地称之为"串珠结构"。

"串珠结构"不是一个严谨的结构概念，只是一种约定俗成的说法，人们又叫它"串糖葫芦"结构。人们用它们来形容，由一条线连贯若干具有相似性的、相对独立的情节单元的结构形式。这条贯穿线一般由中心人物，以及他（她）的行动贯穿线构成。例如根据同名话剧改编的电影《陈毅市长》(1981)。

中心人物的行动贯穿线——主观叙事的心理情节线

影片在改编这部自传体小说时，采用了第一人称的叙述形式。影片用英子的主观视角来讲述全剧的四个故事。影片有60%的镜头采用了低视角拍摄，通过英子的眼睛来观察成人的世界。

"大小姐"英子受到了父母和宋妈的呵护和宠爱，她作为一个城南生活中的"侥幸"者，关注着身边失去庇护的同龄人，贫困和死亡的阴影在英子的四周徘徊，直到她也沦为不幸者中的一员。

英子在前三个故事里扮演参与者的角色，她是故事的在场者，也是最多的知情者。她既是弱小者的盟友，也是她们的加害者。英子感到对秀贞母女的死、厚嘴唇的被抓、宋妈失去儿女，负有"责任"。她一直抱着困惑、同情的心情和无力救助的负疚情绪，故事的肇始和终结都落在英子的内心动作上，构成连贯的心理事件、心理情节。

英子在四个故事中，反复出现的例证动作是告别：告别"疯女人"、告别"厚嘴唇"、告别"宋妈"、告别父亲。影片的感伤哀婉的氛围是由英子的过去时态的"童年离我而去"的再三叹惋之情构成。

在影片的一开场，人过中年的英子以成年人的身份进行回顾，为影片奠定了难忘丧父之痛的情感基调。影片过去时态的回忆抒情结构，决定了它的事件秩序不是时序性的，而是心理逻辑的，中心事件（父亲病逝）发生在全剧结尾，但是却在开场之时就发挥着潜在的影响作用，影响到一系列事件的关注、侧重、铺排。这种由心理逻辑决定事件逻辑，由心理情节决定各单

元的事实情节的叙述方法，奠定了影片抒情性、散文化的独特叙事风格。

全剧以父亲死亡和童年结束的凄凉结局，作为影片叙事的情感起点。影片在进行过去时态的讲述过程中，时时流露着对父爱的依恋，弥漫着“此情可待成追忆，只是当时已惘然”的情绪，它赋予叙事的一种悲情和宿命的色彩。

叙事主体采取两种身份和两种叙述时态，既有中年人的现在时态的刚健叙述，又有童年的过去时态的细腻叙述，家庭的温馨亲情和城南的粗粝人生图景融合为一体，有如丝弦笙管与黄钟大吕的奇妙和鸣。

草蛇灰线的贯穿方式

英子与父亲的故事是纲、是贯穿线，其他三个故事是目、是珠子。父亲的故事是散文性的，贯穿的三个故事是戏剧性的，前者与后者是主题与分题的关系，是主干与分支的关系。图示如下：

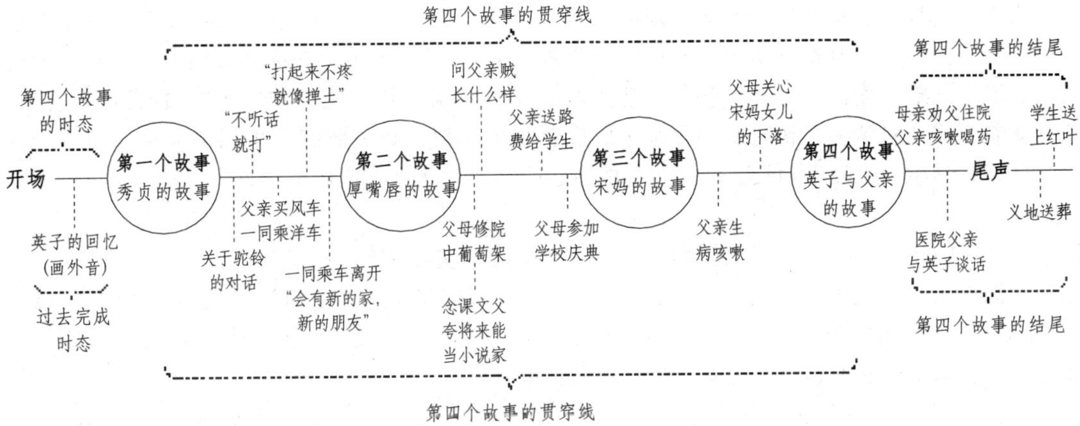

第四个故事以“草蛇灰线”的方式，穿插在前三个故事中间，将前三个故事贯穿起来。

在前三个故事的情节发展中，英子与父亲的“戏”一直作为环境背景和过场戏，多是一些生活细节，由于没有构成连贯性的情节，所以被观众所忽视。结尾时，父亲死亡造成的“发现与突转”，一下子将此前的这些生活碎片连缀在一起，转化成为“情节”线，构成了完整的图景，并构成了对全剧的统摄，将全剧推向情感的高潮。

清代文学评论家毛声山强调：作文要围绕“本题”这一中心去“添设”“点染”。“才子之为文也，既一眼觑定紧要处，却不便一手抓住，一口噙住，却于此处之上下四旁千回百折，左盘右旋，极纵横排宕之致，使观者眼光霍霍不定，斯称真正绝世妙文。”“善文者，有篇全部大文于胸中，则其于每段小文之内，必处处提照章旨，回顾本色。”（《第七才子书〈琵琶记〉》）

(2) 情境结构——主题情境与分题情境

原著“立言的本意”是表现童年缺失的父爱，“原其初心止为一人（英子）而设”，“原其初心只为一事（英子丧父）而设”，此“一人一事”即是影片的“立主脑”（中心人物和中心事件），由此生发出另外三个故事（秀贞的故事、厚嘴唇的故事、宋妈的故事）。整部影片的所有故事都是在表达同一种情愫，它是失去了父爱庇护的英子由于爱的缺失而进行的倾诉。

影片的故事都源自同一个“主脑”（英子的父女之情）的光源，通过棱镜折射出不同光谱。

由英子与父亲的亲情，生发出他者的亲子之情：秀贞为遗失女儿而疯癫，厚嘴唇为供养弟弟上学而牺牲自己，宋妈为了儿女去当老妈子，又因为母爱无所寄托而移情于主人的儿女。这一系列人伦亲情的分题被统一到英子故事的父爱主题上。影片用父亲的死亡作为全剧的结尾，集中体现了影片的主题：爱的缺失。

“立主脑”——确立中心人物和中心事件

确立英子与父亲的“一人一事”，就是确立中心人物和中心事件，就是“立主脑”，所有的人物关系（秀贞与妞儿、厚嘴唇与弟弟、宋妈与小栓子）、系列事件（秀贞母女的死亡、厚嘴唇被抓、宋妈失去儿女），都要由英子的“一人一事”进行贯穿和统一的。

英子与父亲的人伦亲情，内容更加丰富、博大，所以能够涵盖和映照出他者的亲情之爱，将它们融为一体，并加以升华。

在影片中，母亲和宋妈关心照料英子的日常生活，而父亲则关心英子的精神成长，例如谈驼铃、买纸风车、描红模等。父亲对英子的人伦之爱，主要体现在精神人格的哺育上。

秀贞、厚嘴唇的爱都是缘于骨肉亲情，而父亲的爱心，还包含着非血缘的关系。在原著小说中，爸爸因为“叔叔给日本人害死，急得吐血了”。父亲还出手保护读北大的台湾进步学生德先，表现出强烈的爱国心和正义感。在电影中，父亲冒着风险关心“新青年”的成长和安全，让英子看到父亲对学生无私的爱。父亲是荫庇英子的大树，也是荫庇学生们的大树。当英子失去了父亲，学生们也痛失师长。由此，爱的主题也由家庭延展到家国的层面。

由中心人物关系、中心事件，发展出次要人物关系、次要事件

李渔提出的“立主脑”的概念，就是确立主题的中心地位。“主脑”就是剧本的主题思想，“立主脑”，就是将主题转化为核心情境（中心人物、中心事件），“一人一事”就是主题情境构成的纲，它奠定和支配着分题情境的单元人物和单元事件。

《城南旧事》由主题情境的中心人物、中心事件，发展出三个分题情境的人物关系和事件。

主题情境

中心人物关系	**中心事件**
英子与父亲	父亲之死
统摄分题人物关系	**统摄分题事件**
第一个故事：秀贞与妞儿	思康被杀害
第二个故事：厚嘴唇与弟弟	厚嘴唇的被抓
第三个故事：宋妈与儿女	丫头子被卖、栓子淹死

《城南旧事》根据父爱缺失的主题情境分化出四个故事分题和四个分题情境，由此形成分题的情境和分题情节。看似无关联的、相互孤立的四个故事，围绕着“孩子失去了爱与庇护”的母题，反复回旋、缠绕，一唱三叹。

情境构成重演和情节过程重演

四个故事的情境构成是高度相似的，它们全是由以下四种人物构成的：无辜者（孩子）、庇护者（父母兄长）、迫害者（杀戮者、抛弃者）、参与者（英子本人）。

情节 / 情境	秀贞的故事	厚嘴唇的故事	宋妈的故事	父亲的故事
弱小者	妞儿	弟弟	小栓子和丫头子	英子和弟弟
庇护者	秀贞和思康	厚嘴唇	宋妈和冯大明	父亲和母亲
迫害者	军阀、秀贞父母、养父母	军阀政府、警察	冯大明	病魔
参与者	拯救者英子	“出卖者”英子	“剥夺者”英子	被剥夺的英子

四个故事中的人物关系具有高度的自相似性：

弱小者的相似性：都是孩子（妞儿、弟弟、小栓子和丫头子）
庇护者的相似性：都是生活贫困者，处于社会底层（秀贞、厚嘴唇、宋妈）
迫害者的相似性：都是军阀政府和军警，以及愚昧麻木的父母（秀贞父母、冯大明）
参与者的相似性：都是英子（“失败的拯救者”“出卖者”“剥夺者”和“被剥夺者”）

英子在四个故事中扮演了一系列角色，重复进行着同情、拯救、保护的行动，最终以负疚的心情离去。最让人触目惊心的是父母冷酷地遗弃和出卖自己的孩子。

第一个故事：思康被杀害，丢下怀孕的秀贞———为了理想而“失职者”；
　　　　　　秀贞父母丢弃了外孙女小桂子———愚昧和不义的抛弃者；
第二个故事：厚嘴唇丢下了弟弟———为了弟弟前途的“牺牲者”；
第三个故事：冯大明卖掉丫头子，疏忽栓子———不称职和无情的出卖者；
第四个故事：父亲因病，丢下英子和弟弟————“失职者”。

“疯女人”秀贞的母爱与女佣宋妈的母爱，形成自像似的对称，都是骨肉离散造成的母爱落空。丢弃的小桂子和淹死的小栓子、卖给人家的丫头子，成为两个母亲刻骨铭心的痛楚。

观众通过英子的眼睛看到：民众的庇护者（政府和军警）残酷地杀戮学生，孩子的庇护者（父母们）无情地鬻卖儿女，大学生和教师（思康和父亲）对众生的大爱，影片触及到悲剧的根源——军阀政府统治下的贫困生活和残酷杀戮，以及贫困者的愚昧和麻木。城南旧事的讲述，由家庭、学堂延伸到社会、国家，形成了紧密相关的家国关系，为影片的家国叙事提供了有力的情境支持。

从上面的分析可以看到，四个故事的情境是从同一主题情境生发出来的，所以，四个故事的情境构成是自相似的，四个故事的情节按照“相识—灾难—离别”的模式不断重演。

(3) 意象系统——主题意象与分题意象

编导者在影片拍摄中，试图真实地再现林海音笔下的北平风土人情，他们在上海虹桥机场搭设外景，复原了20年代的北平城南旧景，搭设了井窝子、四合院、厂甸；音响师再现了老北平的音响：独轮水车的吱吱哟哟声，夏日聒耳的蝉声，胡同悠扬的叫卖声。电影美术将中国的诗词、建筑、绘画等传统艺术，通过意象造境的方法，运用到电影空间场景及影像画面造型之中。

编导者通过“观物取象”“立象尽意”的方法，将主观心象与客体物象相结合，心物融合，虚实相生，以求达到化物境为意境。编导者根据表意的需要，进行“寻象造境”。例如四季的井窝子，构成了城南胡同的生活意象；林家堆放杂物的厢房，废弃的木马、吊在梁上的秋千、小油鸡等物象合成了儿童乐园的意象。影片通过情景交融，将生活实境转为意象虚境。片头卢沟桥上的骑骆驼的老人走进英子家的小院，这是由虚境转实境；第一个故事（秀贞的故事）结束后，英子和父母离开了会馆胡同，乘马车沿着天坛宫墙渐渐远去，这是由实境转虚境。

意象系统的构成

情节中的单一物象无法形成意象，只有通过类比和关联才能产生明确意象。例如《城南旧事》情节中出现的井窝子，如果只是单一出现，不过是一个物象，但是系列的出现：春天淌水的井窝，夏日干涸的石槽，冬日结冰的井沿，就构成了情境意象。意象系统的构成，见下图：

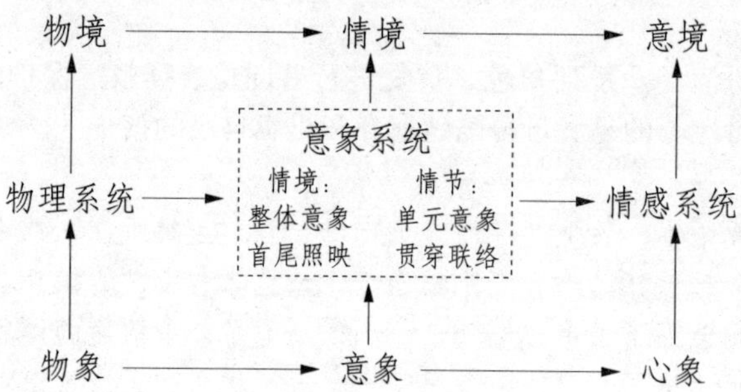

上图的外面一圈，由下往上，表明：物象构成物境（物理系统），意象构成情境（意象系统），心象构成意境（情感系统）。由左往右，表明：物象和意象统一构成心象，物境和情境构成意境。意境是艺术的最高追求。

上图的中心部分，标明意象系统是由情境意象与情节意象的纲目结构组成的。意象在意境构成中起核心作用。见下图：

情境意象：整体意象，外部首尾照映
情节意象：单元意象，内部贯穿联络 } 意象系统

主题情境、主题情节和主题意象，贯彻在分题情境、分题情节、分题意象上，就是中心人物和中心事件对次要人物、次要事件的统一，贯穿情节对单元情节的统一，中心意象对情节意象的统一。下面是图示：

主题情境：中心人物、中心事件 → 主题情节：贯穿情节 → 主题意象：中心意象

↓

分题情境：单元人物、单元事件 → 分题情节：单元情节 → 分题意象：单元意象

影片的纲目结构以及意象分布，图示如下：

主题情节	中心人物关系	中心事件	贯穿情节	主题寓言	主题意象
第四个故事 父亲的故事	英子与父亲	父亲病故	父女之情	《骊歌》	《骊歌》、城楼、义地、红叶、葡萄架、操场
分题情境	**单元人物关系**	**单元事件**	**单元情节**	**单元寓言**	**单元意象**
第一个故事 秀贞的故事	秀贞与妞儿 英子与秀贞 英子与妞儿	秀贞妞儿的死	秀贞寻女		井窝子 月亮门 秋千 小油鸡
第二个故事 厚嘴唇的故事	厚嘴唇与弟弟 英子与厚嘴唇	厚嘴唇被抓	厚嘴唇偷盗，供养弟弟上学	《我们看海去》 《麻雀与小孩》	废园子 厂甸 学校礼堂
第三个故事 宋妈的故事	宋妈与冯大明 英子与宋妈	宋妈失去儿女	宋妈失去儿女，移情林家儿女	《鸡蛋壳壳》 《槐树槐》	毛驴 板凳 门前槐树

从上表中，我们可以看到，英子故事的主题意象贯串着三个故事的系列意象。这既是主题对分题在意象上的统摄，也是主题通过分题进行概念演绎的意象表征。

全剧的主题情境意象，统摄分题情境意象。例如《骊歌》“长亭外，古道边，芳草碧连天”的主题意象，统照井窝子、毛驴、出红差、葡萄架、废园子、放学铃声、台湾义地等分题意象。前者是纲，从全体的虚处着眼，后者是目，从各部分的实处着手。四个故事的纲目意象相互映射，构成了形散而神不散的诗意效果，实现了传统审美的虚实相映的诗化意境。

影片的意象布局和修辞手法

影片的主题曲《骊歌》，具有古典诗歌的意绪。长城外、古道边，卢沟桥与驼铃，义地与红叶，它们都是从《骊歌》的寓言中外化出来的。它们是主题寓言叙事的诗化意象。

《骊歌》具有的寓言性和叙事性，蕴含着丰富的情感内涵，在影片的四个故事中，《骊歌》从不同情感层面进行了四种变奏。第一个故事（秀贞的故事）用弦乐，伴奏的驼铃与风铃，清悠而辽远；第二个故事（厚嘴唇的故事）用学堂校歌，两次童声合唱，结尾转交响乐，怆然而澎湃；第三个故事（宋妈的故事）用笛子吹奏，呜咽而凄凉；第四个故事（父亲的故事）引入哀乐的节奏，结尾再次引入驼铃与风铃。

父亲的形象在剧中发挥着笼罩和统摄情节的作用。在前三个故事中，父亲的日常行为，作为背景因素，营造出温馨的家庭气氛，散发出若有若无的迷惘与凄楚之情，父亲病故后，父爱的点点滴滴，瞬间转化成意象化的基础情境。如果说，《骊歌》是主题意象虚的一面，那么，父

亲是主题意象实的一面。前者取寓言意象的虚；后者取动作意象的实，两者互为表里。

英子是影片的中心人物，她的主观叙述不仅引领着情节发展，而且引领着意象的系列展开。英子的眼光从庭园、学堂，逐步扩展到市井和乡野，她的情感也由家庭—家园—家国—人生，自然地扩散开来，将椿树胡同的井窝子、惠安馆的月亮门、废园子、学堂等意象串联在一起。

影片中“出红差”的意象非常重要，两次“出红差”暗喻着“疯女人”“偷儿”的家庭悲剧，城南街道上回荡的死囚铁镣声与驼铃、风铃、胡同叫卖声、放学铃声之间，形成了尖锐冲突。“出红差”将个人家庭—城南家园—国家社会这三者有机地融合在一起。

“出红差”的大学生（隐喻思康叔）对国家的爱，父亲对学生的情意，两者暗中形成了相互的映射，转化成影片的首尾中，辽阔的北国山脉上，那浓烈的红叶、和煦的阳光。

下面是全剧的意象布局图式：

全剧主题意象的纲：
- 全剧片头的家国意象:《骊歌》与长城外、山外山、古道边、古城楼——自身正比
- 第四个故事意象的“领”：
  - 第一个故事的家园意象:井窝,惠安馆与英子家——自身反比
  - 第二个故事的家园意象:学堂,葡萄架与废园子——自身反比
  - 第三个故事的家园意象:学堂,葡萄架与大槐树——自身反比
  - 第四个故事的家园意象:全片,林家庭院与医院——自身反比
  - （以上）四个故事意象正比
- 全剧结尾的人生意象:《骊歌》与台湾义地、燕山红叶、山道————自身正比
- （首尾）意象首尾正比

在上图中，我们可以看到：《骊歌》的主题意象，统摄着四个故事的一系列分题意象：家庭、家园、家国的意象。

全剧开场和结尾的意象为全剧意象的“纲”，剧中四个故事的意象为“目”，第四个故事的家庭意象是前三个故事家园意象的“领”。首尾的意象相互照映，实现对全片意象的总体统摄，与剧中故事意象共同将影片的写实情境，升华为写意的诗化意境。

四个故事的内部意象均为反比关系，学堂、家庭与城南环境的相互冲突，体现了故事情境内在的情感张力。同时，四个故事的相互意象又形成正比关系，表明了各故事意象的自像似性和情境重演性。

影片大量运用修辞手法。传统修辞格有：比喻、比拟、借代、映衬、移就、对偶、排比、设问、反复、顶真、用典、互文等。影片通过修辞来营造画面意蕴，整饰叙事的条理层次。

比喻：毛驴喻冯大明（明喻）、月亮门喻秀贞与思康的爱情（反喻）。

比拟：小鸡雏比拟妞儿和英子、红枣百合汤比拟母爱。

衬托：英子乘洋车与妞儿拉水车（反衬）、拣球的英子与踢球的男生（陪衬）。

用典：引用《麻雀与小孩》的小歌舞，说明英子与厚嘴唇的关系。

互文：宋妈领着英子逛厂甸，给弟弟买了拨浪鼓，给栓子选购金锁，英子看到厚嘴唇带弟弟在玩套圈，赢了一个瓷人。看似没有关联的两件事情，却参互成文，相互呼应和阐发。

对偶：有正对，互相补充构成一个整体（片头与片尾的燕山）；有反对，相反相成阐明意涵（葡萄架与废园子）；有串对，上下意义相承（四季的井窝子）。

修辞技巧不仅用于镜头段落，而且运用在叙事的谋篇布局和意象的系统分布方面。运用修辞技巧，既可以造成叙事的整齐、对称，也可以使之具有参差错落之美。

第五章

电视剧的结构布局

《兄弟连》

本章在第一节，介绍戏剧、电影中的单元概念以及单元在电视剧中的应用。在第二节，结合一部电视连续剧，进行单元结构分析和场景分析。

本章选择的教材是美国电视连续剧《兄弟连》（10 集 705 分钟）。《兄弟连》用电影胶片拍摄，场景宏大，人物众多，情节线长，是一部具有纪实风格的战争史诗。

电视剧的特点集中表现在情节长度和单元数量上。电视剧的情节量很大，但是，它的基本结构与戏剧、电影的结构是相同的。我们可以将一部电影扩展为一部十集以上的电视剧，也可以将一部十集以上的电视剧压缩为一部电影。例如可以将史诗电影《宾虚》（美国 1959）改编成十集电视连续剧，或将 24 集连续电视剧《24 小时》（第一季 24 集，美国 2001）改编成一部戏剧性电影。再例如长篇小说《战争与和平》的电影和电视剧，两者在篇幅上有很大差别，但是在情节结构上是完全相同的。

当前流行的电视剧主要有两种叙事结构，一种是连续剧结构，以线性叙事为主，一种是系列剧结构，以散点叙事为主。连续剧的情节线很长，它们是由连续发展的情节单元串联而成的。系列剧的单元数量很多，它们是由相互独立的、同构的系列情节单元组成的。连续剧的作品有《上海滩》（25 集，香港 1980）、《大长今》（54 集，韩国 2003）等。系列剧的作品有侦探系列《福尔摩斯探案集》（七季 41 集，英国 1984—1994）和“情景喜剧”《成长的烦恼》（七季 166 集，美国 1990—1994）等。

在连续剧和系列剧之间，还产生了两者的结合体：系列连续剧和连续系列剧。前者更侧重单元独立性，如系列连续剧《编辑部的故事》（28 集，1991），后者更侧重单元连续性，如连续系列剧《金婚》（50 集，2007）。

电视剧属于叙事体和史诗剧的范畴，随着叙事情节线的加长和散点单元的扩大，情节单元性的特点更为突出。单元性是电视剧创作的重要规律，理解和把握了单元性原则和单元组合规律，就可以全面掌握电视剧的长篇叙事结构。

下面我们先介绍单元的概念及其在戏曲、话剧和电影中的运用，然后再介绍电视剧中的单元结构和运用。

一、情节单元的概念与应用

历史悠久的中国戏曲和西方话剧以及现当代的电影、电视剧，在创作实践中积累了大量有关单元性的写作经验，提出了许多有关单元性的创作理论。在中国戏曲的创作活动中，单元性的思想已经形成了一种思想方法，渗透到剧本的创作活动中，并且转化为相对固定的结构模式。在西方话剧的创作理论中，也认识到戏剧组织的单元性问题，有许多相关的论述。单元性的创作经验和理论，为编剧理论的发展提供了宝贵的思想资源和方法论方面的启示。

1. 情节单元的组织结构

无论是戏剧体的、还是叙事体的戏曲、话剧、电影、电视剧的情节组织，全都遵循单元性的规律。各种形式的戏剧、影视剧都按照单元性来建构自身的结构。单元性是一种普遍的结构形式。

(1) 单元的套层结构

戏剧、电影的单元性，充分体现在结构组织的单元化方面。以叙事体的戏剧、电影为例，全剧的大结构呈现出以开端、发展、高潮、结尾为结构的单元布局。在全剧的各个部分，也都同构于这一布局，如在开端部中，有自身的开端、发展、高潮和结尾。

开端 → 开端 → 发展 → 高潮 → 结尾
↓
发展 → 开端 → 发展 → 高潮 → 结尾
↓
高潮 → 开端 → 发展 → 高潮 → 结尾
↓
结尾 → 开端 → 发展 → 高潮 → 结尾

单元性无所不在，它存在于结构的每一部分。单元性不仅存在于开端部，而且存在于开端部的开端部分，甚至每一个场面之中也有开端、发展、高潮和结尾。

情节单元不仅在空间布局上重复整体的结构模式，在时间发展上也周期重演和过程重演这一结构模式。

大系统的开端、发展、高潮、结尾，与子系统的开端、发展、高潮、结尾，在叙事功能和相互关系上是完全相同的。但是，在它们之间进行纵向的比较，在动作、情感的强度和质量上又有本质的不同。如，开端部的高潮与发展部高潮、高潮部高潮，三个高潮之间进行比较。

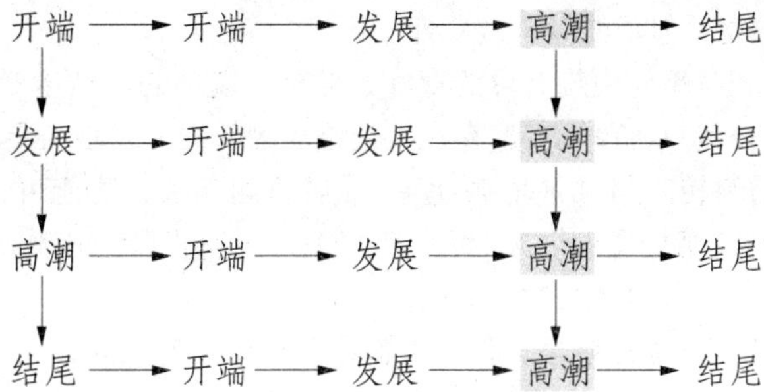

在上图中，我们可以看到：

开端部的高潮，属于开端的高潮，引导着全剧各部的高潮。
发展部的高潮，属于发展的高潮，开端部发展的高潮。
高潮部的高潮，属于高潮的高潮，达到全剧的高潮。
结尾部的高潮，属于结尾的高潮，呼应开端部高潮，全剧结束的高潮。

这四部分的高潮，在叙事功能、动作质量、冲突力度上，都是不一样的。正是因为四者的品质、力度不同，所以才形成了全剧动作的丰富节奏感。

如果把开端部、发展部、高潮部、结尾部所包含的开端、发展、高潮、结尾都进行纵向比较，将会产生更多的对比关系，从而形成更多层面的功能对比。

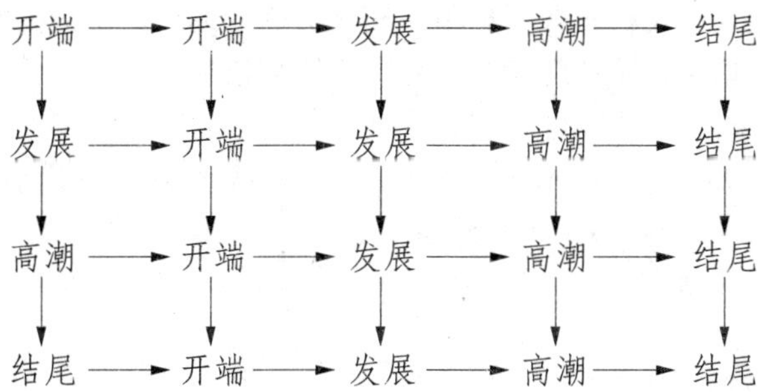

从上图，我们可以进行如下分析：

开端部的开端与发展部、高潮部、结尾部的开端的对比，以区别它们间的叙事功能。
开端部的发展与发展部、高潮部、结尾部的发展的对比，以区别它们间的叙事功能。
开端部的高潮与发展部、高潮部、结尾部的高潮的对比，以区别它们间的叙事功能。
开端部的结尾与发展部、高潮部、结尾部的结尾的对比，以区别它们间的叙事功能。

这种不同子系统之间的功能对比，可以使我们对戏剧结构各部分的功能，进行深一步的定性、量化，使它们更易于区别、界定和控制。

根据单元结构的规律，可以准确地控制各单元的起、承、转、合，调整叙事轻重缓急的节奏。根据单元性的规律，我们会发现所有重要的编剧技法（例证动作、情境激化、带入、发现与突转、延滞等）都会在结构单元的各部分系统性地重复出现。由于不同结构单元性质不同，它们虽然系统性地重复出现，但功能具有差异性。

例如“情境激化”，在各单元中均有可能存在，但是开端部的“情境激化”具有全剧性质。再例如“发现与突转”，虽然在各单元普遍存在，但是高潮部的“发现与突转”具有全剧性质。

开端部中的“发现与突转”与“情境激化”，二者密切相关，功能可以合并。同样，高潮部中的“发现与突转”与“情境激化”，二者密切相关，功能相同。开端部的“情境激化”与高潮部的“发现与突转”，有着内在的逻辑关联。

例如悬念，大悬念属于全局的悬念，而小悬念属于小单元的悬念；又例如带入，开端部的带入属于全局性的带入，而发展部、高潮部的带入则属于小单元中的带入。同一概念，因其所在区域不同而有技法上的差异。区分出不同单元，也使相同技法在不同位置的使用方法得以区分、细化。

综上所述，我们可以看到情节的组织结构是由基本单元组成的，情节单元的大小系统具有同构性。在不同系统的层级中间存在着层层的单元嵌套，在不同单元之间存在着相互对位的关系，在情节发展过程中这些单元存在着周期性的重复。①

（2）叙事性与戏剧性的单元组合

传统叙事的单元结构形式，分为戏剧体和叙事体两种，这两种单元结构相互组合，构成了丰富的单元组合形式。

在经典形式的电影中，传统叙事的叙事性与戏剧性的单元组合形式，分为三大类：戏剧性单元组合形式、叙事性单元组合形式和两者的混合组合形式。作为第三类的混合形式，又分为：戏剧性与叙事性的单元组合形式和两者大小单元相互嵌套的形式。所谓的情节嵌套，指的就是戏剧性大单元套叙事性小单元，或者是叙事性大单元套戏剧性小单元。

（1）戏剧性单元组合形式
（2）叙事性单元组合形式
} （3）两者的混合形式 {
A　戏剧性大单元套叙事性小单元
B　叙事性大单元套戏剧性小单元

戏剧性、叙事性的单元组合

纯粹的戏剧性和叙事性的单元组合，充分体现了截然不同的两种结构类型，因为自身形式的高度整一，所以具有鲜明的结构特点。

纯粹的叙事性结构：大小单元均由叙事性单元结构组成，它使情节线充分拉长，便于表现丰富的情节内容，同时整一的内外部结构，使情节齐整、匀称。例如《四个婚礼和一个葬礼》《安德烈·鲁勃廖夫》的大小单元均由叙事性单元组成，虽然单元关系松散，但是采取相同步调，仍能井然有序，达到散漫而又整一的叙事风格。

纯粹的戏剧性结构：不仅大单元均围绕高潮中心点组织在一起，而且小单元也围绕着本单元的高潮中心组织在一起，大小单元均遵循“从高潮看统一性”的原则，形成紧密的团块结构。这种结构形式在戏剧作品中非常普遍，如《俄狄浦斯》《玩偶之家》等，由于电影具有很强的

---

① 王存臻、严春友：《宇宙全息统一论》，第306—310页：不仅事物各独立单元在信息、结构上相应于全体，而且在事物发展的各阶段，也不断重复事物的全过程。即不仅在空间布局上是单元性的（结构模式重演），在时间上也是单元性的（周期重演和过程重演）。

叙事功能，所以大小单元均采取纯粹戏剧性结构的比较少见。采取纯粹戏剧性结构的影片，如《空军一号》《十二怒汉》等，具有鲜明的戏剧性风格。

戏剧性大单元嵌套叙事性小单元

这种单元嵌套形式，在情节内容丰富的戏剧性影片中较为常见。例如《沉默的羔羊》，为了包容尽可能多的情节内容，虽然大单元采用了戏剧性的紧凑结构，内部却具有松散的情节点和较长的情节线。单元外部结构的戏剧性与单元内部结构的叙事性，形成戏剧性高潮与叙事性情节的有机统一。这种外紧内松的组合形式，属于戏剧性的叙事化表述。

叙事性大单元嵌套戏剧性小单元

这种单元嵌套形式，在富于戏剧性的史诗电影中较为常见。由于史诗电影的单元关系比较松散，其内部反而有一种紧凑性的需要。例如《霸王别姬》是一部典型的史诗影片，但是，采用了叙事性大结构与戏剧性小结构的嵌套形式。影片在史诗叙事的大节拍中，加入了戏剧性叙事的小节奏。影片采用了叙事性单元与戏剧性单元的三个层级的嵌套组合方法，一、二级单元（三大部、九个故事）用叙事性散点结构，三级单元（四十五个情节单元）用戏剧性中心结构。在一、二级单元中没有结尾部，缩短了一、二级单元的情节线；在三级单元上，强化了戏剧性高潮，由此构成了叙事情节的线与戏剧场面的点两方面的有机结合，这种外松内紧的组合形式，属于叙事性的戏剧化表述。

电视连续剧的单元组合形式

一部电视剧的情节内容，往往是电影的十几倍甚至几十倍，所以它的单元组合形式也相应的更为复杂。

由于电视连续剧的情节单元至少要比电影多出一个级别，所以需要对电视剧的情节单元进行分级。

一级单元：一集以上的多集单元的结构
二级单元：一集之内的情节单元的结构
三级单元：一个情节单元内的单元结构

《兄弟连》是一部长达10集、700分钟的战争历史片，在集与集、集内和单元内的三级单元，均采用了史诗性叙事的结构方法，构成散漫的情节点和漫长的情节线，容纳了丰富的情节内容。这部战争史诗之所以能够完全采用叙事性结构，是因为战争场面的内部充满了紧张和戏剧性，长达700分钟的战争影片，反而需要相对松散的单元连接方式。

上面只举了一部连续剧的单元组合形式，连续剧的单元分级和组合形式，远远不止于此。如果有更多的部集，如《三国演义》（1994年，5部84集，3780分钟）、《走向共和》（2003年，68集，3060分钟）等，会分出更多层级的叙事单元，形成更加复杂的单元组合关系。

2. 话剧、戏曲、电影的单元性

无论是西方的话剧、东方的戏曲，还是现代的电影，都遵循单元性的规律。只是东西方人对于单元性的认识有所不同，在单元性的运用上采取了不同的立场，从而形成了东西方戏剧不同的叙事结构形式。

中国传统戏曲广泛运用情节单元的结构方式。在宋金院本和元杂剧中，折子的单元结构已经形成，在明清传奇剧中，情节单元发展成为成熟的结构模式。戏曲剧作采取相互独立又相互串联的单元结构，一个折子一个中心，点线结合，环环相扣。

日本能剧受到中国戏曲的影响，也广泛运用单元的观念。让－克洛德·卡里叶尔等人指出："在中世纪，日本的一位'能'剧大师创立了著名的JO－HAI－KIU规则；不仅要把整出戏剧分为三部分的运动，而且要把这出戏的每一场、每个段落，有时甚至是所有的台词都分成三部分。这三个基本的节拍，在每个阶段被重复使用，但却不能被完美地转译成任何一种语言（我们可以译成：准备、发展、高潮），它对今天那些对写作感到没有头绪、不知该从何处着手的人们来说，仍然极有借鉴之处。这也许是一个隐秘的常规，最好要了解它，哪怕仅仅是为了违反它。"①

西方的戏剧理论家阿契尔、贝克和劳逊都提出过单元性的理论，并把它作为有价值的编剧技法纳入到戏剧体的理论著作之中。虽然，这些西方著名的戏剧、电影理论家，都认识到单元性的重要，但是出于对戏剧性审美立场的坚持，他们都对单元理论采取了有保留的审慎态度。

(1) 话剧的单元性

阿契尔和贝克都意识到了戏剧的各部分具有单元属性。阿契尔曾说："每一幕都自成为一出小戏，而同时每一幕又都导向下面的一幕，并各自标志着整个激变发展中一个明确的阶段。"②贝克也谈道："每一幕都必须是整体中的一个单元，并完成它自己的明确的任务。"③ 阿契尔和贝克都知道幕所具有的独立因素，但是出于对行动整一性的重视，都不想过于强调幕的独立品质。

在戏剧的叙事性因素迅速增加的时代背景下，劳逊首先明确提出话剧的单元性。他指出："剧本的各个部分是从属于动作的各个单元。每个部分都是按照统一性的原则通过高潮而结成整体的，但每个部分也都各有独立的生命和意义，各有它自己的发展为危机的紧张气氛的内在成长。"④

劳逊还试图用单元理论来解释话剧的整体结构。他认为："一出戏可以包括数目不拘的若干较小的动作单元，但每个单元无例外地可以分成四个部分；由于上升动作是最长的部分，并且它还可以细分，所以戏的运动大致是这样的：Ⅰ 2 3 4 5 6 Ⅶ Ⅷ。"⑤

劳逊敏锐地意识到叙事单元的普遍存在，以及它对于重新建构动作体系的重要意义。但是，劳逊没有把这一理论充分展开，只是在个别章节中做了简短阐述。原因在于，他不愿意放弃自亚里士多德以来西方戏剧形成的戏剧性审美的立场。在劳逊看到情节单元（他称为动作单元）

---

① （法）让－克洛德·卡里叶尔、帕斯卡尔·博尼茨：《剧作练习》，第20页。

② （英）威廉·阿契尔：《剧作法》，第120页。

③ （美）乔治·贝克：《戏剧技巧》，第157页。

④ （美）约翰·霍华德·劳逊：《戏剧与电影的剧作理论与技巧》，第275页。

⑤ （美）约翰·霍华德·劳逊：《戏剧与电影的剧作理论与技巧》，第308页："所以戏的运动大致是这样的：Ⅰ 23456ⅦⅧ。Ⅰ是说明：2、3、4、5、6是上升动作的各个循环；Ⅶ是必需场面；Ⅷ是高潮。Ⅰ可以包括两个或更多循环。Ⅶ Ⅷ都比较集中，但也可以包括若干个循环。由于一个动作是我们的运动单元，我们便能用同样的方法划分任何一个从属的动作。例如，3也可以是一个动作体系，其中既有高潮作为这个动作体系的顶点，也有说明、上升动作和必需场面等部分。2、3、4、5、6整个在一起也可以构成一个体系，其中2可以是说明，3和4是上升动作，5是必需场面，6是高潮。"

可以细分的同时，也清楚地认识到戏剧体内部组织的分裂，意识到加强情节单元之间紧密联系的必要性。

劳逊看到电影叙事性的迅速发展，为了不使戏剧性结构在电影叙事的发展中坍塌，劳逊对症下药地提出了强化戏剧性叙事的理论："从高潮看统一性。"劳逊通过高潮点进行叙事统一的理论，在西方编剧界得到广泛传播，但是，他的"动作单元"理论作为一种叙事性的观念，长期以来没有得到人们的注意和重视。

回顾西方戏剧史，西方剧作家们都十分重视戏剧性高潮对全剧结构的统一，他们对单元性既使用又加以控制。例如通行的莎剧版本在分幕时，把展开、递进两部分的起点与终点都放到了两幕的正中间。这样，每一次大幕的开合所造成的起伏跌宕的节奏，不是恰好切分在故事单元的终结与重新启动上（那样会使各部分更加独立、节拍更加均衡），而是相反，要打破故事情节原有的节拍，使它们之间的连接更加紧密，一致奔向一个强有力的大节拍：戏剧性的高潮点。

第一幕：开端部　幽灵、宴会、结盟。
第二幕：展开部　叔父试探。哈姆雷特装疯，排戏中戏。
第三幕：展开部　戏中戏；★ 递进部：放过叔父，斥母，误杀大臣。
第四幕：递进部　押送英国；★ 过渡段：奥菲利娅死、嫁祸、墓地小丑。
第五幕：高潮部　毒剑、毒药、同归于尽。结尾：军人的葬礼。

从星号标志可以看出，第二幕的展开部，其高潮部分被切分到第三幕；第三幕的递进部，其结尾被切分到第四幕。

阿契尔指出："莎士比亚不仅熟悉分幕，而且还经常用它来赋予他的剧中行动以一种节奏，这种节奏在演出中是不应当加以模糊或者背弃的。"①

莎士比亚的分幕，是以戏剧性高潮为中心划分的，他反对故事情节的分散，强调故事情节要向高潮点聚合。莎士比亚戏剧性的戏剧观，使他弱化各部分的独立，强调整体的统一。这样就形成了以戏剧高潮为中心点的团块结构。

在近现代的西方话剧中，出现许多被称之为链条式结构的作品，如凯泽的《从清晨到午夜》(1916)、奥达茨的《等待勒夫梯》（1935)、布莱希特的《大胆妈妈和她的孩子们》（1939）等，这些作品均由若干独立单元串联而成，采用叙事体的结构。这种叙事体戏剧虽然是一种重要形式，但是在西方戏剧中一直处于次要位置，传统的戏剧体戏剧的主流位置从未被动摇过。

（2）戏曲的单元性

中国戏曲是叙事体（史诗性）戏剧，由点线结构组成。点线结构中的每一个点（折子），都是一个相对独立的单元。

戏曲很注意每一个折子的独立性和完整性。每一折的开场，角色上场都要念两句韵文，以引出本折的剧情；在一折戏的末尾，场上角色还要念二句或四句收场诗，总括本折的内容。

戏曲每一个折子形成一段小故事，几个折子串联起来可以形成一个大故事。一个折子内部有开端、发展、高潮、结尾；不同折子之间存在着起、承、转、合的关系。李渔提出："每编一

---

① （英）威廉·阿契尔：《剧作法》，第110页："莎士比亚心里经常记着它，也并不下于易卜生或者平内罗。"

折，必须前顾数折，后顾数折。顾前者，欲其照应；顾后者，便于埋伏。”① 各折环环相扣，紧密关联，构成一个有机整体。

例如元杂剧《望江亭》的四折，由四个相互独立的喜剧小故事组成，四个故事可以作为四出折子戏独立演出。每一折从不同的剧中人物的角度讲述，各折的情节均圆满自足。

第一折：开端　逼婚。清安观，白道姑帮助白士中求娶谭记儿。（白姑姑视角）
第二折：发展　闹书。潭州府衙，白士中接家书，谭记儿猜疑、闹衙。（白士中视角）
第三折：高潮　骗印。望江亭，杨衙内被谭记儿骗取势剑金牌。（杨衙内视角）
第四折：结尾　对质。潭州府衙，白士中传谭记儿与杨衙内对质。（白士中视角）

这四折中的每一折都构成一个故事，折子与折子之间形成一种故事与故事的关系，共同合成一个大故事。四个情节单元通过情节主线的串联，达到环环相扣、聚散自如，构成一个整体。

明清传奇戏曲作为案头剧本，可供读者有选择地阅读和吟唱；作为舞台演出本，既可演出全本，也可演出简本。由于每一折都是独立的，还可以根据节庆和堂会的需要，将不同曲目的折子选取出来演出，其中有些折子唱功突出，有些折子武打有特色，有些是青衣戏，有些是花脸戏，这样在一次节庆演出中，不仅可以看到不同的故事情节，还可以欣赏不同行当的表演。

（3）电影的单元性

戏剧性电影和叙事性电影分别对西方话剧与中国戏曲的不同单元组织方法，加以继承和发展。

叙事性电影与戏剧性电影形成了截然不同的单元组织方式：前者采取散漫的点线结构的单元组合形式，后者采取紧凑的中心结构的单元组合形式。

叙事体电影具有史诗性戏剧的情节单元的特点，单元自足性较强，各单元相互独立，形成各自的高潮点，散点式的情节单元可分可合，组成较长的情节线。以《霸王别姬》为例，该片分上（结义）、中（恩怨）、下（背叛）三部，每部又下辖三个小单元，三部分（九个单元）相互独立，又相互联系，构成一个纲目结构的整体。

戏剧体电影具有戏剧性戏剧的情节单元的特点，单元自身缺乏完整性，相互依存，联系密切，它们都指向高潮、从属于高潮、统一于高潮，形成一个以高潮点为中心的团块结构。所谓“从高潮看统一性”，就是指由中心高潮统一全剧。以《空军一号》为例，该片的各情节单元，紧密关联，最终统一在中心高潮上。

西方的史诗电影，更多地探索了叙事性与戏剧性的结合，从戏剧性审美出发，对叙事体结构进行戏剧性的改造；中国的史诗电影，更多地探索了叙事性与写意性的统一，从抒情性需要出发，对叙事体结构加以写意性的改造。

3. 电视剧的结构单元

电视剧是一种不断发展的叙事形式，随着现代社会的发展和科技的持续进步，电视剧的观演环境和制作方式发生了令人目不暇接的变化，电视剧的叙事形式和叙事类型变得日益多元化、多样化。

---

① （清）李渔：《李笠翁曲话》，第8页。

电视剧的创作题材和篇幅的不确定性，为电视剧的叙事形式和类型的发展带来了不确定性。这种不确定性给电视剧的创作，提出了复杂的理论课题：如何在变动不居的形式发展中，寻找到不变的编剧法则和以不变应万变的创作方法。对电视剧来讲，单元性就属于这种万变不离其宗的编剧法则。叙事单元是戏剧、电影编剧的基本概念，也是电视剧创作的基本概念和重要理论工具。

(1) 系列剧的单元

电视剧的叙事方法分成系列剧和连续剧两种。系列剧将叙事体的散点结构发挥到了极致，连续剧则把叙事体的线性结构发挥到了极致。

系列剧是在一个大的情境中，平行展开一系列独立的故事单元。系列剧的人物关系是不发展的，人物性格是类型化的。系列剧在确立基本情境后，一般不再改变，每集情节都在相同模式的情境中重复展开。它是一种自我复制的单元结构。系列剧由模式化的独立单元组成，它们的主要特征是单元模式重复。

系列剧在情境上，遵循单元情境重复，在叙事情节上，遵循情节过程重演。所以系列剧又被称为单元剧。比较典型的例子，如《猫和老鼠》，每一集都先是强横的汤姆得手，然后是弱势的杰瑞反攻，最后是杰瑞反败为胜……冲突的回合、性格冲突的趣点、系扣与解扣过程以及面部类型化的表情都是不断重演的，只是具体事件、场景和道具有变化。每集的情节都是完整、独立的，所以观众可以单独抽取出来观看，甚至各集顺序颠倒着看也不会发生问题。这一类的系列剧完全放弃了线性发展，将散点结构做到了极致。

有一些系列剧存在着线性发展，但是这种线性发展的情节长度有限，而且呈现出周期重复循环的特点。例如《加里森敢死队》（美国 26 集，70 年代）、《编辑部的故事》（25 集，1991）等，一些大的故事段落可以形成几集的线性发展，但是随后又进入周期循环。如果电视台愿意持续拍摄播出，这种封闭式的循环可以永远重复下去。这种具有散点与线性的双重特性，散点又大于线性的叙事类型，人们称之为：系列连续剧。

有些系列剧的单元之间存在较强的线性因果关系，例如《西游记》（41 集，1986 首播），师徒四人一路降魔伏妖，故事情节相互雷同，构成相互重复的系列单元，但这种开放式的循环发展，一直指向西天取经的终极目标。再例如《金婚》（50 集，2007），讲述一对夫妻，长达 50 年的婚姻生活，虽然夫妻的情感模式和情节冲突类型，在 50 集中自相重复了 50 次，但是，年代背景发生很大变化，夫妻在走向老年的过程中，人物关系的实质内容逐步发生变化。这种散点与线性的有机结合，线性又大于散点的叙事类型，被人们称为：连续系列剧。

(2) 连续剧的单元

电视剧的观演条件为电视剧的长篇叙事提供了十分有利的条件。舞台戏剧和影院电影无法实现的长篇故事讲述，能够以电视剧的形式得到实现，从这一点来说，长篇叙事是电视剧特有的形式。

电视剧可以提供比电影更长的叙事篇幅，这种长篇叙事的巨大功能，推动了具有史诗品格的连续剧的制作生产，如根据中外长篇小说改编的连续剧《红楼梦》（36 集，1987）、《水浒》（43 集，1998）和《安娜·卡列尼娜》（英国 10 集，1977）、《战争与和平》（意大利等七国 9 集，2014），以及反映中国近现代生活的连续剧《走向共和》（59 集，2003）、《外来妹》（10

集，1991）等。电视剧可以反映广阔的社会图景，表现宏大的思想主题，从这一意义上讲，电视剧是一种适于表现史诗内容的艺术形式。

连续剧很少采用戏剧体叙事。戏剧性叙事围绕一个中心点的结构方法，受制于一定的情节长度，一般只在情节线较短的电视剧中采用。美国连续剧《24小时》（24集）和日本偶像剧《悠长假期》（11集）采用戏剧性的结构，应该属于比较独特的情况。长篇电视连续剧一般采用叙事体（史诗性）的散点、线性的结构方式。

长篇电视剧经常采取史诗性叙事，将散点结构与多个叙事主体结合在一起，从不同的叙事角度进行故事情节的讲述。例如《红楼梦》《三国演义》，通过多角度的叙事，展示广阔的社会画面和丰富多彩的情感体验，令观众产生一种人生沧桑感和历史浩瀚感。

（3）连续剧的单元结构

电视剧结构分为连续剧和系列剧两大类，系列剧的篇幅短小，单元结构也比较简单，连续剧的篇幅长，单元结构较为复杂，这里只介绍连续剧的单元结构。

虽然电视连续剧的故事内容多，情节线长，但是，电视连续剧的叙事结构与电影的叙事结构在本质上是相同的。电视连续剧也是由开端、发展、高潮、结尾组成，不过把每一部分的结构升级了，各部分包含了更多的情节单元，篇幅也随之扩展了。

一部电视连续剧的故事内容，是由许许多多的情节单元组合而成的。单元组合被拆分开来，每一集都是相对独立的情节单元，组合起来又形成一个大的情节单元。单元叙事的规律，是掌握电视连续剧的叙事结构的钥匙，它是进行连续剧写作的重要方法。

电视连续剧没有固定的长度，但是各部分在总体中存在一定的长度比例。这一比例大致比照电影的情节单元的比例，开端、发展、高潮、结尾，各占四分之一。①

下面以一部20集长度的连续剧为例，进行单元结构的说明介绍。

开端部：1—5集的叙事任务——建立全剧总情境

在一部20集的电视剧中，开端部的一般长度可能略短于5集，在3—5集。

开端部的主要任务是建立全剧总情境，所有的工作都要围绕着这一中心任务展开。

开端部分的叙事任务繁重，它要介绍：故事的大环境、大事件、主要人物性格及人物之间的关系。

开端部分的故事情节，要展示全剧的总情境，构成全剧的总悬念，建立全剧总冲突的基础。总情境要蕴含全剧冲突的总能量。

一部电视剧能否得到观众认可，首先要看开端部分能否吸引住观众。如果开端部分的故事情节，能够引起观众的兴趣，他们愿意深入了解主人公的思想情感，关注主人公的命运发展，这部电视剧也就成功了一小半。

开端部分不能平铺直叙地介绍总情境，要把总情境的介绍放在冲突性的事件之中进行。通过事件造成情境激化，构成主人公命运的危机，激励人物展示丰富的动机，采取有力地动作，从而生动地展示全剧总情境。

开端部的开端，不仅是本部分的开端，同时也是全剧的总开端。它的格局比较宏大，不仅指示本部分的冲突和悬念，而且引导着全剧总悬念、总冲突的形成和发展。

---

① （美）路易斯·贾内梯：《认识电影》，第299页：三幕的时间分配。

开端部要形成自己的高潮和结尾。它应该是一个相对独立的故事，有其自身的开端、发展、高潮和结尾。但是这个故事又关联到全剧的发展。开端部的高潮，既是自身的高潮，同时又关系到全剧的总高潮，所以开端部的高潮，应该暗含着全剧的贯穿动作、贯穿冲突和中心思想。开端部的结尾，应该有力地落在全剧的总悬念上。

发展部：6—10 集的叙事任务——发展冲突

发展部的主要任务是发展全剧的冲突。发展部的长度一般超过 5 集，有 5—7 集。

连续剧的人物众多，线索复杂，抓不住主线，一旦迷失方向，就会造成混乱。在发展冲突时，要紧紧抓住中心人物，不要偏离中心人物的行动线。只有明确了贯穿人物的行动主线，才会准确选择出重点场面，抓住矛盾纠葛的中心。发展冲突的主要方法，就是围绕中心人物，设置一系列的冲突和悬念。大悬念要紧紧与主人公的命运联系在一起。

每一集的小悬念要层出不穷，将复杂的冲突，有层次地、条理分明地展示出来，直到冲突在本集的结尾部得到解决。每一集结尾，都要为下一集埋下伏笔，引出新的悬念。

发展部中也有自身的高潮部，它一般处于第 9—10 集的位置。发展部的高潮，不是在一集内即时设立，当下就实现的，而是通过各集小高潮的层层铺垫，逐步形成的。高潮的铺垫、设置和实现，要围绕主人公的命运，要关注人物的心理冲突和情感冲突。

高潮部：11—15 集的叙事任务——达到高潮

高潮部的主要任务是将冲突推向高潮。高潮部的长度一般略短于发展部，在 4—5 集。

全剧的冲突经过发展部后，人物之间的意志、情感较量都达到了一定层面，动作所包含的情感因素加重，内心动作的节奏也开始加快，所以高潮部的叙事节奏也必须相应加快。

高潮部的外部冲突应该自然地趋于强烈，但是关键点仍在人物之间的心理、情感的冲突上，激烈的事件冲突要最终落实在心理层面上。不要满足于人物之间的外部冲突，要深入探寻人物内心中独特的心理、情感的变化，要根据主要人物情感发展的重大节点，设置出能够揭示人物内心隐秘的、富于心理冲突的戏剧性场景。

结尾部：16—20 集的叙事任务——结束全剧

结尾部是全剧故事情节的最后阶段和大结局。长度一般略长，为 5—6 集。

结尾部是人物的性格和命运最终完成的段落，是人物的情感最后归宿的段落，也是全剧主题思想进行完全阐明的段落。

在故事情节的最后阶段，人物性格应该有最深刻的表现，人物命运的必然逻辑也要得到充分的体现。对于观众始终期待的人物命运结局，应该给予圆满的解答。要在结尾部为主人公设置一个情感的高潮，以满足观众长时间的情感期待。

结尾部为了总悬念的解决，会有一个大结局，它是所有冲突集中爆发的段落，是总悬念最终解决的段落。

各集的结构关系

电视连续剧的情节内容要想充分展开，就要把开端、发展、高潮、结尾的各部分，都视为相对独立的单元，让它自成系统，有自己的小开端、小发展、小高潮、小结尾，有自身的情境激化、带入和发现与突转等。这样，由于各情节单元的独立自足的发展，长篇叙事便可以充分展开，将这些相对独立的故事单元串联起来，就构成了跌宕起伏的线性叙事节奏。在电视连续剧中，“集”的单位最重要，因为它是构成情节的基本单元。每一集应该有相对完整的情节和节奏变化，应避免整集没有一个中心事件或者完全是过场戏。要留意场景的转换和穿插，最好不要连续一集都是夜场戏或是特别场景（如全是洞穴中的戏）。应该注意集与集之间的节奏关系和冷热搭配，例如文戏与武戏、冷戏与热戏的穿插和调剂。

连续剧要确立和贯彻总悬念、主要冲突。全剧的总悬念和主要冲突，落实到各集中就要转化成具体的小悬念、小冲突。每一集要根据总悬念和主要冲突，各自形成独立的小悬念和小冲突，并在本集内的结尾部分得到解答，从而引导冲突逐步走向结尾部的总悬念的解答。

在连续剧的创作中，整体布局显得更加重要，一旦全剧的布局确定了，就不要再轻易更改，以免造成结构性的混乱。如果有情节需要进行修改和调整，最好不要破坏整体的结构。如果开端有问题，就在开端部的内部进行调理，如果发展部有问题，就在发展部的内部处理。这样不致殃及其他的部分。

要使每集的情节定位都恰到好处，需要掌握的要点是：明确这一集在全剧所处的具体位置和相应的功能。它是属于开端部，还是发展部和高潮部？明确了本集所在的位置，也就知道了本集担任的叙事任务，从而明确本集情节与其他各集情节的关系。如果各集的情节内容和功能，都能各尽其责、各安其分，情节发展就会井然有序，情感节奏也自然会跌宕起伏。

二、结构与场景分析——10集美国连续剧《兄弟连》

根据斯蒂芬·E·安布罗斯的同名纪实报告文学改编。

编剧：布鲁斯·迈肯纳等

导演：汤姆·汉克斯等

制片人：史蒂文·斯皮尔伯格、汤姆·汉克斯

片长：全剧10集，合计705分钟。

美国梦工厂、普莱通公司2001年联合出品。

1. 原著改编

纪实报告文学《兄弟连》的作者斯蒂芬·E·安布罗斯是著名的二战专家，1936年出生于威斯康星，2002年10月13日因肺癌逝世。他花费20年时间为欧战盟军总司令艾森豪威尔作传，并曾担任奥斯卡最佳影片《拯救大兵瑞恩》的历史顾问。在上世纪80年代末，他认识了101空降师的老兵莱斯特，莱斯特讲述了自己在E连的战斗经历和血泪凝结的友谊，引起了安布罗斯对这个连队的关注。安布罗斯对E连的幸存者进行了长时间访谈，并参考了他们当年的日记和家书，写成了纪实报告《兄弟连》，该书于1992年出版。①

《兄弟连》的原型是二战期间美国第101空降师506团2营E连。101师是美军进行快速部署和实施应急作战的重要力量，被誉为陆军“全能师”，E连是这个师的尖刀力量。此书记录了

① （美）斯蒂芬·E·安布罗斯：《兄弟连》，第371—375页。

这个死伤率高达150%的英勇连队的故事。

这本书感动了美国著名演员汤姆·汉克斯，他说服导演斯皮尔伯格关注这本书，后来两人共同策划了这部具有纪实风格的10集电视连续剧的拍摄。该剧由多名导演分别执导，汤姆·汉克斯担任了第五集的导演。《兄弟连》是有史以来最昂贵的电视剧集，耗资达1.2亿美元。

2. 主题思想

《兄弟连》是一部纪实性的战争史诗剧，采用私人叙事的手法，叙述了一个美国连队在二战中的命运。该剧分成10集，每集讲一个军官或士兵的故事，通过多个故事主人公的视角来展示E连在战争不同时期的情况。该剧既是E连的连史，也是101空降师的光荣历史，扩大来讲，E连的连史就是美军解放欧洲历程的一个历史缩影。

E连官兵是在经济大萧条中成长起来的一代人，他们在战争中表现出了一种顽强不屈、精诚团结、奋发向上的精神。《兄弟连》作为一部战争史诗，既是向一代老兵致敬，也是借美军一个连队的战史来颂扬美国精神。

E连的官兵来自美国的各个州的不同城市和乡村，他们能够凝结成为一个战斗集体，首先是因为他们有共同的价值观——挑战自我。

E连的这群弟兄，经过两年新兵训练，然后参加1944年6月5日夜的空降。D日后，他们在欧洲战场上战斗和生活了434天。在这中间，他们经历了诺曼底、巴斯东等著名战役，并占领纳粹老巢贝希特斯加堡的鹰巢。欧战期间，E连的足迹遍布英国、法国、荷兰、比利时、匈牙利、德国、奥地利等德国占领区。除了在蒙哥马利指挥的“市场花园战役”中失利之外，E连无往不胜。表面上看，《兄弟连》是一部长篇战争史诗巨著，但是在每个篇章之中，洋溢着颂扬个人价值的主题内容。

电视剧在人物性格的刻画上下足了功夫，编导精心挑选面孔和性格迥异的演员，分别饰演剧中人物。片中主要人物有：温特斯、尼克森、斯皮尔斯、李晋、索柏、辛克、威尔士、马丁、马拉奇、蓝道曼、鲁兹、尤金、布洛伊、葛奈瑞、乔依托、康普敦、李高特、胡伯勒、赫夫曼、穆克、西福蒂、泰波特、摩尔等，可谓人物众多，关系复杂。演员们与扮演的人物原型进行了接触，了解他们在战争中的体验。从第一集到第十集，每一个人物都个性清晰、鲜明，让观者难以忘怀。这些人物之所以在整部巨著中显得和谐和恰如其分，原因在于他们共同体现了主题，共同体现了实现自我价值的美国精神，也正是通过战争的考验和洗礼，他们的价值得以体现，并获得彼此的尊敬。

3. 分集结构

《兄弟连》的叙事结构，体现出了散点与线性的史诗剧特点。从散点上看，全剧分成十集，每集以一个人物为中心，以八个人物的故事带出E连在各个历史时刻的生动侧面，同时用E连连长温特斯的命运线进行串联，构成点线相结合的叙事结构。通过E连自D日之后的434天的一系列场景，全景式地展现了欧洲战场，同时又展开了一幅美军官兵的人物画卷，从不同侧面生动地体现了美国军人的精神气质。

全剧人物众多，塑造了许多士兵和下层军官，虽然他们每个人都着墨有限，却一个个栩栩如生。片中到处都是鲜活的细节，鲜活的语言，鲜活的场景，鲜活的人物形象。因为，该剧是根据E连的真实历史改编，片中所有人物都是在生活原型的基础上创作出来的。这一点充分说明真正的艺术品离不开丰富的生活资源和深刻的人生体验。

从第五集起，每一集都采取了画外音，通过主人公来讲述 E 连的故事。主人公的画外音在结构上起到了强调人物主观视角和连贯前后情节的作用。

贯穿全剧的中心人物是 E 连连长迪克 · 温特斯，他在各集之中穿针引线，每逢遇到重大的事件，都会看到他的身影。全剧的开端、发展、高潮、结尾段落的起笔和落笔，往往会落在温特斯的身上。在发展部的高潮（第五集），编导把温特斯的卸任与 E 连的命运联系在一起。在一些小的结构转换上，温特斯也起到了联接作用，比如辛克上校出场之前，总要先用温特斯的戏进行过渡，这样，辛克上校的突然降临就不显得突兀。这些结构上的技术处理，颇令人玩味。

影片对原著中 E 连参加的许多战斗进行了删节，却用许多篇幅和笔墨来描写战争期间短暂的和平生活，通过军人的眼光，发现日常生活黄金般的价值和审美意义。

《兄弟连》全篇共十个部分，由十个导演分别执导。导演的风格各不相同，究竟是什么力量让十个导演的工作统一起来的呢？毫无疑问是编剧们呕心沥血根据原著改编成的剧本，是剧作者构建起来的整体结构和统一的风格。

结构概述

原剧本按篇章划分为上、中、下三部：

上部《英雄连》（第一、二、三、四、五集）
中部《危急时刻》（第六、七、八集）
下部《胜利》（第九、十集）

我们把这三部分按戏剧结构划分如下：

全剧开场：E 连诞生
第一集：索柏的故事，新兵训练。
开端部：建立功勋
第二集：温特斯的故事，D 日率 E 连攻下犹他滩上的敌炮阵地。
第三集：布洛伊的故事，E 连在卡灵顿的重大伤亡。
发展部：命运同系
第四集：蓝道曼的故事，新老兵结成兄弟。
第五集：温特斯的故事，E 连换连长。
高潮部：艰难时刻
第六集：尤金 · 罗的故事，军医眼中的巴斯东围困。
第七集：李普的故事，代替戴克团结 E 连，佛伊之战 E 连杀出险境。
结尾部：扫荡欧洲
第八集：韦伯斯特的故事，E 连最后一次战斗，温特斯取消新的作战行动。
第九集：尼克森的故事，发现集中营，意识到战争意义。
全剧结尾：驻军欧洲
第十集：温特斯的故事，占领鹰巢，奥地利受降，计划战后生活。

我们将每一集命名为某某人的故事，就是要标示在这一集，故事是通过这一个人物所处的具体情境展开的，是他的个人体验所感受到的，这是由这一位主人公讲述的“私人叙事”。正是通过这些个人视角的讲述，构成了E连的战史。

乔治·贝克指出：表现一个情境必须具有私人的情感，要“按照卷入这个情境中的人物所感觉到的情境来表现它”。①

下面对各集的叙事任务，以及要点进行总结：

全剧开场：1集，E连诞生，叙事任务——倒叙前史，预示未来

E连在D日的前一天，由E连副连长温特斯，倒叙E连的建立与训练的前史。在空投前的一天进行倒叙，是为了避免叙事体的从头至尾的叙述，缩短情节线。

开端部：2—3集，E连建立功勋，叙事任务——介绍总情境

连长温特斯和士兵布洛伊讲述的两个故事：犹他海滩、卡灵顿的战斗。讲述者的心理活动和命运结局构成了两个戏剧性的高潮。两个故事的视角、内容和主题均有所不同，将这两个故事连贯起来的线索，一是时间维度上的：E连的作战进程，二是人物命运上的：温特斯和布洛伊的不同命运，三是中心思想上的：E连所代表的美国军人面对挑战的不屈意志。

发展部：4—5集，E连命运同系，叙事任务——发展冲突

蓝道曼和温特斯讲述的两个故事：恩荷芬、莱茵河的战斗。老兵蓝道曼讲述：E连在战斗中减员，补充的新兵与老兵结成战斗情谊；连长温特斯讲述：他升迁后，E连领导干部的调换。这两个故事都谈到E连从士兵到干部的成员大调整，涉及到一个共同的主题：E连在未来战争中的命运。

高潮部：6—7集，E连的艰难时刻，叙事任务——冲突达到高潮

卫生兵尤金·罗和士官李普的故事，讲述E连在巴斯东经历的艰难战役和危险的佛伊战斗。这两个故事将主人公的心理活动与E连战斗的场景相结合，构成了真实、深刻的战争场景。高潮部的情节发展，明显比发展部更加曲折、激烈，人物命运的变化更具有戏剧性。

结尾部：8—9集，E连扫荡欧洲，叙事任务——完成冲突

老兵韦伯斯特和尼克森讲述的故事。韦伯斯特的故事，反映了E连官兵在战争结束前的心理活动，第八集的高潮情节，并不是一场激烈的战斗，而是营长温特斯设法取消作战任务，表现了E连幸存官兵对生命的珍视。尼克森的故事，通过发现犹太集中营，意识到这场战争的重大意义。

全剧结尾：10集，E连驻军欧洲，叙事任务——归结全剧

温特斯讲述的故事：E连挺进欧洲，占领鹰巢，驻扎欧洲的和平岁月。情节中没有发生一次战斗，只有偶然事故造成的个别伤亡，形成一种舒缓、平稳的节奏，其中渗透着一种珍视和平、憧憬未来的温馨气息。

分集大纲

第一集：新兵连

片头回忆（纪录片部分）：五位老兵回忆日本轰炸珍珠港后志愿加入伞兵连。

① （美）乔治·贝克：《戏剧技巧》，第341页。

开场：空降延期

1944 年 6 月 4 日 E 连整装待发，温特斯和尼克森回忆新兵训练的 712 天。

开端部：还不是 E 连

倒叙：1942 年 6 月，索柏取消全连假期，命令全连跑步上山。

发展部：E 连的新兵训练

开端：索柏罚戈登跑步，命温特斯找出六人受罚，温特斯找六人扫厕所应付。

发展：索柏刁难温特斯，命温特斯管理十四天伙房。

高潮：索柏让全连饱餐意大利面，又下令跑步上山，全连唱歌反抗索柏。

结尾：E 连经过五次跳伞考查，全体拿到伞兵徽章。辛克上校向官兵祝贺。

高潮部：演习失败

开端：索柏在演习中指挥失败，官兵对他失去信任。

发展：在英国演习，鲁兹模仿贺顿少校戏弄索柏，温特斯指挥 2 排在演习中取胜。

高潮：索柏刁难温特斯，让他选择六十天取消外出或接受军事法庭审判，温特斯选了后者。官兵认为索柏指挥无能，李普组织士官冒险递交了辞职书。

结尾：辛克上校将索柏调到伞兵训练学校，由米汉中尉指挥 E 连。

结尾部：出征

开端：出发前，温特斯、米汉推算出空降地点在诺曼底。尼克森和米汉中尉分别向全体官兵布置代号为 D 日 H 时任务。

发展：米汉宣布空降任务延时，24 小时待命。签寿险单、收家信、看电影。

高潮：温特斯紧握二排战友的手，一一送上飞机。

结尾：D 日英吉利海峡上空，成千上万架飞机。

片尾字幕：盟军总司令艾森豪威尔的作战命令。

第二集：D 日

片头回忆（纪录片部分）：四位老兵回忆 D 日空降。

开场：飞临诺曼底

三架飞机的机舱中弹：温特斯、布克带部下匆忙跳伞，E 连连长米汉等人阵亡。

开端部：E 连着陆

开端：温特斯着陆，丢失武器，遇 A 连通信兵，紧张说错口令。发现德军，大家躲避。

发展：温特斯遇 82 师 D 连散兵和李普、葛奈瑞、乔依托、韦恩，查地图确定方位。

高潮：温特斯率队偷袭小股德军，缴获武器弹药。

发展部：E 连会合

开端：马拉奇与德国俘虏聊天。斯皮尔斯给俘虏点烟，然后射杀俘虏。

发展：E 连在营部会合，温特斯见到布克中尉。

高潮：温特斯代理 E 连连长，接受史戴尔少校布置的作战任务。

高潮部：袭击德军炮阵地

开端：温特斯向 E 连的士官们部署战斗计划。

发展：温特斯带领 E 连发动突袭，突入敌方阵地，杀伤敌军二十人。

高潮：德军火力很猛，通信兵赫尔阵亡。温特斯下令 E 连撤退，撤退前捣毁敌四门火炮。

结尾部：E 连休整

开端：E 连接到新的作战任务：向南进攻库柏小镇。

发展：E 连官兵们进行短暂休息。
高潮：温特斯向上帝祈祷，能平安回家平静度日。
片尾字幕：西点军校至今仍将 E 连突袭德军的这次战斗列为教科书内容。

第三集：卡灵顿
片头回忆（纪录片部分）：五位老兵对战争恐惧的描述。
开端部：E 连接受任务，布洛伊归队
开端：布洛伊找到 E 连，他因为晕机药过敏在壕沟里睡着了。
发展：每人都有战利品，布洛伊一无所获。E 连接受攻占卡灵顿的命令。
高潮：胡伯勒奉命带布洛伊去寻找 F 连。
结尾：布洛伊返回通知，路遇德军死尸，看到象征军人勇气的高山之花。
发展部：攻下卡灵顿
开端：进攻卡灵顿，温特斯受伤，布洛伊歇斯底里性失明。温特斯安慰他，使他眼睛复明。
发展：E 连与德军僵持。雨夜，威尔士和布洛伊在弹坑中防守。
高潮：温特斯通知，E 连将在拂晓发动进攻。泰波特穿德军雨衣被恐慌的史密斯刺伤。
结尾：斯皮尔斯告诉布洛伊，把自己当成死人，就是一名合格的战士了。
高潮部：守卫卡灵顿
开端：早晨，威尔士中尉部署袭击德军任务，D、F 连和 E 连同时发起进攻。
发展：德军抢先反攻，D、F 连撤退，只有 E 连坚守阵地。
高潮：温特斯鼓励布洛伊，使他终于战胜恐惧，向德军开枪射击。
结尾：布洛伊从德军尸体上，摘取下高山之花戴在自己胸前。
结尾部：镇外的小规模战斗，布洛伊中弹
开端：E 连打头阵又进入一小镇，布洛伊主动要求参加先行侦察。
发展：担任尖兵的布洛伊被德军前哨击中。
高潮：野战医院帐篷里，手术后的布洛伊依然充满对死亡的恐惧。
结尾：E 连撤回犹他海滩休整。马拉奇到洗衣店取衣物，发现众多战友都牺牲了。
片尾字幕：E 连失去 69 名弟兄，布洛伊伤口始终未愈，于 1948 年逝世。

第四集：新兵补充
片头回忆（纪录片部分）：五位老兵回忆对待新兵的态度和作为新兵对老兵的敬畏。
开场：老兵与新兵
蓝道曼、葛奈瑞、马丁等老兵给新兵讲故事。葛奈瑞告诉新兵，班长蓝道曼是连里最棒的。
开端部：空降之前
开端：温特斯和尼克森部署 E 连任务，空降恩荷芬。
发展：E 连出发前，再次遇见索柏，索柏训斥马拉奇。
高潮：蓝道曼检查新兵装备，告诫新兵加西亚枪口不能朝上。
发展部：进入恩荷芬
开端：E 连着陆，在路边隐蔽，胡伯勒从农舍要来啤酒。
发展：E 连顺利进入恩荷芬，荷兰人民热烈欢迎 E 连。
高潮：抵抗组织带温特斯走捷径到大桥。
结尾：葛奈瑞、胡伯勒等夜巡，给小男孩吃巧克力。孩子五岁从没吃过巧克力。

高潮部：努安南战斗

开端：E 连和装甲师一起到达努安南，新兵米勒中弹，蓝道曼搭救并呼叫医生。

发展：蓝道曼指挥手下的新老士兵，冲入努安南。E 连与德军进行巷战。

高潮：战斗激烈，美军坦克被击毁。E 连四死十一伤，温特斯下令 E 连撤退。

结尾：E 连在镇外整队上车，蓝道曼失踪，温特斯下令开车离去。

结尾部：蓝道曼归来

开端：蓝道曼负伤，在小桥下躲过大批德军。

发展：蓝道曼躲进农舍草棚，荷兰农民帮他取出弹片。蓝道曼杀死闯入的德兵。

高潮：老兵葛奈瑞发动全班前往努安南营救蓝道曼。

结尾：温特斯看到蓝道曼活着归来，十分欣慰。

结尾：战役失败，E 连撤退。

片尾字幕："市场花园"战役是一次失败的战役……

第五集：十字路口

片头回忆（纪录片部分）：四位老兵评价自己敬重的连长。

开场：击毙德国少年士兵

温特斯梦魇般的回忆，向一少年德军开枪。

开端部：温特斯任职营参谋长

开端：升任二营参谋长的温特斯和尼克森到团部汇报。

发展：辛克上校布置 E 连营救英军伞兵。

高潮：温特斯不适应营部的工作与生活。

发展部：温特斯写作战汇报，回忆 10 月 5 日的偷袭战。

开端：温特斯写报告，穆司向他汇报 E 连的"飞马行动"。

发展：温特斯写报告，回忆偷袭战斗，夜间战斗。

高潮：温特斯写报告，回忆偷袭战斗，白天的战斗。

结尾：辛克上校正式任命温特斯为营参谋长，穆司接任 E 连连长。

高潮部：温特斯心系 E 连

开端：E 连新连长穆司带队救回 140 名英伞兵。温特斯的心踏实下来。

发展：温特斯到 E 连视察，指导穆司工作……

高潮：巡逻兵误伤新连长穆司。师部派戴克中尉接任 E 连连长。

结尾：温特斯在巴黎休假，享受和平生活。

结尾部：E 连前往巴斯东

开端：E 连士兵看电影、赌钱。戴克中尉突然宣布休假取消。

发展：戴克中尉不安地抱怨，温特斯提醒戴克中尉准备物资。

高潮：E 连战士向刚撤退的士兵要弹药。莱斯提醒温特斯将被包围。

结尾：辛克上校下令在巴斯东挖战壕，坚守住巴斯东。

片尾字幕：E 连在没有炮兵以及空中支援下进入巴斯东森林……

第六集：巴斯东

片头回忆（纪录片部分）：六位老兵回忆漫长、寒冷的巴斯东守卫战。

开端部：脆弱的防线

开端：军医尤金·罗搜集急救包。

发展：辛克上校和将军到E连阵地，温特斯汇报困难，将军命令坚守防线。

高潮：阵地缺衣少粮，尤金去3营要补给，迷路。

结尾：连长戴克不关心战士的身体和病情。

发展部：寻找医药品

开端：饮食差，缺少药品。尤金在战士们中间搜集吗啡、剪刀和急救包。

发展：尤金派人去3营寻求医药。乔依托的靴子被炸飞了。尤金送受伤的弗兰克去医务站。

高潮：尤金医务站遇芮妮。芮妮给他少量药品和巧克力。尤金找到九号靴子。

结尾：寒夜，尤金送靴子给乔依托，送巧克力给贝尔。

高潮部：再见芮妮

开端：尤金再见芮妮，帮她抢救伤员。

发展：尤金和芮妮聊天，相互鼓励。

高潮：尤金雪夜送毯子，抢救炮击后的伤员。

结尾：尤金送伤员再到医务站，遍地伤兵，与芮妮来不及讲话。

结尾部：平安夜

开端：李夫将军祝大家圣诞快乐。

发展：温特斯来看望睡在坑里的尤金。

高潮：平安夜生火引来轰炸，尤金抢救伤员。

结尾：医务站被炸，尤金捡到芮妮的蓝色护士巾。尤金用蓝巾为贝尔包扎，并直呼其名。

片尾字幕：巴顿将军第三师突破德军防线，补给送达……101师没有人认为自己需要被救援。

第七集：突破点

片头回忆（纪录片部分）：四位老兵对巴斯东惨重伤亡的痛苦回忆。

开场：寻找戴克

戴克经常脱离部队，E连发生事故（胡伯勒死亡），也由李普向营长温特斯汇报。

开端部：谁能当连长

开端：士官会上，戴克不做任何决定。

发展：士兵们议论戴克，叫他“散兵坑·诺曼”。李普为了连队团结，不许大家说戴克坏话。

高潮：温特斯思考谁能当E连连长，想了半天没有想出合适的人选。

发展部：没有领导人的E连

开端：布克受到失去战友的打击，忧心忡忡。戴克放任E连不管。

发展：无能的排长皮卡克被派回美国度假，辛克上校带记者采访E连。E连士气依然旺盛。

高潮：德军炮击，E连伤亡惨重，戴克临阵脱逃，排长布克崩溃。

结尾：李普为稳定军心，撤下发疯士兵，安慰马拉奇，送他胡伯勒手枪，并带他看望布克。

高潮部：佛伊之战

开端：E连即将攻打佛伊，李普向温特斯汇报：戴克将把兄弟们引入灾难。

发展：温特斯仔细给戴克讲解任务。戴克带E连冲锋，吓瘫，使E连陷在火线上。

高潮：温特斯让D连连长斯皮尔斯指挥E连，兄弟们脱离险境，攻入佛伊。

结尾：李普暴露自己，引出敌狙击手，结束战斗。

结尾部：E 连新连长

E 连教堂休整，烛光唱诗。

D 连副连长斯皮尔斯提升为 E 连连长，而中士李普升为少尉。

结尾：李普和 E 连弟兄坐卡车前往哈根努。

片尾字幕：比死伤更甚的是每个人在巴斯东遭受的折磨……

第八集：最后一次夜袭

片头回忆（纪录片部分）：五位老兵谈战争结束前，强烈的求生欲望。

开端部：归队

开端：韦伯斯特伤愈归队，发现 E 连气氛变化，要停战了，人人惜命。

发展：温特斯组织夜袭侦察。西点毕业的琼斯少尉前来报到，请求带队侦察。

高潮：韦伯斯特提前告知谁被选中出去侦察。

结尾：炮击，众人躲入地下室。街上抬土豆的凯恩被炸死。

发展部：夜袭之前

开端：E 连轮流洗澡。侦察计划改变，李普派马拉奇带部分人执行夜袭任务。

发展：韦伯斯特劝琼斯替换马拉奇，请求被批准。

高潮：温特斯布置夜袭，韦伯斯特提出与乔互换。

结尾：出发前的准备。

高潮部：杰克森牺牲

开端：渡河翻船。

发展：接近敌楼，杰克森扔手榴弹受伤。

高潮：军医尤金抢救杰克森，杰克森牺牲。战友们愤怒地打俘虏。

结尾：马丁后悔没有让队员戴钢盔，温特斯说这不是他的错。

结尾部：任务取消

开端：辛克上校为表功，要求进行二次侦察。

发展：尼克森与温特斯商量，不应该进行无益的侦察。

高潮：温特斯来到 2 排，他暗示夜袭取消，大家睡觉。

结尾：温特斯打了假报告。撤退，李普、温特斯都被晋升。韦伯斯特和战友撤离哈根努。

片尾字幕：当离开哈根努时，E 连在欧洲的足迹已经遍布英国、法国、荷兰、比利时。不久他们就要进入德国。

第九集：我们为什么打仗

片头回忆（纪录片部分）：五位老兵回忆在奥地利和德国，对战争认识发生变化。

开场：战争废墟

百姓在被炸成瓦砾的建筑物上捡垃圾。四个音乐家在演奏贝多芬的弦乐四重奏。

开端部：最后一次空降

开端：尼克森执行跳伞任务归来。官兵都在取乐。

发展：鲁兹和康派提偷鸡蛋追德国少女，杰诺维克和姑娘做爱。斯皮尔斯收集银器寄回国。

高潮：温特斯劝尼克森戒酒。尼克森承认从 D 日到现在，他没有开过一枪。

发展部：进入德国

开端：尼克森向战士们宣布各种新闻。

发展：新兵想打仗，受到老兵训斥。

高潮：尼克森寻找维特69，砸德国酒店。
结尾：命令在一小时内出发。尼克森嘱咐士兵继续找维特69。

高潮部：深入德国

开端：尼克森收到妻子离婚信。斯皮尔斯告诉众人，将去阿尔卑斯山的巴伐利亚地区。
发展：车上，士兵们畅谈战后的生活计划。
高潮：E连要在小旅馆过夜，德国妇女抗议。
结尾：路上看到大批德军俘虏，韦伯斯特在军车上站起冲他们喊叫。

结尾部：发现纳粹集中营

开端：温特斯命令斯皮尔斯、李普、威尔士带D连清查村庄。
发展：尼克森进一栋房子找酒，遇到纳粹军官寡妇仇视的目光。
高潮：发现集中营，温特斯组织营救。泰勒将军下令，全镇居民去掩埋尸体。
结尾：尼克森被集中营惨景惊呆，纳粹寡妇惭愧低头。
　　　贝多芬的弦乐四重奏。尼克森告诉战友希特勒死了，部队起程。
片尾字幕：几个月里，盟军不断发现犹太人死亡集中营……

第十集：积分点

开场：到底做职业军人还是去新泽西

辛克问温特斯是否留在陆军做职业军人。尼克森邀请温特斯去他的化肥公司工作。

开端部：贝希特斯加堡

开端：敌人封锁道路。温特斯命令E连做先头部队。
发展：进入贝希特斯加堡旅馆，温特斯、斯皮尔斯、威尔士收集银具。
高潮：E连攻下鹰巢，发现希特勒私人相册。
结尾：发现戈林的酒窖。

发展部：休息与备战

开端：温特斯接受德军将领的投降。
发展：全营士官看了冲绳岛战役的纪录片。投入作战训练，准备参加太平洋战争。
高潮：为纪念D日，泰勒将军给每连一个退伍名额，E连幸运者是西福蒂。
结尾：温特斯要求转调到十三空降师参加对日作战，泰勒将军要他留下。

高潮部：没必要的伤亡

开端：乔、韦伯斯特在山区农舍，杀死躲在这里的集中营德国军官。
发展：杰诺维克出车祸死亡。
高潮：格兰特被I连醉酒新兵打中，斯皮尔斯找德国医生救他，众人打凶手。
结尾：斯皮尔斯要求降到E连当连长，不想升调到别处。

结尾部：李普营长受降

开端：马拉奇被温特斯派到巴黎进行跳伞指导。
发展：温特斯晋升李普为少校，接受德国将军赫夫曼的投降。
高潮：德军将军征得李普同意，向部下进行最后讲演。
结尾：温特斯告诉尼克森，他决定去新泽西化肥公司工作。

全剧片尾：战争结束

E连战士们在操场上打棒球，听到了日本投降消息，二战结束了。

温特斯讲述战友们战后的生活。

片尾回忆（纪录片部分）：七位 E 连幸存老兵谈弟兄们非比寻常的联结。

4. 分集读片

第一集 《新兵连》1944 年 6 月 4 日英国阿坡特里军用机场，E 连整装待发，倒叙 1942 年 6 月美国乔治亚州陶克阿营地、1943 年 6 月马科尔营地、1943 年 9 月英国阿尔德伯尼营地的训练。

第二集 《D 日》1944 年 6 月 6 日（D 日）前夜，法国诺曼底，攻击德军炮兵阵地。

第三集 《卡灵顿》1944 年 6 月 12 日，法国诺曼底，在卡灵顿的战斗。

第四集 《新兵补充》1944 年 9 月 17 日，荷兰“市场花园”战役，撤出恩荷芬。

第五集 《十字路口》1944 年 10 月，荷兰，一次偷袭战和解救英军的“飞马行动”。

第六集 《巴斯东》1944 年 12 月，比利时，巴斯东战役。

第七集 《突破点》1945 年 1 月，比利时，亚耳丁森林的佛伊镇之战。

第八集 《最后一次夜袭》1945 年 2 月 9 日，法国，哈根努的一次夜袭。

第九集 《我们为什么打仗》1945 年 3—4 月，德国，在兰德斯堡发现纳粹集中营。

第十集 《积分点》1945 年 5—7 月，德国贝希特斯加堡和奥地利札兰西，战争结束。

第一集：新兵连　导演：菲尔·艾尔丹·洛宾森

主人公：赫伯特·索柏——喜剧性人物

叙事角度：迪克·温特斯（贯穿全剧的中心人物）

本集主要事件：一个连队的诞生。

通过对索柏魔鬼训练的回忆，介绍 E 连是如何诞生的。

片头 1：回忆（纪录片部分）

五位老兵回忆日本人轰炸珍珠港之后，志愿加入伞兵连。

老兵 1：我们在一个店里，有个家伙正在那里，告诉我们：把你们的制服穿上……美国在和日本作战。

老兵 2：我们国家遭到了袭击……

老兵 3：我们会被问：谁愿意参加坦克兵、空军、海军……

老兵 4：我来自小镇，还有其他三个人，我们被称作 4F，他们三个自杀了，因为不能如愿，那是个不同的时代……

老兵 5：我不是为了奖章才去的，不是为了荣誉，我只是做了我应该做的……“你会从飞机上跳出去吗？”“会！”……

老兵 3：我们全副武装，从飞机上跳下来，与敌人作战……“每月五十美元”，就会有一百个人举手报名。

片头 2：全剧掠影及主要角色

主要工作人员字幕

开场：空降延期
1944 年 6 月 4 日，在英国的阿坡特里军事基地，伞兵 E 连整装待发，中尉米汉宣布空降取消，24 小时待命。士兵们看好莱坞的战争电影。
迪克·温特斯和路易斯·尼克森聊天，谈到忍受索柏的日子和新兵训练的 712 天。[温特斯是贯穿全剧的中心人物，所以最先出场。全剧以温特斯与尼克森二人开场，又在第十集以二人作全剧收尾。

开端部：还不是 E 连
1942 年 6 月，美国南部乔治亚州陶克阿营地
切入温特斯的主观视角。[温特斯看着索柏从身前走过，并扭头看索柏，随着温特斯的视线，将观众带入情节。
索柏找碴取消全连周末外出，并命令全连上山跑步，二等兵蓝道曼："中尉恨我们!" [索柏的例证动作。索柏与 E 连官兵的冲突构成全集的总悬念。

发展部：E 连的新兵训练
① 索柏的训练
索柏检查随身装备，发现二等兵戈登违反命令，惩罚他上山跑步；索柏命温特斯找出六个违反规定的人，温只是找出本来该打扫厕所的六个战士应付索柏。[利用午餐的一个过渡场面，既交代了事件的经过，又引出路易斯·尼克森少尉。
军事训练：降落练习，再次惩罚戈登，绳障、墙障、尸体战壕……
② 索柏与温特斯
索柏和温特斯同时晋升。
二等兵帕克斯偷伙房罐头被索柏退训。
索柏刁难温特斯，命他管理十四天伙房。
③ 意大利面条
雨天里，索柏紧急集合正在吃意大利面的战士跑步训练，索柏侮辱呕吐的士兵，全连齐唱"我们是天杀的伞兵"反抗索柏。
④ 跳伞考查
E 连经过五次跳伞考查，全体拿到伞兵徽章。辛克上校向官兵祝贺。

高潮部：演习失败
1943 年 6 月 23 日，马科尔营地。
① 索柏在演习中指挥失败，官兵对他失去信任。
② 两个半月的实兵演习训练结束，E 连乘火车转到纽约港，乘船开往英国。
1943 年 9 月 18 日，E 连到达英国的阿尔德伯尼。
① 演习中，鲁兹模仿贺顿少校戏弄索柏，使其出丑；温特斯指挥 2 排在演习中取胜。
② 索柏刁难温特斯，让他选择六十天取消外出或接受军事法庭审判，温特斯选了后者。
③ 官兵都认为索柏指挥无能，李普组织士官冒险递交了辞职书。
④ 辛克上校将索柏调到奇顿佛列的伞兵训练学校，由鲍勃·米汉中尉 [过场人物] 代替索柏指挥 E 连。[温特斯与索柏的冲突贯穿发展部和高潮部，构成第一集的情节主干。

结尾部：出征

1944 年 5 月 31 日，英国阿坡特里

① 温特斯劝布克中尉不要与士兵赌博，不要占士兵的便宜。[布克，幸存者。例证动作，赌博。

② 温特斯和 E 连代理连长米汉中尉一起推算出空降地点是诺曼底。

③ 尼克森和米汉中尉分别向全体官兵布置代号为 D 日 H 时的任务。

倒叙结束，回到 1944 年 6 月 4 日

① 马丁中士收到妻子信，得知比尔哥哥在意大利阵亡，他问李普中士该不该在起飞前告诉比尔。[马丁，幸存者。

② 胡伯勒收到寄来的一把警察用的手枪。[例证动作，手枪爱好者。

③ 李普通知战士签寿险单。[李普，幸存者。例证动作，E 连的磐石。

④ 米汉宣布空降任务延时，24 小时待命。

⑤ E 连士兵们看电影《幸运先生》。温特斯代替士兵站岗。

1944 年 6 月 5 日阿坡特里机场

① 出发之前，罗医生发晕机药。

② 温特斯紧握 2 排战友的手，将他们一个一个从地上拉起，亲手送上飞机。[例证动作：一群兄弟。出征之际，E 连官兵的临战心理和独特的生命体验。

结尾：D 日前夜的海峡上空

英吉利海峡上空，成千上万架飞机。

片尾字幕

陆、海、空联合远征军：我们已经经过数月努力，你们就要参加这场圣战。世界都在期待着你们。祝你们好运。让我们所有人都向万能的上帝祈祷，赐福于我们，完成这一伟大而神圣的任务。——盟军总司令艾森豪威尔

故事梗概

1942 年 6 月，美国南部乔治亚州陶克阿营地，新兵连开始战前集训。中尉赫伯特 · 索柏受命带队训练 E 连。为了让 E 连成为全团最优秀的伞兵连，索柏经常无中生有地教训战士，想方设法地找到他们的错误，他频繁取消所有士官的周末外出，惩罚全连跑步训练。雨天里，战士们正在高兴地吃改善伙食的意大利面，索柏却突然宣布紧急集合跑步训练，使得几个战士边跑边呕吐。迪克 · 温特斯是 E 连 2 排的少尉，他因为站在士官的一边，受到索柏刁难。在考核中，温特斯为了让弟兄们全部通过，亲自带队做体操，罗伯特 · 辛克上校对温特斯赞赏有加。E 连表现出色，索柏和温特斯同时得到辛克上校的提升。索柏嫉妒温特斯，把所有脏活都让他做，要么被派去伙房工作，要么就是检查厕所的卫生。在索柏的非人性的训练下，E 连战士们顽强地通过了考查，全体获得伞兵资格。

1943 年 6 月 23 日，马科尔营地，E 连正式划归美军 101 空降师 506 团 2 营，进行严格的军事课程学习和实兵训练。实兵演习中，索柏非常紧张，致使指挥失败。索柏因此失去官兵的信任。

1943 年 9 月 18 日，E 连到达英国的阿尔德伯尼营地继续接受战前的军事训练，索柏再次表现出指挥无能，幸好温特斯带领 2 排完成任务。在这次演习中士兵康派提鼓动鲁兹模仿贺顿少

校戏弄索柏，使其在全团出丑，心胸狭窄的索柏更加对温特斯怀恨在心，他给温特斯设了个圈套，并以温特斯不执行他的命令的罪名，使温特斯处于等待军事法庭审判的不利处境。全体士官对索柏刁难温特斯忍无可忍，他们不想在你死我活的战场上听索柏这样无能的连长指挥，大家冒险递交了辞职报告。辛克上校不得不把索柏调离，并让鲍勃·米汉中尉指挥E连。又是半年的艰苦训练，E连终于要参战了，官兵已成兄弟。

1944年6月5日（D日前夜），在出发前，温特斯紧握每个E连2排战士的手，把他们一个一个从地上拉起，送上飞机。

人物分析

E连历史——摘自原作：

美国陆军第101空降师第506伞降步兵团E连是在乔治亚州的陶克阿营地组建的。E连一百四十名士兵和七名军官，来自全国各地，具有不同的背景。有农夫、矿工、山里人、南方子弟；有的一贫如洗，有的出身中产阶级；还有两位来自哈佛大学和耶鲁大学，两位来自加州大学洛杉矶分校。除了一名军人、几名国民警卫队员外，E连的成员基本上都是老百姓。有几点他们是共同的：都是一战以后出生的，很年轻；全连都是白人，因为美军在二战时期实行的是种族隔离制；除三人外，均未结婚；大多数在中学时都打过猎，当过运动员。

他们的价值观与众不同。他们都注重健康的体魄和严格的逐级服从，都很看重自己作为精英团队一员的身份，渴望投身于一个为某种目标而奋斗的集体之中，成为其中的一员，积极努力，真诚相待，亲如一家。

大萧条时期，他们吃尽了苦头，他们中有许多人在缺吃少穿中长大，甚至连收音机也买不起。由于大萧条，他们不得不中断学业。他们学会了自食其力，适应了艰苦的工作，习惯了服从命令。

1942年夏天E连组建，此时欧洲战事已经打了三年。1944年暮春，他们被训练成为一支优秀的空降兵连队。D日凌晨，在E连的第一次实战中，他们一举歼灭了位于犹他海滩的一个德军炮兵连，摧毁了四门105毫米的加农炮。该连领先进入卡灵顿，在荷兰作战，坚守了巴斯东环形防线，在突出部战役中率先进行了反击，参加了下莱茵之战，并攻占了希特勒在贝希特斯加堡的鹰巢。该连先后有二百多人次伤亡。在其战斗力最强时，1944年10月在荷兰，以及1945年1月在阿登高原，该连都表现得与世界上最精锐的步枪连队一样出色。战争结束后，E连解散，官兵各自回家。

索柏

这个来自国民警卫队的军官，担任新兵E连的第一任连长，肩负着完成战前集训的艰巨带队的责任。面对一群平民百姓，他信奉严格的训练方法。他的训练工作完成得很出色，但是他也因心胸狭窄，对待下级苛刻，遭到了官兵的反对。虽然索柏训练新兵成绩卓著，但是他的军事指挥才能很差。索柏的软弱、怯懦和没有团结官兵的能力，使索柏注定成不了实战部队的连长，但是E连官兵都认为，没有索柏也就没有E连。

温特斯

温特斯是全剧贯穿人物，用路易斯·尼克森少尉的话说：温特斯没有缺点，没有怪癖，没有幽默感。索柏屡次刁难他，他都表现得克制、顽强，是个有坚强意志的军人。辛克上校称赞温特斯：多好的军人。在第二集中，温特斯继索柏和米汉之后成为E连的第三任连长。温特斯正直、理性，对战士们有兄弟般的情谊。

第一集小结

结构特点

片头采用纪录片的形式，以真人说历史。五位老兵全是美军101空降师506团2营E连的幸存者，由他们来讲述E连的战史，大大提高了本片的历史真实性，使本片具有纪实片的真实、感人的风格。

本集采取倒叙方式，讲述了E连的诞生。本集以温特斯视角切入，讲出索柏和E连的故事。索柏是E连诞生的主要锻造者，也是本集所有事件的中心。通过展示索柏的双重性格，展示了E连两年的艰苦训练过程，突现出E连下层官兵的毅力与士气。尤其在温特斯的勇敢、坚定、正直、理性形象的烘托下，索柏显得软弱、骄横、刻薄、狭隘。影片入木三分地刻画出一个只能纸上谈兵的教官形象。

本集除了塑造索柏这个中心人物外，还担负着交代E连众多人物的叙事任务。故事中没有一处闲笔，后九集中所涉及到的E连主要人物和次要人物都有交代。本集巧妙地通过索柏训斥侮辱战士的过程，先后交代了李普、康派提、乔治·鲁兹、唐诺·马拉奇、怀特、乔·李高特、戈登、胡伯勒、蓝道曼……并在去往欧洲的过渡段里，通过比尔·葛奈瑞和犹太士兵乔·李高特的吵架，介绍了另一些次要人物性格，几乎每个次要人物都至少出现在两个重要场面之中。

本集的正叙部分，介绍了D日登陆作战前的基本情境，实际上是第二集的开端部分。

节奏

新兵训练——伞兵资格——开往英国——军事法庭事件——整装待发，一张一弛节奏鲜明。

喜剧化处理

对索柏的刻画运用了大量喜剧性因素，如他在跳伞前的懦弱表情，他在阵地演习中惊慌失措的失态表现。编导通过索柏与E连士兵的一系列有趣事件，介绍了E连士兵群体，展示了温特斯、李普等人的性格。

战争场面和气氛

成千上万的士兵上火车、上轮船的壮观场面；纽约港的自由女神像；冒汗的士兵们睡的四层吊床，拥挤不堪的闷热船舱；英吉利海峡上空，成千上万架飞机和空降伞兵。

第二集：D日　导演：理查德·隆克瑞恩

主人公：迪克·温特斯——史诗性人物

叙事角度：迪克·温特斯（贯穿全剧的中心人物）

本集主要事件：诺曼底空降，迪克·温特斯带领E连成功突袭了犹他滩的德军炮阵地。

从E连代理连长温特斯的一天，带出E连在D日的战斗经历。

片头1：全剧掠影及主要角色

主要工作人员字幕

片头2：回忆（纪录片部分）

四位老兵回忆空降。

老兵1：在机舱口，我可以看见下面的火力区域。我不得不假设那就是我们降落的地方。突然，红灯亮了，我们所有人各就各位准备跳伞。这时飞机受到了袭击，飞行员紧急给了我们绿灯指示，我看到绿灯的一刹那已经飞出舱口。

老兵2：从踏上那片降落地的一刻，我们执行任务，著名的腿袋被打落了……

老兵3：我们从天上来，四面八方都是火力，必须面对敌人……

老兵1：你得做好思想准备，每个人都必须做自己该做的部分……

老兵4：你只是本能考虑会发生什么事情，你受过严格的训练，你的任务是什么，你怎么做。那晚我们失去很多人，但你要尽力不去想它。

开端部：飞临诺曼底

1944 年 6 月 5 日，英吉利海峡上空。

在一片弹海中，三个机舱被炮火击中。

机舱 1，葛奈瑞手捻十字架默默祈祷；乔依托神经质地嚼口香糖；温特斯坐在机舱口对紧张的士兵微笑；另一战士抽烟……进入火力区，红灯亮，温特斯指挥战士们做好跳伞准备，驾驶舱内机长、指挥官中弹，飞行员拉亮绿灯，全体跳伞。

机舱 2，布克向李普询问战士情况，等待绿灯时，突遭袭击，一名战士中弹，其他人跳出。

机舱 3，米汉中尉安慰威尔士，飞机中弹，全体官兵阵亡。

发展部：E 连着陆

① 小股会合

温特斯着陆，腿袋丢失，没有武器，遇 A 连通信小兵赫尔，他也丢失腿袋，里面有电台。他紧张说错口令，两人发现德军，躲避。

温特斯遇 82 师 D 连散兵，温特斯查地图，确定方位。

温特斯遇 E 连士兵：李普、葛奈瑞、乔依托、韦恩。

② 偷袭德军

温特斯指挥偷袭几个德军，缴获武器、弹约。温特斯训斥葛奈瑞为兄报仇不听指挥。

遇见死难伞兵，补充弹药。

③ 射杀俘虏

马拉奇与德国俘虏聊天。斯皮尔斯给德军俘虏点烟，然后射杀俘虏。

④ E 连在营部会合

温特斯见到布克中尉。E 连代连长米汉失踪（实际已经阵亡），温特斯作为代理连长，接受史戴尔少校布置的任务：有一支德军炮兵重创从犹他海滩上岸的美国陆军，必须歼灭他们。

高潮部：突袭德军炮兵阵地

① 温特斯向 E 连的士官们部署战斗计划。

② 温特斯带领 E 连出其不意地袭击了德军炮火据点，杀伤敌军二十人。

③ 德军的火力很猛，通信兵赫尔阵亡。温特斯下令炸毁敌炮四门后，全连撤退。

结尾部：温特斯的祈祷

① 温特斯遇到营部的尼克森中尉，尼克森让温特斯向营部呈送德军火力分布图。画外音：2 营攻下圣梅利镇，第四师的移动人员和物资运到，大部分 101 空降师包括 E 连的伞兵，仍旧散落在整个诺曼底——离胜利还很遥远。E 连在短暂的休息后，将向南进攻库柏小镇。

② 布克中尉、李普中士、马拉奇、葛奈瑞等人在车内做饭吃。温特斯向大家道晚安。

③ 温特斯感谢上帝让他平安度过了第一天，他祈祷能够平安回家，找个宁静地方平安度日。

片尾字幕：

西点军校至今仍将 E 连突袭德军的这次战斗列为教科书内容。

故事梗概

诺曼底空降，101 空降师伤亡惨重，米汉中尉指挥的飞机被击中，全部人员阵亡。温特斯带领散落的几名战士偷袭小股德军，并及时赶到营部与 E 连会合。温特斯代替米汉中尉接受史戴尔少校的任务，带领 E 连机智勇猛地袭击了对登陆部队造成极大伤亡的德军炮阵地。温特斯因为出色的指挥，赢得了全体士官的信任。

人物分析

温特斯

本集讲述了温特斯带领 E 连袭击德军炮火点的一次战斗。影片注意到了对战史的概括，同时将温特斯提升到美国军人代表的高度。温特斯在战斗中表现出军事指挥才能，官兵在此前曾嘲笑他的禁欲式的理性，但在这次战斗之后接受他了。

葛奈瑞

第一集中对这个人物做了充分的铺垫，他是一个班长，粗中有细，外冷内热，他来自费城，他的哥哥在意大利阵亡，他要为哥哥报仇，还要实现自己做一个好军人的内在要求。

马拉奇

手枪爱好者，作战勇敢，风趣幽默。本集的战斗中，他冒着弹雨翻检德军官的死尸，也没有捡到德国手枪。他富有同情心，与德国俘虏聊天，当他看到俘虏被杀，非常气愤。战斗十分残酷，他还能兴致盎然地在休整的小憩中为大家做饭吃。

本集还对李普、乔依托、斯皮尔斯、赫尔、布克、尼克森有所着墨，这些人物有些只是过场，有些人物则是为下面的戏做铺垫。

第二集小结

结构特点

温特斯带领 E 连第一次完成战斗任务，从开端到高潮，情节一环扣一环，一环比一环紧张激烈。编导在高潮后调整节奏，描述战后宁静的场景，以展示温特斯的内心情感。

节奏

战斗紧张激烈，情节曲折、惊险。

战争场面和气氛

英吉利海峡上空，飞机投放空降伞兵；一片枪弹的火海，飞机被击中炸毁；初次参加战争的战士们紧张的表情；激烈的阵地战，人马的尸体横陈；以及大战中军队的短暂休整。尤其精彩的是 E 连的突袭战斗，激烈、曲折……本集是根据第一手战争资料，并在二战专家指导下拍摄完成的。

第三集：卡灵顿　导演：迈克尔·塞拉蒙

主人公：亚伯特·布洛伊—— 一名普通士兵

叙事角度：亚伯特·布洛伊

本集主要事件：亚伯特·布洛伊战胜死亡的恐惧。

以一个士兵的事迹，带出了E连在卡灵顿的英勇战斗和重大伤亡。

片头1：全剧掠影及主要角色

主要工作人员字幕

片头2：回忆（纪录片部分）

五位老兵对战争恐惧的描述。

老兵1：我从来没有想过会在反攻日活着，然后又从一个阶段活到了另一个阶段，我觉得我随时都会阵亡。

老兵2：我觉得我只会有两个下场，要么就很快阵亡，要么就毫发无伤。

老兵3：每个人都有恐惧，有人知道如何面对恐惧，我正是这样的人。

老兵4：尽管我跟其他人一样害怕，只是我还能思考……我不想让自己丢人，更不能让弟兄们和小组丢人。

老兵5：我们心里都害怕，但是我们都受过训练，如何去面对战争的残酷……你得试着去战胜恐惧。

开端部：E连接受任务，布洛伊归队

1944年6月8日，法国诺曼底。

① 布洛伊找到E连

布洛伊和许多伞兵降落在柯腾丁半岛，他因为晕机药过敏在壕沟里睡着了，后遇到E连的鲁兹、康派提等人。[例证动作。

E连的每个人都有战利品：康派提胳膊上戴着许多死人的手表；有人是纳粹军旗；还有人是迷彩雨衣……哈里·威尔士中尉宣布集合，E连的新任务是攻占卡灵顿——登陆部队向法国内地突破的唯一出口。

② 高山之花

胡伯勒下士担任尖兵，两次跟丢F连。胡伯勒带布洛伊寻找到F连，布洛伊返回路上遇见德军死尸，受到惊吓。这时，温特斯、尼克森走过来，他们看到死人胸前佩戴着象征军人勇气的高山之花。

发展部：D日后的第六天——攻下卡灵顿

① 卡灵顿巷战。

温特斯派威尔士带一排攻中路，他带二、三排跟在后面，敌火力很强，一排受阻，后面士兵胆怯，温特斯命令战士出击。E连进入巷战，遭到德军炮轰。

② 布洛伊失明

李普上士受伤，布洛伊歇斯底里，造成心理性失明。E连艰苦攻下敌人一个个的阻击点，德军狼狈逃窜，E连将逃军歼灭。

温特斯腿部被散弹射伤，尤金·罗医生给温特斯取出弹片，温特斯安慰失明的布洛伊，布洛伊复明。

战士们在卡灵顿小镇小憩，议论斯皮尔斯杀俘虏事件，以及他在D日独自摧毁最后一门加农炮。[调整节奏。为下节斯皮尔斯鼓励布洛伊伏笔。

E 连继续前进，遭到阻击，躲入树林。布洛伊惊恐地叫妈妈。

③ 布洛伊的恐惧

雨夜，E 连与德军僵持。德军歌声传来。威尔士代替马丁警戒。威尔士和布洛伊一起防守，询问布洛伊的失明，安慰他："这只是一场橄榄球赛，一码一码地向前进展……"

温特斯通知威尔士，德军只有一个连防守卡灵顿，其余在南方小镇重新集结，E 连会遭到反击，敌人要夺回卡灵顿，兵力不详，E 连负责阻击敌人，如果敌人没有动静，E 连就在拂晓发动攻击。

史密斯打盹，泰波特去叫醒他，因为泰波特穿着德军迷彩雨衣，史密斯将他当成了德国兵，用刺刀误刺了泰波特。[表现史密斯的紧张恐惧。

马丁和布洛伊听到动静，但不知什么事，布洛伊紧张地前去查看，遇见斯皮尔斯，斯皮尔斯告诉布洛伊"一切都在掌控之中"。布洛伊向斯皮尔斯说出自己的恐惧，斯皮尔斯告诉他："把自己当成死人，就是一名合格的战士了。"

高潮部：D 日后的第七日——守卫卡灵顿

① E 连坚守阵地

卡灵顿外围地带。早晨，威尔士中尉部署袭击任务，D、F 连在左翼将和 E 连一起前进。进攻还未发动，德军炮火袭来。

德军反攻开始，E 连进行阻击，布洛伊惊恐喊叫。德军坦克杀伤力强大，D、F 连撤退，只有 E 连坚守阵地。

② 布洛伊的射击

温特斯鼓励布洛伊，他终于战胜恐惧，站立起来向德军开枪射击。[弹壳飞出的慢镜头、放大的射击声，都是布洛伊内心体验的外化。

威尔士和麦格斯配合，用火箭筒接连击中三辆坦克，E 连伤亡惨重。这时，美军第二装甲师开到，E 连越战越勇，德军全线败退。

布洛伊打死一名德军，他走上前去，观察死者。音乐起。他摘下死者胸前的高山之花，佩戴在自己胸前。[高潮部的高潮。

结尾部：D 日后第二十五天——镇外的小规模战斗，布洛伊中弹

① 布洛伊请战

E 连打头阵又进入一小镇。上级下达命令继续前进。温特斯需要尖兵在前面侦察，布洛伊主动要求参加先行侦察。[动作的高潮。

前进的路上，尼克森发现威尔士还背着 D 日登陆用过的副伞，威尔士说："回英国送给凯蒂。"[制造松弛。

担任尖兵的布洛伊被德军前哨击中。半分钟后，温特斯接到退却通知：E 连撤回犹他海滩休整。[命运的高潮。

② 面对死亡

野战医院帐篷里，手术后，布洛伊再次面对死亡的恐惧。[主题的高潮。

结尾：后方发生的事情

① 马拉奇和战友骑摩托车在后方小镇愉快兜风。

② 饭厅，大家讲起泰波特被史密斯误刺的传奇，新兵不适应老兵讲述的可怕故事。葛奈瑞与新

兵海夫朗皆来自费城，他们愉快聊天。李普接到温特斯命令，宣布原定休假取消，7:00 出发去法国的孟伯芮。[没有人谈论布洛伊。

③ 马拉奇到洗衣店取衣物，发现众多战友都牺牲了，他们是：米汉中尉、二等兵摩亚、葛奈瑞、布洛伊、米勒、欧文斯、柯林斯、艾略特……

片尾字幕：

E 连 6 月 29 日撤离前线前，已经失去 69 名弟兄，亚伯特·布洛伊的伤口终未愈合，于 1948 年逝世。

故事梗概

亚伯特·布洛伊在 D 日着陆于柯腾丁半岛，由于晕机药过敏，他睡在了壕沟中。他为自己没有和战友一起参加战斗，心中很不安。布洛伊对战争充满了恐惧，在攻打卡灵顿的战斗中，他突然发生了心理性失明。战友们伤亡很重，李普等险些丧生。温特斯也不幸在结束战斗时被散弹击中腿部，幸好伤得不重。温特斯的宽容和理解使布洛伊的紧张缓解下来，他复明了。

E 连总是暴露在最前方，因此总是第一个遭到攻击。攻下卡灵顿，E 连在前进中又遇到德军阻击，德军只有一个连，他们在等待南方大部队的增援，按兵不动。拂晓，E 连正要攻打敌军，却遭到集结后的德军反攻。D、F 连全部撤退，只有 E 连死守阵地。关键时刻，美军第二装甲师开到，打退了德军。在温特斯的鼓励下，布洛伊也在战斗中战胜了恐惧，向敌人进行射击，并打死一名德军，摘取了他胸前的高山之花。

E 连继续前进，布洛伊主动参加先遣小组，在侦察时中弹，这时 E 连接到撤回犹他海滩休整的通知。在后方，刚刚放松下来的 E 连，突然得到回前线的通知。马拉奇到洗衣店取衣物，发现众多战友都牺牲了。E 连失去 69 名弟兄，布洛伊也伤重牺牲。

人物分析——敏感而脆弱的亚伯特·布洛伊

亚伯特·布洛伊非常神经质，他一开始就对战争十分恐惧。在战斗中他的神经彻底崩溃了，但是作为战士，他还敏感于荣誉和尊严，他希望自己成为一名真正的军人，能像战友那样不怕死，乐观、勇敢，但是他做不到。当他第一次杀死德国士兵后，他从尸体上为自己摘取了象征真正军人的高山之花，这朵花也最终把不祥传给了他。亚伯特·布洛伊在战场上战胜了恐惧，但是当他躺在病床上满头缠满了纱布，再次面临死亡时，他的目光流露的不仅有恐惧，还有等待死神降临的绝望。

第三集小结

结构特点

片头五位幸存老兵分别谈自己在战争中面对恐惧的切身体会，加强了观众对战争、死亡，以及对美国军人勇气的了解。

本集详细描述了卡灵顿战斗，在勇敢的士兵群像之中，塑造了一个怯懦的士兵布洛伊。他是本集的中心和灵魂。影片描述他如何在温特斯和战友们的鼓励之下，打胜了灵魂深处的战争，最后主动要求走在整个 E 连的前面，在他身上体现出一种英雄主义的气概。亚伯特·布洛伊是一个普通的军人，他没有什么了不起的战功，但是他战胜了自己的恐惧，最终成为一名合格的士兵。他成为阵亡的 E 连士兵中的一员，这是他的不幸，也是他的光荣。

本集对威尔士中尉、斯皮尔斯中尉也有比较重的着墨。温特斯作为全篇穿线人物，有逻辑地出现在各个结构段落中，但是着墨远不如前两集多。

战争场面和节奏处理

三次激烈的战斗，血腥的战斗场面，尤其装甲车把德国兵轧成肉泥的镜头非常刺激。在结构处理上：休息—战斗—休息—战斗—战斗—后方休整—洗衣店，节奏处理是一张一弛。本片用很长的篇幅描写了士兵们在后方的和平生活，以及当他们被取消假期重返战场的紧张，造成了鲜明的节奏感。

正是因为有大段的战后生活场景，才使得整部影片不至过于紧张、过于压抑。这是一部长达十集的战争系列剧所必须的节奏安排，也是战时生活的真实节奏。

象征性因素

高山之花来自阿尔卑斯山的高峰，只有翻越山脉的部队才能采摘到它，德国军人把它戴在胸前，以示自己是真正的军人。亚伯特·布洛伊战胜了恐惧杀死一名德国兵之后，把死人胸前的高山之花戴在自己的胸前，预示了他的死亡。

第四集：新兵补充　导演：大卫·纳特

主人公：布尔·蓝道曼——公牛，美国硬汉。

叙事角度：布尔·蓝道曼

本集主要事件：蓝道曼失踪，奇迹般返回，新老兵在战场上迅速结成兄弟情谊。

片头1：全剧掠影及主要角色

主要工作人员字幕

片头2：回忆（纪录片部分）

五位老兵回忆老兵对待新兵的态度，以及新兵对老兵的敬畏。

老兵1：在起初的时候，他们靠得很近，他们接受了我这样的人，但是作为新兵，你要去证明自己……

老兵2：他们大部分人，如我们所知都是有经验的伞兵，他们必须这样做，他们都穿着很新的制服，我们只是希望他们能活下来，或者他们能够让自己活着。事实上，很多人都活不成，但是他们还是混进我们中间……

老兵3：我想他们想尽力给老兵留下好印象，但是像我这样的人，已被战争改变了，我不知道为什么，但就是这样，我不想友好……天！我不想见到他们被杀、被撕碎……

老兵4：我们敬畏他们，他们戴着陆军徽章，他们有军衔的星星，他们对我们来说是英雄。我们就是那么看他们的，他们很棒，而且他们人品很好。我们有个很好的指挥官，同时我们也很优秀，他们随时在照顾着你。

老兵5：……

开场：老兵与新兵

1944年9月13日，英国，阿尔德伯尼后方

① 蓝道曼、葛奈瑞、马丁等老兵议论新兵。他们给新兵詹姆士·米勒、莱斯·赫旭、东尼·加西亚等讲“桃丽思身体”的笑话。葛奈瑞告诉新兵：他们的班长蓝道曼是连里最棒的，一定要听蓝道曼中士的话。

② 卡伯指责新兵米勒没有参加过诺曼底登陆，不该佩戴总统给506团颁发的诺曼底登陆英雄团

队徽标。米勒摘下徽标，离席。蓝道曼指出卡伯也没参加过诺曼底战役，卡伯向新兵解释他当时还没跳伞呢，在飞机上就中弹了。［蓝道曼有意保护新兵米勒。
③ 大家兴致正高，上士李普宣布：E 连准备出发。［本段介绍老兵蓝道曼、葛奈瑞与新兵米勒等人的关系，为结尾部葛奈瑞带领全班新兵去营救蓝道曼伏笔。

开端部：空降之前
① 部署
温特斯和尼克森部署 E 连在蒙哥马利谋划的“市场花园”战役中的空降行动，E 连任务是空降恩荷芬，守在那里等坦克到来。
② 机场
索柏作为补给官，到机场给 E 连运送物资。派普搭索柏车从医院逃回 E 连。索柏发现马拉奇要将那辆他兜风用过的“美军财产”摩托运回家，训斥马拉奇。
新兵米勒是色盲，他让老兵马丁在跳伞绿灯亮的时候拍一下他的腿。
③ 检查
蓝道曼检查新兵们的装备，他告诫新兵加西亚枪口不能朝上，否则着陆时会伤着，还劝他把副伞扔了，因为飞得低，用不到。

发展部：进入恩荷芬
① 着陆
1944 年 9 月 17 日，荷兰
E 连着陆，在路边隐蔽。胡伯勒从农舍要来啤酒，盟军飞机从空中飞过。
蓝道曼提醒新兵上了刺刀，枪就打不准了。
② 庆祝欢迎
E 连没动一枪一弹就顺利地进入了恩荷芬，荷兰人民热烈欢迎 E 连。E 连无暇留恋热情的荷兰人民，继续前进。蓝道曼拉走贪吃的小兵，泰波特拥着美丽的女人也被当众拉走。
抵抗组织的成员梵固克找到温特斯，他说当地已被占领五年，他不知道德军的行踪，他愿意带领 E 连走捷径到达大桥。
③ 夜巡
葛奈瑞、胡伯勒等士兵夜间巡逻遇见躲在地窖中的父子。父亲送给战士们一些罐头，士兵给了小男孩巧克力，孩子父亲说，他五岁左右，从没吃过巧克力。

高潮部：努安南战斗
① 米勒中弹
E 连和装甲师一起到达努安南（韦伯斯特说这里是文森特・梵高的出生地）。E 连来到镇口，新兵米勒没有战斗意识，被德军击中。E 连士兵躲到路边，蓝道曼搭救米勒并呼叫医生。
② 努安南战斗
蓝道曼指挥手下的新老士兵，冲入努安南。E 连与德军展开激烈的巷战。
德军炮火猛烈，美军坦克全被击毁。E 连四死十一伤，温特斯下令 E 连撤退。
③ 蓝道曼失踪
E 连官兵陆续撤出镇子，带着伤员登车，此时发现蓝道曼失踪。温特斯下令开车离去。

结尾部：蓝道曼归来

① 蓝道曼负伤

蓝道曼受了伤，他躲在小桥下，躲过大批德军。

蓝道曼躲进一座农舍草棚，遇到荷兰农民，帮助他取出弹片，并用手帕缚在伤口止血。这时一名德国兵出现，他发现掉在地上的血手帕，蓝道曼跃起杀死德兵。他让农民赶紧逃走。

蓝道曼发现，德军开始从小镇撤退。

② 老兵发动全班营救蓝道曼

葛奈瑞对胡伯勒说，活要见人，死要见尸。蓝道曼班全体新老兵都要去营救蓝道曼。

温特斯从望远镜看到德军又轰炸了恩荷芬，对蓝道曼的生死十分挂牵。

③ 蓝道曼归队

蓝道曼将德兵尸体用干草遮掩好，走出农舍，向镇外寻找部队。

蓝道曼在路边看见死去的新兵米勒，取下他的名牌。蓝道曼遇到前来寻找他的美军吉普车。吉普车上的胡伯勒等人见到蓝道曼非常激动。卡伯向蓝道曼表示，全班都来了。

温特斯看到蓝道曼活着归来，二人目光对视，相互示意。

结尾：战役失败，撤退

尼克森告诉温特斯：德军装甲部队在维格尔附近集结，E连将遇到更多德军战车。温特斯：我不喜欢撤退。

片尾字幕

“市场花园”战役是一次失败的战役，E连所属的第506团中阵亡180人，受伤560`人，整个101空降师，阵亡750人，2100人受伤。英国第一空降师在安恒损失近8000人。

故事梗概

在英国休假期间，E连补充了大量新兵，他们迅速投入大规模战役，活着的得到锻炼，死去的成为英雄。布尔·蓝道曼是个果敢、机智、有个人魅力的中士，他对新兵就像兄长一般。在蒙哥马利指挥的“市场花园”战役中，E连受英国指挥，深入荷兰占领区，在恩荷芬受到当地人民的热烈欢迎，尼克森还获得大量当地抵抗组织提供的情报。

到达努安南后，E连遭到德军强力阻击，新兵米勒阵亡，蓝道曼没能和E连一起撤出。他得到农舍主人的救助，并杀死一名发现他的德兵。蓝道曼手下的士兵包括新兵勇敢地前来搭救他，蓝道曼说从没觉得E连这么可爱。

“市场花园”战役失败，本想从荷兰进入德国并在圣诞节前结束战争的盟军，不得不另外寻找攻进德国的突破口。

人物分析

沉着的老兵布尔·蓝道曼

布尔·蓝道曼从二等兵升到中士，作战机智勇敢，掩护战友，搭救负伤的弟兄，一直深受E连官兵的喜爱。在第一集中，吃完意大利面又上山跑步训练时，索柏对他百般侮辱：“你看上去相当疲倦，山下有救护车，你可以一了百了。”蓝道曼以顽强的意志顶住了索柏精神上的打击，显示出他的典型性格：顽强、沉着。被困在努安南小镇时，他采取躲避的方式，没有硬拼，理性而冷静，但是在关键时刻又决不手软，他带伤和德兵较量，并杀死了德兵。老兵蓝道曼对待新兵就像对待自己的兄弟，处处保护、提醒。正是因为他这样的性格，他的全部手下特别是新兵们愿意冒死去搭救他——他必须活着带领他们继续作战。

有荣誉感的新兵米勒

中尉米勒是一个新兵，他有很强的荣誉感，例如：僭越资格佩戴 D 日登陆战徽章，因为患有色盲，让马丁提醒他及时跳伞，在进入努安南时走在全连的前面。米勒因为缺少作战经验而中弹牺牲。在开端部，老兵蓝道曼有意为米勒戴 D 日徽章进行开脱，在结尾部，蓝道曼在米勒遗体上取下号牌。米勒是 E 连的新兵典型，这个人物的设置具有点题的性质。

第四集小结

结构特点

片头采访五位幸存的二战老兵，他们分别是当年的新、老兵，他们谈了在战争中新、老兵之间的微妙关系。这些回忆，配合了本集新兵进入 E 连后与老兵结成战斗情谊的故事情节。

本集详细描述了“市场花园”大型战役中 E 连深入荷兰占领区的情形，其中既有人民的欢庆，又有失败的战斗。剧情起到了由发展部的递进向发展部的高潮过渡的调整节奏的作用。

本集是公牛布尔·蓝道曼的故事，描述他对新兵的关怀，对新、老兵胡伯勒、卡伯、葛奈瑞救援蓝道曼的情谊进行了刻画。

温特斯的内容不多，但作为穿线人物，不时出现在各个段落中。布尔·蓝道曼生死不明，他表现出担忧的心情。

战争场面和气氛

欢庆解放的荷兰人民和被当众剃头的德军情妇；大战役前的紧张气氛；努安南小镇的激烈战斗；坦克、装甲车大撤退的景象。

第五集：十字路口　导演：汤姆·汉克斯

主人公：迪克·温特斯——E 连连长

叙事角度：迪克·温特斯

本集主要事件：E 连连换三任连长：迪克·温特斯、穆司·海力格、戴克。

温特斯升职后对 E 连的发展心存忧虑，预示着 E 连吉凶难卜的命运。

片头 1：全剧掠影及主要角色

主要工作人员字幕

片头 2：回忆（纪录片部分）

四位老兵评价自己敬重的连长。

老兵 1：如果你是个领导者，凡事都要走在前面，这不是轻松的事，这还不包括艰巨的作战任务。

老兵 2：好的领导者，必须了解他的属下……了解他们的需要，他们的欲求以及他们的想法。

老兵 3：一路走过来，他似乎总能做出正确的选择，他是个真正的军人，像其他一些军官……我想我不会听他们的指挥，而他堪称顶尖高手。

老兵4：他从来没想过落人之后或是让别人代替他，我不知道他是怎么活过来的，但他做到了。

开场：击毙德国少年士兵

迪克·温特斯喘气，快跑，遇上一少年德军，温特斯犹豫一下，然后开枪。[肩扛摄像机，逼真的紧张场面，如梦魇，暗示本集的心理描写角度。

开端部：温特斯任职营参谋长

1944 年 10 月 17 日，荷兰，什孔德洛特

① 升任二营参谋长的温特斯叫营情报官尼克森去团部，他把尼克森尿在啤酒杯中的尿当啤酒泼在了睡不醒的尼克森头上。去团部的路上，二人聊天，尼克森开玩笑：E 连是唯一在德国莱茵河岸遇到德军的盟军小分队，若 E 连老早攻下安沃普，带足补给过河，能打得德军乱窜。

② 团部，辛克上校将尼克森上尉介绍给英国第一空降师来团部商量救援行动的督比上校。英国第一空降师在安恒损失近 8000 人，现需要 E 连配合救出安恒沦陷时被困的英军红魔鬼部队。荷兰抵抗组织在河北岸一座沦陷城镇外收容了 140 人。E 连需要选出一个小分队前往营救，加拿大工兵已经提供了 6 艘船。140 人将在容易登陆的集结点集合。0:30 以火把成 V 字为信号，代号“飞马行动”。鲍勃少校命令尼克森协助督比上校完成行动。

③ 辛克指责温特斯不在战斗汇报上签名，并且缺最新的营编制表，13:00 必须交至营指挥部。另需要英军 43 师所有损失的清单，包括口粮、医疗补给、运输工具。辛克上校要温特斯写出 10 月 5 日的作战表彰汇报。

发展部：温特斯写作战汇报，回忆 10 月 5 日的偷袭战

① 温特斯写报告。

尼克森进房取温特斯帮他藏的酒，温特斯劝尼克森戒酒。尼克森看到温特斯写报告过于认真，提醒他要简练。温特斯有了一个勤务兵（奇林斯基），尼克森嘲笑温特斯上升到了高层阶级。

穆司中尉想向温特斯汇报 E 连“飞马行动”的进展。[温特斯关心 E 连的命运。

温特斯让尼克森将他的报告带到营部。报告退回，又忘记签名了。[温特斯不适应新职务。

② 温特斯写 10 月 5 日作战报告，回忆最后一次指挥 E 连战斗。

温特斯在报告中的回忆：温特斯指挥小分队夜袭不知规模的德军河边的火力点。温特斯孤身越过堤坝，了解到德军有一个营，他只带十人从中路攻击敌人，E 连只有单个排，歼灭德军两个连，并通知炮火轰炸了十字渡口处平旷地的德军营地，德军炮火反攻，伤了 E 连二十二人，布克身上四处中弹。

报告中的回忆中断，尼克森找酒，温特斯告诉他杜克曼阵亡。[写作战报告与回忆为双线并行结构。

③ 继续回忆。

三营被重创，哈里·贺顿少校阵亡。辛克上校任命温特斯为二营参谋长，穆司·海力格接任 E 连连长。温特斯说，那也是他的决定。

高潮部：温特斯心系 E 连

① 夜晚，接到任务的 E 连新连长穆司中尉带小分队过河救回 140 名英空降伞兵红魔鬼部队。温特斯一直担心这次行动，他在营部听见 E 连与英军伞兵在欢庆营救胜利，心才踏实下来。

② 温特斯回到 E 连视察工作，他告诉穆司，E 连只剩下 65% 的战斗力，大部分是新兵，鼓励穆

司·海力格要带好E连。突然巡逻兵开枪误伤了新连长穆司·海力格。E连又失去一个连长，温特斯心痛不已。

③ 戴克中尉接任E连连长。葛奈瑞从医院跑回E连，带回穆司·海力格中尉给温特斯的信。

④ 巴黎休假

上司都在欧洲各地度假，尼克森自己也要去艾德波恩找年轻姑娘。尼克森给温特斯48小时的外出证，让他去巴黎休息两天，做一下文明的洗礼。[德军反攻之时，几个高级军官竟然在不同的城市度假，这是一个不祥之兆，为E连的未来笼罩上了一层阴影。

⑤ 巴黎街头漫步

温特斯在地铁里看见悠闲织毛衣的老太太和小男孩，在电压不稳的灯光忽暗的一刻，温特斯突然回到战场的炮火中。微笑的法国小男孩很像他杀死的德国少年，温特斯陷入回忆。终点站，小男孩提醒他下车，并羡慕地学着温特斯的军人动作。塞纳河畔之夜，温特斯散步。公寓里，温特斯享受温暖的沐浴。

结尾部：E连前往巴斯东

① 看电影

鲁兹在看第十三遍同一部电影，边看边背台词，遭到战友厌烦。马拉奇赌博赢了三千六百元，把欠斯凯普的六十元还给他，康派提提醒马拉奇赶紧把钱花在法国。[喜剧场面。

温特斯找到刚出院的布克，问他是否痊愈。[关心E连的老部下。

② 出发

戴克中尉突然宣布德第一和第六装甲师突破了亚耳丁森林，并击溃了美第28步兵师和第4师，所以休假取消，所有军官马上到指挥部报到。

出发前，下起雪来，戴克中尉不安地抱怨，各级长官都不在一个城市。温特斯提醒戴克中尉准备物资，让士兵带足冬装，做到K级补给。

在路上，士兵们坐在卡车中抱怨，没有足够的袜子，没有足够的弹药，不知车将开到哪儿，甚至都没有烟。他们纳闷为什么让伞兵执行步兵的任务。

③ 坚守巴斯东

在比利时的巴斯东下车。此处是战略要道，七条路进，七条路出，适合装甲车通过。辛克上校下令506团在巴斯东周围设阵地，挖战壕，坚守住巴斯东。

E连战士向刚撤退的士兵要弹药。第十装甲师的乔治·莱斯中尉用吉普运送来弹药，并提醒温特斯他们会被德军包围。

片尾字幕

E连在没有炮兵以及空中支援下进入巴斯东附近的森林区。粮食和弹药不足，更没有御寒的大衣，在你心里最深处有可能会有撤退的念想，事实上它压根儿不可能，所以只能小心翼翼地挖好你的坑，并全神贯注地等待。——葛拉锡训练营，506团空降伞兵剪贴簿。

故事梗概

迪克·温特斯被辛克上校晋升为二营参谋长。他受命写作战报告，回忆作为E连连长最后一次带领E连进行的战斗。温特斯带领一个排袭击了敌人把守在莱茵河渡口的一个营，歼灭德军两个连。

温特斯不适应参谋长的工作，他经常忘记在报告上签名，遭到好友尼克森上尉的善意讥讽。

温特斯虽然离开了E连，但总是关心E连的行动，得知E连新连长穆司·海力格中尉协助英军督比上校完成了营救140名英兵的任务后，温特斯很欣慰。不幸的是穆司被哨兵误伤，戴克中尉继任E连连长。

所有上级军官都外出了，温特斯接受了尼克森的建议，利用两天外出许可去了趟巴黎，在那里，他深切感受到和平的美好。

在E连士兵们尽情享受短暂休假的时刻，戴克中尉突然宣布德军进攻，休假取消。506团在没有弹药、没有冬装、医药不足的情况下，全部被运往比利时的军事要道巴斯东。辛克上校命令E连坚守巴斯东。

人物分析——E连的灵魂人物温特斯

本集的主要事件落到全剧的贯穿人物迪克·温特斯身上。

迪克·温特斯晋升营参谋长，对新职位稍有不适，受到尼克森的戏谑。他帮尼克森藏酒一事使得他可亲近的一面得以展现。他虽是天生的军人，也不能适应战争，如梦见被他打死的德国小兵，本集中多次重复这一镜头，展示了温特斯情感的复杂性。

这一集中描写了温特斯与E连血肉相连的感情。他和E连弟兄们生死与共，建立了深厚的兄弟情谊。他被辛克上校晋升为二营参谋长后，很关心E连的指挥官是谁。当他得知是穆司·海力格时，才放心。此后，他仍旧一如既往地关心E连的作战情况，关心E连在作战中受伤的每一位战友。

穆司·海力格中尉，E连第四任连长，一个善于团结士兵的出色军官。他一上任就接受了带领E连小分队营救英国伞兵的“飞马行动”。影片笔墨不是放在穆司如何执行飞马行动上，而是放在温特斯身上，表现他对穆司能否顺利带E连完成危险任务的内心忧虑。温特斯挂念E连，专门跑到E连找穆司谈话，温特斯在穆司身上寄托了对E连的所有希望，可是这一切被一个愚蠢的巡逻兵一枪击碎了。穆司只是一个功能性的人物，服务于E连历史命运的描述。

第五集小结

结构特点

片头采用纪录片的形式，四位幸存老兵分别谈到了他们对连长的崇敬之情，以配合本集讲述的E连领导温特斯的故事。

本集是全剧发展部的高潮，处于全剧的枢纽部位，这一集故事放在温特斯身上，可以进一步加强温特斯在全局的中心地位。

本集第一条线，讲的是温特斯的故事，他带领E连重创德军，被升为营参谋长，随后到巴黎度假，享受了短暂的和平生活。温特斯杀死德国小兵的内疚和渴望和平的内心柔情都得到细致的揭示。本集的第二条线，讲的是E连的命运。温特斯是E连的灵魂，E连是在他的带领下打出来的。他离去后，E连将会如何呢？本片是兄弟连——E连的战史，本集的这一情节转折，对全剧的情节走向，将产生重大影响。

在本集，E连三次更换连长。温特斯被提升到营部后，E连失去一个好连长，取而代之的是一个年轻的连长穆司。温特斯对穆司比较信赖，但是巡逻兵开枪误伤穆司，使E连再次失去连长。而师部则派来了戴克中尉继任E连新连长。最后，E连在仓促的情况下，进入巴斯东迎接严峻的考验。装备不足，天气寒冷，面临包围，又来了一个新连长，E连的命运成为一个重大的悬念。

本集是发展部的高潮，此后全剧故事将进入高潮部。本集结尾的叙事功能相当于下一集的开端部，介绍E连仓促开进巴斯东，陷入重围，迎接一场艰苦的战斗。特别是上面新派来的连长，能否胜任E连的领导，也是一个重大的悬念。这是一个深入的系扣。这个结尾为下面两集新连长戴克在危难之时弃E连不顾，E连在火线上动弹不得的惊险情节，埋下了伏笔。

节奏

和平——战争——和平，人物内心变化的节奏使观者动容。温特斯在巴黎的和平时光和在战场上的紧张时刻形成强烈对比，这也是本集结构上的一大特点。

喜剧场面

本集开端温特斯向尼克森泼尿和结尾战士看电影时鲁兹熟背台词、马拉奇赌博赢了钱却来不及花的场面都是喜剧场面。督比上校和红魔鬼部队也都有一些喜剧因素。

战争场面和气氛

布克血淋淋的伤口；红色烟雾弹；放电影时紧急宣布休假取消，部队马上出发；二战期间，巴黎街头穿军服的士兵和巴黎人混杂的街景，这些场面把握得恰到好处，将二战时的生活表现得饶有诗意。

第六集：巴斯东（突出部作战）　　导演大卫·李蓝

主人公：尤金·罗——有信仰的军医

叙事角度：尤金·罗

本集主要事件：尤金·罗作为E连的军医，在缺医少药的情况下顽强地坚持搜集药品救护伤员。

医生尤金是全剧高潮部的第一个出场人物，通过他的眼睛描述了E连陷入了自D日以来最危险、困难的境地。

片头1：全剧掠影及主要角色

主要工作人员字幕

片头2：回忆（纪录片部分）

六位老兵回忆漫长、寒冷的巴斯东守卫战。

老兵1：当我们向着巴斯东出发，我们缺少装备，弹药不足，也没有足够的御寒衣物。可是我们相信，我们的长官将会补给我们所需要的物资。

老兵2：那里有座直线的山脊，我们在山脊上挖战壕。德军很清楚我们在哪儿，他们对我们进行猛烈的炮轰。

老兵3：在巴斯东，我们曾经每人只剩一排子弹，当地起雾，无法进行空投补给，他们每次要给我们物资空投，都会错过我们投给德军。

老兵4：有个家伙手臂被炮弹碎片击中，结果手部肘关节以下全部炸断，他们要将手臂截肢，他说“把我的手表摘下来”。

老兵5：然后，一个医护兵来了，我想他真的是救了我一命，因为他在我的关键部位（老兵指着自己的锁骨）打了一针吗啡。

老兵6：即使是现在，当我们在寒夜上床睡觉时，我太太做证，我总是说“很庆幸，我不是在巴斯东”。

开端部：脆弱的防线

① 雪雾中，E连医生尤金·罗在去三营的路上，发现一群战士尸体已覆盖了薄雪。尤金想在尸

体堆中寻找到急救包，左手手指被碰破。尤金抓住一名迷路的德国兵，从他身上拿走了绷带。

② 温特斯凿冰化水，抹剃须液刮胡子。辛克上校和麦奥·李夫将军乘吉普到E连阵地，温特斯汇报：我们占领一地，又失去一地，现与敌人成僵局。我们遭到敌炮全面轰炸，伤亡严重，却无医疗站，粮食耗尽，没有冬装，没有弹药。战线分布太宽，敌人可以随时进入缝隙，袭击指挥所。我们不能守住整个防线。尤金在一旁焦虑地听着。尼克森从掩盖了毯子的坑里钻出，汇报：昨夜3:00去侦察前线，却找不到501团，派E连二排填补防线空隙，可空隙太大。将军命令必须守住防线。

③ 尤金要走了温特斯的绷带，并汇报：只有几条绷带，无血浆，无吗啡，去三营要补给，却迷了路。温特斯让尤金找莱恩医生（巴斯东临时医务站）要补给，能要多少就要多少，会有用的。

④ 尤金回到自己的掩体，将两条绷带给了正在挖土坑的卫生员。戴克中尉找不到自己的掩体坑，发现两个医务人员在一个坑里，担心炮一轰，E连就没卫生员了。戴克问他的坑在哪儿，李普告诉戴克走过了。[戴克的例证动作。

发展部：寻找医药品

① 尤金搜集急救包

大雾，战士们在挖坑。坑与坑之间离得很远。葛奈瑞说尿痛，尤金说没有抗生素，只能多活动。戈登在煮咖啡。雪中午饭，战士抱怨，厨师乔无奈。

尤金向贝尔、葛奈瑞、戈登搜集吗啡和剪刀，找戴克要走急救包，抢走康派提的剪刀。德军炮轰，尤金一边包扎伤员潘卡拉的手臂，一边要走他的急救包。

尤金派卫生员和士兵贝尔去三营寻求医药品。贝尔掉进德国兵的掩体坑中。三营一样匮乏，没有血浆，只有绷带。突然炮火袭击三营，卫生员和贝尔空手而逃。贝尔一边尿尿一边问尤金干吗不叫他名字，尤金叫他爱德华，贝尔很生气。

尤金找到在前哨的坑里执勤的乔依托，发现他有一只脚上没穿鞋，原来他脱鞋晾袜子的时候靴子被炸飞了。尤金警告乔依托要保持干燥，否则出现坏疽，就要截肢。炮轰，弗兰克受伤，但坚持不用吗啡，尤金随吉普送弗兰克去医务站。

② 尤金遇见芮妮

巴斯东小镇教堂的临时医务站门口堆满了士兵的尸体，尤金向护士芮妮要血浆和药品。芮妮给尤金装了少量药品和用床单剪成的代用绷带。尤金从医生处得知后路被堵，伤员无法疏散。尤金从门外堆死伤战士衣物的垃圾堆里找到九号的靴子。他告诉芮妮自己来自路易斯安那州，有1/4印第安血统。芮妮扔给尤金一块巧克力。尤金坐车回前线。

③ 皮靴和巧克力

E连接到新任务，侦察德军所在，马丁不让尤金跟着。小分队遭袭击，朱利安未被救出，另一战士受重伤。

尤金将镇上找来的皮靴，送给乔依托。乔依托的脚已冻伤，但他不愿离开前线。

贝尔后悔没有救回朱利安，尤金掏出巧克力给他吃，陪他聊天，说自己祖母是个巫医，贝尔在尤金掩体中熟睡。早晨，尤金醒来从坑里爬出。

高潮部：再见芮妮

① 再见芮妮

天突然放晴，C47战机空投成功。药品降在临时医务站周围。

许多市民和战士到医务站帮忙，尤金从医院取到药品和血浆。他看见芮妮在抚慰伤员。

尤金在芮妮和安娜帮助下救腹部重伤的战士，手伸到伤员腹中，却找不到动脉，伤员死去。

在医务站门口，尤金和芮妮聊天，她就是巴斯东人，来医务站帮忙。芮妮用沾着死人血的双手剥开巧克力，让尤金吃，尤金不吃。芮妮说她再也忍受不了处理伤员的残酷场面，尤金说她的抚摸会使伤员平静。新伤员到，芮妮回去工作，向尤金告别。

② 送伤员再到医务站

雪夜，布克、贝尔和胡伯勒在前哨执勤的坑里，尤金为他们送来毯子，胡伯勒给布克披上。三人谈起尤金从不叫战友的名字，只用尊称。

雪停，雾散，可以看见很近的地方德国兵煮咖啡的烟雾。温特斯跑遍全营通知不要射击，以免暴露。

炮轰，华特受重伤，李普让他挺住。尤金为他输血浆，李普踩在华特手上，华特却没有知觉。吉普车送华特来到小镇的医务站，尤金小声告诉医生华特已经瘫痪，医生听不见，尤金只好大声说。他又看见了伤员死去的情景。教堂牧师为死者祈祷，周围围满了伤病员沉默地观看。

芮妮看到尤金，没来得及打招呼被医生叫走。

结尾部：平安夜

① 鼓舞士气的祝辞

尤金无心吃饭，被温特斯看到。辛克上校乘吉普车来了，辛克说糟糕的臭豆子饭他倒爱吃。他带来消息，麦奥·李夫将军祝大家圣诞快乐：我们已经阻止了东西南北的四方攻势，两天前，德军指挥官要我们投降，以免包围后全部被歼灭，他们得到的回复是：神经病！我们有幸参加了这场圣战，我们为自己创造了快乐圣诞。

② 平安夜轰炸

几个坑中，不眠的士兵们：尤金在焦虑中入睡，近处德军在唱平安夜。温特斯来看望睡在坑里的尤金。布克给葛奈瑞看和女友的合影，“她今天和我分手了”。马拉奇找出几根好彩烟分给大家，战士寒战得不能拿烟。胡伯勒、马丁、贝尔的坑里，贝尔用冰碴儿代替柠檬水庆祝平安夜。哈里·威尔士失去理智，生火烤火，温特斯警告，尼克森也前来烤火，德军果然开始炮轰，哈里受伤。尤金神情恍惚，被贝尔揪出坑，贝尔的手被划伤。温特斯让尤金随吉普送哈里去医务站，然后找点热的东西吃。

尤金发现，医务站所在的教堂已被炸成一片废墟，尤金只捡到芮妮的蓝色护士巾。

③ 芮妮的护士巾

温特斯在坑中看见尤金又回到E连。尤金看到贝尔的手受伤了，一时找不到绷带，他看到芮妮的护士巾，犹豫了一下，把它撕成两半，为贝尔包扎。尤金第一次直呼贝尔·赫夫曼的名字，贝尔很吃惊。

片尾字幕

1944年12月28日，巴顿将军第三师突破德军防线，使得补给能够送达，并撤离伤员。本集所谓“突出部作战”正是描述被包围的101空降师顽强坚持的情景。101师没有任何士兵认为自己需要被救援。

故事梗概

美军101空降师在巴斯东被德军包围。因为大雪和大雾，空投补给送不到，战士们没有冬衣，没有炮兵支援，伤亡惨重。尤金·罗中尉是E连的军医，在没有吗啡、血浆、抗生素的情况下，尤金怀着热情和爱心想尽办法找急救品，并且督促士兵不要生病，而他自己却深深陷于焦虑，连饭都不想吃。

在护送伤员到巴斯东小镇教堂内的临时医务站时，尤金认识了为他提供药品并送他巧克力的护士芮妮小姐，他们互相鼓舞，尤金鼓励芮妮要继续坚持下去，因为她的抚摸能让伤员平静。平安夜，哈里·威尔士中尉受重伤，尤金护送哈里到医务站，小教堂已被炸毁，尤金捡到了芮妮的护士巾。尤金用芮妮的护士巾为战友包扎伤口，他与战友的关系更亲密了。

人物分析

善良而沉默的尤金

尤金有 1/4 的印第安血统，他的祖母是巫医，只要把手放在病人的头上，病痛就能消失。尤金显然希望自己也能如此。他不善言辞，从不直呼战友们的名字。在被包围和轰炸的日子，他凭着爱心和责任感救护伤员，医治生病的战友。每一件事情都是琐碎和具体的：找吗啡、找剪子、找绷带，这些不足挂齿的小事几乎是他每天必须执行的任务。他看到寒冷不堪的战友和无法挽救的伤员，心中充满了痛苦和焦虑，这种焦虑被在医务站工作的护士芮妮所理解，她也有同样的心情。尤金善良的天性和勤奋努力的工作使他得到战友的信任。这颗被战争摧残的善良的心，无暇思考问题，甚至对死亡渐渐麻木，但是他对战友怀有兄弟般的巨大的爱从未减少。下面是这个基督徒的心声：“主啊！答应我今后无需如此迫切地寻求慰藉和慰藉别人，被人了解和了解别人，被爱和全心爱人。”

美丽的巴斯东姑娘芮妮

芮妮是个清秀的巴斯东姑娘，由于残酷的战争，她来到战地医务站帮忙，她尽全力协助医生，抚慰伤员，她对沉默寡言的尤金有强烈的好感，只是凶猛的炮火和繁重的救护工作让她累得连洗手的工夫都没有，无暇与尤金多交谈。如果在和平时期，她一定会自然而然地爱上尤金，但是战争让她不可能有那么浪漫的情感。她和尤金越来越熟悉，他们每天同样面对死亡和流血，彼此互相理解那种焦虑和无望。她没有来得及再向尤金更走近一步，炮火就轰炸了教堂，尤金在匆忙中只找到了她的蓝色护士巾。无私的奉献让芮妮变得无比光彩夺目，她像天使一般降临，又像天使一般消失了。

鲁莽孩子气的贝尔·赫夫曼

贝尔·赫夫曼是个心直口快、乐观无忧的战士，他和处男朱利安同坑，因为朱利安小，他照顾朱利安，并答应如果出事，将他的遗物交给他妈妈。可是朱利安受重伤时，他无法从德军的火力下面救出朱利安，贝尔为此极度自责，他偎依在卫生员尤金的身边，痛苦地睡去。他自己也有孩子气的一面，他敏感地发现尤金从不称呼战友的名字，都是尊称姓氏，当尤金反复这么客气时，他很气愤，并且尤金还把他的名字记错了，总叫他爱德华，弄得他只好叫爱德华。当他把尤金从坑里拽出来的时候，他的手被划伤，尤金给他包扎的时候叫他贝尔，他喜出望外。

第六集小结

结构特点

片头采用纪录片的形式，六位幸存老兵分别谈到了突出部作战和军医在连队里起到的作用。

作为高潮部中的发展阶段，本集描述了 1944 年底 101 空降师在巴斯东被包围并且顽强坚守的史实。这段战史中，编导选取了这一时期 E 连的代表人物军医尤金·罗作为故事的主人公。

本集是军医尤金·罗中尉的故事。尤金所做的多是一些小事，到散兵坑搜集急救包、给士兵找皮靴、用一块巧克力安慰自责的战友，可是这些温暖了 E 连战士的心。在尤金身上集中体现了E连神圣的兄弟情谊，以及士兵们内心深处的牺牲精神。

温特斯作为全剧贯穿人物，也不时出现在本集中，他有时会出现在尤金的散兵坑旁，他关心尤金是否能够挺住，他了解尤金对于E连的重要性。

节奏

前线——巴斯东医务站——前线——医务站——前线——医务站——前线，穿插叙事，以尤金护送伤员来回穿线，是非常自然和符合逻辑的。

本集的宗教情节

尤金的祈祷，小镇的教堂，牧师的祷文，圣诞夜德军唱的《平安夜》，芮妮的牺牲，都暗示着美军在巴斯东的受难与奉献精神。

战争场面和气氛

教堂门口成堆的尸体，教堂地下室医务站拥挤的伤员；尤金手伸进受伤战士的肚子寻找动脉；雪、雾、掩体坑；可怕的炮轰；战场上垂死挣扎的战士；被炸成一片废墟的巴斯东小镇……

第七集：突破点　导演：大卫·弗兰克尔

主人公：卡伍德·李普——E连士官

叙事角度：卡伍德·李普

本集主要事件：E连的上士卡伍德·李普在E连最低潮时起到的凝聚力和核心作用，他代表了顽强不屈的E连精神，佛伊之战后，他被晋升为少尉。

本集是全片结构中高潮部的高潮，处于全剧高潮的位置。在这一重要位置，描写了E连最艰难的时期：E连遭到炮击，伤亡惨重，连长戴克脱离岗位，官兵士气低落，在佛伊之战中E连又被戴克带入险境，但是E连团结一致，在斯皮尔斯带领下，顽强作战，最终夺取胜利。

片头1：回忆（纪录片部分）

五位老兵对巴斯东惨重伤亡的痛苦回忆。

老兵1（温特斯）：我已见过死亡，太多的……我的朋友，男人都被杀了，还有，啊……用不了几天，你就将有很大改变……

老兵2：我们很饿，我们没有食物，我们没有救济品，天很冷，我们也没有任何衣服。如果你生火，你会受到枪击，哪儿都有死尸……

老兵3：一个个阵亡的战士就在那里，我们的，他们的，还有市民，死动物，死亡很平常。

老兵4：你没有机会看到你的朋友如何死去，真的，尽量避开看他们死去的场景吧，尤其当你受到攻击的时候，在街上或者其他地方……我很清楚，我接着会遇到更多的麻烦，因为那些事情，会回来的，并且……你不会忘记的。

老兵5：我们心里都害怕，但是我们都受过训练去了解战争的残酷……你得试着去战胜恐惧。

片头2：全剧掠影及主要角色

主要工作人员字幕

开场：寻找戴克

① 进入林区

1945年1月2日，比利时，亚耳丁森林。
李普的画外音（OS）：在死守巴斯东防线后，E连再次被调走，协助击退在突出部的德军。
E连的班排干部布克、李普、胡伯勒、葛奈瑞、鲁兹开会，鲁兹用马拉奇后背当桌子看地图，找森林伐木小路。
E连继续前进。
李普OS：我庆幸离开巴斯东的散兵坑，就算是为了暖和点吧。
E连被派去搜索靠近佛伊镇的林区，为506团最后总攻佛伊做好准备。
② 胡伯勒的手枪
李普OS：进入林区，遭受德军零星机枪射击，偶尔有伤亡，不能开火以免暴露。
胡伯勒击毙骑马德军军官，得到鲁格手枪（他从诺曼底空降前就想得到这么一把枪），在林区驻地挖好掩体坑后，他开始炫耀自己的手枪。
布克找李普问连长戴克在哪儿，李普不知。布克告诉李普，布朗和蒂芬森受伤了。
胡伯勒把上了膛的鲁格放在自己裤兜里，走火中弹伤了动脉。布克、李普、康派提、尤金手忙脚乱地包扎，胡伯勒在被运往卫生站的路上死了。[热开场。通过胡伯勒的死，引出上士李普是E连的实际领导者。
③ 营部的质询
李普向温特斯和尼克森汇报：胡伯勒穿得太多，无法止血，因为大出血，到医务站前已经断气。温特斯问为什么E连连长戴克不来汇报此事，李普说自己当时在场。
李普OS：我们找不到戴克，他一出去巡逻就好几个小时，大家认为温特斯和穆司·海力格都是好连长，诺曼·戴克不是。

开端部：谁能当连长
① 不做决定的戴克
戴克召开中层士官会议：四周要严密防守，我可能被叫去开会……
李普OS：戴克不做决定。
排长布克问戴克以什么队形前进，戴克说过会儿再说。
李普OS：戴克是师部某人爱将，被调到E连吸取经验，只是走过场，然后高升。战士们宁可戴克永远消失，叫他“散兵坑·诺曼”。
葛奈瑞、穆克和马拉奇在议论：跟着一个根本不在状态的连长执行任务就惨了。
李普劝大家，戴克是外人，自然不能和弟兄们一样，不要计较戴克。
李普OS：作为上士我必须这么去做，为了连队，不是为了戴克。
② 谁能当连长
温特斯在思考由谁来领导E连，他对尼克森说：戴克是又一个妄自尊大的耶鲁生。三个排长中宣姆士只会吼叫不适合做连长，皮卡克是老好人，虽然努力，但能力太差，连排长都不应该让他做，布克是目前唯一人选，但是E连只有他是能带兵打仗的排长，不能够撤换。尼克森开玩笑提醒温特斯：大家都知道你最适合，可你是营长。
李普OS：大家都拥护布克，但布克在荷兰中弹后，人已经变了。

发展部：没有领导人的E连
① 忧心忡忡的布克
布克挨坑嘱咐葛奈瑞、鲁兹等人，不要做胡伯勒那样的傻事。穆克说志愿从飞机上往下跳就是

最傻的傻事了。他曾在上游十里的地方横渡尼加瓜拉瀑布。[排长布克害怕再失去战友。

② 不管连队的戴克

戴克看见李普擦洗胡伯勒的手枪，问李普哪儿人，李普说来自西弗吉尼亚的杭庭顿，父亲在他十岁时出车祸死了，他和弟弟帮妈妈经营一间小店，他是因为看了《生活》上说伞兵训练艰苦、伞兵最优秀才志愿参军的。他想挑战自己的极限。李普想问戴克来自哪里，却发现戴克又消失了。[介绍李普的前史。

③ 皮卡克的美国假期

尼克森接到师部来信，作为巴斯东作战的模范军官，选他回美国三十天。他和温特斯商量，E连的排长都离不开，就让无能排长皮卡克去美国吧！弟兄们拥抱皮卡克夸他好人有好报。[喜剧性场面。暗示皮卡克不能接任E连连长。

④ 根本不用巴顿援救

辛克上校带来记者采访E连战士。手臂受伤只在医院住了三天的乔依托对着摄影机说：我们根本不需要巴顿的援救。温特斯劝乔依托回医院，乔依托说他更想和弟兄们在一起。葛奈瑞看见乔依托分外高兴。

穆克向新兵韦伯介绍每个老兵受伤的地方：这有的是东西乱飞，早晚能打中你……屁股受伤是E连的传统。[E连的战斗士气。

⑤ D连连长斯皮尔斯的烟

李普OS：1月3日下午，E连大部分人回到能俯瞰佛伊的森林中的旧阵地，少数人留下防守住主要防线——和D连毗邻的波扎克地区。

葛奈瑞、马拉奇、鲁兹和D连战士开玩笑：最好别喝酒、别抽烟……他们是指D连连长斯皮尔斯中尉枪杀战俘的那些传说。[介绍斯皮尔斯。

斯皮尔斯巡视发现康派提等E连人不挖掩体，劝他们挖掩体。康派提说：戴克中尉说只待一天，不用挖坑。斯皮尔斯说，要是戴克这么说，就当他什么也没说吧。他给大家烟抽，所有人连连摇头。[喜剧性场面，调整节奏，为下面高潮戏做铺垫。介绍斯皮尔斯，为他取代戴克、领导E连作战进行铺垫。

⑥ 严重伤亡，戴克临阵脱逃，布克崩溃（发展部高潮）

李普OS：E连大部分人下午晚些时候回到林中旧阵地。有树木被烧毁的痕迹，引起大家注意，从望远镜里虽然看不见大炮，但很明显，炮弹就来自敌营。

战士们正在修复掩体坑，敌炮突袭，布克冒死通知全体入坑躲避。

李普OS：想起小时候在国庆日放自己做的鞭炮，那天的轰炸是我见过的最壮丽的烟火。

乔依托的腿被炸断，轰炸间歇，葛奈瑞想把他拖进掩体坑。贝尔·赫夫曼的坑被大树枝压住，被大家搬开。

二次炮轰，连长戴克受不了，他让李普代他负责阵地，他去请求支援，这一场景被鲁兹看到。

排长布克亲眼看见葛奈瑞和乔依托被炸，葛奈瑞的腿也被炸断。布克的精神崩溃了。鲁兹让李普安慰布克。布克被撤出阵地，报告上的原因只写：因严重“战壕脚”离开前线。

李普OS：布克是优秀的战斗领导，他在诺曼底受伤，在荷兰又被德军大炮炸伤。因为在D日协助攻破德军阻击，获得了银星勋章。他能一次又一次承受德军大炮的威胁，但他就是接受不了亲密弟兄遭受摧残。

马拉奇到医院看布克，并给他念信，加州大学洛杉矶分校因为布克不在，今冬未能进入玫瑰杯橄榄球赛。

李普OS：没人因为布克哭而轻看他。布克退下战线，没人能代替戴克，大家甩不掉戴克了。

[德军的炮击使E连的士气受到沉重打击。

⑦ E连再受炮击

李普OS：几天后，E连和506团所有连队，扫荡佛伊西边的森林，仅遇小规模抵抗。

乔治·鲁兹模仿戴克临阵脱逃的狼狈样子，被李普制止。

敌炮轰炸，鲁兹找头盔，穆克和潘卡拉在坑中叫鲁兹快进坑躲避，突然一颗炸弹落在坑中将二人炸死。

鲁兹被李普拽到自己坑中，这时一颗臭弹掉进坑中，李普吃了一惊，鲁兹反倒点上烟，李普抢过烟来抽。[他本不抽烟。

赫胥肩部受伤，被战友包扎抢救。

⑧ 李普安慰马拉奇

李普OS：大家都担心马拉奇精神承受不住，因为他在连上的死党：布克、葛奈瑞、乔依托、穆克、潘卡拉一下全都离开了。

李普知道马拉奇一直想带一把鲁格手枪送给弟弟，就把胡伯勒的鲁格手枪送给马拉奇，并让他去和布克告别。[李普关心连队，为后面反对戴克领E连作战伏笔。

李普OS：穆克、潘卡拉死后第二天早上，一个士兵疯狂徒手挖坑，所有指甲都掉了，我把他撤线，不是为了他，而是为了大家——恐惧是战斗的毒药，他具有传染性和摧毁性的力量。

李普和马拉奇到营部向布克告别，布克向马拉奇敬礼。[E连的士气受到严重摧残，官兵中已出现崩溃者。

高潮部：佛伊之战

李普OS：1月3日、9日的炮击是大多E连弟兄参战以后的最低潮。即便如此，也很少有人崩溃，但从此以后，所有人都惧怕炮轰。我开始让大家放松，因为还有战斗等着。E连已经消除了佛伊森林的东西两边森林里的敌人，攻打佛伊指日可待，我其实也害怕，甚至想到E连全军覆没。因为E连肯定是攻打佛伊的尖兵，但关键是E连没有领导。攻打佛伊的前夜，我做了件作为士官从未想象自己会做的事。

① 戴克是空壳

李普在营部门口等温特斯，看见他抽烟，温特斯很吃惊。

李普直言戴克是个穿着制服的空壳，他根本不存在，他会在明天的硬仗中害死弟兄们。[李普对E连命运的担忧。

② 部署进攻任务

温特斯向戴克连长仔细交代进攻的任务，他强调一定要在敌人炮兵还没来得及准备好就冲过空旷地。

③ 最重要的是士气（高潮部高潮）

戴克带E连冲锋，康派提屁股被打伤。因为害怕敌人火力，戴克突然宣布停止前进，李普已经带他的班冲了上去，又被命令撤回来。李普提醒戴克应该冲锋，并让通信兵鲁兹马上跟温特斯联系。温特斯在电话里命令戴克前进，可是戴克不接电话。此时，戴克已经吓瘫无法进行指挥。温特斯自己拿起步枪要冲出去，辛克上校提醒他是营长得指挥战斗。

温特斯当机立断让D连副连长斯皮尔斯换下戴克，组织E连发动进攻。斯皮尔斯给出冲锋命令后，他自己先带头向前冲去，李普和弟兄们在后紧跟。斯皮尔斯独自一人穿过德军阵地和I连接头，商量战斗计划后又冲了回来，等德军装甲车和士兵反应过来向他开枪时，却射不到他。E连士气大振，攻入佛伊，俘虏了德军一百多人。

④ 李普诱敌
一狙击手抵抗，从窗口打死几个弟兄，李普大胆暴露自己，引诱敌狙击手暴露位置被击毙。[李普勇敢作战。本集主要人物李普的动作高潮。
公牛蓝道曼背受伤的康派提去卫生部。
李普 OS：在打下佛伊后，大家盼望着好消息，撤出战线回到马米兰休假。两天后 506 团攻下诺维尔，但此后又重新被德军占领。

结尾部：E 连新连长
① 教堂休整
教堂中。巴斯东坚守战有两个月了，这是 E 连战士第一次在温暖的屋子里休息，修女带领女孩给战士们唱诗。李普写战斗汇报。
李普 OS：对大家来说，这就是天堂。希特勒在阿拉萨斯发动反攻，E 连将去哈根努防守阵线。但当晚谁都不知道将上前线，以为将去休假，大家都很开心。进入比利时的巴斯东时，E 连 121 名官兵，24 名新兵，共 145 人，到了佛伊出发时，只剩下 63 人。连长戴克也死在佛伊。[唱诗、烛光，神圣气氛暗示着 E 连光辉的未来。
② 双双晋升
D 连副连长斯皮尔斯，正式成为 E 连连长。他询问李普是否听说关于他的那些传闻。李普说战士们并不真的在意这些故事，他们只是高兴你做他们的头，再次领导他们。斯皮尔斯告诉李普他听到的故事是，在 E 连弟兄们心里，温特斯走后，李普一直在领导他们前进，团结弟兄，在困难的时候庇护他们。斯皮尔斯祝贺李普即将提升为少尉。

结尾：出发
李普和 E 连弟兄坐卡车前往哈根努。

片尾字幕
　　尽管轰炸和射击造成许多伤亡，但是，比死伤更甚的是每个人在巴斯东遭受的折磨。
——斯蒂芬·安布罗斯（原著作者）
　　我不能确认是否活着的任何人都能解决内心深处隐藏的伤痛，不把痛苦堆放在心里，或许这是寻求释放的办法。
——迪克·温特斯少校（原著中的主人公）

故事梗概
　　在巴斯东的 101 空降师得到巴顿的第三坦克师的援救解围后，他们又被派去扫荡亚耳丁地区的森林，并准备攻占佛伊。E 连连长戴克是师部某人的爱将，他被调到 E 连走过场，然后高升。戴克贪生怕死，士兵们叫他“散兵坑·诺曼”。上士李普为了连队团结，阻止大家这样议论戴克。戴克经常脱离连队去向不明，管理工作实际上由李普在负责。
　　德军猛烈的炮轰使 E 连遭受了前所未有的重创，乔依托、葛奈瑞的腿被炸断；排长布克看到此景受到严重刺激，精神彻底崩溃被撤出战线。随后穆克和潘卡拉双双被炸死在坑里，这几个人都是马拉奇的“死党”，马拉奇处于崩溃的边缘。一名战士因为精神崩溃徒手挖坑十个指甲全掉了，也被撤出防线。最可怕的是连队处于危急时刻，戴克中尉却什么都不做，还找借口脱离前线。李普对弟兄有深厚情感，在关键时刻安慰战友，鼓舞士气。他实际上已经成为 E 连的精神支柱。

在攻打佛伊的战斗之前，李普提醒副营长温特斯，戴克的失误将会造成E连弟兄的伤亡。在战斗中，李普冲在前面，可是戴克却被吓瘫了，他让E连停止前进，让李普撤回，整个E连停留在德军炮火之下，不断有人员伤亡，情况十分危急。关键时刻，温特斯派上D连副连长斯皮尔斯指挥E连脱离险境，攻入佛伊。在战斗中，李普用身体引诱敌狙击手暴露，使其被击毙。E连攻下佛伊。战后，李普被提升为少尉。

人物分析

卡伍德·李普

上士李普来自西弗吉尼亚，十岁父亲出车祸，从小帮妈妈开店，是个苦孩子。他是因为在《生活》杂志上看到伞兵训练如何艰苦，只有优秀者才能成为伞兵后才决心参加空降师的。在第一集，李普带领全体士官弹劾索柏，他冷静、低调，并未显出非凡的领袖才能。在第三集结尾和第四集开端，当E连在盟军驻地休假时，两次都是由李普担当不愉快的角色，宣布取消休假。

本集中，E连再次陷入困境，李普的凝聚力和领导才能开始显示出来。李普是E连资格最老的士官，他与老兵一起受过两年的严格训练，并与他们数月并肩作战，他对E连战士怀有深切的爱。他为胡伯勒的死感到难过，为乔依托和葛奈瑞双双被炸掉腿感到痛心，为布克的崩溃感到惋惜，对马拉奇同时失去最好的朋友深表同情，他用简朴的方式抚慰他们。为了E连的团结，他阻止士兵议论无能的戴克连长。在攻打佛伊前，为了使弟兄们免于伤亡，他冒险向温特斯提议撤换戴克。在E连连长名存实亡的情况下，实际上是他领导着E连挺过了艰难时期，他成为阻止E连士气崩溃的中流砥柱。

迪克·温特斯

作为E连的老连长，营长温特斯对弟兄们有很深厚的感情。他看到戴克的无能非常着急，但他一时又找不出合适的人选来替代戴克。

罗纳德·斯皮尔斯

D连副连长，他勇猛决断，有时甚至冷酷，是传奇式的英雄。士兵们传说许多关于他的故事，例如，他给二十个俘虏发烟点火，然后又把他们全都扫射在地；例如他是如何枪毙了自己排里的一个酒鬼战士；还有他只身一人攻下犹他海滩敌军的最后一门加农炮，等等。所有战士都喜欢他带兵打仗的方式，因为只要有他在，连队就能无往不胜。在进攻佛伊的战斗中，他临危受命，接替失去指挥能力的戴克，率领E连夺取佛伊。佛伊之战后他被晋升为E连连长。

诺曼·戴克中尉

师部某人的得意门生，到E连镀金，然后回去升官。他贪生怕死，不关心部下。他是E连的丧门星。本集中，他也在佛伊阵亡了，但是原著中，他是在佛伊之战后，被温特斯撤职的。

胡伯勒

胡伯勒是神枪手，他酷爱收集手枪。在第一集，101空降师出发前，胡伯勒就收到了一把寄来的手枪。在本集的开端部，胡伯勒杀死了一名骑马的德国军官，缴获了一把鲁格手枪。不幸的是，他把上膛的枪揣在兜里，枪走火，打断他的腿动脉，很快死去。胡伯勒的性格可爱、友善，因此他的死给弟兄们造成很大伤害。胡伯勒的死是一个不祥的信号，其后E连损失了多名优秀的老兵。

布克·康普敦

德高望重的排长，E连资格最老的士官之一。他性格豪爽，喜欢体育运动，来自加州大学分校。他不怕枪，不怕炮，他的崩溃来自两次重伤住院看到战友们死亡的刺激。布克顽强、英勇，但有着正常人的丰富情感，战争摧残弟兄对他造成的打击，摧毁了他坚强的意志。这一切将成为他永远不能驱散的噩梦。

乔依托

看似嘻嘻哈哈，却具有非常英勇的斗志。在第六集中，他的靴子被炸飞了，他的脚严重冻伤（战壕脚），但是他却不愿意离开危险的前线，而选择和弟兄们在一起。在第七集中，他的手臂弹伤未痊愈，只在医院住了三天就跑回连队。巴顿援救 101 师之后，记者采访 E 连，乔依托大放厥词：我们根本不需要巴顿援救。在佛伊森林，他的腿被炸断了，最终退出战线。

比尔·葛奈瑞

他来自费城（兄弟之城）。布克管他叫疯子。他性格刚烈而疯狂，不怕死，但又足智多谋，对弟兄披肝沥胆。在第四集，公牛蓝道曼失踪后，他对战友们说，活要见人，死要见尸。在本集中，他为了救乔依托，根本不管炮火的轰击，最后自己也被炸断了腿，因此撤出战线。

第七集小结

结构特点

本集是全剧高潮部的高潮，它讲述了 E 连最危险的一个时期，集中体现了 E 连命运的转折。

片头采用纪录片的形式，五位幸存老兵回忆了伤亡惨重艰苦卓绝的巴斯东战役，增加了本集故事的可信度。

本集采用了李普的叙述角度，由李普的画外音进行讲述。从巴斯东解围到攻占佛伊之间，E 连又遇到大量伤亡。李普的凝聚力使整个 E 连在戴克连长“缺席”的情况下没有崩溃，经受住了严峻考验。李普实际上成为 E 连的灵魂人物。

本片描写 E 连几乎覆灭的一次危险。在攻打佛伊的战斗中，胆怯的戴克把整个 E 连放在德军火力下，束手无策，在这危急时刻温特斯派来 D 连副连长斯皮尔斯发动冲锋，使 E 连脱离覆灭的危险。

本集是卡伍德·李普的故事，同时对布克、斯皮尔斯也有较重着墨，温特斯有力地出现在选择 E 连称职连长的情节点上。

节奏

本集开端、发展比较沉闷，都是灰调的，直到攻破佛伊的那场战斗，色调一下明亮起来，结尾，教堂里修女指挥女孩子的唱诗，将全集的情感推向高潮。

第八集：最后一次夜袭　导演：托尼·杜

主人公：大卫·韦伯斯特——归来的观察者

叙事角度：大卫·韦伯斯特

本集主要事件：韦伯斯特与琼斯替代老兵参加了 E 连和德军的最后一次正式交火。温特斯为使 E 连避免不必要的伤亡，取消了另一次战斗任务。

本集主题思想：战争快要结束之前，弟兄们都想活下来，在执行危险的偷袭任务中，所有人都珍视自己的和弟兄的生命。

本集进入全剧结尾部，外部情节和人物动作看似比较松散，但是外松内紧，表现了士兵们在战场上珍惜生命的各种微妙的心理活动。

片头1：全剧掠影及主要角色

主要工作人员字幕

片头2：回忆（纪录片部分）

五位老兵谈战士们嗅到战争即将结束的气息后，强烈的求生欲望。

老兵1：我们损失了好几个战士，乔依托、葛奈瑞断了腿，戈登受了重伤，其他几个全都死了，当时的情况很危急。

老兵2：我们不想知道被杀的确切人数，其中六七个都是我最亲密的战友。

老兵3：麦克死了，之后十分钟，尤金·罗走过来对我说，如果我想看看麦克就来，我说不了，我受不了，我没去。

老兵4：战斗后，我们就分开了……然后进入别的情况。我们想从河对岸得到更多的消息。

老兵5：能活多久谁都不知道，但你会在战斗中越来越不想就这么死掉，因为你能闻到停战的气味，虽然不确切知道，只是一种直觉。但我相信每个人都有同感，所以大家都小心行事，细心照顾自己。

开端部：归队

1945年2月9日，法国，哈根努（Haguenau）。

大卫·韦伯斯特OS：101空降师名震天下，但报纸上评价巴斯东坚守战是愚蠢的家伙们的战役。无论如何，他们从地狱里走出来了，可又被卷进充满危险的其他战斗中。而我因为住院错过了巴斯东。从前线传来最新消息：盟军已经破坏了敌人后方，战斗即将结束。

① 看不出来是英雄

韦伯斯特见到卡车上的E连战友，得知死伤了许多人，马丁、蓝道曼、卡伯都显得疲惫不堪，沉默寡言，像是刚从死神那里逃出来的。

韦伯斯特上另一卡车，马拉奇中士完全沉默地站着，谁也不理。

下车后，遇到河对岸德军炮击，韦伯斯特倒地掩蔽，马拉奇却没有。[例证动作。

马拉奇让他去找斯皮尔斯上校，说斯皮尔斯在指挥整个战斗。韦伯斯特和马拉奇回到各自营房。

② 西点少尉琼斯

大卫来到营部见到鲁兹和患重感冒很久的李普。

温特斯和尼克森看着对岸的敌营，商量如何渡河夜袭。回指挥部路上，温特斯问尼克森有没有香皂，他想洗手。

西点毕业的琼斯少尉前来报到（他毕业那天正好是D日）。温特斯向斯皮尔斯布置渡河夜袭任务，琼斯请求由他带队渡河，被李普和斯皮尔斯拒绝。斯皮尔斯让琼斯和韦伯斯特归入暂时由马拉奇负责的二排。马拉奇被告知由他带领二排的斯夫朗、蓝米莱兹、麦克柯蓝等人参加夜袭。

③ 归队

韦伯斯特和琼斯在街上遇河对岸敌炮轰击。两人进到二排营房，韦伯斯特和琼斯找到床位。韦伯斯特告诉大家，琼斯毕业于西点军校和盟军总司令艾克的儿子一起毕业。弟兄们从韦伯斯特口中得知他们中三人被选中参加夜袭。当马拉奇要向大家宣布时，大家说都知道了。这时，突然又发生炮击，众人躲入地下室。

街上正在抬一袋土豆的新兵比尔·凯恩被炸死，军医尤金取下他的名牌。[强调死亡的威胁。

发展部：夜袭之前

① 互换位置

E 连的临时洗浴棚子，战士们排队轮流洗澡。

计划改变，李普派马拉奇带整个二排和部分其他排的人执行夜袭任务。韦伯斯特看出琼斯立功心切，让他和马拉奇商量交换位置，那样对老兵也公平。琼斯追上马拉奇，和他交涉互换位置。马拉奇同意，只是他说了不算。

鲁兹发给二排夜袭的弹药，众人要更多的巧克力，弗兰克·康派提伤愈归队。众人议论昨晚一西点毕业的年轻少尉在夜袭中被炸断腿。

琼斯找到温特斯请求和马拉奇互换位置，温特斯同意，另一参谋请求参加对他来说是唯一的战斗，也被批准。温特斯通知 17:00 指挥部集合。

② 又一次互换

指挥部，温特斯宣布十五人参加夜袭，琼斯少尉是最高指挥官，但由马丁中士带队，任务是包围河对岸的三层小楼，用榴弹袭击他们，上船归来之前，以哨声为信号，通知营部火力攻击。全营将掩护二排的这次行动。若楼是空的也要安装定时炸弹。这次要抓活的俘虏回来，审讯他们，获得情报。

琼斯向韦伯斯特示意感谢，马丁抱怨地看着韦伯斯特。马丁宣布尖兵小分队：麦克朗、西朗克、卡伯、加西亚、李高特等十五人，其中李高特担任翻译。李高特嘀咕：韦伯斯特的德语和他一样好。韦伯斯特提出由他替代李高特，温特斯同意，李高特感激韦伯斯特。

马丁警告大家不要戴头盔和任何有闪光的东西。马拉奇做饭，告诉琼斯他的位置是最安全的。战士们擦枪。琼斯取下婚戒挂在名牌上。

高潮部：杰克森牺牲

韦伯斯特 OS：像这样的夜间偷袭行动，顺利的话十分钟就解决战斗，但是有很大可能会有严重伤亡。

① 夜间偷渡

敌探照灯照亮夜空。几只小皮筏攀绳索划向对岸，加西亚翻到水中，不会游泳，被救上岸，小分队少了三个人。马丁迅速带尖兵过岸，琼斯带后备小组跟上。马丁剪断铁丝网，沉着指挥，二排全体靠近敌楼。榴弹射入窗中，杰克森被榴弹碎片炸伤。

② 擒俘撤退

战士迅速占领楼房，俘虏未伤的两名德军，韦伯斯特迅速安装好定时炸弹，全排撤退。德军全面开火，李高特架好机枪。二排还未上船，哨声响起，全营火力掩护二排。

③ 杰克森牺牲

二排归来，军医尤金赶到，杰克森被炸烂半边脸，呼喊着：我不想死！他痛苦死去。他是谎报年龄参军的，死时才刚刚二十岁。战友们愤怒起来，差点杀死德军俘虏。

温特斯安慰马丁，伤亡不是他的错。卡伯抱怨马丁，因为一个德军没死的伤兵在对岸整夜哭号。

结尾部：任务取消

① 虚拟的夜袭

辛克上校得知捉到俘虏，为向师部表功，又要温特斯组织夜袭。温特斯决定还是派原班人马再去一次。斯皮尔斯要去做动员，温特斯说还是自己去一趟。

温特斯来到二排，他暗示部队将撤离防线，再次夜袭的行动毫无意义，虽然行动改在夜里 2 点，但他希望大家都好好睡觉，明天撤离防线时可以精精神神的。众人庆幸遇到好人。

② 晋升

温特斯宣布李普晋升，大家向李普祝贺。琼斯升为中尉。辛克上校让尼克森带来给温特斯少校的新军衔。
夜袭中安在敌营的定时炸弹爆炸，对岸楼房倒塌。

结尾：撤离哈根努
韦伯斯特和E连战士上车准备撤离。
韦伯斯特OS：不知世人对军人在战争中的流血牺牲和所花的心血了解多少。1945年，美国已经走出萧条低谷，一片和平繁荣，人们生活水平大幅度提高。赛车和娱乐场所生意兴隆，你不能轻易订到迈阿密海滩的酒店房间，那里人满为患。可大多数美国人，他们仅仅了解在反恐、动乱和各种流血冲突中军队的作用，如果他们从未到过像诺曼底、巴斯东或哈根努这样的地方，怎能知道战士所付出的牺牲有多大呢？

片尾字幕
当离开哈根努时，E连在欧洲的足迹已经遍布英国、法国、荷兰、比利时。不久他们就要进入德国。

故事梗概
大卫·韦伯斯特伤愈归队，他错过了巴斯东坚守战，发现经历了巴斯东，E连几乎没有他认识的弟兄了。少数活下来的几个弟兄情绪都很消极，并且变得谨小慎微。没有人再愿意去送死，因为大家都闻到了战争就要结束的气味。马拉奇负责夜袭带队任务，韦伯斯特给西点毕业来连急于立功的琼斯少尉出主意，让他和马拉奇互换位置。温特斯同意琼斯少尉与马拉奇互换，他虽为夜袭中官衔最高的人，但实为新兵见习，由马丁担任队长，带十五个人夜袭。马丁委婉抱怨韦伯斯特多事，韦伯斯特和翻译乔·李高特也进行互换，参加了这次夜袭。马丁指挥渡河攻进敌楼，俘虏了两个德军，但是杰克森不幸伤重牺牲。辛克上校命令温特斯再次组织夜袭，以便向师部表功。温特斯和尼克森都觉得毫无必要，温特斯为了避免伤亡，暗示战士们夜袭取消。第二天，他们交上一份假报告，全营撤离战线。

人物分析
大卫·韦伯斯特——E连的观察者
原著中大卫·韦伯斯特是学文学的，他是个作家，并且为了获得战斗最生动的素材，他坚持不要晋升。在本集中他作为一个归来者，对E连进行了重新的了解和观察。从他的眼中看到了兄弟们渴望和平、渴望活着离开的精神状态。
韦伯斯特因受伤错过了艰苦卓绝的巴斯东坚守战和佛伊攻坚战，他一直从报纸、广播中获得消息，知道巴斯东战役101师损失惨重。当他回到连队时，战友们由于刚从“地狱”中走出，不像在荷兰时那么有生气了。李普生病，就连晋升为上校的斯皮尔斯也显得无精打采的。再加上大家都觉出胜利的日子不远了，显得小心翼翼。韦伯斯特理解弟兄们的心情。他让急于立功的琼斯和马拉奇交换位置。他觉得马拉奇活下来就已经是英雄了，作为最初的弟兄，他也希望马拉奇活着；另一方面，他也知道西点毕业的琼斯在战争就要结束之前想要立功的迫切心情。韦伯斯特并不贪生怕死，他主动把担任翻译的李高特换了下来。
马拉奇
马拉奇快乐、敏感、坚强。他没有像布克一样崩溃，而是顽强地撑了过来。他不想在战争结束之时死去，很高兴琼斯顶替自己指挥夜袭。

马丁

E 连老兵，善良、温厚、机智、坚定、敏捷。原著中说：作为中士他从不大声命令战友。在第一集中，他收到妻子来信得知葛奈瑞的哥哥战死在意大利，因为就要空降，他不想把这么残酷的消息告诉葛奈瑞。在第六集，当尤金想跟着他们一起执行巡逻任务时，被他挡住了。本集中他担任尖兵队长，成功地带队完成了袭击任务。

琼斯

从西点毕业那天刚好是 D 日。琼斯具有美国阳光青年的所有品质：单纯、健康、勇敢、有上进心、挑战自我。这些也都是 E 连弟兄们的价值观。琼斯的出现给沉闷的情景注入了生命力。在夜袭中，他与战士们一起完成了任务，迅速被升为中尉。

第八集小结

结构特点

片头采用纪录片的形式，五位幸存老兵谈到了在战争快要结束前，谁都希望自己活下来的心情，印证了本集故事的历史真实性。

本集具有散文化的特点，全方位地展示了战争即将结束时的连队状况。一些新军官急于参加最后的战事，老兵们小心翼翼希望活着离开。关心部下的长官试图躲避一些不必要的战斗，以保存更多的兄弟。

哈根努之战后，E 连战士们已经精疲力竭，他们渴望着尽快结束战争，看上去有些心不在焉，这一切都被细心的韦伯斯特看在了眼里。这一集的笔触比较细腻、曲折，描写人物内心活动比较深入。有许多看似轻描淡写之处，却大有深意，如抬土豆被炸死的比尔·凯恩，如连队排队洗澡，如马拉奇将要公布选派队员名单时，所有士兵的紧张心情。

本集的高潮既不是激烈的战斗，也不是重大的情感场景，而是温特斯暗示士兵不要执行这次任务，好好睡一觉。这一看似冷清的场面，却透出温特斯对兄弟们的温情。它是主题的高潮（兄弟情谊），是情感的高潮（温特斯的情感），行动的高潮（温特斯将承担责任），命运的高潮（E 连打出的最后一枪）。这是一个独特的、意味深长的倒高潮场面。本集的高潮，关联到全剧的情感节奏，它暗示着全剧将进入一个喜剧式的高潮部和结尾。

本集的主题是渴望和平、珍视生命，温特斯放弃夜袭是本集主题思想的集中体现。

节奏

本集进入全剧的结尾部，外部动作的节奏看起来较为松散，但是，内部心理活动却十分紧张，在战争死亡的威胁下，官兵们珍视生命的复杂心理活动一直没有松弛下来。

战争场面和气氛

一些战争趣事。隔河的不定点炮击，流动洗浴棚，渡河夜袭的壮观场面，德国伤兵整夜的号叫，战斗前宣布名单的紧张气氛……

第九集：我们为什么打仗　导演：大卫·弗朗克尔

主人公：路易斯·尼克森——没开一枪的军官

叙事角度：路易斯·尼克森

本集主要事件：战争基本结束，E 连发现纳粹集中营，战士们意识到这场战争的重大意义。

本集进入全剧结尾部，战火将熄，盟军开始清理战场，E连在德国执行扫荡残敌的任务。

片头1：回忆（纪录片部分）

五位老兵回忆在奥地利和德国，战争眼看就要结束，战士们对战争的认识也在发生变化。

老兵1：大家很高兴，战争接近尾声，而德军也无心作战，他们也感到战争就要结束。

老兵2：我以前说过，唯有死掉的德军是好德军，可是后来发现他们大部分也都是孩子，和我们一样，都是孩子。

老兵3：他们要做的跟我们一样，是要去把该做的工作做好。

老兵4：我们都曾经以为德国人是世界上最邪恶的人，可是，当战争持续进行下去，我们也发现，并不是德国人本身的问题。

老兵5：我常常这么想，他们中的很多士兵，有些人可能可以成为好友，我们有很多共同之处。他们可能也喜欢钓鱼、打猎，这很难说，当时他们只是在尽职做事，而我也只是在做我该做的，或许在不同时间和地点，我们可以成为好朋友。

片头2：全剧掠影及主要角色

主要工作人员字幕

开场：战争废墟

1945年4月11日，德国Thalem

百姓在被炸成瓦砾的建筑物上捡垃圾，尼克森和战友们看着这一切。四个音乐家在演奏弦乐四重奏，战士们以为是莫扎特，尼克森说是贝多芬。

开端部：最后一次空降

① 执行空降任务归来

1945年3月，德国史图佐堡

尼克森执行跳伞作战的任务归来，他坐吉普车飞速掠过部队的驻地，一路没有看见一个战友。

[从尼克森视角进入。

乔治·鲁兹和弗兰克·康派提在农舍偷鸡蛋，吓跑一德国少女，鲁兹送她巧克力、骆驼烟，试图纠缠她，却挨了一耳光。

二等兵杰诺维克和姑娘做爱，斯皮尔斯进屋，杰诺维克赤裸立正敬礼。

斯皮尔斯取走在德国收集的银酒具，让收发室的士兵把银器寄到老地方。

② 没开过枪

辛克上校一早来检查，询问温特斯，尼克森是否还一直喝维特69。尼克森因喝酒与团部闹得不愉快，辛克警告要把尼克森降回营部作战室。

尼克森进屋喝酒，温特斯劝他戒酒。温特斯询问尼克森跟第17空降师作战的情况。尼克森告诉温特斯，今早只有他和另外两个士兵跳出机舱，飞机立刻爆炸了，包括连长在内的其余人全部阵亡。他被要求给战士们的父母写慰问书，他不知怎么写。温特斯说：就说他们儿子英勇阵亡。尼克森不断喝酒，直到所有的酒都喝光。尼克森向温特斯承认，他从D日到现在，从来没有开过一枪。

发展部：进入德国

① 战地新闻

尼克森向战士们宣布各种消息：战士们写信提醒国人帮助欧洲家庭，对欧洲的募捐活动起了非常大的作用。百老汇上演《俄克拉何马》（战士们高兴地唱起歌舞片《俄克拉何马》中的歌）。鲁尔的反抗瓦解，在雷玛根夺取一座桥，第17空降师弟兄将打胜仗。（鲁兹搭茬儿：如果E连去了，早攻下柏林了。）

② 老兵和新兵

康派提带刚报到的新兵欧吉夫去执勤，他对欧吉夫急于打仗很反感。（欧吉夫：我们何时才能跳伞到柏林，见识真正的战斗？）

康派提、欧吉夫接替东尼和赫胥站岗。赫胥给康派提留下刚看完的《一棵长在布鲁克林的树》。东尼说，黎明时有几发炮击，其余时间都平静。欧吉夫因为紧张总弄出声响，影响康派提看书，康派提教训欧吉夫：你知道为什么我总叫错你们新兵的名字吗？是因为本来你们是来替换老兵的，可你们却总是先死掉。康派提告诉欧吉夫：我已经离家两年多了。

③ 寻找维特69

营指挥部，温特斯和斯皮尔斯研究作战计划。尼克森进来，告诉他们：罗斯福总统去世了。

尼克森、斯皮尔斯、李普、威尔士赌牌，谈论着因为总统去世，俄国人要先占领柏林了。现在打仗和杀敌无关，都抢着先占领什么地方。尼克森找不到酒，站起离席。

雨夜，尼克森打碎酒店橱窗，没找到维特69，却遭德国店主呵斥。

第二天，尼克森到收发室取信，让士兵替他找维特69，士兵说贵，尼克森说多贵都要。杰诺维克闯入，报告：三十万德军投降了，上面命令在一小时内出发。尼克森嘱咐士兵继续找维特69。

高潮部：深入德国

① 出发

街上到处是美军和德国百姓。尼克森读信后，告诉温特斯，妻子凯西要与他离婚，她要夺走房子、孩子甚至他的狗。尼克森当众发火。路上，温特斯想安慰尼克森，尼克森忍不住抱怨：她痛恨那只狗。

② 行军途中

士兵们上车出发。斯皮尔斯告诉战友们，他们将去阿尔卑斯山的巴伐利亚地区——纳粹发源地。希特勒召集党卫军在山洞中抵抗侵略者，展开本土保卫战。蓝道曼对被称作“侵略者”觉得荒唐。康派提对欧吉夫说他终于可以打仗了。康派提在卡车上刷牙。（他第一次刷牙的镜头是在第七集，森林防线，斯皮尔斯问他们为什么不挖掩体坑的时候。）

军车上，乔·李高特告诉韦伯斯特：他回旧金山第一件事就是找回开出租车的工作，赚返乡水兵的钱，然后买大房子，娶个乳房丰满的犹太姑娘，生一群小乔·李高特。杰诺维克在看报纸上的文章《我们为什么要打仗》。鲁兹想知道原因，杰诺维克说：因为德国人很坏。鲁兹嘲笑：这还用说？韦伯斯特对乔·李高特说他回国之后要读完哈佛，乔·李高特这才知道韦伯斯特并没有毕业。韦伯斯特说他是学文学的，乔·李高特很吃惊，说他也喜欢看书，比如《闪电侠》。

[小人书，实际上乔·李高特还是个大男孩。

③ 小旅馆

山区，E连占据小旅馆，要在里面过一夜，乔·李高特翻译房内德国妇女的抗议，斯皮尔斯限她们四分钟撤离。

④ 战俘大军

进入巴伐利亚，大路上有秩序地走着大批德军俘虏。温特斯在吉普里对尼克森说：你看他们就是战败了还是昂首阔步的。韦伯斯特在军车上站起，冲坐在吉普上的德军军官战俘狂喊：“跟福特和通用汽车问好！”加西亚拉住狂怒的韦伯斯特，韦伯斯特气道：“就是他们把我们从半个地球外拖来！”韦伯斯特抑制不住又站起来狂喊：“我们在这儿干什么?!”
路边，英军射死三个俘虏，欧吉夫惊，康派提他们都很心平气和。

结尾部：发现纳粹集中营

① 清查森林和村庄

温特斯命令斯皮尔斯、李普、威尔士：D连清查村庄。E、F连搜查森林。E连负责西北区。李普带一、二排进入森林扫荡，三排外围扫荡。欧吉夫非常紧张，蓝道曼劝他放松，康派提和鲁兹觉得这里像巴斯东的森林。他们突然发现了集中营。

② 纳粹军官的寡妇

尼克森进一栋房子找酒，摔碎阵亡纳粹军官的照片，相貌高贵的女主人进来，用仇视、傲慢的眼光看尼克森，尼克森不屑一顾而去，房子里的小狗狂叫。

③ 发现集中营

康派提飞快跑回，找到温特斯报告，发现了一个集中营。全营出动，救助集中营中的人。他们得知，德军刚刚离开，走时烧掉了几间关有犹太人的木屋，犯人想阻拦被枪毙，德国人走前想尽可能枪毙犹太人，因为子弹不够才走。在火车的下一站还有一个集中营，关的都是妇女。这里关的都是波兰人跟吉卜赛人。有医生、音乐家、裁缝、职员、农夫、知识分子，都是普通老百姓。

温特斯命人迅速找到干粮和水，并通知辛克上校。战士们来到附近一个面包房，老板不让拿面包，差点被乔·李高特枪毙，乔·李高特觉得这个镇上的德国人罪恶滔天：难道你真闻不见死人味吗？面包被运到集中营发给难民。

医生赶到让乔·李高特通知已经走出大门的犯人，必须重新回到集中营。因为让他们离开迅速吃到东西，他们就会胀死。乔·李高特忍着巨大的痛苦通知犯人回到集中营里去。乔·李高特向犯人翻译，他开始流泪。[为第十集追杀德国军官伏笔。

辛克上校向泰勒将军汇报情况：在兰德斯堡的布克洛发现犹太集中营。

④ 各地的集中营

温特斯在写报告，尼克森进来，抱怨住进一栋全国唯一没有好酒的房子。尼克森只好将就着喝当地的劣酒。温特斯告诉尼克森，师部说到处发现这样的集中营。俄国人找到十倍大的最惨的一处，有毒气室，有焚尸炉，当地人都称不知道这些事。

⑤ 戒严令

泰勒将军下令，全镇戒严，明早开始14—80岁，全镇人都得去掩埋集中营的死尸。全体军人12点开向达兰、塔兰地区。

尼克森独自开车到达集中营，他被眼前的悲惨景象惊呆了，他的心情非常沉重，受到深深的震撼。尼克森看到德国居民参加掩埋尸体。尼克森遇到纳粹的寡妇，她已不再骄傲，惭愧地低头清理尸体。

结尾：希特勒死了

贝多芬的弦乐四重奏的音乐声中，尼克森告诉要起程的战士们，希特勒在柏林举枪自尽。蓝道曼问：战争结束了！尼克森：不，一小时内出发前往贝希特斯加堡。韦伯斯特：他三年前就该死，省得我们这么麻烦。四重奏结束。

片尾字幕

在接下来的几个月里，盟军不断发现无数犹太人死亡集中营，这些集中营都是纳粹制定的“对犹太人最后解决办法”。1942 年到 1945 年间，有 500 万少数民族及 600 万犹太人遭到屠杀，大部分人都死在集中营里。

故事梗概

尼克森被派到 17 空降师执行空降任务，同机战友只有他和另外两个人跳出机舱，飞机就爆炸了，连长也阵亡。尼克森负责给战士们的父母写阵亡书，战士没打仗就被炸死，他不知如何向他们父母交代，为此很沮丧。

辛克上校让温特斯警告尼克森再喝酒就将他降职。他除了负责向弟兄们传达最新的一些消息外，就是到处找酒喝。连辛克上校都知道他只嗜好维特 69，他不惜敲碎酒店的橱窗到处找这种威士忌，可是到处都找不到。斯皮尔斯的嗜好是到处收集值钱的物品，他几乎什么都搜集，然后派人寄往美国。

刚来的新兵欧吉夫总想马上打仗，被康派提臭骂了一顿。就在战士们享受战争之中的休闲时光时，二营又被派往阿尔卑斯山的巴伐利亚地区，清查那里的德军。出发之前，尼克森收到妻子要和他离婚的信。在路上，乔·李高特和大卫·韦伯斯特已经开始谈论战争结束后他们都准备做什么。

在兰德斯保的布克洛小镇的森林里，他们发现了犹太人的死亡集中营。就在当天早晨，德军才撤走，走前他们整屋烧死犹太人，还用仅有的子弹尽量枪毙更多的犹太人。瘦弱得像僵尸一般的得救的犹太人如果吃得多一些反而会死，不得不把他们关在集中营中慢慢恢复体力。镇上的德国人都声称不知道有集中营，泰勒将军命令全镇戒严，14 岁以上的居民全部出动清理集中营中的尸体。尼克森去集中营走了一圈，他似乎找到了他心中问题的答案：不是仅仅为了实现自己的价值才来欧洲打仗的，而是为了驱除人间恶魔。

本集中还交代了罗斯福总统去世、希特勒自杀等重大历史事件。

人物分析

路易斯·尼克森

路易斯·尼克森毕业于耶鲁，他家拥有一个化肥公司。战争结束之前，他就试图劝说温特斯到他的公司任职。战后他一直是此公司的经理，直到他去世。

尼克森从入伍一直都是温特斯最好的朋友。他喜欢威士忌维特 69，战争期间他没有一天离开过酒，维特 69 是他的最爱。尼克森一直是营里的情报参谋，负责全面搜集作战资料，他精明、能干，总是能出色完成任务。从 D 日起，在欧洲战场上他没开过一枪。这个秘密他只告诉了温特斯。

在本集中，尼克森的贯穿动作就是寻找维特 69。他对战争有着自己独特的判断。第八集中他撺掇温特斯取消了辛克交代的没有必要的夜袭任务；在第六集，他劝说温特斯到巴黎度周末“进行文明的洗礼”；在第七集，他把回美国三十天的美差让给了一个没有能力战斗的好人排长，因为他觉得那样的三十天对他没有价值。在本集，他闯入德国家庭，把纳粹军官的照片摔在地上。随着战争越来越接近尾声，他对战争越来越厌恶，战士们谈论的我们为什么打仗的话题，也正是尼克森思考的问题。他是为了实现自己的价值在打仗，但是，当他看到集中营的犹太人时，受到触动，开始意识到，他是在为和平、正义而打仗。

罗纳德·斯皮尔斯

和平即将来临，他性格中贪婪的一面充分地展现出来，四处收集各种银器。

乔·李高特

他是犹太人，E 连的德语翻译，在战斗中他是个好战士。他爱憎分明，富有同情心，对待受害的犹太同胞，他满怀怜悯。他是个典型的美国大男孩，喜欢看《闪电侠》的平民青年。乔·李高特要在战争结束后，继续开他的出租汽车。

第九集小结

结构特点

片头采用纪录片的形式，五位幸存老兵分别谈到了在战争结束时对德国人的看法，配合本集发现纳粹集中营的故事内容。

本集作为全剧的主题高潮，所有的情节和细节，都指向以尼克森为代表的 E 连战士的思考。没有了激烈战斗的场面，取而代之的是，大量的战俘，废墟上的人民，犹太人集中营，它们启示 E 连战士们意识到付出的牺牲具有重大的意义。

尼克森是一个具有独特思想方法的人，他对于战争有着自己的价值判断，但是，随着战争的结束，纳粹的罪行逐步揭开，尼克森对这场战争也有了全新的认识。

节奏

尼克森情感上变化的节奏与整个剧情相互配合：沮丧——放松——发怒——思考——震撼——忧伤

战争场面和气氛

首尾呼应的贝多芬的弦乐四重奏，德国俘虏整齐的队伍，战争的废墟，集中营中骷髅般的犹太人……

第十集：积分点　导演：麦克·萨罗姆

主人公：迪克·温特斯——全剧贯穿人物

叙事角度：迪克·温特斯

本集主要事件：1945 年 5 月温特斯带领二营率先攻下鹰巢，迎来了欧战的彻底胜利。后又转到奥地利，接受在那里的德军部队的投降，之后驻扎在那里直到获知日本宣布投降，太平洋战争结束。

作为全剧结尾，叙述了欧战胜利到太平洋战争结束，E 连的最后经历。

片头 1：全剧掠影及主要角色

主要工作人员字幕

开场：到底做职业军人还是去新泽西

1945 年 7 月，奥地利，札兰西

温特斯 OS：我和尼克森从加入伞兵至今已经三年多，相距 D 日也有一年多。当时我们不知会发生什么，要打多久，在哪里结束，没料到最后会停止在札兰西。

温特斯准备游晨泳，尼克森给他送来用好几把鲁格手枪换来的照片（团部摄影师拍摄的 506 团，从 1942 年 6 月乔治亚陶克阿训练基地到战争结束的所有照片）。

温特斯告诉尼克森，辛克问他是否留在陆军做职业军人。尼克森邀请温特斯去新泽西，尼克森的父亲将把化肥公司的家业交给他打理，尼克森许诺会付给温特斯和军衔匹配的薪水。

温特斯 OS：工作还很遥远，目前还没有适应热水澡和游晨泳的日子。

开端部：贝希特斯加堡

① 抢在法国人前面

温特斯 OS：1945 年 5 月初进入巴伐利亚，希望攻下高居阿尔卑斯山区的著名城镇贝希特斯加堡——纳粹的精神大本营，第三帝国的重要首领在此都有住所。希特勒虽死，却命令武装党卫军在此处驻守，作为抵抗盟军的最后据点。

德军用迫击炮炸断山路，封锁了道路。温特斯担心工兵不能及时赶到。斯皮尔斯请战，要率 E 连绕道攻上山头。辛克上校命令二营，抢在法国人前面攻下鹰巢。温特斯命令集合 E 连，做先头部队。

二营全体进入空无一人的山城小镇贝希特斯加堡。这里到处都是纳粹首领的别墅。温特斯领尼克森、斯皮尔斯、威尔士进入豪华的贝希特斯加堡旅馆。这里只留下两个服务人员。威尔士和温特斯开始收集银餐具。威尔士要把这些送给凯蒂："凯蒂一定爱死了，有几个新娘能得到希特勒的贺礼。"斯皮尔斯想拿银餐具，被威尔士制止。

奥顿·摩尔请求登峰，进攻鹰巢。温特斯让威尔士命 F 连加强守护旅馆，并在城西设路障，营部设在旅馆，将城北封锁，并做好接收战犯的准备。E 连由奥柏萨尔斯堡上山，攻下鹰巢。

② 冲啊，骏马（索柏的口头禅）

E 连未遇任何阻碍冲进鹰巢，这是纳粹党修建的送给希特勒的生日礼物，一座标高 8000 英尺的纯石材碉堡，由一条镀金电梯进入，是帝国皇冠上的钻石。斯皮尔斯领马拉奇、奥顿·摩尔等人抢先进入，一德国军官自杀倒在血泊中，斯皮尔斯收集了他的手枪，马拉奇开香槟的声音像枪声，吓了斯皮尔斯一跳。奥顿·摩尔发现希特勒私人相册。

③ 10000 瓶名酒

尼克森、威尔士坐在碉堡阳台上，已喝了很多酒。温特斯进来宣布，德军投降了，并要送给尼克森一份礼物。温特斯把尼克森带到由欧吉夫等人把守的赫曼·戈林的住所，进入巨大的酒窖，这里有 10000 瓶世界上最好的烈酒、葡萄酒、香槟，尼克森可任意拿，然后，每连运走一卡车，明早去奥地利，不留给后面的人。温特斯向尼克森：欧战胜利日愉快。

温特斯 OS：不像攻击性部队，我们反成占领军，在看到奥地利美景之前，没人想离开贝希特斯加堡。

发展部：休息与备战

① 受降

506 团进入奥地利，军用卡车行驶在路上，德军俘虏沿路两侧走出奥地利。

温特斯接受德军将领的投降。德军将领要求作为正式投降，将手枪交给温特斯，而不是放在文书的桌上。温特斯说他可以保留下自己的手枪。

② 冲绳岛战役胜利

全营士官看了冲绳岛战役的纪录片。美军遭日军空前猛烈炮轰，每前进一步死伤无数，日军进行自杀式阻击。这次胜利是迈向日本本土的一大步。

温特斯对部下说，上级规定满 85 点，才能退伍。但除获得紫心勋章的战士有可能达到点数之外，其余的人都不可能回家。温特斯宣布上级命令：马上投入作战训练，准备参加太平洋战争。

③ 西福蒂的奇遇

康派提、李普、蓝道曼、西福蒂打猎，大家把射鹿的任务交给全连的神枪手西福蒂，善良的西福蒂把鹿放跑了。从D日起，他从未受伤，也没有紫心勋章，才70点，比大家都少。

1945年6月6日，为纪念D日，泰勒将军给每连一个退伍名额，由连长抓阄。斯皮尔斯宣布E连的幸运者是西福蒂·包尔斯班长（13066266号）。由格兰特代替他负责检查路口哨卡的工作。斯皮尔斯命令明早6:00开始训练，101师准备参加对日作战。

退伍的西福蒂和温特斯告别，他坐卡车去海边上船，却被别团酒鬼驾驶的车撞上，盆骨碎裂，一只手骨折，严重脑震荡，在医院待了数月。

④ 要去日本参战

威士尔告诉尼克森，本来打算马上和凯蒂结婚，可是要去东京了。温特斯告诉大家，他要转调到13空降师指挥作战，因为101师不去日本。尼克森说他也和温特斯一起去，要不然，温特斯都找不到路。

⑤ 见泰勒将军

泰勒将军怀着对101师的敬意会见温特斯，知道他D日开始接任连长职务，直到晋升副营长。温特斯说他觉得自己还能带兵打仗。泰勒告诉温特斯，他的弟兄们有权利留下他，“如果你想为升为师长获得更多作战经历，孩子，你做得已经够多了。而去太平洋打仗，你只能负责一个营”。温特斯依然留在奥地利待命。

高潮部：没必要的伤亡

① 没有审判

乔·李高特、大卫·韦伯斯特和一士兵来到山区小农舍，追杀躲在这里的原负责集中营的德军军官。韦伯斯特有些犹豫，李高特说是集中营里的人看见的，没错。韦伯斯特认为先要弄清是哪个集中营的，李高特却开了枪，他射中德国军官的脖子，德国军官逃走，李高特手枪没有子弹了，但韦伯斯特拒绝开枪，边上另一名士兵开枪打死了德国军官。

② 杰诺维克之死

奥地利与德国边防线的岗哨，杰诺维克和参加了两次大战的德国老兵聊天，韦伯斯特接岗，替下二等兵杰诺维克，杰诺维克坐吉普车回营，对面卡车掉下油桶，吉普翻了车，杰诺维克死了，从诺曼底到现在他的积分已经达到75点。

温特斯OS：许多从诺曼底开始作战的英雄因为点数不够，困在奥地利，他们只有武器、酒精和充足的时光，却无法回家。

③ 格兰特被害

温特斯夜间巡视。格兰特带两个新兵夜巡，遇见I连烂醉新兵，为借汽油杀死边防哨卡德兵，格兰特让他放下枪，反遭新兵枪击，这名闯祸的士兵逃跑了。

众人把格兰特抬回，军医看到他脑部中弹后说，必须找到脑外科医生才有希望活着。斯皮尔斯找到德军军医，并允许他亲自开车，走捷径去手术室。

弟兄们找到凶手，痛打一顿，斯皮尔斯到来，用枪托打新兵，并用枪对准他，所有弟兄都向后退了一步等他开枪（士兵都听到传说，斯皮尔斯曾经枪毙过排里的一名酒鬼战士），他强压怒火放下手枪。他让大家把新兵交给宪兵处置，并通告大家，德国医生说格兰特能活下来。

④ 请求降职

斯皮尔斯询问摩尔是否私藏了希特勒的私人照相簿，摩尔撒谎说，他只是看见了但没拿。

泰伯特请求斯皮尔斯把他降为班长，那样他可以和弟兄们在一起。斯皮尔斯让他带格兰特的班，向皮卡克报到。
斯皮尔斯要降到 E 连当连长，不想升调到别处。

结尾部：李普营长受降
① 去巴黎指导跳伞表演
马拉奇被温特斯派到巴黎进行跳伞指导，届时有一次盟军各种类飞机跳伞的表演。汽车将送他到他任意选择的巴黎宾馆。马拉奇很高兴。温特斯没有敬军礼，作为弟兄和他握手告别。
② 温特斯告诉李普，他已获批准晋升李普为少校，现在就以校官身份接受不愿降格向低军阶军官投降的德国将军的投降。
③ 机场受降
受降仪式上，温特斯见到执行任务的索柏，索柏装作没有看到高军阶的温特斯，温特斯叫住他，命令他敬礼，索柏敬礼。
德军将军征得李普同意，向败兵进行最后的讲演，李高特翻译了他的讲演：这是一场漫长的、艰苦卓绝的战争，你们英勇并骄傲地为祖国作战，你们是不平凡的团体，彼此紧密相连，这样的情谊只存在于战斗中的弟兄们之间——共同使用散兵坑，在最需要的时刻彼此扶救。你们看过弟兄的死亡，一起接受磨难。我很骄傲能与你们每个人共同服役，你们有权享受永远快乐的和平生活。[德军的兄弟之情与美军的如此相像，深化了影片对战争的思考，高潮部点题。
④ 决定去新泽西
温特斯游泳，上岸，告诉尼克森，他决定去新泽西。尼克森很高兴，他穿着衣服跳入水中。[温特斯与尼克森共同迎接战后新生活，与全剧的第一集，两人在待命空投时，共同回忆 E 连新兵训练的日子，形成首尾呼应。

全剧片尾：战争结束
E 连战士们在操场上打棒球，每一个战士击球和接球的动作，出现温特斯介绍的画外音：
布克·康普敦回到连上，让大家放心看到他很好，布克和大家一起打棒球。他后来成为洛杉矶的检察官，在罗伯·甘乃迪的谋杀案中，将凶手定罪，之后被指派任职于加州高级法院。
大卫·韦伯斯特成为《周六邮报》及《华尔兹日报》的专栏作家，之后他写了有关鲨鱼的书。1961 年，他独自出海从此失踪。
约翰·马丁回到他原先工作的铁路公司，之后开设了他自己的建筑公司，在亚利桑那及蒙大拿两地来回奔波。
乔治·鲁兹在罗德岛州普拉夫登斯担任杂务工，由于人缘好，1998 年 1600 人参加了他的葬礼。
尤金·罗成为一位建筑承包商，1998 年在路易斯安那逝世。
弗兰克·康派提回到芝加哥，并在一家邮局担任邮差。
乔·李高特回到旧金山，开出租车。
布尔·蓝道曼是我带过的最好的士兵之一，他在阿肯色州从事挖掘土方的事业，他现在还在那儿。
奥顿·摩尔带着那些希特勒的私人相册回到怀俄明，1958 年因车祸过世。
佛罗伊德·泰伯特回国后与大家失去联系，在他 1981 年去世之前的一次聚会上才见到他。
士兵们正在打球，温特斯宣布了日本投降的消息，所有的人面露复杂表情，既难以置信，又感到愉悦……温特斯的画外音，继续介绍兄弟们战后的生活：

卡伍德·李普成为玻璃工厂主管，掌管的工厂遍及全球，在北卡罗来纳过着美好生活。
哈里·威尔士娶了凯蒂·葛萝根，成为威克巴尔宾州分校的行政主管。
罗那德·斯皮尔斯留在陆军，参与韩战，并于1958年返回德国，担任斯班多监狱的典狱长，以中校军阶退伍。
球场上的战士们离开球场去收拾行李，准备回家。温特斯和尼克森倚靠着吉普车，看着远去的弟兄们的背影，温特斯的画外音：
我们每个人都会因共同经历而永远相连。每个人也必须重新加入世界。路易斯·尼克森战后生活不是很满意，离了几次婚，直到1956年，娶了葛瑞丝之后才一帆风顺。他们共度余生，四处旅游。我的朋友，尼克森在1995年过世。我接受了他的工作，在尼克森化肥产品公司担任人事经理，去培训管理人员和集训职员队伍，可是我并未以此为业，我已经经历了太多的战争，我在宾州赫特住了下来，最后终于找到一处农场，那是世界上一个平静的角落，到现在，我仍然住在这里。我没有一天不想那些曾经与我一起服役却未能有机会享受没有战争的日子的弟兄们。

片尾回忆（纪录片部分）
七位E连幸存老兵谈弟兄们非比寻常的联结。
老兵1（迪克·温特斯）：这是很奇特的感觉，这是很不平常的事，它是一种非比寻常的联结。
老兵2（卡伍德·李普）：我知道，我们可以彼此依赖。
老兵3（唐诺·马拉奇）：就是勇气，勇敢到让你无法置信。我最崇拜比尔·葛奈瑞，还有乔依托，他们都非比寻常，而我只是战斗里的一部分，如此而已。
老兵4（比尔·葛奈瑞）：我很骄傲能参与其中，有时候它会让我哭。
老兵5（贝尔·赫夫曼）：真正的男子汉英雄们，是那些已经埋在那里和殉国返乡被葬的人。
老兵6（西福蒂·包尔斯）：走入社会，你丧失许多能力，至少我是如此，我丧失了原有的信心。
老兵7（约翰·马丁）：我只是想活下来，如此而已。
老兵2（卡伍德·李普）：亨利五世跟他的士兵说：从今天到世界末日，我们永远会被记住，我们是幸运的少数，我们是相系相依的兄弟，谁今天与我浴血，他就是我的弟兄。
老兵1（迪克·温特斯）：你还记得，我祖母给我的信吗？你记得吗？记得最后怎么结束的吗？我很珍惜这段记忆。有一天，我孙子问我一个问题，他问我：爷爷，你是二战中的英雄吗？我说：不是，可是我在英雄组成的连队服役。

故事梗概

温特斯率二营抢在法国人之前攻下贝希特斯加堡，并派E连率先占领了希特勒的鹰巢，官兵们大肆搜刮战利品。E连又被派往奥地利接受德军投降，并在奥地利驻扎。

战争并没有结束，在冲绳，美军仍在浴血奋战，争取太平洋地区的和平。全体战士都要备战训练，只有积满85点的士兵才能退伍。在D日周年，泰勒将军奖励每个连一名战士退伍的名额。西福蒂·包尔斯幸运中奖，但运送他的卡车出了车祸，西福蒂又住了好几个月的医院。杰诺维克值完勤出了车祸，死的时候已经有了75点。格兰特夜巡的时候，被I连的新兵酒鬼射中了脑袋。斯皮尔斯找到一名德国脑外科军医才救了他的命。E连弟兄差点把那个新兵揍烂。

温特斯本想转调到13空降师去参加太平洋战争，但因功绩卓著被泰勒将军留在奥地利和弟兄们在一起，虽然E连被困在了奥地利无所事事，但是弟兄们的感情更深了。泰伯特和斯皮尔斯都宁愿降职，也要和弟兄们在一起不分开。漫长的训练和等待终于过去了，战士们迎来了日本的无条件投降，战争结束了，他们终于可以回家了。

人物分析

迪克·温特斯

在战争就要结束之际，温特斯提出转调13空降师参加太平洋战场上的战斗，但是泰勒将军留下了他。战争已经结束了，他已经没有战争可打。

温特斯不骄不躁的性格让E连弟兄一直紧密团结在一起，他是E连幸存者在战后继续联结的纽带。尼克森邀请温特斯战后到他的公司任职，温特斯同意了，事实上他更愿意找到一个平静的角落度过余生。这使我们想起第二集结尾，他向上帝祈祷时许下的心愿。

路易斯·尼克森

随着战争就要结束，尼克森的豪侠之气越来越明显，虽然他在欧战中一发子弹都没射过，但是他愿意陪好友温特斯到太平洋战场继续战斗。

罗那德·斯皮尔斯

酷爱收藏珍宝。影片开始为他设置了一些传说，但在结尾两集中，他显得很有亲和力。他极力为E连争取攻取鹰巢的任务，不想让法国人夺走属于E连的荣耀，在格兰特脑部中弹之后，他恳求德国军医救活格兰特。斯皮尔斯是幸存者中唯一做了职业军人的一个。

哈里·威尔士

哈里·威尔士是1943年6月底从82师调到E连的中尉。看上去儒雅的威尔士在战场上是带兵打仗的好排长。他爱着一个叫凯蒂的英国姑娘，战争期间，他们彼此一直思念着。D日前夜空降用的副伞，威尔士给凯蒂留作纪念，每当有新的战利品，威尔士都要寄给凯蒂。他在贝希特斯加堡旅店搜罗到的希特勒用的银餐具，也要作为结婚礼物送给凯蒂。战争结束后，他终于娶了凯蒂。在许多集中他都是不可或缺的比较重要的人物。本集是对他着墨较多的一集。

西福蒂·包尔斯

西福蒂是个腼腆、善良的班长。他只有70点积分，比弟兄们都少，却在D日纪念日中奖了。弟兄们都为他高兴。他却心中很不安，获得温特斯的肯定后，他才安心。随后他出了车祸，又在奥地利的医院住了几个月。抓到阄似乎是对他释放了鹿的回报，但是随后的车祸又似乎要惩罚他的提前退役。

佛罗伊德·泰波特

在第三集，泰波特在战斗之夜被战友当作敌人刺了一刀，成了E连最著名的故事之一。本集中，泰波特反对弟兄们殴打向格兰特开枪的I连新兵。他热爱E连的弟兄，拒绝接受晋升，降职当了班长和弟兄们在一起。

二等兵杰诺维克

杰诺维克出车祸的时候已经有75点了。在第九集中，有他和德国姑娘亲热的镜头。他是个热爱生活的阳光青年。杰诺维克对人很友善，本集中他在哨卡善意地对待德国守关老兵。

第十集小结

结构特点

片头采用纪录片的形式，七位幸存老兵分别对位于片中的主要人物，他们一生一世都紧密联结在一起，互敬互爱，彼此信任，胜过亲人。

温特斯作为全剧中心人物，自然成为最终集的主角。他的画外音贯穿始终，是整集故事的讲述者。故事讲述了战争结束之前，E连官兵在奥地利度过的最后一段军旅生涯。

本集是全剧结尾，编导对尼克森、威尔士、斯皮尔斯、李普和一些老兵都有比较重的着墨。在片尾，详细介绍了E连幸存者后来的命运。

节奏

欧战胜利日——驻扎鹰巢——在奥地利受降——漫长的待命——战争结束。从一个胜利走向一个胜利，从休闲到训练，直到战争结束。这是E连的和平岁月。

战争胜利场面和气氛

壮观的德军投降队伍；两次不同规模的受降（温特斯一次，李普一次）；党卫军老巢贝希特斯加堡空无一人的场景；对鹰巢的刻画；美国攻占冲绳岛的战争纪录片；德军败将对德军士兵的讲演。

索引：著作、论著、文献

一、西方戏剧美学与史论

（古希腊）亚里士多德：《诗学》，罗念生译，上海：上海人民出版社，2005。

（古希腊）亚里士多德：《诗学》，陈中梅译，北京：商务印书馆，1996。

（德）黑格尔：《美学》，朱光潜译，北京：商务印书馆，1982。

（法）狄德罗：《狄德罗美学论文选·论戏剧诗》，张冠尧等译，北京：人民文学出版社，1984。

（美）苏珊·朗格：《情感与形式》，刘大基、傅志强、周发祥译，北京：中国社会科学出版社，1986。

（英）马丁·艾思林：《戏剧剖析》，罗婉华译，北京：中国戏剧出版社，1981。

丁扬忠编译：《布莱希特论戏剧》，北京：中国戏剧出版社，1990。

方维贵：《布莱希特》（外国文学评价丛书），沈阳：辽宁人民出版社，1985。

罗晓风选编：《编剧艺术》（外国戏剧研究资料丛书），北京：文艺出版社，1986。

廖可兑：《欧洲戏剧史》，北京：中国戏剧出版社，2002。

周宁主编：《西方戏剧理论史》，厦门：厦门大学出版社，2008。

二、西方戏剧、电影编剧理论与史论

（美）约翰·霍华德·劳逊：《戏剧与电影的剧作理论与技巧》，邵牧君、齐宙译，北京：中国电影出版社，1978。

（美）乔治·贝克：《戏剧技巧》，余上沅译，北京：中国戏剧出版社，1985。

（英）威廉·阿契尔：《剧作法》，吴钧燮、聂文杞译，北京：中国戏剧出版社，1964。

（法）让－克洛德·卡里叶尔、帕斯卡尔·博尼茨：《剧作练习》，梅峰、刘捷译，北京：中国电影出版社，2001。

（美）罗伯特·麦基：《故事——材质、结构、风格和银幕剧作的原理》，周铁东译，北京：中国电影出版社，2001。

（乌拉圭）丹尼艾尔·阿里洪：《电影语言的语法》，陈国铎、黎锡等译，北京：中国电影出版社，1982。

（美）路易斯·贾内梯：《认识电影》，焦雄屏译，北京：世界图书出版社，2007。

（美）托马斯·沙兹：《好莱坞类型电影》，冯欣译，上海：上海人民出版社，2009。
（美）托马斯·沙兹：《旧好莱坞·新好莱坞：仪式、艺术与工业》，周传基、周欢译，北京：中国广播电视出版社，1992。
（德）乌利西·格雷戈尔：《世界电影史》，郑再新等译，北京：中国电影出版社，1987。

三、中国话剧编剧理论与论著

谭霈生：《论戏剧性》（《谭霈生文集》卷一）北京：中国戏剧出版社，2005。
谭霈生：《电影美学基础》（《谭霈生文集》卷三）北京：中国戏剧出版社，2005。
谭霈生：《戏剧本体论》（《谭霈生文集》卷六）北京：中国戏剧出版社，2005。
谭霈生：《戏剧艺术的特性》，上海：上海文艺出版社，1985。
顾仲彝：《编剧理论与技巧》，北京：中国戏剧出版社，1984。
顾仲彝：《顾仲彝戏剧论文集》，北京：中国戏剧出版社，2004。
马琦：《编剧概论》，西安：陕西人民出版社，1981。
董每戡：《戏剧的欣赏和创作》，北京：群众书店，1951。
洪深：《洪深文集》，北京：中国戏剧出版社，1962。

四、当代戏曲编剧理论与论著

贯涌主编：《戏曲剧作法教程》，北京：文化艺术出版社，2002。
郭英德：《明清传奇戏曲文体研究》，北京：商务印书馆，2004。
陈竹：《中国古代剧作学史》，武汉：武汉出版社，1999。
傅谨：《中国戏剧艺术论》，太原：山西教育出版社，2000。
武俊达：《戏曲音乐概论》，北京：文化艺术出版社，1999。
焦菊隐：《焦菊隐戏剧论文集》，北京：华文出版社，2011。
焦菊隐：《焦菊隐论导演艺术》，北京：中国戏剧出版社，2005。
范钧宏：《戏曲编剧论集》，上海：上海文艺出版社，1982。
祝肇年：《祝肇年戏曲论文选》，北京：文化艺术出版社，1998。
麻国钧：《“行”与“停”的辩证——中国古典戏剧流变及形态论》，北京：中国戏剧出版社，2003。
杜书瀛：《论李渔的戏剧美学》，北京：中国社会科学出版社，1982。
张庚、郭汉城主编《中国戏曲通史》，北京：中国戏剧出版社，1992。
寒声：《寒声文集》，北京：中国戏剧出版社，2004。

五、中国电影编剧理论与史论

夏衍：《写电影剧本的几个问题》，北京：人民文学出版社，1978。
李少白主编：《中国电影史》，北京：高等教育出版社，2006，第23页。

钟大丰、舒晓鸣：《中国电影史》，北京：中国广播电视出版社，1995。
于丹、王柬编著：《中国电影的起源》，长春：吉林文史出版社，2012。
高小健：《中国戏曲电影史》，北京：文化艺术出版社，2005。
宫林：《中国电影美术论》，北京：中国电影出版社，2010。
周星：《跨世纪中国电影艺术传统史评》，北京：北京师范大学出版社，2005。
田汉：《田汉文集》，北京：中国戏剧出版社，1986，第594页。

六、著作、文献、期刊

（南朝）刘勰：《文心雕龙》，北京：人民文学出版社，1962年。
（明）陶宗仪：《南村辍耕录》，北京：中华书局，1959。
（清）李渔：《李笠翁曲话》，北京：中国戏剧出版社，1962。
（清）张雍敬：《醉高歌》，济南：齐鲁出版社，1989。
（清）孔尚任：《云亭山人评点桃花扇》，上海：上海古籍出版社，2012。
（美）斯蒂芬·E·安布罗斯：《兄弟连》，王喜六、祁阿红等译，南京：译林出版社，2003。
商衍鎏：《清代科举考试述录》，北京：三联书店，1958。
王存臻、严春友：《宇宙全息统一论》，济南：山东人民出版社，1995。
中国戏曲研究院编：《中国古典戏曲论著集成》，北京：中国戏剧出版社，1959。
上海古籍出版社：《二十二子》，上海：上海古籍出版社，1986。
郭绍虞主编：《中国历代文论选》，北京：中华书局，1962。
大连艺术研究所创作理论研究组编：《剧作艺术论》，北京：文化艺术出版社，1988。
丁亚军主编：《百年中国电影理论文选》，北京：文化艺术出版社，1992。
中国大百科全书总编辑委员会《戏剧》编辑委员会：《中国大百科全书·戏剧》，北京：中国大百科全书出版社，1989。
古本戏曲丛刊编刊委员会：《古本戏曲丛刊》，北京：商务印书馆，1958。
文艺理论译丛编辑委员会：《文艺理论译丛》，上海：新文艺出版社，1958。
中国艺术研究院戏曲研究所：《戏曲研究》，北京：文化艺术出版社，1983—1992。
中国戏曲学会：《中华戏曲》，北京：文化艺术出版社，2009。

跋

本书是根据笔者在中央戏剧学院戏剧文学系编剧课上的教学讲义编纂而成，书中的教学影片均在课堂上讲授过。

本讲义的编剧理论概念主要参照谭霈生先生的《论戏剧性》《电影美学基础》，并广泛引用了威廉·阿契尔、乔治·贝克、约翰·霍华德·劳逊、马丁·艾思林和顾仲彝等编剧理论家的理论观点。

本讲义围绕着单元性理论提出了若干技法上的新见解，例如将戏剧性电影的发展部，分解为展开和递进两个单元；从单元性出发，对开场、带入的结构地位给予充分重视；把若干技法排布在一个动作轴线图上，使这些技法相互间的关系更清晰地呈现出来；用单元性理论梳理了戏剧性叙事、史诗性叙事在影视编剧法上的不同结构方法与各自的技法要点。可以说，单元性是贯穿全书的理论观点，相信它会成为编剧创作的重要工具。

单元思想在戏曲、话剧上存在的历史十分久远，至今对它的研究和重视仍然远远不够。笔者对单元性的思考，起源于在中央戏剧学院戏剧文学系上学时，对于节奏问题所产生的困惑。当时，我虽然知道节奏的重要，但是并不了解节奏是如何产生的，节奏相互之间的联系是什么。现在我开始了解到节奏产生的根本原因：节奏产生于单元结构各部分所担当的叙事任务的差异之中，节奏形式的多样性来源于情节单元的丰富组合。

笔者长期以来以话剧编剧为主要教学方向，但随着教学任务的扩展，逐步扩充了电影、电视剧的编剧理论及写作实践的教学。当前影视剧的迅速发展和丰富的创作活动，扩展了编剧学研究的领域，激发了笔者对影视编剧法研究的热情。

笔者在影视剧编剧教学中，一直以戏剧编剧理论为基本工具分析影视剧的叙事方法。笔者认为如果脱离了戏剧编剧的基础，影视剧编剧技法不可能得到稳固的发展。

正如美国著名编剧理论家约翰·霍华德·劳逊所指出的：电影的结构和技巧，反映了戏剧形式的历史演变过程中的一个新阶段，它依据的是比它的历史长五十倍的戏剧讲故事的技巧、传统（《戏剧与电影的剧作理论与技巧》第 6 页）。英国的戏剧理论家马丁·艾思林同样指出：电影、电视剧只是“戏剧演出形式”之一，“在其中每一种戏剧形式中，复杂的技巧虽有差别，但这些差别只不过是一种基本的戏剧技巧稍加改变而已”，“纵观整个戏剧史，它的发展是一个分化的过程：歌剧、芭蕾舞剧、哑剧、木偶戏、音乐剧、马戏，所有这些根本上都是获得了半自立状态的戏剧形式。电影、电视剧和广播剧的出现，继续了这种分化过程”（《戏剧剖析》第 81 页）。谭霈生先生也指出：“从总体性实质上说，电影结构的原则更接近于戏剧。”（《电影美学基础》第 319 页）

本讲义对选用的影视剧作品进行了细致的读解和分析。这种精读的方法是中央戏剧学院戏剧文学系的宝贵教学传统。戏文系长久以来十分重视对经典作品的解读，系里几位先生的经典剧本导读课声名远播，有“祝（肇年）西厢”、“孔（瑾）桃花”、“晏（学）雷雨”之说，谭霈生先生的《世界名剧赏析》也一直是学生们细读经典剧本的范本。笔者的拉片子教学是对前辈师长们这一教学传统的继承。

2007 年 5 月

于中央戏剧学院

本讲义的第 2—5 版，在不改版的情况下，陆续补充了一些理论内容和概念条目，如叙事的单元性、开掘场面、情节节点等。教学片目也有所增删，删节的片目包括：《第一夫人的保镖》（美 1996）、《全金属外壳》（美 1988）、《马粥街残酷史》（韩 2004）、《谁能领我回家》（伊朗 1997）、《何处是我朋友的家》（伊朗 1987）、《姿三四郎》（日本 1943）。

第 6 版的修改较大，删节了《汉尼拔》（英 2011）、11 集电视剧《悠长假期》（日本 1996），增加了《一江春水向东流》（中国 1947）、《城南旧事》（中国 1982）。为了系统地说明戏剧体与叙事体的异同，对各章进行了调整，增添了第四章，介绍戏曲文学体制影响下的中国史诗电影，它的纲目结构和写意系统。笔者还借此机会，对一些错误和疏漏进行了纠正和弥补。

这一版讲义的教学内容，在影片的读解能力培养方面有所压缩，在理论内容上有所扩充，教学难度也相应地有所增加。

2016 年 12 月

于中央戏剧学院

作者简介

杨健，男，1952 年生。中央戏剧学院戏剧文学系教授、博士生导师。著有专业教材《剧本写作初级教程》（中国戏剧出版社，合著，2004）、《拉片子——电影电视编剧讲义》（作家出版社，2007）、《创作法——电影剧本的创作理论与方法》（作家出版社，2012），并著有剧本《桑树坪纪事》（话剧，合著，1990）等。